Sebastian Ybbs

Die Gedankentauscher

uja

Sebastian Ybbs

Die Gedankentauscher

„Ich möchte Sinn machen“

Schardt Verlag Oldenburg

Originalausgabe – Erstdruck

Bibliographische Information der Deutschen Bibliothek:

Die Deutsche Bibliothek verzeichnet diese Publikation in *Der Deutschen Nationalbibliografie*; detaillierte bibliographische Daten sind im Internet über *www.d-nb.de* abrufbar.

Titelbild und Umschlaggestaltung: Holger Vanicek
www.holger-vanicek.de

1. Auflage 2013

Schardt Verlag
Metzer Straße 10 A
26121 Oldenburg
Tel.: 0441-21 77 92 87
Fax: 0441-21 77 92 86
E-Mail: kontakt@schardtverlag.de
www.schardtverlag.de
Herstellung: TOTEM, Poland

ISBN 978-3-89841-720-4

Ein Roman in vier Intervallen

I.	Gegenrede
II.	Alles bleibt ruhig
III.	Selbst
IV.	Erregung vs. Leerlauf

Vorbemerkung des Autors

Ein System mit einer Vielzahl von Gesichtspunkten, die zu dem Gesamtbild des ersten Intervalls meines Romans führen sollte, schwirrte, als ich mit dem Schreiben begann, in meinem Hirn umher. Viele Aspekte haben gleich zu Beginn wie die Konstellationen eines Sternensystems miteinander gearbeitet und sich gegenseitig beeinflusst. Manche hatte ich schon sehr deutlich vor Augen, andere hielten sich noch im Nebel der Eindrücke auf und mussten erst an Kontur gewinnen.

So habe ich mit dem Schreiben begonnen, ohne gleich alle Abläufe chronologisch auszurichten, und fand zunehmend Geschmack an den zeitlichen Sprüngen, bis mir klar wurde: Durch ein konsequent chronologisches Ordnen des Geschehens würde die Komposition eine Störung erfahren. Eine Aneinanderreihung von Fakten konnte nicht die Stimmung erzeugen, die meiner Schilderung innewohnen sollte. Um den Roman authentisch zu erzählen, musste die Geschichte ihre Brüche beibehalten, die emotionale Seite durfte nicht hinter den Ereignissen zurückstehen. Was hier geschieht, muss man schmecken können, die Atmosphäre braucht Klang, und die Erlebnisse sollen zu riechen sein wie der nasse Asphalt nach einem Sommerregen.

Sie werden also manchmal stolpern, wenn Sie ein neues Kapitel beginnen, und manchmal werden Sie erst im Nachhinein den Zeitpunkt begreifen können, an dem Sie sich gerade befunden haben, und doch glaube ich, werden Sie das Wesentliche fassen können, das ohnehin meist unsichtbar ist und bleiben wird.

Die Kunst darf, mitunter muss sie sogar gegen die gewohnte und vielgeübte alltägliche Logik arbeiten, um näher an die Wirklichkeit heranzurücken und Wahrnehmungen wahrhaftiger zu vermitteln. Irritationen helfen oftmals über bestimmte Hindernisse hinweg, die mit anderen Mitteln kaum zu umgehen sind. Wer also die Chronologie des ersten Intervalls auch im Nachhinein nicht in letzter Konsequenz ordnen kann, dem wird der Sinn des Buches dennoch nicht entgehen, vielleicht wird er dadurch sogar näher an ihn heranrücken.

Die darauffolgenden Intervalle finden, abgesehen von wenigen nachvollziehbaren Rückblicken, wieder zur geordneten Chronologie zurück.

Sie werden mit auf eine Reise genommen, die nicht nur durch verschiedene Regionen, sondern auch näher an den Protagonisten heranführt. Gewisse Irritationen bleiben Ihnen jedoch auch hier nicht erspart, denn Sie werden mit fremden Sprachen und Dialekten konfrontiert, die Sie aber nicht beherrschen müssen, um den Abläufen, den Schwankungen, den Emotionen folgen zu können.

I.
Gegenrede
Allegro appassionato
(verdrehte Chronologie)

Das Leben selbst gilt mir als Instinkt für Wachstum, für Dauer, für Häufung von Kräften, für Macht: Wo der Wille zur Macht fehlt, gibt es Niedergang.

Friedrich Nietzsche, „Der Antichrist“

1.

Fllap.

Die Tür fällt weich ins Schloss. Viel zu weich. Sie wäre besser gescheppert. Es ist kaum auszuhalten, wenn Brutales auf Samtpfoten daherkommt.

Ich projiziere mein unerträgliches Befinden auf diese eine Tür, die mir egal sein könnte. Viele Fernsehfilme beginnen so, aber mit einem Eisentor, das gegen die Pfosten klatscht und dabei dröhnt, scheppert, donnert, hallt, egal wie, wenigstens irgendwie lärmt. Voreingenommenheiten gelten hier nicht; die Tür, die ich gerade durchschritten bin, hat eine rundum laufende Gummilasche, welche mögliche Geräusche bis fast auf null dämpft.

Und was kommt jetzt? An der Bordsteinkante steht ein anderer. Er blickt die Straße entlang, ins Endlose. Neben seinen Füßen steht eine blaue Sporttasche. Ich hoffe für ihn, dass sich sein Warten lohnt. Ich kenne ihn nicht, aber er kommt aus dem gleichen Gebäude wie ich – habe ihn gerade von hinten gesehen, als er rausgelassen wurde, bevor man mich rausließ.

Mein Vorhaben, geradewegs nach Hause zu gehen, gebe ich auf, vorläufig, und stelle mich, ein paar Schritte entfernt, neben ihn. Warten zu zweit fällt einfacher und hält, wenn es vergebens wird, von unüberlegten Neuorientierungen ab. Noch ein wenig länger warten, vielleicht kommt Godot.

Er schaut zu mir herüber: „Bist wohl auch gerade entlassen worden."

„Ja."

„Lange eingesessen?"

„Nein, nicht so lange."

„Echt? War wohl das erste Mal."

Ich schweige. Das erste Mal, soll das ein Makel sein oder ein Qualitätsmerkmal? Ha, wen geht das was an, wie oft ich schon hier gewesen bin? Ihn. Er hat seine Gründe, es wissen zu wollen. Vielleicht will er sich an mir messen, oder, ganz profan, bloß einen Smalltalk halten. Ich lenke ein: „Soll auch nicht mehr vorkommen!"

„Kleine Dummheiten gemacht?"

„Weiß nicht."

„Irgendwas wirst du wohl dazu wissen. Jemanden übers Ohr gehauen, Steuern hinterzogen, besoffen einen umgefahren?"

„Nee, politischer."

„Au Backe. Echt?"

„Waschecht."

„Besser, du kommst nicht noch mal rein. Also, ich meine, ich will auch nicht noch mal, aber in deinem Fall, das wäre der Hammer, wenn die dich ein zweites Mal hopsnehmen."

„Waren halt widrige Umstände, die blöd zusammenkamen."

„Ja. Ist nun mal so."

„Ich werde jetzt gehen."

„Wirst du nicht abgeholt?"

„Nein. Ich gehe."

Ich blicke noch einmal zurück. Er steht noch immer da. Er sieht nicht auf die Uhr, wechselt nicht von einem Bein auf das andere, schaut nur die Straße entlang. Geduld und Standvermögen scheint er gelernt zu haben.

Ich dagegen habe keine Zeit zu verlieren. Meine Vorhaben können nicht länger warten, ich muss weiter, ich will weiter, weiter, weiter ... warum nur, statt einfach nur aufrecht am Straßenrand zu stehen?

Der Maronenbaum, den man letztes Frühjahr auf eine kleine Verkehrsinsel unweit meiner Wohnung gepflanzt hat, treibt, begünstigt durch die für einen Februar relativ milden Temperaturen, erste Knospen aus.

Es hat gutgetan, einen Moment lang neben dem anderen zu verharren, kurz durchzuatmen und die Szene vor dem Tor zu spüren: Hätte dieser Typ, dieser „Estragon", nicht dagestanden, hätte ich diesen Augenblick sofort wieder vergessen, wäre die Szene einfach übergangen, ohne sie als etwas Besonderes wahrzunehmen.

Mich drängt es, das Angestaute rauszulassen, es wieder in ein äußerlich bewegtes Leben zu transponieren. Es war schon immer eine große Schwäche von mir, dass ich, wenn die Augen nach vorne gerichtet, den Rundumblick auf das Jetzt verloren habe. Immer auf der Flucht nach vorne.

2.

Mein Zuhause liegt brach. Nichts hat sich verändert. Damit habe ich nicht gerechnet. Niemand hat irgendetwas durchwühlt, das ist mir auf den ersten Blick klar. Jeder Spitzel kann eine Wohnung wieder aufräumen, wenn er sie durchsucht hat, doch niemandem würde es gelingen, das Chaos wiederherzustellen, das ich hinterlassen habe. Die Bücher, in denen ich zuletzt recherchiert habe, liegen in der gleichen Reihenfolge wie vorher übereinander auf dem Beistelltisch – das habe ich mir nicht eingeprägt, doch ich kann das an der Folgerichtigkeit ablesen, die meine Methode bestimmt. Selbst wenn man diese Bücher in und auswendig kennen würde, wüsste niemand, in welcher Logik ich sie gelesen und welche Schlussfolgerungen ich gezogen habe.

Den Fußboden vor meinem Schreibtisch bedeckt eine Zeitung, die Innenseite des Feuilletons ist aufgeschlagen, die Faltung, auf links gedreht, ist glatt, aber nicht geradegezogen. Wie kann man an den Schreibtisch gelangen, ohne einen Fußabdruck zu hinterlassen? Zettel liegen an jeder Stelle, auf jeder Ebene vom Boden bis zur Anrichte, oder heften an der Wand. Auch an diesen Papierfetzen erkenne ich meine vertraute Ordnung wieder. Ich erkenne alles wieder, doch in all den Dingen finde ich mich selbst nicht wieder, als habe mich der Zwangsaufenthalt in den letzten Wochen von mir entfremdet. Misstrauen. In all den hier zerstreuten Versatzstücken wohne ich, doch mir gelingt nicht mehr der Blick von innen heraus. Das Leben, das sich in all den Gegenständen abzeichnet, ist mir fremd. Stattdessen schaue ich aus einer anderen Welt auf mich hinab und staune, als ob ich zu mir sagen wollte: „Aha, Alter, das also bist du, mein Lieber, hab ich's doch geahnt."

Vielleicht hat man meinen Computer durchwühlt. Dateien lassen sich schnell wieder in die Ausgangsposition zurückbringen, für alle Fälle gibt es ja auch noch die Rückgängig-Taste, wenn es überhaupt nötig wäre, virtuelle Winkel aufzuräumen. Ein Experte weiß bestimmt, an welcher Stelle man das Datum der letzten Einsicht nachsehen kann, nicht ich. Ich bin Nutzer, Endnutzer, darüber hinaus völlig unbedarft. Wenn ich neue Funktionen anwenden will, muss mir mein Freund Udez helfen, Schritt für Schritt alles erklären, „Händchen halten", bis ich mich sicher fühle.

Ich wage nicht, den PC hochzufahren, aus Angst, man könne bewusst eine Spur hinterlassen haben. Ich will nicht in den Lauf sehen, der auf mich gerichtet ist. Vielleicht bin ich auch nur überstrapaziert, und alles ist ganz harmlos. Möglich, dass meine Inhaftierung nur ein Warnschuss war, der mich verunsichern sollte; sie hätten ihr Ziel nicht verfehlt.

In der Küche ist es ungemütlich kalt. Tagsüber drehe ich dort die Heizung immer runter, weil ich mich dann sowieso nur in meinem Arbeitsraum aufhalte. Ich hatte nicht mehr die Gelegenheit, meine Wohnung für ein längeres Ausbleiben herzurichten, dazu hätte gehört, das Thermostat auf Stufe zwei zu stellen, was in dem Altbau eine Raumtemperatur von etwa fünfzehn Grad ausmacht.

Zwischen den gewöhnlichen Trinkgläsern, die mir ein Bekannter aus der Accessoire-Abteilung eines Billig-Möbelhauses mitgebracht hat, einem Laden, den ich noch nie von innen gesehen habe, steht mein edles Whiskeyglas. Ich drehe das Thermostat der Heizung auf fünf.

In das Arbeitszimmer zurückgekehrt, finde ich hinter den politischen Schriften von Martin Buber den „Oban", einen Single Malt aus einer kleinen Destillerie der West Highlands. Ich bin kein Mensch, der Alkohol hinter Büchern versteckt, aber meinen Whiskey trinke ich so sporadisch, dass er unwillkürlich schon mal hinter einem Buch verschwindet. Ich werte es als besondere Leistung, ihn zielsicher aus dem permanent überfüllten Regal fischen zu können. Ich bin ein Genusstrinker; warum ich ausgerechnet jetzt, in völlig fahrigem Befinden, die Flasche hervorhole, kapiere ich selbst nicht. Jedenfalls nicht aus Frust oder um mich zu betrinken. Eine Übersprunghandlung, die Psychologen garantiert zu deuten wüssten – ich nicht. Ich trinke trotzdem.

Was haben sie denn bloß während meiner Abwesenheit durchsucht? Es wäre vollkommen unprofessionell, wenn sie nicht hier gewesen wären. Scheinbar waren sie nicht hier. Das hätte ich ihnen nicht zugetraut. Ansonsten sind ihre Methoden gründlich.

Die Luft in der Küche riecht nach Heizung.

Im Kühlschrank nach etwas zu essen zu suchen, ist idiotisch. Ist doch klar, dass alles verschimmelt ist oder eingetrocknet. Nur die Eier signalisieren bei bloßer Betrachtung nicht, dass sie wohl längst mit Salmonellen bevölkert sind. Meine einzige Chance, an etwas zu Essen zu kommen, ohne das Haus verlassen zu müssen, verbirgt das Vorratsräumchen. Die Auswahl ist nicht groß. Erbsen ohne Beilage würden nicht satt machen, die von Kristin selbstgemachte Johannisbeermarmelade werde ich ohne Brot nicht zu genießen wissen, Olivenöl, Sauerkraut, eingelegte Gewürzgurken, alles nicht zu einer sättigenden Mahlzeit zu kombinieren. Pumpernickel, ja, das ist nicht schlecht, da würde auch Kristins Gelee zu passen. Ob das schwarze Brot noch gut ist? Schimmel sehe ich keinen. Die geschälten Tomaten sind auch nicht das Schlechteste, vorausgesetzt, ich finde meinen Dosenöffner.

Unten auf der Straße fahren die Autos vorbei, als wäre heute ein ganz normaler Tag, als wäre heute nicht Geburtstag. Was auch immer für mein künftiges Leben heute geboren wird, es ist unzweideutig, dass jetzt etwas Neues beginnt. Wie bisher werde ich jedenfalls nicht weitermachen, allerdings erst recht nicht so, wie man es von mir erwartet – wie es die Machthaber von mir erwarten. Liebe Freunde, der Eiertanz ist jetzt vorbei.

Noch ein Glas Oban, es säuselt in meinem Kopf, jetzt schnell die Packung mit dem Pumpernickel aufschneiden, ich will klare Gedanken haben, wenn ich gleich damit beginne, mein Leben neu zu ordnen. Zusammen mit den Tomaten schmeckt das nicht mal schlecht. Die kulinarische Begegnung zwischen Rheinland und Sizilien sollte man einem Sternekoch antragen.

3.

Der dicke Taxifahrer wirkt auf mich wie ein geduldiger Brummbär. Ich steige hinten ein. Offensichtlich hat er damit gerechnet, dass ich mich auf den Beifahrersitz setze, er grummelt irgendetwas vor sich hin, und während ich mich anschnalle, wendet er sich mir zu. Sein strähniges, fast schulterlanges Haar baumelt bei dieser Bewegung ein wenig hin und her: „Wo soll's denn hingehen?" Er blickt wieder nach vorne, streicht mit beiden Händen durch sein Haar, um die vorderen Strähnen hinter die Ohren zu legen, beugt sich vor und zielt mit seinen wurstigen Fingern auf das Taxameter.

Ich nenne ihm die Straße, die nach einem Staatsmann aus der Gründerzeit benannt ist, dabei handelt es sich um keine Straße, sondern um einen Platz mit einem umlaufenden Fahrweg. Es gibt keine Logik, warum diese Oberfläche „Straße" heißt. Sie führt zu keinem Ort, sondern ist der Punkt, an dem fünf andere Straßen aufeinanderstoßen. Wenn fünf Strömungen zusammenfließen, entstehen Wirbel, wenn sie auseinanderfließen, entsteht Sog. Dieser Platz heißt Straße.

Der Taxifahrer zieht seine Hand zurück. „Sind Sie sicher?" In seiner Frage vereinen sich Zweifel und Misstrauen.

„Ja."

Ohne sich noch einmal umzublicken, beugt er sich erneut vor und drückt auf den Fahrpreisanzeiger. Erst jetzt wird mir bewusst, was diese Adresse für andere aussagt. An diesem Platz gibt es kein privates Haus und kein Gebäude für den gewöhnlichen Publikumsverkehr.

Während wir das Wohngebiet, in dem ich lebe, durchkreuzen, male ich mir aus, welche Gedanken ihm durch den Kopf gehen. Ich wohne in der Münchener Straße, in einer gut situierten Gegend, einem Stadtviertel, in dem überwiegend das Bildungsbürgertum wohnt. Von hier aus fahren die Taxen gewöhnlich zum Opernplatz oder zur Goethestraße. Ich hingegen habe direkt die Schlossallee der Stadt als Ziel angegeben. Es mag also auch ins Bild passen, warum ich nicht vorne eingestiegen bin. Leute, die in diese Straße wollen, steigen hinten ein. Dabei hatte ich bloß die Absicht, in kein Gespräch verwickelt zu werden. Ich blicke auf meine Schuhe. Sie sind nagelneu, dementsprechend noch nicht eingelaufen. Das Leder drückt hart auf meinen Spann. Ein kleiner Fleck, den ich mir beim Einsteigen in das Taxi durch ein Streifen des Türholms zugezogen habe, wirkt wie ein Makel. Ich beuge mich vor, um ihn mit meinen Fingern zu verwischen, der Sicherheitsgurt hält mich zurück. Auch mein Anzug, den ich unter dem Wollfilzmantel verberge, ist neu. Wohl fühle ich mich nicht in diesem Aufzug, doch er soll mir eine Schutzhülle sein. Wenn die äußere Form stimmt, kann man darunter seine essentiellen Belange verbergen, ohne großartig aufzufallen. Selbstbewusstes Auftreten, selbst wenn es arrogant daherkommt, ist immer noch besser angesehen als schüchterne Zurückhaltung, man darf den Bogen nur nicht zu weit spannen. Das sollte mir heute doch gelingen. Ein Erscheinen in legerer Kleidung, was mir eher gelegen hätte, würde mangelnde Ehrfurcht signalisieren, die man dann allenfalls mit einem schillernden Auftreten wettmachen könnte. Für inszenierte Gastspiele bin ich jedoch nicht geschaffen, wenngleich, vollkommen harmlos soll mein Auftreten nicht vonstattengehen. Ich habe keineswegs vor, mich zu verstecken, ich muss eine schwierige Gratwanderung durchmachen und stets auf der Hut sein, respektvoll bleiben und dennoch frei sprechen, mich allenfalls mit meinen Radikalansichten zurückzuhalten. Ein wichtiger Aspekt lautet, Alkohol möglichst zu meiden. In lockerer Stimmung sagt man schnell ein falsches Wort. Selbst wenn es mir am Abend nicht übel genommen würde, so könnte es sich doch in den Köpfen einprägen und später einmal als schlechter Eindruck zu einer Herabwürdigung meiner Person gereichen.

Im Vorbeifahren blicke ich auf das Maronenbäumchen, das vor kurzem hier angepflanzt wurde, und frage mich, ob es um diese Jahreszeit überhaupt noch angehen wird oder die Wurzeln die Auspflanzaktion in diese fremde Erde niemals tolerieren werden.

Kurz bevor wir das Ziel erreichen, bleibt der Taxifahrer an einer Stelle stehen, die zu Recht den Namen „Straße" trägt. „Hier aussteigen?"

„Da hinten." Ich deute auf das klassizistische Portal des größten Gebäudes. Es würde mir nicht schaden, von dieser Ecke aus quer über den Platz zu laufen, doch heute werde ich mich vorfahren lassen. Das ist konsequent.

Pflichtgemäß steuert der Chauffeur sein Fahrzeug in das Rondell, das gesondert als Fahrbahn über den großen Platz mit kleinen Steinen gepflastert wurde und sich demgemäß von den Plattenbelägen des Fußgängerbereiches abgrenzt. Ich bezahle mit einem großzügigen Trinkgeld und bestätige damit wohl endgültig das Vorurteil des Fahrers, der mich nun bestimmt in einem anderen Licht sieht als beim Antritt der Fahrt. Er löst seinen Sicherheitsgurt und raunt mir zu, er würde mir noch die Tür öffnen, doch ich bin schon dabei, auszusteigen. Ich habe auf der zum Eingangsportal abgewandten Seite gesessen, deshalb muss ich das Taxi umrunden. Als ich an der Motorhaube vorbeigehe, sehe ich den Fahrer an, der mit ungläubigen runden Augen zu mir aufschaut. Trotz äußerer Souveranität, in meinen Augen steht Verzweiflung.

Während ich auf die Eingangsstufen zuschreite, drehe ich mich noch einmal zu ihm um, ziehe meine Augenbrauen und spreize meine Mundwinkel nach oben, verrate mit dieser Mimik, dass ich nicht wirklich hier hingehöre. Als ich die erste Treppenstufe betrete, höre ich das Taxi mit hochdrehendem Motor hinter mir davonbrausen. Ich blicke auf den Striemen an meinem Schuh. Jetzt ist es zu spät, den Fleck wegzuwischen, sicherlich werde ich schon beobachtet.

Spätestens ab jetzt gilt, Selbstbewusstsein zu signalisieren und jede Unsicherheit geflissentlich zu überspielen.

4.

„Ah, der Herr Schriftsteller." Die hochgestochene Art, in der mich der Staatssekretär, der zu dem Empfang geladen hat, anspricht, klingt lobend und ironisch zugleich. „Na legen Sie doch ab, meine Güte, wir haben doch heute geheizt." Ein raues Lachen schließt sich seiner kleinen Bemerkung an. Ein Frackträger eilt herbei und greift nach meinem Mantel, den ich abstreife. Seine harten Schuhsohlen klackern bei jedem Schritt auf dem Steinboden, der aus drei verschiedenen Blausteinsorten in unterschiedlichen Grautönen ein bekanntes Muster bildet, das aus einzelnen Rauten zusammengesetzt ist und das man, je nach Betrachtung, als Sterne oder als dreidimensional gezeichnete Würfel erkennen kann. Als er den Mantel wegbringen will, halte ich den Saum fest und greife in die Tasche, um noch mein Taschentuch herauszuholen, für alle Fälle. Eine kleine Störung in der Etikette, ich hätte mich besser dem Diener sofort abgewandt, zu dumm, dass ich ein Tuch in die Manteltasche, nicht aber in das Sakko gesteckt habe.

Die Hand des Staatssekretärs ist gedunsen, als habe er früher einmal schwer damit gearbeitet. Er umschließt mit seinen wulstigen Fingern meine feingliedrigere Hand, die sich in seinen Pranken anfühlt, als sei ich der Schreibtischtäter und er der Lakai, dann zieht er mich ein Stück weiter durch den Couloir und reicht mir ein kleines Glas, das ein weiterer Diener auf einem Tablett bereithält. „Sie mögen doch Sherry? Kleiner Aperitif, der wärmt von innen."

5.

„Der neue Steppenwolf.“ Eine plakative Überschrift zum Leitartikel auf der Kulturseite einer mittelgroßen Tageszeitung.

Gemeint ist nicht mein Roman, gemeint bin ich.

Die Kulturredakteurin, Abteilung Literatur, lobt mein Werk in großen Tönen; für meinen Geschmack zu große Töne ... und zu viel Vergleiche mit berühmten Autoren. Meine Güte, sie lässt wirklich nichts aus. Es ist opportun, ein Werk mit dem von Hermann Hesse zu vergleichen, ein bisschen Thomas Mann zu erkennen, und kafkaeske Züge auszumachen, empfinde ich mittlerweile so was von abgedroschen, dass ich nicht weiß, ob ich glücklich oder wütend sein soll. Sie hätte sich besser in die Inhalte meiner Arbeit hineinversetzen und eine mögliche Sichtweise aus den Augen der Leser ihrer Gazette herausarbeiten sollen, statt mit ihrem anstudierten Wissen, Fremdworten und verschachtelten Sätzen aufzuschneiden. Jetzt werden sich viele das Buch ins Regal stellen und damit prahlen, den neuen Mann am Literaturhimmel schon früh für sich entdeckt zu haben. Hätte die Schreiberin ihren Stil wenigstens bis zum Ende des Artikels gewahrt. Stattdessen wartet sie in den ersten Absätzen in klanghafter Sprache mit bildhaft beschriebenen Abhandlungsfragmenten auf, die zum Ende hin vollkommen abflachen, als hätte sie die Zeilen füllen dürfen, aber nicht mehr viel zu sagen gehabt.

Vielleicht bin ich zu kritisch. Als Schriftsteller glaubt man immer, Journalisten müssten sich in der Kunst des Schreibens auskennen, doch das beherrschen die wenigsten. Die Kulturjournalistin ist ein lebendes Beispiel dafür, dass Kunst nicht anerzogen werden kann, sie hätte es erst gar nicht versuchen sollen. Die wichtigste Arbeit eines Journalisten ist die Recherche, das unterscheidet sie von den Schriftstellern, die die Freiheit zur reinen Fiktion, dabei eine größere Pflicht gegenüber der Sprache haben – mitunter sogar die größte.

Es klingelt. Rüdiger und Udez stehen vor meiner Etagentür.

Udez, der schon seit der Schulzeit so genannt wird und darum auch froh ist – sein Rufname leitet sich aus seinem bürgerlichen Namen Udo Zethel her –, hält eine Sektflasche in der Hand. „Gibt's unten beim Kiosk."

Die nächste Querstraße ist eine Allee mit Promenade in der Mitte, an dessen Ende ein Pavillon steht, der neben Zeitschriften, Rauchwaren und Knabberkram immer wieder mit unerwarteten Sortimentsergänzungen aufwartet.

Udez ist ein schlaksiger Typ, seinen dünnen Korpus kann er wie eine Gummipuppe verbiegen. Wenn er steht, drückt er die Hüfte nach vorne, knickt den Bauch nach hinten und macht einen Buckel, vornehmlich hält er dabei seine Hände in den Hosentaschen. Wenn er geht, dann wirkt es, als würde sein Oberkörper in der Hüfte wiegen, so als gäbe es in seinem Körper keine Verbindungsstränge zwischen oben und unten. Er verkörpert in vielerlei Hinsicht flapsige Eigenarten, reißt ständig irgendwelche Witzchen, und wenn das einmal nicht so ist, beschäftigt er sich gerade mit einer schwierigen Sache oder ist über irgendetwas verärgert.

Rüdiger ist da ganz anders: ein beständiger, ernster, nachdenklicher Mensch, aber, anders als sein Name assoziieren könnte, nicht rüde, sondern sehr feinfühlig im Umgang mit anderen und sich selbst.

Bei allen Gegensätzen kommen wir drei gut miteinander klar. Und jetzt stehen die beiden vor mir, Udez mit einem breiten Grinsen und Rüdiger mit einem eher verdrießlichen Gesicht.

Sporadisch schreibe ich für eine der Zeitungen unserer Stadt, meistens für den Lokalteil des Bezirkes, in dem ich wohne, kleine Geschichten aus dem Alltag, vor allem Portraits über alteingesessene Bürger, die das Stadtviertel signifizieren. Auch der Kioskverkäufer war schon dabei. Er hat das Geschäft von seiner Mutter übernommen, die sich damit in den bitteren Jahren der Nachkriegszeit über Wasser gehalten hat, dann haben sie das Geschäft gemeinsam geführt, als

Zubrot neben seiner Fabrikanstellung. Als er vor einigen Jahren arbeitslos wurde, hat der Kioskbetrieb die finanziellen Nöte abgefedert, und seit dem Tod der Mutter führt er das Geschäft alleine weiter. Erst bei meinen Recherchen habe ich herausgefunden, dass der Laden zwar in privater Hand ist, für den Grund, auf dem der Pavillon steht, dagegen eine, aufgrund der „bevorzugten Lage“, horrende Pacht an die Stadt gezahlt werden muss.

Meine Artikel dürfen nicht allzu kritisch sein, ich soll in erster Linie das Liebenswerte herausarbeiten. Man setzt bei dieser Serie ganz auf mich, weil die einfache Erzählform gut bei den Abonnenten ankommt und der Chefredakteur meine plastischen Beschreibungen schätzt.

Gewöhnlich schreibe ich über Menschen, einmal habe ich jedoch nur über eine Brachfläche geschrieben, die mitten auf einer Straßenkreuzung liegt und sich dadurch ergeben hat, weil dort gleich fünf Fahrwege, versetzt zueinander, aufeinander stoßen. Es ist nur ein kleiner, unscheinbarer, für die übrige Gegend ungewöhnlich schmutziger Fleck, der aber gerade deshalb seinen Reiz hat, weil er aus allem herausfällt.

Meine schriftstellerische Arbeit kann ich gänzlich von meinen Recherchen abtrennen. Immerhin liefern mir meine Zeitungsjobs eine ausreichende Lebensgrundlage, und dank meiner journalistischen Kontakte bin ich an den Verlag herangekommen, der meinen Debütroman herausgegeben hat, und es ist nicht einmal der kleinste Verlag, dessen Leiter genügend Kontakte hat, die meiner Karriere sicherlich nicht abträglich sind, wenngleich ich mich nun auf ein Geschäft einlassen muss, in dem ich durchaus mit dem Steppenwolf verglichen werden kann.

„Kommt rein. Bin zwar noch nicht angezogen, aber vor euch kann ich mich ja nicht mehr blamieren.“

„Genau“, grient Udez.

Grundsätzlich bin ich ein Frühaufsteher. Ich mag es, mir einen Pullover über den Schlafanzug zu streifen, in die Filzpantoffeln zu schlüpfen, am Küchentisch Kaffee zu trinken und dabei aus dem Fenster zu sehen. Dieser Kontrast zwischen innen und außen fasziniert mich ganz besonders. Ich bin ein Teil dieser Stadt, in der sich für mich sichtbar oder unsichtbar alles regt, und doch schaue ich wie aus einer Kapsel auf das Leben, als hätte ich mit all dem nichts zu tun. Während die Leute in der Gegend erst noch in die Puschen kommen, beobachte ich, wie die Lichter hinter den Fenstern angehen, sehe Silhouetten und Schatten, ehe später die Außentüren geöffnet werden, der erste Linienbus hinten in der Allee vorbeifährt und der individuelle Autoverkehr einsetzt. Fast jeden Morgen gönne ich mir die Vorlaufzeit, bevor ich mich an meinen Computer setze. Dabei kommt es vor, dass ich mich erst gar nicht anziehe, bis ich etwas außer Haus zu erledigen habe. Irgendwann wird vielleicht der Zeitpunkt kommen, an dem ich zum Bäcker laufe und erst dort bemerke, dass ich mich vorher anzuziehen vergessen habe, aber noch bin ich klar und strukturiert genug, dass mir das sicherlich nicht passiert.

Meine Freunde kennen diesen Aufzug, den ich für heute sogar entschuldigen könnte, denn mit dem frühen Erscheinen der beiden habe ich nun wirklich nicht rechnen können.

„A star is born“, johlt Udez, „hol die Gläser raus, darauf müssen wir anstoßen.“

Ich habe nur zwei Sektgläser, die ich meinen Freunden reiche, und begnüge mich mit einem alten Senfglas. „Das ist noch aus den Siebzigern, habe ich von meinen Eltern geerbt, ist doch kultisch, oder?“ Udez gießt ein und blickt neidisch auf mein Glas. Rüdiger macht alles mit, ohne seine argwöhnische Miene zu verlieren.

„Glaubt nur nicht, dass ich glücklich über den Artikel bin“, sage ich nachdem wir den ersten Schluck genommen haben.

„Nun sei mal nicht so“, raunt Udez. „Ist doch egal, was die schreiben, wenigstens, es sticht irgendwie hervor.

„Ich bin doch kein Politiker, dem egal ist, was geschrieben steht, solange er nur irgendwie erwähnt ist.“

„Zumindest wird es dir in deiner Karriere helfen“, mischt sich jetzt auch Rüdiger ein, „so oder so.“

„Solange die Karriere nicht darüber entscheidet, was ich zu schreiben habe. Mein nächster Roman soll mehr zu bieten haben, dafür ist es nicht schlecht, wenn ich vorher ein wenig Anerkennung erfahre, das gebe ich zu. Beim ersten Mal hält man sich immer etwas zurück, aber was dann folgt ...“

„Das stimmt, beim ersten Mal, da hält man sich zurück, nicht nur in der schreibenden Disziplin. Das erste Mal ist schön, aber das zweite Mal, ich kann dir sagen ...“ Udez schaut gegen die Decke, verdreht die Augen und schlürft an seinem Sektglas.

„Bist du denn schon weit vorangekommen?“ erkundigt sich Rüdiger.

„Ich bin mitten drin. Das meiste von dem, was ich vorher schon im Kopf hatte, habe ich bereits geschrieben, jetzt geht es darum, die Geschichte weiterzuerzählen. Ich weiß auch noch nicht, wie sie ausgehen wird, vor allem aber muss ich anschließend das Ganze noch in einen Guss bringen, denn ich weiß, dass ich stilistisch bislang wie Kraut und Rüben geschrieben habe, eben so, wie meine Tagesstimmung es gerade erlaubte.“

„Man wird dich jetzt auffordern, Lesungen abzuhalten.“

„Ich weiß, aber das habe ich doch schon oft gemacht.“

„Pass nur auf. Man wird jetzt andere Fragen stellen, die über die Inhalte deines Romans hinausgehen.“

„Solange ich nicht über Parallelen zu Mann, Hesse und Kafka referieren muss.“

„Aber du wirst zu politischen Fragen Stellung beziehen müssen.“

„Man kann gerne über Gesellschaftspolitik mit mir sprechen, schließlich macht die einen großen Anteil meines Romans aus, zur Tagespolitik werde ich mich allerdings mit Bewertungen weitgehend enthalten.“

„Mach doch dem Schriftsteller keine Angst“ unterbricht Udez die Diskussion, „der weiß schon, was er tut.“ So flapsig es wieder mal herüberkommt, ich kenne meinen Freund gut genug, um zu wissen, dass sein Zwischenruf ernst gemeint ist. Schon einmal hat er auf eine billige Anmache eines Zuhörers bei einer meiner Lesungen reagiert, ihn argumentativ unter den Tisch geredet, dabei so getan, als wäre er ein normaler Gast und verschwiegen, dass er mit mir befreundet ist. Wenn es drauf ankommt, kann ich mich auf die beiden verlassen.

Dennoch, Rüdiger und Udez könnten in ihrer Art kaum gegensätzlicher sein. Manchmal komme ich mir wie ein Vermittler zwischen ihnen vor. Der eine ist zu locker, der andere zu pessimistisch, ich stehe mit meiner positiv gesinnten Ernsthaftigkeit dazwischen, doch wenn sie unter sich sind, kommen sie genauso miteinander klar. Sie haben wohl ihre ganz eigene Ebene gefunden, sicherlich haben sie auch die gleichen Feinde. Das schweißt seit jeher zusammen.

6.

Der Staatssekretär steht auf dem obersten Absatz einer kleinen Treppe, die in ein seitlich gelegenes Separee führt, und hält seine Begrüßungsansprache. Als besonderen Gast des heutigen Abends stellt er mich vor und lässt in seinem Pamphlet nicht unerwähnt, was er an meinen Romanen so liebt.

Es strömt so viel Neues auf mich ein, das macht benommen. Es wäre anders, wenn ich zu der Sache stehen könnte, wenn mich ein nur einziger Aspekt an diesem Getue animieren würde. Stattdessen bin ich gezwungen, den ganzen Zirkus mitzumachen, hinter dessen Maske sich eine reine Luftnummer verbirgt. Ich bin ein Trapezkünstler, der weder durch ein Seil noch durch ein Auffangnetz gesichert ist. Deshalb muss ich die Sache durchziehen. Ich nehme alles wahr, aber habe das Gefühl, als hätte man mir bei vollem Bewusstsein meine Persönlichkeit aus dem Leib gerissen. Alle schauen in die Kuppel, in der ich hänge und mühsam versuche, mir meine Unbeholfenheit nicht anmerken zu lassen.

Gegenüber ist ein kaltes Buffet aufgebaut. Ich habe Hunger, und der Aperitif verursacht das Säuseln in meinem Kopf, das ich auf je-

den Fall vermeiden wollte. Hoffentlich wird das Buffet eröffnet, bevor ich gleich zwischen den Gästen herumgereicht werde, sonst kann ich nicht garantieren, dass ich über meine Arbeit in der Ernsthaftigkeit spreche, die ich für angebracht halte.
Immerhin bin ich nicht ohne Mission hier. Ich habe mir immer gesagt, du musst deine Gedanken zu allen Seiten hin vertreten können, ob dir ein Arbeiter oder ein Intellektueller, ob ein Kleriker oder ein Nihilist gegenübersteht.

Wenn ich, zurückgezogen in meiner Wohnung, meine Ansichten in einen Roman packe, dann stelle ich mir als Gegenüber jemanden vor, der ein Mindestmaß an Intellekt hat. Das darf natürlich keine konkrete Person sein. Sähe ich meine Freunde vor Augen, für die ich alles niederschreibe, dann würde ich Inhalt und Sprache konkret nach ihnen ausrichten, nein, es ist ein Phantom, für das ich schreibe. Die Realität, der ich mich nach Vollendung des Buches stelle, ist da ganz anders bestellt, eine breite Gesellschaft, vom Literaturkenner bis zum unbedarften Zufallsleser.

Mich auf dem Parkett der Politik zu bewegen, ist noch mal etwas ganz anderes, und ich habe ein wenig Angst, dass das Ganze zu einem Eiertanz werden könnte. Ein Politiker ist nie ganz frei, das ändert sich auch nicht durch eine höhere Stellung, durch eine größere Macht. Deshalb muss selbst ein Präsident etwas spielen, was er selbst nicht ist. Im Gegensatz zu einem Schauspieler wird er aber seine Rolle nicht abwerfen können. Für mich heißt das für den Augenblick, entweder ich spiele mit, oder ich werde untergehen.

Die Rede ist vorbei. Zu meiner Überraschung wurde nicht eine einzige weitere Person erwähnt, genau gesagt wurden zwar einige Personen namentlich begrüßt, doch der Staatssekretär hat nichts Inhaltliches zu ihnen gesagt. Die Anwesenden wenden sich einander zu, und ein Geräuschteppich aus Plauderei, Dialog und Geschwätz, zwischen den einzelne Töne wie das Klackern von Schuhsohlen oder das Klirren von Gläsern fallen, breitet sich im gesamten Foyer aus. Behutsam, ohne mich auffällig abwenden zu wollen, bewege ich mich zurück. Ich will nicht alleine im Zentrum stehen, wenn sich das Geschehen verlagert.

„Na, wo wollen Sie denn hin?"

Der Staatssekretär hat meinen Rückzug bemerkt, oder nicht: Vielleicht verwendet er auch nur instinktiv solche großtönenden Phrasen, um anzudeuten, dass er die gesamte Szenerie im Griff hat. Er packt mich am Arm und zieht mich, wesentlich gröber als vorhin bei der Begrüßung, zur Seite. „Ich möchte vorher noch etwas mit Ihnen besprechen." Er geht nicht darauf ein, was er mit „vorher" meint, und ich bin alles andere als erwartungsvoll auf das Nachher. Wir bewegen uns auf eine Seitentür zu, die er mit der linken Hand öffnet, während er mich mit der rechten in einen halbdunklen Raum schiebt. Ich erkenne die Silhouetten von schweren Sitzmöbeln. Ein dicker Vorhang verdunkelt die hohen Fenster.

Irgendwie wirkt es beruhigend auf mich, dass die Tür einen Spalt weit aufbleibt und nicht nur ein wenig Licht, sondern auch die Geräusche in den Raum dringen.

„Ich habe Großes mit Ihnen vor. Ich möchte Sie demnächst dem Minister vorstellen. Sie können stolz sein."

Mitten in seine Worte fällt ein hörbares Knurren meines Magens. Der Politiker geht nicht darauf ein, würde mich nicht wundern, wenn er es vor lauter Selbstinszenierung nicht wahrgenommen hat. Mir hingegen ist es unheimlich peinlich. Ich werde gerade auf eine mögliche Spitzenkarriere vorbereitet und weiß mit nichts anderem zu antworten als mit einem Magenknurren.

Das war alles. Mit keinem Wort geht der Staatsmann darauf ein, was er tatsächlich bezweckt, was er von mir will, wenn er mich in die obersten Etagen der Politik vorschiebt. Gemeinsam verlassen wir das Separee, er reibt sich die Hände und tönt: „So, der lästige Teil ist beendet, jetzt kann der Abend beginnen."

Die Kanapees liegen mir schwer im Bauch. Das Buffet ist durchaus delikat, in Knoblauchöl und Balsamessig eingelegte Zucchini, Paprika, halbgetrocknete Tomaten und Oliven gefolgt von Crackern, die mit Fisch oder Speckwürfeln unter Grünkohl garniert sind. Wenn ich nach dem Magenknurren vorhin als Nächstes noch aufstoßen muss, dann wird man mich bald gänzlich für einen Barbaren halten. Ich habe einfach zu spät angefangen, etwas zu mir zu nehmen. Mein Magen war gerade im Begriff, sich auf Fasten einzustellen, da rutschte ein Geflügelpastetchen die Speiseröhre herunter, begleitet von einem trockenen weißen Cheverny, der laut Angaben der Bediensteten von der Loire stammt.

Aus versteckten Lautsprecherboxen, die die Halle von allen Seiten her beschallen, ertönt klassische Musik in Kompositionen, die mir ebenso schwergängig durch den Körper gehen.

„Ich bewundere Ihre Arbeit aufs Außerordentliche ...", die erwartete Konversation, auf die ich mich seit Tagen innerlich vorbereitet habe, beginnt. Vor mir steht ein groß gewachsener, älterer Mann mit grauen Schläfen seiner ansonsten schwarzen, nach hinten gekämmter Haare, „... besonders Ihr dritter Band fasziniert, weil Sie die Sachzwänge unserer Gesellschaft in Personen hineinprojiziert haben, indem Sie vorgeblich einfachen Menschen Charakterrollen zuschrieben, die es in der Realität natürlich so nicht gibt, die Sie aber auf wunderbare Weise miteinander spielen lassen. Aber was ich nicht begriffen habe: Warum haben Sie Ihr Buch Clowns genannt? Es gibt im ganzen Roman keinen einzigen Komiker noch eine Analogie, die auf den Titel zurückweist."

„Der Buchtitel ist selbst Metapher." Mich erfreut, zum ersten Mal über den Titel sprechen zu können, der mir als eigene Schöpfung persönlich enorm wichtig ist. Die Nennungen der beiden vorangehenden Bücher wurden mir vom Verlag diktiert, zur Stärkung des Vertriebs hatte man auf verbreitete Floskeln zurückgegriffen, und bei den den „Clowns" folgenden Romanen wurden meine vorgeschlagenen Titel zwar berücksichtigt, aber modifiziert, aus meiner Sicht glatt gebügelt. „Clowns" ist somit mein einziger Originaltitel.

„Ich hatte nicht vor, Buchszenen zu einem Titel zu stilisieren oder den gesamten Inhalt auf irgendeine Weise zu überschreiben", erkläre ich meine Intention. „Mir liegt daran, mit dem Buchtitel zusätzliche Dimensionen zu öffnen, die nicht in den Inhalten vorkommen, Atmosphären zu schaffen, die unausgesprochen bleiben und die der Leser selbst beantworten soll. Die Clowns sind Personen, die in dem Roman nicht erwähnt werden, die nicht an der Handlung mitwirken und dennoch überall dabei sind, ähnlich, wie es der Leser im besten Fall sein soll."

„Verstehe ich das richtig? Während Böll seinen Protagonisten zum Betrachter gemacht hat, wollten Sie den Betrachter nach außerhalb des Buches verlegen?"

„Ich hoffe, das ist mir auch unabhängig vom Titel gelungen."

Ein zweiter Mann gesellt sich zu uns und lauscht dem Gespräch.

„Das verstehe ich sehr wohl. Aber gehen Sie damit nicht zu weit? Der Leser muss doch schon durch den gesamten Roman Ihren Gedanken folgen, sich also auf Ihr persönliches Denkmuster einlassen. Für Sie mag die ganz eigene Sichtweise der Clowns eine Bedeutung haben, aber warum wollen Sie dem Leser abverlangen, sich in die gleiche Position zu versetzen, aus der Sie das Buch geschrieben haben? Ich kann ja nachvollziehen, dass man als Künstler immer noch mehr will, doch ein Teil der Kunst ist doch auch die Beschränkung."

„Vielleicht haben Sie recht, vielleicht fordere ich meine Leser zu sehr heraus. Doch versuchen Sie, den Prozess einmal aus meiner Sichtweise als Erfinder der Geschichte zu betrachten: Wenn eine Idee so weit herangereift ist, dass ich beschließe, ein Manuskript zu beginnen, dann explodiert das Thema buchstäblich unter meinen Geistesfunken. Die wichtigste Arbeit besteht dann darin, all meine Euphorien, die in sämtliche Richtungen sprühen, wieder einzufangen und in eine Form zu pressen, aus der dann, wenn alles gutgeht, ein Roman oder eine Erzählung entsteht. Somit ist ein fertiges Manuskript schlechthin schon Selbstbeschränkung. Für die Herausgabe einen inhaltlich öffnenden Titel zu finden, ist dagegen ein spielerischer Umgang mit der Tatsache, dass man sich ohnehin selbstdiszipliniert hat."

„Sicherlich bewertet eine Gruppe von Clowns die Handlung ganz eigen, sagen wir einmal im Gegensatz zu einem Team von Ingenieuren ..." Der Herr zögert einen Moment, sieht in meine Richtung, aber schaut durch mich hindurch, als wolle er das Gesagte sacken lassen, ohne das Gespräch zu unterbrechen. Da nutzt der Hinzugekommene, ein fülliger kleiner Mensch mit Vollglatze, der statt einer dezenten Krawatte eine purpurrote Fliege trägt, schamlos diese Lücke: „Sie haben das, wie man es von einem so gewandten Schreiber nicht hätte anders erwarten können, sehr galant und bildhaft formuliert. Meinen Respekt.“ Doch statt das Thema fortzusetzen, wechselt er ohne inhaltliche Überleitung auf ein neues Motiv: „Sagen Sie, was halten Sie von der Musik?“ Er hebt den Finger in die Luft, um anzuzeigen, dass er die Klänge meint, die als atmosphärisches Hintergrundgeräusch durch die Lautsprecher dringen. Mich irritiert, wie der Dicke plötzlich alles an sich reißt, während der vorige Gesprächspartner, der über die Einmischung durchaus düpiert sein könnte, gönnerhaft mit geneigtem Kopf dreinblickt. „Das ist Shostakovich! Ein Streichquartett aus seinen Kammerorchester-Symphonien.“

„Sind Kammerorchester und Symphonie nicht zwei verschiedene Paar Schuhe?“ erkundigt sich der andere.

„Nein, das ist ein landläufiges Vorurteil.“ Der Glatzkopf schaut, während er dessen Auffassung abwehrt, nicht zum Gesicht des Fragenden auf – denn dann müsste er seinen Kopf weit in den speckigen Nacken legen –, sondern blickt mit seinen in schwulstigen Gesichtspartien eingebetteten schmalen Augen selbstbewusst gegen dessen Brust. „Die besten Komponisten jedenfalls haben die These vertreten, dass der Begriff Symphonie sich auf das Arrangement bezieht und nicht auf die Größe des Orchesters.“

„Hat Musik Einfluss auf Ihre schreibende Tätigkeit?“ wendet sich mein erster Gesprächspartner an mich und stellt dadurch in geschickter Weise eine Verknüpfung beider Gesprächsthemen her.

„Nicht bewusst. Ich höre nur sporadisch Musik, nicht aber, während ich schreibe. Sie würde mich zu sehr ablenken. Ich kann nicht mit bestimmter Sicherheit sagen, ob Musik nicht einen unterbewussten Einfluss auf meine Arbeit haben würde, was wiederum bedeutete, dass ich nicht selbst lenke. Anders ist das beispielsweise mit der bildenden Kunst. Manches Mal tauchen in meinen Figuren Bilder auf, die ich von Gemälden entlehnt habe, und manche Gesichtszüge, die ich beschreibe, habe ich beispielsweise von Skulpturen abgeguckt."

„Aber Sie kennen Shostakovich?" wendet sich der Dicke vertrauensvoll an mich, als wolle er dokumentieren, mit seinem Thema mehr als der andere bieten zu können. Der Mann scheint nicht nur sehr um sich, sondern auch um sein musikalisches Idol zu kreisen, jedenfalls lässt er sich nicht vom Verlauf des Gespräches auf ein anderes Motiv als seinen Shostakovich lenken.

„Ich habe Stücke von ihm gehört, kenne ihn aber nicht besonders gut." Mit dieser Antwort gebe ich weniger zu, als wahr ist. Was die musikalische Seite von Shostakovich betrifft, habe ich nicht mal gelogen, doch ich kenne einen Teil seiner Biographie, die mir stark imponiert hat und mich nicht minder beeinflusst. Der russische Komponist hat sehr unter dem Einfluss der Diktatoren gelitten. Seine Kompositionen haben ihn schnell berühmt gemacht, dann wollte man ihn für den Staatsapparat instrumentalisieren, hinter dessen Ideologie er zwar grundsätzlich gestanden hat, doch er stand der Politik nicht unkritisch gegenüber, das prägte auch seine Werke. Ständig lebte er mit der Angst, inhaftiert zu werden, verschleppt und Schlimmeres. Dabei ging es nicht nur um seine eigene Person, sondern neben ihm war auch seine Familie bedroht. Sogar eine ganze Symphonie hat er kurz vor der Uraufführung zurückgezogen, weil es Hinweise darauf gab, dass die Machthaber dieses Werk als ketzerisch empfanden und es nicht dulden würden. Für mich ist das alles unbegreiflich. Wie kann sich bloße Musik, ohne Gesangstexte, gegen einen Staatsapparat richten. Shostakovich wird seine Mittel gefunden haben, Systemkritik in der Musik zu verstecken, doch scheinbar konnten auch die Attackierten oder ihre Zuarbeiter seine Anklage aus den Werken herauslesen und womöglich hochstilisieren.

„Hören Sie nur, wie er ein Thema anschneidet", raunzt der Dicke und legt ein fratzenhaftes Grienen über sein Gesicht, „es im vollen Umfang auskostet, wie die Bratsche ihre Kontrapunkte zur Violine setzt. Achtung, jetzt wird das Thema ausgekleidet, zu einer bombastischen Intonation anschwellen, aber achten Sie darauf, was er gleich macht: Er lässt die orchestralen Töne nicht wieder zerlaufen, wie es Wagner getan hätte, sondern wechselt frech das Thema. Ich empfehle Ihnen weiter zu hören, denn der Themenwechsel unterliegt keiner Willkür, sondern wird im weiteren Verlauf mit dem Ausgangsklängen zu korrespondieren lernen. Wenn Sie das begriffen haben, dann werden Sie auch der Genialität des Meisters auf die Spur kommen."

Was der Mann da sagt, klingt nicht uninteressant, dennoch bleibt er mir wegen seiner Art, seines aufdringlichen Auftretens, durchweg unsympathisch. Der andere Gesprächspartner, dem eine Fortführung unseres Gespräches wohl aussichtslos geworden schien, hat sich derweil unbemerkt davongemacht.

7.

In meiner Wohnung reiße ich mir das Sakko vom Leib, stoße einen kräftigen Schrei aus und lasse mich auf das Sofa fallen. Sofort kommen mir Bedenken. Der Schrei war sehr laut, für drei Uhr nachts zu laut. Wenn jetzt einer meiner Nachbarn wach geworden ist, dann wird er sonst was denken, vielleicht sogar die Polizei rufen. Ich halte mich still, strecke die Beine in die Luft und kreuze sie über die Rückenlehne, lasse meinen Kopf nach unten fallen und lausche, ob sich im Haus irgendetwas regt. Offensichtlich ist mein Ausruf in die Tiefschlafphase der anderen gefallen, mein Glück, es bleibt vollkommen ruhig.

Die Taxifahrerin, die mich nach Hause gefahren hat, war das Gegenteil von ihrem für die Hinfahrt verantwortlichen Kollegen. Sie war schlank, hatte eine aufrechte Körperhaltung, wirkte trotz fortgeschrittener Stunde ausgeschlafen und machte einen adretten, aber abweisend strengen Eindruck. Ihr lag nichts daran, mit mir irgendeine Konversation zu betreiben. Ich muss zugeben, heimlich habe ich mir gewünscht, denselben Fahrer von vorher zu erwischen, der nach meiner Vorstellung durch die Mimik, die ich ihm noch schnell vor Betreten des Staatsgebäudes zugeworfen habe, mich als vertrauenswürdig eingestuft und dem ich dann, im Gegensatz zur Hinfahrt, redselig meinen angestauten Verdruss ausgeschüttet hätte.

Kopfüber schaue ich durch das Zimmer, wandere mit meinem Blick von einem Gegenstand zum anderen. Meine Welt hat sich umgekehrt.

Statt ins Bett zu gehen, stelle ich den Zustand her, den ich sonst nur nach dem Aufstehen schaffe: Ich schlüpfe in meinen Schlafanzug, ziehe dicke Socken und meinen warmen, türkisfarbenen Pullover an, brühe mir einen Kaffee auf und setze mich ans Küchenfenster. Bis auf das Geknatter eines Motorrades, das hinten in der Allee vorbeifährt, auf dessen Sozius eine junge Frau sitzt, die keinen Helm trägt und deren blondes Haar im Fahrtwind weht, bleibt die Nacht ruhig.

Die Anspannung des Abends fällt von mir ab, spürbar, nicht allmählich, sondern in Intervallen, in Quantensprüngen. Die Stille der Nacht lässt mich wieder zu mir kommen. Nichts lenkt mich davon ab, in mein Element zurückzukehren. Vielleicht werde ich irgendwann einmal eine CD von Shostakovich kaufen, jedoch nicht so bald. Ich will erst warten, bis das Bild des Glatzkopfes weitgehend aus meinem Gedächtnis verschwunden ist. Es wäre zu schade, wenn ich voreingenommen an die Musik herangehen würde.

Im „Palais“, so wird das Staatsgebäude vom Volk genannt, habe ich gute Miene zum bösen Spiel gemacht. Die letzte Stunde war bloß noch Kampf gegen meine Müdigkeit, ehe ich es für vertretbar hielt, ein Taxi rufen zu lassen und mich zu verabschieden. „Ihre Droschke ist eingetroffen“, hatte mich der Empfangsdiener noch hochgestochen angesprochen, mir hätte es gereicht, wenn er: „Der Wagen ist da“ geraunzt hätte. Der späten Stunde und meinem Gemütszustand hätte das eher entsprochen. Doch der Angestellte hat die Contenance bewahrt, die ihm als Pflichterfüllung auferlegt wurde.

Jetzt ist meine Schläfrigkeit wie weggeblasen. Ich nutze die neue Energie und fahre den Computer hoch. Vielleicht hat der merkwürdige Staatsempfang eine reinigende Wirkung auf meine Arbeit. Nachdem ich nun einen kleinen realen Einblick in diese geschlossene Gesellschaft erhalten konnte, fällt es mir leichter, mich gegen diese Welt abzugrenzen, auch wenn in einzelnen Gesprächen Elemente vorkamen, die mich durchaus positiv inspiriert haben. Der Gedanke, demnächst dem Minister vorgeführt zu werden, spielt für mich momentan keine Rolle. Die Zwischenzeit, in der ich mich in meinem Rückzugsgebiet auf meine Werte rückbesinnen kann, wird mich, wenn der Tag gekommen ist, gestärkt der Audienz entgegensehen lassen. Das Klackern der Tastatur unter meinen Fingern ist ein beruhigendes Geräusch, die Verwandlung von Gedanken in niedergeschriebene Stücke macht mich stark.

Es klingelt an meiner Haustür.

Zu solch einer Zeit?

Beim Blick auf die Uhr stelle ich fest, dass es schon Morgen ist, wenn auch noch recht früh. Ich schaue auf die Seitenangabe am unteren linken Rand meines Bildschirms. Unglaublich, ich habe fünfzehn Seiten geschrieben. Das ist für meine Verhältnisse viel, denn gewöhnlich schreibe ich stets sehr langsam und prüfe jeden Satz auf seine Genauigkeit. Es gibt Zeiten, da schaffe ich nur drei Seiten am Tag und kann dennoch zufrieden mit dem Arbeitspensum sein.

Würde sich die Stadt vollkommen umwälzen, dann könnte ich in nur wenigen Wochen ein Epos schreiben. Doch da sich jetzt alles an dem Bleibenden, dem Verlässlichen, dem Belassen misst, gehe ich mit Akribie in jedes Detail. Ich habe einmal das Durchschnittspensum eines Romans ausgerechnet: Mit mehrmaligem Überarbeiten, Recherchen und Korrekturlesen kam ich auf weniger als eine Seite pro Tag, und das finde ich einen guten Schnitt, wenn man bedenkt, dass der Blick aus meinem Küchenfenster mit zu den Recherchen gehört.

Rüdiger steht vor der Tür und macht ein noch ernsteres Gesicht als üblich. Erstaunlich, wie sich seine Gemütsschwere noch steigern lässt.

„Hast du gehört, was die Regierung vorhat?“

„Komm erst mal rein.“

Normalerweise zieht Rüdiger seinen Mantel aus, geht in mein Arbeitszimmer und schaut sezierend auf die Dinge, die ich gerade ausgebreitet habe. Jetzt hält er sogar seine Baskenmütze auf und bleibt im Korridor stehen.

„Ich mach mal nen heißen Kaffee. Bist du zu Fuß hier?“

„Ja klar, um diese Zeit fährt doch noch keine Bahn.“

„Jetzt doch schon ... ach ja, hab vergessen, dass heute Samstag ist. Und woher weißt du von den neuen Vorhaben der da oben?“ Ich verdränge, eben noch selbst mit einigen von denen zusammengestanden zu haben.

„Nenne es meinetwegen Frühnachrichten. Konnte nicht schlafen, als hätte ich es geahnt. Dann hab ich mir eine Zeitung geklaut. In der Nähe meiner Wohnung gibt es eine Stelle, an der das Paket mit den Tageszeitungen für den Boten deponiert wird. Wenn man die richtige Zeit abpasst, dann ist man da, ehe der Austeiler die Zeitungen abholt.“

„Nimmst du dir da öfter deine Zeitung? Du Tagedieb!“ füge ich ironisch an.

„Zwei-, dreimal hab ich das bisher gemacht“, gibt Rüdiger kleinlaut zu, „aber nur aus der Not heraus, eine Zeitung früh lesen zu müssen und zu dieser Zeit noch keine kaufen zu können“, begründet er schnell sein Verhalten.

Für Rüdiger war Politik nie ein Nebenschauplatz, eine Kampfarena, aus der man sich entfernen kann, sondern immer Teil seines Lebens. Er misst und bewertet alles aus einer politischen Anschauung, selbst wenn ein Straßenköter einen Müllsack zerrupft, weil sich darin ein angenagter Hähnchenschenkel befindet. Das kann mitunter nerven, doch da wir nicht wie ein altes Ehepaar aneinandergekettet sind, erlebe ich eher die Vorzüge seiner idealistischen Lebensauffassung. Ich stelle mir bildlich vor, wie er, wenn andere nach dem Erwachen nach einem Frühstück lechzen, Hunger auf aktuelle Meldungen hat. Sein Ausdruck „lesen müssen“ überrascht mich nicht.

„Man muss allerdings ein Messer dabei haben.“

Ich erschrecke. „Mensch Rüdiger, so kenne ich dich aber nicht. Ist Zeitungsklau mittlerweile derart gefährlich, dass man den notfalls mit Gewalt verteidigen muss?“

„Quatsch! Aber das Zeitungspaket ist in eine dicke Folie eingeschweißt. Die mit dem bloßen Finger aufzutrennen, ist eine Prozedur, das habe ich beim ersten Mal erprobt und mir dabei gleichzeitig die Gelenke im Finger ausgerenkt und mir einen Nagel eingerissen. Mit dem Messer kann man die Folie schön säuberlich am Rand aufritzen und die Zeitung herausziehen, ohne dass die Ecken zerknautschen.“

Das Wasser kocht. Da ich die ganze Zeit über im Türrahmen, mit dem Rücken zur Küche, gestanden habe, ist mir das zunächst nicht aufgefallen. Jetzt sind die Scheiben meines Küchenfensters vollkommen eingenebelt. Ich fülle Kaffeemehl in die Glaskanne, schütte das Wasser auf und stülpe den Deckel drüber, in den ein Metallfilter integriert ist, den man, wenn der Sud wenige Minuten durchgezogen ist, anhand einer kleinen Stange herunterdrücken kann. Ausnahmsweise ist der Tisch im Zimmer, bis auf einige Bücher, die am Rand liegen, frei geräumt. Ich brauche also keine Zettel zur Seite zu schieben, um die Kanne, Tassen und Sahne hinzustellen. Rüdiger hat am liebsten Sahne im Kaffee, aber nur einen kleinen Tropfen, der den Kaffee kaum aufhellt. Ich habe mir dummerweise angewöhnt, mit Zucker zu trinken, entstanden, weil ich manches Mal mit wichtigen Gedanken, die ich unbedingt niederschreiben will, gegen meine Müdigkeit arbeite – und Zucker bringt schnelle Energie.

„Du warst gestern im Palais?!“

„Komm, lenk nicht ab. Erzähl, was haben sie vor?“

„Notstandsgesetze.“

„Notstands...? Welcher Notstand?“

„Tja, das frage ich mich auch. Nennen sie allerdings auch nicht so. Aber wenn du die avisierten Maßnahmen beleuchtest, wirst du nichts anderes finden als das, was es in den dunkelsten Zeiten unserer Republik in Ansätzen schon einmal gegeben hat. Diesmal scheint jedoch mehr System dahinter zu stecken."

„Das kann ich mir nicht recht vorstellen. Übertreibst du nicht etwas? Das funktioniert doch heute nicht mehr so einfach."

„Du wirst dich noch wundern: Was fällt dir zum Beispiel beim Stichwort Zensur ein?"

„Na ja, wenn es um Gewaltverherrlichung geht oder um den Eingriff in die Persönlichkeitsrechte, halte ich Zensur für ein legitimes Mittel."

„Von wegen Persönlichkeitsrechte. Die wird es bald allenfalls noch für die Mitläufer geben. Das ist jetzt kein Spiel mehr Bas. Wir sind auf dem besten Weg in einen totalitären Staat, die Schwelle dazu ist jetzt schon überschritten. Man hat natürlich alles schön verpackt. Was seinerzeit mit ‚Notstandsgesetze' betitelt wurde, heißt jetzt ‚Vereinbarung zur Dynamisierung der Handlungsfähigkeit des Staates'."

„VDHS. Klingt kernig."

„Mach jetzt keine Witze."

„Mach du mal langsam. Du dramatisierst. Auch wenn du ein sensibles Gespür für viele Strömungen hast, solltest du mit deinen Bewertungen vorsichtig sein."

„Bei aller Naivität, wie bewertest du das denn: Ab sofort dürfen Gesetzesprojekte und Durchführungsverordnungen, die offiziell mit dem Begriff Klausel tituliert sind, nicht mehr öffentlich kommentiert werden, solange, bis sie in Kraft getreten und erprobt sind. Die Definition dieser Erprobungszeitspanne obliegt wahrscheinlich denselben Urhebern. Dass man gegen Gesetzesvorhaben nicht klagen kann, ehe sie festgeschrieben sind, hat ja schon immer gegolten, jetzt darf man nicht mal mehr seine Stimme erheben. Du siehst, die Fantasie unserer lieben Regierung kennt keine Grenzen."

„Das Verfassungsgericht würde solchen Vorhaben einen Riegel vorschieben."

„Ach, unser liebes Verfassungsgericht. Du glaubst wohl immer noch, dass man Gerechtigkeit systematisieren kann. Legislative Gestaltungskraft und judikative Kontrolle sind doch kein unumstößliches Muster für eine astreine Demokratie. Die Mühlen der Verfassungsjustiz mahlen gemächlich, die roten Roben nehmen sich alle Zeit der Welt. Bis die zu ihren Entschlüssen gekommen sind, wird viel passiert sein."

„Da muss ich dir recht geben: Verfassungsrichter sind nicht viel mehr als Soziologen mit Entscheidungshoheit ..."

„... wobei sich die Entscheidung lediglich auf ein passives Vetorecht beschränkt. Ehe von dieser Seite überhaupt etwas geschehen wird, kann unsere liebe Regierung ganz gemütlich weitermachen. Selbst wenn sie einmal eine Rüge von den Verfassungsrichtern erhalten, wird ihnen noch eine Frist eingeräumt, in der gemütlich die eingeforderten Korrekturen vorgenommen werden dürfen. Bis dahin steht schon kein Stein unseres liberalen Demokratieverständnisses mehr auf dem anderen. Scheiße, Bas, jetzt geht es an die Substanz. Hast du dir schon einmal vor Augen geführt, wie viele Richterposten in der letzten Zeit erneuert wurden? Von wegen neutrale Judikative. Längst ist eine Entliberalisierung durch den gesamten Exekutivapparat geschwemmt, und das wird so weitergehen. Es dauert nicht lange, bis man die Demokratie vollkommen ausgehöhlt hat, von der nur noch die äußere Haut erhalten bleibt."

Rüdigers Wortwahl wirkt beängstigend.

„Das kann doch alles nicht sein."

„Doch. Genau so wird es ablaufen. Die Medien dürfen nur noch ausgewogen berichten, angeblich, weil billiger Populismus das Regieren unmöglich macht. Die Legislaturperioden seien zu kurz und die Wahlkämpfe zu ausgedehnt, um sich auch noch zwischendurch gegenseitig zu zerfleischen. Ein Ziel kann nur erreicht werden, wenn das Volk den Weg auch mitgeht, statt sich von vornherein dagegenzustellen, sagen sie. Ausgerechnet die Partei, die über den radikalsten Populismus an die Macht gekommen ist, hat jetzt Angst davor."

„Und das willst du alles aus der Morgenzeitung erfahren haben?!"

„Quatsch, natürlich nicht. Welche Zeitung könnte schon objektiv gegen die eigene Beschneidung seiner Grundsätze berichten. Die haben nur über ein paar Fakten geschrieben, die das Puzzle, das sich da zusammensetzt, kaum zu erkennen gibt. Ohne mein Netzwerk aus Informationsquellen würde ich jetzt wahrscheinlich genauso naiv ins Messer laufen wie du."

„Na, wenn das alles so stimmt, wäre das natürlich ein hartes Stück."

„Pass auf, es kommt noch schlimmer. Gäbe es nur einzelne dreckige Gesetze, dann würde man vielleicht noch Wege finden, sie zu umgehen. Aber man ist dabei, ein ganzes Bündel radikaler Dekrete zu schnüren, die sich zu einem undurchdringbaren System aneinanderketten. Zum Beispiel können demnächst kleinere Delikte auch von Staatsbeamten geahndet werden – ohne Verfahren, lediglich nach einer Anhörung und ohne die Möglichkeit, das Urteil anfechten zu können. Angeblich will man die hohen Prozesskosten bei kleineren Verfahren vermeiden und die Gerichte entlasten. Man entschuldigt sich damit, dass der Einzelne bei kleinen Vergehen mögliche unausgereifte Richtsprüche eher verkraften kann, als wenn auf der anderen Seite große Straftaten aus formellen Gründen verjähren würden. Grundrechte sollen gelockert werden, und der Staat will sich in seiner Verantwortung auf die essentiellen Dinge zurückziehen. Merkst du, wie sie argumentieren: Großes Unrecht muss vermieden werden, dafür muss der Einzelne bei Kleinigkeiten mal eben auf sein letztendliches Recht verzichten. Angeblich will man dem organisierten Verbrechen auf diese Weise besser begegnen können."

„Die Argumentation ist nicht schlecht, macht die Sache allerdings tatsächlich nicht besser. Auf der anderen Seite ist das natürlich kein idealer Weg, aber auch nicht ganz so dramatisch. Sollen sie doch machen. Was uns die Medien unterbreiten, wird ja auch immer populistischer. Spätestens seit kaum noch jemand Geld für gedruckte Zeitungen ausgibt und man stattdessen seine Informationen aus gesponserten Webseiten zieht, hat die Qualität der Berichterstattungen doch stark nachgelassen. Warte mal ab, Rüdiger. Es wird eine Verschiebung geben, sagen wir besser, die Verschiebung ist in vollem Gange: Unser Demokratiekonstrukt, in dem wir uns bisher immer angenehm baden konnten, hält nicht mehr das, was es verspricht. Aber wird sich dadurch viel ändern? Ich sehe keine große Bedrohung. Im Prinzip geht es uns doch um das große Ganze, das von diesen Veränderungen kaum berührt wird."

„Nein, Bas, da lasse ich nicht mit mir diskutieren. Der Staat muss sich immer aus der Gesellschaft konstituieren, er darf sich nie abgehoben über sie stellen. Bis zuletzt für sein Recht eintreten zu können, ist ein Menschenrecht, auch wenn es nur um kleinere Beschuldigungen geht. Wir sind doch nicht bei den Hottentotten, wo irgendein Stammesgesandter über gut und böse urteilt."

„Für meine Begriffe stellst du die Rechtsordnung zu sehr in den Fokus. Wenn du sagst, der Staat müsse sich aus der Gesellschaft konstituieren, dann bedeutet das einen ständigen Wandel. Und das gilt auch für die Grundrechte. Ich bin der Auffassung, ein Grundgesetz darf nicht starr bleiben und muss sich ständig verändern. Grundrechte müssen bis auf wenige Unantastbarkeiten in Frage gestellt werden dürfen, und sie können nicht in alle Lebensbereiche eingreifen. Lass sie doch machen, uns wird das nicht berühren. Mensch, Rüdiger, auch wenn momentan ziemlich viel beschissen läuft: Ich glaube, das Demokratieverständnis ist in unserer Gesellschaft derart tief verwurzelt, dass sich die Dinge wieder zum Guten wenden werden."

„Mann, Bas, was bist du naiv. Schau dich doch mal in der Gesellschaft um. Ich erkenne da keine demokratische Prägung, wohl aber einen ausgeprägten Materialismus. Das Volk ist mit primitiven Mitteln schnell zu befriedigen. Wie soll daraus eine Dynamik entstehen? Ohne festgesetzte ethische Grundregeln wird unsere liberale Grundordnung den Bach runtergehen.

„Warum haben wir denn bisher noch nichts von den Vorhaben gehört? Es muss doch Anhörungen geben und parlamentarische Debatten."

„Daran begreifst du, wie es künftig laufen wird. Die entscheidenden Dinge werden hinter verschlossenen Türen vorbereitet, inklusive den Methoden, das Parlament umgehen zu können. Ich kann das kaum aushalten, vor allem seit mir bewusst wurde, was alleine die Kombination der beiden Gesetze, die ich gerade erwähnt habe, bewirken kann: Demnächst, mein Freund, kann dich ein einfacher Beamter verurteilen, wenn du ein kritisches Wort über die Regierungsarbeit verlierst. Gut, ich muss einräumen, du wirst nicht vorbestraft werden und die Strafen können sich nicht potenzieren, solange kein Gerichtsurteil vorliegt, aber auch ständige kleine Nadelstiche können dich und jeden anderen Regierungskritiker mürbe machen."

„Ich glaube nicht, dass es so hart kommen wird. Okay, ich muss zugeben, was du mir da berichtest, ist harter Tobak. Aber meinst du wirklich, dass sie das auch so radikal anwenden werden?"

„Na glaubst du denn, es würde bei deinen Fußballstadiengesetzen bleiben?"

„Was meinst du mit Fußballstadiengesetzen?"

„Du hast dich doch so unendlich darüber aufgeregt, wie manche Fangruppen ungestraft hetzerische Parolen ausrufen durften, als sei ein Fußballstadion Terra incognita für Diskriminierungsverbote. Als die Regierung dann Strafen für die Vereine verhängt hat, in deren Stadien Spieler als Hurensöhne bezeichnet oder in denen ‚Hängt sie auf, die schwarze Sau' skandiert wurde, hast du ‚Richtig so' gesagt, und als der Verfassungsschutz heimliche Gestankattacken gegen radikale Fangruppen gestartet hat, hast du sogar gelächelt. Jetzt siehst du, das waren nur die harmlosen Vorboten einer Denkweise, die sich nun an wirklich essentielle Lebensbereiche heranmacht."

„Dass die Attacke vom Verfassungsschutz ausging, ist nur eine Vermutung. Ich weiß nicht, ob man deren Beamten eine derartige Verspieltheit zutrauen sollte. Abgesehen davon, die Interventionen, mit denen man Entwürdigungen nicht länger durchgehen lässt, bloß weil sie im kaum beherrschbaren Gruppentaumel stattfinden, finde ich sogar mutig, wenngleich man gegen Dummheit keine Gesetze erlassen kann."

„Du warst es doch immer, der nach staatlichen Interventionen gerufen hat, nicht nur wenn es um Diffamierung ging. Du hast sogar Zensur als ein legitimes Mittel gegen Demütigungen gutgeheißen."

„Zensur kann ich immer noch nicht ausschließen, solange man sie nicht methodisch anwendet, sondern feinfühlig, nach reichlicher Abwägung damit umgeht."

„Hey, Bas, du wolltest doch sogar grundsätzliche Verbote und Sonderregelungen haben, wenn es beispielsweise um Islamkritik ging."

„Nein, Rüdiger, das ist falsch. Das Recht auf freie Kritik habe ich immer verteidigt, auch wenn es um den Islam ging, und daran hat sich auch nichts geändert."

„Na gut, das gebe ich zu, aber Provokationen als Teil der Kritik hast du ausgeschlossen."

„Auch nur für den Fall, wenn die Provokation zu weit geht, wenn sie geeignet ist, Menschen individuell anzugreifen, ihre Gefühle zu verletzen. Und an dieser Stelle kommen wir auch wieder bei der Religion an. Nicht alle religiösen Empfindlichkeiten entspringen aus den Gefühlen des Einzelnen, ein großer Anteil ist von Religionsführern indoktriniert. Das ist die eine Seite, doch wenn manche Menschen solche Vorgaben als essentiell für sich annehmen, dann muss man Rücksicht darauf nehmen, und dann muss sich nach meiner Meinung ab einen bestimmten Punkt auch der Staat schützend davor stellen."

„Das ist mir zu staatsideologisch. Auch wenn mir manche Provokateure zu weit gehen, sehe ich es nicht als Aufgabe des Staates, sondern als die der Gesellschaft an, sich dagegenzustellen. Aber es bringt jetzt nichts, das weiterzudiskutieren, ich kenn ja deine Haltung. Jetzt geht es um eine ganz andere Sache, nicht um ethische oder religiöse Verletzbarkeiten, vor die man sich schützend stellen will oder soll, sondern um die Macht einer Staatsführung, die man nicht mehr ankratzen dürfen soll – nicht irgendeiner, nein, unserer Staatsführung, in einem Land, das man einst als eins der demokratischsten der ganzen Welt ansehen durfte."

„Ich kann das, was du mir da berichtest, noch nicht ganz einordnen. Vielleicht ist alles viel harmloser. Möglicherweise will man die Agitationen der politischen Netzwerke behindern. Da werden sie aber kaum Chancen haben, etwas auszurichten. Die Plattformen können von jedem Land der Welt aus operieren. Das Internet zu zensieren, das wird einem Staat wie unserem nicht gelingen. Pass auf, Rüdiger, ich würde nicht auf die vollständige Richtigkeit der Meldungen vertrauen. Schließlich kommen viele deiner Informationen aus ideologisch gefärbten Quellen. Ich will damit nicht sagen, sie wären grundsätzlich falsch, aber die Tendenz scheint mir doch zu sehr ins Negative zu gehen. Die Regierung kennt doch seine natürlichen Grenzen."

Mein Freund sieht mich erbost an. „Woher nimmst du bloß dein Vertrauen? Erstens weiß ich, auf welche Leute ich mich verlassen kann – das solltest du sogar noch besser wissen –, und zweitens stelle ich dir die Frage: Hast du die Partei zuletzt noch gewählt oder nicht?"

„Nein, das weißt du doch."

„Eben. Aus guten Gründen. Du hast doch auch schon längst begriffen, dass man sich auf die Partei, so wie sie sich entwickelt hat, nicht nur nicht mehr verlassen kann, sondern aktiv und in allen Belangen misstrauen muss. Auch wenn sie die Netzwerke nicht zensieren können, so werden sie dennoch genau hinsehen, wer sich daran beteiligt. Es wird ein Einfaches sein, jeden, der auch nur einen politisch motivierten Aufruf erhält, in einer Datenbank zu speichern und die Daten mit seinen sonstigen Aktivitäten zu vergleichen. Die werden auch wissen wollen, für welches Kabarett du dir Karten und bei welchem Versandhaus du dir deine T-Shirts bestellt hast. Frag mal Udez, was heutzutage alles möglich ist. Eine falsche Unterschrift und dazu ein falsches Suchwort, das du irgendwann arglos verwendet hast, und schon bist du verdächtig. Die Technik ist einfach, ein Raster für Verdächtigungen anlegen ebenso. Wenn an der Spitze die falschen Leute sitzen, dann kann hier ganz schnell so einiges Unliebsames passieren, was noch wenig mit den alten Idealen eines Rechtsstaates zu tun hat. Das ist nicht mehr unsere Partei, Bas. Wir haben sie seinerzeit immer nur gewählt, als sie noch eine kleine Minderheit war und kein anderer sie als Koalitionspartner ins Boot ziehen wollte."

„Sie war eben ein hässliches Entlein, aber mit Charme."

„Sie hatte politische Ideologien, die wie unsere aussahen. Doch selbst die sind nicht mehr geblieben."

„Sie konnte nur funktionieren, indem sie als Spartenpartei agierte. Jetzt müssen sie alle Themen abdecken, was ihnen mit ihren ursprünglichen Grundsätzen alleine natürlich nicht gelingen kann. Das nenne ich politischen Logarithmus. Der Ausgangspunkt basierte auf echten Idealen, in der Potenz entfernt man sich, wie auf einer Spirale, von seinen Ursprüngen und bildet immer neue, verzerrte Muster um den Kern."

„Ach, Bas, du und deine literarische Arithmetik. Ich sehe keine logarithmische Entwicklung, ich sehe nur eine Veränderung, die den knallharten Abschied von den alten Idealen bedeutet."

„Bleib doch entspannt, Rüdiger. Ich glaube, dass der Kern ihrer Ursprungsideologie erhalten geblieben ist. Auch wenn sie momentan nicht überall die richtigen Wege gehen und merkwürdige Methoden an den Tag legen, so sind die letztendlichen Ziele doch nicht ganz falsch. Vor allem gibt es doch sehr verschiedene Köpfe und unterschiedliche Strömungen, von der Parteibasis bis in die Spitze der Regierung: Man muss nur die richtigen Leute stärken."

„Ich sehe vorne an der Spitze keine Person, die die alten Ideale vertritt. Von den Gründungsvätern ist kaum noch jemand aktiv. Die meisten sind untergegangen, die wenigen Verbliebenen haben sich mit dem Wind gedreht. Oder lass es mich besser umgekehrt ausdrücken: Aus der alten Riege durften nur die Wendehälse und Opportunisten bleiben. Von dem, für das sie einmal gestanden haben, ist außer der Maske nichts mehr übrig geblieben, doch dahinter verbirgt sich eine abscheuliche Fratze. Man kann doch nicht den Teufel mit dem Belzebub austreiben."

„Mir gefällt das doch auch alles nicht. Aber gerade deshalb sollten wir uns nicht entgegenstellen, sondern mitwirken, damit unser Einfluss nicht verloren geht. Es ist an uns, die besseren Wege zu bahnen ..."

„... bis uns das System absorbiert. Nein danke! Wir müssen uns entgegenstellen, das ist meine Meinung, wir müssen einen Widerstand organisieren."

„Lass uns die verbliebene Chance nutzen. Wir kennen doch genügend Leute, die sich noch einmischen können. Wenn wir jetzt allesamt Druck machen, ohne gleich nach Revolte zu rufen, dann werden wir das Boot sicherlich wieder in die richtigen Fahrwasser lenken können. Das Schiff schon jetzt zu verlassen, halte ich für verfrüht."

„Du kapierst nicht: Der Widerstand muss jetzt organisiert werden, nicht erst, wenn die Repressalien an ihren Höhepunkt gelangt sind. Dann würden wir ohnehin keine Chance mehr haben."

„Lass mich zumindest erst meinen Weg erproben, Rüdiger. Ich habe doch schon einen Fuß in der Tür. Soll ich den jetzt wieder zurückziehen? Wenn die Tür einmal zugeschlagen ist, wird sie sich für unsereins garantiert nicht mehr öffnen."

„Pass nur auf, man will uns zu Erfüllungsgehilfen eines irrsinnigen Systems machen. Jeder frei denkende Mensch wird aber künftig um seine persönliche Freiheit, sogar Unversehrtheit fürchten müssen. Und was deine Treuherzigkeit gegenüber offenen Türen betrifft, so kann ich dich nur warnen. Ein Bär wird seine Höhle niemals verbarrikadieren, dafür fühlt er sich zu stark. Wer ohne Argwohn hineingerät, der wird auch gefressen werden."

„Apropos, hast du schon gefrühstückt?"

„Ach, Bas, du bist und bleibst ein Meister der Übergänge: gefrühstückt! Nein, war bisher noch zu früh."

„Warte, ich werde uns Brötchen holen gehen."

„Aber zieh dir vorher noch was Ordentliches an."

„Ach ja, hätte ich beinahe vergessen."

Mit einer Mischung aus nächtlicher Euphorie und dickem Kloß im Hals, dazu reichlich übermüdet, trete ich auf die Straße. Ein leichter Ostwind erfrischt mein Gesicht, während ich zum Bäcker taumle.

Die Diskussion mit Rüdiger hat lange gedauert, lange genug, damit auch die Spätaufsteher aus den Betten kommen konnten und nun eine lange Schlange in der Bäckerei bilden. Wenn sie sich wenigstens vorher überlegt hätten, ob sie lieber Mohn–, Sonnenblumen- oder Kürbiskernbrötchen haben wollen, dann wäre ich auch nicht so ungeduldig. Wahrscheinlich ist die Angst, Rüdiger könnte zwischenzeitlich meine Wohnung wieder verlassen, der Auslöser für meine Unruhe. Ich bin erstaunt, wie gelassen sich das Volk der Auswahl seiner Samstagsbrötchen widmet, da das Land doch vor einem radikalen Umbruch steht.

Nach dem, wie mich Rüdiger heute Morgen begrüßt hat, hätte ich normalerweise mit nichts als Beklemmung reagiert. Doch der gestrige Abend hat mich in eine ganz eigene Stimmung versetzt. Mir ist keineswegs entgangen, dass die Aristokraten auch lieber mit Wasser als mit Wein kochen.

Die Reaktion von Rüdiger empfinde ich als überinterpretiert. So schlimm wird die Partei die theoretisch möglichen Handhabungen schon nicht durchsetzten, nicht durchsetzen können. Zu viel würde dagegen stehen. Unser freiheitlich denkendes Volk würde sich dagegen auflehnen, das werden die Machthaber nicht riskieren. Und doch kann ich Rüdigers Ängste nachvollziehen.

Die Partei muss jetzt ihre Ideen verteidigen, und da bleibt ihnen nichts anderes übrig als die harte Linie durchzuziehen, das ist der eine Aspekt. Dass sie dies nicht mit allen Mitteln erzwingen können, darin gebe ich natürlich meinem Freund recht. Ich werde wohl erst einmal ausschlafen müssen, um mir ein Urteil zu bilden, vor allem aber muss ich darauf achten, dass ich meinen sensiblen Freund nicht vor den Kopf stoße. Wir haben schon so viel gemeinsam durchlebt, es ist beinahe egal, für welches Vorgehen wir uns entscheiden, nur müssen wir den künftigen Weg zusammen gehen, so wie wir es seit wir uns kennen immer getan haben. Und wenn einer von uns schwach wird, muss der andere ihn auffangen.

8.

Seit meiner Entlassung bin ich vorsichtiger geworden. Der Kerl vor dem Knasttor hatte recht. Beim nächsten Mal komme ich nicht mehr so glimpflich davon, auch wenn sich Strafen, die durch Laienrichter gefällt wurden, nicht potenzieren dürfen. Man wird erfinderisch genug sein und die auf mich zukommende staatliche Härte einfach mit meiner Unbelehrbarkeit begründen.

Gefängnisstrafe unter einem Monat. Das basiert auf einem der neuen Gesetze, die ich anfänglich nicht so ernst genommen habe, während Rüdiger von vorneherein davor gewarnt hat. Selbst er konnte damals noch nicht ahnen, wie schnell ich selbst in diese Fänge geraten würde. Von außen hatte alles so harmlos ausgesehen, in einem liberalen Staat behütet aufgewachsen, hegte ich keinen Argwohn. Ich war blind, nicht weil ich von der neuen Politik zweifellos überzeugt war, aber das Interesse der Machthaber an meinen Arbeiten, letztendlich auch an mir, haben mir ein falsches Vertrauen eingeflößt. Wie sehr habe ich meinen Freund enttäuscht, der mit ansehen musste, wie ich mich habe korrumpieren lassen. Wie blöd muss man sein, so spät zu erkennen, dass es arg und ärger wird.

Einst hatte es als Errungenschaft der Justiz gegolten, dass bei Vergehen, die eine Haftstrafe von weniger als einem halben Jahr rechtfertigten, diese nicht ausgesprochen wurde. Stattdessen gab es Geldstrafen oder Sozialstunden. So ändern sich die Zeiten. Ein französischer Existenzialist – wahrscheinlich Sartre oder Camus, oder Flaubert? Beckett? Na gut, der war Ire und Wahlfranzose, egal, einer von denen –, hat einmal geschrieben, wer keinen Charakter habe, der müsse sich eine Methode zulegen. Das trifft die Sache genauer, als man sich es vorzustellen wagt. Gefängnisse sind teure Einrichtungen, vor allem, wenn man an der Resozialisierung der Insassen arbeitet. Bei mir gab es nichts zum Eingliedern. Ich sollte nur mundtot gemacht werden. An Insassen wie mir kommt der Staat deshalb noch billig davon: Zelle, Toilette, Essen, Hofgang, drei Wochen lang, das ist nichts als Repressalie. Selbst, dieses Wort öffentlich auszusprechen kann gefährlich werden.

Es gibt keine Abwägung mehr: Ab jetzt muss ich im Untergrund arbeiten. Alleine. Arbeiten heißt für mich „schreiben", zu etwas anderem fehlt mir das Talent. Es passt besser zu mir, abgeschieden zu arbeiten, das habe ich geübt, das bin ich gewohnt, das macht die Sache weniger gefährlich, obwohl das, was ich ausrichten kann, sehr bescheiden bleiben wird.

Ich hab ja noch keine Ahnung, wie ich meine geheimen Schriften verbreiten sollte, aber es ist auch noch zu früh, darüber zu grübeln. Zunächst muss ich ja erst einmal sehen, ob das, was ich schreiben werde, für einen Widerstand geeignet ist. Als ich noch frei gearbeitet habe, ist es mir schnell gelungen, meinen eigenen Stil zu finden. Ich konnte schwadronieren, meine Protagonisten durch lange Erzählungen schweifen lassen, und auf einmal standen da kernige Aussagen, auf die entweder die Handlungsstränge zugelaufen sind oder die, viel lieber, sich ganz subtil aus den Konstellationen der Episoden ergeben haben. Jetzt eine konkrete Anklage in Geschichten zu verpacken, wird eine ganz neue Aufgabe werden.

Ich werde mir ein Pseudonym zulegen müssen wie seinerzeit Kurt Tucholsky: Leo P. Ard, Theobald Tiger – der Mann wollte zubeißen. Und wer bin ich? W. Ash-Bear, ein „Wasch mich, aber mach mich nicht nass"? Vielleicht bin ich tatsächlich nur ein Waschlappen, der letztendlich immer nach Harmonie bestrebt ist und dazu notwendigen Konflikten aus dem Weg geht. Warum hat man mir den Laien-Prozess gemacht, statt mit mir hart ins Gericht zu gehen oder mich einfach verschwinden zu lassen? Weil ich harmlos bin, weil man sich sicher ist, mich mit einem Warnschuss mundtot machen zu können? Effektiven Widerstand zu leisten ist eine Kunst. Vielleicht bin ich dazu nicht geboren. Kann man sich überhaupt zum Widerstand entschließen, oder funktioniert das nur, wenn man da hinein wächst?

Rüdiger habe ich schon lange nicht mehr gesehen. Er hat sich vollkommen von mir abgekoppelt – das musste er, doch ich würde zu gerne wissen, ob er hinter den Kulissen politisch aktiv oder schon längst immigriert ist. Ich weiß nicht einmal, ob sich die Gruppe der Auflehner, die er so dringend formieren wollte, auch tatsächlich gebildet hat. Ich komme mir schäbig vor, mich ihm nicht sofort angeschlossen zu haben. Eine solche Gruppe würde mir jetzt gut tun, sie könnte mir Ratschläge geben, mir eine Aufgabe zuweisen, die meinem Talent entspricht und ihr systematisches Vorgehen ergänzt. Ich hätte in ihr eine Familie, ohne meine individuelle Lebensart aufgeben zu müssen. Andererseits stand ich noch zu sehr im Rampenlicht. Ich wäre eine Gefahr einer sich formierenden Widerstandsbewegung gewesen.

Irgendwie beruhigt es, nichts Genaues über eine mögliche Existenz dieser verdeckten Gruppe zu wissen, denn das bedeutet, falls sie arbeiten, dann arbeiten sie gut.

Ich laufe die Treppen herab. Im Hausflur ist es sehr ruhig, jeder einzelne Schritt von mir ist deutlich zu hören. Früher gab es um diese Tageszeit mehr Nebengeräusche. Alles um mich herum ist so still geworden. Mein Leben ist nicht mehr das beschwingte Fest, wie ich es in meinem Sturm und Drang erlebt habe. Im Keller flackert das Licht, ich habe Schwierigkeiten, den Schlüssel in das Vorhängeschloss zu stecken. Hinzu kommt, dass die allgemeine Sehkraft meiner Augen nachlässt. Noch wehre ich mich dagegen, eine Lesebrille anzuschaffen, es bleibt fraglich, wie lange ich das noch durchhalten kann.

Die Ordnung in meinem Unterstellraum ist einfach zu beschreiben: Alles ist übereinander gestapelt, in der Chronologie, in der ich es hier heruntergebracht habe. Ich weiß also genau, wo sich mein altes Notebook befindet.

Das Gefühl, als ich den Deckel aufschlage, hat etwas Nostalgisches. Das Attribut einer schnelllebigen Zeit hört man oft. Dass selbst ich mein Notebook, das ich noch vor wenigen Monaten täglich in Gebrauch hatte, als Altertümlich betrachte, erscheint mir dennoch mehr als bloß merkwürdig. Zwei der Tasten fehlen. Wenn man das „i“ anschlagen will, drückt man auf einen kleinen Plastiknippel, unter dem sich der Sensor befindet – ich habe das jahrelang gemacht. Die zweite Lücke befindet sich in der unteren linken Zeile, ich glaube, dass man darüber zu der Menümaske gelangen kann, ich habe die Funktion nie genutzt.

Oberflächlich gesehen wird es ein Rückschritt sein, mit dem alten Gerät zu arbeiten, das ich seinerzeit aussortiert habe, nicht weil sich die Tasten lösten, sondern weil es mir zu langsam wurde, wenn ich schnell meine Gedankengänge aufschreiben wollte, aber minutenlang warten musste, um das Programm hochzufahren und den Pfad zum passenden Ordner zu gehen oder wenn ich Textpassagen aus anderen Dateien zum Vergleich heranziehen wollte. Doch in der Nostalgie steckt auch die Idee, zu meinen Ursprüngen zurückzukehren, zu meinen wahren Idealen. „Gehen Sie zurück zur Badstraße, gehen Sie nicht über Los, ziehen Sie nicht viertausend Mark ein.“ Ab jetzt werde ich zwei Figuren im Spiel haben. Mit der einen, der offiziellen, werde ich meine Runden wie gewohnt fortsetzen, mit der zweiten werde ich parallel dazu verdeckt marschieren.

9.

Der räumliche Kokon, mit dem sich die Regierung umgibt, hat sich prinzipiell kaum verändert. Die äußere Hülle besteht aus Korridoren, von unzähligen Türen gesäumt, hinter denen Beamte sitzen. Kafkaesk, würden viele sagen; ich hasse den Begriff, weil er mir viel zu oft, viel zu klischeehaft verwendet wird, von Leuten, die sich für intellektuell halten, deren Denken aber wenig nachhaltig ist.

Je näher ich an den Minister herangelange, umso weniger Türen säumen die immer größeren Flure, umso weniger Geschäftigkeit ist zu spüren. Zuletzt findet man eine karge Kälte vor, die durchaus etwas Faszinierendes, gleichzeitig aber Ehrfurcht einflößendes hat. Der Couloir, der auf das Büro zuführt, ist breit angelegt, lichtdurchflutet, auf dem mit weißen, feinkristallinen Marmorplatten belegten Boden zeichnen sich die Schatten der mächtigen Bäume, die in vollem Laub vor dem Gebäude stehen, ab. Ich denke an das Maronenbäumchen. Es hat die Umpflanzaktion tatsächlich überstanden und steht, wenngleich es viel später ausgetrieben hat, wie jeder andere gesunde Baum in vollem Laub.

Die Decke ist so hoch, dass Platz für eine weitere Etage geblieben wäre. Das Umfeld ist weit entfernt von der Bescheidenheit, die die Partei einst propagiert und als sie schließlich an die Macht kamen, zunächst noch proklamiert hat. Man könnte das verzeihen, weil sie bestehende Räume nutzen und selbst der größte Idealist nicht erwarten würde, dass sie eine weitere Zwischenetage in die Hallen einziehen.

Im Vorraum des Ministerbüros empfängt mich der Staatssekretär, der wohl kurz zuvor mit der persönlichen Assistentin seines oberen Dienstherren rumgeschäkert hat. Als ich hereintrete, wechselt seine Miene von dem freien, amüsanten, hin zu einem förmlichen Lächeln, derweil die schmunzelnde Sekretärin, die am Schreibtisch hinter ihm sitzt, den Kopf senkt und etwas in eine Akte hineinschreibt.

„Schön, dass Sie gekommen sind", der Staatssekretär tut, als wäre mein Auftauchen eine freie Entscheidung gewesen.

„Einer solch ehrerbietenden Einladung kann man sich nicht entziehen." Mit diesem zweideutigen Satz drücke ich für mich genau das aus, was ich empfinde, denn ich hätte mich dem tatsächlich lieber entzogen und konnte nicht, während ich gleichzeitig nach außen hin signalisiere, ich hätte mir nichts Schöneres an diesem Morgen als diesen Empfang wünschen können. Wieder umschließen die schwitzigen Pranken des Staatsministers, dessen Atem unangenehm nach scharfem Alkoholdunst riecht, meine Hand, während die ministerielle Zuarbeiterin die Nachricht meiner Anwesenheit trocken in ein Mikrophon spricht.

Es dauert nur Sekunden, ehe wir vorgelassen werden.

Der Minister macht einen jüngeren Eindruck, als ich vermutet hatte. Zwar sind seine in langen, dünnen, zur Seite gelegten Haarsträhnen grauer und die Gesichtsfalten deutlicher als auf den retuschierten Wahlplakaten, von denen ich sein Konterfei kenne, aber seine Erscheinung wirkt dynamischer, ehrlicher, beinahe sympathisch.

„Der Herr Schriftsteller." Der Minister hat ein größeres Talent als sein Staatssekretär, Erfreutheit vorzutäuschen. „Ich hoffe, es geht Ihnen gut. Trinken Sie Kaffee?"

„Gerne." Das ist eine glatte Lüge.

Bei den Empfängen des Staatssekretärs war ich bereit gewesen, offensiv ins Gefecht zu gehen und meine Ansichten zur Diskussion zu stellen, jetzt hingegen bin ich eine Puppe, die den Verlauf des Spiels nicht mitbestimmen kann, äußerlich souverän, innerlich eingeigelt. Ich kann nichts an mich heranlassen, und selbst das Schlucken von Kaffee wird mir schwer fallen, doch es wäre despektierlich, ihn abzulehnen.

„Und, haben Sie immer noch Freude an Ihrer Arbeit? Nach Ihren Erfolgen steht man ja unter Zugzwang, das kenne ich aus eigener Erfahrung." In der Annahme, seine Frage selbst beantwortet zu haben, übergeht er meine mögliche Reaktion und wechselt das Thema: „Sagen Sie, sind Sie verheiratet, haben Sie Kinder?"

„Nein, ich lebe alleine."

„Das ist schade."

Ich neige ein wenig den Kopf, traue mich aber nicht, ihm zu widersprechen. Ich könnte mir zwar vorstellen, Familie zu haben, sehe aber durchaus manche Vorteile darin, alleine zu leben. Der Minister ist nicht die Person, mit der ich darüber sprechen möchte.

„Wir könnten Ihnen eine andere Wohnung anbieten, in einer besseren Gegend, ein Loggia mit freiem Blick über die Stadt."

„Ich wohne gerne in meiner Gegend, und zum Schreiben brauche ich nicht mehr als eine kleine Kammer und mein gewachsenes Umfeld.“

„Ja, ja, die Künstler in all ihrer Bescheidenheit“, antwortet er jovial, während ich seine Reaktion als herabwürdigende Äußerung empfinde. Er kennt wahrscheinlich nicht den Unterschied zwischen Wahrhaftigkeit und Genügsamkeit. „Mein Mitarbeiter wird Ihnen jetzt die Details unserer Vorschläge erklären, ich schätze sehr, dass Sie sich die Zeit für mich genommen haben.“ Mit dieser beinahe zynischen Bemerkung verabschiedet er mich. Während ich mit dem Staatssekretär den Raum verlasse, habe ich nur einen Gedanken im Kopf, der mich nicht mehr loslässt: Was ist jetzt mit dem Kaffee?

„Es ist ganz einfach“, der Staatssekretär beugt sich zu mir vor, das Polster der Sitzgruppe, in der wir Platz genommen haben, gibt dabei ein merkwürdiges, schwer zu beschreibendes Geräusch von sich, ein leichtes Quietschen verbunden mit einem Stöhnen, das entsteht, wenn Luft durch enge Schleusen von einer Kammer in die nächste gedrückt wird, eben eins der modernsten Geräusche seit der Erfindung von Schaumstoff. „Wir wollen, dass Sie über uns schreiben“, er hebt seine Stimme zum Singsang, „über unsere Arbeit und die Erfolge, die wir haben. Aber verstehen Sie mich nicht falsch, der Minister will nicht, dass Sie eine Biographie schreiben. Wir arbeiten ja nicht so primitiv, dass wir einen Hofberichterstatter brauchen, nein, Sie sollen neben der Kunst des Regierens, die wir unsererseits vollbringen, ihre Kunst des Schreibens einbringen. Wissen Sie, was das bedeutet? Sie steigen direkt in eine der höchsten Riegen auf.“

Ich blicke durch den Raum, in dem wir sitzen. Ein minimalistisch eingerichtetes Zimmer mit einer quadratischen Grundfläche und einer Sitzecke, die dem Bauhaus-Stil nachgeahmt sein könnte.

„Man würde Sie mit einem Staatssekretär vergleichen, Sie wären also mit mir auf Augenhöhe, nur auf einem anderen Gebiet, und hätten mit einem Schlag all die Ministerialbeamten überholt – von Null direkt ins Oberhaus, das ist ein Aufstieg, der nur wenigen Menschen angeboten wird. Ich sage Ihnen jetzt genau, was wir vorhaben, und werde Ihnen schon jetzt versichern, dass Sie das Angebot nicht ausschlagen werden wollen: Wir möchten Sie einen Roman schreiben lassen, völlig frei und besser honoriert, als es Ihnen jemals ein Verlag bieten kann. Die Inhalte sollen, wie ich schon angedeutet habe, nicht unsere Arbeit unmittelbar wiedergeben, allerdings soll sie sich in der Erzählung widerspiegeln. Sie können weiterhin aus Ihrem Milieu heraus schreiben – es war köstlich, wie Sie dem Minister gekontert haben, als er Ihnen eine Luxuswohnung angeboten hat –", er lacht gekünstelt mit rauer Stimme, „genau so wollen wir Sie haben. Sie sollen weiterhin in Ihrem Element leben und arbeiten, Sie können in Ihrer gewohnten Art Nebenschauplätze erfinden, um das zu verpacken, auf was es ankommt. Und Sie brauchen auch nicht mehr für irgendeine Zeitung zu schreiben, um sich zu finanzieren." Offensichtlich ist er nicht gut informiert, denn das brauche ich schon seit der Herausgabe meines dritten Buches nicht mehr. „Wir wissen, dass Sie auf unserer Seite stehen, wir haben all Ihre Romane gelesen. Das ist Ihre Chance, endlich mehr zu bewirken als bloße Gedanken in den Raum zu werfen, von denen Sie nicht wissen, wer sie liest und wie derjenige sie interpretiert. Wenn wir zusammen arbeiten, dann werden Ergebnisse herauskommen, die sich sehen lassen können, dann werden Sie vielleicht eines Tages dasitzen und sich sagen: Jetzt ist mein Ziel erreicht, jetzt brauche ich nicht mehr zu schreiben."

Mir bleiben die Worte aus. Ich blicke den Staatssekretär an, der mit glasigen Augen zurückschaut und jovial lächelt. Was hat er da gerade alles erzählt? Ich bin vor den Kopf gestoßen, begreife nicht ganz, ob das hier alles Realität ist oder ein absurdes Theater, in dem Verrückte mich zum Narren halten. Ein solches Maß an Selbstherrlichkeit und Arroganz ist mir noch nie untergekommen, dazu diese absolute Unwissenheit und Fehleinschätzung über mein Schaffen. Wie kann dieser Idiot davon ausgehen, dass die Aussicht, einmal nicht mehr schreiben zu wollen, für mich verlockend sei? Und dann diese paradoxe Formulierung: „Sie sind völlig frei, Sie müssen nur ..." Diese Blasiertheit, mit der er sich artikuliert, ich könnte „aus meinem Milieu heraus schreiben".

Ich bezweifle, dass der Staatssekretär auch nur ein einziges Buch von mir gelesen hat. Wahrscheinlich hat er deshalb immer nur von „wir“ gesprochen. Er kennt vielleicht Rezensionen, die über mich geschrieben wurden, vermutlich hat ein Beamter in seinem Auftrag meine Bücher studiert. Dieses Wesen im Diplomatengewande ist kein normaler Mensch, er ist ein Misanthrop, der, um sich vor seinem Hass gegen sich selbst zu schützen, mit den Menschen spielt. Meine Güte, ich bin in einem Irrenhaus gelandet, in dem die Irren das Regiment übernommen haben, so wie in Edgar Allen Poes „System of Doctor Tarr and Professor Fether“. Der Unterschied ist, dass ich das System nicht ohne weiteres verlassen kann. Scheiße, jetzt wird es mir erst bewusst: Sie haben mich. Da komm ich nicht mehr heile raus. Was passiert, wenn ich nicht mitspiele?

„Das ist jetzt alles viel auf einmal“, höre ich eine gönnerhaft klingende Stimme, traue mich aber im Moment nicht, aufzublicken, aus Angst, ich könnte der Schweinebacke in die Fresse hauen. Normalerweise bin ich ein diplomatischer Mensch, doch dieses Kabinettstück bringt mich in Rage, zum Glück bislang nur innerlich. Ein gehöriges Maß an Selbstbeherrschung hindert mich daran, meine Gefühle in Agitation umzusetzen.

Der Staatssekretär bemerkt meine Verzweiflung, deutet sie aber als Überforderung. Kein Wunder: Wer derart von sich selbst überzeugt ist, dem kommt jegliches Gespür abhanden. „Ich würde vorschlagen, Sie schlafen ein paar Nächte darüber, meinetwegen auch eine Woche, und dann kommen Sie zu mir, und wir bereden das weitere Vorgehen.“

10.

Zu Hause haue ich mir drei Eier in die Pfanne. Noch ehe die glasige Oberfläche über dem Dotter unter der Wärme geronnen ist, backt das Eiweiß unten schon braun an. Wer Spiegeleier braten will, der braucht Geduld.

Ich hätte Zeit. Nach der Begegnung im Ministerium habe ich mir erst mal Urlaub gegeben. Zu mehr war ich nicht in der Lage. Seit Tagen schon beschäftige ich mich nur mit Profanem, aber Ruhe will einfach nicht einkehren.

In vielen meiner Schriften steckt Protest. Ehe ich beginne, ihn in Worte zu fassen, muss sich die Wut gelegt haben. Es gilt, den richtigen Augenblick zu erwischen, in dem das Gefühl der Wut noch präsent ist, man aber nicht von ihr beherrscht wird.

Dass mir selbst gewöhnliche, alltägliche Dinge wie das Braten von Spiegeleiern nicht gelingen, ist symptomatisch für meine aufgebrachte Stimmung. In dieser Verfassung sollte ich alles anfangen, nur nichts, was Bedeutung hat. Was ich jetzt aus mir herauspressen würde, bliebe wirkungslos. Die Substanz meiner Arbeit war nie eine allgemeine Gemengelage, eine wabernde Masse, sondern immer ein, wenn auch in vielen Facetten gerichtetes, Konstrukt.

Ich schneide den dunkelbraunen Rand großzügig weg, zurück bleibt kaum mehr als der Dotter, der immer noch eine wabbelige Oberfläche hat. Ich könnte mich entziehen, indem ich ganz mit dem Schreiben aufhöre. Aber von was sollte ich dann leben? Die Tantiemen meiner bisherigen Bücher verebben von selbst, erst recht bei dieser politischen Stimmungslage. Die Hurra-Rufe haben sich auf neue Drehpunkte verlagert. Wenn ich mich dem Wunsch des Ministers und seiner Lakaien entziehe, dann werde ich wohl kaum mehr einen journalistischen Auftrag bekommen, auch dieser Ausgang bleibt mir also verwehrt. Etwas ganz Neues anzufangen, dazu bin ich zu alt, zumindest in den Augen möglicher Arbeitgeber, die entweder auf Jugend oder Erfahrung setzen, die ich aber in anderen Metiers als dem Schreiben nicht bieten kann. Andererseits wäre es doch gelacht, wenn ich nicht noch etwas Neues aus meinem Leben formen könnte. Ins Ausland zu gehen, wäre eine Möglichkeit. Meine Sprachkenntnisse reichen zwar nicht aus, in fremden Ländern so zu arbeiten, wie ich es zu Hause tue, aber irgendwas ließe sich doch schon machen. Merde, jetzt ist das Eigelb auch noch auf mein Hemd getropft.

Verdammt, ich hänge an meinem Status, nicht als gefeierter, aber als Künstler, der bislang von seiner freien Arbeit leben konnte, zumal ich damit zu einer absoluten Minderheit gehöre. Ich hänge auch an meinen Freunden, der Wohnung, dem Kiosk und der Bäckerei, die ich gleich um die Ecke finde. Ich bin sesshaft und heimatverbunden, zwei biedere Attribute, die ich nicht verleugnen kann. Soll ich all das aufgeben, nur weil so ein bescheuerter Staatssekretär eine fixe Idee hat?

Was wäre, wenn ich das Spiel zum Schein mitmache, einfach einen miserablen Roman schreibe, der aber all die Anforderungen erfüllt, die die Politik an mich stellt? Ich werde das System schönreden, es aber in eine erbärmliche Geschichte verpacken, die jeder halbwegs intelligente Leser durchschaut. Es wird nicht einfach sein, sich bewusst blöd zu stellen. Oder ich stelle mich geschickter an und verstecke zwischen die Schönrederei Metaphern, die genau das Gegenteil bezeichnen und das System entlarven. So würde ich die negativen Energien in positive Kräfte ableiten.

Die Frage ist allerdings, wie es mir dabei geht. Ich müsste nach außen hin dieses verlogene Spiel durchziehen und wäre nicht mehr ich selbst. Wenn ich nach draußen ginge, müsste ich eine Maske aufsetzen, die ich erst wieder in meinen vier Wänden ablegen könnte. Was für eine grausame Vorstellung. Dann wäre es doch besser, zu immigrieren.

Warum ausgerechnet ich? Wer bin ich denn? Ein zufällig in den Mittelpunkt Gerückter und doch niemand anderes als all die anderen. Ich weiß nicht mal, ob es richtig ist, mich selbst einen Künstler zu nennen. Ich habe die Welt nicht revolutioniert und nur das getan, was jeder getan hätte, der meine Entwicklung durchgemacht hätte. Ich bin ein Erfinder, aber ich habe lediglich Geschichten erfunden, meine Figuren sogar auf der Plattform der Realität tanzen lassen und versucht, meine bescheidene Intelligenz bis zum Äußersten zu strapazieren, um das, was ich fabriziere, gut werden zu lassen. Mich nicht Künstler zu nennen, ist auch falsch, aber das ist schon alles. Es soll doch jeder für sich entscheiden, ob das viel ist oder wenig, für mich ist es jedenfalls genug.

Penthouse, ein hohes gesichertes Einkommen, Status eines Ministerialbeamten, was soll ich mit all dem? Ihr könnt mir noch so viel anbieten, ich brauche nicht mehr, als ich bereits habe. Ich brauche nur mehr von dem, was ich an Mehr in *mir* finde. Stattdessen wollt ihr mich aushöhlen.

Ach, ich weiß nicht. Mich kotzt das alles an. Ich kann das einfach nicht alleine entscheiden. Rüdiger. Mein Freund könnte mir jetzt einen Fingerzeig geben, doch ich weiß schon jetzt, sein Rat wird radikal ausfallen. So sensibel er sich in meine Gemütszustände hineinversetzen kann, er denkt zu politisch, um auf eine Lösung zu kommen, die mir selbst mehr weiterhelfen würde als dem Widerstand gegen dieses in die Irre gelaufene Staatssystem. Wahrscheinlich wird er sagen, er hätte mich früh genug gewarnt. Nein, das wird er nicht sagen, er wird nicht in die Vergangenheit blicken, mir keine Vorhaltungen machen, obwohl er allen Grund dazu hätte.

Damals hatte ich einen Fuß in der Tür, den hätte ich noch zurückziehen können, jetzt stehe ich mit beiden Beinen mittendrin in der Scheiße. Er wird mich auffordern, die Revolte von innen zu organisieren oder zumindest den Widerstand mit meinem Insiderwissen zu bedienen. Ich werde ein Spion sein, diesmal nicht als Protagonist in den Romanseiten, sondern leibhaftig. Meine Güte, Rüdiger, dazu bin ich nicht geboren. Du wirst sagen, dass man da reinwächst und sein Gespür entwickelt, vielleicht hast du recht, aber wo bleibe ich? Ich kann Rüdiger nicht fragen.

Wie wäre es mit Udez? Er hat seine flapsige Art, doch seine Fähigkeiten darf man nicht unterschätzen. Möglicherweise hat gerade er die geniale Idee, wie ich aus der Sache wieder herauskomme. Oder Kristin. Sie hat mich einmal sehr geliebt, sie wird meine Gefühle vielleicht besser verstehen als alle anderen. Doch was könnte sie mir sagen? Sie ist eine warmherzige Frau, aber ihr fehlt manchmal der Sinn für die Realität. Dann wäre da noch Herbert, der immer Ideen hat, mit denen man am wenigsten rechnet. Aber der wird sich zu dieser Jahreszeit wohl wieder in seiner Berghütte im Tessin aufhalten, um die Behausung winterfest zu machen.

Ich lasse den schmutzigen Teller in das Waschbecken gleiten und übersehe dabei das Weinglas, das unter lautem Klirren zerbricht. Ich lache. Ein Glas kann einfach so zerbrechen, man wirft es weg, und die Sache hat sich. Allenfalls schneidet man sich dabei noch in den Finger, doch selbst das wird nach drei Tagen vergessen sein. Die Dinge können so einfach sein, so schlüssig, so selbstverständlich. Ich werfe mich aufs Bett. Es dauert keine fünf Sekunden, da stehe ich schon wieder, laufe in meiner Wohnung auf und ab, schalte das Radio ein, doch ehe ich erkenne, worum es in dem gesendeten Bericht geht, schalte ich es wieder aus. An dem Whiskey, den ich mir einschenke, nippe ich nur einmal, dann schütte ich den Rest in den Ausguss. Lieber das Destillat den Engeln spenden als jetzt aus Frust zu saufen.

Ich greife zum Telefonhörer. Die Nummer von Rüdiger habe ich gespeichert, ich höre sieben aneinander gekettete Piepstöne, aus denen ein geübter Hörer die Nummer entschlüsseln könnte, eine Fähigkeit, mit der man sich bei irgendwelchen Wettsendungen bewerben könnte, dann deutet mir das Freizeichen an, dass die Verbindung hergestellt wurde. Ich zaudere, überlege es mir anders und will gerade auflegen, als sich Rüdiger meldet.

11.

„Hab schon geschlafen."

„Jetzt schon?"

„Na ja."

„Wie spät ist es denn?"

„Moment ... Viertel nach zwei."

„Entschuldige Rüdiger, ich bin etwas durch den Wind. Ich rufe morgen noch mal an."

„Nein warte, jetzt bin ich einmal auf. Wenn ich mich wieder hinlege, werde ich sowieso darüber grübeln, warum du angerufen hast und bis zum Morgen nicht mehr einschlafen. Also kannst du mir es auch gleich sagen."

„Eben nicht. Das ist ja das Problem. Am Telefon geht's nicht."

„Soll ich vorbeikommen?"

„Nein, das können wir wirklich auf morgen verschieben."

„Warum? Wenn du mich *jetzt* anrufst, dann willst du mir auch *jetzt* was sagen und nicht erst morgen. Hast du Eier im Haus?"

„Ja, aber nicht mehr viele."

„Okay, dann hau mir, sagen wir in zehn Minuten, zwei Eier in die Pfanne und setz nen Kaffee auf. Ich bin in einer Viertelstunde bei dir."

Auf Rüdiger ist Verlass. Tag und Nacht. Wenn mich einer nach den zehn bemerkenswerten Attributen meines Lebens fragen würde, dann wäre, einen solchen Freund zu haben, eins davon. Dennoch zweifle ich, ob es die richtige Entscheidung war, ihn anzurufen.

Ich habe noch drei Eier im Kühlschrank, muss also etwas mehr Geduld zeigen, ich habe nur den einen Versuch, Rüdiger nicht so etwas Fehlkonsistentes zu servieren, wie ich eben selbst gegessen habe.

Es bleiben mir noch einige Minuten, das Chaos im Zimmer zu lichten. Nicht, dass Rüdiger eine aufgeräumte Wohnung erwarten würde, ich weiß ja, wie es bei ihm oft aussieht, aber ich will ihm nicht auf den ersten Blick signalisieren, wie unaufgeräumt es tatsächlich in mir aussieht. Ich möchte mich erst langsam dem Thema annähern, erst über Fakten sprechen und vielleicht später über meinen Gemütszustand.

Unten schlägt eine Autotür zu. Die Wohnung ist präpariert. Der Kaffee zieht bereits in der Kanne, die Tassen stehen auf dem Tisch, daneben ein Teller, auf dem eine Scheibe Brot liegt. Als es klingelt, stehe ich bereits am Türöffner, öffne meine Etagentür und höre, wie Rüdiger über die Steinplatten des Eingangsbereiches schreitet, dann die Holzstufen hinauf steigt, auf der ersten Etage um den Absatz wendet und die letzen Stufen zu meiner Wohnung emporsteigt. Eine kuriose Wahrnehmung durchkreuzt mein Hirn: Ich sehe meine Wohnung spiegelverkehrt. Dinge, die einem nahe sind, sieht man oft nur aus einer einzigen Sichtweise. Das kommt auch in Beziehungen vor, deshalb trennen sich so viele Paare. Den Partner immer nur aus einer Perspektive zu sehen, kann mürbe machen. Andererseits vermittelt eine vertraute Sichtweise auch Geborgenheit. So wie dies gewöhnlich mit meiner Wohnung geschieht, die ich, wenn ich sie beschreiben müsste, immer aus dem Blickwinkel meines Schlafzimmers, das sich in der hinteren Ecke befindet, darstellen würde. Jetzt hingegen nehme ich sie aus Rüdigers Sicht war, aus der Sicht von außen. Es ist ein bemerkenswertes Gefühl, das ich vielleicht einmal in einem Roman beschreiben werde, es hat aber auch etwas Beängstigendes.

„Auf den Punkt. Du bist der Einzige, den ich kenne, der die Spiegeleier so braten kann, dass sie nicht glibberig sind, ohne gleichzeitig angekokelt zu sein."

Mein Lachen weiß Rüdiger nicht zu deuten.

„Hast du vielleicht ein kleines Schnäpschen da oder einen Weinbrand, den ich mir in den Kaffee tun kann. Um diese Zeit darf man sich das erlauben."

„Außer Whiskey habe ich nichts dergleichen im Haus."

„Ja, ist zwar fast zu schade, aber im Moment habe ich einfach Lust drauf."

Jedem anderen hätte ich bei dem Gedanken, ihn in den Kaffee zu kippen, meinen Whiskeybestand verheimlicht, doch Rüdiger weiß, dass ich das als Opfer ansehe.

„Nur ein winziger Schluck ... Stopp, das genügt."

Ein paar Geringfügigkeiten haben mir wieder gute Laune beigebracht, zunächst die Tatsache, dass derjenige, den ich vielleicht aus seinen süßesten Träumen geweckt habe, sich, statt rumzumuffeln, von mir Spiegeleier und Kaffee wünscht, dann, dass er pünktlich bei mir auftaucht, obwohl um diese Zeit niemand nach Minuten fragen würde, und schließlich das Lob über meine Zubereitungskünste von profanen Eiern.

„Hast du schon gehört, dass Steve Reich den Pulitzer-Preis bekommen hat?“ frage ich, als Rüdiger gerade ein großes Stück in den Mund schiebt.

„Glaub ja nicht ...“, er muffelt mit vollem Mund, „dass ich jetzt über andere Genies sprechen will.“

Wieder muss ich lachen. Wenn Rüdiger über „Genies“ spricht, ist diese Bezeichnung meist ironisch gemeint. Auch wenn wir beide die Kompositionen von Steve Reich sehr schätzen, der Anklang eines Vergleiches zu meinen Fähigkeiten, seine Betonung lag auf „andere“, war keineswegs ernst gemeint. Wir beide wissen, dass mein Erfolg mindestens zur Hälfte auf der Wohlgesonnenheit der Medien basiert, die meine Schriften zufällig zur richtigen Zeit rezensiert haben. Hätte man kurz vor mir schon ein, zwei vielversprechende Autoren entdeckt, dann wäre man härter mit mir ins Gericht gegangen. Das ist das Zufallsgesetz von Zuwendung und Abkehr, von Wechsel und Erneuerung.

„Warte nur, bis ich dein köstliches Nachtmahl verspeist habe, dann kannst du mir sagen, was dich quält.“

„Du hast bestimmt schon eine Ahnung, worum es geht.“

„Na ja, es herrschen im Moment strapazierte Zeiten.“

„Zeiten herrschen nicht. Zeiten kommen, gehen oder sind einfach da, sie laufen, rinnen, das Einzige was herrscht, das sind die Zustände.“

„Hey, bin ich hier der Schriftsteller oder du!“ Rüdiger verschluckt sich und fängt an zu husten. Erst der mittlerweile lauwarme Kaffee, den er durch den Hals rinnen lässt, beruhigt seine Kehle. „Alter Banause, wegen deines Anspruchsdenkens ersticke ich noch mal.“

Wieder bringt mich mein Freund zum Lachen, diesmal noch ausgelassener. Kein Mensch würde glauben, wie elendig ich mich in

Wahrheit fühle. Am liebsten würde ich jetzt die ganze Scheiße vergessen und mit Rüdiger durch die Nacht laufen, in den Parks das von städtischen Arbeitern mit Laubbläsern mühsam aufgeschichtete Laub zerstöbern, flache Steine im Bach flitschen lassen oder an den beleuchteten Schaufenstern der leeren Fußgängerzone vorbeilaufen und die ausgestellte Ware in brauchbar und unbrauchbar einstufen.

„Du kannst wirklich Großes zustande bringen", bemerkt Rüdiger, als ich mich endlich dazu durchgerungen habe, ihm von meinen Problemen zu erzählen, „jetzt sind es halt große Probleme, wen wundert es also."

Mir ist die Angelegenheit mehr als peinlich. Rüdiger und Udez waren sich einig darin gewesen, dass ich die Einladung zum Gespräch mit dem Minister nicht hätte wahrnehmen sollen. Als ich ihnen von der Offerte erzählt hatte, haben sie halb besorgt, halb vorwurfsvoll darauf gedrängt, mich dem Ganzen fernzuhalten. Meiner Entgegnung, ich hätte überhaupt keine Möglichkeit mehr, die Einladung auszuschlagen, begegneten sie mit Argumenten, die aus meiner Sicht recht naiv waren, was ich ihnen damit entschuldigte, dass sie selbst nicht in der Sache drinsteckten.

„Lass dir einen Grund einfallen. Vor allem, lass davon ab, so weiterzumachen wie bisher. Es werden jetzt andere Zeiten kommen", hatte Udez gesagt, und Rüdiger ergänzte: „Wenn du dich nicht verbiegen willst, was einem Selbstverrat gleichkäme, dann musst du dich auf ein anderes Leben einstellen. Zieh weg von hier, aufs Land, rück weg aus dem Mittelpunkt, oder geh sogar ins Ausland."

„Wo soll ich hingehen?"

„Ganz egal, wohin du gehst, doch du brauchst deine Freiheit."

„Und dafür soll ich weglaufen."

„Nicht weglaufen. Du sollst dir ein freies Land wählen, von dem aus du weiter arbeiten kannst – ich will nicht sagen wie bisher."

„Wenn ich mich in vollkommener Freiheit aufhalte, kann ich selbst nicht frei sein. Das klingt wie ein Widerspruch, ist es aber nicht. Freiheit ist ja kein Status, sondern Wachstum aus herrschenden

Zwängen, ist Auflehnung, ist Energie, ist Wille zur Macht über sich selbst."

„Freiheit bedeutet auch, Macht über andere zu haben, dann allerdings wird sie gefährlich."

„Nee Rüdiger. Macht ist Unfreiheit. Sogar der Wille zur Macht ist der Wille zur Unfreiheit. Ich kann nur frei sein, wenn ich ganz bei mir selbst bin und aus mir heraus agiere."

„Wenn du das so siehst, dann bedeutet Freiheit auch, dich von anderen fernzuhalten."

„Das eben kann ich nicht mehr, nicht mehr hier, an meinen angestammten Plätzen. Wo also soll ich hingehen?"

Rüdiger wischt sich Eidotter vom Kinn. Damals war die Aufforderung, sich fernzuhalten, ein lapidarer Gedanke. Jetzt, da es konkret wird, scheint auch er unsicher zu sein: „Ich hab keine Patentlösung parat. Wenn du mitmachst, dann wird dich das System aufsaugen, wenn du flüchtest, dann gibst du dein jetziges Leben auf, ohne zu wissen, ob du jemals zurückkehren kannst." Rüdiger ist in der Sache keinen Deut klüger als ich. Er hat genau die gleichen Gedanken, um die ich bereits gekreist bin.

„Hast du etwas dagegen, wenn wir rausgehen, eine Runde durch die Nacht laufen? Mir ist so eng, ich will frische Luft atmen."

„Ja, ein guter Vorschlag, ich bin satt und längst nicht mehr müde. Lass uns rausgehen."

Ein leichter Nieselregen, der auf das Laub fällt, macht die Gehwege glitschig. Wir gehen unter den Bäumen auf dem Mittelstreifen der Allee hindurch und achten darauf, in keinen Hundehaufen zu treten, die laut Beschilderung hier nicht liegen dürften. Kaum jemand hält sich an das Gebot, auf den Gehwegen die Hunde an der Leine zu führen und einen der eingezäunten Streifen aufzusuchen, die extra als Hundeklos eingerichtet wurden. Ich bemerke, wie ich meine Hände zu Fäusten geballt habe, und schaue auf Rüdiger. Der hält die Hände in den Taschen seines trenchcoatartigen Mantels, der ihm fast bis zu den Knien reicht. Rüdiger ist deutlich kleiner als ich, doch seine Haltung – und da meine ich kaum die physische Körperstreckung –, macht ihn zu einem großen Menschen. Für mich ist Rüdiger nicht selten das Maß aller Dinge, kein Wunder, dass ich mich nun, neben ihm gehend, als zu groß gewachsen fühle – in vielerlei Hinsicht. Ich habe meinen Kopf zu weit nach oben gestreckt, in den meisten Belangen habe ich nicht mal selbst schuld daran, die Verantwortung muss ich dennoch tragen.

In der nächsten Seitenstraße reiht sich ein Laden mit südländischen Produkten an den anderen. Die Enklave, in der sich Spanier, Griechen, Inder, Afghanen, vor allem aber Türken niedergelassen haben, lebt von der Weltoffenheit der Bewohner des sie umgebenden Viertels mit hohem Intellektuellenanteil. Das junge Bildungsbürgertum toleriert nicht nur die längst schon nicht mehr fremden Kulturen, sie sind auch Garant für gute Geschäfte.

Als wir eine Weile lang schweigend durch die Häuserschluchten gedrungen sind und einen der größeren Parks der Stadt schon vor Augen haben, sehe ich eine Person mit einem langen Mantel aus einem Hauseingang eilen und in ein Auto steigen. Als das Fahrzeug an uns vorbeifährt, kann uns der Fahrer nicht sehen, weil wir im Schatten der Bäume stehen, ich hingegen traue meinen Augen nicht. Derjenige, der da zu nächtlicher Stunde aus einem Haus gekommen ist, ist mir wohlbekannt.

„Das kann doch nicht wahr sein“, Rüdiger schaut mich ob meines Ausrufes verwundert an. „Das eben war der Staatssekretär.“

„Ja, ist klar“, antwortet Rüdiger voller Ironie.

Ich schaue ihn mit starrem Gesichtsausdruck an, der meinem Freund verrät, wie wenig einfältig meine Feststellung war.

„Bist du dir sicher? Oder ist es schon so weit, dass du Gespenster siehst und all deine Gedanken in bekannte Bilder hineinprojizierst.“

„Keine Angst, er war es wirklich. Wir gehen hier mitten in der Nacht durch die Stadt, um über meine Probleme zu sprechen, und die einzige Person, die wir zu Gesicht bekommen, ist ausgerechnet der Verursacher meiner Nöte. Ist das jetzt Zufall?“

„Vielleicht ist es Schicksal. Warum sollen Absurditäten nur in deinen Romanen auftauchen."

„So etwas würde ich nie in meine Romane schreiben. Ist viel zu dick aufgetragen, zu plakativ."

„Aber jetzt ist es passiert – im wahren Leben. Und um dem noch die Krone aufzusetzen, musst du dir jetzt noch ausmalen, was der Herr Politiker in dem Haus gemacht hat. Ich kann mir so einiges ausmalen. Schau jetzt nicht weg. Dann kennst du eins seiner Geheimnisse, und er ahnt es nicht. Ein Vorsprung, der dir womöglich einmal zugutekommen wird."

„Willst du damit andeuten ..., nee, Rüdiger, ich verstehe mich nicht auf Erpressermethoden."

„Ich rede nicht von geplanter Erpressung. Aber wenn man in Bedrängnis gerät, dann relativiert sich die moralische Selbstbeschränkung", antwortet er trocken.

Wir kommen an dem Haus vorbei, aus dem der Politiker eben gesprungen kam. An einem Fenster der zweiten Etage erkenne ich im seitlich einfallenden Zimmerlicht das milchige Gesicht eines jungen Mannes, das in unsere Richtung blickt. Ein kalter Schauer läuft über meinen Rücken.

Ein Großteil des Parks ist mit rot-weißem Absperrband umgeben. Es markiert ein vollkommen zerwühltes Feld, das aussieht, als habe hier eine riesige Horde Wildschweine gewütet.

„Warum ziehst du nicht für eine Weile in dein Haus nach Zürich?"

„Wohnung! Und auch das ist noch leicht übertrieben, schließlich habe ich nur ein Zimmer mit Küche und Bad unterm Dach, also eine etwas größere Studentenbude."

„Ich weiß, dass das eine Bude ist, aber du hast doch selbst oft genug von Haus gesprochen."

„Habe ich das? Kann sein, aber dann allenfalls als Metapher. Nur, was soll mir das bringen, jetzt nach Zürich zu gehen? Damit bin ich doch nicht aus dem Schussfeld. Es sei denn, ich will endgültig da bleiben. Ob ich auf Dauer ein Aufenthaltsrecht in der Schweiz erhalten würde, bleibt ohnehin fraglich."

„Dir als berühmter Persönlichkeit werden sie das nicht verweigern."

„Du vergisst die politische Komponente. Die Schweiz will nicht öffentlich als Auffangbecken für politische Flüchtlinge auftreten. Und dass ich reine Unterhaltungsliteratur schreibe, kann man weder von mir behaupten noch für die Zukunft erwarten."

„Ich glaube nicht, dass unser Land schon den Status hat, in dem man Immigranten als politisch anerkennen würde, es sei denn, du gingst nach Nordkorea."

„Das könnte die Sache sogar noch erleichtern."

„Was?! Nordkorea?"

„Nein, Quatschkopf. Zürich! Ich müsste meine Entscheidung dem Minister gegenüber hinauszögern, versuchen, die Sache, wenn schon nicht ganz in Vergessenheit geraten zu lassen, so doch ihre Bedeutung herunterzuspielen, und dann mache ich mich rar, bis sich die Wogen geglättet haben."

„Dann mach dich auf eine lange Zeit gefasst, denn was sich politisch momentan aufschaukelt, hat noch lange nicht seinen Höhepunkt erreicht."

Jetzt ist es doch noch passiert. Rüdiger ist in Hundescheiße getreten. Er versucht sie im hohen Gras nahe einem Buschwerk abzustreifen, ich warne ihn davor, denn hier im Dunkeln kann man nicht sehen, wo man noch hineinritt. Wir gehen bis zur nächsten Laterne, dort reibt Rüdiger seinen Schuh über den Rasen und lässt mich dann unter die Schuhsohle blicken, die zum Glück ein so flaches Profil hat, dass nach ein paar Pirouetten über das Gras kein Exkrement mehr zu erkennen ist. Während mein Freund auf einem Bein herumspringt, um mir rückwärts die Sohle zur Begutachtung entgegenzuhalten, erzählt er mir von einem römischen Feldherrn, der sich dadurch ausgezeichnet hat, allen Schlachten systematisch aus dem Wege gegangen zu sein. „Nach einiger Zeit hat man ihn allerdings als Feige herabgewürdigt und ihn schließlich seines Amtes enthoben.

Doch in den dann folgenden Schlachten mit einem anderen Heerführer wurden derart große Verluste eingefahren, dass man sich der Erfolge seines Vorgängers besonnen hat, der die Gegner mit seiner Taktik vollkommen mürbe gemacht hatte. Schließlich hat man ihn wieder zurückgeholt."

„Und wie hieß dieser Feldherr?"

„Keine Ahnung, hab ich wieder vergessen. Bislang bin ich auch noch nicht auf die Idee gekommen, das zu recherchieren, sollte ich aber mal tun. Vielleicht kann man dann mehr Details über sein Vorgehen erfahren."

„Schade, dass diese Taktik nicht Schule gemacht hat. Wäre doch eine nette Vorstellung, wenn alle Heere der Welt ständig unterwegs wären, um sich aus dem Weg zu gehen."

12.

Die ersten Zeilen auf meinen alten PC zu schreiben, den ich schon für tot erklärt und in meine Kellergruft verfrachtet hatte, ist wie eine Geburt. An Reinkarnation glaube ich ebenso wenig wie an viele andere Vorstellungen über ein Leben nach dem Tod, einzig die Wiederauferstehung meines verblichenen elektronischen Kumpels relativiert diesen Glauben.

Damit dieser Neubeginn auch sauber über die Bühne gehen kann, habe ich den digitalen Gedankenspeicher vorher gründlich aufgeräumt, genau gesagt hat das Udez für mich gemacht, denn ich habe weder einen blassen Schimmer über die Prinzipien noch über das Innenleben der Geräte, an denen meine ganze Arbeit hängt. Die Maschine war noch voll mit alten Daten, Ideen und Gedankennotizen, von denen ich die meisten entweder längst verarbeitet oder bereits verworfen habe.

Die Anschaffung eines neuen Laptops hatte viele vorgeschobene Gründe: Er sollte schneller sein, praktischer zu handhaben, den Kaufpreis konnte ich steuerlich geltend machen, und endlich hatte ich auch legal geladene Programme. In Wahrheit ging es mir nur darum, das Chaos meiner alten Aufzeichnungen hinter mir zu lassen und mit frischen Ideen an einem leeren virtuellen Schreibtisch neu anzufangen.

Irgendwo in dieser Wohnung befinden sich diverse CDs und eine externe Festplatte, die meine alten Aufzeichnungen und Romanfassungen von den ersten Entwürfen, die ich an den Verlag geschickt habe, über zwei, drei Korrekturfahnen bis hin zur fertigen Fassung zusätzlich sichern. Es hätte nichts dagegen gesprochen, das alles wegzuwerfen. Die Romane sind gedruckt, wen interessieren da noch die unausgereiften Entwürfe, und die in Worte gebrachten Grübeleien sind längst in essentielle Manifestationen aufgegangen, in der Mehrzahl jedoch verworfen. Warum also dieser Friedhof? Weil ein nicht greifbarer Instinkt mich davon abhält, das Vergangene zu löschen.

Meine Haltung sei an dieser Stelle unzweifelhaft zum Ausdruck gebracht: scheiß Elektronik. Da kann man noch so sehr meine Lernfähigkeit einfordern. Ich lehne es eben ab, mich mit Verfahren abzugeben, ohne deren physikalische Grundlagen bis ins Letzte ausgekundschaftet zu haben. So bin ich nun mal programmiert, und deshalb lasse ich mich auch gerne einen technischen Dilettanten schimpfen.

Udez hatte sich einen ganzen Vormittag Zeit genommen, um mein digitales Wohnzimmer aufzuräumen. Zunächst hat er sich dem alten Computer gewidmet und sämtliche darauf befindlichen Dateien komplett gelöscht. „Hättest du sowieso machen sollen“, hatte er mit vorwurfsvollem Unterton gesagt, „man wirft keinen Computer weg, auf dem sich noch persönliche Daten befinden und stellt ihn so auch nicht in den Keller.“ Prinzipiell mochte er recht haben, doch meine Bücher sind längst gedruckt, und meine frühen Ideen sind schon längst von neuen Gedanken aufgesogen worden. Was hätte also passieren können? Sollte mein Elektronikschrott einmal irgendwo in Afrika zum Recyceln auftauchen, und jemand, der die Sprache beherrscht, entdeckt dann zufällig auf dem Datenträger meine Arbeiten, dann würde sich mein Geist zusätzlich in Gebieten verbreiten, in die ich sonst nicht vordringe. Das Äußerste aller Vorstellungskraft hätte somit sogar noch etwas Gutes. Udez kann mit solchen Illusionen nichts anfangen, deshalb schweige ich zu seinen Vorhaltungen.

Zu beobachten, wie eine einzelne, auf einer Maus tippende Fingerkuppe innerhalb von Minuten die Arbeit von Jahren, in der eine Entwicklung von ersten naiven Äußerungen eines Heranreifenden bis hin zu ausgefeilten mündigen Abhandlungen entstand, zu löschen imstande war, empfand ich als schauerlich. Man hätte mir genauso gut bei vollem Bewusstsein die Därme aus dem Leib operieren können. Es gab nur eine Möglichkeit für mich, dem Grauen zu entkommen. In die Küche gehen und Kaffee kochen, von dem Udez ohnehin gerne massenweise trinkt, wenn er vor dem Bildschirm arbeitet.

Als ich mit der vollen Tasse in der Hand zurückgekehrt bin, war es getan. Der alte Laptop war inklusive aller Programme vollständig leer geräumt.

Jetzt begann der nächste Akt, dem ich mich nicht mehr entziehen konnte. Gemeinsam haben wir uns jede einzelne Datei angeschaut, und ich musste entscheiden: „Gut“ oder „Böse“. Das Gute waren die unschuldigen Gedanken, die jeder lesen darf, selbst die Despoten, die mir Übles wollen, das Böse hingegen waren meine bis ins Letzte aufrichtigen Betrachtungen, die unzensierten Anschauungen, die Gedankengänge, die ohne Selbstbeschränkung entstehen. Diese „Schmähschriften“ hat Udez Schritt für Schritt in ein kleines Kästchen gepackt, ein Stäbchen, winziger als das unterste Glied meines kleinen Fingers, das seitlich in einer Buchse des Gerätes steckte. Das Prozedere dauerte für mich einen halben, für Udez einen ganzen Liter Kaffee. Mein Freund empfand mich nicht als besonders Entscheidungsfreudig und musste mich mehrmals zu einer klaren Ansage ermahnen. Ja, woher soll ich denn wissen, was diesen Tyrannen alles suspekt erscheinen kann.

Mein Aufatmen, nachdem wir das endlich geschafft hatten, kam zu früh. Für Udez begann jetzt erst der alles entscheidende Moment. Gelöscht ist gelöscht, war mein analoger Glaube, mit dem ich neben Udez wie ein Einfaltspinsel dastand. Brav wie ein Schuljunge hörte ich mir die nächste Belehrung an: „Selbst der versierteste Fachmann wird niemals die letzten verborgenen Ecken des digitalen Gedächtnisses ergründen können." Udez Lösung war, jetzt auch alle unbedenklichen Dateien auf einen Stick zu überspielen und dann meinen Computer gänzlich abstürzen zu lassen. Mein Einwand, ich hätte mir gleich ein neues Gerät kaufen können, widersprach dem Stolz meines Helfers. „Du willst wohl noch die letzte Möglichkeit ausnutzen, irgendwie aufzufallen", lautete trocken seine kurze Abweisung des Vorschlags.

Die letzte Chance, mich womöglich endgültig als Trottel hinzustellen, nutzte ich schließlich auch noch aus: „Warum kann ich nicht auf einem einzelnen Gerät arbeiten, mit zwei voneinander getrennten Arbeitsspeichern, um dann am Ende des Tages zu entscheiden, was ich auf dem PC belasse und was ich auf externen Speichern verstecke?"

„Die Frage ist ja nicht so dumm", beruhigte mich Udez. „Doch weißt du, ob nicht jemand, schon während du schreibst, von außen in deinem PC eingeloggt ist und lustig das beobachtet, was du gerade tust? Wenn du nichts dagegen hast, dann werde ich das von zu Hause aus mal ausprobieren. Deine Zugangsdaten kenne ich ja bereits."

„Ihr Hacker könnt eure Fiktionen manchmal besser umsetzen als die erfindungsreichsten Autoren."

„Du bist ein alter Haudegen." Udez gab mir einen freundschaftlichen Kuss auf die Stirn und zog sich seine Jacke über.

„Es ist vollbracht?"

„Es ist vollbracht! Jetzt darfst du als letzten Akt deine Pamphlete auf das alte Gerät überspielen, das kriegst du alleine hin. Aber stelle niemals mehr eine Verknüpfung zwischen den beiden Schätzchen her, sonst war all meine Arbeit umsonst.

„Und du hast etliche Flaschen Wein bei mir gut." Udez hat nie einen finanziellen Dank für seine Hilfe annehmen wollen. Zum Glück weiß ich um seine Leidenschaft für Rebsäfte, mit denen ich mich zumindest symbolisch revanchieren kann. „Beim nächsten Mal gehen wir zusammen in den Keller, um dir ein paar gute Tröpfchen herauszusuchen", rief ich noch hinter ihm her, als er die Treppen hinunter eilte. Er hat nicht mehr drauf reagiert.

Zunächst will kein rechter Wortfluss aus mir herausquellen. Zwar schwirren einzelne Fragmente in meinem Hirn umher, doch Sätze, mit denen ich die losen Gedanken verbinden kann, bilden sich nur unter großer Mühe. Ich bin aus der Übung, weiß aber genau, wie falsch es jetzt wäre, mich unter Druck zu setzten oder aufzugeben. Vor jedem Meisterwerk steht ein Müßiggang, und dass mir das freie Niederschreiben noch schwer fällt, ist für mich nur ein Zeichen für das im Entstehen befindliche Neuartige. Es gilt, ein neues Gebäude zu errichten, das vollkommen frei von alten Mustern ist, einen leeren Raum zu schaffen, in den die Neuschöpfung eintreten kann.

Auch äußere Einflüsse tun ihre Wirkung. Ich sitze mit meinen „bösen" Aufzeichnungen nicht in meinem Arbeitszimmer. Meinem vertrauten Umfeld, das mir bislang das Gefühl von Sicherheit und Geborgenheit vermittelt hat, bleibt jetzt nur noch den unverfänglichen Arbeiten vorbehalten, während die Parallelwelt, in der ich meine „schändlichen" Gedanken gebäre, im Schlafzimmer stattfindet. In dieses andere Terrain zurückgezogen, muss ich mich als Schriftsteller neu entdecken – muss ich?

Geschrieben habe ich schon als Vierzehnjähriger. Das Schreiben wurde für mich zum Teil meines pubertären Aufbruchs. Einen Entschluss, ein professioneller Autor zu werden, habe ich nie gefasst. Genauso gut hätte ich als Germanist Ethikbeauftragter einer Uni werden können. Mein kreativer Drang hat mich auf andere Bahnen gelenkt. Am Anfang meiner Karriere stand Orientierungslosigkeit, erst später habe ich begriffen, dass dies die Grundbedingung zu meinem späteren Erfolg war. Warum also sollte ich mich jetzt krampfhaft als Schriftsteller neu organisieren wollen. Es könnten auch andere Talente in mir ruhen.

Diesen Gedanken im Hinterkopf, setze ich meine Fingerkuppen auf die Tasten. Buchstaben tauchen auf, es bilden sich Worte, die sich zu einem Satz formieren. Zum ersten Mal setze ich eine Kernaussage an den Anfang, eine Ansicht, an der man bereits vieles von der Zielsetzung des Kommenden ablesen kann. Damit weiche ich nicht nur von meiner gewohnten Vorgehensweise ab, damit erschaffe ich einen für mich ungewohnten Stil. In all meinen Schriften habe ich mich stets über Nebenhandlungen von außen an das Hauptthema angenähert, wollte immer erst den Leser einfangen, indem ich leicht Verständliches, Vertrautes oder Legeres an den Anfang gestellt habe. Dieser Methode brauche ich mich jetzt nicht mehr zu bedienen, nicht in meinen verdeckten Arbeiten. Es ist, als hätte ich bei einem Fußballspiel die Gelegenheit zu einem Freistoß erhalten, auf den ich mich, frei von Störungen durch Gegenangreifer, konzentrieren kann. Ich werde dem Ball einen besonderen Effet geben, je weiter er fliegt, umso mehr wird er von der üblichen, gradlinigen Schussbahn abweichen.

Ich werde ab sofort mit der Tür ins Haus fallen, statt dem potentiellen Leser meine Ansichten subtil unterzuschieben. Mag er es annehmen oder nicht, mag es arrogant erscheinen, ich werde mich mit dem, was ich in meinem Schlafzimmer produziere, nicht mehr verbeugen, zu sehr werde ich mich auf der anderen Seite mit den offiziellen Schriften verbiegen müssen. Freistoß.

Der Bildschirm meines alten Laptops scheint blasser zu sein als ich es mittlerweile gewohnt bin. Der Schleier, der sich über die Oberfläche legt, wird mein Nebel sein, in den ich die Ergebnisse meiner freien Gedankenwelten verstecke. Je diffuser die Buchstaben auf der Fläche erscheinen, umso schärfer müssen die Sätze sein, die ich formulieren werde.

„Ich darf nicht sterben, bevor ich vollkommen vernichtet bin", steht da. Fünfzig Buchstaben, acht Lücken, zwei Satzzeichen, die alles aussagen, was ich im Folgenden seitenlang auseinanderlegen werde.

Bevor ich mich erkläre, denke ich für einen Atemzug an Kurt Tucholsky. Er war für manche Menschen ein Hoffnungsträger und hat sich in seinem schwedischen Exil das Leben genommen. Wenn ich jetzt Hand an mich legen würde, wäre das mit dem Eindruck verbunden, einen bereits Toten zu erschießen. Ich habe meine Mission erfüllt, was soll also noch folgen, außer dass ich mich selbst kopiere?

Der wesentliche Unterschied zwischen einem natürlichen Tod und einem Suizid ist: Bei Ersterem möchte ich mich ausgelebt haben, verbraucht sein, der zweite macht nur Sinn, wenn man noch voll im Saft steht. Diese These spiegelt nicht meine Realität wieder, sie formuliert sich als Extremansicht. Ich bin weit davon entfernt, mich umzubringen, aber die Auseinandersetzung mit dieser Idee scheint mir für das richtige Leben wichtig. Nein, ich bin auch als Schriftsteller noch nicht tot, da seid ihr selbst schuld, die ihr mich vereinnahmen wollt und genau das Gegenteil erreichen werdet.

Ich grüble nach einem Namen, den ich meinem Protagonisten geben kann. Es macht keinen Sinn, sich über gesellschaftliche Konstellationen auszulassen, wenn man keine Personen erfindet, die das alles durchleben müssen. Ich werde die Hauptperson Friedrich nennen. So heißt niemand, den ich kenne, so wird heutzutage kaum noch jemand getauft, allenfalls in der Kurzform „Fritz“, und es gibt ein heimliches Idol, das diesen Namen trug, ein Philosoph, dessen Ansichten nach seinem Tod zur Bekräftigung eines totalitären Systems missbraucht wurden, obwohl er selbst an sich und der Welt zugrundegegangen war.

„In der Unordnung seiner Gedanken sucht Friedrich nach klaren Linien, die ihn durch das Leben führen, nur das Leben selbst ist eine unklare, wenn überhaupt eine Linie.“

Das klingt hölzern, ich merke, dass ich mich erst warmschreiben muss, lasse den Satz aber unkorrigiert stehen. Es kommt oft vor, dass man ersprießliche Gedanken hat, aber nicht die richtige Sprache findet. Dann hilft es nur, weiterzumachen und schließlich das Ergebnis beiseite zu legen, einkaufen zu gehen, durch den Park zu laufen, in der Kneipe ein Bier zu trinken, ein Fußballspiel anzuschauen, irgendetwas Profanes zu machen, aus dem sich dann die Stimmung herstellt, die man für die Formulierung seiner vorher niedergeschriebenen Fragmente braucht.

„Friedrich kann die Welt immer nur aus seiner subjektiven Sicht betrachten. Der Zufall hat ihn auf irgendeinen Fleck der Erde geworfen. Verloren in der endlosen Weite sieht er sich um, muss feststellen, dass er aus seiner eigenen Anschauung immer der Mittelpunkt der Welt ist. Von hier aus findet alles statt. Genauso verhält es sich auch mit der Zeit: Friedrich kann die Begrenztheit seines Daseins nicht erfassen. Er weiß, egal wie alt oder jung er ist, er steht immer in der Mitte seines Lebens."

Das klingt nicht gut, viel zu gekünstelt. Aus solch holprigen Sätzen wird sich kein Fluss formen, der die Handlung mit sich zu tragen imstande ist. Immerhin, das Tal, in das sich der Fluss betten wird, zeichnet sich ab. Friedrich aber lasse ich zunächst am potentiellen Ufer stehen. Es braucht mehr Quellen, bevor etwas in Bewegung gerät. Wenn es so weit ist, dann kann ich nach ihm greifen, ihn in die Strömung fallen, mitreißen lassen.

Recto, verso.

Der nächste Gedanke ist, zwei zusätzliche Personen zu erfinden, die nicht besonders schlau sind, sich aber gegenseitig die Welt erklären, anschließend aber für gebildet halten. Dann werden sie sich gegenseitig zu Fachleuten erklären und mit ihren neuen Titeln beginnen, andere Personen zu missionieren. Ihre Gedankenkonstrukte werden sich verbreiten, das Pseudowissen wird zu einer Allgemeingültigkeit gelangen. Am Ende reift dieses Gebilde zu einer Macht heran, der man sich nur schwer entziehen kann.

Friedrich wird ein Gegenüber sein. Er soll keinen direkten Kontakt mit diesen zwei Einfaltspinseln haben, lediglich ihre Handlungen sollen sich auf irgendeine Art kreuzen, ich weiß noch nicht wie, aber das wird sich im Schreiben von selbst ergeben. Wie kritisch auch immer meine fertigen Werke bewertet werden, während der Produktion meiner Schriften behalte ich stets die Klarheit über das, was ich anstrebe, das, was ich zulassen und was ich nicht will. Ich spüre, wenn ich ungelenk werde oder beginne, Inhalte zu erzwingen, und ich kann mich im Nachhinein selbst reflektieren, wenn ich vorher in hoher Euphorie naive Handlungsstränge erzeugt habe. Wenn ich einen Roman zu schreiben beginne, brauche ich keine fertig durchdachten Konzepte. Ich habe mich bisher noch nie in eine Enge hineingeschrieben, aus der ich nicht mehr herausgekommen wäre. Oft haben sich zwar einzelne Ziele, auf die ich zulaufen wollte, geändert, doch nie der übergeordnete Sinn, der mich zum Schreiben des jeweiligen Stückes veranlasst hat.

Mich dürstet nach einem frisch gezapften Bier.

Die Jungfräulichkeit des Neuanfangs hat sich schon wieder überholt. Längst beziehe ich meine alterprobten Denkmuster in die frischen Ergüsse ein. Was soll's, es gibt keine Regel, auch nicht die, dass ich mich selbst nicht kopieren dürfte. Die Kneipe ruft.

Das Wenige, was ich bisher geschrieben habe, speichere ich zusätzlich auf einem Stick, den ich in ein präpariertes Loch in die Wand stecke. Da das Ende, das noch herauslugt, wie ein kleiner Haken aussieht, hänge ich ein Bild daran. Eine geniale Tarnung, finde ich. Ein Objekt hinter einem Bild zu verstecken oder in den Rahmen zu klemmen, damit kann man niemanden mehr täuschen. Dass sich das begehrenswerte Subjekt in einem kleinen, gewöhnlich aussehenden Utensil verbergen kann, dafür danke ich den Erfindern der Mikroelektronik. Meinen Laptop schiebe ich derweil ganz konventionell unter die Matratze. Zwei Versteckspiele – eine Übung, die ich mir angewöhnen werde, um mir eine neue Freiheit zu schaffen, um die Machthaber in dem Land, in dem ich leben muss und leben will, zu narren.

Man hätte diesen Maronenbaum nicht an diese Stelle pflanzen dürfen. Maronen brauchen mildere Temperaturen, und diese Stadt braucht Brachflächen. Man sollte die Verkehrsinsel wieder aufbrechen und das Bäumchen stattdessen in den Süden verpflanzen.

Manche Menschen identifizieren sich mit ihren Idolen, mit Fußball-, Kino- oder Schlagerstars. Ich identifiziere mich mit einer ehemalig schmuddeligen Verkehrsinsel, auf die man ein fremdes Bäumchen gepflanzt hat.

13.

Seit unserem Gespräch im Park habe ich Rüdiger nicht mehr gesehen und auch keinen anderen Menschen. Das Letzte, was wir miteinander angefangen haben, war dafür Sorge zu tragen, dass er die Hundescheiße von seinem Schuh abstreift.

Könnte ich die Last, die auf mir bürdet, nur wie Hundekot abstreifen.

Mein Tagesablauf hat sich vollkommen verändert. Tagsüber versuche ich, mich mit Lesen zu beschäftigen. Es gibt unzählige Bücher, die ich nicht zu Ende gelesen oder noch nicht angerührt habe. In meinen intensiven Schreibphasen lese ich grundsätzlich keine Bücher, sie würden mich zu sehr von meiner Arbeit ablenken. Dann gibt es wiederum Zeiten, in denen ich wie ein Sammler beschäftigt bin. In diesen Perioden krame ich ein Buch nach dem anderen hervor und sammle neue Gedanken, Impulse, Methoden. Manchmal gelingt es mir nicht, das eine zu Ende zu lesen, da kommt mir schon das andere in die Quere. Zunächst lese ich in solchen Fällen erst parallel, meist verlagert sich mein Schwerpunkt jedoch in eine Richtung oder sogar auf etwas ganz Neues. Es mag also nicht verwundern, wenn mein Arbeitszimmer voller Bücher liegt, die entweder gänzlich ungelesen sind, oder aus denen Lesezeichen und vollgekritzelte Notizblätter ragen.

Stück um Stück arbeite ich mich durch die Schriften und hoffe auf den Nebeneffekt, nach dieser Phase den kleinen roten Ledersessel, den mir Kristin einmal zum Geburtstag geschenkt hat, als wir noch ein Paar waren, wieder als Sitzgelegenheit nutzen zu können.

Mein Computer kennt dieses gelebte Chaos kaum. Die Datei mit dem größten Umfang habe ich simpel „Archiv“ getauft, das seinerseits wieder in mehrere Ordner und Unterordner strukturiert ist, mit Kennziffern, die bestimmte Verweise herstellen, geeignet, nicht nur all meine Notizen aufzunehmen, sondern sie auch wiederzufinden. Anfänglich hatte ich alles in eine einfache Liste geschrieben und fand es gut, auf der Suche nach der Formulierung eines bestimmten Gedankens, den ich in meine aktuelle Arbeit einweben wollte, durch all die anderen Niederschriften zu schweifen. Irgendwann hatten sich die Aufzeichnungen aber derart angehäuft, dass das lange Durchstöbern der Datei mich von der eigentlichen Arbeit abhielt. Wer also glaubt, Künstler seien Chaoten, der muss mich eben einem anderen Metier zuordnen.

Ganz abgesehen von meiner ausgefeilten Methode liegt dennoch ständig diverses Handgeschriebenes an meinen Arbeitsplatz, als Zeugnis dafür, dass Lücken, sobald sie sich öffnen, sich stets direkt von selbst füllen. Wen sollte es also wundern, dass ich jetzt nicht an meinen Schreibtisch gehen kann, ohne über irgendwelche Blätter zu laufen oder über eine Weinflasche zu stolpern. Akribisch gehe ich nur mit meinen Musik-CDs um, die ich nach jeder Entnahme aus dem Gerät sorgsam in die Hülle stecke und anschließend, nach Stilrichtungen geordnet, in der Schublade einer Kommode verstaue, in der ich unten, dort, wo sich die Türen befinden, auch noch meine alte Schallplattensammlung aufbewahre.

Nachdem ich tagsüber in die Literatur vertieft war, ist mir an den Abenden die Konzentration zum Lesen abhanden gekommen. Wein hat mir, bis tief in die Nacht, darüber hinweg geholfen. Bei gedämpftem Licht und leichtem Rausch Musik zu hören und mit meinem Bewusstsein tief in die Klänge vorzudringen war ein befriedigendes Erlebnis. Doch statt mich dadurch selbst einzulullen, hat mich die Atmosphäre aufgepuscht. Um wieder runterzukommen, musste der Fernseher herhalten. Wissenschaftssendungen und alte Heimatfilme mit Gustav Knuth und Konsorten waren kein schlechtes Pendant zu dem vorher Durchlebten. Gestern Nacht bin ich dann beim rumflitschen auf ein Telekolleg gestoßen. Der Herr Professor hat irgendwelche mathematischen Zusammenhänge erklärt, natürlich habe ich nichts kapiert, vor allem, weil ich mich auf die Art seines Auftretens und den Stil der Studioeinrichtung konzentriert habe. Ich möchte zu gerne wissen, was das für Menschen sind, die sich mitten in der Nacht über das Fernsehen fortbilden und sich dabei im biederen Ambiente der sechziger Jahre aufgehoben fühlen.

Den Morgen habe ich total verpennt. Mein Gesicht fühlt sich immer noch aufgequollen an, trotz einer intensiven Waschung mit kühlem Wasser und der Einnahme von zwei Bechern Kaffee.

Ich habe keine Ahnung, was ich mit dem heutigen Tag anfangen soll. Ich merke schon jetzt, dass mir jegliche Energie fehlt, um irgendeine Entscheidung zu treffen, die mich voranbringen würde. Ich könnte in meinem jetzigen Zustand zum Staatssekretär gehen und ihm meine Mitarbeit zusagen. Wenn ich nur halbwegs so aussehe, wie ich mich momentan fühle, wird er mein Angebot ablehnen, mir mit freundlichen Worten erklären, warum man sich zu anderen Vorgehensweisen entschlossen habe. Ich dagegen wäre mein Problem los, all die Sorgen hätten sich dann in Luft aufgelöst, ich würde vor Rüdiger treten und ihm sagen: „Hey, ich bin ein Genie", und dann würde ich alle meine Freunde in unsere Stammkneipe einladen.

Das größte Risiko wäre natürlich, wenn der Herr Ministerialbeamte erwartungswidrig meine Zusage annähme. Dann gäbe es kein Zurück mehr. Egal ob ich mich wie ein Penner aufführen würde oder wie ein Aristokrat, ich wäre künftig gezwungen, mir eine Strategie zuzulegen, in der ich mich zumindest nicht gänzlich verrate.

Ich schalte den Computer ein und schaue in mein Posteingangsfach. Außer ein paar Newslettern gibt es keine Nachricht an mich. Ich klicke die Seite des Versandhauses für Naturtextilien an, die gerade für ihren Winterschlussverkauf wirbt. Zwar bin ich gut genug ausgestattet, aber ein wenig Abwechslung in meiner Garderobe könnte zu meiner Ermunterung beitragen. Der größte Teil ist den Klamotten für Frauen vorbehalten, der von adretten jungen Models vorgeführt wird. An abgelegener Stelle finde ich wie gewohnt die Herrenabteilung. Ich lege einen anthrazitfarbenen Feinstrickpullover in meinen Warenkorb, dazu passend ein dichtgewobenes Sakko, zwei langärmelige Unterhemden und schließlich noch eine Auswahl warmer Socken. Als ich aufgefordert werde, meine persönlichen Daten einzugeben und den Auftrag zu bestätigen, lösche ich alles wieder.

Mein Kühlschrank ist fast leer. Über das letzte Stück Käse hat sich ein weißer Schimmel gelegt. Ein kleiner weißer Belag ist bei Käse nichts Schlimmes, der Pelz auf diesem Stück ist mir aber entschieden zu groß, deshalb hole ich das Stück heraus, öffne das Fenster und lege es auf die Fensterbank. Ich habe keine Lust, die Pilzsporen in meinem Abfalleimer zu kultivieren, noch weniger will ich runter in den Hof laufen, um meinen Müll in die große Tonne zu entsorgen. Vielleicht findet sich ein Vogel, dem das Käsestück zupass kommt.

In mein Arbeitszimmer zurückgekehrt, lege ich mich mit dem Rücken flach auf den Boden und starre gegen die Decke, die durch einen kleinen Blumenkranz aus Stuck geschmückt ist. Genau aus der Mitte des Reliefs ragt immer noch ein dicker Haken, an dem einmal der Kronleuchter meiner Vormieter gehangen hat. Ich habe das ältere Ehepaar noch kennengelernt. Als mir der Makler die Wohnung vorführte, hatten sie hier noch inmitten ihrer biederen Einrichtung gewohnt. Sie waren recht nett zu mir, dem Makler gegenüber verhielten sie sich dagegen zutiefst ablehnend, obwohl sie es selbst waren, die ihn beauftragt hatten. Als ich schließlich den Mietvertrag unterschrieb, durchfuhr es mich wie ein Stromschlag: Ob ich hier auch so lange wohnen bleiben würde, bis mich meine Gebrechlichkeit ins Altersheim zwingt? Später habe ich dann erfahren, dass die Frau am Tag vor dem Auszug in ihrem Bett gestorben ist und der Mann alleine ins Heim musste. Vielleicht wohnt die Seele der Alten immer noch hier.

Das Gewicht meines Körpers presst auf den Boden. Ich verschränke die Hände hinter den Kopf und versuche, mich vorzubeugen – eine gute Übung für die Bauchmuskulatur. Bei jedem Aufrichten komme ich ein Stückchen höher, schließlich berührt mein Kinn fast das Brustbein, ehe ich mich erschöpft wieder ausstrecke.

Meine Hand fällt zur Seite und greift nach dem Zettel, auf dem sie zufällig landet. Ich halte ihn vor Augen, die Schrift steht Kopf, aber ich kann entziffern, worum es geht. Kein schlechter Gedanke, den ich kurz vor dem ersten Empfang beim Staatssekretär aufgeschrieben hatte. Mein Selbstbewusstsein, mit dem ich mich damals gestellt habe, mein Stolz, der mir die Sicherheit gab, sämtlichen Herausforderungen begegnen zu können, sind mir mittlerweile vergangen. Längst bin ich woanders angelangt, die Notiz spricht nicht mehr für mich. Egal wie gut der Gedanke ist, er hat seine Bedeutung verloren. Wütend zerknülle ich das Papier und schmeiße es in die Ecke.

Obwohl ich schon viel zu viel davon getrunken habe, entschließe ich mich zu einer weiteren Tasse Kaffee, den ich mir in der Küche aufbrühen will. Während ich dabei bin, mich aufzurichten, kniend, die Hände auf den Boden gestützt, greife ich nach all den anderen Zetteln. Ich zerknülle sie allesamt, Zettel um Zettel um Zettel, alles Gedanken, die nicht mehr gelten: schwachsinnige Wohlstandsideen. Wütend stelle ich mich breitbeinig in das Konglomerat und trete durch die Papierknäuel, als wären sie ein Haufen Laub, den ich aufwirble. Ich könnte sie anzünden, das würde wie eine Übersprunghandlung aussehen, wie sie in Verzweiflungsfällen im Knast, in der Psychiatrie oder in der Abschiebehaft vorkommen. Klapsmühle wäre ein Ausweg.

Zurück in der Küche haue ich mit der Faust auf die Anrichte und schreie „Scheiße". Ich stütze die Ellbogen auf die Fensterbank, lege meinen Kopf in die Hände und schaue apathisch nach draußen. Die Zeit zerrinnt ohne mein Zutun. Ich bin nicht mehr Teil meiner Umgebung, ich bin nicht mehr in mir selbst.

Das ist alles nicht wahr! Diese ganze Geschichte ist erlogen – aus Langeweile. Ein Schriftsteller kann nur dann weiterkommen, wenn er die von ihm beschriebenen Abgründe selbst durchlebt. Man kann vielleicht ein, zwei gute Dramen im Leben erfinden, was darüber hinausgeht, ist Abklatsch und blass und lebt allenfalls von den vorherigen Erfolgen, und um Glaubwürdigkeit vorzutäuschen, zieht man dann die Nöte anderer heran. Welch kreativer Kopf will schon zugeben, dass die eigene banale Lebenswirklichkeit ganz unspektakulär dahinplätschert.

Alles fingiert. Mir ist es nicht einmal gelungen, das Geschehen einer fremden Person zuzuschreiben, mich in die Situation eines andersartigen Charakters hineinzudenken, stattdessen nehme ich einfach eine Ich-Selbst-Person, die zu allem Überfluss auch noch das Metier ausübt, mit dem ich sie beschreibe. Der ganze Kladderadatsch gipfelt in der Behauptung, ich selbst sei der Dissident, der der Bedrängung durch den Staat ausgeliefert sei.

Welch Irrsinn, eine derart realitätsnahe Illusion zu schaffen, dass ich mittlerweile mit allen Sinnen glaube, ich sei dem wirklich ausgesetzt. Ich glaube an mich nicht als der, der ich bin, sondern als der, den ich mir erdacht habe. Eine ernste Situation. Warum steige ich nicht einfach aus dieser Geschichte aus?

Es gibt nur eine Antwort: Ich selbst bin bereits erdacht.

Und jetzt? Unter diesen Umständen habe ich keine Wahl: Die Geschichte muss weitergesponnen werden.

Meine Wut hat mich in die Enge getrieben. Aus der gilt es sich zu befreien. Ich muss meine Vernunft wiederfinden, will wieder Sinn machen, zumindest vor mir selbst, und gehe einen ersten Schritt, indem ich statt Kaffee Mineralwasser trinke. Wieder im Wohnzimmer hebe ich die Papierknäuel auf und glätte jedes einzelne Blatt, indem ich mit der flachen Hand darüberstreiche. Sämtliches Geschriebene ist noch lesbar, den knittrigen Zustand der Blätter bedauere ich nicht. Schließlich verstaue ich dieses neu geschaffene Kunstwerk in der Schublade meines Schreibtischs und beginne dann, allen anderen herumliegenden Subjekten einen eigenen Platz einzuräumen. Irgendwie gelingt es mir, durch das Umkramen meiner Bücher ein Regalfach freizuräumen, in das ich die angelesenen Bücher einsortiere, auch wenn dazu manches Buch quer auf den aufrecht stehenden Werken liegen muss. Mein Aufräumwahn verlagert sich auch in die

Küche. Schließlich bringe ich sogar freiwillig den Müll und das Altglas nach unten.

Im Vorabendprogamm wird eine Quizsendung ausgestrahlt. Die Fragen, zu deren richtiger Beantwortung die Kandidaten nur wenig Geld verdienen können, sind lächerlich, um zu höheren Beträgen zu gelangen, müssen sie ein Wissen unter Beweis stellen, das nach meiner Einschätzung nicht zum allgemeinen Geistesgut zählt. Durch Glück tippen die Beteiligten auf die richtigen Antworten und hangeln sich dadurch zu einem versprochenen Gewinn durch, der ihnen selbst gesichert bleibt, wenn sie die nächsten Fragen falsch beantworten. Nach zwei weiteren Rätseln scheitern sie, dennoch fallen sie sich wegen des vorher gesicherten Preisgeldes glücklich in die Arme. Ich konnte auch diese Frage richtig beantworten und hätte jetzt als Kandidat mehr Geld verdient als mit meinen beiden ersten Büchern zusammen. Es ist eine verkehrte Welt, die sich da in den Medien abspielt, eine Parallelwelt, zu der ich keine Berührungspunkte habe.

Die folgenden Nachrichten berichten über wenig außergewöhnliche Unglücke in der Welt, Überschwemmungen, die von Wissenschaftlern schon lange im Voraus angekündigt waren, einer Zugentgleisung, der Selbstverbrennung eines Obstverkäufers irgendwo in Nordafrika, dem internationalen Ministertreffen der wichtigsten Wirtschaftsnationen und unwesentlichen Geschehnissen aus dem Inland. Ich denke noch darüber nach, ob das für die nächsten Tage angekündigte Wetter einen Einfluss auf mich haben wird, da erscheint schon der Plot einer Brauerei, die den folgenden Krimi sponsert.

Ich verpasse die Szene, in der der Mord geschieht, weil ich mich zwischendurch damit beschäftige, ein Steak zu braten, das ich im Gefrierfach vergessen und jetzt wiederentdeckt habe. Es ist nicht das Schlechteste, ein Steak im gefrorenen Zustand zu braten, dann bleibt es auf jeden Fall innen drin schön saftig, vorausgesetzt, man hat das Bratfett ausreichend erhitzt, bevor man das gefrostete Fleisch hineinlegt, sonst hätte man am Ende allenfalls ein Stück ledernes Kochfleisch.

Für mich bleibt die Handlung, auch ohne die genauen Zusammenhänge des Mordes zu kennen, spannend. Anhand der Recherchen der Kommissare und der Begleithandlung der Verdächtigen kann ich den Hergang nach und nach rekonstruieren und stehe dadurch mit meinem Wissen ständig irgendwo zwischen den Kommissaren und dem gewöhnlichen Zuschauer.

Morgen werde ich einen Entschluss fassen, egal, wie weit ich bin. Wenn ich die Entscheidung über mein Schicksal noch weiter hinauszögere, dann entferne ich mich letztlich nur von mir selbst und verliere womöglich noch die Kraft, den Weg, für den ich mich entscheide, auch konsequent durchzuziehen.

Der Gedanke, zum Schein mitzuspielen, macht mir im Moment mehr Angst als die Vorstellung, mich dem Angebot des Staatssekretärs zu verweigern, auch wenn ich bei letzterem einer größeren Bedrohung ausgesetzt wäre.

„Staatssekretär", wie dieser Titel plötzlich klingt. Am Anfang hatte noch ein wenig Ehrfurcht mitgeklungen. Es war schon was, den anderen zu sagen, dass er mich zu einem Empfang geladen hat. Jetzt ist mir nicht nur sämtlicher Respekt abhanden gekommen, ich habe vielmehr das Gefühl, ich würde vom Teufel selbst sprechen.

Im Vergleich zu den letzten Tagen gehe ich früh ins Bett und schlafe bald ein, doch schon nach zwei Stunden peinigen mich im Halbschlaf meine Gedanken, bis ich es im Bett nicht mehr aushalten kann. Körperlich ermattet, aber geistig hellwach quäle ich mich aus den Federn und schalte den Fernseher ein. Vor der Kulisse einer Physikstunde, in der man sich über die Erklärung der Konstanz aller Energie in der Welt bemüht, nehme ich ein Buch in die Hand, die die Beurteilung der menschlichen Intelligenz über herkömmliche IQ-Tests infrage stellt, und weil mir das Ganze noch nicht ausreicht, lasse ich klassische Musik von meinem CD-Spieler laufen. All die einströmenden Sinnesreize lenken mich von meinen endlosen Gedankenspiralen ab, Müdigkeit kommt dagegen nicht mehr auf.

Ich erwache, spüre den harten Druck der verknautschten Wolldecke, auf der ich am Boden liege. Mir wird langsam bewusst, dass ich die Decke in der Nacht unter meinen Kopf geschoben und mit geschlossenen Augen den Vorträgen des Physiklehrers gelauscht habe, selbst als ich seinen Ausführungen inhaltlich nicht mehr folgen konnte. Der Fernseher läuft noch immer. Ich schalte das Gerät ab, gehe in das Badezimmer und nehme eine heiße Dusche. Anschließend quäle ich meinen Rasierapparat durch die lang gewucherten Stoppeln an Kinn und Wangen, der sich begleitend zu schwankenden Surrgeräuschen gegen alles, was länger als drei Tage gewachsen ist, wehrt.

Als ich beim Bäcker stehe, komme ich mir wie ein Außerirdischer vor. Seit Tagen bin ich nicht mehr aus dem Haus gewesen, habe außer ein paar Fernsehfiguren keinen Menschen gesehen. Ich bestelle meine Brötchen und frage mich, ob den Leuten, die hinter mir stehen, etwas Ungewöhnliches an mir auffällt. Zunächst scheint alles normal zu sein, bis ich wieder an der Straße entlang gehe und mir die Bäckergehilfin hinterher eilt, weil ich meine Brötchentüte auf der Theke habe liegenlassen.

Mein Frühstück besteht aus einer Banane, Kaffee und zwei Marmeladenbrötchen, die ich im ständigen auf- und abgehen zwischen meinem Computer und der Küche verzehre. Nachdem ich alle Krümel vom Küchentisch beseitigt habe, mache ich am gegenüberliegenden Ende meiner Wohnung den Anfang, den ich seit Tagen hinausgezögert habe:

„Sehr geehrter Herr Staatssekretär,

zunächst möchte ich mich bei Ihnen entschuldigen, dass ich Ihnen erst jetzt, Tage nachdem mich der Minister empfangen hat und unserer anschließenden Unterredung, auf Ihre Offerte antworte.

Zunächst möchte ich mich sehr für Ihre Einsatzbereitschaft um meine Person bedanken und weiß es auf angemessene Weise zu schätzen, mit welchem Engagement Sie sich in der Politik für die Belange einsetzen, die mich seit meiner Tätigkeit als Schriftsteller umher treiben. Zweifelsohne fordert die praktische Politik ein enormes

Engagement, das Ihresgleichen sucht. Der Opferbereitschaft derjenigen, die sich dazu hingeben, diese Last bei aller Kritik von außen auf ihre Schultern zu nehmen, kann man nicht genug Ehrerbietung bezeugen. Auch bewundere ich Ihre Scharfsichtigkeit, mit der Sie erkennen, dass Politik alleine nicht nur von Politikern gestaltet wird, sondern man sich immer wieder auf Menschen berufen muss, die im Sinne einer Fortentwicklung des Staates mitdenken und bereit sind, auch aktiv mitzuwirken. Dennoch, so glaube ich, liegt das Talent einer politischen Gestaltung bei nur wenigen Menschen. Deshalb sollte man nach meiner Einschätzung auch zwischen Staatsdenkern und Staatslenkern unterscheiden.

Ich habe in letzter Zeit die Ehre gehabt, dank Ihrer Einladungen mit Ihnen und Ihren Mitstreitern über viele Themen zu diskutieren, Fragen zu stellen, und wir konnten uns den Antworten annähern. Ich hoffe nicht nur, dass diese Gespräche meine Diskussionspartner vorangebracht haben, sondern kann Ihnen versichern, dass auch meine Arbeit frische Anregungen erhalten hat und mein Spektrum durch die neuen Impulse erweitert wurde. Nebenbei darf ich zugeben, dass ich die Aufenthalte in Ihrem Haus auch genossen habe.

Nun möchte ich auf ein Thema zu sprechen kommen, das sich ein wenig komplexer darstellt, und mich damit dem Anlass meines Briefes annähern. Ihr Angebot, in die Politik aktiv einzugreifen, zudem noch in einer hohen Position, hat mich in aller Bescheidenheit beschämt. Ich wäre aus eigenem Antrieb nie auf die Idee gekommen, dass ich die Fähigkeit besäße, eine solch hohe Aufgabe auszufüllen. Nun darf ich zugeben, dass ich mich, animiert durch dieses Angebot, intensiv mit diesem Gedanken auseinandergesetzt habe und meine Kreativität mir nicht die Grenzen gesetzt hat, die mein vermeintlich gesunder Menschenverstand gesehen hat. Je mehr ich mich in die auszufüllende Aufgabe hineindenke, umso mehr Ideen entstehen in meinem Kopf, umso mehr wachse ich an den neuen Eingebungen, die mir diese Auseinandersetzung beschert. In all der aufkeimenden Euphorie habe ich jedoch nicht verpasst, zwischenzeitlich beide Beine wieder auf den Boden der Tatsachen zu setzen, wodurch jedes

Mal neue Zweifel entstanden sind, die mich zwischen allen Abwägungen zu einer nüchternen Betrachtung gezwungen haben. Schließlich bin ich zu der Erkenntnis gelangt, dass ich in meinem derzeitig praktizierenden Metier aufgehoben bin wie in keinem anderen. Offensichtlich haben Sie dies bereits im Vorfeld erkannt, was erneut Ihre Weitsichtigkeit unter Beweis stellt, und deshalb die Idee meines Einbringens in die Politik mit den Mitteln, die mir vertraut sind, entwickelt. Ohne Ihre ausgleichende Abwägung in Frage stellen zu wollen, hege ich dennoch erhebliche Zweifel, dass ich Ihren Vorstellungen gerecht werden kann. Die Grundlage meiner Arbeit war stets, meine Themen ohne jegliche Vorgaben aus der Luft zu greifen, sie erst, wenn sie bereits abstrakt in meinem Kopf zum Leben erwacht sind, zu materialisieren, sie zu personifizieren und zu verzeitlichen. Deshalb gibt es einen Antagonismus zwischen diesem Vorgehen und der Idee, aus bereits gelebten Vorgängen eine Handlung zu entwickeln.

Wahrscheinlich gehen Sie davon aus, dass ich im Laufe der Zeit meine Fähigkeiten derart ausgeweitet habe, dass eine solche neue Herangehensweise an die Materie des Schreibens durch mich ebenso denkbar und deshalb keineswegs unvereinbar sei. Ich darf Ihnen versichern, dass auch ich diesen Gedanken oft und erneut speziell nach Ihrer Offerte mit mir herumgetragen habe, bin aber zu dem Schluss gelangt, dass ein solches Produkt, ohne die Voraussetzung des Zufalls, mit der die Ideen in der Regel auf mich zukommen, nicht die Qualität aufweisen könnte, die man von mir erwarten darf.

Wenn ich also an dieser Stelle Ihr Angebot mit allergrößtem Bedauern ausschlage, geschieht dies nur mit Rücksicht auf die Tatsache, dass ich befürchte, meine Mitarbeit könnte durch ein ungelenkes Produkt, das aus einer möglichen Zusammenarbeit entstehen würde, Ihnen eher schaden als nützen. Ich bitte Sie, mich nicht falsch zu verstehen, die Schwäche eines solchen Konstrukts ist nicht in Ihrem Konzept zu suchen, sondern liegt einzig bei mir selbst. Wenn ich mich also distanziere, so erfolgt dies einzig aus einer Respektbekundung gegenüber dem, wofür Sie in Ihrer politischen Laufbahn kämpfen. Ich bin mir sicher, Sie können meine Haltung nachvollziehen, und auch wenn Sie aus Ihrer Perspektive eine andere Schlussfolgerung gezogen hätten, so werden Sie sicher mit Ihrem Großmut Verständnis für diese Absage aufbringen können.

Ich bin natürlich jederzeit bereit, Ihnen meine anderweitige Unterstützung anzubieten, bis hierhin verbleibe ich

hochachtungsvoll"

Kaum habe ich den Brief abgeschlossen, da zieht ein schmerzhafter Krampf durch meinen Bauch. Ich eile zur Toilette, doch die Spannung löst sich erst nach einer Weile und der Massage meines Dickdarms. Stinkender Durchfall und laute Furze befreien mich von meiner Pein.

Zurück an meinem Computer lösche ich als Erstes den letzten Satz, in dem ich eine „anderweitige Unterstützung" anbiete. Jetzt ist mir schon viel besser, wenngleich der Text neben diplomatischen Verklausulierungen auch fette Lügen enthält. Den von mir erwähnten Großmut kann man dem Staatssekretär beim besten Willen nicht zuschreiben, er wird eitel genug sein, mir diese Formulierung nicht als ironisch gemeint anzukreiden. Dass ich die Aufenthalte in seinem Haus alles andere als genossen habe, wird man mir nicht nachweisen, mein Gefühl, mit dem ich sein Angebot ausschlage, ist eher euphorisch als bedauerlich, und die Respektbekundung für den Kampf der Staatsmänner hält sich auch in Grenzen. Abgesehen von der schmählichen Verwendung diverser Unwahrheiten finde ich den Brief recht gelungen, weil er mit Klauseln gespickt ist, die man genauso gut gegenteilig lesen kann. Sein und Schein zu unterscheiden war bisher nicht mein Stil, zumindest nicht im metaphysischen Sinne, aber was soll's: Wer keine Wahl hat, muss sich neue Handhabungen zulegen.

Oder?

Ich sollte zumindest die Lügen rauslassen. Auch wenn es sich bei dem Brief um kein stilistisches Meisterwerk handelt, so spricht es doch gegen mein Selbstverständnis, die durchgängige Zweideutigkeit nicht zusätzlich noch mit Falschheiten zu durchbrechen. Nein, ich werde das Schreiben noch einmal überarbeiten, bis ich es so geschickt formuliert habe, dass ich meine mögliche gegenteilige Interpretationsweise an jeder Stelle unangreifbar darlegen kann.

„... ich weiß es auf angemessene Weise zu schätzen ..." – eine geniale Phrase; dieser Satzteil soll mir Vorbild sein. Wenn ich den gesamten Brief an dieser Formulierungsweise messe, dann werde ich auch jederzeit belegen können, dass eine „angemessene Betrachtungsweise" genauso gut despektierlich gemeint sein kann.

Um Abstand zu gewinnen, ziehe ich mir meinen Mantel, mit der Absicht, eine Runde durch den Park zu laufen, über. Den Weg dorthin, der mich an dem Haus vorbeiführt, aus dem neulich nachts der Staatssekretär geschlichen kam, umgehe ich dabei, obwohl das für mich einen Umweg bedeutet. Es wäre ein Grauen, wenn ich dem Staatssekretär, noch ehe er den Brief erhalten hat, begegnen würde. Ich käme in Erklärungsnöte, würde wahrscheinlich irgendein dummes Zeug rumstammeln und den Tenor meines Briefes wahrscheinlich vollkommen durchkreuzen. Im freien Reden habe ich bei Weitem nicht die Qualität wie im Schreiben.

Angekommen.

14.

Seit Tagen nun schleiche ich um meinen Computer. Der Brief ist noch nicht abgeschickt, nicht einmal ausgedruckt. Ich habe mich immer noch nicht dazu durchgerungen, ihn angemessen umzuformulieren, mich innerlich dagegen gewehrt und so getan, als wäre ich frei, es zu tun oder zu lassen. Mit dem Schreiben der ersten Fassung war eine Last von mir abgefallen, mich jetzt noch einmal daran zu setzen, würde neuen Druck erzeugen, dem ich mich nicht aussetzen will. Ich bin hin und her gerissen. Immer wieder ermutige ich mich mit der Sichtweise, dass es gerade die Lügen sind, mit denen ich meinen Kopf aus der Schlinge ziehe, doch dann drängt mich wieder mein persönlicher Stolz zu einer Überarbeitung, die aber einfach nicht geschieht. Was ist das nur für eine Konstellation, die mich in die Lage gebracht hat, überhaupt so eine Scheiße schreiben zu müssen?

Eine Stunde später befeuchte ich eine Briefmarke mit meiner Zunge. Mit den Worten „Leck mich“ klebe ich sie auf den Briefumschlag, in dem der unveränderte Brief steckt. Eine Mischung aus Verzweiflung, Schwäche und dem Gedanken, dass ein weiteres Herauszögern erst recht zu meinem Nachteil gereichen würde, hat mich dazu gebracht, nicht länger zu warten.

An meinen Schuhen klebt der Dreck von den täglichen Spaziergängen, den kleineren Runden durch den Park, den größeren bis an den Stadtrand. Als ich stehen bleibe und mich dem Briefkasten zuwende, knirscht es unter den Sohlen. „Jetzt ... Jetzt beginnt die wie auch immer geartete Zukunft“. Ich stoße den Brief durch die Öffnung, ich höre wie er auf den Boden der Box fällt, dann klappt der Deckel des Briefkastenschlitzes herunter. Ein furchtbares Geräusch.

15.

Es schneit.

Als im am Morgen aus dem Fenster blicke, fühle ich mich wie ein kleines Kind, das kaum in der Lage ist, die Vorfreude auf die Schlittenfahrten und das Bauen eines Schneemanns zu kanalisieren. Gegenüber den anderen Möglichkeiten, die man im Laufe des Jahres auskosten kann, machen die Winterfreuden nur einen kleinen Teil aus, dennoch berauschen sich die Kinder unbändig, wenn der erste Schnee fällt. Vielleicht ist es das Unerwartete, was die Spannung steigen lässt, denn man weiß nie, wann und ob überhaupt Schnee in unseren Breitengraden fällt, während die anderen Jahreszeiten ihre verlässlichen Merkmale manchmal zwar nur eingeschränkt bieten, doch niemals ganz ausfallen lassen.

Seit der Brief losgeschickt ist, habe ich meinen gewohnten Tagesrhythmus wiedergefunden, einzig das Schreiben hat sich auf das Notieren einiger unzusammenhängender Gedanken beschränkt.

Es würde mir guttun, wenn ich mehr loslassen könnte, nicht ständig meinen selbstgesteckten Maßstäben hinterher eifern, die mich letztendlich in meiner Arbeit hemmen. Ich könnte einmal ein Buch verfassen, in dem sich ein loser Gedanke an den anderen reiht, ohne ein verbindendes Element zu schaffen, ein atmosphärisches Buch, das all solche Aussagen hat, die auch in meinen Romanen vorkommen, dem aber das bindende Füllmaterial einer erzählenden Geschichte fehlt. Wahrscheinlich fänden sich kaum Liebhaber eines solchen Experimentcs, denn nur wenige Menschen lassen sich auf ungewohnte Lesarten ein. Einige verunsicherte Rezensenten würden das Buch vielleicht hoch loben, weil sie sich, wenn sie etwas nicht verstehen, zu gut oder böse, Top oder Flop entscheiden müssten, dann gäbe es auch Käufer, doch was immer ich erreichen würde, es wäre bestimmt nicht das, was ich beabsichtigte.

Hinten in der Allee grubbelt sich ein Schneeräumfahrzeug durch das unter dem Frischschnee verborgene Eis. Die gelb flackernden Lampen blitzen für den kurzen Moment, in dem die Maschine die Kreuzung passiert, durch unsere gesamte Straße, zusätzlich reflektiert durch die weiße Schneeschicht. Als ich noch Kind war, habe ich nie kapiert, warum das Erste, was die Erwachsenen bei Schneefall taten, war, ihn wegzuräumen. Mir kam es immer so vor, als würde die Welt, wenn es schneit, den Atmen anhalten und den Menschen auffordern, es mit ihr zu tun. Stattdessen kämpfen sie gegen die Naturkräfte an, sobald sie irgendwo auftreten.

Genauso wie im Schnee, habe ich gerne in herbstlichen Laubhaufen gespielt. Wir haben ganze Wohnungen aus Laub errichtet, Wände abgetrennt, Sessel und Betten aufgeschichtet und uns hineinfallen lassen. Ehe sich der Winter ankündigte, ist auch das Laub unter tagelangem lautem Getöse mit Gebläsemaschinen und Kehrfahrzeugen weggeschafft worden. Lediglich die Blätter des schon früh entlaubten Maronenbäumchens hat man auf der kleinen Verkehrsinsel vergessen.

Unglaublich. Nach unzähligen Ansätzen, bei denen ich das Buch immer wieder zur Seite gelegt und wenn ich es wieder hervorgeholt habe einige Seiten zurück anfangen musste, um die Anknüpfung wiederzufinden, ist es mir endlich gelungen, „Schuld und Sühne" zu Ende zu lesen. Sorgsam räume ich den Band in mein Regal ein. Seit ich kaum noch schreibe, tritt plötzlich ein ganz ungewohnter Ordnungswahn bei mir ein, durch den sich nach und nach mein Fußboden lichtet. Wenn das so weitergeht, wird bald auch die Platte des kleine Tisches, der neben meinem roten Sessel steht, zum Vorschein kommen.

Der Blick erst in den Kühlschrank, dann in mein Vorratsregal verrät mir, dass ich heute noch nicht einkaufen muss. Glück gehabt, ich kaufe nicht gerne ein. Supermärkte stoßen mich regelrecht ab, der ganze Schund zwischen dem man einigermaßen gute Produkte erst aus den Regalreihen ausfindig machen muss, dieses Überangebot, das ich alleine schon optisch als Strapaze empfinde, Rangeleien an der Kasse und das Hintergrundgedudel aus den Lautsprecherboxen gehen mir vollends auf die Nerven. In den kleinen Läden muss man dagegen immer damit rechnen, mit dem Personal ins Gespräch zu kommen. Grundsätzlich finde ich das zwar recht nett, wenn man aber in Gedanken gefangen ist, in der Atmosphäre seiner Fiktionen lebt und nicht davon lassen will, ehe das Manuskript beendet ist, kann das schon recht störend sein. Auch wenn ich mich momentan nicht im Schreibrausch befinde, so spüre ich doch, wie sich Neues in mir anbahnt, dem ich Raum schenken muss, um meinem Zustand eine Stimme zu geben. Fremdeinflüsse könnten mich allzu sehr davon ablenken.

Als Nächstes bringe ich meinen Müll nach unten und sehe wie üblich bei dieser Gelegenheit in den Briefkasten. Seit ich dem Staatssekretär meine Absage geschickt habe, öffne ich mit täglich zunehmender Spannung den Deckel meines Briefkastens. Heute liegt zwischen einem zusammengefalteten Werbeblatt nur ein dünner, unscheinbarer Brief. Plötzlich schießt mir das Blut in den Kopf. Als Absender ist das Ministerialamt angegeben. In Windeseile laufe ich nach oben, lasse aus Versehen die Werbebroschüre fallen, laufe wieder eine halbe Treppe zurück, um sie aufzuheben, und als ich oben ankomme, bin ich außer Atem. Keuchend gehe ich in die Küche, hole ein Messer aus der Schublade und trenne den Briefumschlag auf. Darin befindet sich eine einseitige Karte, die zu einem Adventsempfang beim Staatssekretär einlädt.

Mit allem habe ich gerechnet, nur nicht damit. Ich habe mir das Hirn zermartert, mich im Selbstzweifel beinahe aufgegeben, meine Emotionen kaum noch bremsen können, und was tun derweil die Herren Politiker: Sie reagieren mit Normalität. Wäre das Ganze ein Kampf um Stärke gewesen, ich hätte ihn, gegen alle Eventualitäten hochgerüstet, dennoch verloren.

Vor meinem Fenster fallen dicke Tropfen. Mit dem Tageslicht ist die Temperatur gestiegen, gerade so viel, um den Schnee zum Tauen zu bringen.

Unter meinem Bett liegen zwei Koffer. In dem oberen befindet sich eine Rolle aus mehreren Bögen Plakatkarton, Größe DIN A2. Mit Heftzwecken befestige ich einen davon neben meinen Schreibtisch an die Wand, so wie ich es damals für meinen zweiten Roman gemacht habe, um die mehrschichtigen Handlungsstränge systematisch zu skizzieren, eine Art Script, das Widersprüche im Geschehen verhindern und den verschachtelten Inhalten eine nachvollziehbare Logik beibringen sollte. Das Script habe ich nicht weggeworfen, es liegt vermutlich auf meinem Kleiderschrank. Nach meinem Tod wird es vielleicht mal mit anderen Devotionalien versteigert werden, zugunsten einer Stiftung für widerwillig vereinnahmte Schriftsteller, die Rüdiger ins Leben ruft und für die Udez die Homepage gestaltet. Merkwürdig, wenn ich an die Zukunft denke, rechne ich stets damit, dass mich all meine Freunde überleben werden, obwohl der Gedanke an mein Ableben für mich zurzeit überhaupt keine Rolle spielt.

In meinen Dateien suche ich eine ganze Weile herum, ehe ich den Absagebrief an den Staatssekretär finde; ich habe ihn an irgendeiner Stelle abgelegt, die nicht logisch nachvollziehbar ist, so als wollte ich ihn instinktiv verstecken. Den erneut ausgedruckten Brief hefte ich schließlich mit einer Stecknadel ganz oben auf die Plakatwand.

Was meine Formulierungen im Ministerialamt tatsächlich ausgelöst haben, wage ich kaum zu beurteilen, nur eines ist ziemlich sicher: Offensichtlich hat man sie mir nicht übel genommen. Ich könnte jetzt dreist sein und noch einen draufsetzen: einfach nicht hingehen. Meine Botschaft, es gehe mir vor allem um die empirische Qualifizierung in meinem eigenen Metier, wäre die Grundlage für meine Absage, die ich mit einer wichtigen Arbeit, in die ich gerade vertieft sei, begründen würde.

Keine gute Idee. Selbst wenn man eine solche Absage mit holden Worten ausschmücken wollte, sie käme insgesamt zu plump daher, man würde meine innere Ablehnung durchschauen, mich gar als Ignoranten deklarieren. Anders wäre es, wenn ich stattdessen einen Zeitungsartikel schreiben würde, an dem abzulesen ist, dass ich ihn genau zum Zeitpunkt der Geselligkeit an einem entgegengesetzten Ort recherchiert habe, recherchieren musste. Ich müsste mir ein aktuelles Ereignis suchen, die Chefredaktion meiner alten Zeitung davon überzeugen, dass ich der beste Mann für genau diese Reportage sei, oder ihr besser noch verklickern, dass ich zurzeit an einem Thema arbeite, das mit dem Event im direkten Zusammenhang steht. Wäre dann bereits ein Reporter für die Reportage selbst angesetzt, so könnte ich zumindest eine zusätzliche Kolumne oder einen Hintergrundbericht schreiben.

„Du musst auf alles gefasst sein." Gerade erst hatte ich einen ersten Höhepunkt meines Ruhmes erreicht, da stieß mir Rüdiger diese Bemerkung seitlich in die Rippen. Rüdiger ist wunderbar in allen Belangen, als treuer Freund, als weit Vorausblickender, und er ist nicht weniger als ein wunderbarer Pessimist. Er selbst hat jeden roten Teppich konsequent gemieden, der vor ihm ausgebreitet wurde, mich hat er aber ermutigt, meinen Erfolg anzunehmen, verbunden mit den warnenden Worten, nie nur nach vorne zu blicken. Jetzt blicke ich mich um und merke, wie weit weg Rüdiger hinter mir geblieben ist. Ihn selbst habe ich nie aus den Augen verloren, doch seine Worte sind nicht tief genug in meinen Gehörgang vorgedrungen. Ich hatte immer das Gefühl, meine Sache im Griff zu haben, doch mir fehlte der Instinkt, die Enge zu meiden, in die ich hineinmanövriert wurde.

Im Schlafzimmer hole ich meinen schwarzen Anzug aus dem Kleiderschrank, hänge ihn an dessen Außenseite und untersuche ihn auf Flecken und lose Knöpfe. Das Schuhputzzeug, mit der ich meine schwarzen, kaum getragenen Schuhe auf Hochglanz poliere, bewahre ich im unteren Fach meines Vorratsregals auf. Ein Bügeleisen habe ich nicht. Wenn ich wenige Male ein gebügeltes Kleidungsstück brauche, dann gehe ich zu der Frau, die schon seit ihrer Kindheit im Nachbarhaus wohnt und ihre Witwenrente damit aufbessert, dass sie für andere Leute Bügel–, Näh- und Flickarbeiten übernimmt. Seit dem letzten Anlass besitze ich einen ganzen Stapel quadratisch gefaltet und geplätteter Taschentücher, meine Vorbereitungen für diese Kategorie kann ich also abschließen, ohne aus dem Haus zu gehen.

Jetzt ist die zweite Ausrüstung an der Reihe, bei der Kleidung keine Rolle spielt. Stattdessen krame ich verschiedene Utensilien hervor, zunächst einen klassischen Notizblock, dazu zwei Bleistifte, die ich säuberlich anspitze, und die Taschenkamera. Dann prüfe ich den Ladezustand der Batterien meines Diktiergerätes, mit dem ich früher oft meine Interviews geführt habe. Um auch für diese Gelegenheit ausreichend gerüstet zu sein, muss ich letztlich doch noch aus dem Haus gehen, um mir ein Stadtmagazin zu besorgen, in dem die Veranstaltungen für die nächsten Wochen angekündigt sind, aus denen ich mir ein für meine Reportage passendes Event aussuche, das in die Zeit des Staatsempfanges fällt. Dann muss ich nur noch telefonieren, den Redakteur erwischen, der immer viel Wert auf meine Reportagen gelegt und mir nach meinem mit Zeitmangel begründeten Rückzug aus der journalistischen Arbeit versichert hat, dass ich jederzeit wieder einsteigen kann.

Mit einem dicken Filzschreiber zeichne ich ein Raster auf den Plakatkarton, dann markiere ich die zentralen Aussagen meines Briefes an den Staatssekretär mit verschiedenen farbigen Buntstiften und verweise die so gekennzeichneten Aspekte auf jeweils eins der Raster.

Jedes Wort von mir kann jetzt auf die Goldwaage gelegt werden, deshalb ist es wichtig, dass ich nicht nur zu meinem Brief in seiner Gesamtaussage stehe, sondern zu jedem einzelnen Aspekt eine eigene Hintergrundargumentation in petto halte, eine Rhetorik, die es jetzt zu formulieren gilt. Schließlich müssen sich diese Ergebnisse wieder miteinander verknüpfen lassen, sodass ich aus jeder Perspektive eine Argumentationskette bilden kann, die niemand mir streitig zu machen in der Lage sein wird. Derart gut gerüstet werde ich selbst überhebliche Angreifer in einen Dschungel der Orientierungslosigkeit führen können. Ein heimtückischer Plan, das muss ich zugeben, der raffinierter klingt, als er sich realisieren lässt. Wenn ich an meinen Romanen schreibe, benutze ich mitunter auch dieses Prinzip, doch anders als ein reales Gegenüber setzen sich meine Schriften nicht zur Wehr.

Ich notiere die „Einsatzbereitschaft", die ich dem Staatssekretär zugeschrieben habe, eine Behauptung, die ich in Zukunft belegen können sollte. Mir wird nichts übrig bleiben, als im Internet über seine Tätigkeiten zu recherchieren, mit ein wenig Glück wird er irgendetwas veröffentlicht haben, auf das ich mich berufen kann.

Was sein Verhältnis zu meinem Werk betrifft, werde ich einfach ein paar Aspekte meiner Arbeit auswählen, vielleicht mithilfe von Rezensionen, die über meine Bücher verfasst worden sind, und ihm die darin gewonnenen Schlussfolgerungen als seine eigenen Erkenntnisse zuschreiben. Er ist eitel genug, um selbst daran zu glauben.

Für die nächste Überschrift werde ich mich intensiver in eine Materie hineinsetzen müssen: Es gibt weltweit viele Schriftsteller, die in der Politik mitgemischt haben, aus denen ich mir ein passendes Beispiel heraussuchen muss, warum Staatsdenker als Vorbild gelten können, in der praktischen Politik hingegen zu Fehleinschätzungen gelangen.

Es vergehen Stunden. Was ich ursprünglich locker zwischen Abendbrot und zu Bett gehen notieren wollte, weitet sich zu einer enormen Recherche aus. Langsam merke ich, wie nebenbei ein neuartiges Konstrukt entsteht, das mir auch für mein eigenes Fortkommen wichtige neue Eindrücke liefern kann.

Beim Blick in das Gefrierfach des Kühlschranks muss ich feststellen, dass sich eine kristalline Schneeschicht gebildet hat. Ich werde das Gerät abtauen müssen.

16.

„Hey, wie geht es dir?“ euphorisch werde ich von Eckehard begrüßt. „Man hätte ja fast vermuten können, du wärst untergetaucht. Hast dich ganz schön rar gemacht.“

„Na ja, bin ziemlich eingespannt. Und, alles frisch bei dir?“

„Kann nichts anderes sagen als du. Sind im Moment recht komplizierte Zustände für einen Journalisten. Heutzutage sind Fähigkeiten gefragt, die man in keinem Volontariat gelernt hat. Aber du rufst bestimmt nicht an, um einen Smalltalk über unser momentanes Befinden abzuhalten.“

„Du wirst dich wundern, aber ich würde gerne noch mal eine Reportage machen.“

„Ausgerechnet jetzt? Da bin ich wirklich baff. Hast du denn was Bestimmtes im Sinn?“

„Zunächst einmal möchte ich dich nur grundsätzlich fragen. Ich kann ja nicht so einfach mir nichts dir nichts hereinplatzen und davon ausgehen, dass ihr nur auf mich gewartet habt.“

„Na ja, ist im Moment alles ziemlich eng. Der Vorstand hat neue Eckpunkte gesetzt, die unseren Rahmen, in dem wir uns bewegen sollen, deutlicher abstecken. Du verstehst, was ich meine. Aber ich denke, ich kann da was für dich machen."

„Ich will niemandem seinen Job wegnehmen. Es geht mir nur darum, eine zusätzliche Arbeit abzuliefern."

„Zusätzlich zu deiner schöpfenden Tätigkeit?"

„Auch, aber gleichermaßen zusätzlich zu eurem regulären Plan, so was Ähnliches wie eine Kolumne."

„Kolumnen sind zurzeit vergeben. Die werden jetzt nur noch vom Doc geschrieben."

Doc ist der Chefredakteur der Zeitung, ein guter Journalist und ein versierter Koordinator mit Doktortitel, von dem sein Spitzname herrührt, der es vor allem nach ganz oben geschafft hat, weil er immer ein gutes Gespür für Zeitströmungen und politische Entwicklungen hatte und kritische Fragen stellen konnte, ohne seinen Pfad der Diplomatie zu verlassen. Meister Ecke, so nennen seine Kollegen Eckehard, hatte ebenfalls Chancen, den Chefsessel zu ergattern, aber er hat zu viel eigene Meinung. Hätte er sich seinerzeit gegenüber Doc durchgesetzt, dann wäre er jetzt unter Garantie bereits weg vom Fenster, wahrscheinlich hätte man ihn vorzeitig pensioniert. Zumindest als Ressortleiter konnte er sich trotz seiner Charakterfestigkeit halten. Das muss man sich erst einmal auf der Zunge zergehen lassen: „„... trotz seiner Charakterfestigkeit." Gab es nicht Zeiten, als Charakter noch gefragt war? Ich kann mich blass erinnern.

Als ich ihn nach längerer Zeit noch einmal gesehen habe, war augenfällig, dass er in die Jahre gekommen ist, an Gewicht zugenommen, wirkte er in seinem knautschigen Colombo-Trenchcoat wie ein gemütlicher älterer Herr, dem aber die Fähigkeit, spitzfindige Fragen zu stellen, nicht abhanden gekommen war.

„Ich kann auch noch nicht versprechen, ob ich in der Lage bin, wieder regelmäßig für euch zu schreiben. Es hätte seinen Reiz, aber es wäre jetzt falsch, mich unter Zugzwang zu setzen und dir etwas zu-

zusagen, was ich letztlich nicht halten kann. Ich würde vorschlagen, ich melde mich, sobald ich was hab, was euch interessieren könnte."

„Ein Thema habe ich auf jeden Fall, über das wir gemeinsam recherchieren sollten: Die Bedeutung von gegorenen Hopfengetränken in der unaufgeregten Atmosphäre einer Publikumskaschemme."

Es ist nicht das erste Mal, dass mich Meister Ecke verklausuliert dazu auffordert, mit ihm einen trinken zu gehen. Ich glaube, er hat in diesem Zusammenhang noch nie die Worte „Bier" oder „Kneipe" benutzt.

„Du hast recht: Es ist tatsächlich an der Zeit! Sollen wir schon jetzt was Konkretes verabreden?" willige ich ein.

„Ich rufe dich in den nächsten Tagen an. Im Moment wird an einem neuen Zeitplan gearbeitet. Frühestens übermorgen erfahre ich, welche Abendtermine ich in den nächsten beiden Wochen haben werde. Du siehst, wir leben nicht mehr von der Hand in den Mund. Es gibt weder die Tage, in denen wir locker vor uns hinarbeiten, noch die, in denen wir bis in die Nacht hinein durchklotzen müssen. Mittlerweile läuft alles nach einem detaillierten Plan, der keine Aufgeregtheiten vorsieht."

„Ich verstehe. Ich freue mich auf deinen Anruf."

Im selben Moment, als Meister Ecke sich verabschiedet, klingelt es an meiner Tür.

Ich hätte jetzt mit vielen Freunden gerechnet, Udez oder Rüdiger, die manchmal unangekündigt vorbeikommen, vielleicht auch mit Herbert, der aus der Schweiz zurückgekehrt ist, oder auch nur mit einem Installateur, der die Heizkörper entlüften will, stattdessen steht Kristin an meiner Schwelle. Verdutzt sehe ich sie an.

„Wenn du grade in einem Schaffensprozess bist, kann ich gerne ein andermal wiederkommen", entschuldigt sie sich.

„Nein, ich bin nur etwas überrascht, komm rein."

„Ich musste einfach mal raus, jemanden sehen, aber keine Angst, du bist nicht meine letzte Rettung, weil ich niemanden anders erreicht hätte: Du bist der Einzige, den ich jetzt treffen wollte."

„Ich fühle mich geschmeichelt."

„Ich war lange nicht mehr hier. Du kannst also auch ehrlich sagen, dass es langsam mal wieder Zeit für mich war, vorbeizukommen."

„Keine Angst, ich führe nicht Buch über die Häufigkeit meiner Besuche und Besucher."

Kristin folgt mir ins Wohnzimmer. Während ich anfange, unbeholfen ein paar Dinge zur Seite zu kramen, damit wir es uns gemütlich machen können, bleibt sie im Türrahmen stehen. „Lass uns doch einfach in die Küche setzen, passt sowieso besser zu dir."

„Dann muss ich aber erst die Heizung aufdrehen."

„Lass nur. Ich lass einfach den Mantel an."

„Nix da. Oder willst du in fünf Minuten wieder abhauen?"

Kristin setzt sich auf den Platz, den ich morgens immer einnehme, wenn ich meinen Kaffee trinke. Sie lehnt die Ellbogen auf die Fensterbank und schaut nach draußen. Obwohl wir uns längst auseinandergelebt haben, gibt es immer noch Gemeinsamkeiten zwischen uns beiden, die ich als Seelenverwandtschaft deute.

„Was macht denn dein Job?"

„Lau. Ich habe den Eindruck, es kommen immer weniger Leute in die Bibliothek, was für uns heißt, dass wir noch mehr Zeit mit dem Archivieren verbringen. Wenn man nicht darüber nachdenkt, könnte man meinen, ich hätte vergessen, dass ich den Beruf gelernt habe, um mich mit Publikum über Literatur auszutauschen."

„Vielleicht werden Bücher heutzutage mehr gekauft, statt sie nur auszuleihen."

„Mit Sicherheit nicht. Die Zahl der Leute, die ihre Bücher ausleihen und derjenigen, die sie kaufen, stand immer in gleicher Proportion zueinander, von kleinen Schwankungen mal abgesehen."

„Das heißt, du würdest momentan auch schwer einen Job in einer Buchhandlung bekommen."

„Ohne kaufmännische Ausbildung habe ich da sowieso keine Chance."

„Vielleicht solltest du meine private Lektorin werden."

„Danke für dein Vertrauen, aber das wäre vollkommen widersinnig. Ich kenne dich viel zu gut, ich könnte keines deiner Werke mit Abstand betrachten, weil ich in allen beteiligten Personen und Handlungen dich wiedererkennen würde."

„Es ist immer gut, mehrere Lektoren gleichzeitig zu haben, die ein Manuskript nach ganz unterschiedlichen Gesichtspunkten durchsehen. Du hast ein breiteres Wissensspektrum, könntest meine Arbeiten mit anderen vergleichen und mich zumindest davon abhalten, etwas zu schreiben, was schon tausendmal gesagt wurde, und du würdest auch die Schwächen erkennen, in denen ich meinen eigenen Ambitionen nicht gerecht werde. Eine der schwersten Anforderungen beim Schreiben ist, sein Niveau über alle Romanseiten hoch zu halten. Aber du hast recht, im Prinzip stehen wir uns viel zu nah." Ich stelle Kristin einen heißen Tee hin, den ich für sie in einer kleinen Kanne, in die gerade mal zwei Tassen passen, aufgebrüht habe, und nehme mir ein Glas Wasser. „Und wie geht es Marcus?"

Kristin gibt keine Antwort.

„Sollte ich besser nicht fragen?"

„Ist halt kacke. Gestern Abend ist er wieder nach Asien geflogen."

„Wie lange wird er denn noch in Fernost arbeiten?"

„Ein Ende ist nicht abzusehen, das heißt, dass wir uns zunächst nur drei-, viermal im Jahr sehen, inklusive Weihnachten – darauf könnte ich auch noch verzichten. Aber das ist nicht das Problem."

„Du bist nicht einsam?"

„Doch, aber anders. Als wir uns gestern verabschiedet haben, hatte das eine unglaubliche Routine. Ich habe mich sogar darauf gefreut, am Abend wieder was alleine machen zu können, obwohl er nur für fünf Tage da war. Erst heute Morgen kam dann die Einsamkeit, aber ich habe gespürt, dass sie nicht wesentlich mit Marcus zu tun hat. Ich glaube, wenn er bei mir ist, lenkt er mich nur von meiner in mir verwurzelten Einsamkeit ab, aber er ist nicht der Schlüssel zur Lösung meines Problems."

„Willst du mit ihm Schluss machen?"

„Das kann ich nicht. Er ist ja nicht da. Wie will ich was beenden, was nicht zu greifen ist. Ich hänge ja auch an ihm. Irgendwie. Wenn er mal für eine längere Zeit zu Hause wäre, dann würde vielleicht etwas Neues wachsen, ein verlässliches Gefühl."

„Wenn jemand *ihn* fragen würde, wo er zu Hause ist, was würde er dann antworten?"

„Keine Ahnung. Kommt vermutlich drauf an, wo er sich gerade aufhält."

„Hat er denn an deiner Seite eine Heimat?"

„Das ist eine kluge Frage. Wenn ich so darüber nachdenke ... ich glaube nicht."

Gemeinsam gehen wir durch die Straßen. Alles ist voller Schneematsch, und schon nach kurzer Zeit ist Feuchtigkeit in meine Schuhe gedrungen. Kristin will noch etwas einkaufen, gemeinsam gehen wir in den Supermarkt, einen von der kleineren Sorte, der nicht zu jedem Produkt ein Sortiment von zehn Marken vorhält, sondern nur von jeweils um die drei. Um nicht nur blöd danebenzulaufen, überlege ich mir, was ich selbst brauche, und lege es in den Einkaufswagen, den Kristin schiebt. Es wirkt so vertraut, einen Einkaufswagen gemeinsam zu füllen, doch sie könnte das als Überschreitung einer Grenze begreifen. Ich greife erneut in den Wagen und trenne die Produkte peinlich voneinander.

Als wir den Laden verlassen, ist es bereits dämmrig. Ohne darüber zu sprechen, was wir jetzt machen wollen, gehen wir in eine Richtung, die weder auf meine noch ihre Wohnung zuführt. Wir könnten in ein gemütliches Café gehen, einen heißen Kakao mit Sahne trinken, meinetwegen auch in ein Museum oder ins Kino; ich mache keinen derartigen Vorschlag, sondern bleibe schweigend an ihrer Seite. Das ist alles, was ich momentan will, ich will aber auch nichts weniger.

Ich weiß jetzt nicht, was kommt, möchte weder ihr einen Ratschlag geben noch habe ich vor, für uns beide irgendetwas zu entscheiden. An einer Straßenecke dreht sie sich zu mir um, hält ihre

Arme wärmend um ihren Leib und sagt, sie wolle jetzt nach Hause gehen. Ich schaue ihr noch eine Weile hinterher und spüre in dem Moment auch in mir eine zehrende Einsamkeit.

An den kahlen Zweigen des Maronenbäumchens hängen Tropfen, die kurz davor sind, zu kristallisieren.

17.

Ich schaue in den Spiegel, doch es wird mehr als nur ein kurzer Kontrollblick. Diese glatte Scheibe, die mein Angesicht zu erkennen gibt, urteilt unverblümt. In der weich-ledernen Haut liegen in kleinen Fältchen große runde Augen und starren mich an. So kündigt sich an, dass nach den vielen Jahren, in denen man so voller Hoffnung auf die Zukunft blickt, längst ein Prozess des Alterns begonnen hat. Der Anzug kaschiert ein wenig, ich mutiere in der Aufmachung zum galant seriösen Herrn, einem Typen, der Schwiegermüttern gefallen könnte.

Der Taxifahrer ist zufällig wieder der dicke Brummbär. Als ich ihm die Adresse nenne, reagiert er routiniert, dreht sich nicht zu mir um und sucht auch kein Gespräch. Ich weiß, dass er mich wiedererkannt hat, das Signal, dass ich ihm seiner Zeit gesendet habe, findet keine Anknüpfung.

Das Haus ist proppevoll. An der Decke hängt ein riesiger Adventskranz, die Säulen sind mit Tannenzweigen und Glaskugeln geschmückt. Ich habe mich nur leicht verspätet, doch die Gäste sind schon fleißig dabei, das Buffet zu dezimieren, das diesmal neben den kalten Platten mit diversen Suppen, Gratins und warmen Fleischspeisen aufwartet. Ich drücke mich durch das Gewusel, muss auf einen der Bediener zugehen, um an ein Getränk zu kommen, an dem ich mich festhalten kann. Fremde Gäste nicken mir im Vorbeigehen freundlich zu, doch niemand wendet sich direkt an mich. Ich halte Ausschau, um zumindest ein bekanntes Gesicht zu sehen. Weiter hinten öffnet sich eine Tür, aus der der Staatssekretär in Begleitung von zwei anderen Herren hereinritt, in ein Gespräch vertieft. Sofort gesellen sich andere Personen dazu, die an der Konversation oder auch nur an der Prominenz teilhaben wollen. Endlich entdecke ich den älteren, großgewachsenen Herren, der mir seinerzeit seine Bewunderung für mein Werk verraten hat. Mühsam dränge ich mich zu ihm durch, immer wieder hindert mich mein Respekt, andere Gäste nicht anstoßen zu wollen, an einem zügigen Fortkommen, dann muss ich zusätzlich mehrmals meine Richtung ändern, weil auch der Bekannte seinen Standort nicht beibehält. Kurz bevor ich ihn erreiche, bemerke ich die Frau an seiner Seite, die sich in dessen Arm eingehängt hat. Ich zögere ihn anzusprechen, will mich gerade wieder abwenden, als er sich in meine Richtung dreht, mich erblickt und fast vertraulich mit den Worten „Hallo, schön dass Sie auch wieder hier sind", begrüßt. Doch statt mit mir ins Gespräch zu treten, geht er weiter. Während ich hinter ihm her sehe, deute ich anhand seiner Gesten und Körperhaltung, mit der er sich seiner Frau zuwendet, dass er sie darüber aufklärt, um wen es sich bei meiner Person handelt.

Ich gehe zum Buffet, reihe mich in die Schlange derjenigen ein, die sich über die warmen Speise freuen und ihre Teller derart vollladen, als hätten sie seit Tagen nichts Richtiges mehr zu essen bekommen. Als ich mir gerade gemischtes Gemüse auftue, lässt sich neben mir ein dicker Mann Ochsenschwanzsuppe von einem der Kellner reichen. Ich schaue zu ihm rüber, erkenne in ihm den Glatzkopf, der ein Anhänger von Shostakovich, nicht aber von respektvoller Zurückhaltung ist. Egal, ich werde mich in der Not auf ein erneutes Gespräch mit ihm einlassen. In einer Ausnahmesituation wie dieser ist mir selbst ein aufdringlicher Egozentriker recht. Vielleicht interessiert ihn mein Wissen über das persönliche Schicksal des Komponisten, wenn er nicht sogar besser darüber Bescheid weiß und mir so manches interessante Detail berichten kann. Doch statt auf mich aufmerksam zu werden, dreht er sich, konzentriert den Suppenteller mit beiden Händen haltend, von mir weg und schlurft mit kleinen Schritten davon. Meine Güte, ich kenne dieses Prinzip von Ignoranz. Wird über etwas gesprochen, dann interessiert sich jeder Banause dafür, wird es wieder still, tritt sofort das große Vergessen ein. Dabei ist es vollkommen schnurz, ob es um eine Sache oder eine Person geht. Ich hoffe für den Dicken, dass er nicht die Suppe über seinen Wanst kippt, sonst würde niemand den braunen Fleck auf seiner weißen Weste übersehen – ein Schelm, wem Metaphorisches dabei dünkte.

Es gibt keine andere Entscheidung, als mich so bald wie möglich von diesem Ort zu entfernen. Ich muss mich einzig noch dem Staatssekretär zeigen, beweisen, dass ich hier aufgetaucht bin, ein paar Worte mit ihm wechseln, um meine versöhnliche Haltung zu signalisieren, zu der alleine schon ein vertrauenswürdiger Blick geeignet ist, der mehr bewirken kann als ein noch so langer, genial verfasster Brief.

Ein paar Minuten lang halte ich mich in der unmittelbaren Nähe des in ein Gespräch vertieften Politikers auf, versuche die Beiläufigkeit meines Umherstehens zu betonen, indem ich ihn nicht ständig anstarre, sondern nach hier und da blicke, nicht ohne mich immer wieder von seinem Konversationsverlauf zu überzeugen, damit ich den richtigen Moment abpasse, in dem ich mich ihm zuwenden kann. Endlich habe ich das Gefühl, dass der Dialog zu einem Ende kommt, und tatsächlich wendet er sich noch einige Worte sprechend von der Runde ab. Ich gehe direkt auf ihn zu, tue alles, dass er mir nicht ausweichen kann, und nehme dabei sogar das leichte Anstoßen einer in Gala gekleideten Frau in Kauf.

„Ah, der Herr Schriftsteller." Seine Begrüßung klingt wie damals, oberflächlich, aber keinesfalls ironisch. Ich bin erleichtert, endlich auf verlässliche Merkmale zu stoßen. „Haben Sie schon von dem Wein probiert? Ein ausgezeichneter Chardonnay, passt hervorragend zum Lachs und Kaviar. Greifen Sie zu, nur keine Hemmungen!" Noch ehe die Worte verklungen sind, eilt er schon an mir vorbei und begrüßt mit großer Geste einen Neuankömmling.

Mir ist sofort klar, ich spiele hier keine Rolle mehr. Ich bin ein wenig pikiert über die Ignoranz, obwohl mir nichts Besseres hätte passieren können. Das ganze Gehabe könnte bedeuten, ich bin raus aus der Sache, frei, das zu tun, was mir meine Zukunft bedeutet, auch wenn mein Aufstieg als Schriftsteller, der ohnehin nur eine Begleiterscheinung meiner Passion war, hiermit beendet ist.

Hier kann ich nichts mehr ausrichten. Ich lasse mir meinen Mantel bringen und verlasse das „Palais". Ein Portier erkundigt sich noch freundlich, ob ich denn kein Fahrzeug bestellt habe, ich winke ab und entschließe, zu Fuß durch die Nacht nach Hause zu gehen.

Die Luft ist dünn. Hier im Regierungsviertel gibt es kaum noch Schneefelder. Bis in die Ecken ist alles beseitigt worden, nur in manchen Rinnsteinen liegt noch brauner Schneematsch. Es ist mir noch nicht ganz klar, ob das ignorante Getue ein Zeichen von Überlegenheit ist oder es schlichtweg nur die Borniertheit der selbsternannten Feudalherren ausdrückt.

Ich gehe nach Hause. Seit langem nicht mehr habe ich dieses Gefühl, ein geborgenes Zuhause zu haben, derart intensiv gespürt.

18.

„Ein Mensch tritt in den Vordergrund, ohne sich seiner Exponiertheit bewusst zu werden. Die überdimensionalen Fotos des Künstlers Serge zeichnen eine Schärfe einzelner Personen, wie wir sie niemals mit dem bloßen Auge, wohl aber mit unseren unterbewussten Sinnen wahrnehmen können."

Meinen Artikel über die Ausstellung einer Produzentengalerie, die unter der Leitung von Künstlern in einer leer stehenden Fabriketage betrieben wird, hat man entgegen meiner Erwartung in voller Länge abgedruckt, inklusive der beiden Fotos, die ich dazu eingereicht habe. Es mag daran liegen, dass man um diese Jahreszeit nicht ständig von irgendwelchen Adventsbasaren mildtätiger Einrichtungen oder der Aufstellung überdimensionaler Weihnachtsbäume berichten wollte und froh um ein kulturelles Ereignis ohne jahreszeitlich bedingten Widererkennungswert war. Meine erste Ablichtung zeigt einen Blick in die Tiefe des gut besuchten Ausstellungsraumes, die weitere eine unmittelbare Abbildung eines der Kunstwerke ohne störende Vordergrundkulisse. Alles in allem füllt dieser Bericht fast eine ganze Seite. Dass sich diese irgendwo hinten zwischen lokalen Sportereignissen und den Kleinanzeigen befindet, stört mich nicht.

Nach dem einleitenden Satz bringe ich zunächst die Technik zur Sprache, über die ich zwar nur ein Grundwissen besitze, mit dem ich aber zumindest meine Wertschätzung über die Finessen des Künstlers formulieren kann, mit denen er Wirkungen erzielt, die mir als Fotografierendem selten, allenfalls per Zufall gelingen.

„Die in einer jeweiligen Größe von etwa zwei mal drei Metern ausgestellten Fotos scheinen nicht, wie es die Normalität des Motivs assoziiert, zufällig entstanden, sondern inszeniert zu sein. Nicht ein winziges Teilchen auf den Bildern weist annähernd solch scharfe Konturen auf wie die im Vordergrund herausgehobenen Personen. In ähnlicher Weise ist der Fotograf mit der Farbigkeit umgegangen: Hat man den Eindruck, die Hauptperson sei professionell angestrahlt, ihre Konturen einzeln ausgeleuchtet worden, so tauchen die sie umgebenen Farben in ein verschwommenes Grau ein und definieren dadurch eindeutig den Hintergrund, selbst wenn sie ganz nah an den Mittelpunkt heranreichen oder in der Realität sogar weiter vorne stehen. Trotz dieser wie arrangiert daherkommenden Bilder, bleibt die Szenerie lebensecht. Die Bewegung, in der sich alles befindet, verliert nicht an Überzeugungskraft, eine Eindringlichkeit, die ein gestelltes Foto dagegen nicht hätte glaubhaft vermitteln können.

Dem Künstler ist es gelungen, zu definieren, was Masse und was Individuum bedeuten können. Auch wenn man beim ersten Anblick glaubt, er stünde damit in Tradition zu vielen anderen, mehr oder minder berühmten Fotografen und Malern, so wird doch schnell die zeitgemäße Betrachtungsweise deutlich, die uns der junge Fotograf vor Augen führt. Die Sehnsucht, aus der Masse aufzutauchen, gewinnt gerade heutzutage wieder an Bedeutung, in einer Zeit, in der man versucht ist, den Scharfblick für die Konturen der Menschen, denen wir alltäglich begegnen, zu verlieren.

Die dargestellten Personen mögen wir kritisch betrachten, als fremde Wesen, mit denen wir nichts am Hut haben; die aufgetakelte junge Frau, die in ihrem grellen Outfit vor dem Hintergrund einer anonymen Menschenansammlung nachdenklich dreinblickt, den ärmlich gekleideten Alten, an dessen Erscheinung man, aus der unscharfen Gesellschaft hervorgehoben, seine Einsamkeit ablesen kann, die Einkäuferin, die ihren betrübten Gesichtsausdruck nicht hinter ihrer Sonnenbrille verbergen kann, und doch spiegeln wir uns selbst in all diesen Menschen wieder. Auch wenn man glaubt, sich von den gezeigten Figuren essentiell zu unterscheiden, so vermittelt doch die Gesamtheit der Bilder dieser Ausstellung den Eindruck, dass wir es selbst sind, die sich hier entlang der Fabrikwände versammeln. Egal wie stilsicher oder unperfekt wir auftreten, gleich welche Fassade wir uns zulegen, unserer Zerbrechlichkeit zum Trotz sind wir niemals nur ein Irgendwer, sondern ein achtenswert beachtenswerter Jemand."

Unzählige Male bin ich den Artikel durchgegangen, bevor ich ihn der Redaktion zugesandt habe. Mal kam er mir zu kompliziert vor, die Sätze zu verschachtelt, für den unbedarften Leser nicht nachvollziehbar, dann wiederum gefielen mir die Passagen, weil mir so vieles erst bewusst wurde, indem ich es niedergeschrieben habe. Ich vermute, es ist ein ungeschriebenes Gesetz, dass man sich im Feuilleton in einer gehobenen Sprache auslassen darf, mehr als in den übrigen Zeitungsrubriken, deshalb bin ich bei meiner ersten Version geblieben. Immerhin kann der uninformierte Leser meine Aussagen mit dem abgebildeten Foto vergleichen und so vielleicht besser verstehen, was ich begreifbar machen möchte.

Zu dem Bericht hat man das kleine Interview abgedruckt, in dem ich den Künstler zu seinem Werdegang, seiner persönlichen Entwicklung und seinen Visionen befragt habe. Ein richtiger Dialog war nicht zwischen uns entstanden. Schon nach einigen Fragen hatte ich bemerkt, dass dieser Serge gut und viel über die Kunst im allgemeinen reden konnte, ihm hingegen die richtigen Worte fehlten, wenn es darum ging, seine eigenen Arbeiten zu beschreiben. Ich konnte das ohne Vorbehalt respektieren und hatte versucht, ihn nicht zu Aussagen zu zwingen, die bereits mit der Fertigstellung der Fotoabzüge gegeben waren.

Als ich in den Anfängen meiner journalistischen Tätigkeit die ersten Künstlerportraits geschrieben habe, war ich immer davon ausgegangen, ein Maler, Bildhauer oder Fotograf müsste den Ausdruck seiner Werke zusätzlich mit Worten erklären können. Eine solche Aufforderung ist genauso bescheuert, als wenn ein Kunstmagazin mich bitten würde, meine Romane anhand von zwei, drei Zeichnungen zu erläutern.

Mein Angebot, den Artikel gegenzulesen, bevor ich ihn bei der Redaktion einreiche, hatte der Künstler abgelehnt. Er erschien mir recht scheu und hatte auf mein Talent als Schreiber vertraut. Selbst als der Kurator der Ausstellung seine Ansprache hielt, hatte er sich dezent im Hintergrund gehalten.

Ein Künstler, der in seinem Atelier Stärke zeigt, der sich aber dem Zerpflücken seiner Kunst in der Öffentlichkeit entzieht, ist mir nicht unsympathisch.

19.

Am meisten irritiert mich das Ausbleiben jeglicher Reaktionen. Auch vier Tage nach der Veröffentlichung meiner Besprechung ist kein einziger Leserbrief reingeflattert, die Redaktion hat nicht einen Anruf dazu bekommen, selbst die Galeristen, die mich, noch bevor ich die Ausstellung angeschaut hatte, mit Material füttern wollten, haben keinen Kontakt zu mir aufgenommen, obwohl ich ihnen meine E-Mail-Adresse hinterlassen habe. Es gab Zeiten, da fühlten sich die Menschen schon bei der kleinsten tendenziellen Aussage eines Zeitungsartikels provoziert, mal im Guten, mal im Schlechten. Selbst Meister Ecke, dem die ständigen Anrufe immer auf die Nerven gingen, der immer fluchte: „Sollen sie, wenn sie was zu sagen haben, wenigstens einen Leserbrief schreiben oder eine Gegenrede, statt uns telefonisch den Müll ihrer kurzsichtigen Gedanken vor die Füße zu werfen“, ist enttäuscht darüber, dass sich seit Monaten so gut wie niemand mehr zu Wort meldet.

„Vielleicht geht die Ära der Worte zu Ende und die Menschen suchen nach einer anderen Sprache“, habe ich ihm entgegnet, ohne jedoch selbst dran zu glauben.

Beinahe schon habe ich meine Erwartungen um den Artikel begraben, da finde ich ein anonymes Schreiben in meinem Briefkasten, ein zusammengefaltetes Blatt, ohne Umschlag. Bereits während ich die Treppen zu meiner Wohnung hochsteige, überfliege ich gespannt die Sätze, die mit einer ungelenken Schrift aus Druckbuchstaben niedergeschrieben sind. Schon der erste Satz: „Sie haben mir mit Ihrem Artikel zur Hoffnung verholfen“, stimmt mich nachdenklich. Ein merkwürdiger Anfang für einen Brief. Einen solchen Satz hätte ich eher ans Ende gesetzt, nach einer Erläuterung über die Zusammenhänge, die ich erkenne, die Erkenntnisse, die ich gezogen habe, einer Erklärung, warum ich persönlich angesprochen bin. Der Absender erwähnt auch mit keinen Hinweis, um welchen Bericht es sich handelt, wann er erschienen ist oder dergleichen, so als sei ihm bewusst, dass ich nur diesen einen Beitrag geschrieben habe.

Ich bin aufgerüttelt, spüre, dass mich etwas Besonderes erwartet. Bevor ich weiterlese, koche ich mir einen Tee und setze mich an den Küchentisch.

Der unbekannte Absender bedankt sich bei mir für die Worte, mit denen ich unser politisches System entlarvt habe. Ich bin ein wenig perplex. Klar, ich habe mich kritisch zu der derzeitigen gesellschaftlichen Entwicklung geäußert, doch nicht anders, als ich es immer getan habe. Die Politik direkt anzugreifen, war jedoch nicht meine Absicht. Hätte ich dieses Vorhaben gehabt, dann hätte ich mich kaum auf einen einzelnen Zeitungsartikel beschränken können. Doch was mein Bericht bei diesem Menschen ausgelöst hat, verunsichert mich. Habe ich tatsächlich unbewusst meinen ganz eigenen Frust herausgelassen?

Eindringlich pocht der unbekannte Mensch immer wieder auf den von mir erwähnten „Jemand, dessen Konturen zu sehen sind", „Jemand, der angeleuchtet vor dem schwammigen Grau steht" (habe ich nicht „verschwommenes Grau" geschrieben?), „Jemand, der auftaucht", und schließlich konstatiert er, dass die Staatsführer „uns gesichtslos haben wollen", wobei er das Wort „wollen" zweimal unterstrichen hat. Der Brief endet mit einem fast rührseligen Dank und der Aufforderung, weder Mut noch Courage zu verlieren.

Ich bin bewegt. Der Namenlose hat mich sentimental gestimmt, in einem Moment, in dem meine Gedanken nur auf die Rettung meiner eigenen Ideen gerichtet sind. Ständig suche ich nach dem richtigen Pfad aus dem Labyrinth meiner eigenen Verzweiflung, und plötzlich spricht ein Jemand davon, dass ich „geeignet bin, die unwirtlichen Wege für die schweigende Mehrheit zu ebnen." Ich erlebe gerade mein eigenes Chaos, in dem ich keinen rechten Weg erkenne, der mich herausführen würde, und ausgerechnet in dieser Situation soll ich derjenige sein, der die Stimme für die vielen Menschen, die ohne Sprache sind, erhebt.

20.

Mein Briefkasten ist seit Wochen der einzige Kontakt zur gegenwärtigen Außenwelt. Ich telefoniere nicht, lese keine Zeitung, Radio und Fernseher bleiben ausgeschaltet, und von Weihnachten habe ich erst recht nichts mitbekommen. Mein Weihnachtsritual beschränkt sich in der Regel darauf, meinem Bruder, seiner Frau und seinen Kindern ein Päckchen zu packen und es ihnen zuzusenden. Gegen eine Einbeziehung in sein Familienfest habe ich mich schon seit langem zur Wehr gesetzt, mir reicht, wenn mein Bruder und ich ab und zu ein Konzert besuchen und ich mich mit seiner Familie im Sommer am Badesee verabrede. Selbst was meine Freunde betrifft, lebe ich zurückgezogen wie nie zuvor. Die Nachweise des Elektrizitätswerkes über meinen Strom- und des Wasserwerkes über den Wasserverbrauch könnten als Hinweise dafür gelten, dass ich noch lebe.

Als ich Kind war, haben wir mit der Familie in den regnerischen Tagen der Winterferien tagelang Monopoly gespielt, ohne die Wohnung zu verlassen, das Ziel vor Augen, möglichst die Schlossallee zu erhaschen. Meine Order auf der Zielgrade heißt momentan: „Gehe zurück nach der Badstraße!"

Der großformatige braune Umschlag, den ich heute aus dem Schlitz des Briefkastens herausgezogen habe, hat keinen eindeutig identifizierbaren Absender, er kommt von irgendeiner öffentlichen Stelle, wahrscheinlich dem Finanzamt, die gleich zu Beginn des Jahres die unerledigte Steuererklärung des letzten Quartals einfordert. Ungeöffnet bleibt er auf meinem Küchentisch liegen, mein Sinn steht mir im Moment nicht danach, mich um Finanzen und Formulare zu kümmern. Die Fristen, die man mir setzt, kann man zur Not immer noch aufschieben lassen, da sind die ohnehin überlasteten Behörden geduldig, derweil ich mich ausgiebig mit den Schriften von Martin Buber zu „Ein Land und zwei Völker" beschäftigen kann.

Am Nachmittag brate ich Speck und Zwiebeln an und schneide dazu die von gestern übrig gebliebenen Kartoffeln in die Pfanne. Während die Melange knusprig brät, decke ich den Tisch. Beim Freiräumen der Tischplatte fällt mir wieder der Brief in die Hände, ich öffne ihn, doch statt eines Formulars halte ich ein Schreiben mit der Überschrift „Vorladung" in Händen. Mein Magen krampft sich zusammen. Was jetzt. Ich wage es nicht zu begreifen und schalte die Kochplatte aus.

„Hiermit werden Sie aufgefordert, sich in der Sache „Aufwiegelung gegen die Staatsmacht" am ..., um ... etc., pp. einzufinden.

Ich schaue noch einmal auf die Anschrift. Da stehen tatsächlich mein Name und meine korrekte Adresse, weiter unten sogar mein Geburtsdatum. Geht's nicht größer?! Habe ich den Staatsempfang zu früh verlassen, den Höhepunkt der Adventsfeier durch mein Ausbleiben gestört? War ich es, den man auserkoren hatte, die Kerzen auf dem Adventskranz anzuzünden, oder hat man etwa meinen Brief erst jetzt gelesen? Meine Güte, jetzt wird es mir erst bewusst. Ich hätte meine Mitarbeit nicht verweigern dürfen. Hätte ich Rüdiger seinerzeit nur besser zugehört. Er wird wissen, dass die Führung keine Verweigerung mehr zulässt.

21.

Sekt am frühen Morgen hat etwas Dekadentes. Dass es ausgerechnet Moët et Chandon sein muss, macht die Sache auch nicht schlimmer. Herbert ist eben ein Genussmensch. Äußerlich ist ihm das nicht anzusehen, er wirkt ein wenig schrullig, seine Garderobe hat den legeren Chic, dessen Ursprung ich den 1920er Jahren zuschreiben würde, modifiziert durch das Outfit der Studentenbewegung aus den Sechzigern. Herbert hat Merkmale eines Lebenskünstlers, doch manchmal frage ich mich, ob man ihn besser als Überlebenskünstler klassifizieren sollte. So oder so, in meinen Augen ist er ein Künstler ohne vorangestellte Adjektive, obwohl er weder einer beruflichen Tätigkeit nachgeht, in der er irgendetwas kreiert, noch Hobbymalerei oder dergleichen betreibt. Herbert ist Künstler im Alltag, wenn nicht sogar selbst das Kunstwerk ... und das hat heute Geburtstag.

Der leichte Alkoholrausch macht uns euphorisch. Dummerweise habe ich kein Brot im Haus, mit dem wir die Trunkenheit ein wenig aufsaugen könnten, nur Schokoladenkekse, die zum Champagner wie Fisch zu Fleischsoße passen würden.

Man kann nicht behaupten, dass meine Wohnung besonders groß ist, und erst recht nicht immer aufgeräumt, dennoch treffen sich meine Freunde zu allen möglichen Anlässen immer wieder bei mir. Herbert hat Udez mitgebracht. In unserem Freundeskreis sind wir das Trio, das wegen seiner freiberuflichen Tätigkeit auch morgens greifbar ist, um spontan diverse Dummheiten anzustellen.

Als wir durch den Hausflur laufen, bitte ich die beiden, sich akustisch ein wenig zurückzuhalten, zumindest bis wir draußen sind. Die Mieter kennen mich als dezenten Mitbewohner, daran möchte ich auch in Zukunft festhalten.

Udez stolpert beim Verlassen des Hauses über den Treppenabsatz. „Upps, da war ja noch eine Stufe. War die eben auch schon da?"

Während wir an der Häuserzeile vorbeigehen, beschreibt Herbert, der ein Faible für Gedichte und Reime hat, seine Stimmung mit: „Ich bin im Rausch so schwer – wie ein Wattebausch im Wattenmeer." Das kann ja ein heiterer Morgen werden, denke ich halb besorgt, halb vergnügt und kaufe mir am Kiosk eine Wochenzeitung. Wir gehen an der kleinen Brachfläche vorbei, über die ich mich vor kurzem in einem kleinen Zeitungsbericht ausgelassen habe. Ich bin ein wenig erschrocken, weil städtische Arbeiter an dieser Stelle zugange sind. Ich mache meine Freunde darauf aufmerksam, sie verstehen nicht, was ich an der Tätigkeit der Arbeiter so auffallend finde, aber ich will herauskriegen, was sie da machen. Vielleicht haben sie meinen Zeitungsartikel nicht gelesen oder ihn als wenig beachtenswert empfunden und wieder vergessen. Die Schotterreste und Asphaltstücke, die man beim Ausbau der Straßenkreuzung auf die kleine Brachfläche gekippt hatte, sind bereits entsorgt, stattdessen hat man frische Erde angeschüttet, die die Leute vom Bauhof zu kleinen Krumen zerhacken. Gleich daneben steht ihr Lastwagen mit orange-blinkenden Lichtern auf dem Dach und blockiert die freie Sicht der Autofahrer über die Kreuzung. Auf der Ladefläche steht senkrecht ein Bäumchen, das ich anhand weniger ovaler Blätter, die von den Zweigen hängen, als Maronenbaum identifiziere.

„Die haben auf meinen Artikel reagiert", stelle ich meinen Freunden gegenüber fest, „aber sie haben mich nicht verstanden. In keiner Beziehung." Man hätte den Platz beleuchten dürfen, um seine Besonderheit herauszuheben, meinetwegen auch golden einrahmen, aber in alter Gewohnheit bauen sie hier etwas hin, von dem sie annehmen, es sei schön. Die Freunde reagieren nicht auf meine Betroffenheit, sie drängen darauf, ins Zentrum zu fahren.

Als wir in der Innenstadt ankommen, zeigt Udez auf einen Mann, der einen chamois-weißen Mantel mit Pelzkragen trägt, dazu eine mit silbernen Pailletten bestickte Mütze, und kommentiert: „Habt ihr den gesehen? Der Mann ist echt kultig."

„Ich kann das Wort ‚Kult' nicht mehr hören", konstatiert Herbert. „Es wird doch schon längst zu Markte getragen und an jeder Ecke verramscht. Mittlerweile ist bereits das Kult, was nicht Mainstream ist. Kult ist selbst zum schon Mainstream geworden."

Wir beobachten, wie der Pelzmantelträger seine Mütze abnimmt und sich die Glatze kratzt.

„Hast du das Oberhaupt gesehen?"

Ich drehe mich um, frage mich, wen Udez jetzt meint. „Oberhaupt?"

„Udez meint die Schädeldecke des Freaks", erklärt Herbert.

„Oberhaupt, Schädeldecke, ist doch dasselbe", argumentiert Udez.

„Gibt es denn deiner Meinung nach auch ein Unterhaupt?" frage ich provokativ.

„Ja klar", antwortet er spontan, „das ist doch das Kinn. Nur ob es ein Überhaupt gibt", sagt er nach kurzem Zögern, „dafür fehlen mir sämtliche Beweise."

„Ist euch schon mal aufgefallen, dass sich Kultcafés nur in Außenbezirken befinden, während die Cafés der Innenstädte entweder schnellimbissartige Ableger der Bäckereien sind oder eine äußerst biedere Aufmachung haben?"

Meine Freunde gucken mich fragend an.

„Selbst im Biederen findet man hier und da Kult", entgegnet Herbert.

„Wenn nicht sogar Okkult", fügt Udez hinzu.

Die lange Warteschlange an der Kasse des Elektronikladens, in der Udez ein Bauteil für seinen Computer kaufen will, verkürzt sich nur sehr zögerlich. „Wir können doch zuerst ins Café gehen und gleich noch mal wiederkommen", schlägt Herbert vor.

„Nee, lieber nicht, dann muss ich das Teil ja wieder ins Regal zurücklegen", wendet Udez ein, „und wer weiß, ob es dann gleich noch da ist. Die hatten nämlich nur eins davon. Ich habe aber eine andere Idee". Er reibt mit dem Finger an seiner Nase entlang, wie Wicky, die Kindercomic-Figur, kurz bevor sie einen genialen Geistesfunken hat. Dann drückt er sich zwischen dem Wühltisch und den Wartenden an der Schlange vorbei und raunt den perplex Dreinblickenden zu: „Könnten Sie mich bitte vorbeilassen, ich habe eine Schlangenphobie."

Mich erstaunt, dass sein Trick gelingt, die eher überraschten als überzeugten Wartenden ihn schließlich bis zur Kasse vorlassen und niemand erbost oder gar aggressiv reagiert.

Im biederen Ambiente sitzend, bestelle ich mir ein reich belegtes Sandwich, Herbert eine Bauernschinkenplatte, und Udez begnügt sich mit einem Rollkuchen.

„Ich kann nicht verstehen, warum du dir ausgerechnet in Zürich eine Wohnung kaufen willst. In der Stadt ist viel zu viel Geld unterwegs, und die Anhöhen im Umland sind keine richtigen Berge. Du wirst auf eine blasierte Lebenswelt stoßen, die fein herausgeputzt ist, während seine schmuddelige Seite unter den Teppich gekehrt wurde", kritisiert Herbert mein Vorhaben, mit dem ich mir einen alten Traum erfüllen will.

„Verglichen mit deiner Hütte im Tessin magst du recht haben. Aber du kannst uns nicht vergleichen, ich bin auf der Suche nach etwas anderem als du. Ich finde Berge faszinierend, mich aber vollständig, mit meiner gesamten Physis ihrer Rauheit auszusetzen, ist nicht mein Ding."

„Die Hütte von Herbert ist doch geil", meint Udez.

„Ja klar, will ich ja auch nicht dagegen sprechen."

„Und was hast du vor?"

„Es gibt Ideen, die dich nicht mehr loslassen, und da ich nun jetzt einmal das Geld habe, will ich einer meiner Visionen folgen."

„Dir diesen Luxus zu gönnen, passt irgendwie nicht zu dir, egal ob du die Moneten dafür hast oder nicht."

„Im gewissen Sinne ist es wirklich ein Luxus, aber nicht nur. Schließlich will ich die Wohnung nicht kaufen, um dort Urlaub zu machen, sondern um aus einer räumlich anderen Sichtweise schreiben zu können. Nicht nur die Berge sind es, die mich faszinieren, auch der Gedanke, von einer Anhöhe aus auf eine Stadt zu sehen, in der nicht nur zahlreiche Menschen leben und arbeiten, sondern wo auch ein ausgesprochen vielfältiges und modernes kulturelles Leben stattfindet. Stell dir das einmal bildlich vor: Wenn man vorne aus dem abendlichen Fenster sieht, blickt man auf die flackernden Lichter der Zivilisation herab, sieht man hinten hinaus, baut sich die Silhouette der gewaltigen, unbeherrschbaren Berge auf, über der ein Sternenhimmel funkelt. Wenn du dieses Spannungsverhältnis spürst, dann weißt du auch, was mich dorthin zieht."

„Du hast das doch schon alles in deiner Illusion erlebt", mischt sich Herbert jetzt wieder in das Gespräch ein. „Wenn du deine Fantasien in die Realität umsetzt, dann wird der Zauber von all dem verloren gehen."

„Ich gehe ja nicht mit der Erwartung dahin, meine Träume dort eins zu eins wiederzuerleben. Andererseits reicht es mir auch nicht aus, meine ganze Traumwelt ausschließlich als Illusion zu erleben."

„Aber genau deshalb solltest du etwas ganz anderes tun als bloß deiner Melancholie zu folgen."

„Du bist immer noch der Meinung, ich sollte in die Südschweiz gehen!"

„Meine Hütte kannst du jederzeit bewohnen. Wenn ich nicht da bin, kannst du dich vollkommen ausbreiten, und wenn ich komme oder ein anderer Besucher auftaucht, musst du halt deine Sachen ein wenig zur Seite rücken. Ich bin mir sicher, da oben wirst du deine Visionen in gesteigerter Form erleben können, während Zürich wahrscheinlich ernüchternd auf dich wirken wird. Das Tessin hat nicht diese weitläufigen Täler, in denen sich eine liebliche Kultur ausbreitet. Die Menschen bei mir oben sind zwar kauzig, aber direkter und kein bisschen Scheinheilig. Im Übrigen würdest du viel Geld sparen."

„Und was soll ich stattdessen mit dem Geld machen?"

„Wenn das deine Sorge ist, dann kannst du ja in die Sanierung der Hütte investieren. Das Dach hat sich bereits verzogen und müsste dringend neu aufgebaut werden, sonst reißt es mit seinen schweren Granitplatten irgendwann die ganzen Wände um."

„Mal abgesehen von meinen Absichten in Zürich. Wenn du Geld brauchst, kannst du das offen sagen. Es wäre wirklich schade, wenn deine Hütte nach über zweihundert Jahren ausgerechnet jetzt sein Ende finden würde."

Glücklicherweise hat die Herrentoilette des Kaffeehauses drei Pissoire. So können wir, Seite an Seite, gleichzeitig unsere Blase leeren. Als wir wieder in das Café zurückkehren, sitzt der Herr von eben mit der unkonventionellen Garderobe an einem der Nebentische, rührt in seinem Kaffee und liest in meiner Zeitung. Ohne ihn über die Besitzverhältnisse des Blattes aufzuklären, verlassen wir das Kaffeehaus. Meine Zeitung überlasse ich gerne als kleines Dankeschön: Einen Menschen in einer solchen Aufmachung hätte ich niemals frei erfinden können, und ich bin dankbar für jeden extraordinären Impuls, der mir verrät, wie schillernd das Leben sein kann.

Der Kioskbesitzer staunt nicht schlecht, als ich mir dieselbe Zeitung wie vorhin noch einmal kaufe.

Das Angebot, mit in meine Wohnung zu kommen, schlagen meine Freunde aus. „Ich bin des Ernsten müde, ich leg mich ein wenig aufs Zwerchfell", begründet Udez seine Entscheidung, nach Hause gehen zu wollen.

22.

Der Schiedsmann macht ein freundliches Gesicht, als er mich begrüßt. Ohne großes förmliches Brimborium bittet er mich, mich an seinem Tisch, der mich in seiner überdimensionierten Größe an den Schreibtisch eines Großindustriellen erinnert, niederzulassen. Erst als ich mich hingesetzt habe, drängt sich auch die Frau, die mich vorher in den Raum vorgelassen hat, hinter ein gesondertes, seitlich stehendes Tischchen. Darüber hinaus befindet sich keine weitere Person in dem kargen Amtszimmer.

Der Beamte erläutert mir kurz den Ablauf des Verfahrens: Zunächst wird eine kurze Anklageschrift verlesen, dann habe ich Gelegenheit, mich zu äußern, und anschließend wird darüber gesprochen, wie es weiter geht. Er erklärt mir alles gelassen und mit süffisantem Unterton, als gehe es um die Spielregeln in einem TV-Quiz, doch so simpel das Prozedere auch klingen mag, alleine schon der Begriff „Anklageschrift" lässt bei mir kein freies Atmen zu. Ich traue dem legeren Gehabe nicht. Bereits die Vorladung hatten sie subtil eingepackt, als handele es sich um eine Einladung zu einem Vorstellungsgespräch. Ich fühle mich beinahe so, wie Franz Kafka seinen „Josef K." beschreibt, dem ein irrationaler Prozess gemacht wird. Immerhin, im Gegensatz zu diesem Protagonisten weiß ich wenigstens, welche Sache zu welchem Zweck in meinem Prozess verhandelt wird. Auch habe ich, von Beginn an, an keinen Irrtum geglaubt und sogleich die unerträgliche Staatsgewalt gespürt, die sich dahinter nicht einmal versteckt. Ob das Wissen mir auch hilft, dem Verlauf der Verhandlung weniger naiv zu begegnen, wird sich erst noch zeigen.

Der Sitzungsleiter verliest die Anklageschrift. Die Beisitzerin protokolliert zunächst nur den formellen Verlauf – zumindest interpretiere ich so ihre Rolle. Ab und zu schreibt sie etwas nieder, ihren ruckartigen Handbewegungen zufolge vermutlich in Stenoschrift. Ihr Tun erscheint mir zu diesem Zeitpunkt als widersinnig, denn das verlesene Schriftstück liegt ja bereits vor, und den Speichelfluss des Vorlesenden, der die Artikulation mancher Worte verwässert, wird sie wohl kaum dokumentieren.

Nach dem Verlesen reicht mir der Schiedsmann eine Kopie dessen, was er gerade vorgetragen hat, die er wie eingeübt zielsicher aus einem Stapel Blätter zieht, der neben ihm auf dem Schreibtisch liegt.

„Sie hätten ein Recht darauf gehabt, die Schrift schon zu Eingang zu erhalten und sich Notizen zu machen", gibt er zu und schaut mir vertrauensvoll in die Augen, „entschuldigen sie bitte meine Versehen. Wenn Sie wollen, lese ich das jetzt noch einmal vor, andererseits kennt man Sie als aufmerksamen Zeitgenossen, dem sicherlich nichts entgangen ist. Natürlich können Sie darauf bestehen, ich will Sie ja von nichts abhalten. Haben Sie einen Stift dabei?"

Ich krame in meinem Jackett, ziehe zwar einige beschriebene Zettel hervor, finde aber keinen Stift. Normalerweise gehe ich nie aus dem Haus, ohne etwas zum Schreiben mit mir zu führen, selbst wenn ich nur kurz zum Bäcker oder Kiosk gehe. Heute habe ich das vergessen. Das braune Kordsamtjackett habe ich lange nicht mehr angehabt, die Notizen, die ich in den Taschen vorfinde, sind alte Aufzeichnungen, die längst vergessen sind, obwohl ich gewöhnlich versuche, möglichst systematisch meine Eindrücke und Ideen, die ich unterwegs sammle, zu archivieren.

Heute Morgen habe ich noch überlegt, was ich anziehen soll. Mein dunkler Anzug erschien mir als zu überkandidelt und ebenso wie eine allzu lässige Aufmachung hätte er als provokativ aufgefasst werden können. Auch wenn ein Richter versucht, möglichst ohne Vorurteile zu agieren, schwingt das Auftreten eines Angeklagten immer unterbewusst mit. Niemand kann sich davon frei machen, dessen bin ich mir sicher. Zweifelnd vor meinem Kleiderschrank stehend, habe ich mich dann für einen dezenten Feinstrickpullover entschieden, eine dunkle Hose und dieses Sakko, das nach meiner Einschätzung Kultiviertheit und Kultdenken miteinander vereint. Als ich derart viel zu leicht bekleidet aus dem Haus gegangen bin, habe ich wie ein Baby gefroren, das nackt in der freien Natur geboren wird, und weiß nicht, welchen Anteil die bittere Kälte und welchen die bittere Angst daran hatte. Die Äste des Maronenbaums waren in einen Mantel aus Eis gehüllt, konnten darin nicht atmen, waren aber gegen noch tieferen Frost geschützt.

„Nein, nein, ich kann ja im Verlauf der Anhörung immer noch mal in das Skript hineingucken", beantworte ich die Frage des Verhandelnden, ob ich auf eine wiederholte Vorlesung bestünde, „aber wenn Sie vielleicht einen Stift für mich hätten."

„Ich habe nichts anderes von Ihnen erwartet, Sie sind ja nicht irgendein Bauer, der eine korrekte Amtssprache nicht versteht. Haben wir einen Stift, Margret?"

Er wendet sich der Beisitzerin zu, die der Form halber zwischen ihren Akten nachsieht. Da sie erwartungsgemäß kein Schreibutensil findet, greift sie nach der Handtasche, die zu ihren Füßen steht, kramt einen Kugelschreiber hervor und reicht ihn mir.

Gegen eine legere Umgangsart, selbst wenn über eine ernste staatstragende Sache verhandelt wird, habe ich sicherlich nichts einzuwenden, sich als elitär darzustellen, indem man andere als dumme Bauern bezeichnet, passt mir dagegen ganz und gar nicht. Wer weiß, ob nicht alles inszeniert ist: Man will mich bewusst zu einer lässigen Verhaltensweise verführen und die Sache mit dem fehlenden Stift soll dem abgekarteten Spiel ein menschliches Mäntelchen umlegen.

Automatisch probiere ich die Schreibfähigkeit aus, doch außer ein paar Abdrücken hinterlässt der Stift keine Spuren. Also beginne ich, mit der Mine ein paarmal hin und her zu schrabbeln, ehe endlich die Tinte aus der Spitze läuft und eine bleibende Kritzelei auf meiner Anklageschrift hinterlässt.

Ich überfliege noch einmal die einzelnen Absätze des Akts und finde neben den allgemeinen Phrasen, mit denen man ein von mir begangenes Staatsvergehen gegen mich postuliert, keinen konkreten Vorwurf. Da ist von Provokation die Rede, von Missachtung der Solidarisierung innerhalb der Staatsgesellschaft, von Angriff gegen die Grundrechte, Verhöhnung der Legislative. Es ist ein starkes Stück, was da gegen mich formuliert wurde, ein Pamphlet, gegen das ich kaum ankommen kann, weil ihm jegliche Fakten fehlen.

Während ich zu begreifen suche, was man mir vorwirft, höre ich den Schiedsmann sagen: „Sie sind also der Meinung, unser Staat würde die Freiheit des Einzelnen unterdrücken." Schlagartig begreife ich endlich, dass man sich weder von meinen Absagebrief an den Staatssekretär provoziert fühlt noch von meinem Auftreten bei den

Empfängen, sondern von meinem Zeitungsartikel über die Ausstellung. Meine Güte, warum habe ich das nicht früher in Erwägung gezogen? Doch was in aller Welt habe ich gesagt, das anderen nicht in den Kram passt und sie sich genötigt sehen, mir staatsfeindliche Agitationen vorzuwerfen?

„Nein, das muss man schon differenzierter betrachten", antworte ich spontan, weil ich zunächst meine Gedanken sortieren und mich auf meine Verteidigung vorbereiten muss.

„Dann legen Sie mir das einmal auseinander", antwortet der Beamte, und die Beisitzerin schaut auf, als hätte sie ein persönliches Interesse an dem, was jetzt kommt.

„Ich glaube, dass ein Staat von sich aus nicht die Freiheit der Menschen herstellen, sondern nur die Voraussetzungen dafür schaffen kann. Letztendlich ist es der Einzelne, der abwägen muss, wie er sich ausleben kann, ohne andere in ihrer Freiheit zu beeinträchtigen."

„Und Sie glauben, Sie könnten für andere beurteilen, wie weit sie gehen dürfen oder sogar vorgeben, wie weit sie gehen sollen."

„Das habe ich nie behauptet."

„Aber Sie wollen, dass die Menschen aus der – wie haben Sie es formuliert? – aus der Masse auftauchen, und Sie missachten dabei auf das Sträflichste, dass sich diese Menschen vielleicht als unauffälliges Mitglied der Gesellschaft wohl und geborgen fühlen."

„Jeder Einzelne solle in der Lage sein, seine eigene Persönlichkeit darzustellen, das halte ich für wichtig, nicht nur für die Person selbst, sondern auch für die gesamte Gesellschaft. Ob der Einzelne das letztendlich auch umsetzen will, bleibt ihm natürlich selbst überlassen."

„Die Gesellschaft ist für Sie, so wie Sie sich geäußert haben, eine unterdrückte Menge."

Langsam begreife ich, dass vor allem die Überschrift zu meinem Artikel „Ein Einzelner tritt aus der unterdrückten Menge" die Provokation ausgelöst hat. Fatal ist allerdings, dass diese nicht von mir, sondern der Redaktion stammt. Ich bin mir sicher, das Wort „unterdrückt" in meinem Artikel nicht erwähnt zu haben. Zunächst empfand ich die Schlagzeile selbst etwas befremdlich, bis ich den Begriff eher als bildlich gedeutet habe, etwa wie eine unterdrückte Farbe. Jetzt erst wird mir klar, wie revolutionär Schlagworte wirken können, wenn sie auf den passenden Boden fallen, egal wie ausgewogen die wirklichen Aussagen sind. Ich halte mich bedeckt, will niemand anderen in die Sache hineinziehen und versuche zu erläutern, dass „Unterdrückung" nicht automatisch mit „Repressalie" gleichzusetzen ist.

Nach und nach ändert der Richter seine Vorgehensweise. Statt mich mit Anschuldigungen zu konfrontieren, suggeriert er, dass sicherlich nicht alles so gemeint war, wie ich es geschrieben habe, und schreckt nicht davor zurück, gleichzeitig seine Verwunderung darüber zur Schau zu tragen, da ich doch in der Auswahl der Worte und dem Wissen über dessen Wirkung überaus bewandert sei. Er erwähnt meine Romane und schwärmt davon, wie schön ich Geschehnisse beschreiben kann. Das Attribut „schön" im Zusammenhang mit meinen Schriften ist mir neu, dazu hat sich bisher nicht einmal eine kleine Provinzzeitung herabgelassen.

Jetzt will ich in die Offensive gehen. Ich vertraue nicht auf die Harmlosigkeit, in die der Richter die Verhandlung zu hüllen vorgibt. Für mich spielt er die Rolle eines Anklägers im Gewande eines Schlichters. Bleibe ich also arglos in der Deckung, dann wird er am Ende aus einer Vielzahl von Belanglosigkeiten etwas gegen mich konstruieren. „Wenn ich mir erlauben darf, ein gesunder Körper, ob es sich um den von einem Menschen handelt oder um einen Staatskörper, kann nur gesund bleiben, wenn man ihm Vitamine und Mineralien zuführt. Es bedarf keiner großen Masse, sondern kleiner Elemente. Ich will damit sagen, es sind die einzelnen sich regenden Menschen mit ihren neuen Ideen, die letztendlich zur Gesundung, Entschuldigung, ich meinte zur Gesunderhaltung des Staates beitragen."

„Sie gehen also davon aus, ein kritischer Mensch wäre das Vitamin, ohne das ein Staat nicht auskommt. Das ist ein interessanter Gedanke. Doch einmal ganz im Vertrauen: Könnte es sich bei einem

Kritiker nicht auch um einen simplen Störenfried handeln, statt um ein Vitamin, um eine, damit ich bei Ihrem Vergleich bleibe, eine Bakterie, die das Gleichgewicht des Organismus ins Wanken bringt?“

„Eine einzelne Bakterie wird immer seinen Antikörper finden, wenn man dem Organismus seinen natürlichen Reaktionen überlässt.“

„Da gebe ich Ihnen recht. Solange die Bakterien bekämpft werden, können sie sich nicht zu einer gefährlichen Kolonie entwickeln.“ Diese Bemerkung des Laienrichters klingt so, als würde er mich als das Element sehen, das ausgemerzt gehört, dabei wollte ich mit den Vergleichen anhand von Vitaminen oder Bakterien die Diskussion von mir persönlich ablenken.

Im weiteren Verlauf entstehen Momente, in denen der vorgebliche „Schlichter“ meine Ideen, die ich zu erklären versuche, auf seine Weise zu Ende denkt. Dann entstehen Momente, in denen er sogar wohlwollend lacht. Ich hatte mir eine Konkretisierung des Verhandlungsgegenstandes erhofft, Fakten erwartet, gegen die ich angehen kann, stattdessen entwickelt sich alles so schwammig, windig, scheinheilig. Ich werde mich darauf einstellen müssen, den ungewinnbaren Kampf gegen Windmühlenflügel anzutreten, in der Hoffnung, mit möglichst geringen Blessuren davonzukommen.

Wird hier über die Sache oder über mich verhandelt? Was ist mit Meister Ecke? Ob er als verantwortlicher Redakteur jetzt auch Repressalien erleiden muss, oder steht er noch nicht auf der Liste derjeniger, die mundtot zu machen sind? Ich sollte ihn noch heute Abend anrufen ... nein, es wäre vollkommen falsch, ihn zu kontaktieren. Dann würde die Sache erst recht auf ihn zurückfallen.

So sehr der Verhandelnde vorgeblich versucht, auf meine Argumente einzugehen und sich auf eine Ebene mit mir zu stellen, so wenig glaube ich an seine besondere Befähigung. Er ist ein guter Rhetoriker, das muss ich zugeben, aber er hat keinen eigenen glaubhaften Hintergrund.

„Wie kommt es nur, dass Sie sich zu solch einer Schmähschrift haben hinreißen lassen? Glauben Sie denn nicht, wir würden Ihre politische Absicht hinter der in einer Kunstbetrachtung verpackten Anmaßung nicht herauslesen?“

Endlich wird der Schiedsmann wieder konkret. Doch wie soll ich mich gegen eine solch fatale Behauptung wehren? Ich weiß nicht einmal, wem ich gegenübersitze: sicherlich keiner neutralen Person, wie es der fälschliche Begriff „Schiedsmann“ suggeriert. Es handelt sich bei ihm um den Vertreter der Anklage, um nichts weiter als einen verlängerten Arm der Politik, der vielleicht selbst aus einer bäuerlichen Familie stammt und mit dem Stand, in den er sich hochgearbeitet hat, prahlen will, sich gar mit Intellektuellen auf einer Stufe wähnend.

Zäh zieht sich die Verhandlung dahin. Der Staatsvertreter versucht mich durch ein Wechselbad aus lapidaren Grundsatzdiskussionen und an den Haaren herbeigezogener Vorhaltungen zu ziehen, während mir nichts bleibt, als auf meine Harmlosigkeit zu pochen, mit der ich, zumindest aus politischer Sicht, den Artikel verfasst habe. Plötzlich wird es konkret. Als habe es keine Anhörung gegeben, wird eine Beweisführung geliefert, die sich inhaltlich kaum von dem unterscheidet, was mir der „Schiedsmann“ eingangs vorgeworfen oder vermeintlich zur Diskussion gestellt hat. Nur klingen die Worte anders, formeller, bürokratischer, im juristischen Terminus. Es bleibt nicht verborgen, dass der Ankläger vom Blatt abliest und nur selten kleine Nebenbemerkungen einfließen lässt, die sich zwar auf unsere Konversation beziehen, aus der aber keine Erkenntnisse entsprungen sind. Ich werde mich also einem vorgefertigtem Urteil beugen und die Verwarnungen und Unterlassungsgebote, die man mir aussprechen wird, ernstnehmen müssen.

„Bevor ich gleich das Urteil verlese, haben Sie in bewährter Tradition noch einmal die Möglichkeit, sich zu Ihrem Verfahren zu äußern“, heißt es schließlich.

Urteil? Schon gleich? Ohne Beratung, ohne Vertagung, ohne meine Argumentation anhand von Gesetzespassagen anzuprangern?

Kleinlaut gebe ich zu, gewisse Formulierungen nicht gut genug überdacht zu haben. Jetzt geht es darum, die Sache einseitig herunterzuspielen, mich als fehlbar darzustellen, ohne die Anschauung der Legislative in Frage zu stellen. Jegliche Konfrontation würde nur meinen künftigen Bewegungsfreiraum, der jetzt ohnehin beschnitten ist, unnachgiebig einschränken. Ich konstatiere, dass mich der Ruhm nicht vor Fehleinschätzungen schütze, man allenfalls aus meinem Gesamtwerk gewisse Einschätzungen ableiten kann, die sich keineswegs gegen aktuelle politische Strömungen richten, schließlich seien die meisten meiner Schriften bereits vor der Bildung der derzeitigen Regierung entstanden. Margret schreibt fleißig mit.

WAASS? Mir bleibt der Schrei im Hals stecken. Mein Kehlkopf sticht hervor, ich drohe zu ersticken. Der Sitzungsleiter hat mich soeben zu drei Wochen „einfacher Haft" verurteilt. Die Beisitzerin blickt stoisch vor sich hin und führt vorgeblich Protokoll. Die Urteilsbegründung wird von einem Blatt abgelesen. Dem sogenannten Schiedsmann scheint es scheißegal zu sein, nachdem er sich während des Verhandlungsverlaufs teils jovial, teils streng, als verständiger Bürger und gleichzeitig als berufener Staatsvertreter gegeben hat, nun offen die Willkür zu zeigen, mit der sich die Verhandlung als Schauprozess mit vorgefasstem Urteil entlarvt.

Innerhalb einer nur vortäuschenden Logik, die ich als ein Gewirr unzusammenhängender, verschwörungstheoretischer Phrasen ansehe, wird meine angebliche Agitation, Einzelne gegen den Staat aufwiegeln zu wollen, in Zusammenhang mit dem ungebührlichen Verhalten gebracht, das ich angeblich dem Minister entgegengebracht habe.

Also doch. Bisher war im keinem Zusammenhang davon die Rede. Dass Richter in ihren Urteilen mitunter Dinge heranziehen, die nicht verhandelt wurden, ist nichts Neues. Einen nichtbeweisfähigen Vorwurf damit zu begründen, dass ich ohnehin ein böser, böser Bube bin, ist allerdings recht skurril.

Wenn mein Auftreten als ungebührlich angesehen würde, warum dann ausgerechnet gegenüber dem Minister? In der kurzen Zeit, in der ich Kontakt mit ihm hatte – es waren weniger als fünf Minuten –, hätte ich wohl kaum Gelegenheit dazu gehabt, mich derart despektierlich zu verhalten, wie es mir jetzt vorgeworfen wird. Doch die Devise lautet wohl: „Was du im Geringsten meinen Lakaien, das hast du auch mir getan."

Am Anfang habe ich noch darüber gelacht, als man Verkehrsrowdys dazu verdonnert hat, statt hohe Geldstrafen zu zahlen, Müll in den Straßengräben einzusammeln. Endlich einmal tat die Strafe den Reichen genauso weh wie den Ärmeren. Dann kamen mir Bedenken. Menschen derart vorzuführen ist eine Demütigung, die man nicht gutheißen kann. Doch scheinbar will der Staat alle Menschen in irgendeiner Form vorführen, entweder als gute Bürger, gar als sogenannte Vordenker, wie sie es mit mir vorhatten, oder als Strolche, die sich der Gemeinschaft entgegenstellen.

Mir wird nicht die Gelegenheit gegeben, mich auf die Haft vorzubereiten, es wird mir weder ein Zeitraum angeboten, in dem ich die Strafe anzutreten habe, noch bleibt mir die Zeit, nach Hause zu gehen, um notwendige Dinge zu regeln, dafür zu sorgen, dass jemand meine Blumen gießt, meine Briefe öffnet, um unaufschiebbare Angelegenheiten zu regeln und den Kühlschrank abtaut. Die Strafe wird sofort vollzogen. Standgericht, piff, paff.

„Ist ja nicht für lange", schiebt der Schiedsmann hinterher, der alles Formelle als erledigt ansieht und wieder ins Lässige umschlägt.

Das Spiel ist in vollem Gange, viele Figuren drehen ihre Runden. Pech nur, dass ich gerade eine bestimmte Karte gezogen habe. Gemeinschaftskarte. Gehe in das Gefängnis, begib dich direkt dorthin, mit der Aussicht, nach drei Runden wieder frei zu kommen. Alea iacta est.

23.

In der Straßenbahn ist es unerträglich eng. Zwischen den vielen Leuten, die sich hier dicht an dicht drängen, klemmen unzählige Taschen, Rücksäcke oder Einkaufstüten, die sie buckeln oder in ihren Händen halten. Was immer sich darin befindet, in der Enge droht es zerdrückt zu werden. Beim Anblick dieses Tragetaschenaufkommens kommt es mir vor, als wäre wieder eine Zeit der Hamsterkäufe angebrochen. Ist natürlich Quatsch, alles Einbildung, dennoch, Einbildung ist eine Klette, die man nicht ohne Weiteres abschütteln kann.

Die Bedrängung hat mir in den letzten Tagen übel zugesetzt. Dabei hat es seit meiner Entlassung aus dem Knast nicht ein einziges handfestes Anzeichen einer Nachstellung gegeben. Es scheint alles normal zu sein, doch mein Gespür sagt mir, dass irgendetwas im Gange ist.

Es ist still um mich geworden, ich glaube nicht an ein Desinteresse an meiner Person, vermute vielmehr, dass man mich beobachtet, wahrscheinlich schon längst durchschaut hat und jetzt nur auf den richtigen Zeitpunkt wartet, um mich zu eliminieren.

In der Menge fühle ich mich relativ sicher. Mit meinem Bart, den ich mir hab wachsen lassen, werde ich seltener erkannt, dazu der hochgeschlagene Kragen meines Mantels, den ich zuletzt in meinen Sturm-und-Drang-Zeiten getragen habe. Das gute Stück ist derart abgewetzt, dass ich mich später, auf dem Höhepunkt meiner Popularität, nicht mehr damit an die Öffentlichkeit gewagt habe. Jetzt bin ich über meinen damaligen Mangel an Souveränität erschrocken, andererseits symbolisiert mir das Kleidungsstück, dass ich wieder zu mir selbst komme – wenn mir ausreichend Zeit dazu bleibt.

Sie sind mir auf der Spur, sonst würden sie mich nicht in dieser vermeintlichen Sicherheit wiegen. Selbst Rüdiger kann ich nicht mehr treffen. Ich muss ihn aus der Schusslinie raushalten. Was auch immer er derzeit unternimmt, solange er nicht im Fokus der Spitzel steht, kann wenigstens er frei agieren. Ob wir, wenn alles vorbei sein sollte, wieder zu unserer alten Vertrautheit zurückfinden, ist fraglich.

Ein einmal entstandener Knacks bleibt im Unterbewusstsein erhalten, selbst wenn er von außen herbeigeführt wurde.

Ich wundere mich über mich selbst, darüber, wie ich mich verändert habe. Vor kurzem noch habe ich sämtliche Besorgungen, die ich machen musste, immer bis zum Letzten hinausgezögert, mein Augenmerk kaum auf etwas anderes als den Bildschirm meines Computers gerichtet, jetzt fahre ich mit der Bahn quer durch die Stadt, nur um in einem bestimmten Laden ein spezielles Walnussöl zu kaufen. Die Anonymität in der Menge bedeutet ein Stück Freiheit, die ich an meinen gewohnten Orten nicht mehr erfahre. Meine Wohnung, unsere ehemalige Stammkneipe, diverse Buchläden, der Bäcker, der Kiosk und selbst der Supermarkt sind als meine Anlaufpunkte bekannt und deshalb nicht mehr sicher.

Ich könnte jetzt an irgendeiner Haltestelle aussteigen, in einer Gegend, mit der mich nichts verbindet, irgendwo, wo sich kein Theater, kein Lokal, kein Amt und kein Ausflugsziel befinden, in einer Gegend, in der keine Freunde wohnen. Um in die Plattenbausiedlung zu kommen, müsste ich noch einmal umsteigen. Ich könnte in der Landschaft einer Trabantenstadt aufgehen, mit meinem alten Mantel würde ich in der unterprivilegierten Gegend nicht auffallen. Niemand würde mir anmerken, dass zu Hause in meinem Schrank ein Anzug hängt, den ich bei Staatsempfängen getragen habe.

Und wenn mir jemand folgen würde? Wäre das ein Arbeitsloser, der mir über legalem Wege oder in räuberischer Absicht nach meinem Kleingeld trachtet, oder ein Geheimdienstler, der mit Wollmütze und Jeansjacke getarnt mir auf den Fersen ist? Ich schaue mich um, versuche mich zu erinnern, wer an der gleichen Haltestelle wie ich eingestiegen ist und die Straßenbahn bisher noch nicht verlassen hat. Nahezu jeder aus der Menge könnte es sein, verkleidet als Hausfrau, als Student, als Geschäftsmann, als Rentner.

Bisher war die Idee fern meiner Vorstellungskraft: einmal in einem Hochhaus wohnen. Was nach außen wie eine Sozialgemeinschaft aussieht, ist in Wahrheit ein Knotenpunkt von Anonymität,

Ausgrenzung und Vereinsamung. Darin wäre ich zurzeit gut aufgehoben. Ich kann nur noch als Eremit in der Masse fortbestehen.

Es galt einst als schick, in derlei Vielparteien-Türme zu ziehen, in denen alles sauber und durchdacht war, sich mit Personenaufzügen in die Höhe hieven zu lassen, je höher, umso besser, nicht nur der guten Aussicht wegen, mit Steinzeugplatten belegte glänzende Flure, unweit der Haustüren ein eigener Stellplatz für das neue Auto, alles fein für die Mittelschicht hergerichtet. Selbst die Aristokratie wurde neidisch und fing an, ihre Bungalows so zu bauen, als wären sie aus diesen Hochhäusern herausgeschnitten. Die Wenigsten ahnten, dass weite Aussicht nicht mit Perspektive gleichzusetzen ist und die Dauerhaftigkeit einer glänzenden Oberfläche nur dann gilt, wenn sie regelmäßig gepflegt wird.

Ich kann die Enge nicht mehr lange ertragen, es ist stickig, mir wird immer wärmer, und ich habe kein Taschentuch dabei, um mir die Schweißperlen von der Stirn zu wischen. Niemand berührt mich, keine Tüte schlägt mehr an mein Hosenbein – sie sind auf Abstand zu mir gegangen, sie riechen die Gefahr, sie riechen den Angstschweiß.

Als die Tür aufgeht, will ich herausspringen, doch der Ausgang ist zugestellt, die Tür klatscht wieder zu, und ich muss bis zur nächsten Haltestelle warten. Kaum jemand will mich während der Fahrt ein Stück vorlassen. Endlich hält die Straßenbahn wieder. Ich kann nur ungehindert aussteigen, weil mit mir eine große Menge auf die Straße strömt, direkt auf ein Kaufhaus zu, das gegenüber der Haltestelle seine Pforten offen hält.

Es ist lange her, seit ich zuletzt durch einen derartigen Konsumtempel gelaufen bin, ohne nicht ein konkretes Ziel zu haben und die Absicht vor Augen, das Gebäude nach Erledigung meines Vorhabens so schnell wie möglich wieder zu verlassen. Die hell erleuchteten Hallen kommen mir wie eine fremde Welt vor, die Luft ist viel zu trocken und es stinkt nach Parfums und Textilausdünstungen. Das Erdgeschoss zieht sich in die Länge. Bevor man das Haus am anderen Ende wieder verlassen kann, muss man noch einige Stufen empor steigen. Doch statt nach draußen zu treten, stehe ich in einer überdachten Arkade, die das Kaufhaus mit einem Laden für elektronische Medien verbindet. Ein guter Gedanke: Ich werde mich nach Tonträgern umsehen, so habe ich wenigstens ein Ziel, könnte mir beispielsweise anschauen, was die Diskographie des Werkes von Shostakovich umfasst.

Auf der ersten Etage muss ich mich zunächst durch die mit Popmusik und „Angeboten aus unserer Werbung“ bestückten Regale durcharbeiten, ehe ich in der Ecke eines Seitenflügels gleich hinter der Jazz-Abteilung die klassische Musik entdecke. Die Tonträger sind nach Alphabet der Autoren geordnet, Shostakovich entdecke ich zunächst nicht, ehe ich herausfinde, dass man ihn hier nach westeuropäischer Manier „Schostakowitsch“ schreibt. Mir fehlen sämtliche Anhaltspunkte, um aus der Vielzahl seiner Musik etwas herauszusuchen, in einer Fülle an Variationen warten sie mit Streichquartetten, Symphonien für Orchester oder Kammerensemble und der Oper „Lady Macbeth“ auf, die ich eher einem britischen Komponisten zugeschrieben hätte. Schließlich entscheide ich mich intuitiv für ein Doppel-Album, das mir in seiner schlichten Aufmachung gut gefällt. Zunächst glaube ich, das Portrait des nachdenklich schauenden älteren Mannes, der sein Kinn auf die angewinkelten Finger seiner Hand stützt, sei der Komponist, erst als ich das Cover aufschlage, sehe ich diesen Herrn in Konversation mit jemandem, den ich als Shostakovich identifiziere, dessen Gesicht mir wohl schon früher einmal vor Augen gekommen sein muss. Der andere mag also der Dirigent sein, der die Komposition vertont hat.

Erschöpft, als hätte ich eine Odyssee hinter mir, komme ich wieder nach Hause. Als ich durch die Haustür in den Flur trete, sehe ich es sofort: Mein Briefkastendeckel sitzt nicht fest auf dem Schlitz. Die heutige Post habe ich bereits an mich genommen, eine Mitteilung meines Stromversorgers über die zweimonatliche Abbuchung meiner Rate und ein Werbebrief meiner Bank, in dem mir geraten wird, mein Erspartes in festverzinsliche Wertpapiere anzulegen. Wer also war nach mir an meinem Briefkasten zugange? Durch das kleine Guckfensterchen an der Holzfront kann ich nichts entdecken, behutsam hebe ich den Deckel hoch und schaue von oben hinein. Nichts.

In meiner Wohnung ist es klamm, ganz im Gegensatz zu dem Kaufhaus. Es scheint sich nichts verändert zu haben, nichts Augenfälliges. Ich schaue aus dem Fenster. Zwei Menschen gehen vorüber, einer auf der hiesigen, einer auf der gegenüberliegenden Straßenseite, beide in entgegengesetzter Richtung, als gäbe es eine neue Verordnung, auf welcher Seite man in welche Richtung zu gehen habe.

Es geht mir nicht gut. Dieses subtile Gefühl der Verfolgung werde ich einfach nicht los. Es könnte alles bloße Einbildung sein. Wenn man sich einmal in einen Wahn hineingesteigert hat, wirkt jedes Element bedrohlich. Obwohl ich diesen Selbstzwang erkenne, kann ich mich nicht von ihm befreien. Gäbe es zumindest irgendwelche Anhaltspunkte, die einem sagen, auf was man aufpassen muss, dann könnte ich die Dinge gelassener sehen, so aber steht alles im Verdacht, unter Einfluss und Kontrolle der Machthaber zu sein.

Ich fahre meinen Computer hoch und notiere den Satz: „Nachdem der Hund jahrelang an der Leine gelegen hatte, darf er nun frei in einem fest umzäunten Terrain herumlaufen. Was den Hund von mir unterscheidet, ist, dass er seine Freiheit genießt, ohne sich auf die Zeit seiner Gefangenschaft zurückzubesinnen und der Tatsache zu zürnen, dass man ihm die jetzt gewonnene Freiheit nicht schon vorher eingeräumt hat."

Scheiße, ich habe mich vertan, dieser Gedanke hätte in meine geheimen Aufzeichnungen gehört. Sofort lösche die Sätze wieder und gehe ins Schlafzimmer, doch während mein alter Laptop hochfährt, entfällt mir die Formulierung. Jetzt sitze ich hier, wie konsterniert, habe eine vollkommene Blockade und spüre, der Gedanke geht endgültig verloren.

24.

Kristin liegt in vollkommen entspannter Körperhaltung neben mir und schläft. Es war nicht geplant, dass ich bei ihr bleibe. Ich habe nur etwas Wärme gesucht, Zuspruch von einem Menschen, der einmal nicht politisch denkt. Seit Jahren bin ich nicht mehr zu Kristin gegangen, um sie einfach nur zu besuchen. Entweder wollte ich von ihr einen Ratschlag zu irgendeiner Sache, die ich gerade recherchierte, einholen, oder sie hat mich gebeten, mit ihr ein Möbelstück hochzutragen. Es kam auch vor, dass ich sie zusammen mit ihrem Freund abgeholt habe, um irgendwo hinzugehen, in ein Konzert, Theaterstück oder einfach nur, um essen zu gehen, doch ohne begleitendes Kulturprogramm spürten wir bald, dass in der Dreierkonstellation keine intensive Vertrautheit entstand. In letzter Zeit haben wir uns nicht mehr häufig gesehen, gerade mal in den Abständen, um zu wissen, was der andere gerade treibt.

Kristin ist keine Frau, die es zu starken Männern hinzieht. Deshalb war sie damals auch mit mir zusammen, deshalb konnte ich mich gestern bei ihr ausweinen, ohne ein ablehnendes „Was hab ich damit zu tun“ zu spüren. Dann haben wir beinahe klischeehaft über die gute alte Zeit gequatscht, Wein getrunken und anschließend gestritten. Auslöser war mein Vorschlag an sie, mit Marcus reinen Tisch zu machen, ihn dazu zu drängen, sich zu ihr zu bekennen, oder ihn, wenn er sich ziert, dahin zu schicken, wo der Pfeffer wächst. Womöglich ist dieser Ort ohnehin bereits seine Heimat geworden. Kristin hat darauf mit Vorwürfen gegen mich reagiert, der ich doch am wenigsten zu Partnerschaften fähig sei. Statt mich zu verteidigen, habe ich ihr „unkonkretes Auftreten“ vorgehalten. Im Verlauf des Disputs gab es keine klaren Fronten, ich hatte sogar den Eindruck, wir würden mehrmals wechselseitig die Position des jeweils anderen einnehmen und dabei unsere eigene verlieren. Es stand eben eine Gereiztheit in der Luft, die nicht unser gegenseitiger Konflikt war, sondern ein gemeinsamer. Eine Lösung zu finden war von vorneherein ausgeschlossen, und das war auch besser so, denn erst durch das

Ausleben des Konfliktes, ohne ihn analytisch erfassen zu wollen, konnten wir ganz nah zueinander finden. Wie von selbst kamen wir dann auf unsere Träume zu sprechen, schließlich haben wir einfach wild rumgesponnen. Wir haben getanzt, die einen Hände auf die Hüften gelegt, die anderen ineinander verschlungen, was mir wieder einmal bewiesen hat, dass ich zum Paartanz immer noch kein Talent habe. Dann hat sie ihre Lieblingsmusik aufgelegt, argentinischen Tango von Astor Piazolla, das hat mich ermutigt, es noch mal zu versuchen. Tollkühn sagte ich ihr, sie soll die Hand in meine legen, ohne sie zu umklammern, und ihren Rücken in meinen Arm, weder ich noch sie dürfte dabei ihr Gewicht spüren. Es ist uns gelungen. Für einen kurzen Moment sind wir in Trance aufgegangen, in dem sie mir zugeflüstert hat, jetzt könne die Welt um uns zusammenbrechen, wir würden dennoch bestehen bleiben. Dann haben wir noch mehr Wein getrunken, dessen Wirkung dieses euphorische Hochgefühl nicht über den Moment hinaus aufrechthalten konnte, das hätte ohnehin nicht gelingen können. Ich hatte am Ende einen ordentlichen Rausch, und Kristin hat mir gestanden, sie würde sich aufgehoben fühlen wie seit langem nicht mehr. Vorsichtig habe ich diese Äußerung ihrer Trunkenheit zugeschrieben. Ihre Einladung, zu bleiben, basierte immerhin auf der Logik eines echten Gefühls.

Während meine Hände über ihren Körper geglitten sind, hat sie mich immer wieder geküsst, geschlafen haben wir nicht miteinander, irgendwann hat sie sich dann weggedreht, ich vermute, dass ich sie befriedigt habe, sie hat es sich aber nicht eindeutig anmerken lassen.

In der Küche koche ich Kaffee. Ich habe noch nie in ihrer Küche agiert, finde aber sofort alle Utensilien. Sie hat sich kaum verändert, ich weiß immer noch, wie sie tickt. Vor unserer Zeit war ich ein ausgesprochener Teeliebhaber, dann hatte sie mir das Kaffeetrinken angewöhnt, und jetzt kann ich auf den füllig bitteren Geschmack der schwarz gerösteten Bohnen kaum mehr verzichten.

Vielleicht hat unsere Beziehung damals nicht funktioniert, weil ich in der Liebe zu ihr symbolisch die Liebe zum anderen Geschlecht leben wollte. Mein Begehren ist Teil von mir, es kann niemals durch eine einzelne Person verkörpert werden. Durch sie wollte ich die Weiblichkeit der gesamten Welt lieben, meine Treue stand stellvertretend für die Treue gegenüber der Existenz. Kristin aber wollte nur um ihretwillen geliebt werden. Wir waren beide eigensinnig, konnten uns dem Maß an Naivität, das jede Partnerschaft verlangt, nicht unterordnen. Jetzt sind wir ein Paar, das nicht zusammen ist, wir sind zwei Pole, die nur dadurch bestehen können, dass sie sich gegenüberstehen.

Als ich ihr, die Tassen in der Hand, das Getränk ans Bett bringen will, steht sie plötzlich im Türrahmen und lächelt. In dieser Pose, mit ihrem zerwuselten Haar und dem kurzen Nachthemd, wirkt sie hübsch, obwohl ihre Haut längst nicht mehr die jugendliche Glätte hat und ihr Körper deutlich fülliger geworden ist. Es gab Zeiten, da galt die Beleibtheit einer Frau als Schönheitssymbol. Man deutet, dass die Körperfülle Wohlstand signalisiert hat, ich glaube hingegen, ein dicker Leib vermittelte eine Wärme, die die früheren Häuser mit ihren zugigen Schlafräumen und manch andere raue Zustände sonst nicht bieten konnten. Als ich sie kennenlernte, habe ich mich, außer in ihr nettes lockeres Auftreten, auch in ihre grazile Figur verliebt. Das mag alles verflogen sein, doch es spielt auch keine Rolle mehr. Jetzt liebe ich an ihr, dass sie sich selbst treu geblieben ist.

„Ich habe eine Bitte an dich." Zwischen Schlafzimmer und Küche stehend nippen wir an unseren Tassen. „Bevor ich eine Entscheidung über meine Zukunft fälle, möchte ich mich mit Rüdiger treffen. Wir haben uns seit Wochen nicht mehr gesehen, ich weiß nicht, was er momentan macht, aber ich glaube, ich sollte ihm noch einmal begegnen, bevor ich mein Leben ändern werde."

Kristin blickt mich an, als wolle sie sagen, ich soll doch einfach bei ihr bleiben, sie spricht es aber nicht aus. Wir wissen beide, dass uns das nicht weiterbringen würde, weder um dem äußeren Druck zu entkommen, noch in unserer gegenseitigen Beziehung.

„Es wäre kontraproduktiv, wenn ich ihn anrufen würde, einfach zu ihm nach Hause zu gehen, und an seiner Haustür zu klingeln halte ich ebenso wenig für sinnvoll, deshalb frage ich dich, ob du bereit wärst, ihm meinen Wunsch zu überbringen."

Kristins Miene verliert das Lächeln, das ihre Falten sonst vergessen macht. „Ich möchte dich nicht davon abbringen, wenn das wirklich dein Wunsch ist, aber hast du dir auch gut überlegt, ob dich ein Treffen mit ihm weiterbringt? Verstehe mich bitte nicht falsch, ich habe nichts gegen Rüdiger, er ist wirklich ein netter Kerl, aber gleichzeitig ist er viel zu sehr auf politischer Ebene mit dir verbandelt. Du solltest lieber aus dir heraus deinen Weg finden, statt deine Entscheidungen an politischen Überzeugungen oder anderen Personen zu messen. Verlass dich lieber auf deinen gesunden Instinkt."

Kristins Entgegnung erinnert mich an die Geschichte über den römischen Feldherrn, von dem Rüdiger einmal gesprochen hat, der allen Schlachten aus dem Weg gegangen ist. Doch abgesehen davon, dass mich mit Rüdiger mehr verbindet, kann ich meine Sehnsucht, mich wieder politisch auszutauschen, nicht unterdrücken.

Kristin lässt sich minutiös erklären, was sie Rüdiger sagen soll. Ich habe immer gedacht, wir hätten uns einander entfremdet, doch jetzt spüre ich, dass auch sie zu den wenigen engen Freunden gehört, die mich auch ohne ausschweifende Erklärungen verstehen und auf die ich mich absolut verlassen kann.

25.

Seit zwei Tagen herrscht mildes Wetter, mit dem sich der bevorstehende Frühling ankündigt. Der Wetterwechsel wirkt auch positiv auf mein Gemüt, das sich zusätzlich durch das Treffen mit Kristin erhellt hat. Es ist dämmrig, als ich die Straße entlang gehe, in der sich die Kneipe befindet, die früher einmal unser Szene-Treffpunkt war, eine simple Gaststätte, die nicht viel zu bieten hatte, außer Geselligkeit und ein einfaches, preiswertes, aber gutes Essen.

Als ich die Eingangstür öffne, sehe ich auf den ersten Blick, dass sich nicht viel verändert hat. Selbst die Kellnerin, die schon vor zehn oder mehr Jahren hier bedient hat, läuft, äußerlich gealtert, aber mit demselben Elan, mit dem Tablett herum. Einzig der Nikotindunst, der zu meinen Studentenzeiten noch regelrecht in der Luft gestanden und sich in den folgenden Jahren nur langsam ausgedünnt hat, ist jetzt vollkommen verzogen. Rüdiger sitzt hinten in der Ecke, nahe bei dem Fenster, das mit altmodischen Tagesgardinen verhangen ist, seinen grau melierten Mantel hat er aufgeknöpft, aber nicht ausgezogen. Als ich zu ihm komme, steht er auf und nimmt mich in den Arm. „Alter", mehr Worte braucht es nicht.

Sein Bierglas ist fast leer getrunken, scheinbar war er eine ganze Ecke früher als verabredet hier, ich für meinen Teil bin mir sicher, nicht zu spät gekommen zu sein. Mit Fingerzeig deute ich der Kellnerin an, dass sie zwei neue Biere bringen soll. Wir setzen uns via à vis an den Tisch und beugen uns zueinander.

„Frag mich jetzt nicht, was ich zurzeit mache", sagt Rüdiger.

„Ist schon klar, aber was machst du eigentlich zurzeit?"

„Wir arbeiten, sind schon weit gekommen, na ja, wenn man es genau nimmt noch nicht über die Vorbereitungen hinaus, aber wir haben schon unsere klare Linie gefunden. Das klingt nach weniger, als es tatsächlich ist. Doch die Zeit, zu agieren, ist noch nicht gekommen, dazu fehlt es uns an etwas, ich kann dir nicht sagen, was es ist, aber ohne das wäre ein Auftreten zum jetzigen Zeitpunkt nicht nachhaltig genug."

Rüdiger redet verschlüsselt, doch abstrakt kann ich seine Worte nachvollziehen. „Wenn ich euch helfen kann ..."

„Nein, du solltest dich zu deinem eigenen Wohl da raushalten. Wir werden mit Methoden agieren, die nicht zu dir passen. Damit will ich dein Tun keineswegs herabwürdigen. Leute wie du sind unser Rückhalt. Viele von uns wissen, dass wir uns auf dich berufen können, aber wir wollen dich nicht gefährden."

„Gefährden?"

„Na ja, du stehst an einer anderen Position als wir. Du bist immer noch eine Projektionsfigur, deshalb müssen wir dich aus unserer direkten Arbeit heraushalten. Was wir machen, würde ohnehin nicht zu dir passen, doch als externer Bezugspunkt bleibst du ein wichtiges Element des Widerstands."

Die Kellnerin stellt das Bier auf unseren Tisch, ich reiche ihr einen Bierdeckel. „Schreib alles hier drauf."

„Auch das erste Bier?"

„Ja, alles." Ich lächle sie freundlich an, sie zeichnet drei Striche auf den Rand des Pappdeckels und schiebt ihn zu mir herüber.

„Geht es dir gut? Kristin schien mir besorgt, als sie deine Nachricht übermittelt hat."

„Zumindest bin ich klarer geworden. Ich bin nicht mehr in der Defensive, nicht mehr ganz. Viel zu lange habe ich mich gewehrt, ich wollte das Alte nicht loslassen und die Realität nicht akzeptieren. Doch jetzt habe ich mich entschlossen, das Heft wieder in die Hand zu nehmen."

„Das klingt gut, aber was hast du vor?"

„Genau das ist mein Problem. Ich habe mich von meiner ganzen Nostalgie frei gemacht, ohne zu wissen, wohin es mit mir geht. Klar, mir schwirrt so einiges im Hirn herum, doch ich weiß, sobald ich den ersten Schritt mache, muss ich diese Richtung auch beibehalten, dann kann ich nicht mehr zurück. Deshalb zögere ich noch."

„Denkst du daran, abzuhauen?"

„Ja auch ..., nein ..., also ja, verdammt ist das kompliziert. Lass es mich so erklären: Meine favorisierte Idee ist, physisch zu immigrieren, aber aus meinem Exil heraus zu intervenieren, freier und stärker als ich es von hier aus tun könnte. Nur weiß ich noch nicht, wie ich das bewerkstelligen soll. Klassischerweise könnte ich nach Amerika gehen, aber das ist absolut nicht mein Ding. Es wäre mir fremd, mich in weiter Ferne mit einem Brotjob über Wasser zu halten und nebenbei Pamphlete gegen unsere Regierung zu schreiben. Ich käme mir selbst Unglaubwürdig vor, ganz zu schweigen von der Ignoranz, mit der mich die Leserschaft strafen würde, weil ich feige davongelaufen bin.

„Du willst dich von dem großen Ding, das du bisher durchgezogen hast, nicht verabschieden!"

„Das könnte sein, aber es geht dabei nicht um meine Person. Ich bin nicht erfolgsgeil, auch wenn mir mein Erfolg zeitweise gut getan hat. Bei mir geht momentan etwas anderes ab: Meine eigenen Bedürfnisse sind längst nicht mehr mit unseren Utopien verknüpft. Ich habe mit mir jetzt einen ganz eigenen Kampf auszumachen, der sich von allem äußeren Geschehen abnabelt. Das Merkwürdige an der Sache ist, dass mich das nicht einmal erschreckt." Ich greife nach meinem Glas, lasse es aber auf dem Tisch stehen. „Dem politischen Kampf möchte ich mich nach wie vor stellen, jedoch nur noch als Person, nicht als Persönlichkeit."

„Das klingt nach einer Zwitter-Partie."

„Das ist mir egal. Ich kann meine Ideale nicht im Stich lassen, auch wenn es mir persönlich dreckig geht. Aber ich will unter keinen Umständen meine private Melancholie mit in die politische Debatte hineinziehen. Verstehst du den Konflikt? Persönlich will ich abtauchen, aber ich möchte mich mit meinen Idealen der Gesellschaft nicht entziehen. Das Fatale ist, an meinem bisherigen Platz bin ich völlig Handlungsunfähig geworden. Von hier aus kann ich nichts mehr ausrichten, dennoch will ich dabei sein, wenn der Umbruch in unserem Land beginnt. Ich will nicht sinnlos sein."

„Unser Land?! Welches Land ist schon unseres? Kennt unser freier Geist überhaupt irgendwelche Staatengrenzen?"

„Klar, das stimmt schon: Unser Land ist nicht die Republik, sondern das Gebiet, in dem wir uns bewegen, *in dem* und *für das* wir arbeiten. Die künstlichen Demarkationslinien spielen also keine entscheidende Rolle bei dem, was wir tun. Aber die Veränderungen, die wir einfordern, beschränken sich nun mal auf unseren Staatsapparat. Deshalb gibt es ein Außen und ein Innen, das sich nun mal über Staatsgrenzen definiert. Wenn ich also abhaue, ins Ausland gehe, dann möchte ich wenigstens in einem angrenzenden Gebiet bleiben, da, wo auch andere genau hinschauen, was hier passiert, wo man Menschen trifft, die die Staatsgrenzen regelmäßig überschreiten und aus erster Hand berichten, die zur Not auch meine Botschaften überbringen können."

„Du denkst sehr optimistisch, glaubst, dich im Schutz eines Nachbarstaates aufhalten und trotzdem ganz nah dran bleiben zu können. Das halte ich für naiv. Wenn du gegen unseren Staat agierst, dann werden dir die Häscher auch woanders auf der Spur bleiben, dann musst du trotzdem untertauchen, und du weißt bei den Leuten, mit denen du zu tun hast, nie, auf welcher Seite sie stehen. Entweder du bleibst präsent und musst deine Agitation einschränken, oder du musst dich ganz raustun."

„Du meinst also, ich soll nach Grönland gehen."

„Wieso nach Grönland?"

„Na ja, nach deiner Logik müsste ich mich auf eine Eisscholle setzen und abwarten, bis ich wieder gebraucht werde, damit mir nur nichts passiert, damit ich so bleibe, wie ich immer gewesen bin. Nee, Rüdiger, auch ich muss mich verändern, ihr könnt mich nicht als den konservieren, der ich für euch immer war."

„So habe ich das nicht gemeint, das müsstest du eigentlich wissen. Aber ich halte nichts davon, seine eigene Sicherheit im Dienst der Freiheit zu gefährden. Das kann man vielleicht machen, wenn es zum Extrem kommt, aber wenn wir gegen den Staatsapparat vorgehen wollen, dann können wir das nicht im offenen Kampf machen. Noch nicht. Deshalb heißt es bei all unseren Planungen, die eigene Unversehrtheit zu gewährleisten, und das sollte es auch für dich heißen."

„Was kann ich schon machen. Nach all dem, was bisher passiert ist, könnte es für mich problematisch werden, verdeckt zu arbeiten. Ich merke doch gar nicht mehr, ob man mir auf die Schliche kommt. Ich fühle mich nicht frei. Meine offenkundige Tätigkeit zerdrückt regelrecht meine heimlichen Arbeiten. Ich kann im Hintergrund keinen richtigen freien Gedanken entwickeln, wenn ich ständig an der Oberfläche konforme Arbeiten präsentieren muss."

„Heißt das, dass du bereits verdeckt arbeitest?"

„Wusstest du das nicht? Na ja, woher auch, niemand weiß davon, allenfalls Udez. Ich hatte aber gedacht, du würdest es ahnen. Ich schreibe seit einigen Wochen parallel: Seit meiner Entlassung agiere ich offiziell, wenn auch nicht gesinnungstreu, so doch harmlos in den Augen der Machthaber. Daneben habe ich aber versteckt ein ganz eigenes Ding laufen."

„Ich hatte tatsächlich keine Ahnung."

„Das Problem ist, dass das nicht ganz so funktioniert, wie ich es mir ausgemalt habe. Man kann nicht morgens nette kleine Geschichten schreiben und abends freiheitliche Gedanken entwickeln. Das geht vielleicht für eine begrenzte Zeit. Wenn man an einer Sache dran ist, dann muss man vollkommen in sie eintauchen können, sonst kommt am Ende nur halber Kram raus, und genau das ist der Grund, warum ich mein Leben ändern will. Abgesehen davon lebe ich seit einiger Zeit von meinem Angesparten. Lustige Kurzgeschichten werfen nicht das ab, was ich, bei aller Bescheidenheit, zum Leben brauche."

„Und du glaubst, die einzige Möglichkeit wäre, abzuhauen."

„Es fällt mir schwer, aber ich habe keine andere Idee. Was soll ich sonst machen. Selbst wenn ich wie zuletzt agiere, früher oder später werden sie mir auf die Schliche kommen, und dann wird es ihnen egal sein, was ich geschrieben habe: Alleine aus der Tatsache, dass ich verdeckte Schriften verfasse, werden sie mir einen Strick drehen."

„Ich kann das schon nachvollziehen, trotzdem fällt es mir schwer, mir vorzustellen, dass du nicht mehr an deinem Platz sein wirst. Bei allem Chaos warst du immer ein zuverlässiger Pol, von dem ein starkes Magnetfeld ausging. Weißt du, mir fällt es auch nicht immer leicht, nicht mehr mein gewohntes Leben bestreiten zu können. Wenn jetzt um mich herum noch alles Verlässliche wegbricht, wird es nicht gerade einfacher werden."

„Vielleicht sollte ich bleiben und weitermachen wie bisher. Könnte ich nur am eigenen Leib spüren, dass dies euren Widerstand stärkt ..."

„Die Herren noch ein Bier?"

Ich erschrecke. Ich habe nicht gemerkt, dass die Kellnerin neben uns steht, ausgerechnet in dem Moment, als ich das Wort „Widerstand" erwähnt habe.

„Ja, bring uns noch zwei, aber diesmal auf meinem Deckel." Rüdiger reagiert souverän. Er hätte die Bedienung sehen müssen, als sie hinter meinem Rücken auf uns zukam, aber er hat in keiner Weise reagiert. Die Kellnerin nimmt weitere Bestellungen an den Nebentischen auf.

„Weißt du, Rüdiger, wir haben schon nicht mehr hinter der Partei gestanden, als sie in die Regierung gewählt wurde. Trotzdem habe ich an diesem Abend gedacht, endlich hat die Macht der alten konservativen Betonköpfe sein Ende gefunden. Die selbsternannten Rechtsliberalen sind zu einer Minderheit zusammengeschrumpft, die wir endlich mit den gleichen Attributen beschimpfen konnten, mit denen sie uns vorher beleidigt hatten. War denn alles nur eine Täuschung? Die neue Macht hat ihre Politik unverhohlen auf den alten Sockeln errichtet, die sie vorher selbst bekämpft hat."

„Die Annahme, sie hätten was anderes machen können, erscheint mir recht frivol."

„Sie hätten es anders machen müssen! Begreif doch: Wer vom selben Brett wie sein Vorgänger springt, der landet auch im selben Wasser, da nützt auch eine andere Pose während des Sprunges nichts. Die einzige Lösung wäre gewesen, ein neues Fundament zu schaffen, auf das man den Richtungswechsel aufbaut."

„Die Frage ist, ob man uns getäuscht hat, oder ob wir uns getäuscht haben."

„Ich würde noch einen Schritt weiter gehen: Wir sind es selbst, die wir Schuld auf uns geladen haben. Es ist viel zu einfach, sich über die Staatslenker zu ereifern, wenn sie unsere Freiheit beschneiden und beginnen, die Demokratie zu zerpflücken. Aber wir haben den Scharfblick auf uns selbst verloren. Wir haben immer geglaubt, auf der richtigen Seite zu stehen. Aber hat das irgendjemandem was gebracht? Wir haben doch immer nur zu unserem eigenen Ertrag agiert, unseren Idealen gehuldigt, aber wir brauchten nie die Tauglichkeit unserer Ideen unter Beweis zu stellen.

„Du gehst zu weit, Bas. In dieser Konsequenz müsste das ja heißen, jeder, der nicht aktiv in die Politik ginge, müsste die Schnauze halten. Es sind doch gerade die Regierenden, die sich hinter Sachzwängen verstecken und ihre Ideale verraten. Ich gebe dir recht, wenn du sagst: Wir haben nicht die letzte Wahrheit in der Tasche, doch das kann auch nicht der Sinn unseres Handelns sein."

„Ist ja schon gut, Rüdiger. Aber ich zweifle lieber an mir als an mir zu verzweifeln."

„Du hattest immer schon deine Selbstzweifel. Das ist aber das, was dich immer stark gemacht hat. Lass das mal so stehen, ich geh derweil pinkeln."

Während Rüdiger durch die Tür im hinteren Kneipenraum verschwindet, pflücke ich aus dem kleinen Gläschen, wie es auf jedem Tisch der Kneipe steht, einen Zahnstocher heraus, stecke ihn zwischen Ring- und Mittelfinger und drehe ihn mit dem Zeigefinger um den Mittelfinger auf die Unterseite und wieder zurück an seine Ausgangsposition. Ich kann es immer noch, obwohl ich das Spielchen schon seit Jahren nicht mehr geübt habe. Ich wiederhole es noch einmal, als mir der Gedanke kommt, mein Leben analog zu dem Fingerspiel zu gestalten. Mich aus einer Position über die offene Seite zu bewegen und dann über eine verdeckte Fläche an meine alte Position zurückzukehren. Aber wie soll diese Analogie in der Praxis aussehen? Mein momentanes Dilemma ist nicht die fehlende Fantasie, sondern wie ich meine abstrakten Ideen in die Realität umsetzen kann.

Ich blicke mich um. Die Leute an den anderen Tischen im vollbesetzten Lokal reden und lachen miteinander, sie zeigen sich gefundene Links in ihren Mobiltelefonen und machen Fotos von ihrem Gegenüber – ein ganz gewöhnliches Treiben, wie es, etwas weniger modern, schon vor Jahren hier geherrscht hat.

Gegen das Unverständnis darüber, dass sich, ungeachtet der politischen Zäsur, weiterhin alles so normal abspielt, überwiegt meine Sehnsucht nach einem genauso profanen Alltag. Unabhängig von der Ungewissheit, ob ich mich raushalten darf, ist mir nicht klar, ob ich mich überhaupt raushalten kann. Die Zeiten, in denen ich mich fragte „Was bin ich“ sind passé. Es geht jetzt vielmehr um das „Wohin will ich“.

Rüdiger kommt, ein Lächeln auf dem Gesicht, zurück an den Tisch.

„Hast du gerade einen guten Klospruch gelesen?“ versuche ich seine plötzlich gute Laune zu interpretieren.

„Nicht ganz. Du wirst dich ohnehin wundern, wenn du aufs Klo gehst. Da steht nichts mehr geschrieben. Die Wände sind weiß übertüncht und die fiesen Fliesen penibel abgewaschen. Jetzt blickt man beim Pinkeln gegen blanke Kacheln, aber genau dabei ist mir da so ein Einfall gekommen.“

Statt mir von dieser Idee zu erzählen, trinkt er zunächst von seinem Bier, das uns die Kellnerin zwischenzeitlich hingestellt hat, und auch als er das Glas absetzt, sagt er nichts. Ich warte, versuche mir auszumalen, was Rüdiger gerade ausheckt. Wozu weiße Kacheln nicht alles gut sind! Vielleicht soll ich mich darauf besinnen, meine geheimen Botschaften auf die Toilettenwände in den Kneipen der Stadt zu schreiben und sie dadurch verbreiten. Es wäre eine absurde Kaprice, denn Rüdiger weiß, dass ich meine Botschaften gewöhnlich in einen Schwall von Sätzen verpacke, dass ich oftmals viele Romanseiten benötige, um den Kern meiner Aussagen verständlich zu machen. Kurze, plakative Sprüche waren nie mein Ding. Mit ausführlichen Abhandlungen habe ich stets gegen die Möglichkeit, fehlinterpretiert zu werden, angekämpft.

„Gib mir einen Gedanken!“ raunt mir Rüdiger plötzlich zu.

„Einen Gedanken?!“

„Gib mir deinen Gedanken, ich werde ihm folgen und ihn weiterführen. Dafür gebe ich dir meinen Gedanken, mit dem du das gleiche tun magst.“

Ich sehe Rüdiger verdutzt an. Es klingt spannend, was er da sagt, ein wenig absonderlich, ich verstehe aber nicht, worauf er hinaus will.

Rüdiger lächelt. Es ist nicht seine Art, so locker dazusitzen. Was ist nur mit ihm passiert?

„Wenn wir unsere Gedanken austauschen, dann gehen wir gewöhnlich mit einem erweiterten Wissen wieder nach Hause, ohne uns selbst wesentlich geändert zu haben. Wenn wir aber unser Geistesgut eintauschen, also die eigenen Gedanken vergessen und die des jeweiligen anderen annehmen, dabei aber unser normales Leben nicht verlassen, dann wird uns niemand auf die Schliche kommen. Das wäre so, als würden wir unbemerkt eine neue Identität annehmen."

„Rüdiger!"

„Wir würden unser physisches Leben so wie bisher fortsetzen, unsere Geisteswelt wäre eine ganz neue."

„Du willst, dass deine Gedanken in meine Hülle schlüpfen."

„Das Entscheidende ist, dass du meine Gedanken mit deinem Bewusstsein erlebst."

„Deine Gedanken in meinem Körper?"

„... ohne die eigene Wahrnehmung aufzugeben. Es wird sich vieles verändern, nur ganz in dir bleibst du dir treu."

Was Rüdiger da sagt, klingt abstrus, reichlich vertrackt. Egal in welche Rolle ich schlüpfen würde, ich möchte jetzt nicht aus Rüdigers Augen auf mein entgeistertes Gesicht blicken. Ich nehme einen großen Schluck aus meinem Glas.

„Versetz dich doch einfach mal in die Position der Leute, die uns beobachten. Sie zeichnen sich ein Bild von uns, das irgendwann zu einem Muster heranwächst, anhand dessen sie unsere Identität charakterisieren. Folgen wir hingegen plötzlich und bedingungslos dem Gedanken eines anderen, dann werden wir nicht nur reichlich Verwirrung stiften, sondern sie auf eine falsche Fährte locken. Niemand wird unser Tun mehr identifizieren können, weil es nichts mehr mit dem zu tun hat, was man von uns erwartet."

„Soll das heißen, ich trete ab sofort in den Untergrund und du setzt dich in meine Wohnung und schreibst Pamphlete?"

„Nein, Bas, du hast mich nicht recht verstanden: Es geht nur um das Vertauschen von Gedanken – nicht unserer Rollen. Hör gut zu:

So oder so werden wir unsere Wege weitergehen, dürfen niemals uns selbst täuschen wollen."

„Lass mich das noch mal rekapitulieren: Du willst, dass wir unser Geistesgut tauschen, aber unsere Rollen beibehalten. Ich soll also nach Hause gehen, so weitermachen wie bisher, aber denken wie du."

„... und gleichzeitig deine eigenen Denkmechanismen vergessen. Das ist Bewusstseinserweiterung, das ist die Droge, die dir eine ungewohnte Stärke verleiht."

„Ich verstehe, was du meinst. Ist ja auch ein spannendes Gedankenspiel. Aber du glaubst doch nicht wirklich, dass so was tatsächlich gelingen kann."

„Mensch, Bas, sei nicht so voreilig. Ich will mit dir gerade eine neue Methode erfinden, und du erwartest ein fertig durchdachtes System. Ich hab noch kein Konzept in der Tasche, aber mich drängt es verdammt noch mal danach, Neues zu erproben. Du glaubst doch nicht, dass ich dir zu dem Geistesblitz, den ich gerade erst vor dem Pissoir hatte, schon die fertig durchdachte Umsetzung mitliefern kann. Wichtig sind erst mal die Idee und der absolute Wille, allen Irritationen zum Trotz dem Gedanken zu folgen. Wir werden ein System aufbauen, das es noch nie gegeben hat, und deshalb werden wir auch Fehler machen. Aber wenn wir bereit sind, uns immer wieder zu korrigieren, dann werden wir den anderen immer mindestens einen Schritt voraus sein."

„Das ist verrückt."

„Sämtliche geistige Lehre ist aus Verrücktheiten entstanden. Wo also liegt dein Problem?"

„Die Vorstellung, gedanklich in deine Rolle zu springen, reizt mich ungemein, aber ich weiß schon jetzt, es wird mir nicht gelingen."

Rüdiger ist ein alter Theoretiker, aber ein geübter. Er kann ein absolut kompliziertes Gedankenkonstrukt errichten, mit einer inneren Logik, an der kaum zu rütteln ist, doch seine Illusionen bleiben mitunter recht weltfremd. Es ist nicht die Unmachbarkeit seiner

Ideen, die seine Visionen zum Scheitern verurteilen, sein Problem ist, dass er glaubt, die Menschen um ihn herum würden so funktionieren wie er selbst. Weil sich nie jemand findet, der auf seinen Zug aufspringt, läuft er immer wieder ins Leere. Er ist ein einsamer Mensch, aber ich liebe ihn.

Es ist spät geworden, doch ich will nicht müde werden. Die Striche auf meinem Bierdeckel sind zahlreich, ich fühle mich wie im Rausch. Es ist weniger ein Alkoholrausch, der mich beseelt, als die Trunkenheit des Gespräches, in das wir uns vertieft haben.

Rüdiger will die Details meiner Kurzzeitinhaftierung erfahren, doch ich weiche aus. Diese Erfahrung ist ein ganz persönliches Erlebnis, das ich mit mir alleine ausmachen will, und hat in ihrem Wesen nichts mit dem politischen Kampf zu tun. Stattdessen erzähle ich ihm von dem Burschen vor dem Knast, den ich in Anspielung auf Becketts „Warten auf Godot" Estragon getauft habe.

„Ich freue mich, dass dich die Einschüchterung nicht erreicht hat. Im Gegenteil: Die Repressalien scheinen dich wieder an deine Ursprünge geführt zu haben."

„Ach Rüdiger, wenn du nur recht hättest. Ich bin nicht mehr der Alte. Ich habe mich entwickelt, das ist nicht nur ein Gewinn. Doch manchmal frage ich mich, ob wir unsere persönliche Situation nicht überbewerten. Unseren Kampf für eine astreine Demokratie finde ich absolut geil, verglichen mit der übrigen Welt agieren wir auf hohem Niveau. Das bisschen Knast ist lächerlich gegen das, was mir im Vergleich in China widerfahren wäre. Da werden die Politischen Stromschlägen ausgesetzt, und zwar nicht bloß als Foltermethode in den Verhören, sondern auch als Disziplinierung im normalen Gefängnisalltag. Sie müssen ihre eigene Scheiße und die Wichse der Mitgefangenen fressen, und es sind nicht nur die Bewacher, die einen dazu zwingen. Wer da wieder rauskommt, der ist nicht bloß eingeschüchtert, der ist ein gebrochener Mensch, der sich in der Freiheit kaum noch orientieren kann. Jetzt sieh mich an. Wirke ich verängstigt?"

„Keineswegs."

„Und doch bin ich nicht mehr, der ich vorher war. Was hier bei uns passiert, klingt nicht nur viel harmloser, es ist langfristig auch weitaus intelligenter: Die Nadelstiche sind zu klein, um öffentliche Empörung auszulösen. Man schwingt hier nicht die große Keule, sondern geht ganz diffizil gegen seine Gegner vor. Diese Methode ist geradezu genial. Man unterminiert die Bedürfnisse, gegen den Staat zu revoltieren, und kann diejenigen, die ihre Stimme gegen das System erheben, als ewig unverbesserliche Nörgler sogar noch öffentlich vorführen. Sich als Märtyrer darzustellen, funktioniert hier nicht.

In China ist das vollkommen anders. Das Volk ist eingeschüchtert, aber ich glaube, die breite Masse hat einen unterschwelligen Groll und kennt ihre heimlichen Helden."

„Glaubst du, die kleinen Schläge auf den Kopf wären qualitativ besser als die Geißel, mit der man in anderen Ländern die Revolutionäre bestraft?!"

„Für den Einzelnen macht das einen Unterschied wie Himmel und Hölle aus."

„Himmel und Hölle stehen beide außerhalb unserer Moral. Was wir brauchen, sind Menschenrechte hier auf der Erde."

„Wir reden aneinander vorbei, Rüdiger. Was unsere demokratische Grundüberzeugung betrifft, darüber sind wir uns einig, da gibt es nichts zu diskutieren. Doch ich brauche mich nicht dafür zu schämen, dass ich glücklich bin, nicht den Repressalien nach chinesischem Muster ausgeliefert worden zu sein. Totalitarismus hat nun mal seine Abstufungen, jede andere Denkungsart halte ich für blanken Fanatismus."

„Ach, Bas, das klingt mir viel zu sehr nach ‚So schlimm ist es auch wieder nicht'."

„Nein, das darfst du mir nicht unterstellen. Prinzipiell entfernen wir uns immer mehr von der Demokratie, doch qualitativ kann ich uns nicht mit dem Sudan, Nigeria, Nordkorea oder dem Jemen vergleichen. Ich will mich einfach nicht zu undifferenzierter Verbohrtheit hinreißen lassen."

„Wenn wir bei dem Wort bleiben, dann darf man sehr wohl einzelne Qualitäten mit geübten Diktaturen vergleichen. Aber ich stimme dir zu: Man muss das sehr differenziert tun und alle Aspekte gesondert betrachten. Wenn wir unsere Urteile fällen, sollten wir uns vor Pauschalisierungen hüten."

Ich merke, dass auch Rüdiger angetrunken ist. Normalerweise hätte er die Dialektik unserer Argumentationen bis ins Unendliche auseinanderdividiert. Er ist nicht der Typ, der den verbalen Einklang sucht. Unsere nächtelangen Diskussionen sind niemals in einem Konsens geendet. Es war uns ein Sport, jeder These des anderen etwas entgegenzusetzen, doch stets schwebten über dem Ganzen unsere gemeinsamen Anschauungen. Wir wollten eben der Wahrheit, wenn es sie überhaupt zu finden gäbe, bis zum Letzten auf den Grund gehen. Dass er nun mit seinem letzten Satz genau meine Argumentation bestätigt, ist vielleicht ein Zeichen seiner momentanen Müdigkeit, die hoffentlich nicht über diesen Abend hinausgeht.

26.

Das Fatale an meiner Situation ist, dass ich nicht gänzlich im Widerspruch zu den Grundsatzzielen der Machthaber stehe. Schlimm ist nur, wie sich die Politik verselbständigt hat, wie aus Ideen Ideologien wurden, aus Fantasien Fanatismus. Auf einmal ging es nicht mehr darum, die Autorität in den Dienst ihrer Ziele zu setzen, sondern die einmal gewonnene Herrschaft um jeden Preis zu erhalten. Wenn der Sinn der Macht nur noch daraus besteht, mächtiger als die anderen zu sein, dann ist das gesamte System eine taube Nuss, eine harte Schale mit leeren Inhalten.

Ausgerechnet meiner Sprache wollte man sich bedienen, um leere Worthülsen zu schaffen, um Dinge schmackhaft zu machen, die schon längst nur noch bitter sind.

Seit meiner Haftentlassung bin ich in Bedrängnis, es sei dahingestellt, ob sie auf einer wahren Bedrohung basiert oder nur auf psychischem Druck. Macht es überhaupt noch Sinn zu kämpfen? Jede Fliege, die durch mein Zimmer surrt, könnte in Wahrheit ein Miniatur-Spion sein, ein technisches Gerät mit eingebauter Kamera, die nach Belieben aufzeichnet, was von Interesse ist.

Bisher wurde ich gelesen, jetzt werde ich vielleicht abgelesen. Es ist eng um mich geworden.

Aus meiner Gefängniszelle konnte ich durch das Fenster in den Himmel sehen. Die Weite suggerierte mir, dass es eine Zukunft gibt. Das Jetzt, in dem ich mich momentan aufhalte, kommt mir dagegen vor, als würde es längst nicht mehr existieren. Sie haben mich, sie haben mich, ich will hier raus.

27.

Heimat ist innen. Ich bin noch keinem Menschen begegnet, der jemals objektiv über seine Heimat urteilen konnte. Heimat ist ein Gefühl. Und Gefühle sind subjektiv, immer. Es verlangt hohe Fähigkeiten, sich selbst zu erachten, ich würde sagen, man braucht dazu die künstlerische Begabung, aus dem Abstrakten Wahrhaftes herauszulesen. Aber so weit will ich heute nicht gehen, es geht ja schlichtweg nur um mein Zuhause, das ich von außen betrachten will, vielleicht auch ein bisschen um meinen Lebensstil, und das war's dann auch.

Die Annahme, die Augen eines anderen würden beim Betreten meiner Wohnung dasselbe wie die meinigen sehen, ist grundsätzlich falsch. Ein Fremder wertet nicht nur anders, er guckt auch anders. „Was guckst du" ist im Grunde genommen eine intelligente Frage, die im Alltag allerdings stark unterschätzt wird. Alleine schon die Augen selektieren. Noch bevor der Verstand begreift, bestimmen die Erfahrungen darüber, was wichtig ist und was unbedeutend. Das macht mein Vorhaben, nicht nur aus einem anderen Blickwinkel zu begreifen, sondern mit fremden Augen hinzuschauen, fast unmöglich. Ich weiß, dass ich dazu meine Gewohnheiten abstreifen muss, meinen gelebten Alltag. Alles, was sich bei mir als normal eingeschlichen hat, muss verworfen werden. Es gilt ab heute, das Besondere zu erkennen.

Ich sitze in meiner Wohnung und weiß, noch einmal muss ich in sie zurückkehren, diesmal als Fremder. Räume ich meinen Schreibtisch anders auf, wenn ich das Haus verlasse, als wenn ich nur zu Bett gehe? Ich weiß es nicht, könnte noch nicht einmal sagen, ob die Klobürste bei mir rechts oder links hinter dem Becken steht, doch genau auf solche Merkmale gilt es jetzt zu achten.

Auf der Festplatte meines Laptops, mit dem ich im Schlafzimmer gearbeitet habe, befinden sich nur wenige Dateien. Mir ist es nicht gelungen, verdeckt in der Intensität zu arbeiten, wie ich es mir erwünscht habe. Kein einziger Roman ist zustande gekommen, nicht einmal im Ansatz, stattdessen sammelt sich eine Unzahl von Fragmenten auf der Festplatte, dessen Bedeutung selbst meine Freunde schwer einschätzen könnten. Doch die Bruchstücke beschreiben meine Gegenwart eindringlicher als all meine bisherigen Romanfiguren.

Es bleibt fraglich, ob ich diese Elemente jemals verwenden kann, in eine Sprache, einen Kontext transponieren, der für einen Leser verständlich wäre. Ich bin mir sicher, dass mir dies eines Tages gelingen wird, wenn mir erstens die Zeit bleibt und ich zweitens meine Freiheit wiederfinden kann.

„Ich habe die Ewigkeit schon gewonnen, aber ich kann sie nicht festhalten."

In diesem Ausspruch steckt so viel Aufwiegelung gegen die Verzweiflung und gleichzeitig so viel Glücksgefühl. Für mich beantwortet dieser Satz mehr existenzialistische Fragen als die gesamte Religion, mit der ich aufgewachsen bin, obwohl Ant*wort* vielleicht zu viel gesagt ist, denn es fehlen die Worte, der Redeschwall, die Rechtfertigungen, mit denen ich anderen begreiflich machen kann, welche Erkenntnis dahinter steckt.

In Sekundenschnelle sind die Texte und Passagen auf meinem Datenstick gespeichert. Eine zusätzliche Sicherheitskopie übertrage ich auf eine CD, die ich mit „Urlaubsfotos" beschrifte und anschließend zu dem Briefumschlag lege, der die Adresse von Kristin und den Absender von Udez trägt.

Um mich von dem Gelingen der Abspeicherung zu überzeugen, kontrolliere ich an meinem offiziellen Computer, ob die Dateien tatsächlich auf den externen Trägern lesbar angekommen sind. Es geht um Sicherheit und Ausschluss des Zufalls, soweit es eben geht.

Alles unter Dach und Fach, ich stecke die Datenscheibe in den Umschlag und lecke die Gummierung. Mir kommt Kristins Gesicht in den Sinn, ich sehe sie förmlich vor Augen, in dem Moment, in dem sie den Umschlag öffnet, sich darüber wundernd, warum mein Freund Udez ihr Urlaubsfotos schickt. Mit einem melancholischen Gefühl, als habe ich gerade ein Liebesgedicht eingetütet, stelle ich den Brief auf das Schlüsselbord bei der Haustür. Den Datenstick hingegen drücke ich durch ein kleines Loch in der Innentasche meines Kordsamtsakkos, so dass er in das Innenfutter hineinfällt.

„Der verarmte Künstler läuft durch die Fußgängerzone und spricht Leute an. Er ist keiner von denen, die kleine Geschichten erfinden, um die Angebettelten von seiner Bedürftigkeit zu überzeugen, er will weder Mitleid wecken noch an das soziale Gewissen derjenigen appellieren, von denen er etwas Kleingeld erfragt. Indem er die Leute mit „Ham se mal ne Tantieme?“ anspricht, wird er unterscheidbar, bis zu einem gewissen Grad auch identifizierbar. Er offenbart sich als verarmter Künstler, als ein Mensch, der Fähigkeiten und Motivation hat, was wiederum eine Vorläufigkeit seiner momentanen Situation zum Ausdruck bringt.“

Aus dieser Idee wird vielleicht eine Kurzgeschichte entstehen. Noch fehlt ihr an Substanz, an gelebten Elementen, um die Fiktion glaubwürdig und erzählenswert zu machen. Aber sie beinhaltet schon alles, was eine Erzählung ausmacht.

Mein Weltatlas ist ganz schön abgegriffen. Im normalen Alltag bin ich nie zu einer solchen Feststellung gekommen. Er ist alles andere als neu, stammt noch aus meiner Schulzeit, ist also bei weitem nicht mehr aktuell, zumindest was die politischen Länderkarten betrifft. Jugoslawien, Tschechoslowakei, UdSSR, das sind bloß die europäischen Länder, die in dieser Form nicht mehr Bestand haben. Dennoch habe ich den Atlas immer wieder für Recherchen zu meinen Romanen verwendet, mir angeschaut, wie sich Gebirge anordnen, wo sich Flüsse vereinigen und welchen Weg sie ins Meer nehmen oder über welche Mineralvorkommen eine Region verfügt. Meine Güte, wie oft habe ich mich beim Anschauen der Karten in Gedanken verloren, in Fantasien, wie ein Kulturkreis sein Umland erlebt und was es bedeuten kann, sein Land zu verlassen.

Ich schlage die Karte von Zentraleuropa auf und zeichne von meiner Heimatstadt aus eine Route nach Norden. Ich schlage mit der Linie ein paar Haken, die jeglicher Logik entbehren, schließe Städte ein, in denen ich keinen Menschen kenne, außerdem einen Hafen an der Nordsee, dann wechsle ich die Richtung, überquere die Ostsee und gelange nach Skandinavien. Mitten im Schwedischen Hinterland markiere ich einen dicken Endpunkt und, um noch einen draufzusetzen, zeichne von dort aus eine gestrichelte Linie, die auf das Baltikum zusteuert. Wenn es soweit ist, werde ich den aufgeschlagenen Atlas auf meinen Schreibtisch legen oder unter meine zugeschlagene Bettdecke, gleich neben das Kopfkissen. Eine falsche Fährte für meine Häscher, die so einfallslos wie plump ist, aber ich hoffe, dass sie gerade deswegen daran glauben. An einer klug ausgetüftelten Irreleitung würden sie mehr zweifeln.

Mein Kühlschrank ist fast leergeräumt. Ich werde ihn wieder füllen müssen, damit man an eine spontane Handlung glaubt. Aus demselben Grund werde ich vor meiner Abreise den Frühstückstisch gedeckt lassen.

Die beste Tageszeit habe ich auch schon festgelegt, genau gesagt hat ihn mir der Staatssekretär verraten. Ich werde die Haustür zu dem Zeitpunkt hinter mir schließen, an dem er seinerzeit das Haus seines mutmaßlich Geliebten verlassen hat. Dies wird die Stunde sein, in der auch die Spitzel schlafen, vor denen er garantiert so unerkannt bleiben will, wie ich vor meinen Widersachern. Man sollte einmal zu dieser Nachtstunde ein Bild von der Stadt mit Wärmekamera aufnehmen. Sicherlich würden die Menschen vollkommen konträre Laufwege zeichnen als die, die sie tagsüber gehen.

Für heute ist erst mal genug getan. Bei dem, was ich vorhabe, darf ich nicht hektisch vorgehen, jedes Teil muss stimmig sein, und damit mir nicht ein entscheidendes Merkmal durch die Lappen geht, ist es nötig, ausgeruht zu sein. Seit ich zu meiner Entscheidung gekommen bin, schlafe ich viel tiefer. In den Wochen vorher konnte ich von Glück sagen, wenn ich mehr als fünf Stunden am Stück geschlafen habe, jetzt sind sogar meine Träume zurückgekehrt, Träume, die sich in das Erinnerungsbewusstsein hinüberretten.

Trugbilder können so befreiend wirken. Mich faszinieren zum Beispiel die Träume, in denen man sich in bekannten Räumen aufhält, dann öffnet man Türen, hinter denen sich neue, bisher unentdeckte Räume befinden, in denen man Dinge entdeckt, die dem Leben neue Chancen bieten.

Ich weiß, ich werde in meiner Wachwirklichkeit bald neue Türen zu neuen Räumen öffnen, merke aber jetzt schon, dass sich dahinter zunächst alles verengt, denn ich gehe nicht ganz freiwillig hindurch und schon gar nicht unbekümmert.

„Die Vergangenheit findet in meiner Gedankenwelt nur als eine Momentaufnahme statt“, habe ich notiert, „die Zukunft ist dagegen immer viel kleiner, doch ich kann mich damit trösten, dass sie sich mehr ausbreiten wird als die kleinen Augenblicke der Erinnerung.“

Ich werde Udez nicht bitten, meinen alten Laptop abstürzen zu lassen, um sämtliche Zugänge zu den alten Daten nichtig zu machen. Ich werde niemanden mehr zu mir bitten und niemanden mehr aufsuchen. Ich könnte das Gerät zerstören, manuell zerlegen, analog nullen und es in der Mülltonne entsorgen, am besten verteilt über mehrere Abfuhren, doch so lange will ich den Vorgang nicht rauszögern, so lange werde ich nicht bleiben. So weit ist es schon gekommen, dass man selbst, wenn man etwas in den Müll gibt, sich nicht auf ein endgültiges Verschwinden verlassen kann. Ich sehe schon, wie mein zerlegter Laptop auf einem Sortierfließband auftaucht und man ihn, kurz bevor er in der Müllverbrennung verschwinden würde, herauspflückt und auf seine Daten untersucht und dann all die geheimen Botschaften von mir entdeckt, die zwar niemand so verstehen wird, wie sie gemeint sind, aus denen man dennoch ein weiteres Urteil gegen mich fällen würde. Auch wenn der Strick, den man schon geknüpft hat, nicht für meinen Hals bestimmt ist, mein Fuß steht schon in der Schlinge, und es ist nur eine Frage der Zeit, wann man sie zuzieht.

Mit solchen Visionen werde ich nicht einschlafen können. Den Schlafanzug bereits angezogen, streife ich mir einen Pullover über, schlüpfe in die Pantoffeln und trage den Computer in den Keller. Das Licht flackert immer noch. Bislang hat sich niemand erbarmt, die Neonröhre auszutauschen. Das flache Gerät jetzt wieder zwischen Kartons, alte Decken, Bücher, Dosen zu stecken wäre vollkommen unsinnig. Wenn es darauf ankommt, würde man jedes Marmeladenglas einzeln aufschrauben und in dem Aufstrich nach versteckten Geheimnisträgern herumstochern.

Nebenan hat die alte Frau vom ersten Stock ihren Kellerraum. Ihre Stapel sind mindestens so hoch wie meine, die aufbewahrten Sachen vielleicht noch ein wenig älter, und es stinkt nach dem Muff der jahrelangen Unangerührtheit. „Unangerührt", das ist das Wort, nach dem ich gesucht habe. Der Kellerraum der Nachbarin ist meine Chance. Ihre Immobilität wird Garant dafür sein, dass ihre Ansammlung unverändert bleibt, solange sie lebt. Wenn ihre Erben eines Tages den Keller leer räumen, werde ich hoffentlich schon in Sicherheit sein. Ich habe also einen doppelten Grund, meiner liebevollen Nachbarin ein langes Leben zu wünschen.

Der größte Teil der Abtrennungen zwischen den einzelnen Kellerkojen besteht aus einem Holzlattengestell, so eng geknüpft, dass höchstens eine Kinderhand hindurch passt. Stück für Stück prüfe ich die Festigkeit der Konstruktion und entdecke tatsächlich eine Latte, deren Vernagelung sich bereits ein wenig gelockert hat und Spiel bietet, doch es will mir nicht gelingen, das Holz mit bloßen Händen von der Querverstrebung zu lösen. Ich halte es nach wie vor für ein unbegreifliches Wunder der Natur, dass ein glatter Nagel ganz ohne Relief oder Widerhaken sich auch nach Jahren eingequetscht zwischen vollkommen ausgetrockneten Holzfasern halten kann. Auf der Suche nach einem Gegenstand zum Aufhebeln finde ich zunächst nur eine Weinflasche, doch beim ersten Versuch bricht der Hals bereits ab, und ein großer Schwall des Weines ergießt sich über den Boden. Was für eine Scheiße: Statt Spuren zu beseitigen, lege ich neue. Nach Durchwühlen meiner Kartons finde ich endlich einen Stiefelknecht, der mir als passendes Werkzeug geeignet scheint. Ich habe keine Ahnung, warum ich dieses Teil in meinem Keller habe, kann mich nicht einmal daran erinnern, wie ich an ihn gekommen bin. Ein Freund wird ihn mir wohl nicht geschenkt haben, vielleicht stammt er aber aus dem Erbe meiner Eltern und ist eines der Subjekte, von dem ich nicht wollte, dass sie auf dem Sperrmüll landen. Es gibt Erinnerungsstücke, die sagen mehr aus als Uhren oder Goldarmbänder. Dieser Stiefelknecht war wohl so ein Teil davon, die Erinnerung ist mir dennoch abhandengekommen.

Behutsam setze ich das Werkzeug hinter die Latte. Sie bewegt sich tatsächlich. Unter lautstarkem Kreischen des rostigen Nagels zieht sie sich von den Trägerpfosten weg. Bevor das Holz in der Mitte durchbricht, setze ich den Hebel noch einmal an anderen Stellen an, bis sich die Latte endgültig löst. Der geschaffene Durchschlupf reicht bereits aus, um den Laptop senkrecht hindurchzuschieben und zwischen einem Stapel aus alten Gardinen jenseits meines mir zugeteilten Kellerraumes zu verbergen. Beflügelt durch meinen Erfolg, strebe ich nach mehr Perfektion. Ich nehme die Latte, um die Gardinen anzulupfen und den Laptop ein wenig weiter zu schieben. Mein einziger Erfolg ist, dass ich mit dem herauslugenden Nagel einen der Stoffe zerreiße. Ich bleibe stur, lasse mich nicht von meinem Vorhaben abbringen und schlage die Latte auf den Kellerboden, auf dass die Nagelspitze in seinem Loch in der Latte verschwindet. Der Erfolg ist mäßig, doch der jetzt auf der anderen Seite herausragende Nagelkopf bietet mir die Möglichkeit, mein Werkzeug variationsreicher einzusetzen. Geschickt öffne ich einen Karton, der sich unter den Gardinen befindet, und mit ausgestrecktem Arm gelingt es mir, den Laptop in das mit Wollresten gefüllte Behältnis gleiten zu lassen.

Noch ehe ich die Latte zurückziehen kann, beginnt der Stapel, sich zur Seite zu neigen. Der Karton kippt, ohne dass ich ihn aufhalten kann, und fällt gegen das Trenngitter. Ich versuche mehrmals, ihn wieder aufzurichten, doch der weiche Unterbau bietet keinen Gegenhalt mehr. Auch egal, jetzt hängt er halt schräg, verkeilt. Ein Verdacht über meine Aktion wird dadurch auch nicht größer.

Sachte die Gardinen über den Rand des Kartons gezogen, fällt mein Eingriff nicht mehr auf. Schließlich drücke ich noch die Latte an ihre alte Stelle, die Nagelspitzen verschwinden in ihre ursprünglichen Löcher, und auf die vorstehenden Nagelköpfe schlage ich so lange mit der Kante des Stiefelknechts, bis auch sie wieder ebenmäßig in dem Holz liegen.

„Keine schlechte Aktion", lobe ich mich selbst, als ich mit der kaputten Weinflasche in der einen und den Scherbenresten in der anderen Hand wieder die Treppe hinauf steige. Den restlichen Wein habe ich vorher noch in der anderen Ecke meines Kellerräumchens verschüttet. Man wird mich jetzt wahrscheinlich für einen Säufer halten, was soll's, es wird die am wenigsten gravierende Fehleinschätzung sein.

Ich rekapituliere, betrete meine Wohnung mit dem Blick von außen auf den Zwischenstand meiner Planungen: Der verlassene Frühstückstisch wird nicht abgeräumt, der Kühlschrank wird gefüllt, mein Bett wird zerwühlt sein, und über dem Stuhl werden Kleidungsstücke hängen. Mein zweiter Computer, der nichts Verdächtiges enthält, wird offen auf dem Schreibtisch stehen, als letzte Eintragung ist eine Kurzgeschichte notiert, die noch in ihren Anfängen steckt, in der kein wie immer gearteter Künstler vorkommen wird. Die Protagonisten sind ganz gewöhnliche Menschen, ein Paar, er Franzose, sie Norwegerin, die in Toulouse wohnen, der Stadt, in der er geboren ist und sie studiert hat. Auf der Suche nach archaischen Lebensformen drängt er darauf, in die Einsamkeit ihrer Heimat zu ziehen, doch sie will ein modernes Leben führen, Theater besuchen, statt Fische zu räuchern. Er findet mehr Befriedigung im Holzhacken als im Flanieren über Boulevards. Sie geht wieder nach Toulouse, er bleibt in Ålesund zurück und entfremdet sich mehr von seiner Herkunft als sie. Ich habe die Geschichte „Rochade“ genannt.

Zu einer Rochade gehören zwei Figuren. Ich bin nur eine. Wenn ich abhaue, wird kein zweites Ich an meine Stelle treten. Nichts von mir soll zurück – manches wird allenfalls auf der Strecke bleiben.

Der Widerspruch zwischen der Spur, dass ich mal eben kurz aus dem Haus gegangen bin, und der in den Atlanten gezeichneten Fluchtfährte Richtung Norden wird der Sache nicht schaden. Wer auf Unvereinbarkeiten stößt, wird automatisch nach einem Mittelweg suchen, für den es dann erst recht keine Anhaltspunkte gibt.

Dennoch bin ich nicht ganz zufrieden. Mir ist das Ganze noch zu statisch, es fehlt das Besondere, etwas, was aus all dem rausfällt. Ich werde darüber nachdenken.

Unter der Dusche spüle ich den Weingeruch von meinem Körper, dann lege ich mich, ohne mich abzutrocknen, ins Bett. Nach einigen Minuten warmzittern wird es langsam kuschelig.

Ein letztes Mal noch leere ich meinen Briefkasten. Es ist keinesfalls ungewöhnlich, nur Werbung vorzufinden. Meine Kommunikation mit der Außenwelt ist seit Wochen fast auf null zurückgefahren. Als ich den Kasten gerade wieder verschließen will, finde ich einen Zettel auf dessen Boden, einen kleinen, handschriftlich beschriebenen Schnipsel. Bin ich wach, oder träume ich? In schiefen Zeilen ist mit geschwungener, schnörkelfreier Handschrift etwas Eindringliches niedergeschrieben: „Der Schriftsteller in dir, der Gesellschaftskritiker, der mit Preisen Bedachte, berühmt Gewordene, der sich in die Politik Einmischende, den kenne ich, und dennoch ist er mir fremd; der junge Student, der fragend auf die Welt blickt, der kindische Späße machen kann, der immer noch in dir steckt, der wird auch nicht aus meinem Herzen verloren gehen. K.“

II.
Alles bleibt ruhig
Andante

1.

Ich beiße in einen Müsliriegel. Der Zug gleitet über die Schienen. Das Gerumpel, wenn Stahlräder über die Lücken der einzelnen Gleise hinweg donnern, gehört der Vergangenheit an. Beim Blick durch die getönten Fenster des Großraumwagens schaut man auf eine monotone Trasse. Die hohe Geschwindigkeit, mit der sich die Bahn über Radreifen auf die nächste Großstadt zubewegt, ist nicht spürbar, allenfalls kann man sie einschätzen, wenn man das eigene Fortkommen mit dem der Autos auf der Überholspur der parallel geführten Autobahn vergleicht, die man in Sekundenschnelle allesamt weit hinter sich lässt.

Meine Zeit hat sich in Momente aufgeteilt, in einzeln aneinandergereihte Stücke, für die große Zusammenhänge an Bedeutung verloren haben. Mein nächster Moment lässt mich die Augen schließen. In meiner Vorstellung sehe ich Aufschriften, „Bar“, „Tabac“, „Le soir“, aber ich erkenne nicht den Hintergrund dieser Schlagworte, weder optisch noch in ihrer Bedeutung. Der nächste Moment ist der Suche vorbehalten, dem Versuch, die Herkunft dieser Bilder zu ergründen. Es entsteht kein klarer Gedanke, und ich verwerfe den Versuch, um mich wieder dem Konkreten zu widmen.

Der Riegel ist eklig süß, offensichtlich sind die Getreidekörner mit reinem Zucker verklebt worden, der Sprudel, den ich hinterher schütte, ist viel zu kalt und tut in Kombination mit dem Zucker an den Zähnen weh. Außerdem zwingt er mich zum wiederholten Aufstoßen.

Früher lernte man bei Reisen Landschaften begreifen. Mit dem Zug kam man mitunter durch Flecken, die sich sonst nur den Einheimischen erschließen, allenfalls auch beharrlichen Wanderern. Dafür brauchte man, gegenüber heute, mindestens das Dreifache der Zeit, um von einem Ort zum anderen zu gelangen. Jetzt gleitet man fast unbemerkt durch einen aus Stahlbeton gesäumten Zeittunnel.

Über der Waggontür erscheint eine Leuchtschrift, grob gepixelt aus Leuchtdioden, die den nächsten Zielbahnhof ankündigt.

Das Fahren mit dem Zug mag einmal eine ganz andere Bedeutung gehabt haben. Seinerzeit war es ein gesellschaftliches Ereignis, man saß mit fremden Menschen eng beieinander, und egal, ob man sich auf ihn einlassen wollte oder nicht, man musste ihn ertragen, seine Gerüche, seine kleinen Marotten, seine Gespräche. Hier will sich niemand auf mehr einlassen, als auf die Dinge, die er sich selbst schon vor der Fahrt zurechtgelegt hat. Die Fahrtzeiten sind beinahe zu kurz, um Langeweile entstehen zu lassen, Zeitschriften, Computer, Musik lenken von der Tatsache ab, dass man zwei Orte, die man miteinander verbinden will, auch überbrücken muss. Die Wahrnehmung in der Neuzeit setzt neue Schwerpunkte.

Nicht alle traditionsreichen Bahnhöfe bieten ausreichend Platz, um die Infrastruktur zu integrieren, die die modernen Schnellzüge erfordern. Deshalb kommt es vor, dass neue Bahnhöfe außerhalb der Stadtzentren gebaut werden. Dennoch erscheint es mir recht merkwürdig, dass sich an dem Ort, an dem wir jetzt anhalten, rein gar nichts befindet, einmal abgesehen von einer weitläufigen ebenen Landschaft mit brachliegenden Feldern. Ich sehe mich um, einige andere schauen ebenfalls auf, doch jeder bleibt in seinem Sitz kleben.

„Sehr geehrte Fahrgäste, wir haben ein kleines technisches Problem, gehen aber davon aus, dass wir die Fahrt in Kürze fortsetzen können. Sollten sie Fragen zu möglichen Anschlussverbindungen haben, so wenden Sie sich bitte an unser Begleitpersonal. Vielen Dank."

Die Stimme des Ansagers klingt klar, für Bahnverhältnisse recht akzentuiert. Ich kann mich noch an ganz andere Durchsagen erinnern, bei denen der Zugführer mit stark regionalem Akzent und Singsangstimme seine Meldungen durchgab und bei jedem längeren Wort die Endsilbe verschluckte oder mitten im Wort nach Luft japste. Bei all den Nebengeräuschen aus der Führerkabine konnte man sich den Inhalt der Auskunft allenfalls erschließen, zumindest wenn man ohnehin wusste, worum es ging und auf welche Fakten innerhalb der Mitteilung man zu achten hatte. Ich habe mich oftmals über derartigen Dilettantismus geärgert, wenngleich mir derlei Unzulänglichkeiten als Grundlage meiner Romane zur Beschreibung der Ecken und Kanten unserer Gesellschaft dienten.

Ob die Klarheit der jetzigen Durchsage gleichzeitig eine höhere Zuverlässigkeit bedeutet, bleibt dahingestellt, jedenfalls bin ich mir nicht im Klaren darüber, ob die Bahngäste auf den Wahrheitsgehalt der Mitteilung vertrauen, oder ob sie grundsätzlich nicht daran glauben, weil sie wissen, dass die Aussage ohnehin vom Band kommt und zunächst einmal nichts Verbindliches angibt; mit stoischem Gleichmut tun sie nichts anderes als vorher, lesen Zeitung in klassischer Papierform, durch die sie sich einen respektablen Raum von mindestens achtzig Zentimetern Breite auf ihren Plätzen sichern, oder hantieren mit ihren Minicomputern, indem sie mit ihren Fingern fast unmerklich über deren Oberflächen rutschen. Immerhin gibt sich niemand die Blöße, jemanden, im Sinne des Wortes, anzurufen und die übrigen Passagiere an der Konversation teilhaben zu lassen.

Es ist alles so still geworden, fast unerträglich still für jemanden, der sich nicht mit einer Tätigkeit ablenkt, sondern seine Sinne nach außen gerichtet hat. Ich beiße in einen Apfel. Das laute Krachen, während meine Schneidezähne durch die Schale dringen, hallt durch die gedämpfte Stille im Waggon. Ich wage kaum, das abgebissene Stück mit meinen Backenzähnen zu zermalmen, deshalb kaue ich ganz bedächtig und hoffe auf hinzukommende Geräusche anderer Mitreisender, um das Obst wenigstens einigermaßen ungehemmt vertilgen zu können. Wäre ich ständig in modernen Zügen unterwegs, dann würden mir vermutlich nahezu sämtliche Impulse für meine Romane abhandenkommen, es sei denn, ich würde vermehrt über das Nichts philosophieren.

Zuverlässigkeit kennt keine Grenzen, selbst in einer automatisierten Umgebung. Entsprechend der vorigen Ansage setzt sich der Zug, noch ehe ich meinen Apfel verspeist habe, wieder in Bewegung.

„Es hat einen Stillstand gegeben, doch niemand ist auf der Strecke geblieben. Alles ist gleichgerichtet und bewegt sich nun fort, der kalkulierten Zukunft entgegen."

Die Zustände erinnern mich an die alte preußische Ordnung: Die Dinge sind aufgeräumt. Ich hatte gedacht, unser Volk würde sich wieder davon entfernen, hätte eine neue Autarkie gefunden, doch je komplizierter die Menschen ihre Welt gestalten, umso mehr gewinnen Begriffe wie Ordnung, Disziplin und Sauberkeit an Bedeutung. Je größer das Chaos im eigenen Kopf ist, umso klarere äußere Strukturiertheit braucht man, das ist nichts Neues. Aber an die Gefahr einer erhöhten Entflammbarkeit des Teppichbodens, mit dem das Zugabteil bis in jede Ecke schön säuberlich ausgelegt ist, denkt man im Taumel der Begeisterung über die gemütliche Ausstattung des Großwagenabteils zuletzt. Ordnung ist nur Blendwerk, sie hat keine Wurzeln, wer sich an ihr festhält, fliegt beim nächsten Windstoß davon.

Ein Kritiker hat einmal über mich geschrieben, ich würde Illusionen erfinden, indem ich allgemeingültige Illusionen zerstöre. Ich habe den Artikel mehrmals aufmerksam durchgelesen, aber bis jetzt nicht begriffen, ob er dies im positiven Sinne gemeint hat oder mir das ankreidet, doch gewissermaßen hat er damit recht. Ich jedenfalls unterscheide zwischen Illusionen, die in eine Fantasiewelt entführen, und denen, die auf Selbsttäuschung basieren.

Minuten nach unserem erzwungenen Zwischenstopp fährt der Zug in den Bahnhof ein. Es ist ein etwas längerer Aufenthalt als an anderen Bahnhöfen eingeplant, nicht weil sich hier ein großer Umschlagplatz befindet mit einem etablierten Finanz- und Wirtschaftszentrum, Nah- und Fernverkehrsgleisen, die strahlenförmig aus allen Richtungen der Republik zuführen, oder wegen der Verbindung zum nahegelegenen Großflughafen, die eine besondere Logistik erfordert, sondern weil es sich um einen Kopfbahnhof handelt und die Antriebsmaschinen an den Enden von Zug- auf Schubkräfte und umgekehrt umstellen müssen. Technisch gesehen geht es jetzt also in anderer Richtung weiter, und wir werden uns wohl oder übel darauf einrichten müssen, gleich mit den Rücken gegen die Fahrtrichtung zu sitzen.

Zahlreiche Menschen stehen in den Gängen, bereit, den Zug zu verlassen. Im Moment, in dem sich die Waggontür öffnet, quellen sie aus dem Durchlass, so als müsse sich der Wagon von einem Überdruck befreien. Im Gegenzug dringt ein gigantischer akustischer Schwall hinein, Bremsengequietsche von einfahrenden Zügen, Lautsprecherdurchsagen, die, wie bei einem Dolby-Surroundsystem, mal aus der Nähe, mal aus der Tiefe vordringen, dazu ein Stimmengewirr der zahlreichen Menschen und das Gurren der Räder über Kunststeinplatten gezogener Trolleys, die zusätzlich an jeder Unebenheit ein leichtes Poltern verursachen. Würde man diese Geräuschüberlagerungen rhythmisch gliedern, dann hätte man eine Komposition à la Steve Reich, der manchmal auf herkömmliche Musikinstrumente verzichtet, weil er die für seine Kompositionen passenden Geräusche in den Straßen der Stadt findet.

Die Menschen, die in den Zug steigen, machen einen vollkommen konträren Eindruck zu den hier Sitzenden. Die Anspannung des Ortswechsels auf ihre Gesichter geschrieben, wirken sie wie Aliens, die in ein fremdes Terrain vordringen. Hintereinander trotten mehrere Personen, ihre Reisetaschen aufgrund der Enge des Ganges vor den Bauch gehalten, an mir vorbei. In jedem Einzelnen sehe ich das Individuum, wie ich es in den Bildern des Photographen Serge beschrieben hatte, während die Kulisse für die kurzen Momente der Begegnungen hinter ihnen verschwimmt. Jedes Bild ist eine Momentaufnahme, auf die sich mein Blick schärft. Man kann das auch selektive Wahrnehmung nennen.

Ich krame meinen Notizblock heraus und schreibe meine Gedanken nieder: „Selektives Wahrnehmen bedeutet nicht zwingend selektives Begreifen. Tiefenschärfe entsteht nicht dadurch, dass man ständig versucht, die gesamte Umgebung zu erfassen. Ich muss nur darauf achten, dass die Art, wie ich schaue, nicht chronisch wird, dass, wenn ich mein Spektrum verenge, es auch wieder erweitere und sogar bereit bin, die Dinge, die über meine erreichbaren Blickwinkel hinaus liegen, zu erfassen."

Möglicherweise hatte der Pseudorichter recht. Vielleicht wollen die meisten Menschen nicht aus der Masse auftauchen und suchen ihre Geborgenheit in der Anonymität.

Die Außentür schließt automatisch, sie fällt nicht einmal ins Schloss, sondern saugt sich gegen die in die Flanke der Türöffnung eingelassene Gummidichtung, mit einem kurzen „Flap". Dann ist alles still. Nach wenigen Sekunden merke ich bereits, wie sich die von der Klimaanlage gesteuerte Lufthülle verändert. Im Gegensatz zum Zustand beim Öffnen der Tür habe ich jetzt den Eindruck, als würde hier drinnen ein Unterdruck entstehen. Der Zug setzt sich in Bewegung, tatsächlich fahren wir, aus Passagiersicht gesehen, rückwärts. Es dauert nicht lange, da hält der Zug bereits wieder an. Wenigstens kann man an dieser Stelle weiter als bis zu den nächsten Bahnsteigen sehen. Ich blicke gegen schlichte Fassaden gewaltiger Gebäude, die sich in der ununterbrochen urbanen Umwelt aufrichten, dazwischen strömt ein Gewimmel aus Fahrzeugen und Fußgängern. Die Laufwege sind geradlinig, außer dort, wo man einem Brunnen hier, einem Denkmal dort ausweichen muss, und auf dem Bahndamm, oberhalb des Geschehens, sitze ich in einem Zug und blicke wie aus einem Ufo durch die getönten Scheiben auf diese fremde Welt herab. Diese Situation hat viel mit dem Blick aus dem Fenster meiner Wohnung gemein, doch hier befinde ich mich in einem wahren Raumschiff, einer Hülle, die die Räume für die Sinne unfassbar überwindet.

Hydraulisch gesteuert schließt sich jetzt auch die Zwischentür des Großraumabteils. Der Zug setzt sich erneut in Bewegung, wir gleiten weiterhin rückwärts. „Rückwärts" bedeutet nicht „Zurück", das hoffe ich doch. Wie fatal wäre es, würde der Zug wieder an den Ausgangspunkt zurückkehren, würde man mich schließlich nötigen, wieder in meiner Heimatstadt auszusteigen. Endstation. Die Zeit würde sich umkehren, und ich müsste mich erneut erleben, ohne mich fortentwickelt zu haben.

2.

Die Zeit läuft rückwärts, nur mein Bewusstsein bewegt sich weiter voran. Wo werde ich ankommen?

Ich muss eingeschlafen sein. Der Zug hat eine neue Landschaft erobert. Er fährt wieder vorwärts, ich blicke, wie alle anderen, wenn sie denn aufblicken würden, wieder in Fahrtrichtung. Um mich herum ist es nach wie vor still. Es herrscht eine Ordnung nach dem Muster: Alles ist gerichtet. Ich streiche mit der Hand über mein Kinn. Es fühlt sich, nachdem ich mich wochenlang nicht mehr rasiert hatte, jetzt wieder ungewohnt glatt an.

Erneut tritt ein Schaffner in das Abteil und kontrolliert die Fahrkarten. Ich besitze keine, nicht im herkömmlichen Sinne, sondern nur ein zusammengefaltetes DIN-A4-Blatt, das ich aus meiner Sakkoaußentasche ziehe, ein selbstinitiierter Ausdruck als Nachweis meiner Online-Buchung. Für mich ist es ein Rätsel, woher der Schaffner die Gewissheit nimmt, dass es sich nicht um eine Fälschung handelt. Wahrscheinlich kann er mit seinem Gerät, das er in der Hand hält, den Zahlencode ablesen oder sich über kabellose Verknüpfungen von der Richtigkeit des Nachweises überzeugen, doch ein kurzer Blick auf den mittlerweile abgegriffenen Zettel und in mein vertrauensvolles Gesicht genügt ihm. „Nach Zürich. Gute Reise. Sie wissen, dass Sie einen Pass bereithalten müssen?"

„Ja. Danke." Natürlich weiß ich, dass ein Personalausweis genügen würde, bei nachsichtigen Zollbeamten zur Not auch ein Führerschein, ein Pass mag für den Schaffner Synonym für eins dieser Dokumente sein; was er wohl nicht vermutet, ist meine Absicht, bereits vorher aussteigen zu wollen.

Langsam wird es Zeit, mir über mein Weiterkommen klar zu werden. In meiner Sakkoinnentasche befindet sich die Armbanduhr, die ich von meinem Opa geerbt habe. Das Gehäuse ist besonders flach, so wie mein Opa es liebte, unter der engen Hemdmanschette sollte es nicht störend wirken. Außerdem ist die Uhr sehr leicht und hat ein braunes, weiches Lederarmband, das sich gut dem Handgelenk anschmiegt. Trotz der Geschmeidigkeit und Schlichtheit, es ist nicht mein Ding, eine Uhr am Körper zu tragen.

Die fahrplanmäßige Ankunft kurz vor der Grenze nach Basel wäre in einer Stunde und zwölf Minuten, eine Verspätung ist weder auf der Leuchttafel noch durch eine Ansage angezeigt. Laut altem Fahrplan konnte man kurz vor der Grenze nicht mehr aussteigen, selbst wenn man im Land bleiben wollte, hätte man zunächst die Schweizer Grenze überqueren und nach dem Ausstieg in Basel wieder mit einem Nahverkehrszug zurück gemusst. Das Novum, kurz vor der Schweiz aussteigen zu können, ist der Regierung zu verdanken, die sich für eine bessere Erreichbarkeit jedes Landeszipfels der Republik eingesetzt hat. Da auch die Zollkontrollen wieder verschärft wurden, kann ein Inlandreisender diese lästigen Passagen jetzt endlich wieder umgehen. Nicht schlecht, wenn eine Regierung die äußeren Ecken seines Landes genauso wichtig nimmt wie die zentralen Metropolen. Andererseits ist dieses Novum auch ein Hinweis auf ein wachsendes nationalistisches Denken.

„Depeche toi!“ Auf dem engen Bahnsteig entsteht eine unglaubliche Geschäftigkeit. Menschen, die den Zug nach Basel besteigen wollen, begegnen denen, die kleinere Anschlusszüge erreichen müssen. Ohne Notiz voneinander zu nehmen, drücken sich die Leute auf engem Raum aneinander vorbei. Im hektischen Gewimmel, das dem eines orientalischen Bazars gleicht, dominiert die französische Sprache. „On peut trouver le quai cinq.“

Ohne Orientierung lass ich mich mit dem Hauptstrom treiben.

„Qui est affamé?“ fragt eine Mutter ihre drei Kinder. „La bas, il y a une kiosque.“

Zunächst werde ich Treppenstufen hinunter geleitet. Unten stoße ich auf einen mit schlichten Keramikfliesen ausgekleideten Korridor, der unter den Bahngleisen hindurchführt. Um Richtung Ausgang zu kommen, muss man erst auf eine weitere Ebene herabsteigen und gelangt zunächst in eine achteckig angelegte Bahnhofshalle, die von kleinen Läden gesäumt ist.

Um den patrouillierenden Polizisten aus dem Weg zu gehen, durchstöbere ich den Zeitungsstand, der vor dem Eingang eines mit „Reiselektüren“ überschriebenen Lädchens steht. Mit einer lokalen Tageszeitung unter dem Arm gehe ich hinein, frage die Kassiererin nach Landkarten und suche mir eine regionale Wanderkarte aus. Wer sollte jetzt noch vermuten, dass ich kein Einheimischer bin, oder zumindest jemand, der die nächste Zeit in dieser Region verbringen will. Auch die Reisetasche, die ich mir um die Schulter gehängt habe, sollte nicht auf eine andere Absicht hinweisen.

Draußen ist es bereits dunkel, die Luft ist für die Jahreszeit noch relativ mild. Das sind Momente, in denen ich mich an meine Jugend erinnere, an die Zeit, in der ich zum ersten Mal nicht mehr vorm Dunkelwerden zu Hause sein musste und begann, nach neuartigen Abenteuern Ausschau zu halten, nicht zuletzt auch nach ersten Liebschaften. Ich tat das vor dem Hintergrund eines gut behüteten Elternhauses. Dies ist der Unterschied zu meiner jetzigen Entdeckungsreise, in der ich meine Heimat absolut hinter mir gelassen habe. Die Dimension, die sich hinter dem Begriff „absolut“ verbirgt, habe ich noch nicht begriffen. Ich werde sie auch nie ganz begreifen.

Auf dem Bahnhofsvorplatz stelle ich meine Reisetasche auf eine Bank und verstaue darin die Zeitung, das in einem Minimarkt erworbene Gebäck und die Trinkflasche. Das belegte Baguette behalte ich dagegen in meinen Händen und beiße im Fortgehen genussvoll hinein.

Die französischsprachige Familie habe ich eben aus den Augen verloren, jetzt sehe ich sie wieder an einer Bushaltestelle stehen. Diese Gelegenheit werde ich nutzen und mich ihr anschließen. Mir ist vollkommen bewusst, dass ich meine künftigen Wege nicht vollständig im Voraus planen kann und mich zusätzlich auf meine spontane Urteilskraft und meinen Instinkt verlassen muss.

Die Familie steigt hinten ein, ich lasse einen Mann vor, der seine Fahrkarte beim Fahrer lösen will, und schaue mir seine Handlung ab. Als Fahrziel nuschelt er irgendetwas Unverständliches, möglicherweise in einem Dialekt, der sich aus zwei Sprachen und zusätzlichen regionalen Akzenten zusammensetzt, und legt einen Geldschein auf die Fahrkartenstation. Der Fahrer tippt auf einen kleinen Touchscreen, dann erscheint plötzlich aus einem verborgenen Schlitz die Fahrkarte, und Rückgeld rasselt in eine kleine Schale. Jetzt bin ich an der Reihe. Mein Portemonnaie bereits geöffnet, wollte ich die passenden Münzen hinlegen, doch ich konnte nicht genau erkennen, welchen Betrag der Mann vor mir bezahlen musste. Geistesgegenwärtig lege ich dem Busfahrer ebenfalls einen Schein hin und sage: „Dasselbe." Der Automatismus wiederholt sich, ich entnehme den Fahrschein und greife nach dem Kleingeld. Nach der Familie, die mich an die Haltestelle gelockt hat, habe einen neuen Leitwolf gefunden, dem ich für den nächsten Abschnitt folgen werde.

Unter Einbeziehung kleiner Schleifen durch Nebenstraßen verlässt der Bus auf einer Hauptverkehrsachse das Städtchen, vorbei an Vororten, bis die Umgebung immer ländlicher wird. Unsicher, ob ich weiterhin dem Mann oder doch wieder der französischen Familie folgen soll, bleibe ich noch etwas länger als beabsichtigt sitzen. Nachdem der Mann bereits ausgestiegen ist, fällt mir plötzlich siedend heiß ein, dass hier ja auch die Gebühren-Zone geendet haben könnte, und steige sofort an der nächsten Haltestelle aus.

Da stehe ich nun, an einer einsamen Landstraße im Nirgendwo, ohne Orientierung, der einst anerkannte Schriftsteller, der statt in einem mollig geheizten Loft mit Blick über die Hauptstadt zu sitzen, mitten in einer unbekannten Einöde nach einem Ausweg sucht. Das hätte mir erspart bleiben können, ich hätte mich nur, statt auf meine alten Ideale zu beharren, zur rechten Zeit verbiegen müssen.

Die Straße tangiert auf der einen Seite einen hell erleuchteten Ort, auf der anderen Seite führt ein kombinierter Fuß-Radweg entlang, an den das Licht der Laternenpeitschen, die die Straße beleuchten, kaum heranreicht. Im Halbschatten setze ich meinen Gang fort und entferne mich wieder von der Ansiedlung.

Es mag noch früh am Abend sein, doch bereits nach einer knappen Stunde drängt es mich, nach einer Unterkunft Ausschau zu halten.

Die Landschaft enttäuscht. Ich bin davon ausgegangen, in dieser Gegend auf ein Vorgebirge der Alpen zu stoßen, Hügel, Klüfte, Felsen; stattdessen wallen sich, zumindest soweit ich es überschauen kann, nur seichte Erhebungen auf einer ansonsten weiten Ebene. Ich gehe auf eine besonders hell erleuchtete Straßenkreuzung zu. Nur wenige Meter hinter der Abzweigung befinden sich winzige Flachbauten einer Grenzkontrollstelle, vor der ein paar Uniformierte sichtbar gelangweilt warten und Zigaretten rauchen. Ich gehe ein Stück weiter, niemand scheint sich für mich zu interessieren, sich neugierig Fragen zu stellen, warum in der Dunkelheit eine mit einer Reisetasche beladene Person an einer Landstraße entlangmarschiert.

Noch vor kurzem hatte das Wort „Grenze" einen Wohlklang erlangt, den ich mit Kulturwechsel und Sprachenvielfalt verbunden habe, regionalhistorisch tiefgreifende Mentalitäten begegneten nationalen Sitten, und was sich die Menschen hie und da gegenseitig in die Hand gaben, verdiente eine besondere Aufmerksamkeit, Grenzregionen schienen mir wie Biotope der gesellschaftlichen Artenvielfalt. Ich will nicht sagen, all das sei durch die politischen Neuorientierungen des neuerdings wieder auseinanderstrebenden Europas wie weggeblasen, doch die vergangengeglaubte Bedrohlichkeit dieser nationalen Demarkationslinien nimmt wieder spürbar zu.

Wenig weiter haben sich inmitten der freien Felder ein paar Gewerbebetriebe angesiedelt. Mir scheint, dass man die zweckmäßig errichteten Fertigbauten aus Wellblechen innerhalb kürzester Zeit wieder entfernen und an anderer Stelle aufbauen könnte. Es blieben dann nur noch die ebenerdigen Fundamente, Stichwege und Parkplätze. Eines der Gebäude ist ein Schnellrestaurant.

Das Menü besteht hautsächlich aus frittiertem Paniermehl, in dem sich eine kleine Füllung befindet, die angeblich nach Hühnchen schmecken soll. Die dazu gereichte geschmacksverstärkte süß-saure Soße kann man absolut vergessen, zum Glück hat wenigstens der gemischte Salat mit seiner Marinade ein annehmbares Aroma. Das letzte Mal, dass ich solch eine Restauration aufgesucht habe, war, als ich in jungen Jahren mit meinem Fahrrad nach Amsterdam gefahren bin und, kaum Geld in der Tasche, nach der preiswertesten Möglichkeit gesucht hatte, Essen und einen Schlafplatz zu bekommen. Ich darf gar nicht daran denken, mit wie viel Geld ich zurzeit unterwegs bin, verteilt auf alle möglichen Jacken- und Hosentaschen.

Die Anonymität des an wenigen Tischen besetzten Lokals, in dem man nicht bedient wird, sondern sich sein Essen an der Ausgabe selbst abholen muss, bietet mir die Möglichkeit, in aller Ruhe die Wanderkarte auf dem Tisch auszubreiten. Zunächst suche ich beinahe endlos nach Orientierungspunkten, der große Maßstab, bei dem man nahezu jedes Detail erkennen kann, irritiert auf der Suche nach Übersicht. Anhand der Linie, die die Staatengrenze markiert, finde ich mich endlich zurecht und bin erstaunt über die Länge der Strecke, die ich nach dem Verlassen des Busses bereits zurückgelegt habe.

Ich werde noch etwa einen Kilometer entlang der Hauptstraße laufen, ein Dorf passieren, dann einen kleinen Weg einschlagen, der mich zwischen vereinzelten Häusern auf einen geschlungenen Pfad führt, über den ich durch ein Waldgebiet hindurch auf die französische Seite gelangen kann. Vorbei an mehreren Dörfern, werde ich dann in einen größeren Ort gelangen, von dem aus ich mich neu orientieren will, in dem ich eine neue Landkarte suchen werde, auf der man keine Wanderwege erkennen kann. Ich werde mit jedem Abschnitt meines Fortkommens wieder kleinere Maßstäbe anlegen.

3.

Es sind nur vier Buchstaben: L Y O N.

Ich lasse all die Menschen an mir vorbeigehen. Sie haben ein Ziel oder geben vor, eins zu haben. Niemand bleibt stehen, so wie ich. Ich möchte den ersten Eindruck nicht verpassen. Für diesen Augenblick verharrt auch die Stadt als unbewegte Kulisse, an der die Statisten auf ihren vorgegebenen Wegen unerkannt vorbeigehen. Wieso bin ich jetzt hier?

Bis jetzt scheine ich niemandem aufgefallen zu sein. Eine verstörte Person, die ihre Orientierung verloren hat, steht auf dem Bahnsteig, statt eine willkürliche Richtung einzuschlagen, bleibt sie auf der Stelle stehen und schaut in eine unbestimmte Richtung. Schon wieder beginnt ein neuer Lebensabschnitt damit, an einer Stelle zu stehen, aus der Vergangenheit entlassen, den ersten Schritt in die Zukunft noch hinauszögernd. Was mich de facto konsterniert, kann niemand von außen ablesen. Wie bin ich nur hierhergekommen? Am Morgen bin ich in diesen gelben Linienbus gestiegen und Seite an Seite mit einigen Schulkindern über die Landstraße gebraust.

Weit entfernt hatten sich die Konturen hoher Berge abgezeichnet, und ich spürte, wie mich diese Naturmonumente in den Bann nahmen. Es zieht mich verdammt noch mal dorthin, war mein Gedanke, für mich reicht nichts Geringeres als das Hochgebirge, in dem ich mich als Zarathustra wiederfinden kann. Doch zunächst würde mein Ziel ein anderes sein.

Am Busbahnhof des nächstgrößeren Städtchens stieg ich in einen Überlandbus um, der bereits mit laufendem Motor bereit stand, aber noch eine Viertelstunde sinnlos die Luft verpestete, ehe es endlich losging. Der Busfahrer wollte meine Tasche im Gepäckraum verstauen, strikt habe ich das abgelehnt, mit der Andeutung auf wichtige Unterlagen, die sich darin befänden. Seinem Hinweis auf die Sicherheitsbestimmungen, nach denen man nur kleine Gepäckstücke mit in den Fahrgastraum bringen dürfte, setzte ich das Argument entgegen, während der Fahrt mit den darin befindlichen Dokumenten arbeiten zu wollen. Meine Rhetorik griff, er hatte ein Einsehen oder keine Lust auf eine Auseinandersetzung. Das Widerstreben, diese Tasche aus der Hand zu geben, hatte einen simplen Grund: Ich wäre mir nackt vorgekommen.

Kilometerlang fuhren wir durch ein Gebiet, in dem man weder die Erhebungen auf der einen noch das flache Land auf der anderen Seite aus den Augen verlor. Ich hatte mich auf die Berge konzentriert, sie so lange fixiert, bis mich plötzlich das Gefühl überkam, als wären sie es, die sich bewegten, während die Wolken still an ihrer Stelle verharrten. Diese optische Täuschung blieb nicht ohne Einfluss auf mein eigenes körperliches Befinden. Bewegte sich dieser Bus überhaupt, saß ich physisch in diesem Gehäuse oder nur noch geistig?

Jetzt erst, auf dem Bahnsteig einer Großstadt stehend, begreife ich: Es ist mein eigener flüchtiger Zustand, der die Dinge der Welt verkehrt. Ich war einst ein aktiver Mensch, der sich in die Belange einmischte, für die einzutreten lohnend erschien. Stück um Stück bin ich dann zum passiven Protagonisten mutiert. Der dahingleitende Bus, in dem ich als Passagier den leichten Vibrationen, die unablässig auf mich abstrahlten, ausgesetzt war, hätte kein besseres Bild für diesen Zustand abgeben können.

Um dem Busfahrer Genüge zu tun, kramte ich meine am Vortag erworbene Zeitung aus der Tasche und zeichnete mit einem Fineliner die Silhouette der Landschaftsabschnitte, so subjektiv wie ich sie wahrnahm und so ungelenk, wie es meine zeichnerischen Fähigkeiten hergaben, über die gedruckte Schrift. Eine Vielzahl von Bächen gurgelte im milchigen Weiß längs der Straßen in die Täler herab. Ich mochte diesen Eindruck der optischen Täuschung notieren, er hatte etwas Phantastisches und gleichzeitig Alltägliches.

Geschehnisse, die Reales und Irreales in sich vereinen, ohne einen klaren Trennungsstrich zu markieren, habe ich liebend gerne in meine Romane eingebaut. Aus meiner Jackentasche zog ich irgendeinen Zettel, der sich als Ausdruck meiner Reisebuchungsbestätigung für den Zug des vergangenen Tages entpuppte. So ein blöder Wisch, auf Papier, das ich mir selbst gekauft hatte. Schalterpersonal erlebt man nur noch an großen Bahnhöfen, bald gibt es auch keine Lokführer und Zugschaffner mehr, und man wird sich nicht mehr sicher sein, welche Mächte einen von einem Ort zum anderen bringen. Ich weiß, Udez denkt anders, er findet Online-Buchungen praktisch, doch ich kaufe lieber in alter Nostalgie meine Fahrkarte von einer realen Person und sehe ihr bei dem Vorgang zu. Ich traue den Menschen nur, wenn ich ihnen in die Augen sehen kann, davon können mich auch die nicht abbringen, denen ich am liebsten nie mehr in die Augen sehen möchte. Diesen Idealen zum Trotz, die Reise anonym zu buchen, war Teil meiner Methode, mit der ich eine weitere falsche Spur legen wollte.

„Sinnestäuschung“ lautete die Überschrift für die vielen kleinen Dinge, die man im Leben nicht begreift, oder nicht sofort erfasst. Täuschungen sind also Schwächen der eigenen Begriffsfähigkeit, dennoch verstehe ich sie nicht bloß als Mangel, denn derlei Schwächen weiß ich durchaus auch zu genießen.

Wenn man sich ein Leitthema setzt, dauert es meist nur wenige Tage, bis man eine Fülle von Stichworten gesammelt hat, die in diesem Kontext stehen. Mit zittriger Hand schrieb ich lautmalerische Begriffe auf den Zettel und ergänzte sie mit intuitiven Gedanken: „‚Optische Täuschung‘ – sich bewegende Berge unter feststehenden Wolken, ich treibe, ‚Arglist‘ – ich meide Beziehungen, ich treibe, ‚Vorurteile‘ – ins Leere laufen und dennoch nicht von seinem Ziel ablassen, ich treibe, ‚Glasspiegelungen‘ – ich sehe durch ein Fenster hindurch auf eine Person, die sich dort nicht befindet. Ich bin nicht da, wo ich mich wähne.“

Der Busfahrer lenkte das Gefährt mit Tempomat-Gelassenheit. Die Landschaftsstruktur der Umgebung schien ihn nicht zu interessieren, seine Aufmerksamkeit galt alleine der Trasse und dem Verkehrsfluss.

Praktischerweise lag die Endhaltestelle unmittelbar neben dem Bahnhofsvorplatz der durchaus ansehnlichen Stadt, die wir erreichten. Auf der Flucht vor der Ungewissheit hätte die Kleinstadt eine erste Insel sein können, auf der ich neue Kraft tankte, doch sie war mir zu überschaubar für mein Vorhaben, in eine Anonymität einzutauchen, um meine nächsten Ziele zu organisieren.

Die Züge fuhren zahlreich und regelmäßig, allerdings mit Schwerpunkt während der Berufspendlerzeiten. Da ich den vorigen Anschluss um zehn Minuten verpasst hatte, blieb mir ausreichende Zeit, einem von meinem Ziel ablenkenden Vertreib nachzugehen, mich temporär kalkuliert zu zerstreuen. Ich kaufte mir eine Fahrkarte, die mir der Schalterbeamte als besonders günstig anpries, mit der Auflage, den Mittagszug nehmen zu müssen, der weder von Pendlern noch Schulkindern frequentiert würde.

Als Spezialitäten der Region habe ich mir in einem kleinen Laden Salami einpacken lassen, die meiner Erfahrung nach allerdings in nahezu jeder südlichen Stadt als spezifisches Eigenerzeugnis gepriesen wird, und mit Comté einen Käse, der tatsächlich aus dieser bergnahen Gegend stammt. Ein Tabakladen pries zahlreiche Pfeifenexemplare in seiner Auslage an. Beim Betrachten überkam mich ein wenig Sehnsucht nach der Zeit, als ich in jungen Jahren erst sporadisch, dann regelmäßig Pfeife geraucht habe. Wir haben uns damals bewusst wie Intellektuelle gekleidet, der eine seine Baskenmütze getragen, ein anderer beim Rasieren einen Kinnbart gelassen, ein dritter seine Brille mit dicker Horneinfassung gewählt, während zu meinem Outfit das schlabberige Kordsamtsakko und die Pfeife gehörten. So haben wir zeitweise in Cafés rumgelungert und über Themen diskutiert, über die wir zwar wenig Fakten gesammelt hatten, uns dennoch von einer gefestigten Meinung nicht haben abbringen lassen.

Ich hatte den Gedanken, wieder mit dem Paffen zu beginnen, nicht um die Jugend zurückbringen zu wollen, sondern um den neuen Aufbruch mit alten Idealen symbolisch zu markieren. Doch es war nicht die Zeit, sich auf Kinkerlitzchen einzulassen. Ich ging weiter.

Der Zug fuhr pünktlich ein. Es war einer von denen, bei denen man die Tür noch mit Muskelkraft öffnen muss und auf Bänken mit senkrechter Rückenlehne Platz nimmt, die mit dunkelgrünen Kunstledern überzogen sind. Die „Klimaanlage" bestand aus einem mit heißem Wasser durchfluteten Lamellenrohr in Kombination mit der Möglichkeit, ein Schiebefenster öffnen zu können. Während sich der Zug mit Gerumpel und Gequietsche in Bewegung setzte, zog ich erneut meinen Schmierzettel und einen Stift aus der Tasche.

„Friedrich wollte in Amerika ein neues Leben beginnen. Er hatte den Eindruck, das Land würde auf ihn warten und er könnte, wie

Millionen von Menschen während der letzten fünfhundert Jahre, einfach übersetzen und in den USA mit kleinen Schritten auf große Erfolge zusteuern, ohne selbst nur den kleinsten Plan von seiner Zukunft zu haben. Stattdessen blieb er bereits im Hafen von New York hängen, lungerte dort tagelang herum, schlug sich dann bis zum Central Park durch, der ihn aber minder ernährte. Er kehrte in den Hafen zurück, denn dort wurden zumindest Dinge umgeschlagen, von denen er essen konnte, bis man ihn aufgabelte und mittellos wieder nach Europa abschob. Diese Episode seines Lebens hat er in seinen Erzählungen immer geschönt. Selbst seine Freunde wissen bis heute nichts von der Mutlosigkeit und dem Misserfolg dieser Reise und glauben immer noch an einen Ertrag dieser Mission."

Was sollte ich nur mit dieser Notiz anfangen? Klang wie ein billiger Abklatsch von Kafkas „Amerika". Ich knüllte das Papier und nutzte ein offenes Fenster, um es loszuwerden.

Ich gehe entlang des Schildes, das ebenso lang ist wie an anderen Bahnhöfen und das dennoch bloß die wenigen Buchstaben der Stadt Lyon trägt. Es stellt sich ebenso wenig die Frage, ob ich hierhin gehöre wie nach dem Sinn, von zu Hause weggegangen zu sein. Ich lebe von der Willenskraft meines Entschlusses, der mich hierher geführt hat. Endlich macht das „Weiter-weiter" wieder Sinn, einzig irritiert mich, bereits jetzt angekommen zu sein, auch wenn Lyon nicht das Ziel, sondern nur einen Zwischenaufenthalt meiner Reise bedeuten soll. Habe ich mich denn wirklich weit genug von meiner Heimat weg bewegt?

Die Fahrt in die Stadt hinein hatte etwas Großartiges, in meiner Erwartung für mich Erbauendes, obwohl die Peripherie sich nicht nur hässlich gestaltet hat, sondern mit seinen zahlreichen Straßen und Schienenwegen, die sich mit Brücken überkreuzen oder zu- und abgeleitet werden, sämtlich eingefasst mit Banketten und Balustraden aus Beton, ausgesprochen trist dahergekommen ist. Mit ähnlichem Aufwand wie früher im großen Stil Kathedralen in den Zentren erbaut wurden, gießt man seit Jahrzehnten weit verzweigte Verkehrswegnetze in großen Radien um die Randbezirke.

Mich interessierte weder die schmuddelige Zweckmäßigkeit noch die wenig anheimelnde Ausdruckskraft der Umgebung, für mich war vielmehr maßgeblich, dass ich mich konkreten Lebensumständen gegenüber glaubte.

Der Fluss, der noch wenige Kilometer zuvor mit klarem Bergwasser gespeist worden war, glich zunehmend einem Auffangbecken für Abwässer. Langsam arbeitete sich die Bahn entlang des Flusslaufes voran und hielt an zahlreichen winzigen Bahnhöfen, wo die Menschen aus den teils modernen, teils veralteten Wohngebieten abgeholt und in die sie später wohl wieder zurückgebracht werden würden. Während der letzten Minuten vor Erreichen des Hauptbahnhofes füllte sich der Waggon bis auf den letzten Sitz. Eine junge Frau nahm den einzig verbliebenen Platz neben mir ein. Nicht auffallend hübsch, aber mit besonderer Ausstrahlung lächelte sie mich kurz verlegen an, bevor sie sich hinsetzte. Als sie merkte, wie ihre aus einer Art ehemaligem Postsack gefertigte Umhängetasche gegen meine Hüfte drückte, zog sie sie rücksichtsvoll auf ihren Schoß. Ein alter Mann, dessen Haut von einem arbeitsreichen Leben gezeichnet war, blieb dagegen im Gang stehen und hielt sich an einem der Griffe fest, die in die Ecken der Rückenlehnen eingearbeitet waren. Gleich mehrere Personen boten ihm ihren Sitzplatz an, die er sämtlich ablehnte. War er zu stolz, sich seinem Alter zu beugen, hatte er Angst, nicht mehr aus den Sitzen hochzukommen? Eine andere Mutmaßung erschien mir die beste: Er war sein Leben lang im Stehen in die Stadt gefahren und sah nicht ein, warum dies jemals anders werden sollte. Stolz ist ein respektables Adjektiv.

Nein, es kann nicht sein, dass ich schon in Lyon bin, es darf nicht sein.

Es gibt keinen Grund, irgendeinen Moment auf meinen Weg hierhin auszublenden. Weder meine Heimat noch Lyon könnten Realität sein, wenn es nicht diese Zwischenzeit gegeben hätte. Die Fahrt hierher war nicht nur Übergang, es war meine reale Zeit, die für mich vielleicht einmal mehr Bedeutung erlangen wird, als ich jetzt erahnen kann. Ich will keinen Augenblick vergessen, ich will nicht schon selektieren, bevor ich überhaupt begriffen habe. Wie sollte ich das Kommende richtig einschätzen, wenn die Wahrnehmung für die Gegenwart verblasst? Was war gewesen, bevor ich in den Bus mit den Schulkindern gestiegen bin?

Seit Tagen hatte ich das erste Mal durchgeschlafen. Das mag der anstrengenden Reise vom Vortag zuschulden gewesen sein, vor allem aber dem Ortswechsel, der mehr war als nur ein Wechsel von Ort zu Ort. Es steckte so viel Symbolkraft in der Überschreitung der Staatengrenze. Diesem Land, das ich in seiner Selbstverliebtheit immer kritisch angesehen habe, unter anderem weil es bis heute weder eine offizielle Entschuldigung für seine Gräueltaten an den Algeriern hervorgebracht noch von den Atombombenversuchen am Mururoa-Atoll gelassen hat, brachte ich auf einmal eine unbegreifliche Zuversicht entgegen. Hier wollte ich mich nach den Monaten der Unruhe in meiner Heimat einfach fallenlassen.

Substanzielle Entbehrungen verklären die eigene Sichtweise, seien sie noch so sehr aus innerer Überzeugung entstanden, das sollte mir zu denken geben.

Das Zimmer hatte eine nostalgische Gemütlichkeit, mit Blümchentapete, einer glänzenden altrosafarbenen Tagesdecke über dem Bett, einer Schirmlampe auf dem Nachttisch und Außenrollläden aus Holz, die das einglasige Sprossenfenster gegen ein wie immer geartetes Durchdringen abschirmen konnten. Ich ließ sie aber nicht herunter, sonst wäre ich mir wie in einem undurchdringbaren Kokon vorgekommen, und dennoch, ich wusste nicht, als welches Wesen ich am nächsten Tag aus diesem Zimmer kriechen würde.

Die Dusche hätte durchaus einen stärkeren Strahl haben können, das Gefissel reichte gerade mal aus, um die Haut meines Oberkörpers zu benetzen, während an die Beine nur noch heißer Nebel gelangte. Zum Glück gehörte ein Handtuch zur Hotelausstattung, denn beim Packen meiner Reisetasche in minimaler Ausführung hatte ich vergessen, eines mitzunehmen.

Die mit großen Lettern geprägte verblasste Inschrift „Hotel“ hatte mich hierher gelockt, das deutlichere rote Schild mit der weißen Aufschrift „Chambre“, das sich direkt an der zweiflügeligen Eingangstür befand, war mir erst danach aufgefallen. Das Haus war nicht in dem Zustand, der auf einen zufällig Vorbeikommenden einladend wirkte – außer mir, der ich mich mit der schlichtesten Herberge zufrieden geben wollte, solange keine roten Laternen in den Fenstern auf eine andere Nutzung hindeuteten. Das Foyer war schmal, eine Treppe führte nach oben, und auf beiden Seiten befand sich jeweils eine Tür, von der die linke offenstand und den Blick in einen gutbesuchten Schankraum freigab.

Einer der Gäste hatte mein Kommen bemerkt und machte den Wirt mit einer schnippenden Fingerbewegung auf mich aufmerksam. Mit einem Tablett voller Biergläser erschien er in der Türöffnung und vertröstete mich für einen Moment, erst nachdem er volle gegen leere Gläser getauscht und sie an die Schanktheke zurückgebracht hatte, kam er zu mir herüber, stellte sich hinter die kleine Rezeption, schlug ein Buch auf und reichte es mir.

„Avec douche?“

Eine nette Begrüßung! „Guten Tag mein Herr, hatten Sie eine gute Reise, möchten Sie heute Abend noch ein Mahl einnehmen“, das wäre mir zu aufgesetzt gewesen. „Avec douche?“ reicht dagegen völlig aus. Ich trug meinen Namen und Adresse in die Spalten ein und überlegte, ob es nicht an der Zeit wäre, unter einem Pseudonym aufzutreten.

„Oui, avec douche, et toilette s’il vous plaît.“

„Bien sur! Pour une nuit?“

„Oui.“

„Première étage, chambre cinq.“

Der Geruch im Kneipenraum am nächsten Morgen kam mir bekannt vor; es war derselbe Muff nach kaltem Bier und abgestandener Luft wie ihn die Kellerräume nach unseren Jugendfeten ausgesandt hatten. Im Sonnenlicht, das partiell durch die kleinen Fensterscheiben strahlte, reflektierte ein mikroskopisch feiner Staub. Hier mein Frühstück einzunehmen, deutete einen Kulturwechsel an. Mit einer großen Tasse Kaffee, einem gesonderten Kännchen Milch, einigen von einem Baguette abgeschnittenen Brotscheiben, Croissant, Butter und roter Marmelade war es klischeehaft französisch. Meine Reisetasche stand bereits an meiner Seite. Ich wollte nichts in dem Zimmer zurücklassen.

Dann kam ein älteres Paar in den Wirtsraum und nahm an einem der Nebentische Platz. Monsieur deutete auf die Zeitung, die er in der Hand hielt, und berichtete mir über das für heute gemeldete schöne Wetter. Freundlich antwortete ich ihm, dass das ja eine ideale Voraussetzung für ausgiebige Wanderungen sei und dachte an die höchst unterschiedlichen Beweggründe, die uns jeweils veranlassen würden, anschließend nach draußen zu gehen.

Dem Mann fielen weder Ironie noch Selbstzweifel an meiner Aussage auf.

„Ah oui, vous avez raison.“

4.

Lyon soll nur ein Punkt auf meiner Reise sein, ein vorläufiger Aufenthalt und doch mehr – also ein Doppelpunkt. Ein orthographischer Doppelpunkt bedeutet: Ab hier geht es weiter, wobei das „Hier“ den gleichen Stellenwert hat wie das „Weiter“.

Dieser Mantel, den die Stadt gleich um mich werfen wird, kommt für mein Befinden viel zu früh. Deshalb verlasse ich nur zögerlich den Bahnhof. Die Reise hätte länger dauern müssen, ich wollte viel mehr Eindrücke aufsammeln, die mich von meiner Heimat nachhaltiger trennen, ehe ich woanders ankomme. Ich darf gar nicht daran denken, wie schnell mich ein Flugzeug zurück bringen könnte. Ich brauche diese Distanz, die sich in mehr als nur Kilometern ausdrückt.

5.

Das ist kein einladender Platz, der sich vor der Bahnhofsanlage breit macht. Parallel zur viel befahrenen Straße, bleibt Raum für das Übliche, für die Versatzstücke, die ich aus vielen europäischen Städten kenne: Parkstreifen, Bushaltestellen, die Zufahrt zu einem Taxistand, Plakate hinter dem Plexiglas freistehender Werbetafeln, Fahrradständer mit angeschlossenen Leihfahrrädern identischer Bauart und den zu Glas, Stahl und Stein manifestierten Versuch der Architekten, Moderne in dieses Viertel zu importieren, einen Stil, den man vorläufig, für den Zeitraum einer Generation, als gelungen bezeichnen kann. Erst unsere Enkelgeneration wird die urbane Entwicklung einordnen, wird urteilen, ob hier Zeitstil geschaffen wurde oder die Zweckbauten dringend einer neuen Geschmacksentfaltung weichen müssen.

Ich stelle meine Tasche ab, stecke meine Hände in die Jackentasche und sehe nach rechts und links. Ein junger Schwarzhäutiger steht wenige Meter entfernt und sieht zu mir herüber. Als er bemerkt, dass auch ich ihn erblickt habe, kommt er langsam auf mich zu. Ich greife nach meiner Tasche und schaue in eine andere Richtung, will die Straße überqueren, doch der Verkehrsfluss hindert mich daran. Als ich den Schwarzen ganz in meiner Nähe spüre, versuche ich, mein Handeln so beiläufig es nur geht erscheinen zu lassen, doch ich weiß, dass ich den Versuch, diesen Kontakt zu meiden, längst verloren habe. Der junge Mann spricht mich an, will wissen, ob er durch die Passage hinter uns auf die andere Seite der Bahnhofsanlage gelangen kann. Ich habe keine Ahnung, halte es aber für wahrscheinlich und bejahe seine Frage. Er will nichts weiter von mir wissen, etwa ob ich Geld oder Zigaretten für ihn habe oder Drogen zu kaufen erachte, sondern wendet sich ab und verschwindet in diesen erfragten Zwischenraum.

Was war das jetzt? Dieser Mensch hat nicht den Eindruck gemacht, als sei er nicht von hier. Er hatte kein Gepäck, muss da schon gestanden haben, als ich aus dem Bahnhofsgebäude gekommen bin, und hat auch keinen suchenden Eindruck auf mich gemacht. Dagegen wird man mir meinen Status als Fremdling sofort angesehen haben, und dennoch hat er aus meiner Situation keinen Vorteil ziehen wollen. Stattdessen hat er sich mir unterlegen gebärdet, indem er unsere offensichtlichen Rollen vertauscht hat. Hat er das für mich oder für sich getan?

Vis à vis zu dem grau patinierten Gebäude zieht es mich in eine Seitenstraße, dessen Häuserschlucht kein Sonnenlicht einlässt. Nach einigen hundert Metern Fortkommen verliert sich Stück für Stück die Moderne. Die Utopie dieses Wohnviertels basiert auf einem Begriff: Reißbrettplanung. Eindeutig ging es den Stadtplanern darum, an dieser Stelle Wohnraum zu schaffen. Bauvorschriften haben den Architekten allenfalls Spielraum für Details ermöglicht. Den Zufall haben sie ausgelassen, alles scheint durchdacht.

Als die Straße, der ich folge, in einer Querstraße endet, schlage ich den Weg nach rechts ein, biege aber gleich bei der nächsten Gelegenheit wieder nach links, weil ich erkenne, dass ich nach dort aus den Schatten treten kann und mir vielleicht eine größere Übersicht über die Gegend gelingt, in der ich gelandet bin.

Hinter der Achse einer vielbefahrenen Straße, die mit ein paar Bäumen gesäumt ist, strotzt der breite Fluss gemächlich dahin. Es scheint mir, als könne man in der Stadt gut leben, auch wenn sie sich mit dem, was ich bis jetzt gesehen habe, gegenüber fremden Ankömmlingen verschließt. Eine breite Brücke, die ich mit Auto- und Radfahrern teilen muss, lädt mich auf die andere Flussseite ein, dessen Viertel sich nicht wesentlich von dem gegenüberliegenden unterscheidet. Dass Flüsse mitten durch eine Stadt fließen, ist nichts Ungewöhnliches, doch in den meisten Fällen haben sich Städte zunächst nur an einer Uferseite gebildet, und erst in einer anderen Epoche bebaute man im Zuge der Fähigkeit zur Errichtung größerer Brücken auch die entgegengesetzte Seite. Doch hier scheint es, als haben sich die Menschen zur gleichen Zeit an beiden Uferseiten niedergelassen. Erneut führt mich mein Weg in eine Häuserschlucht, und nach nur wenigen hundert Metern stehe ich ein zweites Mal vor dem Fluss. Kann das sein? Ich bin ein wenig perplex. Wie kann sich ein solch breiter, gleichmäßig kraftvoll fließender Strom in einem solch kleinen Radius wenden, um nahezu parallel noch einmal die Stadt zu teilen?

Die Brücke, die mich diesmal zu der anderen Uferseite führt, ist nur Fußgängern vorbehalten. Bei dem vorigen Überweg löste jedes Fahrzeug eine enorme Erschütterung aus, die durch meinen ganzen Körper vibrierte. Die schmale, geschwungene Fußbrücke hat dagegen eine autarke Schwingung. Als ich mich in Höhe der Flussmitte befinde, bleibe ich stehen und blicke über die Brüstung in das Wasser. Schon nach kurzer Zeit entsteht wieder diese merkwürdige Sinnestäuschung, als ob das Wasser der Ruhepol und es die Umgebung wäre, die vorbeizieht.

In meiner Heimatstadt habe ich stets einen solchen Fluss vermisst. Sie war mit seinen Seen, Flüssen und verbindenden Kanälen ja nicht frei von Gewässern, doch an keiner Stelle konnte man einen echten Eindruck vom tatsächlichen Fließen des Wassers gewinnen. Selbst kleinste, durch die Winde verursachte Verwerfungen der Oberflächen waren enormer als die Eigendynamik der Fließbewegung selbst. Die einzigen Fluten, die ständig in Bewegung waren, befanden sich unter unseren Füßen, tief unten in den Abwasserkanälen, eine stinkend modrige, mit Chemikalien durchsetzte Brühe. Eine grausige Vorstellung für jemanden, der gurgelnde Bäche mit klarem Wasser liebt.

Langsam blicke ich zum Ufer auf, bis sich das Trugbild verliert und das Wasser wieder in Fluss gerät. Die schwingende Brücke behält zwischen den beiden Polen ihr Eigenleben, in dem mir alles recht labil vorkommt.

Moment, jetzt bin ich irritiert. Das kann nicht derselbe Fluss wie vorhin sein. Ich bin ein Narr, erst jetzt fällt mir auf, dass er in die gleiche Richtung wie eben fließt, das heißt, nicht wie eben, denn es muss ein ganz eigenständiger Arm sein, ein Abzweig, der vor der Stadt ein zweites Fließbett gefunden, das den Hauptstrom gespalten hat, um sich später wieder zu vereinigen, ähnlich wie es die Seine an der Île de France macht. Bäche fließen ineinander, vereinen sich zu immer kräftigeren Flüssen, zu Strömen, nicht häufig teilen sie sich, und wenn, dann fließen sie kurz darauf wieder zusammen, allenfalls zerstreuen sie sich kurz vor ihrem Ziel in eine Deltamündung. Es wird nur wenige Flüsse auf dieser Erde geben, die sich in ihrem Verlauf endgültig teilen. In diesem Prinzip ist der Mensch geübter. Jetzt stehe ich hier, alleine auf dieser Brücke, und weiß nicht, wohin sie mich führen wird.

Was ist, wenn ich ganz falsch liege, und es handelt sich nicht um einen Abzweig, sondern um einen zweiten Fluss, der sich durch die Stadt wälzt. Eine Stadt, zwei Flüsse, das wäre nicht ungewöhnlich. Sie so nah, parallel zueinander, zum Verwechseln ähnlich fließen zu sehen, nehme ich als etwas Besonderes.

Ein geteilter Strom oder zwei parallele Flüsse, die Frage wird sich mir später wohl von selbst beantworten, doch noch stehe ich am Anfang einer Neuentdeckung, der ich nicht gleich mit schnellen Einschätzungen begegnen darf.

Ein Jogger läuft auf mich zu und erschüttert die Brücke stärker, als es die Autos vorher auf der anderen Überführung vermochten. Wenn alles andere ausharrt, dann können sich die Schwingungen eines Einzelnen besonders heftig auswirken. Es wundert nicht, dass mir dies gerade jetzt noch einmal bewusst wird. Ich bin eine Erbse, die auf einem Tisch liegengelassen wurde, der in einem Haus steht, das aus einem Boden wächst, unter dem sich momentan die Erdplatten verschieben. Das Beben löst bei jedem einzelnen Element eine ganz individuelle Schwingung aus, die in ihrer Intensität von dem Eigengewicht, der Masse und der Verankerung abhängig ist, nur ich kugele scheinbar autonom und ohne Ordnung hin und her über die Tischplatte. Die Welt ist erschüttert, und ich bin frei, doch was ist das für eine Freiheit, die so unbehaglich daherkommt.

6.

Die Concierge führt mich zu einem Appartement, das sich unmittelbar unter dem Dach befindet. Bis zur fünften Etage gibt es einen Aufzug. Zu der Wohnung, die ich anmieten kann, muss man noch eine Treppe hochsteigen. Die Außenwand des größeren Raumes, in den eine kleine Kochnische integriert ist, besteht aus einem etwa einen Meter hohen Sockel, dann beginnt sofort die steile Dachschräge. Viele Fenster erhellen den möblierten Raum, dessen Aufteilung recht merkwürdig ist: Zwischen den zwei verschieden großen Dachflächenfenstern befindet sich eine winzige Dachgaube, mit einem Fensterchen, das zum Hinauslehnen nicht geeignet ist, weil gerade mal ein Kopf durchpassen würde. In den Sockel sind in regelmäßigen Abständen querliegende Fenster in Fußhöhe eingelassen, durch die, wenn man im richtigen Winkel dazu steht, der Fluss zu sehen ist. Der nach hinten liegende kleine Raum hat nur ein Fenster und eine etwas flachere Dachschräge, dadurch naturgemäß einen etwas höheren Sockel, vor dem ein schlichtes Bett steht. Unter der Deckenspitze verlaufen mehrere Querbalken, auf die ich Dinge lagern darf, so sie nicht allzu schwer sind. Wenn ich mehr Stauraum brauche, könne ich einen zusätzlichen kleinen Lagerraum anmieten. Mit Hinweis auf meine Tasche deute ich an, dass dies nicht nötig sei. Madame zeigt auf ein rundes, in Jugendstil verziertes Lüftungsgitter, durch das nach ihren Angaben Warmluft in den Raum fließt, sobald man die entsprechenden Klappen kippt. Dies würde zum Temperieren ausreichen, solange man sich im Raum bewegt. Eine ähnliche Öffnung gibt es auch in dem kleinen Zimmer, allerdings als schlichtes rechteckiges Messinggitter, das mit einem seitlichen Schieber zu bedienen ist. Sollte ich mich länger in der Wohnung aufhalten wollen und mich wenig bewegen, gibt es zusätzlich die Möglichkeit, einen kleinen Kanonenofen zu stochern, für den ich mein Holz allerdings selbst organisieren müsse.

Ich willige ein, die Wohnung zu mieten, und frage die Concierge nach der Möglichkeit, an Bettzeug zu gelangen.

Kein Problem, wenn ich kein eigenes kaufen wolle, könne ich es auch bei ihr leihen. Das könne sie gemeinsam mit dem Waschen und Bügeln meiner Wäsche abrechnen, Handtücher würde sie mir dazu kostenlos zur Verfügung stellen. Nach diesem Angebot gibt es keine offenen Wünsche mehr, ich bezahle sofort meine erste Mietkaution, die ich aus meiner Jackentasche ziehe, und werde gebeten, noch einen Tag ohne Bettzeug zu überbrücken, dann könne ich an ihre Wohnungstür kommen, um mein Plumeau entgegenzunehmen.

Hier bin ich, ich bin hier, ist mein erster Gedanke, endlich irgendwo angekommen, an einem vorläufigen Standort, der mir ein wenig Halt bieten kann. Ich öffne die Lüftungsklappe und halte die Hände davor, spüre aber kaum einen Luftzug, geschweige denn einen ausströmenden warmen Wind. Die beiden Schlüssel, die mir ausgehändigt worden sind, befestige ich an meinen alten Schlüsselbund, lege ihn auf den Tisch und denke, wie bescheuert es doch ist, die Vergangenheit und die Gegenwart in dieser Form an einem Ring zu vereinigen.

Gleich um die Ecke entdecke ich ein Café, das von einem Araber geführt wird. Das Interieur ist mit einfachen, sichtbar billigen Accessoires dekoriert, die Zeugnisse der Herkunft des Inhabers sind, zumindest was die grobe Himmelsrichtung betrifft. Ich werde mir die Menschen ansehen müssen, um das Viertel, in dem ich gelandet bin, zu klassifizieren. Wir sind immer für eine klassenlose Gesellschaft eingetreten, aber es ist nicht zu leugnen, dass sich Menschen in Städten zwangsläufig in Gefüge gruppieren, die ihrer Herkunft, ihrem Bildungsstand und ihren Finanzmitteln entsprechen. Mir könnte das hier alles egal sein, ich will mich nicht lange aufhalten und brauche mich mit niemandem zu identifizieren, was also drängt mich dazu, begreifen zu wollen, wie sich die Stadt gliedert? Ist es meine Einsamkeit, in der ich instinktiv nach Zugehörigkeiten suche?

Als ich über die Fußgängerbrücke auf die andere Uferseite gehen will, spricht mich ein junger Mann an, der an der Promenade herumlungert und von mir Geld haben möchte. Ich wiegle ab, behaupte, Tourist zu sein, doch das scheint ihn erst recht zu animieren, nicht von mir abzulassen. Er folgt mir bis zur Mitte der Brücke, doch ich bleibe stur, erst dann lässt er mich in Ruhe, so als würde über der Flussmitte sein Revier enden. Gleich auf der anderen Seite laufe ich unmittelbar auf eine zweite Wegelagerin zu, die allerdings stumm, auf einer Stelle verharrend, Vorbeikommende zu einer Spende auffordert. Meine Idee, einzig die Einheimischen seien für das Wohlergehen der Armen zuständig, ist mir selbst befremdlich. Ich habe genug Rücklagen, um vielleicht alle Mittellosen der Stadt für einen Tag zu versorgen, ohne mich dabei in Armut zu stürzen, wahrscheinlich würde es auf meinem Konto nicht einmal auffallen; daran liegt es nicht, warum ich hier so geizig auftrete. Ich glaube vielmehr, dass ich mich zunächst mit einer Schutzhülle umgeben muss, ehe ich auf die Bühne treten kann, auf der ich gefestigt nach meiner Überzeugung agieren werde.

Die Bibliothek befindet sich auf der Insel zwischen den beiden Flussläufen in einem alten, roten Sandsteingebäude. Ein großes, romanisches Portal, eingefasst mit einem breitem Relief, das griechischen Säulen nachgeahmt ist, über dem ein reichlich verzierter Bogen steht, bildet den Eingang. Den größeren Teil des Gebäudes nimmt eine Grafiksammlung ein, die laut Plakatanschlag Lithographien zahlreicher bekannter Künstler der letzten Jahrhunderte beherbergt.

Um zur Bücherleihe zu gelangen, muss ich mich in dem großen Gebäude, das offensichtlich in seinen Ursprüngen zu anderen Zwecken errichtet wurde, zunächst zurechtfinden. Mehr aus Zufall entdecke ich die Bibliothek auf der ersten Etage.

Es ist nicht leicht, die Struktur der Sachgebiete zu durchschauen, zumal Französisch nicht meine Muttersprache ist, doch bevor sich mir eine der Bibliothekarinnen aufdrängt, verschwinde ich zwischen den hinteren Reihen. Keine Ahnung, wonach ich eigentlich suche, wie sollte ich mich da erklären können.

Zufällig stoße ich auf Albert Camus, von dem zahlreiche Bücher einiges an Regalfläche einnehmen. Warum nicht, ich wollte mich immer schon mal intensiv mit seinen Werken beschäftigen, bisher habe ich nicht die Gelegenheit gefunden und habe somit ein viel zu oberflächiges Wissen, um einschätzen zu können, ob ich die Begeisterung, mit der die Welt auf sein Werk schaut, auch teile. Ob ich seine Schriften jedoch in französischer Sprache begreifen werde, bleibt dahingestellt. Mehr als einige Zitate kenne ich tatsächlich nicht von ihm.

Mit den „Literarischen Essays" unter dem Arm, setze ich mich an einen der Tische, die jede Fachabteilung dem Leser zur Verfügung stellt, und tauche in die fremde Sprache ein, nicht wissend, ob ich das Gelesene, selbst wenn ich die Worte verstehe, auch begreifen werde.

Es bleibt mir nicht viel Gelegenheit, als eine Bibliothekarin aufruft, bald zu einem Ende zu kommen, weil die Räume in fünfzehn Minuten geschlossen werden. Als ich, wohl mit fragendem Blick, aufschaue, ruft sie noch hinterher, dass man selbstverständlich auch bis zu drei Bücher mit nach Hause nehmen kann. Irgendwie kommt mir die junge Frau bekannt vor, was kaum sein kann, denn ich bin noch nicht einen Tag in der Stadt und habe bisher mit nur wenigen Menschen, der Vermieterin, der arabischen Cafétiere und den beiden Bettlern, annähernd Kontakt gehabt. Hat wahrscheinlich keine Bedeutung. Manchmal überschneiden sich Bilder. Ähnlichkeiten fügen sich mit Wunschgedanken zu einer Einheit zusammen, die vertraut vorkommt, es lohnt also nicht, nach der Herkunft des Gesichtes zu grübeln.

Dem Angebot entsprechend eile ich an das Regal zurück und ziehe beinahe gezielt die gebundene Ausgabe des Romans „L'Étranger" heraus. Viele Literaten haben über Fremde in einer anderen Welt geschrieben, so dass man fast schon von einem klassischen Genre sprechen kann. Dass ich ausgerechnet in dieser Stadt auf Camus und seinen „Fremden“ stoße, mag allenfalls Schicksal sein, bestimmt ist es kein großartiger Zufall.

Warum nur ein Buch, warum nur ein Camus, warum sollte ich die Offerte der Bibliothekarin nicht ausreizen und mir gleich drei Bücher mitnehmen? „Le Mythe de Sisyphe“, klingt spannend, aber kompliziert. Hey, was ist das? „Der Mythos des Sisyphos“, die deutschsprachige Ausgabe steht direkt daneben, und weiter „Briefe an einen deutschen Freund“. Was findet hier statt? Wer lenkt die Situation? Welche Mächte lauern mir auf?

Mit drei Taschenbüchern gehe ich an den Schalter.

Ich bin es selbst, der mich täuscht, ich handle selektiv und wundere mich anschließend darüber, dass ich immer wieder auf Konstellationen stoße, die mich betreffen. Das einem Schicksal oder gar einer göttlichen Lenkung zuzuschreiben, wäre zu einfach.

Die Bibliothekarin fragt, ob ich bereits einen Ausleihpass besitze, ich verneine und blicke sie fragend an, was jetzt zu tun sei. „Pas de problème“, die Vorlage meines Ausweises genüge, oder eines anderen Dokumentes, von dem meine Identität abzulesen sei. Ich krame meinen Führerschein hervor, von dem ein noch sehr jugendliches Bild von mir prangert, in dem nur das geübte Auge bestimmte Merkmale von mir wieder erkennen könnte. Sie reagiert mit einem charmanten Lächeln, tippt meinen Namen in die Tastatur und spricht mit typisch französischem Akzent: „Ah, Sie sind also Deutscher! Ich spreche ein wenig deutsch, entschuldigen Sie bitte meine Aussprache.“

„Das ist kein Problem, Sie sprechen sehr gut deutsch.“

„Es geht ... ein bisschen besser. Aber ich brauche Übung.“

„Ich wünschte, ich würde Ihre Sprache so gut beherrschen“, schmeichle ich.

Sie scannt die Bücher anhand der Codierung in ihren Computer ein und sagt, man habe mehr Bücher in deutscher Sprache, ich könne ruhig noch mal nachsehen, sie würde so lange warten.

„Nein, nein, vielen Dank, ich möchte neben dem Studium der Schriften auch ein wenig meine Sprachkenntnisse aufbessern.“ Plötzlich fällt mir ein, woher ich das Gesicht kenne. Sie ist die Frau, die in der Bahn neben mir gesessen hat, als ich hier ankam.

„J'ai besoin de votre adresse ... ich brauche noch Ihre Adresse, wo Sie wohnen!"

Ich krame einen Zettel hervor, die mir Madame vor Verlassen des Hauses als Quittung für meine Miete in die Hand gedrückt hat, zeige ihn vor, und in Sekundenschnelle hat die Bibliothekarin die erbetenen Daten eingetippt.

„Nach zehn Tage können Sie verlängern."

„D'accord. Merci."

Als ich einen kleinen arabischen Supermarkt betrete, starrt der Verkäufer, der aufgrund der geringen Frequentierung seines Ladens untätig hinter der Kasse steht, auf die Bücher, die ich unter dem Arm trage. Als er sieht, dass seine Neugierde nicht unentdeckt bleibt, nickt er mir kurz zu, so als würde ich ihm vertraut erscheinen. Am Gemüseregal fülle ich meinen Einkaufskorb mit Obst, Tomaten und einer Gurke und lasse mir Pinienkerne, schwarze Oliven und Schafskäse in kleine Plastikschalen abfüllen. Ich will gerade weitergehen, da ruft der Händler mit Fingerzeig auf die Bücher, Camus sei einer von ihnen, hinterher. Ich bezweifle seine Annahme, denn, obwohl Camus in Algerien geboren ist, war er dennoch französischstämmig und stets ein Wanderer zwischen den beiden Welten seiner Kindheit einerseits und seiner kulturellen Wurzeln andererseits. Auf den Händler, dem die arabische Herkunft eindeutig an seinem Habitus abzulesen ist, mag das umgekehrte Verhältnis zutreffen. Erfolgreiche Menschen werden gerne vereinnahmt. Einem Gemüsehändler darf man das auch zubilligen.

An der Kasse greife ich noch zum Fladenbrot und verlasse schließlich mit zwei Plastiktüten das Geschäft, über die Brücke hinweg, die Treppen hinauf in mein neues Heim.

Behaglich ist es nicht. Ich fühle erneut an dem Lüftungsschacht und spüre tatsächlich einen leicht warmen Lufthauch. Es wird Tage dauern, ehe er im Kampf gegen die von außen dringende Kühle die

Wände erwärmen kann, ein Kampf, der wahrscheinlich verloren geht, wenn ich ihn nicht mit der Befeuerung des Ofens unterstütze.

Bei Pfefferminztee schlage ich mein Buch auf. Was hat die Bibliothekarin gesagt? „Bücher mit nach Hause nehmen." Im Französischen unterscheidet man den Ausdruck nicht: „... à la maison" könnte genauso gut bedeuten, das Buch einfach nur ins Haus zu nehmen. Das Haus, in dem ich ab jetzt wohne, kann doch nie ein Zuhause werden.

Todmüde hülle ich mich in meine Jacke und benutze auf dem kahlen Bett einen dünnen Pullover als Kopfkissen. Man sagt den ersten Träumen in einer neuen Wohnung eine besondere Bedeutung nach. Ich glaube allenfalls an den zweiten Traum, denn Anfänge sind viel zu sehr von Aufgeregtheiten geprägt. Ein echtes Neuerleben bringt ja auch nicht der erste Tag der Entdeckungen, sondern der nächste Tag, an dem man beginnt, zu reflektieren.

7.

Meine Güte, ist das kalt.

Wie lange mag ich geschlafen haben? Es fehlt mir das Zeitgefühl. Oder schlichtweg die Anhaltspunkte. Das wird oft verwechselt: Man glaubt, eine Ahnung für die verstrichene Zeit zu haben, dabei misst man alles unbewusst an bestimmten Merkmalen ab. So etwas gelingt aber nur in der vertrauten Umgebung, in der man für die Erscheinungen ein Gespür bekommt, die man unterbewusst wahrnimmt.

Das Zimmer ist mir fremd, niemand hat es für mich gebaut. Hätte ich mich gestern an einer der Wegegabelungen ein wenig mehr gewendet, wäre ich hier nie angekommen. Und doch vermittelt mir die Wohnung etwas Vertrauenswürdiges.

Sämtliche Spuren hinter mir sind verwischt, es gibt keine Pläne für meine unmittelbare Zukunft, die Stadt ist groß genug, um anonym leben zu können, und um mich auszuweisen, brauche ich nur meinen Führerschein mit dem Bild eines Jünglings.

Innerhalb weniger Minuten habe ich begriffen, wie die kleine Küche organisiert ist, ich weiß, in welcher der beiden Schubladen das Besteck liegt, dass unter der Spüle Schüsseln und ein Küchensieb gestapelt sind und man die Gläser in die Tassen hineinstellen muss, um mit dem Platz im Hängeschrank auszukommen. In einer Blechdose entdecke ich einen Rest Kaffeepulver, koche Wasser und gieße den Kaffee in Ermangelung von Filtern direkt in einer kleinen Kanne auf. Durch die Fußbodenfenster blicke ich auf den Fluss, ich nippe an der Tasse, der Kaffee ist stark wie Mokka, der Fluss ist ebenso schwarz. Wenn ich in meiner alten Wohnung aus dem Fenster geblickt habe, kam mir alles so lieblich und kalkuliert vor. Ich wusste genau, wie weit ich sehen konnte, wenn ich mich aus dem Fenster lehnte, und wusste, was sich hinter der nächsten Ecke abspielte. Hier blicke ich dagegen in eine unbestimmte Tiefe, nur wenige Merkmale kann ich definieren. Hoch über der Straßenebene sitze ich auf einem Beobachtungsposten und lasse ungefiltert Impulse auf mich einfließen.

Provisorien haben durchaus ihre Reize, doch ich bin ein instinktiver Nestbauer, wo immer ich lande. Heute werde ich mir Holz besorgen, um meine Bude einmal richtig einzuheizen, und freue mich auf das versprochene Bettzeug. Ich werde mich nach Lebensmittelläden umsehen, der Araber war keine schlechte Adresse, und sicherlich wird mir jemand sagen könne, wo ich einen anständigen regionalen Wein herbekomme. Albert Camus wird für die nächsten Tage der Genosse an meiner Seite sein.

Ich muss den Straßenverkehr missdeutet haben. Ich hätte in der Wohnung auf meine Uhr gucken können. In dem Glauben, der Tag würde jetzt in dieser Stadt beginnen, bin ich einfach nach draußen gegangen, und nun stehe ich hier, perplex in der noch tiefen Nacht. Eine Katze läuft durch den Rinnstein, der Fluss plätschert gegen die Mole, in weiter Entfernung höre ich das Jaulen einer Krankenwagensirene. Nacht am Fluss. Wäre es etwas wärmer, würde ich mich auf eine der Bänke setzen und meine Gedanken mit dem Strom treiben lassen. Stattdessen schlendere ich flussabwärts. Der Krankenwagen überquert die Brücke, die flackernden Blaulichter spiegeln sich im Wasser. Die Spiegelbilder treiben nicht fort, sie lassen sich nur ein bisschen hin und herschaukeln. Ich bin ein Spiegelbild. Über mir rauscht ein Flugzeug, ich blicke hinauf und sehe die blinkenden Lichter. Ein alter Ford Transit fährt an mir vorbei und bleibt einige hundert Meter weiter stehen. Ich beobachte den Mann, der aus dem Wagen steigt, ein weiterer, der aus dem Haus dazukommt. Gemeinsam laden sie Kisten aus dem Laderaum und schleppen sie in das Gebäude. Als ich näher komme, erkenne ich das frische Gemüse und Obst, das sich in den Kisten befindet, nur die letzte ist mit Brot gefüllt. Das könnte meine Gelegenheit sein. Als der Fahrer gerade wieder die Ladeklappen zuschlägt, frage ich ihn, ob ich jetzt schon etwas kaufen könne. Ohne mir verbal zu antworten, zeigt er auf die offene Ladentür, springt in den Wagen und will davonfahren, doch der Wagen springt nicht an. Er steigt wieder aus, der Ladner eilt herbei, und gemeinsam schieben sie das Auto an, der eine bei offener Tür, eine Hand an dem Lenkrad, der andere am Heck. Keiner verliert dabei ein Wort. Ich laufe hinter dem Wagen her, stemme mich im Laufschritt ebenfalls gegen die Hecktür. Der Fahrer nutzt die Gelegenheit, wieder in den Wagen zu springen, einen Gang einzulegen und unter einigem Geruckel den Wagen in Fahrt zu bringen. Der Händler sieht ihm noch einen Moment hinterher, schüttelt den Kopf und murmelt etwas vor sich hin, dann dreht er sich um, geht auf seinen Laden zu, wendet sich mir noch einmal zu und bedeutet mit winkender Kopfbewegung, dass ich ihm folgen soll. Für klare Worte ist es noch zu früh.

Mit Brot, Eiern, Milch, Speck, einem Camembert, Erdnussbutter und Apfelsirup in zwei Tüten verpackt, die ich in meinen schmierigen Händen halte, kehre ich in meine Wohnung zurück. Wenn der Fahrer des Transits kein Geld für einen neuen Anlasser oder Vergaser hat, dann sollte er wenigstens regelmäßig das Fahrzeugheck waschen. Während ich mein Frühstück bereite, setzt draußen von Minute zu Minute ein gewaltiger werdendes Dröhnen des Berufsverkehrs ein, vor dessen Geräuschen ich selbst in der Höhe meiner Etage nicht verschont bleibe. Verstärkt wird dieser Klangteppich durch Frachtschiffe, die dem bloßen Anschein nach nur dahin gleiten, doch die heftigen Motorengeräusche verraten, wie sehr sie sich flussaufwärts quälen. Durch meine besondere Perspektive kann ich bei den meisten Lastkähnen in die offenen Frachträume schauen. Man transportiert Sand, Kies, Kunststoffgranulate, Holz-Pellets und ungeheuer viel Metallschrott. Ein mit Glasgranulat gefülltes Boot liegt derart tief im Wasser, dass aus meiner Perspektive schon eine kleine Welle genügen dürfte, um das Deck zu überspülen. Ich sehe schon das Wasser in den Frachtraum fließen, das Boot immer tiefer sacken, bis es endgültig auf den Grund herab sinkt. Der Begriff „Wasserglas" erhielte eine ganz neue Bedeutung. Im Vergleich zu Elektronikprodukten, die als Elemente der Gegenwart und wohl auch Zukunft immer kleiner werden, wirken die hier vorüberziehenden Rohstoffmassen gigantisch, vor allem vor dem Bewusstsein, dass selbst die Elektronik nicht ohne diese Grundstoffe auskommt.

Irgendwo im Futter meines Sakkos liegt mein Datenstick, der möglicherweise Empirisches enthält, ein winziges bisschen Materie, auf dem sich mein halbes immaterielles Leben vereint. Doch ohne eine Laufmaschine wird dieses Dasein niemals sichtbar zum Vorschein kommen. Um wiederum solch ein Gerät herzustellen, braucht man neben einem kleinen Anteil Edelmetallen weniger als eine Handvoll Sand. Demzufolge könnte jeder Mathematiker über die potentiellen Dimensionen der Frachterladungen unendlich viele Rechnungen anstrengen – für den Philosophen steigen die Kapazitäten hingegen ins Unermessliche. „Eine gewagte These", würde man mir vorwerfen. „Nein", würde ich entgegnen, „keine These, nur eine Impression."

Ich lese Camus. In einem Vorwort spricht der Herausgeber über die „Flucht aus einer Niederlage in die alltägliche Pflicht". Meine Güte, ich habe tatsächlich eine absolute Niederlage erlitten, doch statt mich mit dem gewöhnlichen Alltag zu arrangieren, bin ich aus meiner Konstellation geflohen, habe nicht nur die Beziehungen zu meiner Umgebung und meinen Freunden hinter mir gelassen, sondern auch einen Teil der Beziehung zu mir selbst. Es wäre übertrieben zu sagen, ich könnte mich jetzt neu erfinden, denn das Substanzielle nähre ich immer noch aus denselben Quellen, die tief in mir sitzen.

Niemand reagiert auf mein Klingeln. Die Concierge ist vielleicht einkaufen gegangen. Ob jemand anderes in ihrem Haushalt lebt, weiß ich nicht. Ich werde es noch einmal versuchen, wenn ich zurückkomme.

Wo bekomme ich mitten in einer Stadt Holz her? Die Bäume an der Uferpromenade geben nicht viel her, selbst wenn der eine oder andere Ast herunterfällt, würde ihn der städtische Pflegetrupp sofort entsorgen. In den Parks wird es nicht anders sein, ich muss also ein verwildertes Stück Natur finden. Zunächst gehe ich in das arabische Café, bestelle mir schwarzen Tee und frage den Inhaber nach der Möglichkeit, Kohle zu kaufen.

Als er mir den Tee bringt, legt er einen Zettel auf den Tisch, auf dem eine Nummer geschrieben steht, und erklärt, ich müsse dort anrufen, dann würde ein Lastwagen kommen und mir die Kohlen in den Keller kippen.

Na schön. Was soll ich mit einem Keller voller Kohlen. Ich weiß nicht, ob mir überhaupt ein Kellerraum zur Verfügung steht, und falls ja, ob man den auch mit Kohle zuschütten darf, geschweige denn, ob eine Luke vorhanden ist, durch die man das Zeug kippen kann. Ich sehe mich schon heimlich alles arrangieren, die Kohlen bringen lassen, wenn Madame gerade ihren Einkäufen nachgeht, und nachts mit jeweils zwei vollgeladenen Schütten in der Hand mehrmals mit dem Aufzug nach oben fahren. Ich bedanke mich herzlich, nehme den Zettel an mich, bezahle meinen Tee und verlasse mit der konkreten Obliegenheit, Brennmaterial aufzutreiben, das Café.

Vor dem Nebeneingang eines Geschäftes häufen sich mehrere Kartons gefüllt mit Altpapier. Ein kurzer Gedanke, doch das wäre keine Option für mich. Ich müsste den ganzen Tag über geknülltes Papier in den Ofen werfen, um nur ein Minimum an Wärme herzustellen, legte ich hingegen aufgeschichtete Papierbriketts in die Anfangsglut, dann würde das Papier allenfalls mit einer enormen Rauchfahne wegglimmen, die dem Schlot einer Fabrik in nichts nachstünde.

In einer Poststation kaufe ich mir eine Kordel, mit der man gewöhnlich Pakete zusammenschnürt. Ich benötige sie, um das Reisig zu bündeln, das ich mühsam unter den Büschen in einem Park zusammengesucht habe. Fest verschnürt trage ich die Bündel davon und komme an einer Baustelle vorbei. Na klar, hier fallen immer Hölzer ab, die man beim Zurechtsägen von Betonschalungen beiseite wirft. Hier einfach einzudringen, traue ich mich nicht, zumal Bauarbeiter zugange sind. Also frage ich jemanden, der gerade einen Sack Gips auf seiner Schulter buckelt.

„Servez vous." Er deutet auf einige Abfälle aus Zementsäcken und Gipsbausteinen, zwischen denen einzelne Holzstücke hervorlugen. Ich ziehe ein paar Bretter aus dem Haufen hervor, die nass sind und an denen Zementreste kleben. Immerhin ein Anfang, denke ich nicht ganz unzufrieden mit meiner Ausbeute, jetzt brauche ich nur noch Papier, um die ersten Späne zu entzünden. Ich werde auf dem Rückweg die Kartonansammlung aufsuchen und mir das entsprechende Material herausziehen. Holzbündel in den Händen, das Papier unter den Achseln über das Trottoir schlurfend, komme ich mir wie ein Clochard vor, der sich von den Abfällen anderer nährt. Das, was ich tue, dient der Überlebensstrategie eines Schriftstellers, der sich treu bleibt.

Die Concierge ist immer noch nicht da. Sollte ich etwa noch eine weitere Nacht ohne Bettzeug schlafen müssen? Wenn ich die Bude heize, wird es nicht ganz so kalt sein, gemütlich wird das Einschlafen und Aufwachen dadurch jedoch nicht, zumal jeder Mensch mehrmals in der Nacht kleine Wachphasen hat, die meistens unbemerkt bleiben, zum Beispiel weil man unter einem kuscheligen Plumeau liegt. Ich hätte in ein Hotel gehen können oder in eine Pension mit Heizung und warmer Mahlzeit, ich wäre besser versorgt gewesen. Am Geld hätte es nicht gemangelt, einzig: In einer eigenen Wohnung fühle ich mich freier. Ich werde niemals die Enge vergessen, die ich seinerzeit in der Straßenbahn gespürt habe. Die damalige Angst, hinter jeder neben mir stehenden Person einen möglichen Verfolger zu sehen, kann mich immer wieder packen, deshalb gebe ich viel darauf, mich so anonym wie möglich zu bewegen.

Ich habe die Streichhölzer vergessen. Schon wieder nach unten zu laufen passt mir überhaupt nicht in den Kram. Dann mich lieber noch mal aufs kalte Bett legen und eine Runde pennen, immerhin bin ich schon seit Stunden auf den Beinen, doch ich erinnere mich an die Art, wie Herbert gewöhnlich seine Zigaretten anzündet. Mit einem mechanischen Anzünder, der nur kleine Funken versprüht, zünde ich die Flamme meines Gasherdes an und trage das Licht mit einer ineinander verdrehten Zeitungsseite zum Ofen. Das Papier ist schnell heruntergebrannt, keine Chance, auch nur die kleinsten Zweige anzuzünden. Auch ein erneuter Versuch scheitert trotz einer größeren Menge untergelegten Papiers, einzig verdampft ein wenig Feuchtigkeit aus dem Holz. Jetzt sind Pfadfinderqualitäten gefragt. Aus der Schublade ziehe ich das schärfste Messer hervor und schnitze einzelne Splitter von den Kanten des Bauholzes. Keine einfache Aufgabe, weil die Bretter mit unheimlich vielen Ästen durchsetzt sind. Erst als ich zweimal zwei Hände voller Späne hergestellt habe, schichte ich zunächst etwas Papier, dann die Holzstückchen und schließlich die dünnen Zweige übereinander. Der erste Schwall Rauch wird nicht durch den Kamin abgesaugt, sondern qualmt mir entgegen, doch mit den auflodernden Flammen finden die Abgase schließlich ihren vorgeschriebenen Weg. Nach und nach füttere ich den Ofen mit immer größeren Stücken. Die Abschnitte der Bauhölzer passen zwar in der Länge in den Ofen, nicht aber in ihrer Breite durch die Öffnung. Zum Glück gehört in jeden vernünftigen französischen Haushalt ein Knochenbeil. Ich hoffe, die Küchengötter werden mir die Zweckentfremdung des Hackmessers verzeihen, geschweige denn der Bewohner in der Wohnung unter mir, der die Schläge sicherlich nicht überhören wird.

Der Verbrennungsvorgang erzeugt viel Qualm, starkes Zischen und lautes Knistern und Knacken, doch langsam wird die Wärme spürbar. Wenngleich es Tage dauern wird, ehe sich der Geruch nach kaltem Rauch verzieht, bin ich stolz auf meinen Erfolg.

8.

Ich werde den Eindruck nicht los, meine ganze Geschichte wäre geradewegs auf Camus zugelaufen. Je mehr ich mich mit ihm beschäftige, umso mehr Parallelen erkenne ich zu meinem eigenen Leben. Selbst räumlich habe ich mich ihm angenähert, und das alles unbewusst und ohne jegliche Absicht. Wenngleich um ihn herum große Geschichte geschrieben wurde, während meine Bestimmung allenfalls kleine Geschichtchen schreibt, empfinde ich die Begegnung jetzt doch als schicksalhaft.

Aus den französischsprachigen Büchern habe ich einige Bruchstücke herausgearbeitet. Sie wie einen deutschsprachigen Text flüssig durchzulesen, ist mir nicht gelungen. Mittlerweile liegen in der Wohnung mindestens so viele Zettel herum wie in meinem alten Arbeitszimmer, teils Zitate, teils Gedanken, zu denen ich durch die Betrachtungen Camus und Reflexion dieser Stadt angeregt worden bin. Es wird Zeit, sie zu sortieren, sie in Beziehung zueinander zu stellen und neue Kontexte zu schaffen.

In nur wenigen Tagen habe ich mir bestimmte Gewohnheiten beigebracht, vor allem lebe ich nach geregelten Zeiten, in denen ich aufstehe, einkaufe, lese, Kaffee trinke. Eine Zeitung zu kaufen habe ich dagegen konsequent vermieden, denn ich merke, wie gut es tut, abgekapselt von tagespolitischen Informationen zu leben, was mich vor allem davor bewahrt, in meine alte Heimat zurückzuschauen.

Fristgerecht bringe ich meine Bücher in die Bibliothek zurück. Die Dame am Scanner wahrt eine gezierte Contenance, die zu ihrem Äußeren passt. Sie hat eine grazile Figur, ein strenges Gesicht mit eingefallenen Wangen und nach innen gestülpten Lippen. Ihre über den Schädel hochgesteckte Frisur wird durch eine dolchartige Haarnadel zusammengehalten. Es hat den Anschein, als würde ein Mensch, der ihr zu nahe kommt, gefährlich leben, doch das kann trügen: Ich habe bereits Personen erlebt, die sich ähnlich streng nach außen gaben, sich dagegen bei einem näheren Kontakt als feinfühlige, leidenschaftliche, im Kern warmherzige Kreaturen entpuppten.

Auf der Suche nach deutschsprachigen Büchern in den unteren Regalen hocke ich bereits auf einem Knie, als ich von hinten angesprochen werde: „Wenn ich Sie helfen ... Entschuldigung, wenn ich *Ihnen* helfen kann, stehe ich zur Verfügung."

Bereits an der Stimmlage und dem lieblichen Akzent erkenne ich, wer mich da anspricht.

„Ja, ich suche noch mehr Camus in meiner Sprache."

Sie hockt sich neben mich, gleitet mit den Fingern zwischen die Buchrücken, wird aber ebenso wenig fündig wie ich. „Ein Moment, im Ordinateur wir werden es sehen." Ich laufe hinter ihr her und beobachte, wie sie mit Klavierfingern die Tastatur bedient. Die strenge Kollegin, die neben ihr einen Bücherstapel sortiert, blickt kurz auf, als sie begriffen hat, worum es geht, fährt sie mit ihrer Arbeit fort. „Das tut mir leid, die Bücher sind in dieser Woche hinaus gegangen. Wir haben aber noch andere Bücher in Ihrer Sprache. In letzter Zeit werden viele deutsche Exemplare geliehen, verliehen ... wie sagt man?"

„Beides geht: Geliehen werden die Bücher von den Kunden, verliehen von Ihnen, ausgeliehen kann man für beide Seiten sagen. ... Es macht nichts, dass die Bücher verliehen sind, vielleicht werde ich ein andermal danach sehen."

„Andermal? Was will das sagen?"

„Entschuldigung, ein anderes Mal, ich wollte sagen zu einem anderen Zeitpunkt. Wie dem auch sei, zurzeit möchte ich bei demselben Autor bleiben. Ich weiß noch viel zu wenig über ihn und möchte mir ein umfassenderes Bild machen. Ich denke, ich versuche es doch noch einmal mit einem französischsprachigen Band. Gibt es vielleicht ein Buch mit kurzen Texten?"

„Sie können die Dramen lesen, aber das ist sehr schwer. Möglich, Sie nehmen die Tagebücher. Das ist keine große Literatur, aber Sie können sich ein Bild machen.“

Ich bin begeistert, wie gut sich die junge Angestellte in deutscher Sprache ausdrücken kann, ihre kleinen Unsicherheiten verzeiht man gerne. Zielsicher sucht sie mir ein Tagebuch Camus heraus, und als sie es mir überreicht sagt sie: „Wenn Sie vielleicht Bücher auch kaufen würden, es gibt eine Buchhandlung in der Stadt mit vielen Bücher fremdsprachlich.“

„Fremdsprachliche Bücher, das klingt interessant. Können Sie mir sagen, wo ich das Geschäft finde?“

„Ja, ich werde es Ihnen erklären. Wollen Sie das Buch jetzt hier lassen?“

„Nein, nein, ich nehme es auf jeden Fall mit. Aus Tagebüchern kann man viel über den Autor lernen, wenn man sie parallel zu seinen Werken liest.“

Es ist unglaublich. Ich bin noch keine Woche hier, und schon erscheint mein vollständiger Name und meine Aufenthaltsadresse, sobald man die ersten vier Buchstaben meines Familiennamens eingibt, auf dem Bildschirm. Ich habe sogar schon eine Registriernummer. Man wird mir später also einmal nachweisen können, wann ich mich hier aufgehalten und für welche Literatur ich mich interessiert habe. Zum Glück bin ich nicht auch noch im Besitz einer Payback-Karte eines Supermarktes, sonst wäre sogar nachvollziehbar, wie ich mich zurzeit ernähre.

Die Bibliothekarin zieht aus einer Schublade einen Stadtplan heraus, der so klein gefaltet ist, dass man ihn bequem in die Hosentasche stecken kann, schlägt ihn auf und macht ein Kreuz an der Stelle, an der sich die Bibliothek befindet. Dann fährt sie mit dem Finger über einige große Straßen und landet schließlich in einer kleinen Straße, die mitten in eine Falte gedruckt ist. Außer der groben Richtung, die ich mir anhand der Flussläufe merken konnte, kann ich nichts nachvollziehen. Meinen guten Willen unter Beweis stellen wollend, zeige ich jetzt mit meinem Finger auf die Stelle, an der wir uns momentan befinden und fahre unbeholfen in die vermutete Richtung. Auf meinem Handrücken wird ein Rußfleck sichtbar, den ich bislang nicht bemerkt habe. Die Bibliothekarin versucht mich zu korrigieren und schiebt mit ihrem Finger gegen meinen. Schnell zieht sie ihn nach der Berührung wieder zurück und sagt: „Es ist nicht einfach, ich mache Ihnen eine Propose. Heute Nachmittag ich habe frei, dann muss ich noch kaufen gehen, und wir können uns treffen, und ich werde Ihnen zeigen, wo Sie die Buchhandlung findet."

„Das ist ein nettes Angebot, aber ich möchte Sie nicht aufhalten."

„Non non, das ist kein Problem. Ich gehe auch gerne dahin. Ich schaue mich oft zwischen neuen Büchern um. Immer dieselbe Ordnung in den alten Büchern ist mir zu ... ennuyant, wie sagt man?"

„... langweilig."

„... ja, langweilig. Ich möchte auch nach deutschen Büchern sehen, vielleicht können Sie mir helfen, ich möchte sagen, als Revanche."

„Das würde ich gerne."

„Wir können uns um vier Uhr und dreißig bei Delcoeur treffen, wenn Sie möchten. Das ist ganz in unserer Nähe, nur fünfzig bis hundert Meter von hier, gleich vor der Einkaufsgalerie. Unten ist ein Bistro, wenn ich spät komme, können sie da leicht warten."

„In Ordnung, ich werde da sein." Ich reiche ihr die Hand, die sie irritiert annimmt. „Tantôt."

„Ja, bis später."

Als ich die steinerne Treppe herunter laufe, kann ich es kaum fassen. Bisher hatte ich immer nur meine Bücher vor Augen, doch ganz nebenbei ist gerade mein erstes Rendezvous in der Fremde zustande gekommen.

Statt vorläufig in die Wohnung zurückzukehren, schlendere ich ziellos durch die Gegend. Ich hätte sie zumindest nach ihrem Namen fragen können, das wird das Erste sein, was ich nachhole, wenn wir uns am Nachmittag wiedersehen. Bis dahin überlege ich mir, wie sie heißen könnte: Vielleicht Isabelle, ein charakteristischer Schauspielerinnenname für eine schöne Frau, wenngleich die Bibliothekarin zwar etwas Hübsches an sich hat, aber nicht schön im Allerweltssinne ist. Chantal, das wäre ein sehr typischer französischer Name, oder Dominique, vielleicht haben ihre Eltern auch etwas Ausgefallenes gesucht, Anaïs, nach der Schriftstellerin Anaïs Nin, oder vielleicht Auréli. Sie könnten auch das Schicksal herausgefordert haben wollen, und sie ist auf Victoria getauft; da sie nicht sehr groß ist, würde der Name aber nicht recht passen. Es lebe das Vorurteil! Da sie so gut deutsch spricht, könnte ihre Familie deutsche Bezugspunkte haben, und sie ist nach ihrer Großmutter benannt: Karin, Bibliothe-Karin.

Meine Güte, was hat das zu bedeuten: Meine einzig wahre Beziehung, die ich je in meinem Leben hatte, war die mit einer Bibliothekarin, und ausgerechnet in der Fremde freunde ich mich mit einer Frau an, die denselben Beruf hat. Sollte sich hier das wiederholen, was ich bereits einmal erlebt habe? Na gut, sie ist mindestens zehn, wahrscheinlich sogar fünfzehn Jahre jünger und weder vom Typ noch charakterlich gleicht sie Kristin, aber auf eine andere Art erscheint sie mir ebenso liebenswürdig. Würdig geliebt zu werden. Ich muss ja nicht derjenige sein, der dies erfüllt, ich bin ein Fremder hier und werde es auch bleiben, und was Beziehungen betrifft, bin ich kein Episodenmensch, sonst wäre ich nach der Zeit mit Kristin wahrscheinlich nicht gänzlich ohne ernsthafte Liaison geblieben.

Die beiden Flüsse hinter mir gelassen, steige ich einen Hügel hinauf, über dem sich kleine Häuser und enge Gassen einer Altstadt ausfalten. Eine Straße schlängelt sich in Serpentinen den Anstieg hinauf, ich wähle dagegen die kürzeren, aber anstrengenden Wege über kleine Pfade und steile Treppen. Besonders viel Geld wurde offensichtlich nicht in die Restaurierung der Gebäude gesteckt, immer wieder pendelt der Anblick zwischen einzelnen Versuchen einer Modernisierung und dem drohenden Verfall. Nur wenige Häuser hat man stilgerecht hergerichtet. Erst an einer steilen Straße, die senkrecht den Hügel hinaufführt, gelingt ein erster Blick aus der Enge auf die heutige Innenstadt, die sich wohl erst später um die Flüsse herum gepflanzt hat. Gewöhnlich entstanden Städte nahe an den Ufern der Flüsse, die seinerzeit die wichtigsten Handelswege waren. Dass sich hier der ältere Stadtteil auf einer Erhebung befindet, erkläre ich mir mit dem möglichen Hochwasser, das in den Zeiten vor der Errichtung von Molen, Dämmen und Uferbefestigungen während großer Regenfälle und Schneeschmelzen das Land überflutet haben mag. Wahrscheinlich gab es Zeiten, da haben sich die beiden Flüsse zu einem einzigen vereint, und das Land in einer Breite überflutet, wie man sie vom Amazonas her kennt, während sich die Menschen, die hier oben wohnten, in dieser Periode aus dem Tal fernhielten.

Selbst die Häuser an dieser abschüssigen Straße sind wie Treppen angelegt, von unten aus gesehen ragt jeweils ein ein bis anderthalb Meter hoher Sockel aus dem Boden, während das Erdgeschoss oben an die Gehwegebene gelangt, oder sogar unter ihr verschwindet. Zu den Türen führt dann meist eine kleine Treppe aus mehreren ausgetretenen Stufen empor. Eine davon betrete ich, um in ein kleines Café zu gelangen, in dem ich mir ein paar Tage aus Camus Leben zu Gemüte führe.

Bereits mit meinen Gedanken wieder in eine ferne Welt abgeschweift, merke ich plötzlich, wie mir mein Zeitgefühl abhanden gekommen ist. Es wäre absolut fatal, wenn ich das Rendezvous verpassen, die kleine Bibliothekarin, die eigens kommt, um mir einen Gefallen zu tun, im Stich lassen würde. Meine Uhr! Ah, Glück gehabt, sie befindet sich noch in meiner Sakkotasche. Es bleibt etwas Zeit, doch wie lange werde ich brauchen, um in die Innenstadt zurückzukehren? Werde ich den schnellsten Weg finden oder mich gar verlaufen?

Ich eile, ich laufe entgegen. Ich habe ein kurzzeitiges Gegenüber gefunden, das fühlt sich angenehm an.

Sport ist nicht meine größte Stärke, obwohl mein Körperbau wie für einen Ausdauersport geschaffen ist. Im geistigen Arbeiten verfangen, habe ich das nie sonderlich praktiziert, um pünktlich am Treffpunkt zu sein, hätte es mir jetzt genützt.

Der Kellner des Bistros fragt nach meinen Wünschen. Getrunken habe ich vorerst genug, im Gegenteil drängt es mich eher auf die Toilette, ich bestelle ein stilles Wasser. Der Blick auf die Uhr verrät mir meine geringfügige Verspätung, die nicht entscheidend sein kann, doch die Furcht, die Bibliothekarin verfehlt zu haben, lässt mich nicht los. Der Kellner bringt das Wasser, ich bezahle sofort, die Harnblase drückt, doch die Toilette muss warten.

Eine Frau kommt auf mich zu. Das kann sie nicht sein, sie sieht anders aus, oder doch? Sie dreht sich zu einem Mann um – sie ist es nicht –, gibt ihm einen Wangenkuss, er geht weg, sie kommt wieder auf mich zu – sie ist es. In ihrem Outfit erkenne ich sie erst, als sie unmittelbar vor mir steht. Ihre Garderobe hat, vorsichtig ausgedrückt, etwas Unerwartetes. Der grau karierte kurze Mantel, eine schwarze grobmaschige Strickmütze, in die sie ihr ohnehin nicht sehr langes Haar gesteckt hat, eine Hose mit breiten Beinen, die ich zunächst für ein Kleid gehalten habe, unter der die Spitzen ihrer kleinen schwarzen Schuhe hervorgucken, fügen sich nach meinen gewohnten Vorstellungen nicht nur zu einer merkwürdigen Ausstattung zusammen, sondern haben so gar nichts mit dem schlichten Eindruck, den sie mir in der Bibliothek vermittelt hat, gemein. Ohnedies muss sie sich zwischenzeitlich irgendwo umgezogen haben, denn der Hosenrock wäre mir vorhin sicherlich aufgefallen. Im Land der Haute Couture entstehen immer wieder Modetrends, die man woanders erst viel später begreift, vielleicht ist diese merkwürdige Tracht absolut en vogue und wie so vieles an mir vorbei gegangen.

„Ça va? Vous avez bien passé votre temps? Je suis un peut tard.“

„Oh non, vous êtes à l'heure!“ Merkwürdig, dass wir plötzlich französisch miteinander reden. Sie befindet sich wohl in einer anderen Episode, fern ihrer Arbeit.

„Si vous voulez, on y va.“

„Bien sur, mais j'ai besoin d'une minute.“ Schnell eile ich in die Toilette. Der Harnstrahl scheint einfach nicht aufhören zu wollen, tut er irgendwann aber doch. Erleichtert kehre ich zurück. „Pardon ... d'abord ... je suis Sebastian.“

„Sebestian, quel nom melodieux!“ Gemeinsam verlassen wir das Bistro, da stellt sie sich mir in den Weg und sagt: „Florence.“

Für einen sehr kurzen Moment wahrt sie diese Position, damit ich mir ihren Namen zusammen mit ihrem Gesicht einprägen kann, dann gehen wir weiter. Ich habe es nicht erraten, zum Glück, denn auch ich finde ihren Namen recht wohlklingend, im Gegensatz zu meinem, der mir mit seinen vier auseinanderstrebenden Silben viel zu affektiert erscheint, weswegen ich mich von meinen Freunden auch lieber Bas nennen lasse. Aus ihrem Mund klingt mein Name nicht ganz so gekünstelt, weil mit französischem Akzent die einzelnen Vokale mehr ineinander laufen.

Wie ein ungleiches Paar laufen wir durch die Fußgängerzone, so klein wie Florence gewachsen ist, so stolz schreitet sie voran, dann zieht sie mich an meinem Ärmel und springt mit mir durch die offene Tür eines Busses. Aus ihrer Jackeninnentasche zieht sie zwei Tickets hervor und stempelt sie an einem kleinen Automaten ab. Wir gehen bis zur Mittelplattform des Gelenkbusses, halten uns an der gleichen Stange fest, dann blickt sie zu mir auf und lächelt mich kindlich an.

Der Buchladen zieht sich über mehrere Etagen. Florence rät davon ab, mich unten umzusehen, da gäbe es nur Populistisches ohne großen Literaturwert, „âneries", läuft mit mir direkt auf die zweite Etage und steuert gezielt auf eine Ecke zu. „A votre service, Sebastian."

Meine Güte, hier sind sie alle versammelt, die deutschsprachigen Klassiker in Originalausgabe, Goethe, Fontane, Schiller, Kafka, Schopenhauer, Nietzsche, Kant, Marx, Adorno und Konsorten. Um aber bestimmte deutsche Übersetzungen anderssprachiger Autoren zu finden, muss man schon ein bisschen suchen. Selbst Florence kann mir nicht viel weiterhelfen, sie interessiert sich eher für Literatur in originärer Sprache.

Als hätte er in dieser Stadt prinzipiell die untersten Reihen gepachtet, finde ich die deutschen Übersetzungen von Camus und seinen französischen Kollegen im tiefstgelegenen Regal. Gleich mehrmals ist „Die Pest" vertreten, sowohl als Taschenbuch als auch als gebundene Ausgabe, doch dieser Roman interessiert mich weniger, darüber hinaus finde ich nur ein einziges deutschsprachiges Exemplar des Autoren, „Verteidigung der Freiheit", ausgerechnet. Etwas ohne Anspielung auf meine Verhältnisse zu finden, hätte mich jetzt auch sehr verwundert. Langsam wird mir die Sache ein wenig unheimlich. Hier passt viel zu viel. Es ist alles wie für mich arrangiert, doch das kann nicht sein. Ich habe keine Ahnung, was wirklich in dem Buch steht, vielleicht hat nur der Titel etwas mit meiner Situation gemein, ich bin mir ja nicht einmal sicher, ob ich Camus Anschauungen teile. Oft ist es sogar hilfreich, wenn man sich von den Thesen anderer Autoren abgrenzen kann, es fällt leichter, eigene Theorien zu formulieren als bereits gesagtes mit eigenen Worten auszudrücken. Doch bisher sieht alles danach aus, als gäbe es eine große Anzahl von Analogien. Ich setzte mich auf eine Wartebank und denke, das Buch in beiden Händen haltend, darüber nach, als Florence zu mir kommt.

„Nicht zufrieden?"

„Doch, doch, ich habe etwas gefunden."

„Du wirkst ein wenig trist."

„Nein, nein, ich denke nur nach. Ich habe so viele Eindrücke gesammelt."

„Eindrücke? Bist du verletzt?"

„Impressions!"

„Ah, Impressionen! Heißt das auf Deutsch Eindrücke?"

„Ja, Pression, wie Druck ... und davor ein Ein."

„Einein?" fragt Florence.

„Ein Ein!" sage ich akzentuiert.

„Ich habe schon vorher verstanden, ich habe nur Spaß gemacht." Sie stemmt die Hände in ihre Hüfte, neigt den Kopf zur Seite und lächelt verführerisch. So wie sie da steht, könnte ich glatt in sie reinbeißen, ein Lachen kann ich mir jedenfalls nicht verkneifen.

„Und du? Hast du schon etwas gefunden?"

„Ich kann mich nicht entscheiden. Kennst du Abermas?"

„Habermas, Frankfurter Schule. Steht in Beziehung zu Adorno, habe ich aber noch nicht gelesen, weder den einen noch den anderen."

„Und was kennst du?"

„So einiges. Lass uns mal durchsehen. Welche Vorlieben hast du denn?"

„Es soll nicht zu alt sein. Goethe haben wir schon in der Schule gelesen, lieber will ich etwas aus den letzten fünfzig, höchstens bis hundert Jahren. Es darf nur nicht zu schwer zu lesen sein."

Gemeinsam durchblättern wir die Buchreihen, ich im obersten Regal, sie eine Reihe darunter, ich von links nach rechts, sie von rechts nach links, wir kreuzen uns, indem sie sich unter mir herbückt und ich mich über ihr recke.

„Hier ist Canetti. War er denn Deutscher?" will Florence wissen.

„Ein Deutschrumäne glaube ich, oder ein Deutschösterreicher mit spanischen Vorfahren, daher sein Name. Jedenfalls hat er in Rumänien seine Kindheit verlebt ..."

„... verlebt? Das klingt nicht sehr positiv."

„Das ist nur so eine Redewendung. Dann ist die Familie nach Manchester gegangen und nach dem Tod seines Vaters hat er mit seiner Mutter in der Schweiz, in Frankfurt und in Wien gelebt, wo er dann auch studiert hat. Das ist der Grund, warum er schließlich auch in deutscher Sprache geschrieben hat."

„Du weißt aber viel von ihm."

„Ich habe sein autobiographisches Werk gelesen, deshalb konnte ich mir das einprägen. Das könntest du auch lesen, es ist nicht kompliziert formuliert, allerdings vielleicht zu lang für deine Bedürfnisse, es sei denn, du möchtest erst einmal mit einem Teil beginnen, denn die Autobiographie besteht insgesamt aus drei Büchern. Da hast du gerade ‚Die Fackel im Ohr'." Ich zeige auf das Buch, das sie in dem Moment berührt. Florence zieht es hervor und betrachtet den Titel.

„Die Fackel im Ohr, das klingt aber komisch."

„Ich dachte auch erst, das wäre ein grotesker Titel, aber ‚Die Fackel' war eine literarische Zeitschrift des Autors Karl Kraus, ein großes Vorbild für Canetti, dessen Lesungen er vielfach besucht hat."

„Camus hatte auch spanische Vorfahren. Seine Mutter war Spanierin."

„Und sein Vater Algerier?"

„Nein, er war Franzose, stammte aus dem Elsass."

„Merkwürdig, dass sie nach Algerien gingen."

„Ich weiß auch nich, warum sie das taten. Normal gehen Reiche in die Kolonien, zum noch mehr reich werden, aber Albert Camus ist in armen Verhältnissen aufgewachsen."

„Aber er war Franzose?"

„Ich glaube ja. Stell dir vor, die Mutter von Camus hätte den Vater von Canetti geheiratet."

„Dann wäre Camus Spanier geworden ..."

„... und Canetti sein Bruder."

„Ja, das stimmt, das wäre verblüffend."

„Aber dann hätte es beide nicht gegeben, sondern ganz andere Geschwister. Hast du schon einmal darüber nachgedacht? Wenn deine Mutter ein andere Mann kennengelernt hätte, dann würde es dich nicht geben, nicht so, sondern nur halb so, wie du jetzt bist und halb so, wie ein anderer ist."

„Organisch wäre ich auf zwei andere Personen aufgeteilt."

„Natürlich stimmt das nicht. Du konntest nur einmal erschaffen werden, so wie du bist nur in einer einzigen Minute. Wenn deine Eltern etwas später miteinander geschlafen hätten, wärst du schon ein anderer geworden, ein Bruder von dem, der du bist jetzt."

„Ich bin also das Ergebnis eines punktgenauen Zusammentreffens. Ein wenig später, und jemand anderes würde von sich sagen, er sei Sebastian, in vollem Selbstbewusstsein, ohne auch nur an mich zu denken, der ich doch auch möglich gewesen wäre."

„Das habe ich jetzt nicht ganz verstanden, das war zu schnell für mich."

„Es ist vielleicht auch nicht der richtige Ort, um darüber zu sprechen. Solch existenzialistische Themen kann man ins Unendliche diskutieren."

„Oh nein, so viel Zeit habe ich nicht." Florence lächelt mich an, ich verstehe die Ironie, mit der sie meine Äußerung wörtlich nimmt. Gerade wenn man sich mit jemandem unterhält, der eine andere Muttersprache hat, entstehen leicht Missverständnisse. Man spricht in landläufigen Metaphern, und das Gegenüber nimmt sie wörtlich, und schon redet man aneinander vorbei. Zum Glück hat Florence ihre redselige Mimik und ihr charmantes Lächeln, das man in jedem Land verstehen kann.

„Du kaufst ein Buch von Camus, und ich ein Buch von seinem Beinahe-Bruder Canetti."

„‚Die Fackel im Ohr' handelt hauptsächlich von seinen Studentenjahren. Wenn du die Chronologie einhalten willst, solltest du erst ‚Die gerettete Zunge' lesen, darin geht es um seine Kindheit. Oder du beginnst mit einer einfachen Erzählung, da steht zum Beispiel dieses rosafarbene Buch, ‚Die Stimmen von Marrakesch', das lässt sich sehr gut lesen."

„Bon, ich nehme Marrakesch und das mit der Zunge, dann werden wir sehen, ob ich genug verstehe und es mir gefällt."

„Wir werden es sehen."

9.

Liebe ist eine wunderbare Idee, aber sie kann dem Alltag niemals standhalten.

Was hat mein flüchtiger Aufenthalt in dieser Stadt mit der Zeit zu tun, in der ich, kurz vor Verlassen meiner Heimat, in meiner Wohnung saß, von Zweifeln geplagt?

Das Land, aus dem ich gekommen bin, hat keinen Namen. Ich glaube nicht an all die Kennzeichnungen, die mir seit jeher weisgemacht wurden. Sämtliche Benennungen, die mir eingeprägt wurden und so unumstößlich festzustehen vorgaben, all die Titel, mit denen ich zahlreiche Assoziationen verbunden hatte, sind in Wahrheit nur Schall und Rauch. Ich habe keine Herkunft, die ich bezeichnen konnte, während sich hier alles bis ins Kleinste definiert: Lyon, die französische Stadt an der Mündung von Rhône und Saône, die Straßen und Plätze, die Quais und Brücken, die Quartiers, die Friedhöfe und die Ehrenmäler, an deren Sockel die Hunde pissen.

Ich habe einen Strich gezogen. Ich bin hier angekommen, vorerst. Und doch, wenn man glaubt, ich habe eine persönliche Zeitenwende durchlebt, liegt man falsch. In der Jetzt-Zeit, in der ich momentan verweile, spiegelt sich vieles aus den letzten Tagen an meinem Zuhause. Nicht ein Deut mehr Ordnung ist in mein Leben getreten. Nur weil sich hier alles aus dem Nichts herausgebildet hat, scheint es mehr zu sein, als es wirklich ist. Die Fülle in meiner Heimat war hingegen morbide. Ob ich wirklich viel weiter gekommen bin, ob ich ein besseres Schicksal vor mir habe als das, in dem ich die Verfolgung gespürt habe, die vielleicht auch nichts weiter war als ein bloßer Wahn, das wird sich erst noch beweisen.

Immerhin habe ich wieder Boden unter den Füßen. In dem Land, das ich verlassen habe, war der Untergrund mürbe und drohte unter mir wegzubrechen. Andererseits brauche ich hier mehr als bloß einen festen Untergrund, ich brauche den Ort als Sprungbrett, der mir Schwung für das Unbekannte verleiht, das noch auf mich zukommen wird.

Wenn man so lebt, wie ich gelebt habe, wird man sensibel für bestimmte Stimmungen, gleichzeitig bewegt man sich an der Grenze, sich alles Mögliche einzubilden. Vielleicht bin ich den Machthabern in meiner Heimat vollkommen egal, vielleicht gibt es, abgesehen von den Einschüchterungen mit kleinen Haftstrafen, keine staatliche Verfolgung und ich bin ohne Grund davongelaufen.

Wenn Kristin und ich uns damals nicht getrennt und wir unsere abhandengekommene Gemeinsamkeit in der Gründung einer Familie gesucht hätten, dann wäre ich wahrscheinlich nicht davongelaufen, aus dem Pflichtgefühl, die anderen wegen meiner eigenen Nöte nicht aus ihrem Umfeld reißen zu wollen. Was hätte ich Kristin abverlangt, wenn sie ihre Heimat hätte aufgeben müssen, nur um mir zu folgen, was meinen Kindern, die ihre Freunde hätten verlassen müssen, um in ein Land zu gehen, dessen Sprache sie nicht sprechen. Ich wäre wahrscheinlich geblieben und hätte mich, zum Schutz meiner Familie, selbst ein Stück weit aufgeben müssen, mit der Gefahr, in eine tiefe Depression zu fallen. Vor allem meine Unabhängigkeit hat es mir ermöglicht, vor den Zuständen in meinem Land davonzulaufen, vor allem aber vor meinen eigenen Zuständen.

Die anfänglichen klaren und überschaubaren Strukturen in meiner kleinen Dachwohnung beginnen, sich zu relativieren. Was auch immer ich hinter mir gelassen habe, meine Arbeit habe ich nicht aufgegeben, im Gegenteil, sie ist durch meine Flucht, vielmehr noch durch das Ankommen an diesem Ort, wieder aufgeblüht.

Eins sollte mir in meinem Leben langsam klarwerden: Menschen, die sich mit Computern, ihren Programmen und Kommunikationsmöglichkeiten auskennen, bewerten mich unterschwellig als einen minderbemittelten, wenn nicht gar gestörten Zeitgenossen.

Der Verkäufer schwärmt von der Schnelligkeit des handlichen Notebooks. Ich habe das Gefühl, den Computerexperten geht es nie um den verbesserten Nutzen, sondern nur um Neuerungen. Moderne Wohnungen bieten immer mehr Platz, es gibt also keine wirkliche Not, aus der heraus Computer immer kleiner werden müssen. Die Möglichkeit, die Elektronik immer winziger und kompakter zu machen, den Geräten gleichzeitig mehr Anwendungsvariablen einzuhauchen, ist in meinen Augen nichts weiter als ein Trend, der sich aus den technischen Machbarkeiten entwickelt hat und weniger den Erfordernissen der Nutzer folgt. Warum soll ein Bordcomputer immer kleiner werden, wenn gleichzeitig die Autos an Volumen zunehmen? Dieser Vergleich lässt sich, mit wenigen Ausnahmen, auf alle Lebensbereiche übertragen. Ich jedenfalls brauche nicht mehr als eine Reiseschreibmaschine, die leicht ist und gerade mal so groß wie eine kompakte Tastatur in Fingerkuppengröße mit einen Bildschirm, der dem Gerät als Deckel dient. Auf all den anderen Firlefanz, den man heute serienmäßig in die Maschinen einbaut, kann ich gut und gerne verzichten.

Als ich die Geldscheine auf den Tresen lege, erscheint es mir mehr als abstrus, in der gleichen Währung wie in meiner Heimat zahlen zu können. Kann es wirklich ein zusammenwachsendes Europa geben, das einzig auf wirtschaftlicher und monetärer Kooperation basiert, während die Demokratie einzelner Länder beliebigen Spielchen ausgesetzt ist und sich totalitäre Machenschaften einschleichen? Hat sich je ein anderes Land über die Entwicklungen in meiner Heimat mokiert? Wir sind nach Rüdigers Ansicht die Garanten für Demokratie, wir waren es schon immer, wir sind die Mahner, nach innen hinein und über die Grenzen hinaus. Ach Rüdiger, lass mir Luft. Der Status, mich dem für den Moment entzogen zu haben, tut mir verdammt noch mal gut. Ich brauche den Schlaf, der mir neue Träume eröffnet.

Allen Fortschritten zum Trotz: Den Computer anschalten, ein Schreibprogramm auswählen und mit der Arbeit beginnen, das wird es wohl niemals geben. Ich muss mich notgedrungen durch die Startprogramme durcharbeiten, ohne Udez an meiner Seite zu haben. Konzentriert gehe ich Schritt für Schritt vor. Der Verkäufer wollte allerhand von mir wissen und konnte meinen Bedarf nach einem schlichten Gerät nicht nachvollziehen, meine einzige Bedingung, mich in meiner Muttersprache durch die Programme durcharbeiten zu wollen, war ein spontaner Geistesblitz, ohne den ich jetzt wahrscheinlich wie der Ochs vorm Berg sitzen würde. Ich hatte immer gedacht, eine einigermaßen gute Grundlage zu haben, um mich im Englischen zu verständigen, die Informatikersprache kennt dagegen seine eigenen Regeln. Für mich ist ein Button immer noch ein Knopf oder ein Anstecker, was mir die Datenprogrammierer damit sagen wollen, weiß ich bis heute nicht, deswegen habe ich erst recht nicht darauf vertraut, mich mit französischen Anweisungen zurechtfinden zu können. Zum Glück war der Verkäufer helle genug, mich darauf hinzuweisen, dass eine französische Tastatur anders aufgebaut ist als die deutsche. Der Gedanke, während des Schreibens nach der Position der einzelnen Tasten suchen zu müssen, ist eine Horrorvorstellung. Immerhin war der Händler international aufgestellt.

Am liebsten würde ich Udez jetzt anrufen und mir mein Lob abholen. Mir ist es tatsächlich gelungen, sämtliche für mich überflüssigen Programme beiseite zu schieben, ein Schreibprogramm zu öffnen, einen Dateiordner und verschiedene Unterordner anzulegen, das Ganze in nicht einmal einer halben Stunde. Udez wäre stolz auf mich – vielleicht. Möglicherweise kann man das von einem halbwegs vernünftig denkenden Menschen erwarten, doch Udez weiß, dass ich auf dem Gebiet normalerweise ein absoluter Stümper bin.

Meine erste Tätigkeit ist, die Gedanken von den zahlreichen Zetteln in die einzelnen Ordner zu sortieren. Sobald ich eine Aufzeichnung übertragen habe, zerknülle ich das Papier und werfe es in die Nähe des Ofens. So werde ich nebenbei für die nächsten Tage Material zum Entzünden des Feuers haben.

Sind das Metaphern oder schlichtweg neuzeitliche Effekte? Gedanken gehen in Feuer auf und leben elektronisch weiter. So hält sich eine Balance: Was der Rauch auf der einen Seite, ist der digitale Impuls auf der anderen.

Ich bin fast so stolz auf mein neues Gerät wie seinerzeit auf mein erstes Fahrrad. Es ist meine einzige, ich bleibe bei der Sprache, „Hardware", die sich in meinem hiesigen Besitz befindet. Sämtliche Möbel und Kochgeräte gehören zu der Wohnung, ich verfüge nicht einmal über ein Radio. Selbst ein Fahrrad habe ich nicht, obwohl es das Mindeste wäre, was ich einer Romanfigur zuschreiben würde, und doch fühle ich mich nicht besitzlos.

Am Abend schlendere ich durch die Straßen und entdecke einen Kiosk, der, genau wie in meinem Heimatviertel, mitten in einer Allee steht. Ich lehne an einem Baum und beobachte die Menschen, die sich dort ihre Zeitungen kaufen, Dosenbier und Tabak, oder sich warmen Kaffee in einem Pappbecher reichen lassen, und falle in Melancholie. In der tristen, schwach beleuchteten Umgebung strahlt der Kiosk hell wie ein Fetisch, dazu die bunten Farben all der Utensilien, die vor den Wänden oder hinter den Glasscheiben hängen. Das tiefe Dröhnen eines Lastkahnes, der sich flussaufwärts quält, lockt mich an das Ufer. Das ganze schmuddelige Grau der Stadt ist in die Dunkelheit getaucht, geblieben sind die glänzenden Oberflächen, die die zahlreichen Lichtpunkte der urbanen Abendstunden reflektieren.

Lange halte ich es auf den Steinblöcken der Uferbefestigung nicht aus, die Luft ist trocken, der Himmel sternenklar, die Wärme der Stadt kann ungehindert entweichen, das Jahr ist noch zu jung für wärmende Luftströme. Durchgefroren komme ich an meinem Zuhause an. Vor dem Eingang steht schräg in einer Parklücke ein alter Wagen, ein ockergelber R4, dessen Warnlicht aufblinkt. Ich will gerade durch die Haustür gehen, da kommt Florence aus dem Flur auf mich zu.

„Hola, Sebastien, wir wollten dich abholen.“ Perplex schaue ich sie an, ohne ihr zu antworten. „Ich bin mit Freunden unterwegs. Wir wollen etwas trinken gehen, und ich habe ihnen gesagt, dass wir dir bei dieser Gelegenheit ein wenig die Stadt zeigen können.“

Ich bin baff. Florence hat diesen langen Satz fehlerfrei ausgesprochen. Der Kontakt mit mir und die deutsche Lektüre scheinen ihre Sprachübungen gut getan zu haben.

„Pourquoi pas!“ Es scheint mir wie ein Geschenk zur rechten Zeit, jetzt abgeholt zu werden. Eins fügt sich an das andere.

„Es gibt nur ein kleines Problem. Das Auto ist kaputt.“

„Können wir nicht zu Fuß gehen?“

„Nein, wir brauchen nur zu schieben, um es zu fahren.“

Zu schieben, um es zu fahren? Ich sehe mich schon gemeinsam mit Florence den Oldtimer durch die Straßen schieben, während ihr Freund lenkend vorne sitzt und an den Kreuzungen bremst. „Du meinst anschieben!“

„Ja, anschieben.“

„Na, warum nicht, darin habe ich Übung.“ Wir gehen zum Wagen rüber, hinten steigen zwei junge Männer aus.

„Das ist Claude, er spricht ein wenig deutsch, und der andere ist Jean, er kann leider nur französisch, genau wie Paul, der vorne sitzt.“

Die Namen kann man sich merken, bei Jean und Paul, die nur ihre Muttersprache sprechen, werde ich an Belmondo denken und bei Claude an Bukowsky.

„Salut, je suis Bas."

„Hey Bas."

„Bas? Was ist das? Dein zweiter Name?" will Florence wissen.

„Mon petit nom, mein kleiner Name", kläre ich sie auf, und mir wird bewusst, wie viel klarer der französische Ausdruck gegenüber dem deutschen Begriff „Spitzname" ist. „Se-Bas-tien."

„Ah oui, ich verstehe."

„Wenn du möchtest, darfst du mich aber weiterhin Sebastien nennen. Du musst mir nur versprechen, es weiterhin so charmant in deiner Sprache auszusprechen."

Die Freunde werden ob unseres Dialogs ungeduldig und drängen darauf, endlich loszufahren. Ich habe die wenigen Tage nicht gezählt, seit ich in dieser Stadt angekommen bin, doch es ist bereits das zweite Auto, das ich im Begriff bin, anzuschieben. Wir stellen uns hinter den Wagen, dessen Heck für vier Personen zu schmal ist. Klassischerweise bekommt Florence als Frau den Auftrag, vorne nachzusehen, ob wir nirgendwo anstoßen. Tatsächlich ist der Wendekreis des Wagens so klein, dass wir das Fahrzeug von Hand mehrmals, nicht ohne ein wenig gegen das vorstehende Fahrzeug zu stoßen, was selbst Florence als Verantwortliche nicht aufregt, hin und her rangieren müssen, ehe wir es aus der Parklücke befreien können. Wir hätten es von Anfang an im selben Radius rückwärts heraus schieben sollen, so, wie es in die Parklücke hinein gefahren ist, stattdessen haben wir es erst mal zwischen den anderen parkenden Autos und der Bordsteinkante verkeilt. Zu allem Überfluss rammen wir beim Rausschieben beinahe noch ein vorbeifahrendes Fahrzeug, was Paul, der mittlerweile wieder am Steuer sitzt und die Übersicht hätte wahren müssen, wahrscheinlich nicht einmal wahrnimmt. Erst auf der geraden Straße bekommen wir genug Schwung in den in seinen Federn schwankenden Wagen, um den stotternden Motor zum Laufen zu kriegen.

Den Fahrstil von Paul könnte man durchaus als französisch bezeichnen, oder anders ausgedrückt, es fehlt ihm die Angst, sich weitere Beulen an seinem Auto einzuhandeln. Florence sitzt auf dem Beifahrersitz, weit nach vorne gebeugt dirigiert sie Paul durch die Straßen, scheinbar dem ökonomischsten Weg folgend schleust sie uns mal über breite Boulevards, mal durch enge Straßen und schreckt auch nicht davor zurück, ihre Meinung über die beste Route erst zu ändern, als wir bereits an eine Abzweigung gelangen und sie beinahe schon passiert haben. Die Kamikaze-Fahrt würde ich weniger gefährlich einschätzen, würde der Sicherheitsgurt eng um den Körper von Florence liegen. Immerhin hat sie einen Gurt, während wir auf der Hinterbank uns allenfalls gegen das Rohrgestänge der vorderen Sitze stemmen können. Angst habe ich nicht, obwohl ich schon immer eher ein ängstlicher Kerl war. Vielleicht liegt es daran, dass Ängste sich vor allem darauf begründen, Bindungen zu verlieren, Bindungen, die ich hier nicht mehr habe. An einer steil ansteigenden Straße halten wir an, Paul bittet uns, auszusteigen, damit er nahe an einer Hauswand parken kann, dann wendet er noch sein Fahrzeug, um mit dessen Schnauze abschüssig zu stehen. So werden wir uns das nächste Anschieben sparen können.

Das Café, das wir betreten, kommt mir bekannt vor. Na klar, hier bin ich zuletzt noch gewesen, kurz vor meiner ersten Verabredung mit Florence. Die Jungs wollen alles von mir wissen. Offensichtlich hat ihnen Florence von meinem Interesse für Camus und meinen Kenntnissen deutscher Literatur vorgeschwärmt, die ich selbst erst einmal herabstufen muss. Neben meinem lückenhaften Wissen über manche klassische Werke und Autoren habe ich erst recht keinen Überblick über die aktuelle Literaturszene.

„Was ist Ihr Metier?“ will Claude wissen.

„Ich schreibe.“

Von dieser Antwort selbst fasziniert, übersetzt Florence sie für Jean und Paul.

„Journalist?“ Behutsam tastet sich Claude heran und gibt mir die Gelegenheit, über die Verheimlichung meiner genauen Identität nachzudenken und mit Ausflüchten das Gespräch über meine wahre Berufung zu umgehen, doch ich gebe freiweg zu, dass ich Romane schreibe.

„Vraîment?“ Paul kann es kaum fassen. Es stellt sich heraus, dass dies sein absoluter Wunschberuf ist, mit dem er bisher jedoch nicht zum Erfolg gelangt ist. Umso mehr will er nun alles über mich wissen, wie ich vorgehe, mit welcher Materie ich arbeite und woher ich meine Informationen beziehe, auf denen meine Romane gründen.

„Je suis fictionaire“, versuche ich die Antwort auf all die Fragen auf den Punkt zu bringen, doch sie verstehen mich falsch und glauben, ich würde Science-Fiction-Romane schreiben. Es kostet mich viele Worte in beiden Sprachen, um das Missverständnis auszuräumen und zu erläutern, wie sehr ich wie ein Erfinder arbeite, dessen Schriften auf wenigen Fakten und so gut wie keinen Recherchen beruhen. „Ich versetze mich in Stimmungen, um die passenden Worte zu finden, die sich für den Leser wiederum in Stimmungen zurückverwandeln sollen.“ Abwechselnd schaue ich Florence und Paul an. Florence braucht einige Zeit, um meine Erklärungen für sich zu verstehen ehe sie in der Lage ist, sie für Paul zu übersetzen. Jean und Claude bestellen derweil ihr zweites Bier.

Jetzt bin ich am Zug und frage Paul nach dem, was er schreibt. Statt ihm antwortet Florence. „Paul schreibt Gedichte, Dada-Stücke und Kurzgeschichten. Ich finde seine Arbeit hervorragend und verstehe nicht, warum er noch keinen Verleger gefunden hat.“

Als habe Paul sie verstanden, knüpft er die Frage an, was es braucht, um Erfolg zu haben. Was für eine Frage, die wahrscheinlich neunzig Prozent aller Menschen interessiert, die beruflich kreativ arbeiten. Mit meinem einfachen französischen Wortschatz und vielen Handbewegungen versuche ich ihm klarzumachen, dass ich die falsche Person sei, die er fragt. Ich erkläre ihm, dass Qualität eine gute Grundlage, aber leider keine zwingende Voraussetzung sei, ansonsten ist alles andere eine Frage von Glück und guten Kontakten. Wenn er wirklich Ratschläge brauche, dann sollte er andere Künstler fragen, die ebenso wenig erfolgreich sind und dann urteilen, was für ihn persönlich gut und was schlecht ist.

„Wer seiner Linie folgt, wird Erfolg nicht garantiert haben", schließt sich Florence an, „wird aber auch ohne Erfolg zufrieden sein." Ich mutmaße, es handelt sich um ein Zitat, von ihr auswendig gelernt, so geschickt drückt sie sich aus. Paul hat sie nicht verstanden, aber mir wird durch ihre Äußerung klar, dass Florence mich verstanden hat und bitte sie, ihre Ansicht für Paul zu übersetzen.

„Würdest du uns etwas aufschreiben?" schaltet sich Claude, der mittlerweile das zweite Bier leer getrunken hat, in das Gespräch ein. Er spricht sehr langsam, als müsse er über jedes einzelne Wort nachdenken und hat einen noch stärkeren Akzent als Florence.

„Was soll ich aufschreiben?"

„ Ein Gedicht, ein Poëm, einen Spruchsinn."

„Qu'est-ce que c'est, Spruchsinn?" fragt Florence.

„Aphorisme."

„Aphorisme? C'est pas Sprechsinn ... ou Spruchsinn, c'est ... je ne trouve pas le mot, c'est ..."

„Man kann auch in Deutsch Aphorismus sagen, oder Sinnspruch."

Ein lautes „Aha" schallt durch den Raum. „Ich wusste, ich kannte das Wort", raunt Florence.

„Ich würde gerne etwas von Paul lesen, doch ich befürchte, ich werde nicht alles verstehen und deswegen kaum etwas über sein Talent sagen können. Dennoch, wenn er mir etwas zeigen will, so kann ich vielleicht zumindest etwas über den Klang der Worte und die Rhythmik der Sätze sagen, wenn ihm das weiterhilft."

Geschickt bin ich dem Verlangen, meine eigenen Ergüsse auf den Tisch zu legen, entgangen. Nach dem anstrengenden Tag und der entspannten Atmosphäre, in der wir unser berauschendes Bier trinken, fällt es mir immer schwerer, französisch zu sprechen, deshalb sage ich Florence das, was ich Paul mitteilen will. Paul schaut mich fragend an, dann blickt er zu Florence hinüber, doch sie übersetzt ihm nicht, sondern fällt in ihre eigenen Gedanken zurück. Schließlich vertröste ich Paul damit, dass Florence ihm später alles erklären wird, und wende das Gespräch mit der Frage, ob sie öfter hierherkommen, ins Profane.

„Wir gehen schön mal tanzen“, sagt Claude, „nicht hier“, reagiert er, als ich mich umschaue, „über die Straße ist ein Jazzkeller, der macht aber spät die Türen offen, und dann warten wir hier. Bald hatte Paul einen Cermedes, vor er den Renault hatte, da passten sieben Leute rein, wenn wir eng sitzen. Parken ist hier oben schwer, da fährt man mit wenig Autos. Wir müssen besser immer früh sein und trinken hier immer ein Bier, oder drei.“

„C'était une Mercedes“, berichtigt ihn Paul, der ansonsten nichts verstanden hat.

„Und welche Musik hört ihr?“

„Alles“, sagt Claude, und Florence ergänzt: „Alles verschiedenes. Doch für das Tanzen ist es fast egal. Wir tanzen auch auf Musik, die wir zu Hause nicht hören.“

Die Treppen, die in den Jazzkeller hinunterführen, scheinen nicht aufhören zu wollen. Mittlerweile müssten wir schon fast in der Unterstadt angekommen sein. Paul erklärt mit die Gründe der vertrackten Architektur. Der Tanzraum befinde sich weiter hinten unter einem andern Gebäude, das an sich schon tiefer stehen würde, nur der Eingang sei vorne an der besser zugänglichen Seite. Die Treppen und Gänge seien alte Fluchtwege aus Kriegszeiten, von denen es viele unter der Altstadt gäbe, ein einzigartiges Labyrinth. Leider seien die meisten Durchbrüche wieder zugemauert worden.

Endlich landen wir in dem Tanzkeller, der über verschiedene Emporen hinweg gebaut ist, von tragenden Säulen durchbrochen. Die Bruchsteinwände und Gewölbedecken sind weiß getüncht, die Möbel, alte Bistro-Stühle und runde Mosaiktische, sind dagegen farbig, mal hellblau, mal fliederfarben, rosa oder maracuja-orange. Aus den Lautsprecherboxen dröhnt alles dominierend Drum'n'Bass, was jedes weitere Gespräch unmöglich macht.

Florence verschwindet und lässt uns schweigend an einem pastellgelben Tisch sitzen. Wir blicken uns um, starren auf die leere Tanzfläche, Claude wippt mit dem Fuß zum Rhythmus, das erzwungene Schweigen scheint Jean, der ohnehin bisher nichts gesagt hat, nichts auszumachen. Erst als Florence mit einem Tablett erscheint, auf dem fünf Cocktailgläser stehen, löst sich die Atmosphäre in „Hola"-Rufen und freudigem Lächeln auf. Ich sauge gerade an meinem Strohhalm, als mir Claude die Frage ins Ohr brüllt, ob ich „Tommas Mahn" kenne. Er habe einen Roman von ihm in Übersetzung gelesen, kann sich aber kaum vorstellen, wie das in Originalsprache klingen würde, es gäbe so viele Redewendungen und Dialektsprache, die nach seiner Ansicht nicht übersetzbar sei. Es dauert eine halbe Ewigkeit, bis er mir das alles erklärt hat, ohnehin war mir nicht sofort klar, dass er Thomas Mann meinte, alles in allem erschwert durch seine immer wiederkehrenden Wortdreher und dem Bassdröhnen, das den Raum akustisch einnimmt.

Endlich wechselt die Musik zu gemäßigten Beatklängen, zu Funk und Rhythm and Blues. Florence und Paul springen auf und beginnen wie ein eingespieltes Team auf der Tanzfläche zu hüpfen, die Hüften zu biegen und mit den Armen zu rudern. Als auch andere Gäste dazukommen, schließt sich Claude den beiden an, und da der Discjockey schließlich ein bekanntes Lied von Earth, Wind and Fire auflegt, finde auch ich mich auf der Tanzfläche wieder und gehöre zu denen, die zu Musik tanzen, die sie zu Hause nicht hören.

In der ausgelassenen Stimmung komme ich mir wie ein Jugendlicher vor. Unglaublich, dass ich vor wenigen Wochen noch steif bei Staatsempfängen herumgestanden bin. Wüssten die anderen davon, sie würden wahrscheinlich vom Glauben abfallen oder mich für einen Schwindler halten.

Bald kommt es mir vor, als sei unser Tanz ein Werbespiel zwischen Paul und mir um die Liebesgunst von Florence, doch statt miteinander zu rangeln, verstecken wir unsere Triebe hinter imponierwilligen Bewegungsfiguren. Ich bin bisher nicht auf die Idee gekommen, mich in Florence verlieben zu können, die ganze Konstellation sieht dagegen so aus, als würde sie einzig darauf hinauslaufen.

Verschwitzt verlassen wir über die lange Treppe den Keller. Ich wäre lieber durch den Notausgang gegangen, um zu sehen, an welcher Stelle der Altstadt wir rausgekommen wären, doch wir mussten noch das Auto holen.

Die Bar, zu der mich die Freunde in ein ganz anderes Stadtviertel führen, wirkt steril. Ich hätte es ihnen nicht zugetraut, dass sie in solch einen Laden gehen. Der rostige R4, der vor der gläsernen Tür steht, wirkt recht surrealistisch vor dem Ambiente aus viel Chrom und Kunstleder. Mit Ausnahme von Paul, der seinen Pflichten als Chauffeur gerecht wird und sich bei Cola enthält, trinken wir Pernod mit Eis und Wasser. Claude spricht von seiner Reise nach „Ammerobergau“ wo er sich die berühmten Passionsspiele ansehen wollte, am Vorabend hätten sie aber derart viel Obstler getrunken, dass er am nächsten Tag nicht aus dem Hotel gekommen und wie ein „Schlapplappen“ nur im Bett herumgelungert ist.

Im Hintergrund läuft seichte Musik, Akkordeonklänge, für einen Moment höre ich genau hin und erkenne die Musik von Astor Piazzolla. Die Erinnerung an den Abend bei Kristin ist unvermeidlich, es packt mich eine leichte Sehnsucht, als Ausgleich suche ich vorsichtig die Nähe zu Florence. Wie ein unbeholfener Charmeur lasse ich irgendwann die Bemerkung, dass sie vielleicht einmal in meinem Roman vorkommen wird, in das Gespräch einfließen. Niemand kommentiert diese Bemerkung, ich bin froh darum und denke, ich hätte sie erst gar nicht fallen lassen sollen.

„Du willst mir noch eine Aphorisme aufschreiben“, erinnert Claude an seinen Wunsch und schiebt mir einen Bierdeckel herüber. Ein wenig eingeschnappt, als Stehgreifautor missbraucht zu werden, will ich dennoch kein Spielverderber sein und suche in meiner Jackentasche einen Stift. Die Hand in der Tasche, spüre ich ihn bereits zwischen den Fingern, zögere aber noch einen Moment, um über etwas Passendes nachzudenken, dann ziehe ich den Stift hervor und schreibe: „Du erwartest von mir, was ich dir nicht geben kann. Suche in dir selbst, denn du erwartest in Wahrheit nur, was verborgen in dir steckt.“ Dann schiebe ich ihm den Deckel, die Schrift nach unten gedreht, herüber. Er greift danach, doch bevor ich meine Hand wegnehme, sage ich: „Erst zu Hause lesen!“

Als mich die Freunde vor dem Haus abladen, in dem sich meine Wohnung befindet, ist Florence bereits auf dem Vordersitz eingeschlafen und merkt nicht, dass ich mich verabschiede. Da fließt sie dahin, die fixe Idee einer Anbahnung an eine für meine Wesensart viel zu junge Frau, eine Annäherung, mit der ich noch am frühen Abend nicht gerechnet hatte.

Mit dem Aufzug fahre ich in die fünfte Etage, dann steige ich die letzte Treppe empor und schließe meine Wohnungstür auf. Auf dem Küchentisch steht mein nagelneuer Laptop, in den so viele Gedanken und fixe Ideen hineinpassen.

Liebe ist keine gute Idee, aber sie kann den Alltag überbrücken.

10.

Es klopft, erst so sanft, dass ich die Geräusche in meine Träume einarbeiten kann, dann etwas heftiger. Benommen krieche ich aus dem Bett. Ich brauche keine Uhr, dass der Tag schon längst begonnen hat, weiß ich auch so, die Nacht war einfach zu lang. Zunächst war ich emotional zu aufgewühlt, um meinem schlaffen Körper die eingeforderte Ruhe geben zu können, mehrere Viertelstunden habe ich auf meinem Bett gelegen, die Augen schlugen immer wieder auf, dann fingen mich unzählige Gedanken ein, die aus allen Richtungen kamen, sich bei mir trafen und ineinander verwickelten, schließlich konnte ich mich aus dem Knäuel nicht mehr befreien und musste wieder aufstehen, ging auf die Toilette, trank Wasser, zog meine Sachen an, machte Feuer in meinem Ofen an und zerpflückte systematisch das Gedankengewirr, indem ich ihre Herkunft analysierte, fixe Ideen kaltstellte, dem Absurden Namen gab, Flausen hochstilisierte und neue Eingebungen zu Ende dachte – das alles beim Blick in das Feuer und ohne ein Wort aufzuschreiben.

Die Vermieterin will gerade wieder die Stufen hinabsteigen, als ich die Tür öffne. Obwohl ich nicht mehr dazu gekommen bin, mich vor dem Einschlafen auszuziehen, verrät mir ihr erster Blick, dass man mir die Übernächtigung ansieht. Sie entschuldigt sich, mich geweckt zu haben, sagt, sie habe heute Waschtag und überreicht mir ein Päckchen frischer Bettwäsche mit der Aufforderung, ihr meine gebrauchte Wäsche auszuhändigen. Ich eile in mein Schlafzimmer, ziehe Plumeau und Kopfkissen ab, reiße das Laken von der Matratze und überreiche ihr das noch warme Bettzeug mit herzlichem Dank für ihre Mühe.

Jetzt muss ich mich erst einmal organisieren. Es wird Zeit, wieder mit dem Schreiben zu beginnen, mit der systematischen Arbeit an einem zusammenhängenden Stück. Ich bin so voller Eindrücke, das hat mir die letzte Nacht unmissverständlich gezeigt, ich muss sie schleusen, ihnen eine Sprache geben. Den Gedanken, den Datenstick aus meiner Jacke zu bergen, ihn in den Computer zu stecken und aus den Fragmenten, die zuletzt in meiner Heimat entstanden sind, einen Roman zu schöpfen, verwerfe ich sofort. Ich muss etwas Neues anfangen, die Geschichte muss dort beginnen, wo ich mich derzeit befinde, in meiner neuen Gegenwart, später kann ich immer noch die alten Gedanken einfließen lassen.

Ich habe keine Ahnung, wie ich anfangen soll. Das ist auch gut so. Ein fließender Beginn kann allzu leicht die Abstraktionen, die sich in meinem Kopf breit gemacht haben, vernichten, dann würde allenfalls ein glattzüngiges Werk entstehen, dem es aber an Substanz mangelt. Ich kann nicht blindlings einen geschmeidigen Weg durch den Nebel bauen, ich muss umherirren, bis er sich von selbst lichtet.

Seit geraumer Zeit entdecke ich immer wieder neue Parallelen in meinem Leben, nicht alle stellen sich plakativ auf, doch meine Handschrift, die mich in bestimmte Situationen führt, ist nicht zu leugnen. Offiziell habe ich zurzeit drei Wohnungen, jede auf einer anderen Etage, doch alle in einem älteren Mehrfamilienhaus. In meiner Heimat ist die Wohnung für eine einzelne Person sehr geräumig, blicke ich dort aus dem Fenster, dann kann ich gerade mal die Straße überblicken, aus der winzigen Dachkammer in Zürich schaue ich auf der einen Seite über die Stadt, auf der anderen auf die Berge, die hiesige Mansarde bietet mir durch die Dachschrägenfenster einen Blick in die Weite des Himmels und die Ansicht des Flusses. Alleine schon diese Fensterblicke üben Einfluss auf meine Arbeiten aus. Schaue ich in mich hinein, statt nach außen, dann erzeugen die Imaginationen der Ausblicke einen Phantasieteppich, der nach und nach ein Eigenleben entwickelt, ohne Resistenzen gegen Impulse von außen zu bewirken. Im Gegenteil findet immer wieder ein Austausch mit der Außenwelt statt, wodurch selbst die größten Phantastereien an der Realität messbar bleiben. In Zürich war das schon anders, da habe ich von vorneherein während meiner Arbeit immer wieder über die Stadt geschaut. Ohne das in irgendeiner Form gelenkt zu haben, sind meine dort entstandenen Werke dadurch luftiger geworden, hatten weniger Schwermut und weniger Dichte, was nicht bedeutet, dass ihnen an Substanz fehlte. Meine Bekenntnisse waren in mehr Geschichte verpackt, sie schwammen wie kleine Boote auf dem Fluss meiner Erzählungen.

Eines meiner wichtigsten Werke umfasst nicht einmal hundert Seiten. Hätte ich sie in Zürich geschrieben, wären aus den gleichen Grundgedanken vielleicht zweihundert Seiten entstanden. Das fertige Buch wäre somit zur Hälfte Mogelpackung gewesen.

Ich will die Verpackung meiner Arbeiten nicht abwerten. Gerade das Erzählen, mitunter sogar das Lamentieren, macht den Roman erst schmackhaft, es lässt den Leser in die Geschichte eintauchen, statt sie unablässig geistig herauszufordern, und nicht zuletzt bereitet auch mir das Erfinden von Nebenhandlungen und das Beschreiben von Bildern, in denen die Handlung sich bewegt, unendlich viel Freude.

Meine Heimatwohnung und die Bude in Zürich sind also zwei in Gegensätzlichkeit und Gleichheit definierte Pole, doch was bedeutet Lyon? Ich habe immer vorgegeben, ich müsse mich hier aufhalten, um die Schneeschmelze in den Bergen abzuwarten, doch dieser Ort ist alles andere als eine zeitliche Überbrückung: Er ist für mich das Öffnen in eine neue Weite.

Hungrig laufe ich zu einer Bäckerei. Auch die Bäckereien sind Parallelen meiner drei Standorte, sie befinden sich alle nicht weit von meiner jeweiligen Wohnung entfernt, und trotz einiger regionaler Unterschiede ist das Gebäck doch ähnlich. Ich kaufe mir ein Croissant und entdecke kleine, reichlich verzierte Törtchen aus der Patisserie. Die „Petit Four", wie sie hier genannt werden, sind in erster Linie ein Augenschmaus, in ihrer Größe können sie kaum mit einem Tortenstück mithalten, wohl aber im Preis. Man muss sie wohl eher wie eine Praline genießen. Ich kaufe zwei Stück, eins aus schwarzer Schokolade und eins mit Himbeercreme. Gekonnt faltet die Verkäuferin eigens aus einem runden Karton eine passende Dose, in die sie das rosa-rot-weiß quergestreifte Weibchen und das dunkelbraun-beige längsgestreifte Männchen hineinstellt, dann umwickelt sie die Hülle zusätzlich mit einem Dekor-Papier und bindet es oben mit einem Bändchen zusammen. Ich habe nicht mit einer solchen Zeremonie gerechnet, doch ich genieße das Verpackungsritual und nehme mir vor, weiterhin genauso feierlich mit den Stücken umzugehen, wie es hier begonnen wurde. Enden wird das im Verzehr.

Die Geschichte, die ich aufschreiben will, beginne ich mit der akribischen Beschreibung der beiden Patisserie-Stücke, die ich vor meinem Reise-Laptop aufgebaut habe. Ich stelle mir vor, wie sie auf der Zunge zergehen, beschreibe, noch bevor ich im Geringsten davon koste, die erdachten Geschmäcker der einzelnen Törtchen, dann wie sie miteinander verschmelzen und, statt wie eine Mischung beider zu munden, sich zu einem neuartigen Aroma vereinen.

Jetzt nach Analogien zu suchen, wäre vollkommen falsch. Es läge auf der Hand, die Verschmelzung der Aromen mit der entstehenden Handlung der Geschichte zu vergleichen, doch genau das will ich vermeiden. Nichts in dem folgenden Ablauf soll mit den Törtchen verglichen werden, sie sollen einfach nur da sein, keine symbolische Rolle spielen und vielleicht ab und zu irgendwo zufällig auftauchen.

Triviale Paralleleindrücke können die Pralinen in einem bedeutungsschwangeren Lebenslauf sein.

Ich bin noch nicht weit gekommen, da spüre ich eine Unruhe, von der ich nicht weiß, wo sie herkommt. Es gibt nichts, was für diesen Moment ungeklärt ist, und doch hemmt mich irgendetwas. Der Versuch, weiter zu schreiben, misslingt, da merke ich, dass die Unruhe von irgendwo außen kommt. Irgendetwas Außergewöhnliches bewegt sich in dem Haus – ich werde es ignorieren und mich wieder auf meine Materie einlassen, auf meinen Nebel, der sich langsam lichtet. Auf dem Fluss treibt ein unbeladenes Boot mit der Strömung. Aus der Ferne ertönen die Sirenen mehrerer Einsatzfahrzeuge. Auf der anderen Uferseite surrt ein Baukran beim Hochziehen und Herablassen der Lasten. Ich habe gerade mal einen halben Satz geschrieben, da zieht mich der Trubel von draußen wieder in seinen Bann. Die Martinshörner sind nicht im Dickicht der Stadt verklungen, sondern kommen immer näher. Ich werde abwarten müssen, bis sie durch das Viertel durchgefahren sind, und klemme mich vor das Fenster, um zu sehen, ob man abschätzen kann, wann der Lärm sein Ende hat. Tatsächlich reflektiert kurz darauf ein Blaulichtgeflatter durch die Straße, doch statt an dem Haus vorbeizufahren, hält ein Feuerwehrfahrzeug unmittelbar davor.

Mir fährt der Schreck in die Glieder. In diesem Haus kann nichts passiert sein, sonst hätte man mich gewarnt, aber es muss in einem der Nachbarhäuser ein Unglück geschehen sein. Es bleibt mir nichts anderes übrig, als meine Arbeit zu verschieben. Ich werde hinausgehen, um nachzusehen, wie lange mich das Geschehen einnehmen wird. Sollte es sich um einen kleinen Zwischenfall handeln, dann werde ich mir zwischendurch einen Kaffee kochen und danach fortfahren, ansonsten ziehe ich in Erwägung, das Haus zu verlassen, eine Runde zu laufen, vielleicht etwas trinken zu gehen, oder ich werde in der Bibliothek nach neuen Büchern stöbern und ein paar Worte mit Florence wechseln – wenn sie heute da ist.

Noch während ich in meine Jacke schlüpfe, öffne ich die Wohnungstür, dreh mich noch mal, um nachzusehen, ob mein Computer im Stand-by-Modus steht, will gerade in den Flur gehen, da schlägt mir eine Qualmwolke aus dem Treppenhaus entgegen. Reflexartig schlage ich die Tür wieder hinter mir zu. Meine Güte, es ist tatsächlich in diesem Haus passiert. Warum hat mir niemand Bescheid gegeben? Das wäre doch das Mindeste gewesen. Na klar, der Zugang war mit Qualm versperrt. Selbst wenn man gewollt hätte, es konnte mich niemand warnen, ohne sein eigenes Leben aufs Spiel zu setzen. Merde, ich sitze in der Falle. Selbst wenn der Brand nicht zu mir vordringt, der Rauch wird mir die Atemluft nehmen. Ich greife ein Handtuch, tränke es in Wasser und lege es gegen den Schlitz vor die Türschwelle. Das wird nicht ausreichen. Die Tür schließt so schlecht, dass der Qualm auch durch die seitlichen Ritzen eindringen kann. Ich brauche mehr Handtücher, die habe ich nicht. Es muss notgedrungen das frisch gewaschene Betttuch dran glauben. Madame wird mir nicht verübeln können, wenn es anschließend hin ist, für Katastrophen braucht der Mieter nicht zu haften. Das Licht geht aus. Ich schaue auf mein Laptop, es leuchtet nur noch die Diode, die den Batteriebetrieb anzeigt, Na klar, wenn das Feuer nicht von selbst den Kurzschluss verursacht hat, dann wird spätestens die Feuerwehr den Stromkreis unterbrochen haben. Ich schaue aus dem Bodenfenster. Viel erkennen kann ich nicht, der Blickwinkel ermöglicht hauptsächlich die Sicht auf den Fluss, und man sieht nur wenig von der Straße und dem Uferweg. Ein weiteres Einsatzfahrzeug nähert sich dem Geschehen. Wenn man aus der Lautstärke der Sirene auf die Größe des Fahrzeuges schließen kann, dann wird es sich um ein sehr großes Feuerwehrauto handeln, hoffentlich um einen Leiterwagen mit einem langen Auszug, der für mehr als fünf Etagen reicht.

Lange Zeit geschieht nichts. Rauch dringt nicht in meine Wohnung, doch ich kann ihn riechen. Ich hätte nicht gedacht, dass es so lange dauern würde, bis man zu mir vordringt. Oder ist das Feuer so immens? Hitze spüre ich nicht. Ich schaue aus dem Dachfenster. Am gegenüberliegenden Ufer stehen Menschen und starren herüber. Wenn nicht bald etwas geschieht, werde ich über das Dach zu einem der Nachbarhäuser flüchten müssen. Ich öffne das Fenster und sehe hinaus. Sehr steil ist das Dach nicht, aber wenn ich abrutsche, bleibt die Dachrinne meine letzte Chance. Danach geht es in die Tiefe. Und das bei meiner Höhenangst. Ich könnte bis zum First hochklettern, dort habe ich wenigstens die Möglichkeit, mich nach zwei Seiten hin abzustützen.

Was in aller Welt ist, wenn man mich hier vergessen hat? Zwar habe ich die Wohnung ganz offiziell gemietet, doch bei der Einwohnerbehörde habe ich mich nicht angemeldet. Sollte jetzt die Concierge nicht ansprechbar sein, dann wird man mich hier nicht vermuten. Wer weiß, ob nicht der Söller ohne behördliche Genehmigung zu dieser Wohnung ausgebaut wurde. Gibt es diese Wohnung nicht, dann gibt es auch mich nicht. Und sollten mit mir meine Ausweispapiere verbrennen, dann werde ich endgültig verschwunden sein: In meiner Heimat untergetaucht, hier als unbekanntes Opfer registriert, niemand wird beide Ereignisse miteinander verknüpfen. Allenfalls in den Dateien der Bibliothek wird man mich noch eine Weile führen.

Wenn ich wenigstens Sichtkontakt zu der Feuerwehr aufnehmen könnte, dann gelänge es mir, die Bedrohlichkeit meiner Situation abzuschätzen. Ich rutsche einen Stuhl vor das Fenster. Sobald der Qualm durch die Tür schlägt, werde ich aussteigen, bäuchlings auf die Dachspitze zurobben, um mich dann jenseits des Kamins so schnell wie möglich davonzumachen. Mir wird nicht viel Zeit bleiben, denn hat sich der Rauch einmal einen Weg gebahnt, wird er mir auch durch die Fensteröffnung folgen und die Flammen hinter sich her ziehen.

Auf dem Stuhl sitzend, bereit für den letzten Ausweg, der mir mein Leben erhalten soll, blicke ich auf das geöffnete Gitter des Warmluftschachtes. Nichts bewegt mich dazu, aufzustehen und es zu schließen, so stiere ich nur noch in diese Richtung und warte auf den todbringenden Dunst.

Es rumpelt im Treppenhaus. Ist es schon so weit, dass die Holzkonstruktion in sich zusammenfällt? Nein, ich höre Schritte, ein schweres Getrappel von Menschen. Ich bin gerettet. Erst jetzt lähmt mich der Schock. Als Feuerwehrleute in schwerer Montur meine Tür öffnen, kann ich mich nicht mehr von meinem Stuhl unter dem Dachfenster erheben. Seltsamerweise tragen die Männer keine Atemmasken. Der Qualm aus dem Flur hat sich verzogen. Besorgt kommen zwei Feuerwehrmänner auf mich zu und nehmen mich an den Armen hoch. „Ça va?“ ist das Einzige, was sie mich fragen. Ein dritter betrachtet meine feuchten Tücher, die an der Tür kleben, und lobt mein besonnenes Verhalten: „Un modèle a suivre!“ Als sie mich hinausführen, fällt mein Blick in den Spiegel über dem Spülstein. Ich bin leichenblass.

Auf der Straße werde ich von unzähligen fremden Menschen angestarrt. Dann führt man mich zu einem Krankenwagen, der hinter einer Absperrung aus rot-gelbem Kunststoffband steht. Ich versuche, den Sanitätern klarzumachen, dass mir nichts fehlt, ich nur ein wenig erschrocken sei, sie antworten mir, ich müsse nur zur Kontrolle mitkommen, das sei alleine schon aus versicherungstechnischen Gründen notwendig. Na das kann man doch nachvollziehen: Die Gesundheit eines Menschen hat schon seine Bedeutung, unter Umständen hätte man noch darüber diskutieren können, ob irgendeine Behandlung Sinn macht, doch die formelle Abwicklung der administrativen Komponente kennt keine Gnade.

Der Krankenwagen kann nicht gleich davonfahren, weil ein Polizeifahrzeug den Weg blockiert. Als ich endlich einen Polizisten am Krankenwagen vorbei auf sein Auto zulaufen sehe, muss ich laut auflachen. Einerseits ist es die Erleichterung über den glimpflichen Ausgang, die den kleinen Gefühlsausbruch verursacht, andererseits auch die Komik dieser Situation, die alles wie eine Farce aussehen lässt. Die Sanitäter schauen mich verdutzt an.

Ein junger Arzt prüft meinen Blutdruck, fragt nach meinem subjektiven Befinden und lässt mich schließlich in ein Röhrchen pusten, das mit einem kleinen Automaten verbunden ist. Nur wenige Sekunden später schiebt der Kasten ein Papierband heraus, auf dem bestimmte Parameter gedruckt sind. Es gibt keine Anzeichen für eine Rauchvergiftung, dennoch will man mich zur Sicherheit für eine Nacht dabehalten. Ich lehne ab.

Bevor ich das Krankenhaus verlasse, drückt man mir an der Rezeption ein Formular in die Hand, das ich ausfüllen soll. Danach würde ich eine Bescheinigung ausgehändigt bekommen, mit der ich kostenlos mit einem Taxi nach Hause fahren kann. Ich sehe den Fragebogen durch, verstehe nicht alles und frage mich, wenn ich ordnungsgemäß meine offizielle Meldeadresse in meiner alten Heimat eintragen würde, ob mich das Taxi dann auch kostenlos dorthin brächte.

Ich entscheide mich gegen das Formular und nehme einen Bus, der über endlose Schleifen in die Innenstadt fährt. Eins muss man dem Rettungswesen der Stadt lassen. Sie haben mich in Windeseile in das Krankenhaus gebracht, während die Busfahrt zurück über viele Seitenstraßen und Schleifen, wenn man es eilig hat, zur Tortur wird. Dabei pressiert es, ich will endlich mit meiner Arbeit fortfahren.

Da ich den Streckenverlauf der Buslinie nicht kenne, steige ich an einem mir bekannten Platz aus und laufe den Rest des Weges zu Fuß nach Hause. Als ich ankomme, ist es bereits dunkel, und das, obwohl ich noch nicht richtig angefangen habe. Ein merkwürdiger Tag.

Die Haustür ist nicht wie üblich abgeschlossen. Der Gang in den Flur hat etwas Unheimliches. Der Aufzug ist laut einer handgeschriebenen Papptafel außer Funktion, damit konnte man rechnen, ich bin gezwungen, die vielen Treppen hochzulaufen, und komme an der Wohnung vorbei, in der unzweideutig die Quelle des Zwischenfalls war. Die Wohnungstür ist schwarz eingerußt, ebenso die Wände um sie herum, vor allem aber die Decke unmittelbar über ihr.

In meiner Wohnung stehen noch der aufgeschlagene Computer und die beiden Törtchen. Es müffelt nach kaltem Rauch, ansonsten ist alles unversehrt. Zum Glück gibt es wieder Strom. Das Erste was ich tue, ist, das Programm erneut zu starten und an meine letzten Gedanken anzuknüpfen, die allerdings eine ungewollte Wendung erfahren, weil nach und nach die Absurdität des Geschehens nach vorne drängt, die ich mit Neigung ins Humoreske verarbeite.

11.

„Wir werden sehen", haben Florence und ich uns in der Buchhandlung gegenseitig in die Hand gesagt.

Als ich hier ankam, wusste ich nicht, dass ich mich auf die fremde Stadt einlassen würde. Sie sollte eine Zwischenstation sein, daran hat sich nach wie vor nichts geändert, doch entgegen meinen Erwartungen und meiner Absicht habe ich sie angenommen, was vor allem mit den Menschen zu tun hat, die ich hier kennenlernen durfte, allen vorweg Florence, ein wenig aber auch mit der gewachsenen Struktur dieses urbanen Wesens am Begegnungspunkt zweier großer Flüsse. Ich muss zugeben, ich bin gerne hier, als heimatloser Vorüberziehender, in dem Wissen, ein anderes Ziel vor Augen zu haben und sich dennoch auf einen Teil dessen einzulassen, was hier passiert.

Meine Klarheit darüber, bald nicht mehr an diesem Ort zu sein, der sich mir mit vielen Geschmäckern anbietet, eröffnet mir eine gewisse Freiheit; sogar die Freiheit zu lieben. Liebe ist kein absoluter Begriff wie „Tod" oder „schwanger sein", man kann ein wenig lieben, auch ein wenig verliebt sein, es hat nicht immer die große Bedeutung, die danach drängt, stetige, gar dauerhafte Nähe herzustellen. Was Florence betrifft, so bin ich mehr in die Idee einer leichtfüßigen Begegnung verliebt, in die man sich nach und nach fallen lassen kann, in dem Vertrauen, auch aufgefangen zu werden. Ich habe mich von dem, woran es mir mangelt, bezaubern lassen.

Auf dem Weg, ein paar frische Lebensmittel zu besorgen, laufen mir Claude und Jean über die Füße. Überschwänglich begrüßen sie mich und fragen nach der Absicht meines Streifzugs, raten mir, einen algerischen Lebensmittelladen aufzusuchen, da gäbe es das frischeste Obst und Gemüse und die besten Spezialitäten für die gute französische Küche, die zwar nicht so gut ist wie ihr Ruf, aber ohne die orientalischen Kostbarkeiten der ehemaligen Kolonien noch schlechter dastände.

„Und was habt ihr vor?"

„Wir wollen von Musik-CDs kaufen. Du kommst mit?“

„Nein, ich habe keine Geräte, um Musik abzuspielen.“

„Sollen wir dir Musik laden, für deinen iPhone?“

„Nein, auch so etwas besitze ich nicht.“

„Ist wahr? Du hörst nicht von der Musik?“

„Doch, zu Hause schon, aber nicht auf dieser Tour.“ Zum ersten Mal erwähne ich während meines Aufenthaltes in der Stadt mein Zuhause, so als wäre es etwas ganz normales, mal eben auf dieser Reise zu sein.

Die beiden führen mich in eine enge Straße, in der sich der Laden befindet. Ein Uneingeweihter hätte nie hierher gefunden, und wäre er durch Zufall in die Ecke geraten, hätte er diese Gasse wohl aus Angst vor dunklen Gestalten gemieden. Die Häuser stehen so dicht beieinander, dass sich Nachbarn durch ihre Fenster die Hand reichen können. Manche Bewohner haben Wäschestücke anhand von Ziehharmonika-Stellagen vor ihre Fenster gehängt, die zwar nicht von einer direkten Sonneneinstrahlung getrocknet werden können, wohl aber durch den Luftzug, der wie bei einem Kaminsog fortwährend durch die Fassadenschlucht strömt.

„Die Schwester von Jean war traurig, weil sie hat geschlafen.“

„Wer hat geschlafen?“ Ich verstehe nicht, was Claude mir da sagen will. Ich sollte Französisch mit ihm sprechen, dann kann er sich besser ausdrücken, doch es fällt mir schwer, zwischen beiden Sprachen zu wechseln.

„Mais, Florence!“

„Florence ist die Schwester von Jean? Das wusste ich nicht.“

„Glaubst du, sie sind ein Liebespaar, weil sie leben zusammen?“

Ich wusste nicht einmal, dass sie zusammen leben. Wahrscheinlich denkt Claude, ich würde Florence besser kennen als es der Fall ist. Die beiden als Paar anzusehen, darauf wäre ich allerdings nie gekommen. Statt ihm zu antworten, betrete ich den Laden und überlasse es den beiden, ob sie mir folgen wollen. Claude klopft gegen die Glastür und deutet mir an, dass sie weitergehen werden. Paul, der offensichtlich nicht für Kommunikation zuständig ist, dreht sich derweil eine Zigarette.

Als ich zu meinem Wohnhaus zurückkomme, fängt die Concierge mich am Eingang ab und erkundigt sich nach meinem Gesundheitszustand. Kaum habe ich sie von meiner absoluten Unversehrtheit überzeugt, da erzählt sie mir ausführlich, wie es zu dem Unglück gekommen ist. Aufregung ist in ihrer Stimme nicht auszumachen, doch ihr unaufhörlicher Redefluss wirkt auf mich, als wolle sie damit das Geschehen auf ihre Weise verarbeiten. Ein Kurzschluss in einer Dekorlampe hat wohl den Brand ausgelöst und Gardinen, Teppiche und die Sofagarnitur entflammt. Dummerweise hat das Ehepaar bei der Flucht aus der Wohnung die Tür offen gelassen, dadurch sei der enorme Rauch durch das gesamte Treppenhaus gequollen. Das Haus selbst sei ansonsten weitestgehend verschont geblieben, abgesehen von dem Wasserschaden, durch den jetzt auch die Wohnung darunter vorübergehend unbewohnbar sei und renoviert werden müsste. Ich solle mich also nicht wundern, wenn es in der nächsten Zeit größere Arbeiten in dem Haus gäbe und die Flure etwas dreckiger als gewöhnlich sind. Leider wird für einige Zeit der Fahrstuhl ausfallen, ein Elektriker müsse die Elektronik aus Sicherheitsgründen auf Schäden überprüfen. Von der Miete könne sie mir aber nichts erlassen, da es sich um höhere Gewalt handelt. Ich gebe ihr zu verstehen, dass ich davon auch nicht ausgegangen bin. Madame macht ein zufriedenes Gesicht, ich nutze den kurzen Augenblick der Stille, um auf die Treppe zuzugehen und nach oben zu stiefeln.

In der Nacht erwache ich aus einem Traum. Es war ein Traum, den ich wie eine Geschichte nacherzählen könnte, der nur von wenigen wirren Elementen irritiert wurde und zu dem mir gut und gerne viele weitere Geschehnisse einfallen könnten, die ich zum Teil vielleicht auch geträumt hätte, wäre ich nicht vorher erwacht. Es war nicht nur ein realitätsnaher Traum, sondern auch ein sehr zeitnaher.

Die Strukturierung der Traumphasen, wie sie die Schlafforscher registrieren, sind nach meiner Einschätzung zu grob eingeteilt, es sei denn, sie wissen mehr, als der Öffentlichkeit allgemein bekannt gegeben wird. Ich glaube an Tiefschlafträume und an wachnahe Träume, die ich aber nicht durch die Fähigkeit, sich an sie zu erinnern, gleichsetze. Erinnerungen sind aus beiden Arten möglich. Ich kann das nicht wissenschaftlich nachweisen, das sind meine Empfindungen, die beschreiben, wie ich mich erfahre. Demnach sind tiefe Träume die chaotischen, die anderen haben dagegen eine Logik, wie wir sie aus unseren Wachzuständen kennen. Doch was wäre, wenn wir das Chaos unserer tieferen Hirnregionen besser begreifen könnten? Würde sich dann auch unser Leben ändern, indem wir einen ungetrübten Blick auf die Unordnung zulassen?

Ich bin durch eine enge Gasse gegangen, die man sich mit Fahrzeugen teilen musste. Es ist unklar, ob es sich hierbei um Autos oder vielleicht eine Bahn gehandelt hat, jedenfalls sind die Gefährte manchmal durch Unterführungen gefahren. An diesen Stellen hatte man die Möglichkeit, die Straßenseite ohne Probleme zu wechseln. Ich habe mir Schaufenster angesehen und einen Trödel- und Antikladen entdeckt. Bereit, in der Vergangenheit zu stöbern, bin ich hineingegangen, fand zunächst nichts, was mich interessierte, bis ich in der hinteren Ecke ein Röhrenradio sah, ein relativ kleines, handliches, das man ohne Weiteres auf einen Gepäckhalter eines Fahrrades hätte schnallen können. Ich wollte schon immer ein solches Radio haben, der Sound, vor allem die Bässe sind mit anderen Geräten unvergleichbar, und war davon angetan, dass es diese Exemplare auch in kleineren Abmessungen gibt. Um mir das Gerät genauer anzusehen, wollte ich zu dem Regal hinübergehen, doch der direkte Zugang war mir durch irgendeinen Umstand verwehrt. Ein typisches Traummerkmal, man will etwas erreichen und kommt nicht hin. Ich bin also wieder aus dem Laden auf die Straße gegangen und habe einen schmalen Flur gewählt, der seitlich des Geschäftes lag und zur Rückseite des Gebäudes führte. Dort gab es tatsächlich einen zweiten Eingang, durch den ich die Radioansammlung erreichen konnte. Doch egal, welches Exemplar ich in die Hand nahm, beim näheren Betrachten entpuppte es sich immer als ein anderes Gerät als das, was ich haben wollte. Schließlich kam der Verkäufer hinzu, bot mir seine Hilfe an und ließ mich in ein Röhrchen pusten. Als ich zu ihm aufschaute, sah ich in das Gesicht des Sanitäters, der mich gestern in dem Krankenwagen aufgenommen hat. Ich wollte die Sache beenden, nach Hause gehen, doch das Haus stand in Flammen. Als hätte ich mit all dem nichts zu tun gehabt, habe ich mich umgedreht, bin fortgegangen und dabei ganz unaufgeregt erwacht.

Der Traum hatte eine Besonderheit: Zuerst verlief er wie eine fließende Geschichte, dann machte er merkwürdige Sprünge, die meine Erlebnisse des letzen Tages widerspiegelten. Mir ist es dabei gelungen, mich von außen zu beobachten und dadurch den tief sitzenden Schock zu verarbeiten.

Es gibt Phasen in meinem Leben, in denen mir jeden Tag die Träume der vorigen Nacht einfallen. Schon als Kind habe ich mich manchmal auf das Zubettgehen gefreut, um meine Träume wiederzuerleben und fortzusetzen. Sie sind eine Bereicherung meines Lebens, eine Bewusstseinserweiterung, die vielleicht sogar den Tod überdauert.

Bewegt durch meinen Traum und all die folgenden Gedanken, kann ich nicht mehr einschlafen. Nach einer Weile stehe ich auf, setze mich an meinen Computer und schreibe diesen Traum genauso auf, wie ich ihn erlebt habe, und füge ihn als zweiten Anfang meiner Geschichte direkt hinter die Beschreibung der beiden Törtchen.

Einen Roman ohne vorgegebene Rahmenhandlung zu schreiben, ist ein sehr intensiver Vorgang. Ob er letztendlich auch funktionieren wird, ist fraglich, im Moment aber auch nicht wichtig. Es gibt bereits einen solches Manuskript in meinem Fundus, eine Reise durch die Selbstwahrnehmung, eine Handlung, die sich durch unzählige skurrile Welten zieht, in dem ich schöne und bittere Realitäten im Absurden widerspiegeln lasse, doch bisher habe ich es noch nicht meinem Verleger gegeben. Es wird vielleicht Jahre dauern, bis ich mit dem Roman den Schritt nach außen gehe, vorher werde ich ihn aus verschiedenen Lebenssituationen auf seine Tauglichkeit prüfen müssen. Mir selbst ist dieses Werk näher als jedes andere, deshalb war es auch das erste, was Udez auf meinen geheimen Computer speichern sollte. Jetzt existiert er nur noch als Datei auf meinem kleinen USB-Stick, der irgendwo in meinem Jackenfutter herumbaumelt.

Seit Tagen bin ich nicht mehr in der Bibliothek gewesen. Zwar habe ich noch ein paar ungelesene Bücher zur Verfügung, doch die Bücherei ist mein Ersatz für das Bücherregal in meiner Heimatwohnung, das mir als metaphorisches Fenster mit Blick auf die Welt dient.

Die strenge Bibliothekarin schaut hinter dem Tresen kurz zu mir auf. Ich weiß, dass sie mich erkennt, versucht aber, sich nichts anmerken zu lassen. Heute sind viel mehr Menschen hier als an den anderen Tagen, dennoch geht es sehr leise, nahezu gedämpft zu. Je länger ich die Regale durchsuche, umso mehr frage ich mich, ob ich überhaupt ein Buch ausleihen will. Hauptsächlich stöbere ich in den Regalen mit den deutschsprachigen Büchern, wegen der begrenzten Auswahl schwenke ich schließlich ins frankophone über, schlage einzelne Seiten auf, suche nach Passagen, die ich aus den Übersetzungen besonders gut kenne, und vergleiche die Art, wie man die Sätze in den unterschiedlichen Sprachen formuliert hat. Einmal sehe ich Florence von hinten, die einen großen Stapel Bücher wegträgt, erst viel später wird sie auf mich aufmerksam, hat aber keine Zeit, sich mir zu widmen, da sie gerade sichtlich intensiv zwei Frauen berät.

Mehr aus Verlegenheit, nicht ohne Buch aus dem Haus gehen zu wollen, wähle ich einen kleinen Band mit Kurzgeschichten verschiedener Autoren aus und ziehe mehr oder weniger zufällig Sartres Roman „La Nausée“, den ich unter dem Titel „Der Ekel“ bereits in deutscher Sprache gelesen habe, heraus.

Die strenge Frau sitzt immer noch alleine am Computer und scannt unter meinem Namen das Buch ein, nicht ohne zu erwähnen, dass sich noch weitere Bücher bei mir befinden würden, als Florence herbeigeeilt kommt.

„Du musst schon gehen?“

„Ich möchte dich nicht von deiner Arbeit abhalten.“

„Es geht, ich bin fast fertig.“

„Soll ich warten?"

„Ich muss noch eine Stunde und eine halbe arbeiten, aber wenn du nicht sofort gehen musst, kann ich eine kleine Pause machen."

„Wenn das geht, dann gerne."

„Möchtest du Kaffee?"

„Kann man hier irgendwo einen trinken?"

„Es ist noch Kaffee in der Kanne", meldet sich völlig überraschend die strenge Kollegin. Ich bin perplex, auch sie spricht einwandfreies Deutsch.

Zu dritt gehen wir in einen kleinen Raum, der durch ein winziges quadratisches Fenster erhellt ist. Florence holt zwei frische Tassen hervor, ihre Kollegin gießt ein, schaut dabei auf und lächelt mich an. Gleich darauf verschwindet sie wieder, mit der Entschuldigung, eine Person müsse den Empfang besetzen.

„Ich bin eingeschlafen, als wir zurückgefahren sind. Das war peinlich."

„Wieso? Es war spät, ist doch normal."

„Mein Bruder hat gesagt, du warst bestimmt beleidigt."

„Mach dir keine Sorgen. Wenn wir uns an diesem Abend zum letzten Mal gesehen hätten, dann wäre es bestimmt komisch gewesen."

„Komisch. Ein schönes Wort."

„Ja, du hast recht. Man kann es auf zweierlei Arten anwenden, entweder im Sinne von ‚drôle' oder wie ‚bizarre'."

„Ja, das weiß ich. Komisch, es ist mehr der Klang, der ein bisschen ‚drôle' klingelt."

„Spannend wird es, wenn man mit dem Wort spielt und zunächst so tut, als meine man das eine, dann aber auf die andere Bedeutung kommt."

„Du bist ein Literat. Das habe ich am Anfang nicht gewusst. So wie du mit Worten spielst, hätte ich es mir denken können."

Die strenge Kollegin kommt zurück und sagt, sie habe gerade noch einmal meine Adresse gesehen, und fragt, ob nicht in dieser Straße ein Haus gebrannt hat. Ich spiele die Sache herunter, sage ihr, es wäre nur eine Wohnung betroffen gewesen und niemand sei ernsthaft zu Schaden gekommen. Sie wendet ein, es habe doch Verletzte gegeben. Nur schwer kann ich sie davon überzeugen, dass man nur aus Vorsorge einige Personen ins Krankenhaus gebracht habe, nach meinen Wissen aber alle am gleichen Tag zurückgekehrt sind, mit Ausnahme der direkt betroffenen Personen, die vorläufig bei Verwandten wohnen müssen.

Ihre Neugierde ist gestillt, sie verlässt wieder den Raum. Ihr mehr zu sagen, als ich tatsächlich weiß, gleichzeitig meine Nähe zu dem Geschehen zu verheimlichen, halte ich für legitim.

„In dem Dorf, aus dem ich stamme, ist einmal eine ganze Familie in ihrem Haus verbrannt“, erzählt Florence, „seitdem habe ich eine panische Angst, wenn es nach altem Feuer riecht. Am meisten schlimm ist der Geruch von verbranntem Holz, wenn es nass wird. Dieser Geruch hat viele Wochen über dem Dorf ... wie sagt man? ... geschwebt.“

Gleichzeitig sage ich „gelegen“, Florence wiederholt „gelegen“.

„Geschwebt ist genauso richtig“, nehme ich sie in Schutz. „Dann darfst du aber nicht in meine Wohnung kommen, denn ich heize dort mit Holz, und ein wenig riecht es immer nach Qualm.“

„Mit Holz? Hier in der Stadt! Wo bekommst du das denn her?“

„Ja, das ist eine gute Frage. Bisher habe ich es hier und dort auf Baustellen gesammelt, aber langsam wird es knapp.“

„Ich kann dir Holz besorgen. Meine Eltern haben zu Hause große Stapel, die sie nicht alle brauchen.“

„Sie heizen auch mit Holz? Was ist dann mit deinen Ängsten?“

„Den Geruch von frischem Qualm mag ich gerne, dann fühle ich mich heimisch. Aber wenn er kalt wird, da stinkt es und weckt die böse Erinnerung. Das ist wie mein Problem mit Jean. Das Rauchen in der Wohnung würde mich nicht stören, aber nachher ist es nicht erträglich, und seine Klamotten stinken.“

„Ihr wohnt zusammen?“

„Ja, solange er noch studiert. Er wollte nach Paris gehen, aber er hatte kein Geld. Hier ist es billiger zum Leben.“

Der Kaffee ist heiß aus der Kanne gekommen, in der Tasse aber schnell heruntergekühlt. Ich schlucke den Rest herunter.

„Wie viel Holz brauchst du denn?"

„Ich weiß es noch nicht genau. Bisher habe ich nur kleine Mengen besorgt, gerade so viel, wie ich in zwei, drei Tagen verheizen kann. Am besten ist, wenn man eine Tagesration zum Heizen hat und die nächste daneben trocknen kann. Dafür muss man aber gut organisiert sein und sollte jeden Tag neues Holz besorgen."

„Wie ich dich einschätze, bist du bestimmt gut organisiert."

„Du denkst zu gut über mich. Oft genug hantiere ich mit nassem Holz, das ich gerade erst geholt habe. Wenn ich es dann überhaupt angezündet bekomme, dann zischt und spritzt es nur so in meinem Ofen, und es dauert eine halbe Ewigkeit, bis es warm wird."

„Es zischt und schprritzt nur so ... eine halbe Ewigkeit. Manchmal klingt es richtig drollig, wie du sprichst."

„Danke."

„De rien. Musst du denn jetzt viel Holz haben oder nicht? Nur für eine Tasche voll ist sehr wenig."

Einen eigenen Lagerplatz habe ich nicht, aber was soll's: So lange die Decke nicht durchbricht, kann ich ja auch eine größere Menge in der Wohnung stapeln."

Florence steht auf und geht zur Tür. „Bon. Wir werden ein Auto vollladen. Aber es kann noch bis zum Wochenende dauern, dann gehe ich nach Hause zu meinen Eltern. Ich gehe lieber mit der Bahn, aber wir können auch das Auto nehmen."

Ich stehe ebenfalls auf, und während wir zur Anmeldung gehen, frage ich Florence: „Kann es sein, dass ich dich im Zug gesehen habe, als ich hierher kam?"

„Dann bist du das wirklich gewesen? Ich war mir nicht sicher. Also dann bis Sonntag. Bist du am Nachmittag zu Hause?"

„Ich werde da sein."

Florence verabschiedet mich mit einem Wangenkuss. Ich spüre ihre zarte, noch jugendliche Haut auf meinen Wangen und schäme mich, weil ich mich seit zwei Tagen nicht mehr rasiert habe. Kaum ist sie verschwunden, da dreht sich an der Anmeldung ein alter Mann, der ein Bündel Bücher unter dem Arm trägt, nach mir um. „Sie sind Deutscher?“

Ich zögere, will meine Herkunft nicht herumposaunen und antworte mit einem schüchternen „Ja“.

„Entschuldigen Sie bitte, ich spreche Sie an, weil ich, seit ich hier bin, nicht mehr deutsch gesprochen habe.“

„Sie sind schon länger hier?“

„Ja, schon länger. Verzeihen Sie mir, dass ich Sie aufhalte, ich möchte Sie nicht belästigen, doch wenn es Ihnen nichts ausmachen würde, wäre es mir eine Ehre, Sie auf ein Getränk einladen zu dürfen. Keine Angst, ich hege keine unanständigen Absichten, doch vielleicht könnten Sie mir ein wenig über die momentanen Zustände im Land unserer gemeinsamen Sprache berichten.“

Ich war fest entschlossen, in meine Wohnung zu gehen und meine Arbeit fortzusetzen, doch der Alte machte mich in seiner Direktheit neugierig. Es gibt nicht viel zu verlieren, und es besteht auch keine Gefahr, Zeit zu vergeuden. Ein Gespräch würde mich nur wenig von meiner Selbstbezogenheit ablenken, wenngleich ich von einer anderen, konkreten Person nicht viel von dem erwarten kann, was ich mir zur Heranreifung meiner neuen Erzählung erhoffe, selbst wenn meine Ideen bislang noch sehr abstrakt sind. Dagegen steht eine möglicherweise interessante Begegnung. „Wo wollen Sie denn mit mir hingehen?“

„Wenn Sie ein hochgeschätztes Lokal haben, werde ich Ihnen gerne dorthin folgen, ansonsten darf ich eine Weinstube vorschlagen, in die ich bevorzugt einkehre.“

Noch mal zögere ich kurz, dann lasse ich mich endgültig auf den Menschen ein. „Einverstanden. Ist es denn weit von hier?“

„Zu Fuß muss man eine Viertelstunde laufen, wir können auch ein Taxi nehmen.“

„Mir ist es gleich.“

„Wenn es Ihnen nichts ausmacht, ich habe heute noch nicht meinen Spaziergang gemacht, dann können wir zu Fuß gehen.“

„D'accord", kommt es aus meinem Mund.

Während der gesamten Strecke wechseln wir kaum ein Wort. Manchmal zeigt der Herr mit dem Fingern, die in seinen schwarzledernen Handschuhen stecken, in eine bestimmte Richtung, in die wir gehen müssen. Auf unserem Weg bedankt er sich zweimal, dass ich ihm folge, und erwähnt, wie gut das für ihn wäre. Die Erscheinung des Alten ist nicht unauffällig: Sein langer, graumelierter Wollmantel und der dunkle Seidenschal haben den Chic vergangener Zeiten, die Hose hat Bügelfalte, seine Füße stecken in solidem Schuhwerk, die Umhängetasche, aus Kunststoffplane genäht, verrät die Moderne, in der wir uns befinden. Sein langes Haupthaar, das in der Bibliothek noch die lichten Kopfstellen überdeckt hat, flattert nun im Wind. Die ganze Zeit grüble ich über seine Situation nach, warum es ausgerechnet die Sprache war, die ihn dazu veranlasst hat, in mir ein Gegenüber zu sehen, kurz kommt mir sogar der Gedanke, er sei möglicherweise ein Spion, der mich an einen bestimmten Ort locken soll, doch aus seinem Gesichtsausdruck lese ich etwas anderes, was mir nahezu blindes Vertrauen einflößt. Mit absoluter Vorsicht hat das nichts zu tun, das ist mir bewusst, doch ich werde mein Leben nicht von zwanghaft logischen Mechanismen bestimmen lassen, sondern vielmehr meinen Instinkten folgen, auch wenn ich damit in die Falle tappe. Jetzt hat mir ein Zufall eben einen Mann in den Weg gestellt.

Die Irritation dauert noch an, während mir mein Selbstvertrauen die Freiheit schenkt, mich auf das Unbekannte einzulassen.

Ein dicker Kellner mit zünftiger Schürze um seinen Leib wendet sich meinem Begleiter zu und wartet ab, ohne nach unseren Wünschen zu fragen. „Ich trinke einen Muscadet. Darf ich Sie einladen?"

„Ich möchte zunächst nur ein Glas Wasser."

„Un verre d'eau et une quart de muscadet."

„Petillante ou plate?"

„Petillante", antworte ich im Vertrauen darauf, dass ich gefragt sei und kein perlender Muscadet angeboten wird, doch der Kellner würdigt mich keines Blickes, so dass mein Begleiter gezwungen ist, meinen Wunsch zu wiederholen.

„Ein kauziger Bursche, er muss wohl andere Qualitäten haben“, verteidigt der Alte den Kellner. „Ich trinke gerne meinen Muskatwein in diesem Lokal, sie haben hier einen aus dem Elsass, meiner alten Heimat, obwohl der Muscadet aus südlicheren Regionen im Allgemeinen höher gelobt wird.“

„Sie stammen aus dem Elsass! Eine sehr schöne Region, die ich gerne bereist habe. Aus welchem Ort kommen Sie denn, vielleicht war ich schon einmal dort.“

„Nein, das glaube ich nicht. Ich bin in einem kleinen Städtchen aufgewachsen, das nicht so lieblich pittoresk ist wie die Örtchen an der Weinstraße zwischen Colmar und Straßburg und das deshalb auch nicht von Touristen besucht wird.“

„Dann sind Sie also kein Deutscher, so wie ich es angenommen habe. Sie sprechen aber ohne jeglichen Akzent.“

„Sie schmeicheln mir. Tatsächlich bin ich mit der deutschen Sprache aufgewachsen, genauer gesagt, mit einem Dialekt, der von der deutschen Sprache abstammt. In der Schule habe ich dann beides gelernt, französisch als angebliche Muttersprache und hochdeutsch als Fremdsprache. In Wirklichkeit war beides Fremdsprache für mich.“

„Und Ihre Vorfahren sind Franzosen?“

„Das kann man nicht so genau verifizieren. In unserer Region ist die Staatszugehörigkeit mehrmals gewechselt. Mal war man deutsch, dann wieder französisch. Ursprünglich sind wir Lothringer oder, wenn man es ganz weit spannen will, sogar Franken. Einige sprechen einfach nur von Elsässer Nationalität. Ob die eine oder andere Person aus dem übrigen Deutschland oder Frankreich in unsere Sippe eingeheiratet hat, ist ohnedies nicht mehr nachzuvollziehen. Für die einen sind wir demnach Deutschfranzosen, für die andern Franzosendeutsche, wir sind eine Randerscheinung der Grand Nation, Republikaner von Gnaden, aber wenn man nach vorne schaut, sind wir Europäer. Das darf man doch als positive Entwicklung annehmen.“

„Diese Einstellung gefällt mir. Es ist nichts Schlechtes daran, im weiten Blickwinkel globaler Zusammenhänge zu denken, auch wenn man regional verwurzelt agiert."

„Muscadet. De l'eau", der Kellner stellt die Getränke auf den Tisch und gießt mein Wasser aus einer kleinen blauen Flasche in ein leeres Glas, stellt die Flasche daneben und schiebt überraschend ein „s'il vous plaît" hinterher.

„Das Agieren hat sein Ende gefunden, zumindest, was mich betrifft. Ich bin hier in einer Art Exil, ich will und kann nicht mehr zurück."

Ich muss schlucken. Noch ein Exilant. Ich habe es schon als unglaublichen Zufall gesehen, ausgerechnet hier auf Camus gestoßen zu sein, der manche Parallele zu meinem Leben hat, und jetzt stolpere ich, ausgerechnet an der Stätte meiner ersten ernsthaften Begegnung mit Camus, der Bibliothek, über die Füße einer lebendigen Person, die vielleicht ein ähnliches Schicksal durchmachen muss.

„Verzeihen Sie, wenn ich Sie mit dem Wort Exil etwas verwirrt habe. Der Begriff ist sicherlich anmaßend gegenüber anderen, die tatsächlich an einen Punkt fern ihrer Heimat gebunden sind. Ich habe ja immer noch die Wahl, woanders hinzugehen. Das Fatale ist, ich weiß nicht, wohin. Doch sagen Sie mir doch, aus welcher Region Sie stammen!"

„Aus der Hauptstadt."

„Ach, ein Hauptstädter. Kann es denn wahr sein. Entschuldigen Sie bitte mein Erstaunen, es hat nichts mit Ihnen persönlich zu tun, die Gründe dafür sind vielmehr in meinem eigenen Werdegang zu finden, das kann ich Ihnen später noch begründen. Und was hat Sie hierher verschlagen? Wenn Sie nur Tourist wären, dann würden Sie sich nicht in der Bibliothek aufhalten und mit der Bibliothekarin flirten."

„Sie sind ein aufmerksamer Beobachter. Tatsächlich haben Sie recht: Ich arbeite zeitweise hier, bin im Prinzip dennoch auf der Durchreise."

„Sie haben also noch große Pläne?"

„Man wird sehen. Ich muss mich neu orientieren."

„Sie sind jung genug, das ist kein schlechtes Vorhaben. Seinerzeit habe ich das auch gemacht, nur war ich noch viel jünger, als Sie es jetzt sind. Sehen Sie, ich bin unter ärmlichen Verhältnissen aufgewachsen ... ach, verzeihen Sie, ich möchte Sie nicht mit meiner Kindheitsgeschichte belästigen."

„Doch doch, erzählen Sie ruhig. Ich finde persönliche Lebensgeschichten immer interessanter als offizielle historische Abläufe, von denen man nicht viel über das wahre Schicksal der Menschen ablesen kann."

„Na gut, Sie unterbrechen mich bitte, wenn ich zu ausschweifend werde. Wir hatten nicht viel Geld, mein Vater ist im Krieg gefallen, ich habe nur wenige Erinnerungen an ihn, die meisten rühren von den Erzählungen meiner Mutter her und von alten Fotos. Weil meine Mutter arbeiten musste, bin ich bei meinen Großeltern aufgewachsen. Sie haben ein strenges Regime geführt, es gab stahlharte Regeln und empfindliche Strafen für den, der sie nicht einhielt. Aber auch sie selbst hatten es sehr schwer, das sei keine Entschuldigung, aber eine Erklärung, die es mir leichter macht, ihnen manchen Hieb und manchen Entzug zu verzeihen. Meine Großeltern waren wie schon deren Vorfahren ganz unpolitisch, daher standen sie, sooft die Herrschaft in unserer Region wechselte, nie auf der falschen Seite ... aber auch nie auf der richtigen und waren dadurch stets Spielball mancher, nicht selten dunkler Machenschaften. Meine Mutter hat in einem reichen Haus als Haushaltshilfe gearbeitet, war also doppelt in die Defensive gedrängt, einmal durch die Familiengeschichte in ihrer Unterdrückung, zum anderen durch die tägliche Unterwerfung in der Aristokratenfamilie, für die sie geschuftet hat. Wenn sie abends nach Hause kam, was längst nicht jeden Tag der Fall war, war sie völlig ermüdet. So hatte sie keinerlei Einfluss auf unsere Erziehung. Verzeihen Sie mir, ich vergaß zu erwähnen, ich habe noch zwei jüngere Geschwister, einen Bruder und eine Schwester, deshalb spreche ich von uns. Lediglich sonntags konnten wir die Zeit mit meiner Mutter verbringen. Den autoritären Handlungen meiner Großeltern konnte ich mich nur entziehen, wenn ich mich heimlich auf ein Flachdach zurückzog, das zwischen unserem und dem Nachbarhaus eine Werkstatt überdeckte. Aus unserem Treppenhaus konnte man durch ein Fenster steigen und war damit aus dem Blickwinkel des Wirkungsbereiches meiner Großeltern gewichen. Von dort konnte ich über die Dächer der tieferliegenden Häuser in das Rheintal gucken und die Gegenwart vergessen machen. Ich habe mich dort manches Mal wie ein Burgherr gefühlt, der über die Tiefebene Ausschau nach möglichen Angreifern hielt. Mit beflügelter Fantasie saß ich auf meiner Plattform und habe begonnen, dort oben erst kleine Geschichten, im reiferen Alter Liebesgedichte zu schreiben. Die Worte haben meine Welt geformt, im Spiel mit der Sprache konnte ich mich aufgehoben fühlen."

„Sind Sie dabei geblieben?" frage ich voller Neugierde auf eine weitere Parallelität zu meinem Schicksal.

„Nein, zunächst nicht. Meine Großeltern haben mich zu einer Bäckerlehre genötigt. Der Gedanke dazu war wohl, eine Replik an die Hungerszeit zu zollen, die meine Großeltern mehrmals durchgemacht haben. Sie argumentierten, Brot wird immer gegessen, das ist ein sicherer und ehrenhafter Beruf. Erst als ich die Bäckerlehre abgeschlossen hatte, war ich alt und selbstbewusst genug, mich für das zu entscheiden, was ich selbst wollte. Nur wusste ich zuerst noch nicht, was das sein sollte. Wie sollte ich denn ahnen, dass man aus seiner Leidenschaft einen Beruf machen kann? Eine derartige Freiheit war in unserer Familie bis dahin noch nie vorkommen. An dem Tag, als ich den Gesellenbrief in der Hand hielt, musste ich mich entscheiden, ob ich für den Rest meines Arbeitslebens in der Backstube stehen wollte. Doch das wollte ich nicht: ‚Ich will schreiben', rief ich aus, ich war in einem Alter, in dem mich niemand davon abgehalten hätte.

So bin ich zu meinem Beruf gekommen, der mich mein Leben lang begleitet hat. Zunächst habe ich bei einer kleinen deutschen Zeitung angefangen und mich, bei aller Bescheidenheit, im Laufe der Jahre zum gefragten Journalisten hochgearbeitet. Ich darf einräumen, meine Karriere basierte nicht einzig auf meinen persönlichen Qualitäten, sondern auch auf meiner Abstammung. Natürlich hätte ich in jedes der beiden Länder gehen können; weil ich, aus französischer Sicht, jenseits der Vogesen lebte, entschied ich mich für Deutschland. Zum ersten Mal in der Geschichte meiner Familie, soweit ich meinen Großeltern glauben darf, kam mir meine Herkunft zugute, ein Novum, da wir immer irgendwie zwischen Deutschland und Frankreich hin und her gerissen, wenn nicht sogar eingequetscht waren. Nicht nur, dass gute Journalisten, zu denen ich mich zählen möchte, gefragt waren, ich beherrschte fließend beide Sprachen und wusste über die politische Entwicklung beider Länder gut Bescheid – eine hervorragende Grundlage in Zeiten der deutsch-französischen Annäherungen unter Adenauer und de Gaulle. So wurde ich Korrespondent in beiden Ländern. Merkwürdig nur, für die Franzosen war ich der Deutsche, und für die Deutschen, Sie ahnen es."

„Aber Sie sind doch französischer Staatsbürger. Wie kommt es, dass Sie heute Exilant im eigenen Land sind?"

„Das Schicksal des Elsass hat sich nur äußerlich stabilisiert, im Wesen hat sich nicht viel geändert. Nach wie vor weiß man nicht, wo man hingehört. Für das offizielle Frankreich ist das Elsass ein Teil der Republik, für die meisten Franzosen immer noch ein Randgebiet mit einer fremden Kultur."

„Ein Gebiet mitten in Europa, das den Sitz des europäischen Parlamentes beherbergt?"

„Man hat dort keine große Industrie. Mit Tourismus und Wein hält man sich ganz gut. Jedoch, der Franzose macht entweder am Meer oder in den alpinen Bergen Urlaub und trinkt im Übrigen bevorzugt Bordeaux oder die lieblicheren Weine von der Loire. Im Gegenzug haben die Elsässer nicht allzu viel mit der Nation am Hut und orientieren sich freiwillig lieber nach Deutschland. Auch als wir noch verschiedene Währungen hatten, liefen die Geldströme sehr gut hin und her. Viele Elsässer arbeiten drüben, kaufen preiswert ein, untereinander macht man seine Geschäfte, und viele Deutsche wohnen mittlerweile in unseren lieblichen Orten.

Für Politik interessiert sich der Elsässer, geografisch und geschichtlich im Dazwischen, wenig. Auch wenn man kein Verständnis dafür hat, ist diese Haltung dennoch nachvollziehbar. Warum sollte man sich über die Umtriebe in Ihrem Land aufregen? Man ist ja kein Deutscher. Man blickt allenfalls kritisch auf die Entwicklung und hält sich raus. So verliert man auch jegliches Gespür für gesellschaftspolitische Strömungen. Wenn drüben was passiert, beruft man sich darauf, Franzose zu sein, und wenn es um Frankreich geht, sagen sie: Was haben wir mit den Problemen im Elysée zu tun, wir sind doch Elsässer. Begreifen Sie jetzt den Widersinn?"

„Es ist schon erstaunlich, was in den Gebieten eines Landes stattfindet, das man von außen nur als eine Nation betrachtet. Außer dem Wissen, dass das Elsass durch seine Geschichte mehrfach eine Identitätskrise erleiden musste, hatte ich ja keine Ahnung, welche Folgen das bis heute hat. Aber welchen Einfluss hat das auf Ihr persönliches Schicksal?"

„Das kann man mit einfachen Worten zusammenfassen: In den Augen anderer bin ich viel zu wenig Patriot. Während ich am Anfang meiner journalistischen Laufbahn mit meinen kritisch-analytischen Artikeln noch als Versöhner galt, schimpft man mich nun einen Spalter, obwohl ich im Grunde nie etwas anderes getan habe, als hinterfragend über die Zustände und Entwicklungen zu berichten."

„Das verstehe ich jetzt nicht recht. Gerade in heutiger Zeit, in der Alleinstellungsmerkmale eine große Rolle spielen, müssten Sie als kritischer Elsässer und erfahrener Journalist doch gefragt sein."

„Wenn man neugierig auf die Entwicklung ist, bereit zum Mitgestalten, oder wenn man sich gegen Zustände auflehnen will, dann sind Menschen gefragt, die ihre Stimme erheben. Stattdessen herrscht momentan eine Atmosphäre, in der man sich lieber aus allem raushält und voneinander abkapselt. Dann projiziert man sein unterschwelliges Unwohlsein gerne auf die Menschen, die ihre Finger in die offene Wunde legen. Ruhig bleiben und abwarten, lautet die Devise, und wehe ... ach, Sie glauben gar nicht, wie grausam Menschen sein können, die dem äußeren Anschein nach als nette, harmlose

Zeitgenossen auftreten. Es fängt mit kleinen Ignoranzen an und steigert sich hin bis zur offenen Hetze. Lange habe ich das aus Berufsethos ausgehalten, letztendlich bin ich geflohen, zumal sich auch die Zeitungsredakteure, mit denen ich vorher zusammengearbeitet habe, dessen Ziehvater ich zum Teil auch gewesen bin, gegen mich gestellt haben. In vieler Augen bin ich ein angestaubter Verfechter veralterter Ideale. Von dieser Stadt hier, die früher einmal eine ganz besondere Rolle im Widerstand gegen totalitäre Systeme gespielt hat und die geografisch bedingt über einen besonderen Status verfügt, erhoffe ich mir eine andere, eine weltoffene Stimmung, in der ich meine Arbeit am Nerv der Zeit fortsetzen kann."

„Halten Sie die Lage in Deutschland für sehr bedrohlich?" erkundige ich mich.

„Anfänglich war ich noch vorsichtig in meinen Urteilen, doch die Entwicklung insgesamt hat sich als zu extrem herausgebildet, zu eindeutig. Dabei darf man nicht vergessen, es ist nicht das erste Land in Europa mit derartigen antidemokratischen Tendenzen. Nur waren es bisher immer relativ kleine Länder, die vereinzelt demokratische Errungenschaften ausgehebelt haben, die begonnen haben, Freidenkertum zu reglementieren und multikulturelle Gesellschaften in übergeordnete und untergeordnete Schichten zu klassifizieren. Es gibt zahlreiche separatistische Bestrebungen, die einzig auf wohlstandsorientierten Begierden basieren, auch wenn man vorgibt, die angestrebte Spaltung hätte nur zum Ziel, sich von künstlichen Staatsgebilden trennen zu wollen, die sich längst überholt hätten. Die belgischen Flamen beispielsweise begründen ihr Handeln gegen die Wallonen mit den Sprachenunterschieden, die angeblich Zeuge eines künstlichen Produktes sind und jetzt den Reformen im Wege stünden. Dabei haben sich die Flamen seinerzeit mit Hilfe der Wallonen von der holländischen Herrschaft befreit und anschließend an der Hochindustrialisierung im frankophonen Süden des Landes teilgehabt. Oder schauen Sie nach Ungarn, wo die journalistische Meinungsfreiheit nicht mehr garantiert ist, wo freie Radiosender verstaatlicht oder zumindest unter regierungsparteiliche Kontrolle gestellt werden, obwohl eine freie Presse und Medienlandschaft zu den wichtigsten Säulen unserer Demokratie gehören. Anders haben es die Italiener vorgezogen, durch eine unheilvolle Fehldeutung des journalistischen Freiheitsbegriffs die Trennung von Presse und Politik aufzuheben. Minarettverbot in der Schweiz, Rechtspopulismus an allen Ecken und Enden, das sind alles keine Zufälle. Bedenken Sie nur, welch fatale Auswirkungen derartige Signale auf die Länder haben, die ihren Weg aus dem Sumpf von Willkür, Korruption und übersteigertem Patriotismus in die Demokratie hinein erst finden müssen. All diese Bestrebungen darf man durchaus als Vorläufer für das bezeichnen, was derzeit in Ihrem Land stattfindet, ungeachtet der Tatsache, dass die dortigen Bestrebungen von links kommen. Ich habe es Deutschland immer hoch angerechnet, wie sie es nach dem Krieg geschafft haben, sich Stück für Stück gegen faschistisches Gedankengut abzugrenzen."

„Es hätte nur einiger Zufälle bedurft, und ein Verfall hin zum Rechtspopulismus wäre wieder möglich gewesen. Es gibt Zeiten, da sehnt sich ein Volk nach Radikalität."

„Das glaube ich auch, und doch, der Widerstand gegen Rechtsradikalismus in Ihrem Land geht wie in keinem anderen europäischen Land gleichermaßen von der Bevölkerung wie von der institutionellen Seite aus, von einzelnen auflodernden Faschistenfeuern einmal abgesehen. Sobald es neofaschistische Tendenzen gegeben hat, ist ein großer Teil der Bevölkerung stets aufgestanden. Doch so sehr man zuletzt bemüht war, dem Rechtspopulismus den Nährboden zu entziehen, so sehr hat man den Widerstand gegen den Linksextremismus vernachlässigt."

„Ich muss zugeben, den Totalitarismus dieser Bewegung selbst nicht erkannt zu haben, im Gegenteil, die Partei in eine extremistische Ecke zu schieben, hielt ich selbst für reinen Populismus. Niemand propagierte in den Anfängen dieser Partei ein wie immer geartetes Elitedenken. Nach meiner Einschätzung hätten sich Kapitalisten und Wirtschaftsmagnaten bei den Linken weiterhin genauso gut aufgehoben fühlen können wie eine multikulturelle Gesellschaft."

„Sie mögen recht gehabt haben und haben im gewissen Maße auch heute noch recht. Die Regierung Ihres Landes ist nicht extremistisch im herkömmlichen Sinne, aber extrem opportunistisch und damit anders gefährlich. In Radikalansichten stehen Rechts und Links konträr zueinander, in ihrem Populismus sind sie sich dagegen sehr nah. Somit reiht sich Ihr Land in die allgemeine antidemokratische Entwicklung ein. Längst schaue ich nicht nur argwöhnisch auf diese neuen Tendenzen, sondern habe eine regelrechte Angst vor einer Manifestierung der totalitären Ausbildungen in Europa."

Der dicke Kellner zählt mit sonorer, trockener Stimme die drei Tagesgerichte auf. Kein Wort zu viel: „Cervelle de Canut, Gâteau de foies de volaille, Salade aux gésier."

„Haben Sie alles verstanden?" will der Alte fürsorglich wissen.

Für eine Sekunde bin ich verwirrt. Zwar habe ich die Worte des Kellners vernommen, doch die Einschätzungen des Journalisten über die europäischen Entwicklungen schwingen zu sehr nach. Bezieht sich seine Frage, alles verstanden zu haben, auf seine Ausführungen oder die von dem Kellner aufgezählten Tagesangebote? In Gedanken wiederhole ich die genannten Speisen.

„Das zweite war eine Geflügelleberpastete?"

„Sagen wir besser, ein Auflauf ..."

„... und das dritte Salat mit Geflügelmagen, aber das Erste, ist das Hirn?"

„Nein, nein, das heißt nur so", er lacht, „Cervelle de Canut. Canuts, so nannten sich die Seidenweber der Stadt, Hirn der Canuts ist nichts anderes als ein würziger Quark mit Kräutern und Knoblauch, dazu gibt es in der Regel eine Kartoffel oder Baguette."

„Das hört sich gut an." Ich wende mich noch mal mit dem Versuch einer Kontaktaufnahme an den Kellner, der unsere Konversation mit stoischer Geduld verfolgt hat. „Je desire la Cervelle de Canut."

„Et pour moi la salade et une grande bouteille d'eau." Der Alte wendet sich an mich. „Sie wollen tatsächlich bei Wasser bleiben?"

„Gerne."

„Salade, Cervelle." Der Kellner verschwindet auf seine gewohnte Art. Immerhin hat er meine Bestellung unvermittelt entgegengenommen.

„Denken Sie nur, vor Jahren habe ich noch daran geglaubt, wir würden in einer der demokratischsten Regionen der Welt leben, mit der höchsten Achtung vor den Menschenrechten", fährt der Journalist fort, als habe es die Unterbrechung nicht gegeben, „jetzt weiß ich, dass dieses Konstrukt an einem seidenen Faden hängt. Selbst die am sichersten geglaubten Errungenschaften sind niemals unumstößlich."

„Auch ich hätte nie gedacht, wie schnell man aus einem Rechtsstaat einen Unrechtsstaat machen kann."

„So weit würde ich mit meiner Wortwahl nicht gehen. Es gibt außerhalb Europas zahlreiche Unrechtsstaaten, bei denen man die derzeit ärgsten europäischen Zustände noch als positive Errungenschaft einstufen würde. Wohin sich die Welt jedoch entwickelt, darüber mag man kaum spekulieren. Vielleicht werden wir einmal voller Neid auf andere Regionen blicken, von denen man es heute noch nicht erwartet. Das wäre zumindest ein Trost, der die europäische Rückentwicklung ein wenig relativierte."

Mein Gesprächspartner hält kurz inne. Bisher hat er mich zwar immer wieder angesehen, doch irgendwie durch mich hindurch geschaut, jetzt fixiert er für einen kleinen Moment meine Augen. „Sehen Sie mir bitte nach, wenn ich mich so ereifere, ich kenne Sie nicht, Sie werden meine Ansichten bestimmt für überzogen halten. Sie haben mir so geduldig zugehört. Schon bei unserer Begegnung habe ich mich gefragt, was macht dieser Mann, dessen Sprache eindeutig seine Herkunft verrät, in der Bibliothek, dazu mit einem Band von Sartre in der Hand, nicht irgendeine kleine Erzählung, sondern ausgerechnet ‚La Nausée', mit dem ich mich in vielen Phasen meines Lebens identifiziert habe. Es kamen so viele Gesichtspunkte zusammen, da musste ich Sie einfach ansprechen. Doch jetzt glaube ich, Sie überrollt zu haben."

„Nein, das ist schon in Ordnung, machen Sie sich keine Sorgen. Ich habe Freunde, mit denen ich mich ständig austausche, die so ähnlich wie Sie denken. Alleine unterwegs bin ich sogar froh, in dieser Stadt jemanden gefunden zu haben, mit dem eine seriöse Analyse der heutigen Zustände möglich ist, na, sagen wir, andeutungsweise möglich ist, denn wir kennen uns zu wenig und können in der Kürze der Zeit nicht alles erörtern, was da mitspielt.“

„Sie schmeicheln mir und machen mich neugierig. In der letzen Zeit sind so manche Dissidenten, wenn man diesen Ausdruck verwenden mag, in dieser Stadt angekommen, doch die halten sich bedeckt, man kommt nicht an sie heran. Abgesehen von den kleinen Äußerlichkeiten, durch die ich auf Sie aufmerksam wurde, habe ich ja keine Ahnung, wer Sie wirklich sind. Dennoch wollte ich mir die Gelegenheit, zu erfahren, wer mir da in der Bibliothek über den Weg läuft, nicht entgehen lassen und habe Sie direkt angesprochen. Ich freue mich außerordentlich, in meinem ersten Eindruck nicht fehlgelegen zu haben.“

Ich lächle eher höflich als verlegen. Der alte Journalist blickt mich auffordernd an.

„Was soll ich viel über mich erzählen? Ich bin Autor und unterwegs, neue Anregungen zu suchen. Bald werde ich die Stadt wieder verlassen und weiterziehen, ich werde mich von einer immer neuen Umgebung inspirieren lassen, möchte mich auch gar nicht an einem Ort festsetzen, sonst wäre ich sicherlich erst gar nicht von zu Hause weggegangen.“

Ich habe keine Ahnung, warum ich mein wahres Schicksal verschweige, mich so präsentiere, als wäre mein Tun gänzlich freiwillig. Nach dem, was der Alte erzählt hat, sind wir auf eine gewisse Weise geistesverwandt. Tatsächlich scheint er mir mit seiner Weltanschauung Rüdiger sehr ähnlich, ihn mit meinen Freunden zu vergleichen, war daher gar nicht so falsch. Doch wenn es um mich persönlich geht, weiche ich ihm aus.

„Ich möchte Ihnen nicht zu nahe treten, aber Sie dürften ein Alter haben, in dem andere schon längst in Rente sind. Können Sie nicht als Ruheständler in ihre Heimat zurückkehren?"

„Es ist überhaupt fraglich, ob ich am Ort meiner Kindheit meine Heimat wiederfinde. Und Journalist zu sein, das war nicht mein Job, es war und ist mein Leben. Ich bleibe Korrespondent, auch ohne Auftrag, ich kann keine Ruhe geben und mich deshalb auch nicht zur Ruhe setzen. Ich werde ..."

Der Kellner tritt mit einem vollbeladenen Tablett an den Tisch. Die Teller sind aufwendig garniert, mein Kräuterquark füllt einen halben Dessertteller, die andere Hälfte ist mit Basilikum, krauser Petersilie und rotem Pfeffer dekoriert. Der Teller des Alten ist so riesig, dass wir unsere Gläser zur Seite rücken müssen, bedeckt mit vielerlei Salatsorten, Kresse, gerösteten Croutons, mariniert mit Balsamessig, und obenauf liegen sternenförmig die Geflügelinnereien. Auf den verbliebenen Platz des Tisches passen gerade noch der gefüllte Brotkorb und die Wasserflasche.

Normalerweise hätte ich mich jetzt in meiner Wohnung gewähnt, mir Spiegeleier in die Pfanne gehauen, sie nicht ankokeln lassen und dazu krustiges Brot von gestern gegessen. Nach getaner Arbeit wäre ich früh ins Bett gegangen, jetzt aber fühle ich mich inspiriert, nicht weil mich der alte Journalist auf eine Idee gebracht hätte, sondern weil ich spüre, dass man mit den Freiheiten, die mir vergönnt sind, unendlich viel aus seinem Leben schöpfen kann, wobei „unendlich" viel mehr als nur eine Floskel bedeutet.

Kaum haben wir mit dem Essen begonnen, da klingen aus einer hinteren Ecke des Lokals einzelne Töne eines Akkordeons an. Zunächst sind es nur unzusammenhängende Noten, aus denen sich erst allmählich eine Melodie kristallisiert. Ich wende mich um und sehe hinter spärlich, meist nur durch eine einzelne Person besetzten Tischen zwei betagte Männer, unscheinbare Gestalten in einfacher Kleidung mit mehr oder weniger untersetzten Figuren und gelebten Gesichtern, die zu einem Chanson ansetzen, das durch eine recht junge Akkordeonistin, die hinter ihnen auf einem Mauervorsprung hockt, begleitet wird.

Beim anschließenden Kaffee, der in kleinen, von innen golden glasierten Tässchen serviert wird, knüpft der Alte wieder an unser Gespräch an. „Wer ein Land erobert, der hat noch lange nicht die Menschen erobert, das ist nicht irgendeine These, das habe ich in meiner Heimat leibhaftig erfahren. Und wenn man beginnt, Völkergruppen auszurotten, hat man weder deren Gedanken noch deren Geist ausgemerzt. Was einmal ist, das lebt auch fort, selbst wenn man es hier unterdrückt, wird es zwangsläufig woanders wieder ausbrechen. Das sind keine neuen Erkenntnisse, und sie stammen auch nicht von mir, aber es gibt für mich keinen Grund, das nicht immer und immer wieder auszusprechen."

Die Chansoniers singen von einem Mann, der, bevor er das Haus seiner Geliebten betritt, einem Hund, der sich mitten auf dem Trottoir das Ohr kratzt, ausweichen muss und abfällig ausruft: „Was für ein Hundeleben!"

„Überlegen wir eine andere Konstellation: Was wäre, wenn nicht ein Volk gegen seinen Willen durch ein anderes Land bemächtigt wird, sondern sich Volksgruppen, Anhänger einer Glaubensrichtung oder eines Sprachenkreises aus freien Stücken zu einer anderen Staatszugehörigkeit entschließen?"

„Sie meinen, statt eine Autarkie anzustreben, sich einem benachbarten Land anzuschließen? Auch das wäre eine freie Willensäußerung und müsste ebenso politisch unterstützt werden."

„Diese Anschauung könnte man auf den ersten Blick haben, doch blicken wir einmal hinter die Kulissen: Selten haben derlei Bestrebungen kulturelle Hintergründe, bei denen Völkergruppen, die zueinander gehören, sich wiedervereinen wollen. Fast ausnahmslos sind die wahren Motivationen in solchen Fällen, wenngleich sie selten vorkommen, als pekuniär einzustufen. Ob sich eine Volksgruppe einem anderen Staat angliedern will oder separatistische Bestrebungen hat, ist ein nahezu gleiches Prinzip: In Wahrheit geht es immer um eine wirtschaftliche Stärkung. Während also die Reichen mit den Reichen ihren Schulterschluss üben, sich also die ohnehin Starken anderen Kraftapparaten anschließen, würden Arme und Benachteiligte von der vermeintlichen Erstarkung ausgeschlossen werden. Das wäre eine Katastrophe für das Gesamtgefüge. Sie werden mir vorhalten, auf anderer Ebene sei das längst schon gegeben, die globale Wirtschaft habe über die Staatengrenzen hinweg längst schon solche Verhältnisse etabliert, in denen sich die Wohlhabenden das Kapital gegenseitig zuspielen, während die anderen auf der Strecke bleiben. Doch es wäre töricht, von einer Unüberbrückbarkeit derartiger Machenschaften auszugehen. Es gibt nicht nur genug Gründe, es gibt auch mannigfaltige Möglichkeiten, dagegen aufzubegehren. Staaten, die für die Solidarität ihres Volkes bürgen, dürfen nicht in Interessensgemeinschaften zersplittert werden, sondern müssen als Souveräne erhalten bleiben."

„Das kann man nicht erzwingen."

„Und doch kann man entsprechende Stimmungen schaffen. Sicherlich erinnern Sie sich an die Nachrichtenmeldungen, wenn es zu Katastrophen gekommen ist. Es hat über vierhundert Tote gegeben, darunter auch drei Deutsche. Die wenigen Toten aus dem eigenen Land erschüttern in der Regel mehr als die übrige Masse. Man identifiziert sich auf einmal mit Menschen, die einem genauso fremd sind wie die anderen Geschädigten, doch alleine schon die Nennung der Staatsangehörigkeit entanonymisiert diese Opfer. So kritisch man solcherlei Reaktionen sehen mag, sie garantieren andererseits ein Maß an Fürsorge gegenüber Menschen, die einem genauso gut egal sein könnten. Wenn die Menschen dagegen beginnen, sich voneinander zu separieren, ich nenne es einmal provokativ, die Guten zu den Guten, die Schlechten zu den Schlechten, dann entsteht ein wenig erträgliches Ungleichgewicht."

„Aber ist das nicht absolut unredlich, die, in ihrem Beispiel, deutschen Opfer höher zu bewerten als die anderen Leidtragenden?"

„Aus moralischer Sichtweise mag ich Ihnen recht geben. Doch nehmen Sie Ihr Land als Beispiel: Was würden die Menschen im Westen denken, wenn die Nachrichtenmeldungen verlautbarten, es wären drei ostdeutsche Opfer zu beklagen? Noch deutlicher ist das Beispiel Belgien, wo sich die wohlhabenden Flamen von dem Armenhaus Wallonie separieren wollen. Selbst in Städten wie Antwerpen, Brügge oder Gent werden Ereignisse aus dem Süden des Landes immer noch als belgisch vermeldet. Das ist einer der Bausteine, durch die sich die Bevölkerung mehr zueinandergehörig empfindet, als es die Tagespolitik derzeit vertritt. Und genau auf solche Zusammengehörigkeitsgefühle müssen wir unsere offene Demokratie aufbauen."

Der Hauptdarsteller im Chanson des Sängerduos tritt aus dem Haus seiner Geliebten, die ihm soeben den Laufpass gegeben hat, sieht den Hund, der sich noch immer sein Ohr kratzt, und spricht voller Neid: „Was für ein Hundeleben."

Eine simple Wendung in dem Lied, und die Geschichte hat sich auf den Kopf gestellt. Das gefällt mir. Dummerweise hat mich das Lied von unserem Gespräch abgelenkt. Die Worte sind zwar noch präsent, doch der Aussage dahinter bin ich nicht gefolgt, deshalb antworte ich ausweichend: „Ich kann Ihnen nicht viel dazu sagen, ich kenne nur die Kurzmeldungen der Nachrichten. Was in Belgien wirklich passiert, davon habe keine Ahnung."

„Achtzehn Monate habe ich als Korrespondent in Brüssel verbracht. Daher stammt mein Einblick. Dann habe ich es aber nicht mehr ausgehalten. Das Land steht zwar irgendwie zwischen Deutschland und Frankreich, nicht nur geographisch, doch ich musste mir eingestehen, keine wahre Beziehung dorthin zu haben. Für einen Journalisten ist dieser Regionenstreit ein gefundenes Fressen, doch mir fehlte die innere Leidenschaft, die ich brauche, um meinen Enthusiasmus für politische Visionen in sachliche Reportagen umzusetzen. Im Endeffekt musste ich mir sogar eingestehen, dass der Gang nach Belgien auch nur eine Flucht war, mit der ich mich meinen Konflikten nicht entziehen konnte. Sie werden es sicherlich als merkwürdig erachten, aber ich lebe lieber im Exil im eigenen Land als frei, aber ohne innere Bindung in der Fremde."

Ich muss schlucken. Bisher gab es keine großartigen Gründe, meine eigene Situation wie die des Journalisten einzuordnen. Ich bin auf der Flucht, aber ich bin in keinem Exil gelandet. Mein Schicksal wird von Vorwärtsbewegung bestimmt, und ich will niemals irgendwo ankommen, wo ich nicht frei bin.

„Ich möchte Ihnen nicht zu nahe treten, aber haben Sie keine Familie, keine Gefährtin?" frage ich den Journalisten.

„Gefährtin wäre das richtige Wort. Ihre Frage kann ich, was die Gegenwart betrifft, mit einem klaren Nein beantworten. Keine von all den Liebschaften meines Lebens war von Dauer, was mich phasenweise recht verdrießlich gestimmt hat. Doch keine Frau hat es länger bei mir ausgehalten. Der einen gefiel, so vordergründig die Argumentation klingen mag, dieses bewegte Leben nicht, das Eilen von einem zum anderen Ort, eine andere Beziehung, die in ihrer Kürze sehr leidenschaftlich verlaufen ist, ist letztendlich an der räumlichen Trennung gescheitert. Während ich eine lukrative Korrespondentenstelle an einem neuen Ort nicht ausschlagen konnte, wollte sie ihre Heimat um nichts in der Welt verlassen. Die meisten meiner Beziehungen sind aber an meiner angeblichen oder tatsächlichen Verbissenheit zugrunde gegangen. Bei all dem galt ich als junger Mann sogar als Filou, ein Bonvivant, dem Bindungen nicht viel bedeuteten, was auch nicht ganz den Kern der Sache trifft, denn die zahlreichen wechselnden Liebschaften überspielten nur den Umstand, die wahre Liebe, an die ich die höchsten Erwartungen geknüpft hatte, noch nicht gefunden zu haben. Jetzt habe ich mich damit abgefunden, dass sowohl dauerhaft Partnerschaften als auch Liebschaften nicht zu mir passen, und bin mitunter sogar zufrieden, Alleinstehend zu sein."

Als wollten die Chansoniers die Antworten des Journalisten infrage stellen, singen sie jetzt von der Liebe, die in den Straßen und auf den Plätzen der Stadt aufblüht, so als wären die tiefsten Gefühle eines Menschen an die Namen der Quartiers gebunden.

12.

Ich muss auf jeden meiner Schritte achten. Schon beim Aufsuchen des Lokals habe ich keine Orientierung mehr gehabt, in welchem Teil der Stadt wir gelandet sind, jetzt leitet mich der Journalist über hoch über der Stadt liegende Pfade, die mitten durch eine Landschaft privater Gärten hindurchführen, eingefriedet mit niedrigen Hecken, Lattenzäunen oder Mauern aus aufeinandergeschichtetem Bruchstein. Der Wechsel aus kultivierten Beeten und verwilderten Randzonen gefällt mir. Eine Beleuchtung dieser Wege gibt es nicht, nur ab und zu fällt ein Lichtschein von einem entfernten Anwesen zwischen unsere Füße. Stockfinster ist es auch dazwischen nicht, ein Dunst aus Wolken und Hochnebel reflektiert ausreichend die urbanen Lichter in einem zarten Rosa. Diese Gegend könnte eine Alternative zu meiner Absicht, in den Bergen Unterstatt zu finden, sein. Hier in einer abgelegenen Gartenlaube zu wohnen, als temporärer Einsiedler, den zwischendurch die Stadt geistig nährt und der im Taumel von Freundschaften und leichten Alkoholrauschen sich der Leidenschaft hingibt, um sich dann wieder in seine private Gedankenwelt zurückzuziehen. Doch bei Tag könnten diese Gegend und meine Illusion ganz anders aussehen. Vielleicht baut sich gleich hinter den Gärten eine spießbürgerliche Siedlung auf, die sich jetzt in der Dunkelheit verborgen hält, womöglich gehören diese Gärten zu einem durchorganisierten System mit eigener Satzung.

„Sie haben vorher von der Kritik gesprochen, die ihrer journalistischen Arbeit erhalten geblieben ist, die aber nicht gehört werden will. Was macht denn in erster Linie diese Kritik aus?“

„Das ist eine sehr anspruchsvolle Frage. Vor Lyon hätte ich sie Ihnen nicht beantworten können, erst seit ich hier bin habe ich versucht, mir das genau bewusst zu machen. Es gibt natürlich zahlreiche Gesichtspunkte, die man nicht über einen Kamm scheren kann, denn ich arbeite nicht an einem Thema, sondern beziehe mich auf die Tagespolitik ..."

„... die aber immer auch in einem geschichtlichen Kontext steht."

„Ich sehe mich nicht als Historiker, doch ich beobachte, beinahe symmetrisch zu meiner Laufbahn, die europäischen Entwicklungen seit der Nachkriegszeit. Ein Aspekt hat sich tatsächlich herauskristallisiert. Es ist ein Gedanke, der immer wieder in meinen Reportagen auftaucht, manchmal offen, manchmal versteckt, den ich aber noch nicht so recht auf den Punkt bringen kann. Es handelt sich um die Einstellung der Politik zu ihrem Rechtssystem. Es stellt sich die Frage, ob das Rechtssystem noch unserem Sozialgefüge gerecht wird oder es nicht vielmehr nur noch aus sich selbst und für sich selbst lebt. Der Staat wird zum Rechtsgeber, die Bevölkerung zunehmend zum Rechtsnehmer. Nach meiner Erfahrung kann das auf nichts Gutes hinauslaufen. Muss sich eine Rechtsordnung nicht aus der Mitte der Gesellschaft immer wieder neu gestalten?"

„Das sind ähnliche Gedanken, wie ich sie mit einem Freund oft diskutiert habe. Die Politik bedient sich des Rechtes, um ihre Ziele durchzusetzen, und wo das nicht ausreicht, werden Grundrechte manipuliert."

„Ich kann nicht so eindeutig sagen, die Politiker würden das, was Sie da sagen, bewusst machen. Sie reagieren auf Zustände, aber die Reaktion ist meist nur ein Reflex nach alten Mustern. Tatsächliche visionäre Gestaltung der Politik erkenne ich nicht. Schauen Sie sich doch einmal die blassen Figuren an, die unsere Staaten lenken. Da fehlt es doch grundsätzlich an Substanz, und das sage ich nicht als populistische Phrase, das sage ich aus Überzeugung. Wie oft versuchen Politiker den Ausruf Kennedys „Ich bin ein Berliner" nachzuahmen, was werden alles für Verrenkungen angestellt, um den Kniefall von Warschau zu imitieren. Als sich Kohl und Mitterand in Verdun die Hände gereicht haben, konnte man das doch nicht ernst nehmen. Das war eine Persiflage. Was sie da in großer Geste verkörpern wollten, basierte auf einer Politik, die andere Köpfe lange vor ihnen in die Wege geleitet hatten. Die beiden Figuren haben diese

Politik wie wahrscheinlich jeder andere zu dieser Zeit nur fortgesetzt. Mit der Geste wollten sie nach meiner Einschätzung nur ihre eigene Selbstverliebtheit bedienen, sich mit dem Ziel zur Schau stellen, als historisch bedeutsame Figuren nicht im Schatten derjenigen zu stehen, die die wahren Denker sind und waren."

„Das ist ein hartes Urteil, aber es ist auch viel Wahres daran. Sie sollten jedoch nicht vergessen, dass diese Geste das Volk mitgerissen hat. Das war ein Symbolakt mit Wirkung, es wurde noch einmal betont, wie wichtig es ist, aufeinander zuzugehen und Kleinstaaterei außen vor zu lassen. Ein Signal für das Volk und für Europa."

„Das mag sein, doch ich wollte auf etwas anderes hinaus: Nach meiner Einschätzung blickt man viel zu sehr darauf, wie man angemessen auf aktuelle Problemstellungen reagieren und die Lösungen dann nach außen darstellen kann und verfängt sich dabei in einem Gewirr aus Systemen und Untersystemen, bei dem man den Blick auf das Ganze verliert. Weder darf man in einzelnen Kategorien denken noch in begrenzten zeitlichen Abschnitten, doch genau diese Entwicklung beobachte ich seit Jahrzehnten."

„Sie sprachen eben von dem Rechtssystem, das Sie als Schwerpunkt ihrer Kritik sehen. Das ist jedoch nur ein Aspekt der politischen Fragestellungen."

„In der Politik spricht man sehr oft über Sachzwänge. Doch nicht die äußeren Anforderungen, sondern das innere Rechtssystem ist das eigentliche Korsett, mit dem wir uns einengen. Verstehen Sie mich nicht falsch: Ich möchte keine Grundrechte ankratzen, ich bin jedoch der Auffassung, dass wir unser Rechtssystem einmal grundsätzlich bereinigen müssen."

„Dazu müsste man zunächst einmal viele Gewohnheiten aufgeben, Gewohnheiten, die unser System derart verkrusten, dass es sehr unflexibel wird, die aber andererseits ein Abrutschen ins Totalitäre verhindern."

„Glauben Sie denn nicht, die Gesellschaft hätte ein ausreichendes ethisches Verständnis, um sich ohne größere Gefahren, als sie jetzt schon bestehen, zu erneuern? Und die Tore, durch die man ins Extremistische gelangen kann, stehen ohnehin immer offen, mal nur einen Spalt, mal sperrangelweit. Würde man der Gesellschaft wieder mehr Handlungsfreiheit einräumen, statt sie einem einengenden System zu unterwerfen, dann würde sich nach meiner Ansicht eine in ihrer Hauptströmung positive Gestaltungskraft breitmachen. Das Bedürfnis nach extremistischen Auswüchsen würde in diesem Strom zwangsläufig untergehen."

„Sie haben Ideen, die auf wenig Rückhalt stoßen werden."

„Darin besteht mein Dilemma. Meine journalistische Arbeit gliedert sich nicht mehr in das bestehende System ein. Was einmal gut funktionierte, hat sich nun überdauert."

„Sie folgen einer ungewöhnlichen Passion: Kann es denn die Aufgabe eines Journalisten sein, Systeme im Ganzen in Frage zu stellen?" Ich begreife nicht, in welche Rolle ich hineingerutscht bin. Ich sollte es doch sein, der die Haltung des Journalisten stärken müsste. Stattdessen stelle ich mich als konservativer Verfechter der These hin, nichts am Grundsätzlichen ändern zu wollen. Ich erkenne mich nicht. Ich befinde mich auf einem Posten, der nicht meiner ist. Ich sollte schreien, stattdessen argumentiere ich mit Behutsamkeit.

Mittlerweile laufen wir durch ein kleines Wäldchen. Im Schatten der hohen Bäume kann man den Weg kaum noch erkennen, deshalb bleibe ich dicht an der Seite des Journalisten, der offensichtlich genau weiß, wo wir lang gehen müssen. So wenig ich sehen kann, so sehr achte ich nun auf die Geräusche: Unter den Fußsohlen knirscht es, ich höre, wie die Hosenbeine meines Gefährten aneinander reiben, dumpfes Scheppern aus irgendwelchen Fabrikationsstätten vermischt mit überlagertem Motorendröhnen verrät die Großstadt, in deren Bann wir uns immer noch aufhalten.

„Wir haben eine vergesellschaftete Demokratie, aber keine verinnerlichte. Darüber müssen wir uns im Klaren sein. Wir regen uns über eine in vielen Ländern weit verbreitete Korruption auf, sind erschüttert, wenn Oppositionelle unter Verfolgung und Repressalien leiden und analysieren als Ursache einen ausgeprägten Sinn für Egoismus und Machterhalt. Doch Sie sollten nicht denken, die Menschen hier, die wir zu kennen und einzuschätzen glauben, hätten einen anderen Charakter. Sorgen sich die meisten Menschen nicht erst einmal um ihre eigenen Belange, ehe sie sich um das Gemeinwohl scheren? Da, wo es um Recht und Ordnung geht, wo unsere Sozialgemeinschaft feste Strukturen hat, da agieren wir demokratisch und sozial, man kann beinahe schon von traditionellem Verhalten sprechen, doch da, wo wir freie Spielräume auf Selbstverwirklichung haben, ist beinahe jeder auf sich selbst gerichtet."

„Entschuldigen Sie bitte, aber Ihre Anklage scheint mir doch sehr pauschal. Mir wäre lieber, Sie erläutern, was Sie im Konkreten bemängeln."

„Ach das durchzieht alle Lebensbereiche, bis ins Kleinste. Es fällt mir schwer, einzelne Beispiele herauszupicken ... Na gut, vielleicht das: Fahren Sie doch mal mit dem Auto quer durch die Stadt. Die Fahrer richten sich in der Regel nach den Verkehrsvorschriften, doch darüber hinaus folgt man nur seinen eigenen Absichten, schnell, ungehindert, nach eigenen Maßstäben durchzukommen, und dafür nimmt man sogar in Kauf, andere abzudrängen. Man drängelt oder blockiert und fasst sich, sich in einer geschützten Hülle aus Blech wähnend, deutlich sichtbar an den Kopf. Wie wollen Sie Menschen, die so auf ihre Mitwelt reagieren, eine aktive Rechtsgestaltung zutrauen, die nicht nur auf die tagespolitischen Belange reagiert, sondern ein Gespür für die Gesellschaft und die Zeitströme entwickelt und danach handelt?

„Ich kann das bestätigen. Wir verlassen uns viel zu sehr auf Gesetze, die unser Leben regeln sollen, und verlieren darunter das Gespür für ein angemessenes Verhalten. Dennoch sehe ich einen Widerspruch in Ihren Aussagen. Zum einen sprechen Sie von einem ethischen Verständnis, auf dessen Grundlage wir unser System erneuern können, dann beklagen Sie wiederum den ausgeprägten Egoismus, der sich dann ausbreitet, wenn keine Regulierung greift. Wo also sehen Sie den sinnvollen Ansatzpunkt für eine Erneuerung?"

„Sie haben recht, auf den ersten Blick sieht das wie ein Widerspruch aus. Tatsächlich erzwingt unser durch Regulierungen eingezwängter Alltag diesen Egoismus, er bricht quasi als Befreiung aus den ständigen Zwängen hervor. Doch genau deshalb ist es ja so wichtig, den Regulierungsdschungel nicht ständig umzuformen, sondern an einigen Stellen radikal zu lichten, damit sich das ethische Bewusstsein der Menschen, an das ich immer noch glaube, an dieser Leerstelle frei entfalten kann." Der Journalist hebt die Hände und spreizt seine Finger zu einer kämpferischen Geste. „Wer also ein Gespür für die Gesellschaft und die Zeitströme entwickelt, der muss auch zu radikal aussehenden Umbrüchen bereit sein."

Ich antworte nicht und hoffe, dass mein Begleiter in dem Schweigen eine Art Zustimmung erkennt, obwohl nicht alle meine Zweifel ausgeräumt sind. Seltsamerweise vergehen auch die nächsten Minuten, ohne dass einer von uns beiden das Gespräch wieder aufnimmt. Ich fühle mich wohl im Schweigen.

Wir drängen uns an einer schmalen Wegstelle durch ein enges Gebüsch und stehen mit einem Mal vor einer schwach beleuchteten Straße, an der sich liebliche Häuser säumen. Eins davon ist das Lokal, von dem wir vorhin losgegangen sind.

13.

Zu meiner Wohnung gibt es keine Klingel an der Haustür. Wer mich besuchen will, ist gezwungen, von jemand anderem hereingelassen zu werden und sich dann zu mir nach oben durchzufragen. Alles reine Hypothese, denn ich empfange keine Besucher. Na ja, es sei denn ...

Es ist ein wunderschöner sonniger Sonntag, für die Jahreszeit sogar recht mild. Ich freue mich wie ein Kind auf die Holzlieferung. (Wenn ich ehrlich bin, freue ich mich mehr auf Florence, aber das verrate ich nicht.) Es gilt auf jeden Fall zu vermeiden, dass sie wegen einer verschlossenen Haustür nicht an mich herankommt. Ich koche Kaffee, fülle ihn in eine Isolierkanne, die ich in der hinteren Ecke unter der Spüle entdeckt habe und erst einmal von altem Schmodder säubern musste, packe Früchte und ein zuckersüßes Gebäckstück, das ich heute Morgen im Café des Arabers gekauft habe, in eine Tüte, nehme eine Emailletasse und gehe nach unten. Vom Quai aus habe ich einen Blick auf den Hauseingang und kann gleichzeitig flanierende Liebespaare, Ruderer auf dem Fluss und Angler auf der Brücke beobachten. Es ist, als wäre mein Aufenthalt so selbstverständlich wie die Sonnenstrahlen, die die schönen und hässlichen Flecken der Erde gleichermaßen beleuchten.

Trotz der Milde und des heißen Kaffees, bei dem man sich an der Emailletasse die Lippen verbrennt, bin ich bereits ein wenig durchgefroren, als ich auf der Brücke unverkennbar den alten R4 von Paul kommen sehe. Ohne die Geschwindigkeit wesentlich zu reduzieren, braust er um die Ecke in die Uferstraße, die auf mich zuführt. Ich fürchte, der Wagen könne aus der Kurve fliegen und gegen ein parkendes Fahrzeug prallen, doch er fängt sich wieder in seinen weichen Federn. Kaum meine Sachen in die Hand genommen, hält er schon mit kreischenden Bremsen vor dem Haus. Florence steigt auf der Beifahrerseite aus, scheint ein wenig zu wanken und ruft: „Holala“, während auf der Fahrerseite Jean aussteigt.

Florence grüßt mich mit drei Wangenküssen, rechts, links, rechts – ein Symbol innigster Freundschaft, während Jean seine Hände zum Abklatschen hinhält. Ich schaue durch die Scheibe in den Kofferraum des Wagens. Er ist bis unter die Fenster mit Holz beladen.

„Keine Angst“, sagt Florence, die meinen Gesichtsausdruck richtig zu deuten weiß „was wir nicht nach oben schaffen, das lassen wir im Auto und bringen alle paar Tage etwas vorbei. Jean hat das Holz heute Morgen noch dünn gehackt. Wir wussten nicht, wie groß die Öffnung in deinem Ofen ist.“

„Das ist nicht das Problem. Das Holz nach oben zu bringen dürfte auch kein Problem sein, in dem Haus gibt es einen Aufzu..., merde ... daran habe ich nicht gedacht, so ein Mist, der Aufzug ist defekt.“

„Wir werden sehen“, beruhigt mich Florence, „lass uns das erste nach oben bringen – Jean, on y va.“

Jean, der nach wie vor kein Wort verliert, nimmt ein stattliches Holzbündel auf den Arm, ich drücke Florence, ganz alte Schule, die leichter zu tragende Kaffeekanne und Tasse in die Hand und greife ebenfalls nach den Scheiten, will mengenmäßig an Jean heranreichen, doch beim Versuch, mir noch mehr aufzuladen als ich beim ersten Mal greifen kann, fallen immer wieder einzelne Scheite auf den Boden, bis Florence mir schließlich hilft, das Holz auf meine vor die Brust positionierten Arme zu schichten. Treppe um Treppe steigen wir empor. Ich merke, ich habe mir mehr aufgebürdet, als es meine Kondition zulässt. Ich versuche mir nichts anmerken zu lassen.

Als wir an der ausgebrannten Wohnung vorbeikommen, begreift Florence sofort, was hier geschehen ist, und bleibt erschrocken stehen. „Es war hier, in dem Haus, das hast du mir nicht gesagt. Ist dir auch nichts passiert?"

Ich muss husten, als wäre es ein Hinweis auf den Rauch, den ich aufgrund des Feuers eingeatmet hätte, doch tatsächlich ringe ich unter der Anstrengung des Gewichtes auf meinen Armen nur nach Atemluft. Um ihr Erschaudern abzumildern, erkläre ich: „Alles harm...", ich japse, „harmlos verlaufen, mach dir keine Sorgen, sonst würde ich hier nichts mehr hochschleppen ... erst recht kein Brennholz."

„Du Crétin, wolltest du mir keine Angst einjagen?"

Noch bevor ich die letzte Treppe hochgestiegen bin, sehe ich Jean schon vor meiner Wohnungstür warten. Woher um alles in der Welt weiß er, wo sich meine Wohnung befindet? Ich kann mich nicht daran erinnern, es jemandem gesagt zu haben. Vielleicht habe ich es bei irgendeinem Gespräch am Rand erwähnt, oder man traut mir ohnehin keine der bürgerlichen Domizile auf den Etagen zu.

„Ich wollte vor allem mir keine Angst einjagen", gebe ich zu, als wir in meinen Räumen angekommen sind, ich das Holz abgeworfen und wieder meinen normalen Atemrhythmus gefunden habe. „Wenn ich von dem Brand erzählt hätte, dann hätten alle noch spekuliert, was alles hätte passieren können oder was sonst wo alles schon passiert ist, bis ich am Ende noch Albträume bekommen hätte. Aber ich mag das Wort ‚hätte' nicht sonderlich, ich lebe nicht für den Konjunktiv, der Brand war nur ein kleiner Zwischenfall, der andere Personen etwas angeht, nicht aber meine zufällige Anwesenheit."

„Alpenträume? Was ist das?"

„Des rèves mauvaises."

Florence schaut mich fragend an, holt einen tiefen Atemzug und sagt: „Ah, du meinst descauchemars."

Damit mich der agile Jean nicht zu einem zweiten Lastentransport nötigt, biete ich den beiden zunächst einmal frischen Kaffee an. Zum Glück nehmen sie an. Jean schaut aus meinem Dachfenster. „Bien vue." Seit ich ihn kenne, ist es ist das Erste, was er zu mir sagt.

Florence ist derweil mit ihrem Smartphone zugange. Als ich in die Tassen eingieße, beendet sie ihr Telefongespräch und lächelt, so wie ich es von ihr kenne und an ihr liebe. „Ich habe eine gute Nachricht." Sie schaut mich an und schweigt.

„Eine gute Nachricht?"

„Ja, habe ich."

„Nun sag schon."

„Was gibst du mir dafür?"

„Alles, was du dir wünschst."

„Olàlà, das ist ein Angebot. Ich werde darüber nachdenken. D'accord, wir brauchen das Holz nicht sofort hochzutragen. Ich habe mit Paul gesprochen. Das Auto muss zur Autosécurité, vorher muss noch etwas von unten geschwissen werden."

„Geschweißt", unterbreche ich

„Entschuldige, mein Deutsch ist so schlecht."

„Nein, du sprichst hervorragend. Und seit ich dich kenne immer besser. Bei so vielen schweren Begriffen darf man schon mal einzelne Fehler machen."

„Wenn ich aber in Deutschland studieren will, dann darf ich keine Fehler machen."

„Du willst in Deutschland studieren?"

„Vielleicht ... einmal. Mais, das Auto muss geschw..."

„... geschweißt ..."

„... geschweißt werden, das geht jetzt noch nicht, weil der Mechaniker für den Moment keine Zeit hat. Das ist, warum Paul das Auto hier stehen lassen würde, und du kannst immer etwas Holz auf die Etage nehmen, wenn du nach Hause kommst. Mais, Paul hat eine kleine Bitte: Kannst du ihm für diese Zeit eine Fahrkarte für den Bus kaufen? Eine Karte für den Monat kostet nicht so viel, und du darfst auch das Auto benutzen, wenn du es dringend brauchst. Nur wenn dich die Polizei anhält, musst du das Protokoll sofort mit Bargeld bezahlen, sonst bekommt er Ärger."

„Ich werde wohl kein Auto zum Fahren brauchen, aber das Angebot, es als Holzlager zu nutzen, klingt verlockend. Wo kann ich denn eine Busfahrkarte kaufen?"

„Kein Problem, du gibst Paul einfach nur das Geld."

Während die beiden Kaffee trinken, begnüge ich mich mit Wasser, die gleiche Sorte, die ich mit dem alten Journalisten getrunken habe. Die Karte mit seiner Adresse steckt in der Brusttasche meiner Jacke, dort, wo ich die Dinge hineinstecke, die ich nur kurzzeitig mit mir herumtragen will. Bei unserer Verabschiedung war sein dringender Wunsch, dass ich mich bald bei ihm melde. Eine Geste, die entgegenbringendes Vertrauen und sein Bedürfnis, der Einsamkeit in seinem Exil die Stirn zu bieten, vereint. Mich bald bei ihm zu melden, habe ich ihm aus Überzeugung zugesagt. Die Situation hat sich geändert. Seine Karte fühlt sich sperrig an – tatsächlich fühle ich sie nicht, dafür ist meine Jacke zu dick gepolstert, aber ich spüre sie.

Zu Hause habe ich immer als verbindlicher Mensch gegolten. Jetzt bin ich mir nicht sicher, ob ich den Journalisten je kontaktieren werde. Die Begegnung war durchaus positiv besetzt, ich habe das Versprechen aus einem guten Gefühl heraus gegeben, doch gleich, nachdem wir auseinandergegangen sind, kamen Zweifel in mir auf. Will ich wirklich diesen Kontakt? Er scheint mich ein Stück weit auf das zurückzuwerfen, vor dem ich davongelaufen bin. Bei Florence und ihren Freunden ist das anders. Sie führen ein scheinbar unbekümmertes Leben, verkörpern auf ihre Weise eine jugendliche Arglosigkeit, die mich von meinen Nöten ablenkt.

Ich bin ein Egoist, doch wer definiert die Moral, die mein Verhalten aburteilt oder billigt? Ich leide nur für mich, nicht für die Menschen, die ich hinter mir lasse, so als sähe ich in Freundschaften nur den Eigennutz. Warum gebe ich mich nicht hin, um andere Menschen glücklich zu machen, und denke immer nur an das, was zu meinem eigenen Wohl gereicht? Ich bin doch nicht nur Erfüller meiner eigenen Sehnsüchte, ich lebe genauso von der gegenseitigen Reflexion. Und doch setze ich alles daran, möglichst frei von Störungen meinen eigenen Weg zu gehen. Es fällt leicht, mir aus der Distanz Gedanken über die Situation des Journalisten zu machen, über sein Verhältnis zu der Welt, doch seine Nähe fordert, mich auf ihn einzulassen. Das ist etwas, was ich instinktiv meide.

Handelt nicht jeder so? Wir stoßen uns gegenseitig im Raum, jeder auf sich selbst gerichtet, und nehmen jeden Aufprall bevorzugt als Anstoß, um noch besser fortzukommen, um uns weiterzuentwickeln, aufzusteigen. Daran ist auch nichts auszusetzen, wenn alles auf wohlwollender Gegenseitigkeit beruht. Dennoch, was tue ich tatsächlich, um andere glücklich zu machen? Ich versuche stets, als liebenswürdiger Mensch aufzutreten, doch wenn ich es mir selbst eingestehe, vermeide ich insgeheim alles, was zu meinen Lasten geht. Wie will ich da noch als Sozialwesen gelten? Hinter der Fassade des selbstbewussten Mannes stehe ich als schwacher Mensch. Ich bin blass, und ich werde in dieser Welt noch mehr verblassen. Schneller, als man vermuten könnte.

14.

Und dann gibt es auch noch die weichen Kollisionen, die wir leichtsinnig Leidenschaft nennen.

15.

Es schmerzt, meine neugewonnenen Freunde zu verlassen. Es hat etwas von Selbstkasteiung, diese für mich mit so viel menschlicher Lieblichkeit angereicherte Stätte hinter mir zu lassen, doch meinen eingeschlagenen Weg nicht weiter zu gehen, wäre eine noch größere Geißel, auch auf die Gefahr hin, dass ich ein gutes Ende dieser Geschichte meiner Flucht nicht finden werde.

„Freunde". Wie ungewöhnlich es ist, überhaupt von Freunden sprechen zu können nach dieser kurzen Zeit, in der mein baldiger Fortgang ja von vorneherein geplant war. Aber eine andere Umschreibung käme nicht in Frage. Die Beziehungen sind alles andere als oberflächlich geblieben, zumindest was Florence angeht. Unsere gegenseitigen Nettigkeiten waren kein Spiel, sie beriefen sich auf eine innere Bindung, die nicht vollständig nach außen ausgelebt werden musste.

Lyon war besonders. Noch ehe ich das Besondere gänzlich ausgekostet habe, spreche ich von dieser Stadt schon in der Vergangenheit. Dabei ist nur ein Tag zwischen dem Entschluss und meinem Davonmachen verstrichen.

Mein Versprechen, mit dem alten Journalisten noch einmal Kontakt aufzunehmen, konnte, sollte, durfte ich nicht einlösen. Ich könnte ja das Schicksal verantwortlich machen, dann träfe mich keine moralische Schuld für meinen Wortbruch.

Fahnenflucht. Tatsache ist, ich konnte mein Weggehen nicht hinauszögern. Da hätte noch so viel Zweifel angemeldet werden können, ich weiß, wann ich gehen muss, und habe schon seit vielen Jahren aufgehört, mir aus Rücksicht auf andere etwas vorzugaukeln. Dabei hatte ich mir so fest vorgenommen, mich einmal für die Begegnung mit dem Journalisten, die mich wirklich tief beeindruckt hat, zu revanchieren. Ich berufe mich damit nicht auf Selbstverständlichkeiten, immerhin sind wir uns nur ein einziges Mal begegnet, das Treffen könnte man als unverbindliche Episode verbuchen, doch es steckte mehr darin. Oft schon habe ich erlebt, wie hinter der Euphorie einer ersten Begegnung alles wieder verpufft ist. Das ist hier nicht geschehen. Ich hätte ihn gerne noch mal gesehen, das ist die Wahrheit. Zudem wollte ich auch seine Einladung zu dem Essen erwidern, das er mir, so sehr ich auch interveniert habe, spendiert hat. Das „Cervelle de Canut" ist eine einfach zuzubereitende Speise, so man die richtige Kräuterwürze findet – die Würze unserer Begegnung wird sich ohne Zweifel noch über unsere kurze Begegnung hinaus entfalten.

„Gönnen Sie es mir, einen jungen Künstler zu sponsern", hatte er gesagt, er ahnte nicht, wie viel Erfolg ich bereits verbucht habe. Mir blieb nicht mehr die Gelegenheit, dieser Beziehung mehr Leben einzuhauchen, ich musste weg, musste mindestens noch einmal meinem Ego folgen.

Die Dauer der Zugreise gen Süden wird mir die Muße geben, ihm einen Brief zu schreiben, bevor ich mich in der Geschäftigkeit, mein Leben weiter zu sortieren, verliere. Ich werde es dabei belassen, meine wahre Identität zu verbergen, darin bin ich zunehmend geübt, doch ich glaube, es ist überfällig, ihm meine Zeit meines Lebens gewachsene Gesinnung zu gestehen, zumindest, um diesem Mann ein kleines Stückchen Einsamkeit zu nehmen, vielleicht auch mit der Motivation, meiner eigenen inneren Isolierung einen äußeren Bezugspunkt zu geben. Ich habe ihm geduldig zugehört, sogar in Erwägung gezogen, Teile seiner Lebensgeschichte in mein neues Manuskript aufzunehmen. Man wird sehen. Schriftsteller sind eben Blutsauger, man muss aufpassen, was man ihnen preisgibt. Ich weiß nicht, ob der größte Anteil des Blutes, das in meinen Bahnen fließt, überhaupt von mir selbst stammt. Ich bin ein Schmarotzer und kann dies nicht einmal negativ werten. Zumindest hätte ich ihm ermunternde Signale aussenden sollen, das gebietet die Ehre – es geht vielmehr um ein Mindestmaß an Sozialverhalten, das man von mir erwarten darf. Der Brief soll die verpasste Chance zumindest relativieren. Es wäre fatal zu glauben, ein älterer, selbstbewusster und gesetzter Mensch bräuchte nicht den Zuspruch von Jüngeren.

Die Jugend kann sich gegen die abgeklärten Stände auflehnen, sie muss sogar gewisse Konflikte heraufbeschwören, und die Älteren müssen sich in der Pflicht sehen, den Wirbeln, die die Jugend verursacht, wohlwollend zu begegnen und sie mit dem Respekt behandeln, den sie selbst für sich einfordern. Wenn aber keine bejahenden Signale von den Jüngeren ausgehen, dann entsteht ein Generationenkonflikt, der beide Seiten in die Sackgasse treibt. Ich gehöre weder zur Generation der Jugend noch zu den Alten, deshalb erlaube ich mir dieses Urteil. Ich bin immer noch jung genug, um törichte Entscheidungen zu treffen, und bereits so alt, um sie im Spiegel ihrer eigenen Geschichte zu reflektieren.

Ich muss ihm gestehen, dass ich auf der Flucht bin. „Entschuldigen Sie, dass ich gegangen bin“, sind die ersten Worte, die ich niederschreibe, „mein Leben soll ebenso wahrhaft sein, wie Sie es sich abfordern, deshalb musste ich weiter.“ Was für ein bescheuerter Anfang. Mit einer Entschuldigung zu beginnen ist stümperhaft, erst recht, da es keine Schuld gibt. Ich streiche das Geschriebene durch, nehme ein neues Blatt und versuche es noch mal. „Sie sind auf einer Insel gestrandet, fernab von Ihrer Heimat, die sich viel entfernter befindet, als es die messbare Distanz beziffern kann. Doch Sie sind auf keiner einsamen Insel. Auch wenn sich die Menschen Ihnen gegenüber so benehmen, als seinen Sie ein exotisches Tier, so können Sie doch gewiss sein, dass Sie an einem Schmelztiegel sitzen, an dem manche Menschen zusammenkommen, die nicht nur Ihre Lebenseinstellung teilen, sondern denen Sie mit Ihrer aufrechten Haltung Vorbild sein können, auch wenn diese sich nicht auf den ersten Blick zu erkennen geben.“

Ich lese diese ersten Sätze noch einmal durch. Klingt bescheuert, so als wolle ich mich als großer Dichter aufführen, ohne was zu sagen zu haben. Manchmal hasse ich meine geschwollenen Worte. Selbst wenn man seine Sätze mit hehren Worten auskleidet, werden sie dadurch nicht wahrhaftiger. So etwas kann man einem Staatssekretär liefern, aber nicht jemandem, den man als Freund annehmen würde. Ich habe nicht einen Beweis für diese Behauptungen, mit denen ich den Journalisten aufmuntern will. Die gesamte Rhetorik beruft sich bloß auf eine Ahnung. Ich bin ein Scharlatan, der schmucke Sätze bildet, die aber nicht an den Kern meiner Absichten heranreichen. Ich will ja nicht behaupten, man müsse als Schriftsteller nicht auch Klangkünstler sein, doch man sollte nie die Inhalte hinter der Sprache aus dem Auge verlieren. Metaphern sind keine Verstecke, hinter die man sich zurückziehen kann, sie dürfen nicht vom Zentrum der Wahrheit ablenken. Ich habe was zu sagen, aber es scheint mir, als gäbe es dafür keine passenden Worte. Ich streiche den „Schmelztiegel“ aus meinem Brief. Es ist nicht wahr, die Stadt ist zu porös für diesen Begriff. Auch das „exotische Tier“ ist kein passender Vergleich. Weder ist dem Alten seine Weltanschauung äußerlich anzusehen, noch kann man davon sprechen, dass sich alle anderen Menschen in ihrer Vielfalt grundsätzlich von ihm unterscheiden. Es nutzt nichts, einzelne Worte zu streichen. Der gesamte Text ist Mist, diesmal genügt es nicht, durchzustreichen. Ich zerreiße das Blatt gänzlich in kleine Stücke. Es fehlt mir einfach das Talent, noch während einer Reise zu schreiben. Man kann mich noch so sehr als Routinier einstufen, ohne ein Rückzugsgebiet, in dem ich mit meinen Gedanken alleine bin, gelingt mir nichts, worauf ich stolz sein könnte.

Erfolg bedeutet nicht zwangsläufig Qualität, doch wenn man meiner Arbeit eine gewisse Qualität zuschreibt, so wie es einige Kritiker getan haben, dann gründet sie auf meinem Mut, ständig und ständig zu verwerfen. Was nicht gut ist, ist mangelhaft, dazwischen gibt es weder Befriedigend noch Ausreichend. Ich will gut sein, Zaghaftigkeit darf man sich dabei nicht erlauben, mutig muss man zunächst zwar alles zulassen, anschließend aber großzügig aussortieren. Die Papierschnipsel, die ich in den Müllbehälter, der unter dem Abteilfenster hängt, stopfe, sollen mir Zeuge davon sein.

Auch Florence habe ich im Stich gelassen, ihr in einem Gespräch nebenbei angedeutet, ich würde auf Reisen gehen. Das war ja nicht gelogen, doch meine Art, ihr das mitzuteilen, implizierte, ich würde bald zurückkehren. Ich wusste von vornherein, dass dies nicht der Fall sein wird – nicht in absehbarer Zeit. Als Florence ihren Kopf zur Seite neigte und sagte: „Wir werden sehen", dann hätte ich mich tatsächlich in sie verlieben können, doch Liebe als Ganzes gehört nicht einzelnen Attitüden, sondern einem gesamten Wesen – dazu ist Florence nicht für mich geschaffen, auch wenn ich mir das nicht begründen kann. Hätte ich mich jedoch angemessen verabschiedet, dann wäre es vielleicht zu einer melancholischen Szene gekommen. Ich hatte Angst, das war's.

Der Zug fährt schnurstracks Richtung Süden, auf die Sonne zu. Bevor er seinen Zielbahnhof erreicht, werde ich ihn verlassen und einen Haken schlagen wie ein Hase auf der Flucht.

Ich spüre eine innere Leere. Wer mit einem Gasballon fährt, der wirft äußere Lasten ab, um davonzukommen. Ich reiße mir dagegen das Herz aus der Brust. Jetzt einfach zurückkehren, mit Paul, Claude, Florence und ihrem Bruder Jean in ihrem R4 durch die Stadt brausen, die Tage zwischen der Bibliothek und meinem Computer, gewärmt durch das Feuer, das aus dem Holz von Florences Eltern lodert, und die Abende zwischen Cafés und Tanzkellern verbringen, was ist das bloß, das mich von all dem abhält?

Es war anders, als ich Wochen zuvor meine Heimat verlassen habe. Die unendliche Leidenschaft für meine tiefgründigen und lang andauernden Freundschaften war damals nicht präsent, ich hatte sie verborgen, war nach vorne gerichtet, stand unter Strom und musste mich befreien. Vielleicht ist der Schmerz, den ich jetzt spüre, auch ein Stellvertreterschmerz, vorgeblich auf die Personen gerichtet, mit denen ich die letzten Wochen verbracht habe, obwohl andere Menschen gemeint sind.

Florence hat sich vom ersten Moment an, ohne mich tatsächlich zu kennen, auf mich eingelassen wie nur wenige andere Menschen in meinem Leben. Sie hat Neugierde gezeigt, die auch nachher zu keinem Zeitpunkt verpufft ist. Wer ist sie wirklich? Sie kennt mich besser als ich sie, obwohl ich mehr über ihr Leben weiß als sie über meines. Es hat nichts damit zu tun, sie ist meiner Seele nahe gekommen, als wäre sie meine kleine Schwester. Die Jungs sind nett, wir hätten mehr Zeit gebraucht, um uns anzustoßen, ohne Florence hätte ich sie bestimmt nie kennengelernt. Sie war das Bindeglied, durch das mich die Freunde sofort angenommen haben, bereits in dem Moment, als ich ihr Auto angeschoben hatte.

Was werden sie denken, wenn ich selbst nach Wochen nicht zurückgekehrt bin? Sie werden zu meiner Wohnung gehen und dort erfahren, dass ich die Räume gekündigt habe, ich also nicht durch unerwartete Umstände an einer Rückkehr gehindert wurde, sondern alles geplant war. Sie werden enttäuscht sein, sich verraten fühlen und nicht begreifen, was wirklich los ist, und meine Falschheit verfluchen.

Hätte ich mich verabschieden, meinen Entschluss begründen sollen? Wie hätte ich das tun können? Doch nur, indem ich ihnen meine Vergangenheit offenbart hätte. Das wollte ich auf keinen Fall tun, ich wollte in dieser Stadt nur für die Gegenwart leben, nicht nach vorne oder hinten blicken und hatte ursprünglich auch nicht vor, mich intensiv auf Menschen einzulassen. Den Begegnungen dennoch nicht aus dem Wege gegangen zu sein, war eine schöne Erfahrung, es hatte etwas bemerkenswert Erfrischendes. Hätte ich mich gegen diese Zufälle gewehrt, wäre diese Gegenwart zu einem künstlichen Gebilde geworden, das mich von mir selbst entfremdet hätte. Nun bin ich reicher als zum Zeitpunkt meiner Ankunft in die Stadt, daran waren die menschlichen Begegnungen alles andere als unbeteiligt. Der Preis, den wir nun bezahlen müssen, heißt vor allem Enttäuschung. Ich habe von der süßesten Seite dieses trotzigen Fleckes genascht und jetzt die Zeche geprellt. Ich hoffe für Florence und ihre Freunde, dass der Nachgeschmack genauso wenig bitter sein wird wie für mich.

Wie es die Wintervögel im Frühling aus dem Schoß der Städte drängt und sie auf den schneebefreiten Feldern nach neu keimender Nahrung suchen, so habe ich mich auf eine ungewisse Reise begeben. Obgleich mein Ziel deutlich vor meinen Augen liegt, weiß ich nicht, was mit mir geschehen wird. Die Stadt, in der zwei Flüsse aufeinander zukommen und sich in ihrem Süden vereinigen, war mir mehr als ein Windhauch. Ich hatte sie in Erwartung auf eine kleine Episode meines bewegten Lebens betreten und bin mit gestärktem Rückgrat herausgekommen.

In meiner Dachkammer ist nicht vieles entstanden, aber Großartiges. Wenn ich es fertig bringe, aus den dort niedergeschriebenen Gedanken ein zusammenhängendes Werk zu schaffen, egal, ob es sich zu einem Epos ausbreitet oder als episodenhafte Kurzgeschichte endet, wird es viele Aspekte meiner bisherigen Werke in den Schatten stellen. Jetzt ruhen all die losen, skizzenhaften Aufzeichnungen auf einem unscheinbaren Datenstick, der an meinem Schlüsselbund hängt. Auch wenn es keinen Sinn macht, ich trage tatsächlich meinen Wohnungsschlüssel in der Hosentasche.

Was war mit Amundsen, als er sich zum Südpol aufmachte? Hatte er seinen Haustürschlüssel dabei? Oder Hillary, als er den Mount Everest bestieg? Was so absurd klingt, ist der Normalität so nah. Man weiß nie, ob jemand zu Hause ist, wenn man zurückkehrt. Wenn ich als Zollbeamter einen Menschen kontrollieren würde, der keinen Schlüssel bei sich hätte, er würde mir verdächtig vorkommen. Ein Hausschlüssel ist Symbol für den Individualismus unserer Zivilgesellschaft: jedem sein Heim, in das er sich einschließen kann. Ich hätte ihn auch irgendwo in meinem Keller verstecken oder ihn einfach in den Kanal werfen können, doch mein Schlüsselbund dient mir als Alibi, als Beweis meiner Bindung, vielleicht meiner unterbewussten Absicht einer Rückkehr.

Es war, als ich die Dachwohnung in Lyon eingenommen hatte, nicht einfach, den Datenstick im Futter meiner Jacke wiederzufinden. Von außen konnte ich ihn nicht ertasten, also musste ich die Naht so weit auftrennen, bis meine ganze Hand hineinpasste. Ich war nahe daran zu glauben, ihn verloren zu haben, doch schließlich fand ich ihn in den Faden einer Innennaht verhangen, aus dem ich ihn nur mit Gewalt befreien konnte. Auch wenn ich jetzt ein handliches Reise-Notebook ständig mit mir führe, ist mir die Sicherungskopie enorm wichtig. Wenn ich unvorbereitet alle Gegenstände hinter mir lassen müsste, könnte ich diesen Datenspeicher immer noch in meinen Schuh stecken.

16.

Wer sich gehen lässt, wird manchmal von einem Gefühl besucht, das einem Traum gleicht. Man spürt die Kombination aus Irrealität und wahren Anhaltspunkten, begreift vielleicht die Herkunft und erkennt das Phantastische, das die Wachwirklichkeit normalerweise nicht hervorzubringen vermag.

Es herrscht eine seltsame Stimmung in dem Zugabteil. Die Gespräche der Anwesenden nehme ich nicht im Einzelnen wahr. Die Stimmen sind rhythmische Portionen, die sich nach und nach aneinanderketten, bis sie sich zu einem Meer aus Klängen vereinen, aus dem mal hier, mal da eine einzelne Welle hervorschwappt. Der Geräuschpegel wird lauter, jede Erhebung der Stimme eines Einzelnen verursacht ein erhöhtes Tönen eines anderen, dann wieder flacht der Pegel, als sei es so abgesprochen, ins bald Lautlose ab. Das Auf und Ab ist kein Zufall. Klänge bedingen sich gegenseitig, unbewusst reagieren die Menschen aufeinander, nur wer hinhört, hört das auch heraus.

Ich nutze den stillen Augenblick, um Camus „Mythos des Sisyphos“ hervorzuholen. Es hätte in meinem Leben unzählige Gelegenheiten geben können, doch der Schriftsteller hat ausgerechnet in Lyon auf mich gewartet. Nun begleitet er mich gen Süden, entlang des Flusses, der schnurstracks auf das Meer zuflutet, hinter dem das Land seiner Kindheit liegt.

Nach seinem eigenen Bekunden ist der „Sisyphos“ kein philosophisches Manifest, kein Urteil, sondern eine vorläufige Betrachtung; umso mehr verlangt das Werk eine erhöhte Aufmerksamkeit. Hinter jedem Satz darf man eine Erkenntnis vermuten, die nicht in voller Gänze ausgewalzt wurde und die man deshalb allzu schnell überliest.

Wenn mir, aufgrund einer Unaufmerksamkeit, etwas entgeht, dann könnten sich an anderer Stelle bestimmte Zusammenhänge nicht mehr erschließen. Das wäre fatal, das wäre Verschwendung von Ressourcen.

Die Stille hält nicht lange an; der Aufschrei eines Kindes, die Ermahnung seiner Mutter und das Telefonat eines geschäftigen Mannes platzen dazwischen. Ein junger Mann, der nicht weit entfernt von mir sitzt, trägt Ohrstöpsel. Ich sehe es als eine merkwürdige Sitte der Jugend an, sich beim Gang aus dem Haus akustisch von der Umwelt abzuschirmen, ihre privaten Geräusche mitzubringen und kaum etwas von dem mitzubekommen, was um sie herum passiert. Der Geräuschpegel im Zug wird für ihn keine Bedeutung haben, die von seinem Gerät ausgehenden Klänge erreichen dagegen meine Ohren. Immerhin, anders als ich es von jungen Leuten gewohnt bin, quillt kein dominant dumpfer Beat aus den Kopfhörern, sondern sich aufbäumende Gesangsstimmen in Bariton und Bass, die wohl einer Oper entstammen.

Anfänglich versuche ich, mich noch auf die Thesen um den „glücklichen Sisyphos“ zu konzentrieren, doch mit jedem hinzukommenden Laut verliere ich wieder und wieder den Faden. Gerade will ich das Buch wieder in meiner Tasche verstauen, da beginnt auch noch der Mann, der mir gegenüber sitzt und sich bislang als stiller Beobachter gezeigt hat, zu reden. „Albert“, sagt er mit eindringlicher Stimme. Ich habe mich gerade gebückt, um den Verschluss meiner Reisetasche, die zwischen meinen Füßen steht, zu öffnen, doch überrascht halte ich inne. Spricht er mit mir, oder fantasiert er vor sich hin? Ich schaue zu ihm auf, er wiederholt: „Albert ... Albert“, verschluckt, ganz französische Art, das „t“ am Ende und betont das „e“ als wäre es ein deutsches „ä“. „Albär“. Dann noch mal, indem er die Doppelnennung miteinander verbindet: „Albäralbär“. Ich richte mich auf, ohne das Buch in die Tasche gesteckt zu haben, da beginnt er ungefragt, über die Gründe seiner absurden Regsamkeit zu berichten.

„Albert, verzeihen Sie, so hießen meine Väter, das sollten Sie wissen, wenn Sie mich verstehen wollen, auch wenn Sie im Moment noch nicht verstehen, warum ich von Vater im Plural spreche. Es ist tatsächlich so, dass ich mehrere Väter habe, genau gesagt zwei, denn ich bin nicht der Typ, der seine Vorbilder in beliebiger Menge als Väter benennt, im Gegenteil, mit Titulierungen, wenn Sie es so mögen, gehe ich sehr sparsam um, und es ist nur einer Besonderheit zu verdanken, dass es für mich überhaupt dazu gekommen ist, zwei Menschen als meine Väter zu benennen. Natürlich könnte ich Ihnen viele andere Vorbilder nennen, dessen Eigenschaften mir Erkenntnisse eingehandelt und die mich vorangebracht haben, doch sie alle waren mir nicht mehr als bloße Lehrmeister, nicht aber Vorbild in ihrer allumfassenden Wesensart. Meist ist es auch einzig ihr Metier, das ihre Stärke auszeichnet, sei es als Künstler, Diplomat oder Mensch mit liebenswerten Eigenschaften. Das Verhältnis zu meinen Vätern geht weit darüber hinaus, es ist besonders in jeder Hinsicht und hebt sich von der partiellen Bewunderung gegenüber all meinen Idolen vollständig ab. Sie werden noch nicht ganz begreifen können, was ich Ihnen sage, deshalb darf ich für einen weiteren Moment Ihre Aufmerksamkeit erbitten: Einer meiner Väter ist in meinem Leben nie aufgetaucht, auch diese Tatsache ist ungewöhnlich, wie Sie gleich erkennen werden, selbst die besten Konstellationen hätten nicht dazu führen können, denn er war schon längst gestorben, als ich geboren wurde. Jetzt werden Sie denken, das wäre keine Seltenheit, vor allem in Kriegszeiten sei dies öfter vorgekommen, ein Mann fällt einem Scharmützel zum Opfer, noch ehe sein Kind geboren wird, doch auch dieser Vergleich trifft nicht meine Realität.

Ich spreche zunächst von demjenigen, den ich meinen Papa nenne, nicht nur weil er mich gezeugt, bei meiner Geburt vor der Tür gewartet und mich anschließend in die Arme genommen hat, mit dem ich aufgewachsen bin, das könnte man ja noch als Selbstverständlichkeit verbuchen, doch zu einer derart engen Verbundenheit gehört wesentlich mehr dazu. Lassen Sie es mich in aller Kürze so erklären: Mein Papa war mir im gleichen Maße Vorbild wie ich mich von ihm abgenabelt habe, er hat mich geprägt, gleichzeitig bin ich mit ihm auch hart ins Gericht gegangen, habe ihn versteckt kritisiert und offen mit ihm gestritten. Manchmal war mir peinlich, wie er sich nach außen gab, dann war ich wieder stolz auf ihn, er war eben mein Herzensvater, mit allem, was dazugehört. Der andere Vater war mehr mein Kopfvater, und so verschieden das klingt, haben beide so viel gemein. Sie waren Brüder im Geist, ohne dass der eine etwas davon wusste, denn der nichtleibliche Vater war ein berühmter Mann gewesen, zufällig oder nicht, sie sind sogar Namensvetter, ja, sie sind es immer noch, denn ihre Namen leben fort."

Mir bleibt keine Gelegenheit, eine Zwischenfrage zu stellen. Mein Gegenüber redet in einem fort, ohne mir die Atempause zu lassen, in der ich das Gesagte hinlänglich begreifen kann. Ich lehne mich zurück, höre gebannt zu und halte mein Buch zwischen beiden Händen.

„Was die beiden gemein hatten, das waren vor allem ihr diplomatisches Verständnis und ihre Aufmerksamkeit gegenüber Schwachen und Benachteiligten. Der eine agierte als Journalist auf der großen politischen Bühne und kritisierte in seinem Land die Ungleichbehandlung der Besetzten gegenüber ihren Besatzern, die er gleichzeitig aber nicht als Imperialisten ansah, sondern als Volk in einem Land mit zwei Völkern, wenn ich die Unterscheidung der einzelnen Volksstämme für diesen Moment einmal außen vor lassen darf. Als Lehrer tat mein anderer Vater nichts anderes. Für ihn galt es, die schwachen Schüler, die meist auch aus einem benachteiligten Milieu stammten, zu fördern, um ihnen die gleichen Chancen wie den Starken einzuräumen, ohne gleichzeitig zu vergessen, dass ein Stärkerer auch das recht hat, seinem Intellekt entsprechend gefördert und gefordert zu werden. Beide Väter haben sich dabei nicht vor diejenigen gestellt, die die Ungerechtigkeit, der sie ausgesetzt waren, laut herumkrakelten, sondern sie haben dort, wo andere wegschauten, ein scharfes Auge auf die wirklichen Zustände gerichtet.

Sie sollten wissen, in Zurückhaltung Stärke zu erkennen, ist nicht jedermanns Sache – meine Väter taten es. Einen Menschen, der eher seinem Gewissen als seiner Überzeugung vertraut, der auch einmal seine Ideologien infrage stellt, den findet man nicht häufig, bei meinen Vätern stieß man auf diese Eigenschaft, sie waren welche, die klar Stellung beziehen konnten, ohne gleich missionarisch aufzutreten. Auch wenn jemand gegenteilige Ansichten zu den ihren hatte, räumten sie dieser Meinungsfreiheit immer ihre Legitimität ein, solange sie nicht zu einer gefährlichen oder gewaltvollen Handlung ausuferte. Es gibt viele Aspekte, unter denen sich meine Väter ähneln. Sicherlich war auch der berühmte Camus Vorbild für meinen leiblichen Vater, bestimmt hatten sie vor allem viele andere gemeinsame Lehrmeister. Gewiss können Sie das alles nicht nachvollziehen ..."

„... doch doch, es ist schon verständlich ...", erwidere ich wohlwollend, dabei beginne ich erst jetzt zu begreifen, dass er mit dem Kopfvater Albert Camus meint. Für ihn mögen seine Erklärungen durchaus logisch erscheinen, für mich, dem die Hintergründe seiner Lebensgeschichte nicht vollkommen geläufig sind, bleibt alles sehr abstrakt.

„... dabei habe ich bisher nur über Parallelen gesprochen, die es sicherlich zwischen vielen Menschen gibt, ohne von großartigen Belangen sprechen zu können", fährt er ungehemmt fort, „doch bislang habe ich mich nicht über die wirkliche Verwandtschaft der beiden zueinander ausgelassen."

Ich lehne mich zurück, schlage meine Beine übereinander. Würde ich nicht hochkonzentriert zuhören, dann hätte ich wahrscheinlich schon längst den Faden verloren. In dieses Verwirrspiel um die beiden Väter hat er eine Menge von Informationen gepackt, die ich zum Glück ein wenig einzuordnen weiß. Nur, was wird jetzt noch kommen? Hat er nicht schon genug gesagt? Das Buch halte ich weiterhin zwischen meinen mittlerweile schwitzenden Händen.

„Die entscheidende Beziehung zwischen meinen Vätern entstand 1960: Das neue Jahrzehnt war jung wie der Spross eines Schneeglöckchens, die Menschen in Europa sahen mit froher Erwartung einem Jahrzehnt entgegen, das für sie keine neuen Kriege bringen sollte, in dem der Hunger der Nachkriegsjahre nachhaltig dem Wirtschaftsaufschwung gewichen war und sich ein wachsender persönlicher Wohlstand breitmachte, der über manche Ungereimtheiten hinweghalf. Sie kennen die Attribute Wohnung, Auto, Fernsehen, Urlaub. Es sollte aber auch eine Zeit anbrechen, in dem letztlich die menschliche Würde des Einzelnen gegenüber dem Kollektiv hinzugewann. Es gab eine Stimmung von Zuversicht, die spätere Generationen in unseren Breitengraden, das sei am Rande bemerkt, kaum noch nachvollziehen konnten. Nur wenige Tage nach Anbruch des Jahrzehnts platzte dann die ergreifende Nachricht vom Tode des hochgelobten Camus dazwischen. Wenn man all den Nachrufen Glauben schenken darf, war eine Biografie jäh unterbrochen, ähnlich einer Oper, deren Schlussakt gestrichen wurde. Die Gesellschaft ist ob seiner Person derweil in eine unbeantwortete Wirklichkeit entlassen worden.

Unabhängig davon, wie die Öffentlichkeit diese Tragödie erlebte, war mein Vater persönlich zutiefst erschüttert. Hatte er den Schriftsteller nicht kurz zuvor erst entdeckt, dann alles von ihm gelesen, bald sogar in den Figuren Camus gelebt, seine Reden und Briefe wie Heilsbotschaften der Diplomatie aufgesogen? Und nun war der um wenige Jahre ältere Mann gestorben."

Die Schilderung des vor mir sitzenden merkwürdigen Erzählers wechselt ins Pathetische, doch der Herr beschreibt seine Geschichte derart plastisch, dass ich trotz erster Vorbehalte mich von nichts anderem mehr ablenken lasse.

„Wenngleich mein Vater keine im engeren Sinne verwandtschaftliche Beziehung zu Camus hatte, so nahm er sich jedoch aus tiefer Betroffenheit von seinem Arbeitgeber frei und eilte zu seiner Frau, meiner Mutter, um ihr die traurige Nachricht mitzuteilen. Was dann geschah, entwickelte ohne Absicht meiner Eltern gewisse Parallelen zu dem Geschehen in Camus Roman ‚Der Fremde'. Sie gingen ins Kino und sahen sich einen heiteren Film an, nicht weil ihre Trauer rasch verflogen war, sic sich ablenken oder aufheitern, sondern weil sie die atmende Seite des Todes lebendig erfahren wollten. Sie hatten sich vorgenommen, der Bestürzung wahrhaft und regsam zu begegnen, statt sich mit pompösen Trauerritualen nach außen darzustellen. In der Gemeinsamkeit fanden sie Stärke, ihre Liebkosungen bezwangen die Schreckensstarre. Jeder Kuss und jedes Lächeln sollte als Dank für das Leben des Schriftstellers stehen: In was Besserem als der Zuneigung könnte er weiterleben? Am Abend haben dann meine Eltern miteinander geschlafen und ein Kind gezeugt. Ich wurde vierzig Wochen später geboren."

Das alles klingt wie eine phantastische Geschichte. Der Mann versteht es, einen Spannungsbogen aufzubauen. Denkt man anfänglich noch an eine leichte Verrücktheit, so vermittelt er jetzt glaubhaft einen tatsächlichen zeitlichen Zusammenhang zwischen dem Tod Camus und seiner eigenen Geburt. Seine Erzählung beginnt, mich in Staunen zu versetzen, gebannt warte ich auf das, was noch kommt.

„Lange Zeit wusste ich nichts von Camus, bis mir mein Vater später von dem Tag, an dem dieser berühmte Mann aus dem Leben gerissen wurde, erzählte. Die wahren Gedankenparallelen meines Vaters zu Camus erschlossen sich mir erst, als auch er gestorben war und ich die Werke des Schriftstellers zunächst nur las, dann ebenso wie Papa verschlang.

Begreifen Sie nun? Ich habe zwei Väter. Albert und Albert. Der eine ist mein Papa, im Geiste des anderen bin ich gezeugt worden. Das alles mag für Sie recht mythisch klingen, für mich ist es eine Lebenswahrheit, an die ich mich längst gewöhnt habe. Und glauben Sie mir, ich bin durchaus ein ausgesprochener Realist, ich glaube eher an Zufälle im Leben als an ein Schicksal. Dennoch, es gibt sogar Menschen, die viel weitergehen und unter diesen Umständen von mir als Re-Inkarnation Camus sprechen würden, weil ich am Tag seines Ablebens gezeugt worden bin und im Laufe meiner eigenen Lebensgeschichte so manches, was er begonnen hat, weiterzuleben scheine. Auch solch eine These, glauben Sie mir, liegt mir absolut fern. Allenfalls bin ich ein geistiger Erbe, aber nichts darüber hinaus. Die vielen Ähnlichkeiten und gleichzeitigen Verknüpfungen lassen mich jedoch aufhorchen. Als ich sein erstes Buch gelesen habe, fühlte ich mich selbst zum Schreiben animiert, etwas, was ich zwar schon immer nebenbei gemacht habe, doch jetzt begann ich zielgerichtet einen Roman zu verfassen. Als ich dieses erste Manuskript fertig gestellt hatte, war ich so alt wie Camus, als er starb. Bin ich daher ausgewählt, das weiterzuführen, was er nicht mehr tun konnte? Es wäre überheblich, davon auszugehen, aber ich schließe es auch nicht gänzlich aus. Keine Angst, mein Herr, ich nehme diese Herausforderung nicht als Schicksal, sondern als bewusste Entscheidung an. Das, was ich tue, werde ich für mich tun, und doch weiß ich, wem ich das alles zu verdanken habe, was ich aber nicht an die große Glocke hängen werde, mit der man das Land lauttönend beschallt. Es gibt keinen Grund etwas aufzubauschen."

Der Zug rumpelt in einen Bahnhof ein. Der „Sohn Camus" knöpft seinen Mantel bis hoch zum Hals zu und verabschiedet sich so unvermittelt, wie er mich vorher angesprochen hat. Das Buch brauche ich jetzt nicht mehr zu umklammern, meine Hände kleben gänzlich auf der glänzenden Oberfläche des Einbands. Mir ist nicht klar, ob er seine Geschichte zu Ende erzählt hat oder sie durch die Ankunft an seinem Ziel unterbrochen ist. Wären wir gemeinsam bis ans Mittelmeer gefahren, so hätte ich vielleicht noch viele unerwartete Wendungen erfahren, die alleine schon einen Roman wert sein könnten, doch im Moment bin ich erleichtert, nicht weiter in seinen Klauen zu hängen. Seinem unablässigen Redefluss zu folgen, war, vorsichtig ausgedrückt, recht anstrengend. Scheinbar ist er derart intensiv in dieser Geschichte verfangen, dass er nicht merkt, wie schwer nachvollziehbar sie für andere ist.

Als der Zug wieder losfährt, sehe ich ihn, vor sich hinstarrend und nicht noch einmal den Blick zu mir suchend, am Bahnsteig entlanggehen. Sein Mantel ist an den Schultern und Ellbogen stark abgewetzt, das Schuhwerk ausgelatscht. Zunächst war ich dem Mann recht skeptisch begegnet, habe ihn als einen einsamen, mitteilungsbedürftigen Menschen angesehen, nun lässt mich seine Geschichte nicht mehr los. Endlich verstaue ich mein Buch in die Tasche. Camus ist tot, es lebe Camus, und es leben all die Menschen, die die Erkenntnis einem wohlgeordneten, wohlhabenden Leben vorziehen.

So viel ich mich auch der Literatur widme, ich darf den Blick auf die Menschen, die in der Gegenwart leben, nicht vernachlässigen.

Florence hatte mich gewarnt und vorausgesagt, dass ich, sobald ich mich als Camus-Leser preisgebe, von fremden Menschen angesprochen werde, zumindest solange ich mich im Osten des Landes aufhalte. Der Westen stehe eher auf Honore de Balzac – der flüchtigeren Lebensart der ozeannahen Gesellschaft verlangt es nach dessen schnellem Schreibstil –, und in der saftigen Mitte des Landes verehre man in patriotischer Absicht vornehmlich Victor Hugo. Das Urteil kam mir sehr pauschal vor, doch tatsächlich, mein Camus in der Hand hat zumindest hier das Vorhergesagte ausgelöst.

Der Bahnhof wirkt ein wenig heruntergekommen, so als hätte man ihn längst abgeschrieben und die Züge würden nur noch aus Gewohnheit an diesem Ort halten. Was mögen das nur für Menschen sein, die hier alle aus- und einsteigen? Wer von ihnen hat eine Biographie, die man als „normal" bezeichnen würde? Es wäre eine Option, von meinen Plänen abzulassen und ebenfalls hier auszusteigen. Noch steht der Zug, noch sind die Türen geöffnet. Und was, wenn dieser Ort nur irreal wäre? Ich stiege aus, sähe mich in der Stadt um, und wenn ich zu dem Entschluss gelangte, hier nichts anfangen zu können, irrte ich tagelang umher, ohne den Bahnhof wiederzufinden, letztendlich fände ich heraus, dass man in diese Welt aussteigen kann, es aber keine herkömmliche Anlaufstation gibt, um wieder aus ihr hinauszukommen. Ich sollte mich von Alberts Sohn nicht zum Aussteigen aus meiner Geschichte verführen lassen, denn es könnte passieren, dass er nur eine Einbildung war, ein wirrer Gedanke, der mein Hirn beim Verstauen des Buches durchkreuzt hat.

Es geht weiter.

Wohin gehöre ich wirklich, und wer sind die Menschen, die zu mir passen?

Seit ich von zu Hause weggegangen bin, habe ich mich, wie seit langem nicht mehr, fremden Personen gegenüber geöffnet. Daran erst begreife ich, wie verschlossen ich tatsächlich in der Heimat gelebt habe. Zwar bin ich meinen Freunden sehr nahegekommen, ihnen widerfahren, letztendlich aber nicht mit ihnen verschmolzen. Mit Herbert, Udez, Kristin und mit Rüdiger bin ich, im positivsten Sinne, aneinandergestoßen, selbstbewusst haben wir uns gegenseitig animiert, doch seit ich von zu Hause weggegangen bin, passiert etwas anderes: Ich bin labil und lasse es mir nicht anmerken. Die Gedanken der anderen nicht bloß in Erwägung ziehend, sauge ich deren Leben geradezu auf, als müsse mein eigenes erst noch heranreifen.

Rüdiger hatte die Schnapsidee, wir sollten unsere Gedanken tauschen und hinter dem Verwirrspiel unsere Identität verstecken. Die Idee war außergewöhnlich, beinahe genial und doch zu realitätsfern. Nun will es der Zufall, dass mir hier unbeabsichtigt so etwas Ähnliches passiert.

Von der Kindheit und Jugend des alten Journalisten habe ich mehr Bilder vor Augen, als er mir tatsächlich geschildert hat. Ich bin gedanklich in seine Biographie geschlüpft und begreife die Herausforderung, der er sich Zeit seines Lebens gestellt hat, wie meine eigene. Florence, die eine Zukunft einatmet, die sich ihr kaum erschlossen hat, und deshalb noch so voller Erwartungen und Schöpferkraft steckt, erweckt in mir dagegen eine neue, unbekümmerte Jugend, und dann läuft mir dieser verrückte Mann mit den zwei Vätern über den Weg, der so beflissen seine Herkunft auseinanderlegen kann, die geprägt ist von unzählige Facetten seiner Väter. Er lässt mich von der Realität des Absurden kosten, die mich die Welt besser begreifen lehrt, solange ich die Augen vor dem Unbegreiflichen nicht verschließe.

Ich schlüpfe gedanklich ständig in die Rolle von anderen, ohne meine eigene Identität aufzugeben. Das ist anders, als ich es je zu Hause erlebt habe, das ist neu, ist frisch.

Ach, Florence, ich hätte nicht so einfach weggehen sollen. Du hast einmal erwähnt, dass wir die Namen von zwei Städten tragen. „Meine Stadt liegt in Norditalien und deine in Nordspanien. Wenn wir uns einmal aus den Augen verlieren, können wir uns in einer der beiden Städte wiederfinden“, hast du in deiner lockeren Art und deinem charmanten Akzent vorgeschlagen. Es war für dich so einfach, das zu sagen, mit deiner Unbekümmertheit, während meine Gewissheit, bald wieder weg zu gehen, in diesem Moment wie ein Hammer gegen meine Brust schlug.

Am nächsten Bahnhof werde ich aussteigen, um meine Richtung zu ändern. Das ist keine Schlussfolgerung aus einer neuen Erkenntnis, das war schon vorher geplant.

Es bleibt noch Zeit, ehe sich mein Anschlusszug in Bewegung setzt. Ich könnte schon einsteigen, denn er steht bereits am Bahnsteig. Stattdessen kaufe ich in der Bahnhofsvorhalle eine Postkarte mit der Abbildung einer alten rauchenden Dampflok vor dem Hintergrund des hiesigen Bahnhofes. Auf die Rückseite schreibe ich die Sätze: „Es ist nichts verpufft. Verzeihen Sie mir, ich musste weiter. Danke für alles, was Sie mir gegeben haben“ und adressiere sie an den alten Journalisten.

17.

Gemächlich quält sich die Lok und zieht die Waggons in die Berge hinauf. Die Menschen, die mit mir reisen, sind schweigsamer, und auch rein äußerlich gehören sie zu einem anderen Menschenschlag als die in der vorherigen Bahn. Ihre Kleider sind weniger mondän, ihre Gesichter prägnanter.

So hoch wir auch steigen, die Berge erheben sich gegenüber der Bahnstrecke immer noch höher. Bahnhöfe gibt es in jedem Dorf, das an der Strecke liegt, doch der Zug hält tatsächlich nur an jedem zweiten bis dritten an. Die anderen Stationen liegen wie verwaist da, nur hat man nicht die Zugänge zugenagelt wie seinerzeit auf den Geisterbahnhöfen zwischen West- und Ostberlin, genau gesagt auf der westbetriebenen Strecke durch das Ostgebiet. Die Menschen, die ein- und aussteigen, wollen nicht alle in die Städte oder von dort aus wieder nach Hause, viele von ihnen fahren von einem Dorf ins andere. Ich fühle mich wie ein Fremdling, weil ich anscheinend einer der wenigen Passagiere bin, die das Gebirge gänzlich überqueren wollen.

Ich hätte auch eine andere, schnellere Strecke wählen können, die direkt aus der Stadt der beiden Flüsse über die Alpen führte, doch ich hätte mehr als eine Stunde auf diesen Anschluss warten müssen. Ich wollte, als einmal der Beschluss gefasst war, einfach nur weg, deshalb hatte ich mich für den Umweg entschieden.

Es ist merklich kälter in den Bergen, die milden Frühlingsdüfte sind noch nicht nach hier vorgedrungen. Vor schroffen Felswänden steht der Nebel, nicht selten fahren wir an Schneefeldern vorbei, schließlich gelangen wir an ein flaches, tiefes Nebelmeer, das sich über mehrere Kilometer hinweg in die Länge zieht. Nur an wenigen Stellen ist der darunter verborgene See auszumachen. Noch bevor sich die Bahngleise wieder talwärts neigen, steige ich spontan an der nächsten Bahnstation aus, die an einem Weiler liegt. Es mag eine Handvoll Menschen hier leben, doch ich vermute, dass die Bahnstation eher von Wanderern als von Einheimischen frequentiert wird, indessen sie seinerzeit als Ladestation für Almkäse und Gamsfleisch errichtet worden sein mag. Wie ein Wanderer sehe ich nicht aus, statt eines Rucksacks führe ich eine voluminöse Reisetasche mit mir. Ich lebe lange schon im Grotesken, mal äußerlich, mal innerlich, was also soll mich noch verunsichern.

Die Gegend ist mir, ebenso wie die Menschen, die in dieser kargen Einsamkeit leben, gänzlich unbekannt, und doch verlasse ich mich darauf, hier jemanden zu finden, der mir eine Unterkunft geben kann. Es ist bitterkalt, damit habe ich durchaus gerechnet, und doch kann ich nicht verleugnen, wie sich mein Körper an die Frühlingswärme in der Stadt gewöhnt hat und ich deshalb gegen die Temperatur ankämpfen muss. Der Kragen meines Mantels schließt nicht ausreichend, ich könnte jetzt einen Schal gebrauchen – hier oben werde ich keinen finden.

Um zur Straße zu gelangen, muss man über die Schienen steigen, ein schmaler Pfad aus Steinplatten, die anstelle von Schotter ausgelegt worden sind, erleichtern den Übergang. Die Straße hat eine enorme Breite, was mich wundert, denn mit einer hohen Verkehrsdichte ist hier wohl nicht zu rechnen. Man hatte eben ausreichend Platz auf dieser kleinen Hochebene, das wird der Grund sein. Nur die älteren Gebäude sind aus Stein und Holz gebaut, in der Neuzeit hat man sich Fertigelementen aus Betonplatten, mitunter sogar Kunststoffen bedient. Wer um alles in der Welt ist auf die Idee gekommen, in diese Wüste einen ganzen Ort zu setzen?

Ich folge für einige Schritte dem Bergwanderer, der als einzige Person mit mir ausgestiegen ist. Sein zügiger Schritt führt ihn auf ein großes Gebäude zu, das sich an einem Hang aufrichtet. Der Sockel des Anwesens ist aus Bruchsteinen gemauert, darüber steht ein Leichtbau aus in ein Fachwerk eingegliederten großen Glasflächen. Ein Schotterweg führt im Bogen auf das Gebäude zu. Jetzt sehe ich auch die Rückseite, die mit unzähligen Holzschindeln vertäfelt wurde und nur von drei winzigen Fenstern und einer schmalen Tür unterbrochen wird, zu der eine stählerne Wendeltreppe hinaufführt.

Im Gegensatz zu der von außen gesehen wuchtigen Wirkung des Gebäudes, ist das Café innen relativ klein gehalten. Ich bestelle mir zu meinem Kaffee Heidelbeerkuchen und frage die Wirtin, ob sie hier auch Unterkünfte vermieten. In fließendem Französisch, aber mit einem mutmaßlich italienischen Akzent antwortet sie, dass dies selbstverständlich sei und fragt, ob ich eine Nacht oder länger bleiben wolle. Darüber habe ich mir noch keine Gedanken gemacht, ich zögere, murmele ein „Si“ und ein „Non“, das sich verbunden wie „sinon“ anhört. Die Wirtin gibt sich damit zufrieden.

Das Zimmer ist recht winzig, es passt ein Bett hinein, eine kleine Kommode, und wenn man sich an das Schreibpult setzen will, muss man sich auf den Stuhl zwängen, weil seine Lehne gegen das Fußende des Bettes stößt. Eine einzelne Steckdose befindet sich direkt neben dem Eingang, bis dahin reicht das Kabel nicht, ich werde wohl mit Batteriebetrieb schreiben müssen und meinen Laptop in den Erholungspausen wieder aufladen.

Kaum habe ich mich eingerichtet, da werde ich zum Essen gerufen. Ich hatte das nicht bestellt. Da wohl niemand zum Supermarkt oder zum algerischen Gemüsehändler geht, um sich selbst zu versorgen, gilt es hier oben vermutlich als Naturgesetz, an dem Essen teilzunehmen. Die Wirtin serviert ein deftiges Gericht aus Grünkohl, Kartoffeln und Rauchfleisch, das mich an meine Kindheit erinnert: Arbeiteressen hieß das damals. An meinem Nachbartisch sitzt der Wanderer von vorhin, etwas abseits eine junge Frau, die sich ihr Essen selbst aus der Küche geholt hat und meiner Schlussfolgerung nach zum Personal oder der Familie gehört.

Ich kenne das Verhalten von Menschen, die auf engem Raum zusammengeschweißt sind. Schnell ignorieren sie ihre Scheu vor dem Unbekannten, überwinden ihre zivilisatorischen Angewohnheiten und nehmen Kontakt mit Fremden auf, egal ob sie ihrem Wesen entsprechen oder nicht. Hier oben ist das anders. Die hier lebenden Menschen sind an die Einsiedelei gewöhnt, und die Menschen, die von außen kommen, mögen unzugängliche Kauze sein, die sich gerade deshalb hierher verirren.

Im Batteriebetrieb steht mein Bildschirm auf Sparmodus und leuchtet nur sehr schwach. Es ist ungeheuer anstrengend, so zu arbeiten, doch so mutig ich das Menü nach den Voreinstellungen durchsuche, ich finde keinen Weg, um die Programmierung zu ändern. Wenn das Zimmer stärker erhellt wäre, würde ich wahrscheinlich nichts mehr erkennen können.

Es wird früh und schnell dunkel, meiner Arbeit kommt das zugute. Ich kann endlich abtauchen, aus der Finsternis, dem Nichts das mich umgibt, eine Handlung erfinden, in die meine Gedanken der letzten Wochen einfließen, ohne gekünstelt zu wirken. Es ist ein Unterschied, ob der Künstler ein Werk erschaffen will oder das Werk den Künstler sucht, um sichtbar zu werden. Es kommt mir vor, als würden wir endlich zueinander finden.

Wenn etwas nicht gelingt, dann spricht man gerne von einer Talsohle, die man durchwandern muss, dass ich tatsächlich erst in die Berge gelangen muss, ehe meine Kreativität zu ihrer alten Stärke gelangt, verwundert mich nicht und kommt meinem Vorhaben, mich für einige Zeit in die Hütte von Herbert zurückziehen zu wollen, entgegen.

Die Nacht gehört mir. Mein Text pendelt zwischen mehreren fiktiven Personen, die sich in einer detailliert gezeichneten Landschaft bewegen. Ich seziere ihre Beziehung zueinander und setze den gedachten Leser zunächst auf einen Beobachtungsposten, auf dem er sich mit keiner der beschriebenen Personen identifizieren soll. Erst wenn ich ihn so auf Abstand positioniert habe und er sich als Unbeteiligter auf der sicheren Seite fühlt, will ich ihn unvermittelt in das Geschehen einbeziehen, am liebsten, ohne ihn das zunächst spüren zu lassen. Nicht meine Projektionsfiguren werden zu Einsichten gelangen, die Erkenntnis soll sich vielmehr von selbst aus den Handlungen ergeben, am Ende soll der Leser klüger sein als meine Protagonisten.

Ich könnte all diese Vorgaben nicht absehen, wäre ich nicht in diese intensive Phase hineingefallen, aus der ich gestärkt für viele Romanseiten herauskommen werde.

Die Nacht hat sämtliche Licht und Schattenspiele der Umgebung geschluckt. Die Silhouetten der Berge, deren Gipfel in Wolken gehüllt sind, kann man kaum ausmachen, doch ich spüre mit den Sinnen eines im Flachland aufgewachsenen die Bedrohlichkeit der Naturmassen, die selbst der Mensch mit all seinen technischen Errungenschaften nicht beherrschen kann.

18.

Eine kräftige Bergsteigerbrotzeit hat mir Kraft für den Tag gegeben. Die Wirtin konnte ihr Erstaunen über mein spätes Aufstehen nicht verbergen. Niemand verbringt in dieser Gegend die Nächte in einer Bar, und in der Hütte gibt es, zumindest für die Gäste, keinen Fernseher. Man geht also früh ins Bett und steht früh wieder auf. Ich habe gegen dieses Naturgesetz verstoßen und bis an die Grenzen der Batterieladekapazität meines Computers gearbeitet und letztlich per

Stromversorgung, in meinem Bett liegend, noch zahlreiche weitere Notizen gemacht.

Statt wie gewöhnliche Touristen auf den Berg gestiegen zu sein – ich habe stattdessen ganz andere Gipfel erklommen –, stehe ich wieder auf dem kleinen Bahnsteig und warte seit einer halben Stunde auf den Zug, den man, lange bevor er sich sichtbar nährt, schon hören kann.

Der Kulturschock könnte, als ich wieder aus dem Zug steige, nicht ärger ausfallen. Wie soll ich das beschreiben, was über mich hereinfällt? Hoher Luftdruck, stickige Wärme und italienisches Stadtleben. Dagegen war Lyon eine Schlaftablette, es sei denn, ich würde den nächtlichen Aufenthalt im Bergdorf als Vergleich heranziehen.

Es ist ein zwanzigminütiger Aufenthalt geplant, in dem, wenn ich die Auskunft des Schaffners richtig interpretiere, der Triebwagen und das Personal gewechselt werden. Ich kann ja verstehen, dass die Strecken durch die Berge andere Zugmaschinen erfordern als die Loks in den Ebenen, doch warum können die Passagiere nicht gleich in einen neuen Zug umsteigen, der für das Flachland konzipiert ist? Na ja, es wird schon seine Gründe haben, und wenn es einfach nur die italienische Mentalität ist, nach der man die Dinge eher so nimmt wie sie kommen, weil das Dolce Vita keine Zeit für die Analyse lässt. In meiner Heimat gibt es kaum ein Konzept, zu dessen Wirksamkeit nicht mindestens ein Gutachten erstellt wird, ein typisch preußisches Vorgehen, das nach allen Erfahrungen im Endeffekt auch nicht weiterbringt.

Nachdem ich also meine Voreingenommenheiten auf den ersten groben Blick bestätigt sehe, kann ich mich während der Zwangspause ein wenig auf das Treiben einlassen. Die Ruhe, die ich in den Bergen erfahren habe, findet hier ihr Gegenteil. Als habe man keine Zeit zu verlieren, eilen die Menschen an mir vorbei, Autos hupen, und Straßenhändler in den Unterführungen rufen im Wetteifer ihre Ware aus. Zwei Damen, die Zeit für eine Unterhaltung gefunden haben, ihre vollbeladenen Einkaufstaschen zu Füßen, damit die Hände für begleitende Gestikulationen frei sind, sprechen mit der Geschwindigkeit eines Maschinengewehres. Die Sonne brennt, als würde der Sommer unmittelbar bevorstehen. Die geschützte Tallage der Stadt hält die Winde ab und verursacht ein Klima, das über die frühe Jahreszeit hinwegtäuscht.

Obwohl ich kein Wort Italienisch verstehe, kaufe ich mir eine Tageszeitung, die unter all den Gazetten am wenigsten boulevardhaft wirkt und weder mit vielen Bildern noch mit übergroßen Schlagworten aufmacht. An der großen Freitreppe, die aus dem gleichen Felsen gehauen ist, der das Bergdorf dominierte, setze ich mich auf eine Balustrade und schaue über die Gebäude, hinter denen in weiter Entfernung die Spitzen von Fabrikschornsteinen ragen, aus denen vor der Kulisse aufziehender dunkler Wolken weiße, grau-blaue oder gelbliche Abgaswolken quellen, als handele es sich dabei um die Regenbogenfarben dieser Stadt.

Es wird Zeit, in mein Abteil zurückzukehren. Als ich am Bahnsteig auftauche, ist der Zug verschwunden. Der Blick auf die Uhr an der Abfahrtsanzeige bestätigt mir, dass ich bis zur planmäßigen Abfahrt noch eine Minute Zeit gehabt hätte. Nicht mehr bereit, mich auf einen neuen Zwischenhalt einzulassen, wende ich mich verärgert an einen Schaffner, der allerdings kaum Bereitschaft zeigt, sich auf meine Französischkenntnisse einzulassen. Ich fluche auf Deutsch, in der Hoffnung, er habe einmal als Gastarbeiter in Deutschland gearbeitet und dort Fremdsprachenkenntnisse erworben, doch erst als ich vehement insistiere, macht er mir begreiflich, dass der Zug auf einem anderen Bahnsteig losfährt. Dann zeigt er auf eine Bahn, die etwa zehn Meter entfernt steht und sich, gerade als ich losrennen will, in Bewegung setzt. Hätte der Schaffner nicht so stoisch reagiert, hätte sich überhaupt jemand in die Situation eines Fremden hineinversetzt ... ach, was soll's. Eigentlich bin ich ja gar nicht hier.

Minuten später finde ich mich auf dem Bahnhofsvorplatz wieder und spreche Autofahrer an, die gerade im Begriff sind, loszufahren. „Milano?“ Ich lächle die Gefragten an, bekomme aber nur Antworten wie „Nix Milano“ oder „Train“, mit gestenreichen Hinweisen, wo es zu den Zügen geht. Einer bläst mir den Rauch seiner Zigarette ins Gesicht und fährt mit quietschenden Reifen davon, eine junge Frau, in deren Auto ein kleines Kind auf der Rückbank sitzt, verzieht entschuldigend ihr Gesicht und vertröstet mich mit „Domani".

Nein, nicht Domani, ich will heute weg aus dieser engen Stadt, ich will wieder in die Berge, in der Hütte von Herbert meine Ruhe finden, die mich zu mir selbst führen soll. Als Nächstes fixiere ich einen Kerl, der in einem alten Peugeot sitzt und mich ebenso anstarrt. Ich rechne damit, dass er losfährt, sobald ich in seine Nähe komme, stattdessen steigt er aus, lehnt sich mit verschränkten Armen auf seine offene Tür und fragt mich im astreinen Französisch: „Vous avez des problèmes?"

„J'ai besoin d'un transport vers Milano."

„Montez en voiture!" er springt in sein Auto und öffnet mir die Beifahrertür.

Auf der Strecke durch die Stadt, die von einer Fahrweise bestimmt ist, an der man einen typischen Italiener erkennen könnte, erzählt er mir, dass er aus Marseille stamme, doch als er fünf war, seien sie der Arbeitslosigkeit und somit den Fangarmen des sozialen Abstiegs entflohen und nach Livorno gegangen. Hier in dieser Stadt lebt er nun seit einem Jahr bei Freunden und hält sich mit kleinen Jobs über Wasser. Als ich ihn nach seinen Zukunftsplänen frage, wehrt er ab. Man wisse sowieso nicht, was die Zukunft bringen würde. Wer sich auf langfristige Strategien einlasse, würde in der sich ständig verändernden Welt ins Leere laufen. Von meiner These, dass jeder Mensch die Veränderungen mitbestimmt, will er nichts wissen. Eine halbe Stunde später, in der ich viele Ängste um mein Leben durchgemacht und er einen erheblichen Anteil seiner Bremsbeläge eingebüßt hat, lässt er mich an einer Ausfallstraße heraus.

Es ist das erste Mal seit Jahren, dass ich wieder an einem Seitenstreifen stehe und den Daumen raushalte. Es dauert nicht lange, ehe der erste Fahrer anhält. Der Fahrer des Lastwagens hat allerdings in der Führerkabine keinen Platz, weil die gesamte Beifahrerbank mit Frachtpapieren ausgelegt ist, deshalb soll ich auf die Ladefläche steigen. Hinter mehreren Betonrohren, die er geladen hat, bleibt ein wenig Platz zum Sitzen. Ich male mir aus, wie es mir ergehen würde, lösten sich die Zugbänder, mit denen die schweren Elemente fixiert sind. Es bräuchte nur eine kleine Bodenwelle, und die Rohre würden mich ungefragt überrollen. Demgegenüber bedeutet es also keine wesentlich größere Gefahr, wenn ich auf sie hinaufsteige.

Auf der vordersten Röhre stehend, die Arme auf das Führerhaus gestützt, kann ich die weite Ebene überblicken, durch die sich, parallel zu einem langsam strömenden, breiten Fluss, die Autostrada ihren Weg bahnt, und fühle mich wie Caesar, der auf seinem Streitwagen stehend von einem erfolgreichen Feldzug zurückkehrt.

Als mein Hals nach einer Weile absolut ausgekühlt ist, drehe ich mich um, setzte mich im Windschutz mit dem Rücken gegen die Fahrerkabine auf das Rohr und sehe die Carabinieri, die mit Blaulicht hinter dem Laster her fahren. Jetzt gibt es Ärger. Doch ich habe die Rechnung nicht mit dem italienischen Gleichmut gemacht, denn plötzlich schert der Wagen der Ordnungshüter aus, überholt uns und fährt davon. Ich ziehe zwei Möglichkeiten in Erwägung: Entweder haben sie gerade einen Einsatzbefehl erhalten, oder sie eilen ihrem Feierabend entgegen, haben also keine Zeit, sich um die Belange eines Menschen zu kümmern, der sein Leben sichtbar einer erhöhten Gefahr aussetzt.

Der nächste Fahrer, der mich mitnimmt, chauffiert mich nicht nur direkt nach Mailand, sondern überdies in die Innenstadt und setzt mich unmittelbar vor dem Zentralbahnhof ab.

Als ich gerade den Bahnsteig betrete und mit einer gelösten Fahrkarte den Zug Richtung Norden, der mich direkt in die Tessiner Alpen bringen soll, besteigen will, fährt am gegenüberliegenden Gleis der vorhin verpasste Zug ein.

III.
Selbst
Adagio

Mit einem Wort, insofern wir unseren Körper reflexiv erleiden, konstituieren wir ihn durch die komplizierten Reflexionen als Quasi-Objekt – die Beobachtung kommt also von uns selbst. Aber sobald wir ihn erkennen, das heißt, in einer rein kognitiven Intuition erfassen, konstituieren wir ihn ... mit den Erkenntnissen anderer.

Jean-Paul Sartre, „Das Sein und das Nichts“

1.

Ich bin versucht aufzugeben. Die lange Nacht hat mir arg zugesetzt, mir fehlt die letzte Kraft, die anvisierte Höhe zu erreichen. Doch was bleibt als Alternative? Umzukehren, ohne Ziel? Das wäre nicht das Hauptproblem, Ziele sind schnell gefunden. Ich könnte mir unten in Biasca eine Wohnung anmieten, auf einer Etage eines Mehrfamilienhauses, so wie ich es an andern Orten auch getan habe. Die Stadt ist nicht hektisch, dort mischt sich italienische Regsamkeit mit Schweizer Gleichmut, vor allem steht sie nicht im Fokus. Das hätte viel von dem, was ich suche, aber es genügt mir nicht. Weiter.

Ich stapfe durch den Schnee, der in dieser Nacht gefallen ist, von mir unbemerkt, weil ich in der Schutzhütte geschlafen habe, die weiter unterhalb liegt, da, wo noch die Bäume die Sicht auf die kahlen Felsen und in den freien Himmel verwehren. Bei freiem Blick hätte ich die anstehenden Schneefälle vielleicht von den Wolken ablesen können. Am liebsten wäre ich in einem Stück aufgestiegen, die späte Ankunft im Tal, die Last meiner Gepäcktasche, ein wenig auch meine untrainierte physische Verfassung haben dies verhindert. Überhaupt habe ich an Schnee nicht mehr gedacht, wenngleich ich hätte wissen müssen, dass das Frühjahr, selbst in den dem Mittelmeerraum zugewandten Bergen nicht automatisch milde Temperaturen bedingt.

Ich laufe nicht ohne Gefahr, die Wegführung ist kaum zu erkennen, man kann sie allenfalls an der Landschaft ablesen, so wie es die ersten Menschen taten, die hier hochkamen, bevor sie aus den Fährten der Tiere die ersten Pfade schufen, die später sukzessive in ihrem nahezu identischen Verlauf bis hin zu befahrbaren Wegen ausgebaut wurden.

Ich wusste, dass sie sich mir irgendwann in den Weg stellen würde, und dennoch bin ich erschrocken, als ich plötzlich ganz nah vor dieser riesigen Staumauer stehe. Als Städter bin ich an den urbanen Wahn großer Bauwerke gewohnt, doch diese Wand und die Vorstellung von den enormen Wassermassen, die sich dahinter stauen, schüchtern mich ein. Trotz des Wissens, dass man über Serpentinen seitlich an der Mauer vorbei hochsteigen kann, stellt sie sich bedrohlich jedem Fremdling in den Weg und mahnt ihn zur Umkehr. Wer sie einmal überwunden hat, erfährt ein neuartiges Gefühl.

Das Bauwerk definiert sich als Wetterscheide. Unterhalb, im Schutz der bewaldeten Schlucht, sind die Temperaturen spürbar milder, dafür herrscht ein wesentlich feuchteres Klima, während oberhalb eine andere Thermik das Wetter bestimmt. Der Schnee ist kristalliner, die Luft trocken. Der Wind schert sich nicht mehr um kleine invasive Witterungslagen, hier herrschen große Wetterkräfte gegen die poplige, regional bedingte Lüftchen nicht anstinken können.

Egal, wie sehr ich mich quäle, in diesen Dimensionen hat man nicht den Eindruck, entscheidend voranzukommen, doch der Blick über den sich in die Länge streckenden Stausee, der mir eben noch so viel Angst eingeflößt hat, macht mir Mut.

An der nächsten Kehrtwende werde ich mich ausruhen. Der pulvrige Schnee ist kalt genug, um nicht sofort in meine Textilien zu dringen, falls ich mich hineinsetze.

Es ist absolut still, eine Stille, nach der manche Komponisten suchen, um ihre Werke so rein wie möglich herüberzubringen. Nicht so John Cage. Der hat ein Musikstück geschrieben, das ganz ohne gespielten Ton auskommt. Der Pianist sitzt vier Minuten und dreiunddreißig Sekunden still vor seinem Klavier, die Töne ergeben sich von selbst, Räuspern und Rascheln im Publikum, ein über der Konzerthalle vorüberziehendes Flugzeug, das Surren der Lüftungsanlage. Cage hat die Verhältnisse ins Gegenteil verkehrt und ist damit einer Wahrheit sehr nahegekommen. Das klingt wie meine eigene Mission.

Die Tiere der Nacht, so sie überhaupt bei solchen Temperaturen unterwegs sind, haben sich bereits zurückgezogen, die des Tages sind noch nicht aus ihren Löchern gekrochen, und die Zivilisationsgeräusche reichen ohnehin nicht bis hier oben. Akustisch könnte ich um mich herum jetzt alles beherrschen. Ich genieße vor allem, dass mich niemand anspricht. Worte nehmen den Ereignissen ihren Geruch. Cage hat sich hier wieder umgekehrt. Ich bin die Komposition, das

Instrument, das sich selbst bespielt, vor einem Kosmos der Regungslosigkeit.

Meine Güte, welche Erhabenheit mich beschleicht. Ich bin erst auf dem halben Weg, nicht mal auf einem Vorgipfel, und doch stehe ich bereits jetzt über dem, was in letzter Zeit auf mich eingewirkt hat.

Allmählich wird es heller, vor mir erkenne ich bereits die Konturen des ersten Bergdorfes. Weiter oberhalb, auf der linken Flanke, müsste auch mein Ziel liegen ... Tatsächlich, da drüben, die Dächer dieses Fleckens zeichnen sich ab. Ich kann die Strecke absehen, die ich noch zu gehen habe. Verdammt lang, doch der Blick auf das Ziel gibt mir eine neue Motivation. Wenn ich mich auf meine Kräfte konzentriere, dürfte der Aufstieg nicht schwerer sein als andererseits ein Abstieg, wenn ich aufgeben würde.

Viertausend Meter zu laufen ist keine große Sache, wenn es dazu noch tausend Meter aufwärts geht, sind das zusammen fünftausend Meter. Ein Flachländer macht sich keinen Begriff von den Strapazen eines Aufstieges, wenn er sie nicht selbst einmal erlebt hat. Er rechnet allenfalls noch die Überwindung der Gravitation hinzu, den schwächeren Luftdruck, der das Atmen erschwert, doch alle Parameter zusammengerechnet ergeben noch immer keinen Anhaltpunkt über die erforderlichen Energien.

Noch ehe ich dem Dorf nahe bin, hat es die Sonne bereits geschafft, über die Bergwipfel zu klettern. Schon mit den ersten Strahlen beginnt der Schnee wieder zu schmelzen. Ich stapfe die letzten Meter durch den Matsch und komme endlich am Fuß des Dorfes an, muss nur noch den kleinen Weg zwischen den Häusern, den man in meiner Heimat nicht mal als Fußpfad benennen würde, besteigen, dann komme in an der Hütte an. Ich lache vor Freude, ich habe es tatsächlich geschafft, in meinen Augen stehen Tränen der Strapazen.

Auf der Hinterseite der Hütte befindet sich ein kleiner Werkzeugraum, zu dem man über eine Art Terrasse gelangen kann, die ein nettes Erholungsplätzchen sein könnte, wenn man die rauen Verhältnisse, die hier oben herrschen, verklärt. Um aber erst mal auf die Terrasse zu kommen, muss ich mich seitlich an einem Balken entlang hangeln. Vielleicht gab es hier einst eine Treppe, aus Steinplatten zusammengelegte Stufen, die von sprengendem Frost und kleinen Bächen aus Tauwasser nach und nach weggespült wurden. Hier oben hat nur das Bestand, was regelmäßig gepflegt wird, selbst schwere Steinplatten bleiben nicht selbstverständlich in Position.

Wie von Herbert beschrieben, finde ich auf dem Fensterabsatz unter einem Blumentopf, in dem irgendein Kraut vertrocknet ist, den Schlüssel zu dem Vorhängeschloss, mit dem die Schlafstube verriegelt ist.

Das Auffälligste bei dieser Hütte ist die Erreichbarkeit sämtlicher Räume ausschließlich von außen, wenn man von „sämtlich" in dem minimalen Anwesen sprechen kann. Immerhin, wenn ich es mir recht überlege, gibt es hier auf der kleinen Grundfläche mehr Räume als in meiner geräumigen Wohnung. Oben das Schlafgemach, die Werkstatt mit Sonnenterasse, darunter die Küchenstube und ein Nebenraum, dann, seitlich gelegen, noch die Scheune, die über dem alten Stall im Keller thront, in dem Herbert begonnen hat, die Sanitärhallen einzurichten. Alles in allem ein wahrer Palast, ein Adlerhorst für den König zwischen den hohen Lüften und der niederen Erde.

Ausgezehrt lasse ich mich auf das Matratzenlager fallen. Mein Körper kämpft gegen Erschöpfung, Kälte und Hunger. In Biasca habe ich mich mit Lebensmitteln eingedeckt, die für viele Tage reichen dürften, doch nachdem ich mich unter zwei klammen Wolldecken auf eine einigermaßen verträgliche Temperatur gezittert habe, gewinnt zunächst der Schlaf.

Ein Lichtstrahl, der sich direkt auf meine Augen richtet, weckt mich. Der Winkel von der Sonnenstellung durch das kleine Fenster auf mein Gesicht dauert keine zwei Minuten an, dann wandert der helle Punkt an der Wand entlang, immer näher auf das Fenster selbst zu, in dessen Rahmen er sich schließlich auffrisst. Es ist immer noch kalt. Der kleine Erholungsschlaf hat mir gerade genug Energie verschafft, um mich in die Küche zu schleppen. Ich wundere mich immer noch, nicht mal eine Leiter vorzufinden, die die Räume von innen durch eine Luke miteinander verbindet. Die alte, dick verrußte Balken- und Bretterlage hat an keiner Stelle einen Schlitz oder lässt irgendwelche Nachbesserungen erkennen, die auf eine frühere Verbindung schließen ließe. Es ist unstreitig: Wer in einen anderen Raum will, muss seit eh und je außen rum.

Die Hütten in dieser Gegend bleiben im Winter, von kleinen Ausnahmen abgesehen, unbewohnt, das hat mir Herbert versichert. Doch wenn ich an die Menschen denke, die seit Generationen noch bis vor wenigen Jahren ständig hier gelebt haben und, um von einem Raum in den anderen zu gelangen, sich durch alle Witterungen schlagen mussten, bekomme ich ein ganz neues Verständnis von Existenz, das mit der Lebenswirklichkeit in den Tälern weniger gemein hat als mit der archaischen Lebensweise von Wildtieren.

Unter einem Wellblechverschlag, der gegen die Hütte lehnt, finde ich Brennholz, hauptsächlich kleine Stöcke, um ein Feuer zu entfachen und es zu stochern, und nur wenige größere Scheite, die es über längere Zeit in Gang halten können. Das Papier zum Anzünden befindet sich Portionsweise in einzelnen Tüten. Es hat einen speziellen Brennwert, der über normales Papier hinausgeht. Herbert hat mir seine vorherige Nutzung als Klopapier verraten, ich werde also tunlichst vermeiden, ein einzelnes Blatt herauszuziehen, und lege eine der Tüten unter das dünne Reisig. Der erste Rauchschwall quillt in die Stube, nach und nach fangen die aufgelegten Stöcke die Flamme. Die Zeit vergeht, ehe die Esse den Qualm hinreichend in den Schlot zieht, statt bloß die Küche einzuräuchern. Egal, mich drängt nichts mehr.

Bis die feuchtkühlen Wände temperiert sind, wird es Tage dauern, in denen das Feuer unablässig in Gang gehalten werden muss. Bis dahin werde ich mich bei Bedarf an der direkten Strahlung der Flammen aufwärmen müssen.

Meine erste Mahlzeit besteht aus trockenem Vollkornbrot und Alpenmilch aus einer Tetrapacktüte. Es ist kein Widerspruch, Bergmilch in einer solchen Verpackung hier hochzutragen, erstens weil eine Glasflasche viel zu schwer wäre und zweitens, weil um diese Jahreszeit noch keine Kühe aufgetrieben wurden. Allenfalls ist der Name „Alpenmilch“ absurd, weil er in trügerischer Absicht etwas suggeriert, was nicht sein kann. Nach meiner Definition sind die Alpen Berge und nicht die von ihnen eingeschlossenen Niederungen und finden auch nicht in den Kuhställen bei Silage-Fütterung statt. Deshalb kann Alpenmilch ausschließlich im Sommer produziert werden, doch was kümmert das die verkaufsorientierten Molkereien.

Ich werde erst zu Kräften kommen müssen, ehe ich mich auf kultivierte Essgewohnheiten einlasse, bis dahin werde ich noch mancherlei Lebensmitteln ihre Kunststoffverpackungen entreißen.

2.

Es sind vor allem die reine Luft und das klare mineralreiche Wasser, die positiv auf mich wirken und meine Stimmung erhellen. In meiner Heimatstadt war alles so dicht, es fällt schwer, mir vorzustellen, wie ich den Druck dort ausgehalten habe. Hier oben kann sich mein Geist frei ausbreiten, ungetrübt entfalten sich all meine Phantasien, zu denen ich woanders nicht in der Lage gewesen wäre.

Mein Aufenthalt in Frankreich war etwas vollkommen Neues. In der Stadt spürte ich nicht die Enge meines Zuhauses, sie war keine Herausforderung für mich, und ich habe keine Erwartungen an sie gestellt. Florence, Claude, Jean, Paul, der alte Journalist, die streng wirkende Bibliothekarin, zuletzt sogar der Mann mit den zwei Vätern verkörperten Begegnungen der leichten Art, die man dennoch alles andere als oberflächlich nennen kann. Niemand hat etwas von dem anderen gefordert, stattdessen haben wir uns manches gegeben und eine ganz eigene Intensität geschaffen. Das ist zumindest die verzückte Ansicht.

Die Nächte sind kühl, ich halte dagegen, heize jeden Abend den offenen Kamin und versuche ihn durch das Auflegen großer Stücke so lange wie möglich in Gang zu halten. Nach und nach erwärmen sich die Mauern leicht, und das Klamme weicht aus den Wänden. Tagsüber tun die Sonnenstrahlen das ihrige dazu.

Ich bin ein Zarathustra, der angefüllt mit allzu menschlichem Wissen in die Berge geflüchtet ist, um ungeteilte Denkschärfe zu entwickeln, mit der Gefahr, mich, während ich über die Realität urteile, von ihr zu entfernen. Weniger optimistisch eingeschätzt bin ich lediglich ein Flüchtling vor den Systemen, in die ich mich selbst begeben hatte, letztendlich bin ich vielleicht vor allem auf der Flucht vor mir selbst.

Das sind ja alles ganz großartige Gedanken, aber sie reichen nicht aus, um über meine Lage zu urteilen, sie sind nicht zu Ende gedacht. Was soll das, anzunehmen, ich wäre ein wenig von dem einen und ein wenig von dem anderen? Von allem etwas ist letztlich nicht besonders viel.

Die Annahme, all die Menschen, die ich hinter mir gelassen habe, ob Freund oder Feind, würden nun von mir denken: Bas? Den kannst du vergessen, erschaudert mich. Ich lebe in dem Widerspruch, vor meinem Leben geflohen zu sein, um zu mir selbst zu kommen. Das ist viel. Oder ist das nicht viel, meine Freunde? Wenn es mir gelingt, dies auch vermittelbar zu machen, kann ich wieder zurückgehen und mich den Freunden erklären, doch zunächst muss ich diese Absurdität für mich selbst begreifen lernen.

Dass hier keine Stromversorgung liegt, hätte ich bedenken müssen. Der schwach beleuchtete Monitor im Batterieversorgungs-Modus zwingt mich, da sich die Leuchtkraft der Oberfläche nicht gegen das Tageslicht durchsetzen kann, zum Arbeiten in der Nacht, was ich keineswegs bedauere. Die Stille, die hier ohnehin herrscht, ist nachts noch intensiver und wird allenfalls durch das Rascheln einzelner nachtaktiver Tiere durchbrochen. Tagsüber muss der Akku wieder aufladen. Als technischer Laie bin ich stolz, dies irgendwie hingekriegt zu haben, obwohl es nur eines kleinen Eingriffes bedurfte. An der Front der Hütte hat Herbert eine Solarzelle angebracht, die zwei im Keller stehende Lkw-Batterien auflädt. Der Trafo am Netzanschluss meines Computers drosselt bei normalem Stromanschluss die Versorgung auf neunzehneinhalb Volt herunter, das konnte ich auf dem Kästchen ablesen, also habe ich einfach das Kabel vom Trafo gelöst und die Stromversorgung meines Arbeitsgerätes direkt an den Umspanner der Solaranlage angeschlossen, den man stufenlos auf die gewünschte Spannung von zweihundertdreißig bis herunter auf sechs Volt einstellen kann. Ist mein Computer dann aufgeladen, kopple ich Herberts Batterien wieder an die Anlage. Vielleicht könnte ich auch tagsüber arbeiten, während der Akku lädt, doch ich habe Angst davor, mehr Strom zu verbrauchen, als gerade produziert wird, und es wäre fatal, wenn mitten in einem Schaffensprozess der Computer aus Energiemangel abstürzte. Udez würde mich wahrscheinlich für bekloppt erklären und mir mit Engelsgeduld darlegen, warum meine Ängste unbegründet sind. Doch wer einmal vor einem blockierenden Arbeitsgerät gesessen hat und nicht mehr weiterwusste, der kann meine Übervorsicht nachvollziehen. Ich bin, was die elektronische Welt anbetrifft, eben ein Nostalgiker, hatte seit jeher große Vorbehalte gegen die digitalisierten Parallelwelten, doch wenn ich ehrlich bin, ist auch mein schriftstellerisches Schaffen nichts anderes als die Urform einer vorgetäuschten Lebendigkeit. Jeder einzelne Buchstabe, den ich benutze, ist nichts anderes als ein Code, ein Impuls, ein Pixel, mit dem ich neue Bilder erzeuge.

Bis jetzt hat meine Schaltung funktioniert. Man muss eben Glück haben, und das kommt sprichwörtlich nie allein. Ich verfüge über genügend Brennholz, die Nachmittagssonne bietet ausreichend Wärme für ein Schläfchen unter freiem Himmel, zumindest wenn ich mich in eine leichte Decke hülle, und ergänzend zu meinen Lebensmitteln habe ich noch zahlreiche Vorräte in der Hütte vorgefunden. Es gibt ein Berggesetz für offene Schutzhütten, in denen Lebensmittel und Brennholz als Notversorgung vorgehalten werden, damit ein Schutzsuchender, den das Wetter am Fortkommen hindert, mehrere

Tage überleben kann. Das Gesetz gilt zwar nicht für die Bergdörfer, doch in seiner gönnerhaften Weise hat Herbert hier ähnliche Voraussetzungen geschaffen.

Ohne fremde Hilfe wird es mir wohl nicht gelingen, die Vorräte wieder aufzufüllen, doch vielleicht findet sich bald ein Dorfbewohner, der bei der nächsten Fahrt nach Biasca Aufträge für mich erfüllen würde, vorausgesetzt, es hält sich jemand um diese Jahreszeit, in der man auf kein stabiles Wetter vertrauen kann, vorübergehend oder dauerhaft hier auf.

Zur zwischenzeitlichen Zerstreuung nehme ich Sartres „La Sautée“ in die Hand und wundere mich über den wirren Tagesablauf des Protagonisten, was für mich so gar nicht zu dem aufgeräumten Sartre passt. Doch vielleicht macht dieser „Monsieur Roquentin“ erst Sinn, weil er das chaotische Pendant seines Autors verkörpert und deshalb eine neue Lebenswahrheit inmitten des „Ekels“ ausfindig macht. Ich werde es vielleicht herausfinden, noch ist es mir nicht gelungen, in die Geschichte einzutauchen, wenngleich ich auf viele einzelne Erkenntnisse und Betrachtungen stoße, die durchaus auch mit mir zu tun haben und an denen ich mich messen kann. In den einführenden Worten des Verlegers, die man in den Buchdeckel gedruckt hat, wird geschildert, dass Sartre mit diesem Buch seinen Durchbruch errungen hat, was mich doch sehr wundert, denn die Materie scheint mir eher für einen kleineren Leserkreis zugeschnitten zu sein. Ich erkenne eine gewisse Analogie zu Hesses „Steppenwolf“, der auf mehr als nur Selbstbetrachtung eines Einzelgängers basiert. Jeder Literaturkritiker würde wahrscheinlich mehr Unterschiede als Gemeinsamkeiten zwischen Herrn Haller und Monsieur Roquentin herauslesen, stilistisch liegen tatsächlich Welten zwischen den beiden Romanen, doch meine Zeit, die zwischen der Lektüre der beiden Werke liegt, betont mehr das subjektive Empfinden als konkrete Fakten.

Im Abendlicht hacke ich Holz. Die Schatten der Berge dürften die Menschen in den Tälern schon längst zum Entzünden der Nachtlichter gezwungen haben, in der dünnen, kühlen Luft hier oben strahlt die Sonne dagegen immer noch eine gehörige Portion Wärme gegen die Felsen. Ich habe meine Liebe zum Feuermachen wiederentdeckt, dazu gehören nicht nur das Entfachen, sondern auch all die Vorbereitungen. Herbert hat eine ganze Menge Holz in seinen Vorräten, doch die meisten Stücke sind zu dick und noch nicht ausreichend durchgetrocknet, das musste ich in den ersten Tagen erfahren, als mehr beißender Rauch als lodernde Flammen aus den feuchten Hölzern gequollen ist. Jetzt zünde ich mein Feuer mit vielen kleinen Spänen an, und während die am leichtesten entflammbaren Hölzer bereits brennen, trockne ich die nächsten Scheite, die ich seitlich des Kamins aufschichte, für den jeweils nächsten Tag vor.

3.

Je länger ich mich in der Einsamkeit aufhalte, umso mehr schärft sich mein Blick für kleine Details. Ich kann nicht mehr nachvollziehen, warum ich die Umgebung anfänglich als so karg empfunden habe. Das Leben bietet mehr Herausforderungen als in meinem alten Zuhause, zumindest was die Grundbedürfnisse eines Menschen betrifft. Es ist nicht wahr, hier gibt es nicht mehr Gegenstände als in meiner Wohnung, doch hier fällt jedes einzelne Stück auf, weil nichts in die Substanz integriert ist. Zu Hause vergisst man die unter Putz montierte Klospülung, in die Decke eingelassene Halogenstrahler, die geordnet in die Regale hinein gestellten Bücher, die Unordnung hinter der Tür der Vorratskammer und die in den Schränken und Schubladen aufbewahrten Küchenutensilien. Die wie selbstverständlich empfundene Wärme stammt aus einem entfernt gelegenen, automatisch gesteuerten Heizkessel, das Gas kommt ebenso wie das Wasser durch kilometerlange Rohre von einem entlegenen Ort, den man nicht kennt. Hier hingegen steht das Porzellan auf einem Wandbrett, das Besteck liegt in einem offenen Korb, die Gaslaterne hängt an einem eilig eingeschraubten Haken von der Decke, und meine eigenen Utensilien liegen an einem Platz, wo ich sie sofort greifen kann. Insgesamt ist das, was von mir selbst stammt, vergessenswert und geht zwischen Herberts Inventar unter. Aber auch seine Besitztümer in dieser Behausung sind nur geliehen, Zeit seines Lebens, seit Herbert diese Hütte, mit all dem, was sich darin befindet, von der alten Frau gekauft hat. Genau gesagt haben die Erben das Hab und Gut der Dame, das, was vom Leben ihrer Mutter geblieben ist, verschachert. Sie waren nicht darauf erpicht, die scheinbar wertlosen Gegenstände vorher auszuräumen, obwohl sie Geschichte geschrieben haben und selbst auf dem Trödelmarkt oder gut aufpoliert in Antikläden noch für gutes Geld hätten verkauft werden können.

Man kann sich nicht vorstellen, wie die paar Gegenstände einmal das ganze dingliche Leben eines Menschen ausgemacht haben. Jetzt sind sie nur noch Kulisse, vor der die saisonalen Bewohner lediglich als Mimen auftauchen. Das ganze einst wahrhafte Leben in dieser Hütte schrumpft zur Komödie, weil sich niemand mehr ganz auf die Verhältnisse einlässt.

Ich bin nicht viel anders, ich nutze die Hütte, um zu mir selbst zu kommen, um die Zeit bestens zu überbrücken, ehe ich wieder in die Städte gehe. Ich werde nie begreifen, was einen Menschen ausgemacht hat, der Zeit seines Lebens hier oben gelebt hat. In dieser fremden Welt, die hinter der Kulisse womöglich bereits unwiederbringlich vergangen ist, bin ich genauso ein Schmarotzer wie diejenigen, die hier bloß ihre Freizeit verbringen.

In meinen Aufzeichnungen kristallisiert sich allmählich ein verbindendes Element heraus: Es ist das Absurde. Ob ich Bilder aus meinen Umgebungen beschreibe, aus Eindrücken Worte schöpfe, über Seinsfragen sinniere oder aus dem Nichts heraus eine Handlung erfinde, in allem steckt die gleiche Mystik.

Es wird für mich absolut nachvollziehbar, dass Gruppen von Menschen in ihren isolierten Lebensbereichen, ob in den Bergen, auf einer Insel, im Urwald oder in der Wüste, aus der Seinsfrage eine Gottesexistenz herbeiinterpretierten.

Ich sehe mich als einen Wanderer durch die Welten, auch ohne die ganze Erde bereist zu haben, tauche durchaus in die Lebensbereiche anderer Menschen ein, durchlebe in vielerlei Hinsicht auch deren Kulturen und Sitten, so sehr ich mich auf das Neue einlasse, so werde ich niemals ganz mit diesen Lebensformen verwurzeln. Vor diesem Hintergrund komme ich zu einem anderen Schluss: Ich kann keinen Gott herbeibringen, um Mystik und Realität meines Lebens voneinander zu trennen. Und dennoch macht mich die Gottlosigkeit nicht ärmer. Den Sinn des Daseins finde ich letztlich im Nicht-Begreifen-Können. Wären wir in der Lage, alles Bestehen als eine logische Einheit nachvollziehbar zu erfassen, so entstünde kein individualistischer Stil, keine Kultur und letztendlich auch keine Religion. Die Unfähigkeiten, die wir nie ganz überwinden können, sind dagegen unser Mythos.

Es gab einmal Beobachtungen, ich habe davon gehört, kann mich aber nicht daran erinnern, wo und von wem sie gemacht wurden, als sich eine ganze Horde von Ratten von einer Klippe in den Tod gestürzt hat. Man sagte, sie hätten erkannt, dass es nicht genug Nahrung für das gesamte Volk gegeben hätte und sie den Arterhaltungstrieb dem persönlichen Erhaltungstrieb gegenüber vorgezogen hätten. Ich habe der Aussage seinerzeit von vorneherein misstraut, jetzt wage ich eine andere These: Weil die Masse der Ratten auf engem Raum zu groß geworden war, ist ihnen ihre Identität verloren gegangen, das Leben wurde zum Einerlei, aus dem die Tiere instinktiv fliehen wollten. Wer dagegen alleine, über allem in den Bergen lebt, der spürt sich selbst wie kaum ein anderer. Er ist ein König ohne Volk. Sollte er sich eines Tages entschließen, hinunterzusteigen, dann wird er diesen Status sofort wieder einbüßen, dann bleibt ihm nur der Stand eines Propheten unter Gehörlosen.

Heute werde ich ein Bad nehmen. Ich werde mich im Nicht-Begreifen-Können baden. Ich kapiere nichts und fühle mich darin wohl. Ich bilde mir kein Urteil, ich bin zum Prozess verurteilt. Wenn ein Floh von einem Punkt zum anderen springt, sind nicht die beiden Punkte die Erkenntnis, sondern ihr Abstand zueinander.

Und ich bin zu noch einer Auffassung gelangt: Das Absurde ist schön, und das Schöne ist absurd.

4.

Zufrieden gehe ich ins Bett, zum ersten Mal, seit ich hier angekommen bin, schon kurz nach Sonnenuntergang. Die Feuerstelle im Kamin hat noch reichlich Glut, die Wärme steigt durch die zentimeterbreiten Ritzen der über Jahrzehnte geschrumpften Holzbohlen hoch in den Schlafraum. Die Schlafstube ist der einzige Raum, der nahezu vollkommen Winddicht gebaut wurde, nur die kleinen Spalten an den Falzen der Eingangstür erlauben ein wenig Frischluftzufuhr. Ohne die Zurichtung der Wandbalken, die akribische Abdichtung der Fugen hätten die Menschen, die das ganze Jahr, ihr gesamtes Leben an diesen Ort gebunden waren, die Winter niemals überlebt. Die Fugen im Boden, durch die man in die Küche hinunterlinsen kann, sind nicht bloß aus der Not heraus entstanden, sie besitzen die Eigenschaft, seit jeher ebendiese Wärme nach oben zu lassen, die jetzt auch zu meinem Wohlergehen reicht, während unten in der Küche kaum mehr als die direkte Strahlungswärme des Feuers zur Geltung kommt. Ein einzelnes Schaffell, das den ganzen Tag über auf den Dielen lag, ist vollkommen aufgewärmt. Ich lege es auf die Matratze, dann mich darauf und wickle mich bis zum Hals in die Wolldecken. Ich kann mich kaum daran erinnern, wann ich zuletzt in einer kalten Umgebung so wohlig warm gelegen habe.

Seit ich hier oben bin, habe ich mich stets in Gedanken gehüllt, ehe ich eingeschlafen bin. Beinahe systematisch habe ich vieles von dem, was mir nachhing, verarbeitet, Stück um Stück abgearbeitet, so ich es nicht ohnehin beim Marsch hier hoch wie einen Ballast abgeworfen hatte. Nachdem nun all das Angestaute aus mir herausgeflossen ist, kann ich mich endlich fallenlassen.

Wie ein kleines Kind, das kurz vor dem Einschlafen beim Blick gegen die Decke des Kinderzimmers in den Lichtreflexionen, die von außen dringen, die Welt zu entdecken glaubt und sich Schritt für Schritt auf den Aufbruch in ein selbständiges Leben vorbereitet, schaue ich mich in der Hütte um, in die der Mond hinter dem diesigen Hochnebel weniger Licht bringt als seinerzeit die Straßenlaternen dem Kinderzimmer. Dafür wird meine Aufmerksamkeit vermehrt auf die Geräusche gelenkt, auf die ich mich noch stärker konzentriere, indem ich die Augen schließe. Ich bin vollkommen entspannt und werde bald einschlummern, wenn mich nicht ein neuer Gedanke erobert, der in eine Endlosschleife gerät, aus der ich nur herauskäme, indem ich wieder aktiv würde. Nachttiere sind noch kaum unterwegs, ich kann nicht viel mehr als den säuselnden Wind vernehmen, bis ein dominantes Geräusch dazwischen fällt, das sich langsam nähert. Es ist ein wenig unheimlich, doch meine Furcht ist im Prinzip unbegründet, denn ich bin mitten im Dorf in einer verschlossenen Hütte, geschützt, dort, wo sich Menschen seit Jahrhunderten erfolgreich verborgen haben. Jetzt höre ich es deutlich, es sind Schritte, die nicht von vorne, da, wo sich die Zufahrtsstraße befindet, sondern von hinten auf die Hütte zukommen, dann knarrt die Tür, sie öffnet sich einen Spalt weit, so dass gerade ein Kopf durchpasst. Ich richte mich auf und sehe das Gesicht einer freundlich dreinschauenden Frau, die zu mir hinein lugt. Sofort entschuldigt sie sich für ihr unangemeldetes Auftauchen. Perplex antworte ich ihr nicht, wundere mich nur über ihre perfekte deutsche Aussprache. Sie fragt, ob sie eintreten dürfe, ich nicke mit dem Kopf, da schließt sie schon die Tür hinter sich, als ob sie ahnt, wie wichtig die Konservierung der Wärme in diesem Raum ist.

„Ich bin eine Freundin von Herbert, er hat gesagt, ich könne hier in der Hütte unterkommen, aber ich habe nicht damit gerechnet, hier jemanden anzutreffen, bis ich das Feuer in der Küche und die Reisetasche bemerkt habe."

Wie kann das sein? Sie ist in der Küche gewesen, direkt unter mir, und ich habe es nicht bemerkt? Es ist kaum vorzustellen, das Knarren der Tür hätte mir nicht entgehen können, selbst das Knistern der Gesteinskörnchen unter ihren Schuhsohlen. Ich werde, ohne es gemerkt zu haben, doch für einen kurzen Moment eingeschlafen sein.

„Hast du Hunger?"

„Nein, ich habe ausreichend gegessen, den ganzen Weg über, aber ich habe die Länge des Weges vom letzten Ort im Tal bis hier oben überschätzt, ich bin vollkommen übermüdet und möchte einfach nur schlafen. Wenn es dir nichts ausmacht, können wir uns morgen weiter unterhalten."

„Natürlich. Meine Güte, hast du wirklich den gesamten Weg in einem Stück gemacht?"

„In einem Stück."

„Gut, es gibt leider keinen anderen Raum und auch nur dieses eine Bettlager. Wir werden ein wenig zusammenrücken müssen, ich hoffe, es macht dir nichts aus."

„Mach dir keine Sorgen, ich stelle keine großen Ansprüche, ich kann mich auch auf den Fußboden legen, wenn ich nur schlafen kann."

„Das solltest du nicht machen, noch ist es relativ warm, aber zum Morgen hin kann es eisig kalt werden. Ich brauche nicht alle Decken für mich alleine, wir werden schon zurechtkommen." Ich schäle mich aus meiner Zwiebelhaut und breite die Decken über das Lager aus, während mich das nette Gesicht dabei beobachtet. Meine Augen haben sich mittlerweile an die Dunkelheit gewöhnt, ich kann Herberts Freundin so deutlich sehen, als wäre der Raum beleuchtet. Sie hat eine unebenmäßige, aber junge Haut, ihr glattes, blondes Haar endet gerade abgeschnitten auf breiten Schultern, ebenso hat sie breite Hüften, insgesamt ist sie jedoch von schlanker Figur. Mich erstaunt, sie vorher noch nie bei Herbert gesehen zu haben. Er hat allerlei Freunde, die er aus allen möglichen Ecken kennt, es wundert also nicht, dass eine, im Vergleich zu ihm, wesentlich jüngere Frau zu seinem Bekanntenkreis gehört, selbst wenn sie altersmäßig seine Tochter sein könnte.

Als ich das Bett bereitet habe, schlüpft sie sofort unter die Auflage. Ich tue es ihr gleich, schließe die Wolldecke hinter meinem Rücken, um jegliches Eindringen eines Luftzuges zu verhindern, und schließe die Augen. Wir liegen nahe beieinander, es wird der Wärmezufuhr förderlich sein, an meinen Beinen spüre ich ihre weichen Oberschenkel. Ich kann nicht feststellen, ob sie bereits eingeschlafen ist, ihre Beine, die ich berühre, zieht sie nicht zurück, ich öffne die Augen, doch es ist vollkommen dunkel, nicht eine Kontur ist mehr zu erkennen. Wenn ich sie nicht spüren würde, gäbe es keinen Anhaltspunkt ihrer Anwesenheit. Jetzt berührt mich ihre Schulter, ich merke, wie sie nach Wärme sucht, mit der Hand legt sie den Teil der Wolldecke, der bislang nur sie bedeckt hat, zusätzlich über meinen Körper, zieht die Hand aber nicht mehr zurück, sondern hält mich in der Umarmung. Gleich darauf spüre ich auch, wie ihre warmen, weichen Schenkel sich um meine Beine schließen und kann nicht anders, als ihre Annährung zu erwidern, greife um ihre Schultern und lasse die Hand langsam über ihren Rücken gleiten, dann packe ich ihren Po und ziehe ihren Unterkörper kräftig an meinen heran. Meine Wangen spüren ihren Atem, ihre feuchten Lippen pressen auf meinen Hals, ich ziehe vorsichtig meinen Arm, auf dem ich bisher gelegen habe, hervor und schiebe ihn unter ihre Taille. Sie nutzt die Pose um sich ohne kleinste Anstrengung, fast schwebend, auf mich zu legen, umschließt mich mit beiden Schenkeln und stellt ihre Zehenspitzen auf meine Schienbeine. Als sie eben so plötzlich im Raum gestanden ist, ich von meinem Bett am Boden zu ihr hinauf geschaut habe, ist sie mir extrem groß erschienen, jetzt kann ich durch ihre Berührungen von den Zehen bis zum Kopf abmessen, dass sie doch deutlich kleiner ist, als ich es bin. Ich spüre ihre weichen, runden Brüste, die sich sanft auf meinen Körper senken. Meine Erregung ist kaum aufzuhalten, selbst die Wärme wird im Spiel der Annährung zweitrangig, dann gleiten ihre Hände unter meine Kleidung und meine unter ihre. Ich gerate in Hitze, meine Poren treiben Schweiß, sämtliche Flüssigkeiten wollen aus mir heraus, und meine Gesellin zerfließt auf mir.

Das Raumgefühl löst sich vollkommen auf, es ist, als würde ich irgendwo im Weltall treiben, dann glaube ich, im Bett meiner Wohnung zu liegen und freue mich darauf, am nächsten Morgen aufstehen und bei einer Tasse Kaffee auf die Straße herunterblicken zu können. Die Frau auf mir ist groß und weich und schmiegt sich vollkommen gewichtlos an meine Haut. Wir sind zwei Hälften in einer Walnussschale, die sich alles geben und nichts nehmen. Sanft schlafe ich ein.

Meine zweite Nachthälfte ist von einer großen Unruhe geprägt. Ich wälze mich hin und her, versuche meine Bewegungen soweit es geht zurückzuhalten, um Herberts Bekannte nicht in ihrem Schlaf zu stören. Kaum bin ich wieder eingeschlafen, da setzen wilde Träume ein, die mir genauso bewusst sind, als wäre ich wach, die ich dennoch an ihrem unwirklichen Ungestüm als Träume identifizieren kann. Ich versuche die Wirrungen zu steuern, sie nur ein wenig vor einer Ausuferung ins Beängstigende zu bewahren.

Als Kind hatte ich viele Albträume, die nicht nur die Nächte, sondern auch meine darauf folgenden Tage beherrschen konnten, bis ich es irgendwann leid war und mir vorgenommen habe, mir das nicht länger gefallen zu lassen. Seitdem habe ich damit begonnen, mit Willensstärke in meine Traumhandlungen einzugreifen. Wenn mir das erst im Erwachsenenalter gelungen wäre, hätte ich mich über diese neue Fähigkeit wohl absolut gewundert, erstaunt, dass so etwas gelingen kann, doch als Kind habe ich die Gabe einfach so hingenommen und war nur glücklich darüber, nicht mehr willenlos von fremden Mächten verfolgt werden zu können.

Die momentane Unruhe ist aber kaum zu nehmen, ich kann sie nicht greifen, gleite an ihrer Abstraktion ab, deshalb versuche ich sie in Bilder zu fassen. Es gelingt: Ich sehe mich auf einer Spirale um einen unsichtbaren Kern drehen, der mich in seinem Bann hält, es gibt ein Fortkommen, aber kein Entfernen von dieser Gravitation. Jetzt hilft nur, sich abzustoßen, wegzuspringen, es gelingt auch, doch ich lande wieder auf einer neuen Spirale, die mich nicht weniger loslassen will. Erneut springe ich herunter, lande auf einer weiteren Spirale, das Spiel wiederholt sich mehrmals, bis all die Spiralen langsam aufeinander zukommen und sich ineinander verdrehen. Jetzt habe ich die Möglichkeit, nach Belieben hin und her zu hopsen, doch meine Freiheit nützt mir nichts ohne das Rettungsboot, das mich letztlich von diesem System wegbringt.

Schweißtriefend wache ich auf. Es ist unerträglich kalt. Jegliche Wärme, die mein Körper produziert, wird durch den Schweiß nach außen abgeleitet. Ich ziehe sämtliche Decken an mich heran. Doch wo ist Herberts Bekannte? Niemand ist im Raum, ich lausche, aus der Küche ist kein Geräusch zu vernehmen, die massige Tür, die den Schlafraum verschließt, ist mit einem dicken Knebel von innen verschlossen. Mein Körper beginnt sich warm zu zittern, es kann Minuten dauern, ehe er gegen die Kälte ankommt. Es ist unheimlich einsam, dagegen kann man nur ankommen, indem man aufsteht, Wasser holt, Holz hackt, Kaffee bereitet und das Feuer anzündet, und schließlich den Tag fragt, ob er den Raum bietet, damit ich mich meiner Passion, dem Schreiben kompromissloser Schriften, widmen kann. Noch bin ich zu schlapp, ich brauche noch einige Minuten, vielleicht auch einen kleinen Schlaf, ehe ich mich erhebe. Das Bettlager ist klamm, das Zittern versiegt, doch die Kälte hält an. Mir bleibt nichts, als mich meiner feuchten Kleider zu entledigen, die Bettauflagen zu wenden und mich wie ein Murmeltier in die kratzigen Decken einzumummeln. Noch ein paar Minuten, wenn ich mich dann nicht kräftiger fühle, werde ich mich zum Aufstehen zwingen und zumindest das Feuer anmachen. Dann kann ich mich immer noch entscheiden, ob ich wieder ins Bett gehe, meinem Körper die Auszeit gönne, oder ob ich aktiv werde.

Endlich produziert mein Körper wieder Wärme, nur die Füße bleiben kalt, ich reibe sie aneinander, die Sohle des einen über den Spann des anderen, dann scheuer ich die Zehen gegeneinander. Meine Augen fallen zu, und langsam tauche ich ab.

Wieder schlage ich die Lider auf, es ist erheblich heller als eben, vor mir steht die Frau, die letzte Nacht zu mir gekommen ist. Ich habe nicht einmal nach ihren Namen gefragt, es ist aber auch nicht wichtig. Wenn man nur zu zweit ist, reicht ein einfaches Du.

„Ich habe Frühstück gemacht, möchtest du gleich runterkommen?“

„Ich freue mich, dass du da bist, du.“

„Wenn du nichts dagegen hast, werde ich bei dir bleiben, solange du hier oben bist.“

„Ich werde darüber nachdenken.“

Ich schließe vor Erschöpfung die Augen. „Komme gleich, brauche nur ein paar Minuten, um mich zu strecken.“ Ich versuche mir vorzustellen, wie sie vor dem gedeckten Tisch sitzt, während ich dazukomme, ich sehe viele Details, die in ihrer Gesamtheit nicht alle wahr sein können, nur eins erkenne ich nicht: ihre Gesichtszüge. Säße an ihrer Stelle eine ganz andere Frau, ich würde es vielleicht nicht erkennen, bis ich wieder die Augen schlösse und mit meinen Händen ihren Körper betastete. Als ich Sekunden später die Augen wieder öffne, hat sie die Kammer bereits wieder verlassen.

Mein Zeitgefühl ist mir abhanden gekommen. Habe ich Minuten geschlafen, oder wesentlich länger? Es ist an der Zeit, aufzustehen, ich will meine Compagna nicht enttäuschen, schlüpfe in meine Kleider und schleppe meinen Körper aus der Kammer, gehe den kleinen abschüssigen Pfad um die Hütte herum und öffne die Tür, die zur Küche führt. Hier ist noch alles dunkel und karg wie am Abend zuvor, vom Feuer ist nur ein wenig Asche geblieben. Ich wende mich der Scheune zu, die Tür ist von außen verschlossen.

Im Keller pinkle ich in die Kloschüssel. Der Urin brennt.

Was ist nur letzte Nacht passiert und wo ist *du* geblieben. Wandert sie, weil ich nicht gekommen bin, bereits in den Bergen? Das wäre unvernünftig, um diese Jahreszeit. Ich werde mich wieder hinlegen und warten, bis sie auftaucht, vorher brauche ich aber noch frisches Wasser, das ich mit einem Krug am Brunnen holen werde.

Das Wasser erfrischt, ich trinke einen Schluck direkt am Rohr, aus dem unablässig der Quell in den Steinbottich sprudelt, dann benetze ich meinen Nacken und gehe schließlich mit dem gefüllten Krug zurück.

Es macht keinen Sinn, ich werde mich wieder hinlegen müssen. Vollkommen kraftlos gehe ich mit dem Krug in der Hand in die Schlafkammer. Das Feuer werde ich erst später entfachen, bevor es Abend wird, das macht Sinn, bis dahin kann ich nach Belieben die Anstrengungen der letzten Tage wegschlafen. Für *du* lasse ich den Türriegel offen, wer weiß, wann sie zurückkehrt, sollte ich dann schlafen, kann sie sich danebenlegen.

Unter den Decken wird mir heiß, der Körper reagiert auf die vorherige Kälte, er gleicht sich aus, das Pendel des Selbstschutzes schlägt in die entgegengesetzte Richtung, mir ist, als würde ich Fieber bekommen. Es wird weder eine Entzündung noch eine Grippe sein, gegen die mein Körper ankämpft, Bakterien fängt man sich hier oben nicht, zumindest nicht diejenigen, die von Mensch zu Mensch übertragen werden.

5.

Zwei Tage habe ich unter dem Fieber in der Schlafkammer gelegen, unfähig zu urteilen, was Traum und was Realität, was Ängste und was Wunschträume waren. Zum Glück hatte ich Wasser bei mir, sonst wäre ich noch ausgetrocknet und jetzt nicht mehr bei Verstand. Die Körpertemperatur geht endlich auf ein einigermaßen normales Maß zurück. Ich hocke mich auf die Knie, fühle mich ausgezehrt, spüre aber eine wiederkehrende Kraft, wie ich sie seit vorgestern nicht mehr hatte. Mit einer Hand wühle ich in meiner Reisetasche ohne hinzuschauen und ziehe einen dicken Pullover heraus, dann streife ich warme Wollsocken über und schlüpfe in meine Schuhe. Es ist bereits später Nachmittag, bald wird es dunkel werden. Mit dem Krug in der Hand laufe ich zum Brunnen und wundere mich über die milden Luftströme.

Als Erstes werde ich etwas zu essen auftreiben müssen. Die frischen Lebensmittel, die ich aus dem Tal mitgebracht habe, sind alle aufgebraucht, ich werde sehen müssen, was sich in Herberts Vorräten befindet, bevor ich letztlich nicht drum herum komme, in absehbarer Zeit ins Tal laufen zu müssen, in dem ich mir neuen Proviant besorge.

Der Bestand ist mau, beim Durchsuchen sämtlicher Regale und Truhen in der Scheune und der kleinen Kammer hinter der Küche finde ich nichts, was mir nicht schwer auf dem Magen liegen würde, abgesehen von in Gläser eingemachten Erbsen und Buschbohnen, die mir aber kaum meine Lebenssäfte zurückbringen würden. Entschlossen, mir zunächst mit Kräutern, die ich zum Teil selbst in der Nähe gesammelt habe, einen Tee zu kochen, verlasse ich die Scheune, will gerade die Tür zuziehen, da sehe ich ein Stück Schinken, an einer Kordel befestigt, von der Decke baumeln. Fleisch wäre nicht das Schlechteste, ich müsste es für eine gute Verdaulichkeit nur dünn schneiden und fein zerkauen. Schlecht dürfte das Stück nicht sein, luftgetrocknet würde ein leichter äußerlicher Weißschimmel ihm nichts anhaben, und ein Befall mit Maden wäre auch auszuschließen. In Funktion eines Lebensmittelkontrolleurs brauche ich mehr Licht. Sobald also die gleich untergehende Sonne noch einmal zwischen den leichten Wolken hervorlugt, werde ich mir den Schinken ausgiebig betrachten, doch zunächst gilt es, an das Stück heranzukommen, denn es hängt nicht nur hoch genug, um erst eine Kiste verschieben zu müssen, auf die ich hinaufsteige, sondern ich komme auch nicht ohne Messer aus, um die eng verknotete Kordel durchzuschneiden.

Nach Parasiten brauche ich den Schinken erst gar nicht zu untersuchen, er ist hart genug, um einen Nagel damit in die Wand schlagen zu können. Selbst Maden und anderes Getier würden sich ihre Zähne daran ausbeißen, so sie welche hätten.

In der Küche gehe ich dem Objekt mit dem schärfsten Messer, das ich auftreiben kann, zu Leibe. Dass es sich dabei um ein einfaches, angerostetes, eisernes Schneidemesser handelt, ist mir vollkommen egal, solange ich mir damit nicht selbst ins Fleisch schneide.

Weder von der flachen Seite des Schinkens noch von einer Kante lässt sich ein Stück abtrennen noch schaben, es hilft also nur noch eins: das Hackebeil. Zu meinem Glück habe ich die Kante des Beils kurz nach meiner Ankunft an einem Sandstein geschliffen, es ist zwar nicht rasiermesserscharf geworden, doch ausreichend, um alte, hartgetrocknete Hölzer zu spalten. In üblicher Holzhackermanier lege ich den Schinken auf den Hackklotz, hole mit dem Beil aus und schlage schwungvoll zu. Der Schinken stobt in zwei Stücke auseinander, von dem eins direkt am Fuß des Hauklotzes landet, das andere zwei, drei Meter weit weg fliegt. Immerhin, es hat funktioniert, ein mundgerechtes Stück ist allerdings noch nicht entstanden. Ich habe mir vorgestellt, kleine Stücke zu hacken, die ich mit meinem Speichel langsam aufweiche, selbst wenn ich stundenlang daran lutschen muss, doch jetzt kommt mir eine andere Idee. Ich werde mir, statt einem Tee, eine Brühe aus dem Trockenfleisch kochen. In gleicher Manier wie vorhin hacke ich den Schinken in mehrere Tranchen, sammle akribisch jeden kleinsten Fetzen auf und werfe alles in einen bauchigen Henkeltopf, gebe Quellwasser hinzu, eine Prise Salz und eine Messerspitze Paprika edelsüß. Während der Ansatz so langsam über der Gasflamme vor sich hin köchelt, zünde ich ein Feuer an, beginnend mit vielen kleinen Spänen, die ich in meiner neuen Euphorie nach und nach mit dem scharfen Beil von mehreren Scheiten abspalte. Das Feuer lodert sofort mit großer Flamme, das ist wunderbar, ich sollte mir ab jetzt immer viel mehr Zeit zum Spalten der Scheite und für den Aufbau der Feuerstelle lassen, statt immer nur die Gedanken auf das Fortkommen meiner Schriften zu richten. Auf diese Weise lodert das Feuer höher, verursacht weniger Qualm, und die Verbrennung ist optimaler. Ich nehme den Kessel von der Gasflamme, hänge ihn an den Feuerhaken und schwenke ihn über die züngelnden Flammen, die ringsum gegen den jahrzehntealten Ruß der Kesselunterseite schlagen. Mit einer Aluminiumgabel, die zufällig auf dem Kaminsims liegt, fische ich mir ein obenauf schwimmendes kleines Schinkenstück aus dem Sud, stecke es in den Mund und presse es zwischen die Backenzähne. Es ist, als hätte ich Holzfasern im Rachen, mit dominantem Paprikageschmack. Vorsichtig geschätzt wird es eine Ewigkeit dauern, ehe sich die Fleischsäfte im Mundraum verteilen und ich dem Schinken seine konservierten Ressourcen entlocken kann.

Ich sehe in den Topf, gegen das Licht des Feuers kann ich im Dunkel der Küche den Zustand der Suppe nicht ausmachen, also hole ich die grau emaillierte, an den Ecken leicht angestoßene Suppenkelle, entnehme dem Kessel etwas Sud und halte ihn vor das Licht. Eine Trübung des Wassers kann ich nicht erkennen, nur obenauf schwimmt ein wenig Paprikapulver, das sich immer noch nicht aufgelöst hat. Vorsichtig halte ich die Lippen gegen die Kelle, dann trinke ich. Na ja, es schmeckt nicht bloß nach heißem Wasser, aber auch nicht nach viel mehr. Immerhin bedingt die langsam durch meine Speiseröhre in den Bauch rinnende Wärme ein leicht wohliges Gefühl.

Seit zwei Stunden bin ich damit beschäftigt, mir Kelle für Kelle den wärmenden Sud einzuverleiben, das Aroma bessert sich von Mal zu Mal, wenngleich in nur minimalen Nuancen. Immerhin habe ich den Eindruck, als würden neue Energien in meinen Körper zurück fließen.

Der letzen Rest Flüssigkeit gieße ich aus dem Kessel direkt in die Kelle hinein, bis nur noch Fleischstücke den Kesselboden bedecken, aus denen ich mir die kleinsten Fasern herausfische, sie allesamt in den Mund stecke und mit vollen Hamsterbacken erneut zu der Quelle laufe und einen weiteren Krug voll Wasser hole, das ich über die im Topf verbliebenen Fleischstücke gieße. So können die Fasern während der Nacht einweichen. Schließlich gebe ich noch etwas Rosmarin dazu, von dem ein ganzes Bündel in der Küche von der Decke hängt, dann gehe ich wieder in meine Schlafkammer, die durch meine Verrichtungen unten in der Küche angenehm temperiert ist, hülle mich in die Decke und zerkaue gemächlich, Faser für Faser das Fleisch.

Ist es nicht großartig, was ich zurzeit bin? Ich empfinde ein Hochgefühl, mitten aus dem Nichts. In dieser winzigen Zelle habe ich ein minimales Etwas entdeckt. Es sind nicht Nahrung und Wärme die archaischsten Merkmale des Lebens, die diese Euphorie verursachen, es ist die Freiheit der Gedanken, dass jetzt alles passieren, und ich unendlich in das Geschehen eingreifen, es lenken kann. Vor einer recht überschaubaren Zeit habe ich noch in einer wirklichen Zelle gesessen, die sogar eine ähnliche Größe wie diese Schlafkammer hatte, und mir keine Gedanken über das Essen oder die Temperatur gemacht. Damals wollte ich noch so vieles erreichen, an mich selbst gefesselt konnte kaum etwas davon gelingen. Es war logisch, dass ich nach meiner Entlassung in eine Sackgasse gelaufen bin.

Mein Land hat seine Freiheit verloren. Es passiert selten, dass man eine Aussage derart pauschal von sich geben kann und trotzdem den wesentlichen Kern trifft. Ein Land ohne Freiheit ist wie eine Rinderbrühe ohne Fleisch. Man könnte tausend andere Vergleiche anwenden, doch dieser ist mir momentan der naheliegendste. Die Menschen, die von dieser Suppe essen, will man mit Gewürzen abspeisen, die über die wahre Gehaltlosigkeit der Brühe hinwegtäuschen sollen.

Natürlich gibt es gewisse Freiheiten, die man selbst in der ausgereiftesten Demokratie nicht gewähren darf, und zwar solche, die zu Lasten anderer gehen, darüber braucht man nicht zu diskutieren. Diese alle einzeln zu benennen, wäre schwierig, aus jeder Begriffsbestimmung entstünde eine neue, man würde eine Kettenreaktion von Definitionen auslösen, deshalb ist es notwendig, Überschriften zu finden. Mein Schlagwort heißt „Volksbegehr", das nicht mit „Volksbegierde" zu verwechseln ist. Im Miteinander einen Staat bilden, so habe ich damals auch die erstarkende neue Linke verstanden, doch mit der Inanspruchnahme der Macht reduzierte die zur Partei mutierte Bewegung seine Grundsätze auf eine einfache verfälschende Formel: „Das Volk gleichmachen". Selten gab es eine größere Fehldefinition des Demokratiebegriffs. Gleiche Chancen herzustellen heißt doch nicht, gleichzurichten. Mir kommt es vor, als habe die Linke ihre Politik auf einer Anfangserkenntnis aufgebaut und im Taumel der Machtliebe all diejenigen verdrängt, die bereit waren, diese Erkenntnisse auch weiterzudenken.

Die Unterdrückung der individuellen Freiheit durch eine Staatsideologie hat demnach eine gewisse Logik. Reglementierung ist das Alibi für die nicht erreichte Chancengleichheit. Wer wirklich den einfachen und benachteiligten Bürgern mehr Aussichten einräumen will, der darf nichts und niemanden in eine fade Einheitssuppe stecken, sondern muss Voraussetzungen schaffen, den eigenen Ansporn ausleben zu können. Demokratie ist alles andere als ein starrer Begriff mit kategorischen Merkmalen. Sie muss unablässig geübt werden.

Meine Güte, was denke ich da! Im Rückblick wird mir alles viel klarer, als ich es je zuvor in aufwendigen Schriften zu formulieren imstande war. Ich sollte die Thesen aufschreiben. Auch wenn es bei weitem nicht ausreicht, daraus ein Manifest zu formulieren, die klare Luft, das klare Wasser und die klaren Verhältnisse in den Bergen formen immerhin auch klare Botschaften.

Alles ist Zweifel.

Gegenrede: Vom Berg herab auf die Welt zu schauen kann schnell zur Überheblichkeit führen. Ich bin ein Egozentriker. Wie kann man glauben, auf einem hohen Ross fest im Sattel zu sitzen, würde die Fähigkeit zu klaren Botschaften verbessern. Das ist doch das gleiche Denkmuster, wie es die Machthaber anwenden, die ebenso abgehoben in erhöhter Position sitzen. Bin ich überhaupt fähig, zu urteilen? Na gut, hier steht Macht gegen Macht, zumindest gedanklich, doch Wahrhaftigkeit kann nur aus den Turbulenzen des Lebens entstehen und nicht durch Konfrontationen zwischen Bergpropheten und Staatsführern. Seit Menschen Macht über andere erhalten haben, spätestens seit sie sich Grafen, Fürsten oder Könige nennen, hat sich ein vertikales Denken manifestiert, das selbst die ausgereiftesten Demokratien nicht wegwischen können. Führer denken von oben herab, Untertanen blicken ehrfürchtig herauf, beide sind in dieser Perspektive verfangen, die meisten wollen da nicht heraus.

Auch das Verhältnis zu mir selbst ist vertikal. Ich urteile, wer ich bin, male mir ein Bild von dem, der ich sein könnte, und versuche mich zu meiden, da wo ich diesem Bild nicht entspreche. Ich lebe in diesem ständigen Gefälle. Die „göttliche" Wahrheit über mich würde anders lauten: So sehr ich meine Schwächen, Mängel und Abgründe herunterspiele, so sehr ich auch bemüht bin, meine Stärken hervorzukehren, ich stehe mit allen meinen Eigenschaften in horizontaler Beziehung. Es gibt nichts zu deuten. Ich bin auf Augenhöhe mit mir selbst, doch ich schließe meine Augen, um unliebsame Wahrheiten nicht zu erkennen.

Immer noch ist alles Zweifel. Ich schwanke, glaube Wahrheit gefunden zu haben und erkenne im gleichen Augenblick, dass alleine dieser Glaube schon gegen die Wirklichkeit spricht.

Zweifel ist Erkenntnis.

Die Fleischfasern habe ich nach und nach alle heruntergeschluckt, was bleibt, ist ein wenig kräftiger, aber nachhaltiger Geschmack im Mund.

6.

Es gibt in der gesamten Hütte keinen Spiegel, zumindest habe ich bisher keinen gefunden. Es wäre gut, mich einmal pro Tag anzuschauen – ohne zu urteilen, ohne meine äußerliche Veränderung feststellen zu wollen, einfach nur hinsehen, nichts mehr.

Hat die alte Frau nie ihr eigenes Abbild gesehen? Kein Foto, kein Spiegel. So eng, wie die Menschen früher hier beieinander gelebt haben, mögen all ihre Konturen bekannt gewesen sein. Was sollte es also genutzt haben, sich fein herzurichten, außer die eigene Eitelkeit zu bedienen oder sich wenigstens einmal in der Woche seinem Gott als das perfekte Wesen darzubieten, das er einst geschaffen hat und das sich nicht zum Schlechten weiterentwickelt haben sollte. Manchmal habe ich das Bedürfnis, die Veränderungen, die das Leben mit sich bringt, an meinem eigenen Gesicht abzulesen, doch mehr reizt mich die Herausforderung, mein Ich nur von innen heraus zu betrachten.

Heute Morgen bin ich aufgestanden, noch ehe sich die Sonne über den Bergen hat sehen lassen. Ich bin vor die Hütte getreten und stand vor einem spiegelglatten Meer. Nein, das war kein Traum und auch nicht durch Drogen bedingt. Ein dichter Nebel hatte alles, das nur wenige Meter unterhalb des Dorfes lag, in sich gehüllt. Die Felswände waren nun Unterwasserklippen, die Abhänge Sandbänke und das Tal der Grund des Ozeans. Das Szenario hielt sich bis zu dem Moment, als die Sonne die Umrisse der Felsen zeichnete und den Nebel in die Höhe zog. Nach nur wenigen Minuten stand ich selbst in der milchigen Suppe, die sämtliche Konturen, letztendlich auch die der mittlerweile aufgestiegenen Sonne, verwischte.

Es war kein angenehmes Gefühl, im durchweg Diffusen zu stehen. Je verschwommener die Umgebung wurde, umso scharfkantiger empfand ich mich selbst, das schmerzte und quälte mich bis in den Vormittag hinein, als die Sonne endlich den Kampf gegen den Dunst für sich entschieden hatte und ich mich selbst wieder weich anfühlte.

Anstelle des Naturspektakels dominiert seitdem ein neues Phänomen den Tag. Kaum jemand hat sich bisher hier oben aufgehalten. Das Dorf lag nahezu brach. Das Jahr war noch zu früh, die Witterung zu unstetig. Nur das ein oder andere Mal habe ich jemanden aus der Entfernung gesehen oder das Getrappel von Schritten einer Person hinter meiner Hütte vernommen. Diese Periode scheint sein Ende gefunden zu haben: Es passiert etwas. Zunächst habe ich nur geglaubt, mit dem älteren Ehepaar, das aus seinem Škoda stieg, wären bloß Einzelne hinzugekommen, doch es kommen immer mehr, sogar ganze Familien. Für die hiesigen Verhältnisse hat ein schier reges Treiben eingesetzt. Man geht aus der Hütte und sieht eine Gestalt. Meine Mutmaßung lautet: Es ist das erste Frühlingswochenende, für das ein stabiles mildes Wetter bis in die Berge hinauf angekündigt wurde – oder sogar ausschließlich für die Berge, derweil sich niedrige Wolken in den Regionen unterhalb im dauerhaften Nieselregen ergießen. Wahrscheinlich wissen die Einheimischen zusätzlich den Morgennebel als klares Signal für diesen Wetterumschwung zu deuten.

Herbert hat mir berichtet, manche Tessiner würden in der Sommerhälfte dauerhaft hier leben. Nach der Schneeschmelze kämen sie in ihre alten Häuser, in denen sie mitunter sogar geboren sind, und im Herbst kehrten sie wieder in die Täler zurück. Diese Zeit wird heute augenfällig eingeläutet.

Aus meiner Heimat weiß ich um die Menschen, die ihre Wochenenden und Ferien in einer Datscha vor den Toren der Stadt verbringen und dort Ruhe und Ausgleich vor dem geschäftigen Alltag und ihren selbst verursachten Zwängen finden, doch ich kann nicht gänzlich begreifen, wie es die Menschen ein halbes Jahr am Stück aushalten, ohne das kulturträchtige Treiben in den Tälern zu missen. Für mich ist mein Aufenthalt hier eine Ausnahmesituation, ein freiheitlicher Schritt aus meiner Verklemmung, ein Ortswechsel eines ohnehin oft zurückgezogenen Eigenbrötlers, doch die saisonalen Bergmenschen überdauern ihr halbes Leben, abgeschieden von allen zivilisatorischen Errungenschaften unter kargen Verhältnissen, die es im Tal so garantiert nicht mehr gibt, in dieser, die eigenen Ansprüche einengenden Weite. Ich mag mir vorstellen, sie hausten da unten in einer anonymen Wohnsiedlung, also in einer von Entbehrung und Chancenarmut gekennzeichneten Kargheit, die etwas vermissen lässt, was man hier oben erst gar nicht erwartet. Sie leben im Winter nur vor sich hin, ohne Aussichten – weder aus ihren Fenstern noch aus ihrem Leben, wäre da nicht die Gelegenheit, im Sommer ihrem unwirklichen Dasein in die Berge zu entfliehen. Auf diese Weise könnte ich begreifen, was die Menschen zu ihrer Flucht veranlasst. Hier ist also jeder auf seine Art ein Flüchtling. Somit wäre ich hier gut aufgehoben, als Individualist unter Gleichen.

Ich glaube, jeder gesunde Mensch würde das dünne Leben hier oben einer gut geheizten Gefängniszelle mit Reichung von täglich drei Mahlzeiten, der Möglichkeit, fernzusehen, und dem Zugang zur Gefängnisbibliothek vorziehen. Hier hat man die Freiheit, Selbst zu sein – oder täusche ich mich? Gibt es nicht viele Menschen, die, unter welchen Umständen auch immer, geordnete Verhältnisse brauchen und lieber in der Realität anderer leben, als selbst über sich entscheiden zu müssen, Menschen, die Vorgaben brauchen, an denen sie sich orientieren können?

Ein neuer Gedanke keimt, in Sekundenschnelle bäumt er sich auf und durchfährt mich wie ein Stromschlag: Ich bleibe, nicht nur für eine Saison, ich bleibe auch im Winter, damit ich über die sanften Herausforderungen hinaus auch die ungetrübte Wahrhaftigkeit des Ortes erfahre, beginne, an diesem und an diesen Ort zu wachsen, werde mich nicht mehr von ihm lösen wollen, es noch weniger können, bis ich merke, alt geworden zu sein und mir außerhalb der Berge alle Anlaufstellen weggebrochen sind. Wenn ich dann gestorben bin, wird man sagen: „Das war der Mann, der die Hälfte seines Lebens hier verbracht hat“, aber es wird nicht, wie bei den anderen, die Sommerhälfte eines jeden Jahres gewesen sein.

Ich weiß nicht im Geringsten, was das Leben aus mir machen wird, doch meine Sinne stehen mir nicht danach, zum dauerhaften Alm-Öhi zu werden. Noch nicht.

Abgelenkt durch das zum Leben erwachte Dorf, das ich im zugefrorenen Zustand betreten habe, schaue ich ständig aus dem Fenster, komme im Schreiben nicht voran und empfinde ein neuartiges Lebensgefühl. Egal, wie sehr ich mich abgrenze, es gibt ein neues Gegenüber, dem ich mich aber nicht stellen muss, solange ich nicht persönlich angesprochen werde.

Ich bin nicht länger das Geflecht, das sich im humusreichen Boden verborgen wie ein Pilz in unendliche Dimensionen ausbreitet, ohne eine bleibende greifbare Gestalt anzunehmen. Ich werde konkret und lebe zunehmend in kleinen Episoden.

Seit meiner Krankheit arbeite ich nur noch am Tag, und bevor es dunkel wird, beginne ich mit den notwendigen Vorbereitungen, holzhacken, Feuer entzünden, Zubereitung einer warmen Mahlzeit, Kontrolle der Gaskartuschen, waschen meiner Wäsche am Brunnen, damit sie während der Nacht vor dem Kamin trocknen kann, und diversen kleinen Sinnigkeiten und Unsinnigkeiten, die dem Leben ein unbewusstes Aroma geben.

7.

Bereits am zweiten Tag nach der Ankunft der vielen Menschen weckt die neue Lebendigkeit meine Ansprüche, die ich ansonsten wahrscheinlich bis zum Letzten aufgeschoben hätte. Aus der neuen Not heraus spreche ich jemanden an, der zufällig meinen Weg kreuzt. (Zufällig? Aha, ich habe mich doch sehr weit von der Wirklichkeit entfernt und ertappe mich nun dabei, mir selbst etwas vorzumachen. Die Wahrheit ist, ich habe diesem Menschen aufgelauert.) Der italienischen Sprache nicht mächtig, versuche ich es auf Französisch, um, auf den romanischen Ursprung beider Sprachen aufbauend, der Landessprache so nahe wie möglich zu kommen, merke aber bald, dass ich mit meiner eigenen Muttersprache weiter komme. Man nimmt nicht unbedingt das an, was einem nahe liegt, sondern nur das, worum man sich bemüht. Warum sich dieser Mensch eher um eine, wenn auch holprige, Verständigung auf Deutsch bemüht als eine naheliegendere Sprache verstehen zu wollen, wird seine Gründe haben. Bei einem alten Italiener hätte ich das noch kapiert, schließlich gibt es ja eine gemeinsame faschistische Vergangenheit inklusive der Aufarbeitung des daraus resultierenden Schuldbewusstseins. So etwas verbindet. Welches verbindende Element zwischen diesem Südschweizer und einem Deutschen, für den ich offensichtlich stellvertretend hier stehe, besteht, das begreife ich dagegen nicht, allenfalls gibt es Ressentiments gegen die Franzosen oder Konkurrenzen zu den frankophonen Schweizern, ach, was weiß ich, warum will ich mir immer gleich alles erklären – der Mann will deutsch sprechen, lassen wir es dabei.

Ich versuche, mein Anliegen so weit wie möglich zu verklausulieren. Es soll auf keinen Fall der Eindruck entstehen, ich hätte Hunger, doch nach tagelangen Suppengerichten und ein wenig Reis als einziges Getreide lechzt es mich nach Brot, nach Kartoffeln und nach Käse.

Der Mann desillusioniert mich. Es werde wohl niemanden geben, der an diesem Wochenende ins Tal fährt, wären ja alle gerade erst hoch gekommen, ich müsste also noch eine Woche aushalten, bevor jemand, dem ich meine Bestellung übergeben kann, die Ware am folgenden Wochenende mitbringt.

Ich schaue den Menschen an, in Erwartung, er würde mir jetzt die Person benennen, die bald wieder ins Tal fährt, etwa weil sie nur an den Wochenenden heraufkommt, doch er schaut mich mit einem etwas blöden Blick nur an, wandert mit seinen Augen über mein Gesicht, wendet sich dann mit einem „Ciao, a domani" ab und stiefelt davon. Nun gut, ich habe es bis jetzt ausgehalten, asketisch zu leben, ich werde also auch weiterhin meinen spartanischen Weg finden. Was meine Bedürfnisse betrifft, denke ich zunächst nur bis morgen. A domani.

Zurück an meinem Computer, kreise ich um das Absurde wie ein Torero um den Stier, der noch zögert, bevor er endgültig zusticht. Es gibt keinen Grund, die Sache zu beschleunigen, Erkenntnisse kann man nicht erzwingen, deshalb von der Sache abzulassen wäre töricht, solange ich ein gutes Gefühl über die Wahrhaftigkeit meiner Arbeit bewahre. Es bekommt meinen Aufzeichnungen wohl auch nicht schlecht, sie an der neuen Realität zu messen, an dem Leben, das mit dem Frühling in das Dorf zurückkehrt. Noch weiß ich nicht, was sich am Ende zusammenfügen wird, und wenn ich alles wieder verwerfe, wird dennoch nichts umsonst gewesen sein.

Stimmen lenken mich von in die Tiefe gehenden Gedanken ab, ich weiß, was ich niederschreiben will, doch die passenden Worte rieseln mir durch die Finger. Erneut lese ich die beiden vorangeschriebenen Sätze, nehme damit Anlauf zum Weiterkommen, doch das gelingt immer nur Stückweise, wieder und wieder muss ich Schwung nehmen. So macht das Arbeiten kaum Sinn.

Endlich versiegen die Stimmen, eine Gelegenheit, unabgelenkt weiterzumachen, ich höre nur noch das Knistern verschiedener Schuhsohlen auf steinigem Boden.

Was jetzt? Was ist das für ein merkwürdiges Gebrummel draußen? Ich schreibe: „ein Gebrummel draußen", dann klopft es laut an meiner Hütte. Neugierig öffne ich die Tür, strecke in gebückter Haltung meinen Kopf heraus, weil die Tür nicht viel mehr als anderthalb Meter Höhe misst, und schaue einem alten Mann mit der Statur eines Wurzelzwerges an, der mich freudig anlächelt und eine große Papiertüte mit der Aufschrift „Frauenland" in einer Hand hält. Während zwei, drei Sekunden passiert erst einmal nichts, dann greift er mit der anderen Hand in den Beutel, holt ein paar Esskastanien heraus und streckt mir die offene Hand mit den Früchten entgegen. Die Maronen haben eine glatte, glänzend rotbraune Oberfläche und sind bei weitem nicht so aufgedunsen wie ich sie aus dem Supermarkt kenne. Die Hand des Anbietenden ist dagegen schorfig, hat tiefe dunkle Falten, die von einem harten Arbeitsleben zeugen.

Der Mann ist offensichtlich über meine Herkunft informiert, er sagt: „frische Maroni", als seien die Worte auswendiggelernt, und nennt mir den Preis auf Italienisch. Das Tessin ist für seine Maronenwälder bekannt, doch die Erntezeit für die Früchte ist in der oppositionellen Jahreszeit, von neuer Ernte kann also nicht die Rede sein. Egal, ich nehme eine Marone aus seiner Hand, sie fühlt sich nicht trocken an, die Schale sitzt noch fest auf dem Fruchtfleisch, ich kann also von ihrer Genießbarkeit ausgehen, es sei denn, sie wären von innen schimmelig, was ich aber nur feststellen kann, wenn ich sie vorher aufpule. Als ich mein Geld hole, streckt der Maronenverkäufer seinen Kopf durch die Tür und schaut sich neugierig um. Dann nimmt er meine Bezahlung entgegen und gestikuliert mit beiden Händen, dass ich ein Gefäß herbeiholen muss, in das er meinen Anteil abfüllen kann. Ich steige über die Schwelle meiner Schlaf- und Arbeitskammer, komme aber nicht dazu, die Tür zu schließen, weil der Alte erneut seinen Kopf hereinsteckt. Ich lasse ihn gewähren, vielleicht hat er noch nie ein Notebook zu Gesicht bekommen, dann trottet er hinter mir her um die Hütte herum. In der Küche finde ich ein Sieb, halte es ihn entgegen, er legt ein paar Hände voll Esskastanien hinein, betrachtet die Menge und nimmt einige wieder zurück, bevor er sich anders entschließt und die zurückgenommenen Früchte gönnerhaft wieder in das Sieb wirft.

Ihn jetzt einfach wieder gehen zu lassen, fände ich unangemessen, es wäre nicht gut, die Begegnung auf das geschäftliche zu reduzieren, das würde dem Gesetz der Berge, so wie ich es auslege, widersprechen. Ich frage: „Vino?“ Er nickt, ich eile in die Küche zurück, ziehe den Korken aus einer bereits angebrochenen Flasche heraus und gieße den Wein in ein Glas, von dem ich nicht genau weiß, ob es frisch gespült ist oder ich bereits daraus getrunken habe, reiche es dem Maronenverkäufer, der den Wein in einem Zug austrinkt, sich mit „Grazie, a domani“ bedankt und davonzieht.

A domani. Glauben die Menschen hier, wir würden uns alle morgen wiedersehen? Ist etwa ein Volksfest geplant, das niemand versäumen will, oder handelt es sich einfach um eine Floskel, die als Grußformel etwas aneinander Bindendes ausdrücken soll?

Ich gieße mir auch einen Wein ein, in dasselbe Glas, warum auch nicht, und überlege, wo in aller Welt der Alte, der mutmaßlich seinem Aussehen nach vielleicht das ganze Jahr über in kargen Verhältnissen wohnt, jetzt die Maronen hergeholt hat, bis mir die Idee kommt, er könnte sie einer winterlichen Tierfutterstelle entnommen haben, um sein dürftiges Einkommen durch den Fund ein wenig aufzubessern. Sollte ich denselben Mann demnächst bei der Zerteilung eines Hirsches beobachten, dann würde dies vieles erklären. Ich werde darauf Acht geben müssen, ob das Tier eine Einschussstelle hat oder aufgrund von Nahrungsmangel verendet ist. Mein Abendmahl ist jedenfalls gesichert, und ich freue mich über die gelungene Abwechslung in meinem Speiseplan.

A domani. Indem die Menschen sich so verabschieden, verbinden sie die Gegenwart mit der Zukunft, anders, als wenn sie bloß Ciao sagen würden. Dies mag an ihrer Weitsicht liegen, ihrem Blick nach vorne, den man nicht nur verklärt sehen darf. Es reicht nicht, wenn man hier oben sagt: „Was ich habe, das habe ich." Wer nicht mindestens ein Jahr voraus plant, wird hier zu Grunde gehen, zumindest war das so, als die Menschen noch ständig hier oben gelebt haben und über keine Fahrzeuge verfügten, mit denen sie außerhalb der Schneezeiten jederzeit innerhalb von einer halben Stunde in das Tal gelangen konnten. An morgen denken. Wer in die Weite, über die Berge schaut, während das Tal noch im Dunst liegt, der denkt automatisch an morgen. Dabei lebt man aber in dem Widerspruch, dass die Zukunft Illusion ist, während die Gegenwart ebenso wie die Vergangenheit auf Tatsachen beruht. Sind also das Jetzt und das Vergangene eine Einheit, oder ist die Gegenwart ein Teil der Zukunft, weil sie sich unablässig öffnet?

Die Menschen, die hier oben leben mussten, waren strikt ihren Traditionen verpflichtet, die Kargheit hat kaum neue Freiheiten erlaubt. Wer in einem solchen Korsett leben muss, der denkt sich frei. A domani, was wird die Zukunft bringen?

Die Maronen schmecken köstlich. Alle Achtung, sie haben an Frische nichts eingebüßt. Wenn man sie aus ihrer Schale befreit hat, kann man auch die braune Innenhaut leicht von dem saftig gelben Fruchtkörper lösen. Ich muss sie sehr fein zerkauen, damit sie nicht schwer im Magen liegen, ich verfüge kaum noch über andere Lebensmittel, die diese Speise ergänzen könnten.

Es ist ein Irrsinn, im Norden Maronenbäume zu pflanzen. Auf der kleinen Verkehrsinsel, dieser Brachfläche in meiner Heimatstadt, wird der Baum keine Früchte abwerfen, zumindest nicht in einem erhofften Maße. Er ist lediglich Zierrat, niemanden wird er jemals nähren. Die Menschen in den Städten lassen sich allzu leicht etwas vorgaukeln. Sie glauben allzu gerne an das, was nur zum Schein existiert. Hier ist es anders: Würde ich hier oben vom Absurden erzählen, ich fände wohl kaum meine Zuhörer. Was mir in meiner Heimat meine Leserschaft eingebracht hat, gilt hier nichts. Ich werde erst wieder meine Früchte abwerfen, wenn ich auf mein gesundes, erträgliches Maß gestutzt bin.

Am Morgen sitze ich vor der Hütte auf einer Bank, die aus nichts weiter als einer Planke besteht, die über zwei aufrecht stehenden Granitplatten liegt, lasse mich, in eine Wolldecke gehüllt, von der eben erst aufgegangenen Sonne bescheinen und trinke Kaffee, als ein Mann auf mich zukommt, den ich schon einmal aus der Entfernung gesehen, mit dem ich aber noch nie gesprochen habe. Er hält mir seine Armbanduhr entgegen, ein billiges Modell, aber nicht wenig protzig aufgemacht, sagt: „Uno demi ora, Biasca“, und zeigt auf die Straße, in die Richtung, die ins Tal führt. Da ich gerade dabei bin, meine Sinne für alle Eindrücke zu öffnen, meine Phantasien ungehindert schweifen zu lassen, bevor ich mich auf das Konkrete für meine Schriften verenge, kapiere ich im ersten Moment nicht, was er mir sagen will, male mir allerhand aus, doch dann kehre ich in die Realität zurück, die an der Deutlichkeit der Aussage nichts zu interpretieren lässt: Ich habe gerade das Angebot einer Mitreise in das Tal erhalten.

Ich habe mich noch nicht aus meiner Decke gepellt, da ist der Mann schon verschwunden.

Egal, was ich bisher vorhatte, mir blieb immer alle Zeit der Welt, meine Uhr kannte nur zwei einzelne Stunden, die des Sonnenaufgangs und die des Sonnenuntergangs, dazwischen konnte ich dahindämmern, solange ich wollte. Jetzt wird es konkret. Eine halbe Stunde kann schnell verflogen sein, zumal ich noch auf Toilette muss.

Toilette ist ein Neuzeitbegriff in dieser Hütte. Erst im letzten Jahr hat man Abflusskanäle nach hier oben gelegt, keine Ahnung warum. Nach meiner Meinung sollte man froh um jeden Naturdünger sein, den der Mensch in seinem Darm nach hier oben bringt, er würde ein wenig die Erosion verlangsamen, doch offensichtlich kann die empfindliche Natur diese Konzentrate schwerlich verkraften, jedenfalls hat auch Herbert diesen Kanalanschluss vor sein Domizil gelegt bekommen und ist angemahnt worden, einen Hausanschluss herzustellen. Die Rohre waren bereits bis in den Keller verlegt, weitere Meterstücke, einige ergänzende Winkel und das Porzellanbecken standen auch schon bereit. Das erste, was ich nach meiner Ankunft getan habe, war, die Toilette wie ein Stecksystem endgültig an die Abflussleitung anzuschließen, womit ich im gewissen Maße ein Stück Neuzeit für die jahrhundertübergreifend alte Behausung eingeläutet habe. Zu Hause war mein morgendlicher Toilettengang immer etwas ausgedehnter ausgefallen, er galt als Selbstbesinnung zwischen dem Vergehenlassen des Morgens und der konkreten Arbeit und wurde somit das verbindende Element zwischen Lebensbedürfnissen und Illusionen. Statt auf einen Eimer zu kacken, hatte die Installation der strahlend weißen Toilette inmitten der staubig-schroffen Umgebung demnach für meine hiesigen Absichten eine gewisse Vernunft.

Die Toilette konnte ich in Ermangelung langer Schrauben, zwei Dübeln, einer Bohrmaschine und natürlich einem Stromaggregat nicht im Boden verankern, deshalb ist das Becken lediglich durch die Verbindung mit dem Abwasserrohr fixiert. Die Lücken zwischen unebenem Boden und der flachen Standfläche mussten mit kleineren Steinen verkeilt werden, was das Gefäß nicht davon abhält, dennoch bei der leichtesten Bewegung unter meinem Po zu wackeln. So bleibt, bei aller Annäherung an die Moderne, der Stuhlgang eine Sitzung auf hohem, aber labilem Niveau.

Ich stehe gerade einmal wenige Sekunden an der Straße, als ein Lastwagen angerollt kommt und vor mir anhält. Auf der Beifahrerseite in die Führerkabine gestiegen, setze mich auf das zerrissene Kunstleder des Beifahrersitzes. Der Fahrer empfängt mich mit einem freundlichen Lächeln. Seine vergilbten, lückenhaften Zähne täuschen nicht über sein wahres Alter, das ich gerade mal mit Anfang vierzig einschätze, hinweg.

Auf der kurvenreichen Fahrt in das Tal, bei der ich mehrmals tief durchatmen muss, wenn er, statt auf die Straße zu schauen, mich ansieht, um mir mit Händen und Füßen von seiner Familie zu erzählen, und wir ohne Randbefestigung der Straße unmittelbar an tiefen Abgründen vorbeirollen, erfahre ich von den Umständen seiner frühen Rückkehr in das Tal, nachdem er zwei Tage zuvor erst hoch gekommen ist. Seine Frau und die beiden Kinder sind oben in der Hütte geblieben, mit ihrem Lancia hat er sie hochgebracht, der Laster, der nur über zwei Sitzplätze verfügt, hat dort oben überwintert. Jetzt kann er damit endlich wieder arbeiten.

Ich mache mir Gedanken über mein weiteres Schicksal: Was ist, wenn der Fahrer den Lastwagen nicht dazu nutzt, Materialien aus dem Tal zu seiner Hütte zu holen, sondern unten eine kleine Bauunternehmung hat, die im Frühjahr wieder ihre Arbeit aufnimmt? Er hat mir die Talfahrt offeriert, ohne zu erwähnen, ob sie automatisch die Rückfahrt mit einschließt. Ich bin gutgläubig davon ausgegangen, sicher ist es nicht. Es wäre fatal, an die Stadt gebunden zu sein, ich will nicht sagen, unmachbar, aber meinen Sinnen, die kurz davor sind, in den hohen Gefilden Absurdes und Konkretes überkreuzen, es zwischenzeitlich zu einer Einheit verschmelzen zu lassen, abkömmlich.

Der Fahrer ist auf die Strecke konditioniert und nutzt seine Vorfahrt auf der schmalen Straße als bergab fahrender schamlos aus. Je weiter wir nach unten gelangen, umso mehr Gegenverkehr stellt sich ein. Ein Hupen vor den Kurven ist die einzige Warnung, nur selten müssen wir stehen bleiben, bis ein entgegenkommendes Fahrzeug zurückgesetzt hat, um in eine Ausweichbucht zu gelangen, so dass wir passieren können. Als wir an der Zufahrtsstraße, die nach Biasca führt, ankommen, bin ich nass geschwitzt. Was für mich wie ein Wunder, noch zu leben, erscheint, ist dem Fahrer offensichtlich nichts anderes als ein Freizeitsport.

Die Geschäftigkeit der Stadt hat für mich etwas Unwirkliches. Jetzt erst merke ich, wie sehr ich mittlerweile auf die Einsamkeit konditioniert bin. Das lebendige Treiben jagt mir ein wenig Angst ein, ich werde wieder lernen müssen, mich in einer Menschenmenge zurecht zu finden. Der Fahrer stoppt an einer Kreuzung, er hält mir seine Uhr hin und zeigt auf die Fünf. Dann deutet er auf ein Café, das sich schräg gegenüber der Kreuzung befindet, und tippt nochmals auf das gewölbte Glas seiner Uhr, reicht mir die Hand und sagt: „Luigi.“

„Se ...“ ich schlucke die Silbe im selben Moment herunter und sage artikuliert: „Bas.“

Die Rückfahrt noch heute scheint gesichert zu sein. Mit der Nennung seines Namens besiegelt der Fahrer die Verbindlichkeit der Absprache. Mir bleiben viele Stunden, mich an die Stadt zu gewöhnen und mit den Augen eines Einsiedlers auf das gewöhnliche Treiben in den Niederungen zu blicken.

8.

Ich starre auf den Minutenzeiger der Kneipenuhr, der auf die Zwölf umschlägt, und den Stundenzeiger, der auf die Sechs zieht. Seit fast zwei Stunden sitze ich in dem Lokal, das im Gegensatz zur Aufmachung von außen eher eine Trinkstube als ein Café ist, zu meinen Füßen vier prall gefüllte Tüten mit Einkäufen, zur Hälfte Frischware, der Rest Konserven, um den Vorratsbestand in Herberts Hütte wieder aufzufüllen. Was ist, wenn mich der Lasterfahrer versetzt? Es ist unmöglich, mit all den Tüten auf den Berg zu steigen. Vielleicht würde ich mit einem Bus in den Ort gelangen können, in den die Bergstraße mündet, doch bereits jetzt ist die Dunkelheit hereingebrochen, der Aufstieg würde also nicht nur erneut zu einer Tortur, sondern zu einem unberechenbaren Wagnis.

Als ich meine Einkäufe erledigt hatte, bin ich durch den Ort geschlendert, wollte mir die alte Kirche, die sich auf einer Anhöhe befindet, von innen ansehen. Herbert hat mir von der Schlichtheit des Gebäudes erzählt, dem schräg ansteigenden Fußboden, der unmittelbar auf dem Felsen verlegt wurde, und den zahlreichen bedeutenden Fresken, die zum größten Teil verwittert und zerfallen sind, weil man, statt sie zu pflegen, das Geld in die prunkhafte Ausstattung einer moderneren Kirche, die ein wenig unterhalb errichtet wurde, gesteckt hat. Ich bin nicht bis dorthin gelangt, weil sich mir die Frühjahrskirmes der Stadt in den Weg gestellt hat. Statt ausgeblichener

Fresken habe ich die falsche Buntheit der Buden und Fahrgeschäfte wie ein surrealistisches Bild aufgesogen. Minutenlang habe ich vor einem Karussell gestanden, fasziniert vor der Drehbewegung der unwirklichen Fahrzeuge, die ihre Bahn nicht verlassen konnten und im gleichmäßigen Takt zuverlässig an derselben Stelle auftauchten. Der um sich selbst drehende Schwan, das klassische Feuerwehrauto mit seiner schräg in die Luft ragenden Leiter, die parallel fahrenden Polizeimotorräder und der kugelige Hubschrauber, dessen Rotorblätter durch die Fliehkraft des Karussells in Bewegung gerieten, erinnerten mich an meine Kindheit, doch jenseits aller Nostalgie faszinierten mich vor allem die Kinder, die im zeitgemäßen Outfit gekleidet sich an der Einfachheit einer Drehbewegung im inszenierten Ambiente entzücken konnten. Am liebsten wäre ich ein paar Runden mitgefahren.

Als ich danach mit meiner beschwerlichen Last über die Treppen fast an der alten Kirche angekommen bin und beim Blick über die Stadt ein wenig verschnauft habe, zeigte die Uhr am Turm der neueren Kirche die Zeit an, in der ich im Café hätte sitzen und auf meinen Fahrer warten müssen. Ich hatte das Zeitgefühl total verloren und lief, erschrocken, so gut ich konnte, wieder die Treppen hinunter, ehe ich bemerkte, dass ich mich verguckt hatte, denn es war erst vier Uhr. Ich hatte also noch eine Stunde. Es wäre genug Zeit geblieben, wieder hinaufzusteigen, doch das wollte ich mir nicht noch mal antun. So kam es, dass ich schon vorzeitig in das Café gegangen bin, mit dem Vorsatz, ein, höchstens zwei Biere zu trinken, und ich hatte nicht damit gerechnet, dass noch zwei weitere hinzukommen, weil mein Fahrer nicht zur verabredeten Zeit auftauchen würde.

Außer den Lebensmitteln habe ich mir eine Zeitung gekauft, warum auch immer, wahrscheinlich aus einem alten Reflex heraus, denn ich will noch nicht wissen, was zurzeit in der Welt vorgeht, bevor ich nicht für mich ausreichend reflektiert habe, was mich selbst bewegt.

Während ich das Leertrinken des letzten Glases soweit wie möglich hinauszögere, um gleich nicht endgültig besoffen die Wirtschaft zu verlassen, schaue ich mir die Überschriften der lokalen Meldungen an. Der Widerspruch, eine Zeitung in einer Sprache anzusehen, die man nicht versteht, beruhigt mich, so sammle ich Eindrücke, ohne mich wirklich über die Tagespolitik zu informieren.

Von draußen höre ich das Dieselknattern eines Lastwagens. Das könne mein Chauffeur sein, wenn ich Glück habe. Ich folge dem Geräusch, das sich wieder entfernt und dann versiegt. Es gibt zwei Möglichkeiten: Der Wagen könnte hinter der nächsten Straßenbiegung verschwunden sein, oder er ist in der Nähe geparkt worden. Gebannt schaue ich über die aufgeschlagene Zeitung hinweg, dann öffnet sich die Eingangstür. Es ist tatsächlich Luigi, der eintritt und mit einem breiten Grinsen an meinen Tisch kommt, die Zeitung erblickt und ein fragendes Gesicht aufsetzt. Ich warte auf seine Aufforderung, mit ihm zum Wagen zu gehen, oder dass er sich zu mir setzt, stattdessen geht er zum Tresen und kehrt mit zwei Gläsern Bier in der Hand zurück und schiebt eins davon zu mir herüber. Im Gegenzug überreiche ich ihm die zusammengefaltete Zeitung als Geste, ihm nichts vorgemacht zu haben und die Sprache tatsächlich nicht zu verstehen. Die Vorstellung, er sei selbst des Lesens nicht mächtig, stilisiert uns zu zwei Scharlatanen, die sich gegenseitig etwas vormachen.

Das Bier tut die erwartete Wirkung. Als wir wenige Minuten später das Lokal verlassen, ist mir recht schwindelig, durch meine erhöhte Gravitation mit den schweren Tüten in der Hand kann ich ein Schwanken verhindern, die kleinen Schritte, die ich mache, begründe ich mit der Schwere meiner Last.

Hinter der nächsten Ecke steht der Lastwagen auf einem kleinen Platz, der durch aufgezeichnete Linien in Parknischen strukturiert ist. Auf der Ladefläche stapeln sich mehrere Säcke Zement, ein kegelförmiger Kieshaufen quetscht eine große Rolle brauner Noppenfolie gegen die Seitenwände, und ganz hinten liegen mehrere Pakete mit Steinwolle.

Die Fahrt durch die Dunkelheit ist wie eine phantastische Reise in eine Traumwelt, die mich nach Hause führt. Es ist wahrhaftig, ich habe das Gefühl, heimzukehren, und freue mich auf die wenigen

Dinge, die mich erwarten. Auf der Fahrt kommt uns kein einziges Fahrzeug entgegen. Wer einmal oben ist, wird um diese Zeit nicht mehr herunterfahren.

Luigi lässt mich an derselben Stelle heraus, an der er mich aufgegabelt hat, ich bedanke mich aufwendig mit einem „Molto Grazie", packe meine Tüten, von denen eine in dem Moment, als ich die Beifahrertür zuwerfe, zerreißt. Die Konserven rollen über die Straße. Der Fahrer hat davon offensichtlich nichts bemerkt, in Vorfreude, seiner Familie in die Arme zu fallen, braust er davon und überrollt dabei mit einem Hinterreifen eine der Konserven. In der Dunkelheit kann ich nicht erkennen, was sich darin befunden hat, ich stoße mit meinem Fuß die vollkommen plattgefahrene Dose von der Straße und beobachte, wie im selben Moment eine andere über den Abhang rollt und ins Tal purzelt. Entweder habe ich jetzt eine Umweltfreveltat begangen, oder ein armer Schlucker wird die Dose irgendwo finden und sich über die Mahlzeit als Geschenk des Himmels, das über die Berge auf ihn zugerollt ist, freuen.

Schnellstens eile ich in meine Hütte, leere die intakten Tüten und laufe damit an die Unglücksstelle zurück, um das verbliebene Gut einzusammeln.

Im Kerzenschein schichte ich kleine Hölzer im Kamin auf. Ich hätte die Zeitung jetzt gut zum Entflammen brauchen können. Papier ist hier oben ein bedeutsames Produkt, das man nicht so schnell aus den Händen geben sollte. Was immer auf die Seiten gedruckt ist, bleibt dabei belanglos.

9.

In dem Dorf herrscht eine seltsame Stimmung, die ich mir zwar erklären kann, vorher aber noch nie so erlebt habe. Die Enge, in der die Menschen hier zusammenkommen, schweißt zusammen, obwohl sie in den Tälern, in die sie immer wieder zurückkehren, wahrscheinlich unter ganz anderen Umständen leben und die Anonymität der Städte gut kennen. Gleichzeitig ist man dem Nächsten gegenüber argwöhnisch. Ich beobachte zahlreiche Begegnungen, in denen man herzlich miteinander umgeht und sich gegenseitig aushilft, trifft man jedoch nicht zufällig aufeinander, dann geht, soweit ich es beobachtet habe, niemand auf den anderen zu. Hat jemand einen Tisch aus dem Tal hergebracht, dann finden sich gleich mehrere Personen, die ihn bis kurz vor seine Hütte tragen, doch sie überlassen es dem Eigner, ihn selbst hereinzuschaffen.

Man mag seine Gründe haben, doch weniger als der Respekt gegenüber anderen mag gelten, selbst niemanden in der eigenen Hütte haben zu wollen – die Erklärungen dafür können zahlreich lauten.

Je enger man seine Freundschaften schließt, umso mehr läuft man Gefahr, enttäuscht zu werden. Recentiments zu wahren kann also seine guten Gründe haben. In der Stadt habe ich ein derartiges Verhalten immer verpönt. Sich nicht ganz auf jemanden einzulassen habe ich immer als einen Virus gesehen, der die Menschen zu charakterlosen Einheitswesen machen will. Ohne gegenseitige Leidenschaft verblasst jegliche Emotion, und ohne Emotion entsteht kein Vertrauen, dies wiederum ist der Nährboden für Argwohn, der schnell zur Missgunst heranreift. Hier oben bin ich gezwungen, meine These zu relativieren. Eine tiefgreifende Enttäuschung könnte durchaus den Zusammenhalt der gesamten Gemeinde gefährden, ohne den ein Leben in dieser Abgeschiedenheit nicht möglich wäre. Das mag der Grund sein, warum ich mich hier in einem Konglomerat von kauzigen Eigenbrötlern aufhalte, deren Miteinander ganz eigenen Gesetzen gehorcht.

Ich schalte meinen Computer ein, doch statt die Dateien zu laden, läuft ein Programm, in dem meine Datenträger auf ihre Konsistenz überprüft werden.

Und wer überprüft meine Konsistenz?

Tabellarisch wird der Fortschritt der regelmäßig fortlaufenden Überprüfung aufgelistet, dreiundzwanzig Prozent, die Inspektion stockt, nochmals dreiundzwanzig Prozent, wieder und wieder. Was ist, wenn es jetzt nicht mehr weiter geht? Ah endlich, vierundzwanzig Prozent, fünfundzwanzig, wieder geht es nicht voran, ich könnte jetzt schon längst dabei sein, meine Neuschöpfungen aufzuschreiben, Spannungsgeladen möchte ich mich endlich geistig ergießen, sechsundzwanzig Prozent, ich bin versucht, den Computer auszuschalten, um ihn dann neu zu starten. Laut Udez wäre das eine Todsünde. Das ist normal, jede Welt hat seine Todsünden, also auch die virtuelle. Innerlich geladen, äußerlich gelassen verharre ich vor dem Bildschirm, endlich: „Fehler wird automatisch korrigiert."

Ich wollte immer der Gott meines Computers sein, der ihn zwar nicht geschaffen, nicht programmiert hat, der jedoch über alles bestimmt, was mit ihm weiterhin geschehen soll. Natürlich darf er auch sein Eigenleben haben, aber nur innerhalb der notwendigen Programmierung, sämtliches Ausscheren aus dem Üblichen muss von mir überwacht und genehmigt werden. Wenn das Programm etwas Neues durchlaufen will, dann nicht, ohne mich zu fragen. Ich möchte angebetet werden und über jede Sünde Bescheid wissen, damit ich vergeben kann. Das Programm kümmert sich nicht darum, stattdessen korrigiert sich die Maschine selbst.

Klar, wahrscheinlich korrigiere auch ich mich ständig selbst, in den meisten Fällen merke ich das wahrscheinlich erst gar nicht, vor allem mein Körper hält sich auf diese Weise im Gleichgewicht, doch anders als mein Computer habe ich keinen Gott, der meinen Geist überwacht. Ich bin es, der unablässig nach geistiger Erweiterung strebt, ohne dahin gelenkt zu werden.

Der Fahrer des Lastwagens hat mich zu keiner Zeit danach gefragt, was ich hier oben tue. Die Hütten sind Terra Incognita, was darin geschieht, bleibt verborgen. Ich möchte mir nicht ausmalen, wie die Menschen reagierten, wüssten sie, was mich umher treibt. Schon jetzt bin ich Außenseiter unter Eigenbrötlern. Die Skepsis der Dorfbewohner wird nicht gering sein, doch ich kann mich nicht beklagen. Man lässt mich in Ruhe. Ich beobachte ja auch, wie die anderen für sich und aneinander vorbei leben. In allem steckt eine ausgebildete Ungewissheit. Niemand wird wissen, wohin all die merkwürdigen Lebensumstände letztendlich führen werden.

Wenn ich über meinen Bildschirm hinweg aus dem Fensterchen sehe, tue ich dies mit Adleraugen. Jede kleinste Regung der anderen zieht meine Aufmerksamkeit auf sich. Man ist versucht, aus jeder hochgezogenen Augenbraue etwas abzulesen, hinter jedem Getuschel den Anfang einer Verschwörung zu vermuten, und wenn ich um meine Hütte herum zur Toilette laufe, aufgrund eines weniger herzlichen „Bongiorno“ als es dem Grüßenden am Vortag über die Lippen gekommen ist, einen plötzlichen Missmut zu interpretieren.

Ich bin fremd, und ich bin angewachsen.

Zu Hause lebte ich entgegengesetzt. Dem habe ich mich entzogen. Ich bin kein Patriot, ich habe meine Heimat im Stich gelassen und versuche mich hier in eine Welt zu integrieren, in die ich nicht hineingehöre. Ausreden gelten nicht. Es wäre unendlich arrogant, mich als Kämpfer für eine bessere Sache hinzustellen, letztendlich kämpfe ich doch nur um mich.

Wahrscheinlich gäbe es gleich ein Dutzend Personen, die auf Anhieb über meine Stellung urteilen würden, wenn sie über meinen Fluchtweg und meinen jetzigen Aufenthalt Bescheid wüssten, darunter so unterschiedliche Personen wie Rüdiger oder der Laienrichter, Kristin oder der Staatssekretär. Selbst wenn man aus all ihren Urteilen eine Quintessenz ziehen würde, käme nicht annähernd ein Bild, das mir entspricht, heraus. Jeder kennt eine Seite, mancher ahnt von der anderen, doch niemand begreift, was sich dazwischen abspielt.

Welche Möglichkeiten habe ich in meinem jetzigen Status? Zurückgehen wäre eine Option, aber keine saubere Lösung, es wäre ein Ausweg, das muss ich zugeben, aber ein Ausweg durch den Siphon, eine Passage durch den alten Dreck, den ich bereits von mir abgespült habe. Doch wie lange muss ich hier verharren, was muss erst geschehen? Wird es, oder werde ich es? Was wäre, wenn sich mein Aufenthalt hier oben über meine Passion hinaus verlängern würde, wenn aus Angewohnheiten Gewohnheiten werden. Es wäre manches denkbar: Wenn ich vor Wintereinbruch meine Arbeit noch nicht vollendet hätte und mich der Schnee hier festsetzen würde, säße ich wie Robinson Crusoe auf dieser einsamen Insel fest. Der Geist der alten Dame, die hier ihr ganzes Leben verbracht hat, würde auf mich überspringen, vielleicht tauchten die alten Dämonen des Dorfes wieder auf, gegen die ich mich mit Marienbildchen, Weihwasser und Besuchen der kleinen Kapelle, in der ich täglich eine Kerze anzündete, zur Wehr setzen würde.

Herbert hat die alte Dame noch kennengelernt. Bevor er die Hütte gekauft hatte, war er bereits einige Male hier gewesen. Er hat sie uns Freunden so plastisch beschrieben, dass ich mir ein Bild von ihr gemacht habe, doch auch Herbert hat nur die betagte Person gekannt. Dabei ist sie schon als kleines Mädchen hier herumgehüpft, hat an der gleichen Quelle Wasser geholt und wie selbstverständlich über die Berge geschaut, ohne die Welt, in der sie leben musste, in Frage zu stellen.

Ich will mich spüren, damit ich weiß, da gibt es eine Hülle um den Menschen, die es wagen kann, wieder in die Stadt zu gehen, ohne wie ein räudiger Hund hinausgejagt zu werden. Ich möchte Sinn machen.

10.

Ich bin eine Variable, eine Person x, die über den aus Geröll, Kies und Sand verdichteten Weg läuft. Jenseits des Grabens liegt im Berghang das Skelett eines größeren Tieres, größer als das eines Hausschafes, kleiner als das eines Rehs, jedoch um einiges kräftiger. Die Wirbelsäule ist rundgewölbt, die Gliedmaßen nach außen gestreckt, so als ob dieses Tier als letzte Handlung mit einem großen Satz gesprungen sci. Nur der Schädel liegt an einer aus dieser Bewegung folgewidrigen Stelle. Von der Straße aus hätte man das Gerippe im Gestrüpp nicht entdecken können, merkwürdig, dass ich, ohne besondere Absicht und ohne äußeren Anlass, ausgerechnet hier an den Rand getreten bin. So frei ich bin, so geleitet komme ich mir manchmal vor.

Wäre ich nicht hier, gäbe es an dieser Stelle ein Vakuum, doch dann müsste ich an einem anderen Platz die gleiche Menge Atmosphäre verdrängen, die sich hier als Leere auftäte. Tatsächlich wäre es anders, doch Tatsächlichkeit ist die Differenz zwischen Physik und Metaphysik. Ich nehme mich wahr, doch nicht bloß als reales Sein, nicht alleine als die Person, die hier über den Weg läuft, ich erkenne in mir auch einen Jemand, der mir über den Weg läuft.

Ein Physiker hat einmal einem Philosophen entgegnet, er würde in seinem Gedankengebäude die Logik außer Acht lassen. Der Philosoph hatte sich gerade in seiner These ereifert, es gäbe keine unantastbare Wahrheit, da brachte ihn der Naturwissenschaftler mit der Behauptung, jedes Prinzip beruhe auf einer folgerichtigen Zwangsläufigkeit, ins Wanken. Zwei und drei ergebe fünf, jedes andere Urteil wäre objektiv falsch.

Warum gab der Philosoph an dieser Stelle seinem Gegenüber recht? Gerade solche Widersprüche greift ein Denker doch liebend gerne auf. Gerade jetzt müsste er in seinem Ehrgeiz gepackt sein, um die Wahrhaftigkeit seiner Gedankenwelt beweisen zu wollen. Nein, dieser Mensch war kein Philosoph, nicht als Denker, und wie sich im Nachhinein herausstellte, hatte er lediglich eine Professur als Linguist und ein angelesenes Wissen, aus dem er seine Selbstüberschätzung zog.

Dass zwei und drei fünf ergibt, ist doch nur ein Übereinkommen, ein Hilfsmittel, aber kein Naturgesetz. In meiner Heimat habe ich mit Udez ein Rock-Konzert besucht. Als wir im voll besetzten Haus die Treppe zum Konzertsaal hochgingen, kamen uns drei andere Besucher entgegen. Jetzt waren wir fünf auf der Treppe. Unter den Tausenden von Menschen hatte diese Begegnung keine Bedeutung. Wir beide hätten auch sechs Personen über den Weg laufen können, es hätte nichts geändert. Würden mir hier, tausend Meter höher und tausend Kilometer von dem Konzertsaal entfernt, vier Menschen entgegenkommen, dann wäre die Begegnung enorm, eindringlich, bombastisch. Das Aufeinandertreffen könnte freudig sein oder bedrohlich, man wollte wissen, wer hinter diesen Menschen steckt, was sie hierher treibt, was sie in diesem Moment denken, man entwickelte faustischen Wissensdurst, ach ich könnte mir endlos weitere Aspekte denken. Fünf aufeinandertreffende Menschen können alles sein oder, unter anderen Umständen, nichts. Was also nützen mir Übereinkommen, die lediglich in ihrem eigenen Kontext gelten, was nützen mir all die Wahrheiten, wenn sie auf die Täler und Niederungen begrenzt sind. Spätestens hier oben beweist sich: Naturgesetze haben keine Logik, sondern nur vorläufige Folgerichtigkeiten.

Ich bleibe alleine.

So sehr meine Gedanken auch kreisen, sie kreisen nur um mich, genauer ausgedrückt, um mein Bewusstsein. Eins ist klar: Es ist nicht die Einsamkeit, der Mangel an Gefährten, die diese Selbstreflexionen hervorbringen, es ist auch vollkommen egal, ob ich mich selbst beobachte, mich als gespaltene Person sehe, die sich selbst über die Füße laufen kann. Ich könnte mich auch ganz wegdenken, meinen Körper zurück in die Täler schicken, während mein Bewusstsein frei von Agitation und Vorhandensein hier weiterlebt. Das alles Entscheidende an mir ist, dass keine andere Person an meine Stelle treten könnte. Wenn ich nicht wäre, dann wäre nichts. Ich bin nicht die Welt, doch ohne mich gäbe es die Welt nicht. Beruhigend ist dieser Gedanke nicht, im Gegenteil würde ich mich viel freier fühlen, wenn die Welt auch ohne mich existieren würde. Dann wäre alles, was ich mir erkämpfe, zusätzlich zu dem, was bereits ist.

Bisher haben sich alle Dörfer, an denen ich vorbeigekommen bin, rechts des Weges aufgebaut, die Straße war in ihrem Verlauf immer eine Begrenzung unterhalb der Orte. Zum ersten Mal sehe ich jetzt von der Straße aus nach links auf ein Dorf herab. Viel mehr als die Dächer der Siedlung kann ich nicht erkennen, weil mir ein mit Tannen und Kiefern durchsetztes Gebüsch die Sicht auf die Mauern der Behausungen versperrt. Wenn dort Leben stattfindet, wird man es von außen nicht bemerken, man hat sich abgeschottet und lebt unter den Dächern im Selbst-Sein, an und für sich, doch nicht für andere. Den Gedanken, den Pfad hinabzusteigen, um nach einer besseren Wahrheit zu suchen, verwerfe ich und gehe über eine Brücke, unter der sich kristallines Schmelzwasser durch ein Geröll aus Zyklopen ins Tal ergießt, auf das nächste Dorf zu.

Meine Freiheit bedeutet, hier zu sein, obwohl ich auch woanders sein könnte, ich bin sichtbar, doch meine Bedeutung ist unsichtbar. Vor Monaten habe ich noch einiges gegolten, doch meine vermeintliche Freiheit war durch viele Faktoren bestimmt, die selbstverständlich genug waren, um sie nicht mehr zu spüren. Ich war eine Schnecke, die sich aufgrund eines Überlebensinstinktes von einem Salatblatt hat locken lassen, was ich tat, beruhte nicht auf Entscheidungen, es beruhte auf Mechanismen. Selbst wenn ich geglaubt habe, aus freien und befreienden Gedanken zu neuen Erkenntnissen zu gelangen, bin ich nur einer Logik gefolgt, die durch äußere Merkmale längst vorgegeben war.

Natürlich besteht unser Leben aus unzähligen kleinen Handlungen, die wir frei wählen oder auswählen. Je näher wir unser Tun betrachten, umso mehr Spielraum ergibt sich, zügellose Entscheidungen zu treffen. Stattdessen denken wir, wenn wir von Freiheit sprechen, üblicherweise in großen Kategorien.

Warum ich mich hier als frei wähne, das hat nichts mit der Ungebundenheit zu tun, dem Status, frei von Verpflichtungen und Bindungen zu sein, nein, ich bin in erster Linie frei von mir selbst. Ich lebe in einem Zustand, aber in keinem Entwurf.

Noch als ich hier hochgekommen bin, in die zerklüfteten Berge, mit dünner Besiedelung und dünnem Atem, habe ich an einen Zweck geglaubt, an eine Mission, die sich hier kristallisieren würde. Aus den Erfahrungen meiner Vergangenheit sollte sich eine Zukunft konstituieren, die in Logik zu dem steht, was ich bisher gemacht habe und was ich gewesen bin. Doch der Zweck verflüchtigt sich in dieser dünnen Luft, die Absichten weichen zugunsten meiner Lebensart. Wichtig ist nicht länger, *für* was ich lebe, sondern was ich lebe.

11.

Meine Träume nehmen einen zunehmend wichtigen Raum ein.

Es hat lange gedauert, ehe ich mir den Besuch von Herberts Freundin als Traum eingestanden habe, der nichts anderes als der Ausdruck einer tiefgreifenden Sehnsucht war, die über die erwünschte Nähe eines weiblichen Körpers hinausging. Träume alleine als Sehnsucht zu klassifizieren, erscheint mir als zu einseitig. Ich kann keinen Trennstrich zwischen meiner Traumwelt und der Wirklichkeit ziehen, ich kann nicht leichtfertig Vernunft und Unvernunft, Wahrheit und Unwirklichkeit voneinander separieren. Im Gegenzug zu behaupten, beides würde untrennbar miteinander verschmelzen, wäre ebenso falsch.

Mit meinen Sinnesorganen begreife ich das Umfeld, in dem ich mich gerade befinde, die Berge, die Hütte, die Sonne, das Feuer, doch mein inneres Auge begreift darüber hinaus noch viel mehr, etwas Entscheidendes, ohne das ich hier oben nicht überleben könnte. Die Wirren, in denen sich die meisten Träume offenbaren, haben in vielerlei Hinsicht mehr mit der Vernunft gemein als manches reale Handeln, das angeblich vom Verstand geprägt ist.

Die Realität, die wir als solche empfinden, basiert auf nichts weiterem als auf Verständigung untereinander, sie ist die Reaktion auf unsere Art, uns ständig zurückzunehmen, um nicht anderen auf die Füße zu treten. Würden wir hingegen ungebremst handeln, sämtliche Hemmungen beiseiteschieben, dann kämen wir unseren Träumen viel näher. Natürlich kann ich das nicht als erstrebenswertes Ziel ausrufen, das würde Chaos, Krieg und Zerstörung auslösen, nein, es geht mir nicht um Propaganda, es geht mir um eine wertfreie Feststellung, wo die Träume stehen und wo sich die Wirklichkeit befindet.

Träume haben keine Logik nach dem allgemeinen Verstandesmuster, aber sind sie deshalb weniger wahrhaftig? Der Intellekt ist strukturiert, gerastert, er will das Leben als Ganzes bestimmen und in allen Belangen gefragt werden. Doch gerade diese Muster sind es, die uns an bestimmten Verhaltensweisen hindern, Verhaltensweisen, die einer Irrealität folgen, deshalb aber nicht weniger wahr sind. Im Gegenteil, manchmal wäre es sogar angemessener, dem Irrealen zu folgen statt dem sogenannten Vernunft-Entscheiden.

In den letzten Jahren habe ich stark unter Schlafstörungen gelitten. Seit ich hier bin, sind sie wie weggefegt. Nicht, dass ich regelmäßig schlafen oder nachts nicht aufwachen würde, doch ich quäle mich nicht mehr durch die Müdigkeit. Selbst wenn ich nur döse, kann ich diesen Zustand annehmen. Ich stehe nicht mehr unter Druck, weil ich ohne Kontext lebe, weil ich mich in der Zeit versteckt habe.

Träume kennen keine Fehlentscheidungen. Sie sind. Sie existieren nur absolut. Niemand bemerkt meinen Traum, niemand außer mir würde ihn vermissen.

Wäre ich plötzlich nicht mehr hier, bliebe dann eine Lücke, oder bin ich wie mein eigener Traum, den niemand vermissen würde? Eine Lücke wäre der Beweis für Existenz, doch wenn ich ein Übermaß bin, das über das Ganze hinausgeht, kann ich ohne Weiteres oben abgeschöpft werden, und nichts würde fehlen.

Seit heute Morgen ist der Himmel zugezogen. In der Nacht habe ich noch den klaren Sternenhimmel gesehen, es war frostig kalt, die Luft schien mir so rein wie nie zuvor, es war, als wäre man den Sternen näher gekommen. Die Natur ist an der Oberfläche vollständig eingefroren, selbst die Wasserfälle an der gegenüberliegenden Felswand sind erstarrt, ausgenommen ist das Quellwasser, das aus tieferen Gründen gespeist ohne Ablass in den Brunnen läuft.

Die meisten Menschen sind nach dem Wochenende wieder in die Täler zurückgekehrt, die wenigen, die geblieben sind, sehe ich nicht mehr. Ich mache Feuer an, befreie meinen Ort aus dem gefrorenen Zustand, atme gegen die Starre an. Das ist der Beweis, ich bin hier, ich existiere, ich bin nicht zu viel, ich schwinge mit dem Ganzen.

Mein Leben in der kargen Welt ist nicht mehr relativ, ich messe es nicht mehr an den Dingen, sondern nur an sich selbst. Ich bin absolut. Ich bin ein Traum, der nicht mehr wegzudenken ist.

Es beginnt zu schneien. Der Schnee ist pulvrig, er überdeckt in minutenschnelle die Ebenen. Ich bin um die frischen Lebensmittel froh. Außer ausreichenden Kohlenhydraten kann ich mir auch wieder Vitamine zuführen. Ich bin gefeit. Wenn die milde Frühlingsluft nachhaltig in die Berge kommt, könnte ich wieder aufbrechen. Ich habe noch ein Ziel, an dem ich das abrunden will, wozu ich hier die Grundlagen schöpfe.

Noch brauche ich mich nicht um das Abwägen zu kümmern. Das Absolute, das ich hier erfahre, wird in den Städten nicht verstanden werden, die Botschaften, mit denen ich von den Bergen herunter steigen werde, gilt es zu relativieren, bevor ich sie veröffentlichen kann.

Es klopft an meiner Tür. Draußen steht der Maronenverkäufer. Er trägt einen Lodenumhang und einen breitkrempigen Lederhut. Bei diesem Wetter sollte ich ihn hereinlassen, doch ich bin zu sehr mit mir selbst beschäftigt. Diesmal bietet er mir ein ganzes Sortiment aus seinen „Frauenland"-Tüten an, Möhren, getrocknete Steinpilze und kleine Salami. Ich greife nach der Wurst, will daran riechen, als er sie wieder aus meiner Hand nimmt, seinen Umhang hebt und aus der Hosentasche ein Messer zieht, mit dem er die Wurst anschneidet und mir das Stück in die Hand legt. Ich habe mit einer Eselsalami gerechnet, doch sie riecht stark nach Ziege.

Als der Mann das erste Mal bei mir aufgetaucht ist, war ich fast ohne Vorräte, jetzt hingegen habe ich eine reichhaltige Fülle an Lebensmitteln, doch ich zaudere nicht, dem Alten von allem etwas abzukaufen. Schließlich frage ich ihn, ob er denn heute keine Maroni hat, da greift er tief in eine seiner Taschen und holt auch diese hervor. Obwohl ich mindestens die Hälfte seiner Waren abgekauft habe, ist er nicht bereit, mir eine seiner Tüten zu überlassen, ich habe auch keine Lust, runter in die Küche zu gehen, zumal ich nur Socken an den Füßen habe, also hole ich einen alten, vergilbten Kissenbezug und lasse mir die Lebensmittel dort hineinlegen. Das Geschäft ist abgeschlossen, die Ware und das Geld sind ausgetauscht, doch der Alte macht sich nicht davon. Er beäugt mich, ich schaue zurück, erst jetzt begreife ich und frage: „Vino?“

„Si, Vino“, er stößt die Antwort mit einem freudigen Lachen aus. Jetzt bin ich doch noch gezwungen, meine Schuhe anzuziehen, nehme den Kissen-Beutel in die Hand und gehe in gewohnter Weise voran um die Hütte. Von meinen Einkäufen habe ich Pflaumenwein mitgebracht, der etwas hochprozentiger als ein normaler Wein ist und leicht likörhaft schmeckt. Ich schenke ihm dennoch ein ganzes Glas ein, das er weniger schnell, dafür mit sichtlich mehr Genuss als beim letzten Mal herunterschluckt.

Die Nachmittagssonne des nächsten Tages ist bereits so stark, dass sämtlicher Schnee des Vortages, mit Ausnahme an den schattigen Stellen hinter Felsvorsprüngen, wegschmilzt. Frühlingserwachen, denke ich und lasse die Worte aus mir herausfließen, als hätte sich mit der Wärme ein Reservoir geöffnet.

12.

Keine Ahnung, was mich dazu gebracht hat, wahrscheinlich wollte ich mal wieder mich selbst erneuern, und weil mir dies weder spontan noch auf die rotzig-schnelle Art gelingen wollte, habe ich angefangen, die Hütte zu reinigen. Ja genau, das ist es: reinigen! Erneuern ist eine blöde Ausrede. Der Mensch erneuert sich ständig, innerhalb von sieben Jahren tauscht er sogar all seine Körperzellen aus, nur, jede neue Zelle entwickelt sich nach dem gleichen Muster wie die vorherige. Es ändert sich also nur etwas, wenn die alten Muster neu herausgefordert werden.

Heute ging es bloß um das Abwerfen von Schmutz. Ich bin ausreichend angefüllt, was also sollte mir Neues noch bringen. Mein Problem ist, ich kann nicht alles, was in mir steckt, würdigend genug wahrnehmen, zu vieles an mir ist verkrustet. Ich gehe oberflächlich mit mir um, das ist eine tiefere Wahrheit.

Die Ersatzhandlung, eine der zahlreichen Behelfsaktivitäten in meinem Leben, war also, sämtliche Gegenstände von ihrem Platz zu nehmen, die Stellen darunter, wenn es sich um eine grobe Fläche handelte, abzustauben oder, falls ich eine glatte Unterlage vorfand, sie abzuwischen. Schließlich begab ich mich noch daran, die Gegenstände selbst abzuwaschen, zu bürsten oder zu polieren. Solche Tätigkeiten können schon mal, wenn einmal begonnen, den ganzen Tag dauern. Bei mir war es immerhin nur die halbe Nacht, die die Aktion in Anspruch genommen hatte, während mir die restliche Zeit bis zum Tagesanbruch blieb, um mich mit den Fundstücken, auf die ich bei meiner Putzaktion gestoßen bin, zu beschäftigen. Darunter befand sich ein Döschen, das mir zwischen all den historischen Gebrauchsstücken zunächst nicht besonders aufgefallen war. Als ich jedoch den Schmierfilm von der Oberfläche gewaschen hatte, war mir dann doch der Aufdruck eines alten Seemannes ins Auge gefallen. Dass Jesus Christus sich bis in die höchsten Berge etabliert hat, ist nichts Ungewöhnliches, beim Wühlen in der Vergangenheit der Berghütte auf einen Seebären zu stoßen, hat dagegen etwas Eigenartiges. Der Aufdruck „Fisherman's Friend" brachte mich schließlich auf die Spur: Die Dose stammt unmöglich von der alten Dame. Selbst ein Angehöriger wird ihr, die sie kaum an starke Aromen gewöhnt gewesen sein mochte, diese Pastillen nicht mitgebracht haben. Die Blechdose wird mit Sicherheit von Herbert stammen, lautete meine Schlussfolgerung. Die letzte kleine Unsicherheit ob meiner Annahme wischte ich dann durch das Öffnen des Schatzkästchens weg, als ich ein dunkelgrünes Würfelchen erblickte, das sich beim dran Schnuppern als Haschisch entpuppte.

Ich hatte am Tag vergessen, die Akkus meines Computers zu laden, ohnehin eine Schaffenslücke verspürt, es gab für mich also keinen Grund, nicht ein wenig von dem Fund auszuprobieren.

Man kann mich alles andere als einen Haschisch- oder Marihuanaraucher nennen, mal habe ich es drei-, viermal im Jahr getan, in den letzten vier Jahren dagegen, soweit ich mich erinnern kann, nur einmal, aber eins war mir immer klar, das muss man Herbert lassen: Wenn ich von seinem Kraut geraucht hatte, war es immer reines Zeug, das weder Kopfschmerzen noch Übelkeit verursachte und mich nie zerschlagen hat. Das mag damit zusammenhängen, dass Herbert Wert auf biologisch angebaute Produkte legt, denn die meisten Schädigungen bei regelmäßigem Haschischkonsum rühren von diversen Pestiziden, anderen Schädlingsbekämpfungsmitteln oder irgendwelchen Streckmitteln her. Reinheit führt, in geringen Dosen zu sich genommen, zum Rausch, sämtliche Beiprodukte und Verunreinigungen verursachen dagegen unkontrollierbare Wirrungen. Das gilt für das ganze Leben, wer will das wegdiskutieren?

Ob die Erkenntnisse, die ich in den letzten Stunden wahrgenommen habe, wirklich Klarsicht sind, wird sich in den nächsten Tagen beweisen. Die Rauschphase hat mich nicht eingenebelt, sondern meinen Blick für Dinge geschärft, die sonst gerne als Nebensächlichkeit unter den Tisch fallen. Alle Völker dieser Erde haben ihre Mittel, um derart verstärkte Euphorien hervorzurufen. Gefährlich wird es nur, wenn man aus den Rauschzuständen seine Lebenswirklichkeit formt, statt sie als kleine Initialzündungen zu nehmen, die den Ideen neue Impulse geben.

Meine Güte, ich habe so viel Neues im Alten entdeckt. Ich darf jetzt nicht einschlafen, sonst geht alles verloren. Ich habe mein inneres Auge nach außen gerichtet und die Bilder, die dadurch zu erkennen waren, sind keine Trugbilder, sondern der Beweis, dass mein Hirn zu weitaus mehr Begrifflichkeiten fähig ist als die alltäglich geübten Wahrnehmungen. Doch erst, wenn ich den Scharfblick auch in meinem gewohnten Zustand wiederfinde, kann ich von einer Bewusstseinserweiterung sprechen. Dann hat der Rausch etwas Aufrichtiges gehabt. Dem Sonnenaufgang, den ich nach einer schlaflosen Nacht aufsauge, fehlt es jedenfalls nicht an Wahrhaftem.

13.

Ich bin bloß eine amorphe Gestalt. Mir fehlt das Wesentliche, das mich als mehr statt bloß meinen Leib zu erkennen gibt.

Die Küche ist als Wirtschaftsraum zwischen die Mauern eingerichtet worden, die auf einer Seite gegen den Hang drücken und sich auf der gegenüberliegenden über die Erde stellen. Man mag sich nicht länger als nötig in ihr aufhalten. Es fehlt an Fenstern, der steinige Boden ist kalt, der Raum nicht durchlüftet. Die Küche ist ein Loch, aus dem man sich schleunigst, sobald man seine Tätigkeiten verrichtet hat, entfernen sollte, sonst wird man von der Düsterkeit verschlungen. Allen Äußerlichkeiten zum Trotz, ein wenig kann ich mich in die Situationen der Menschen hineinversetzen, die hier einst an langen Winterabenden gesessen, sich am Feuer gewärmt, Schnaps getrunken und sich Geschichten erzählt haben. Auf diese Weise konnten sie der Realität entfliehen und Depressionen vorbeugen. Doch was passiert mit einem Menschen, der sich hier alleine wiederfindet? Überfallen ihn hier genau die Dämonen, die man anschließend eine Etage höher mit aufwendigen christlichen Ritualen wieder vertreiben muss? Selbst in dieser Umgebung, die man sich, mitten in Europa gelegen, nicht freier vorstellen kann, existieren das Böse und das Gute. Wen wundert es also, wenn man seinen Lebenssinn formuliert: „Alles Sein ist Kampf gegen das Schlechte, und das eigene Tun bildet das Schwert, mit dem man das Üble bekämpft." Man bestimmt selbst, ob es scharf oder stumpf bleibt.

Die alte Frau, die hier zuletzt alleine lebte, hat, den vielen Heiligenbildchen ihrer Sammlung zufolge, tagtäglich gegen das Böse opponiert.

Diese Küche ist ganz anders als ich. Sie ist konkret, aus dem Anwesen nicht wegzudenken, und so unwirtlich ihr Erscheinungsbild daherkommt, so wichtig ist ihre Rolle im Kontext des Gebäudes.

Ich trotze diesem Tag und mit ihm all den Ängsten, die in der Zurückgezogenheit aufkommen können. Ich will von der Küche mehr erfahren als nur ihre Zweckmäßigkeit. Ihre Hülle besteht vollkommen aus Stein, der, so sehr man den Raum auch befeuert, immer kälter sein wird als die Luft. Genug mit derlei sachlichen Einschätzungen, dieser Raum trägt ein Geheimnis, das ich aufdecken will.

Wenn Menschen ihre Verstorbenen, statt sie mit Erde zu bedecken, in eine Gruft legen, dann verbinden sie damit eine Idee, die mehr dem Leben als dem Tod nahe steht. An dieser Idee will ich partizipieren. Ich will sie schmecken. Diese Küche, die nicht auf Dauer für einen organischen, einen lebendigen Körper geschaffen scheint, möchte ich als Realität annehmen. Wenn ich den Raum nur als zweckmäßig ansehe, werde ich ihn nie ganz begreifen. Wie will ich die Leichtigkeit des Seins verstehen können, wenn ich nicht die Niederungen durchlebt habe. Besser ist immer noch, kontrolliert aus den Tiefen aufzusteigen als unkontrolliert in sie hineinzufallen.

Nur kurze Zeit, nachdem ich mich eingeschlossen habe, fallen mir unzählige kleine Geschichten ein, die allesamt nichts mit meinen hochtrabenden Ansprüchen von Erkenntnis und Selbsterkenntnis zu tun haben. Es sind ganz normale Alltagsbegebenheiten, die sich wie von selbst formulieren, Kurzgeschichten ohne Moral, Balladen ohne Strophen.

Ich bin zu einem Eremiten geworden, aber ich fühle mich nicht als solcher. Wenn man es genau nimmt – und solche Beschreibungen sollte man genau nehmen –, dann muss ich mich korrigieren: Einen relativen Eremiten gibt es nicht. „Eremitenhaft", das klingt genauso bescheuert wie „kafkaesk". Solche Umschreibungen passen nicht in mein Weltbild. Ein Eremit lebt absolut, alles andere ist unbeholfene Metapher.

Alle Gegenstände in dem minimalistischen Ambiente bilden ein Gegenüber. Das Feuer steht den klammen Wänden entgegen, die angestoßene Suppenkelle aus Emaille der Marienfigur aus angeschrammtem Gips, die hölzerne Tischplatte erstreckt sich parallel zum steinernen Fußboden, der filigrane Quirl hat nichts von der konkreten Form des runden Kessels. Zum ersten Mal, seit ich hier oben bin, fällt mir der Wetzstein, den man zum Schärfen von Sensen gebraucht hat, ins Auge. Der schlanke Stab steckt in einem derbledernen Köcher, der ihm als Futteral gedient hat.

Die Luft muss ich mir mit dem Feuer teilen, das weitaus mehr Sauerstoff verschlingt als durch die Ritzen der Tür nachströmen kann, doch ich selbst brauche nicht viel zu atmen, denn ich befinde mich in einem Extrem-Ruhezustand. Irgendwann werde ich gezwungenermaßen neue Luft hineinlassen müssen, vielleicht auch in letzter Not aus diesem Raum stürzen, doch noch genieße ich das Anwachsen der Entbehrungen.

Das Feuer ist ein dominanter Bezugspunkt allen Seins dieser Küche. Die Flammen sind nicht gegenständlich, sie sind die Erscheinung eines Prozesses, in dem Dingliches umgewandelt wird. Das Gegenüber des Feuers bin ich, ebenso eine Erscheinung, ebenso aus einem Initialfunken entstanden, der ich Energien in neue Formen umwandle. Ich selbst bin mehr Energie als Materie. Wer mich berührt, der spürt nicht, wie wenig greifbar ich bin.

Feuer ist für mich ein Symbol höchster Gratwanderung. Der Zustand, in dem es dem Menschen Nutzen bringt und die Situation, in der es vernichtet, liegen so nahe beieinander wie bei keinem vergleichbaren Element.

Als Kind habe ich einmal beobachtet, wie einem Mann ein Feuer außer Kontrolle geraten ist. Es war während eines Urlaubes auf dem Land. Ein Bauer wollte nahe des Zugangs zu einer Scheune auf einer Feldschmiede ein Stück Eisen biegen. Als er Sauerstoff unter die Kohle blies, stoben plötzlich Funken bis unter das Dach der Scheune, dessen Dachpfannen auf Strohpuppen gelagert waren. Der Bauer erkannte sofort die Gefahr, doch er kam, um den anfänglich noch kleinen Glutherd zu löschen, weder schnell genug an Wasser heran, noch zu dem Dach hinauf. Meine Faszination für das Feuer ist mir wahrscheinlich nur deshalb erhalten geblieben, weil ich mich instinktiv schnell von dem Ort entfernt und die wahren Ausmaße des

Brandes, über den später meine Eltern gesprochen hatten, nicht erlebt hatte.

Ich spieße eine Tomate auf einen Holzstab und lasse sie über lange Zeit hinweg von dem Feuer erwärmen, darauf bedacht, die Schale nicht unter zu großer Hitze aufplatzen zu lassen. Es macht keinen erkennbaren Sinn, was ich da tue, ich will lediglich mit dem Absurden spielen. Niemand darf verlangen, dass Tomaten, wenn man sie zerkochen will, ausschließlich in einem Gefäß erhitzt und dabei zu einem Brei zermantscht werden.

Als habe ich in meinem Versuchslabor eine außerordentliche Entdeckung gemacht, lege ich schließlich die tatsächlich heil gebliebene, erhitzte Frucht auf den Tisch. Um sie mit der Hand anzufassen, geschweige denn, sie zu verzehren, ist die Tomate viel zu heiß, deshalb lasse ich sie wieder abkühlen, was nach dem empfundenen Zeitmaß genauso lange wie das Aufwärmen dauert. Während dieser Phase tue ich nichts anderes, als die Tomate anzustarren. Ihre Farbe ist enorm, solch ein tiefes Rot kann nicht einmal die Sonne erzeugen. Die ohnehin blasse Umgebung der Küche schart sich um diesen knallfarbigen Mittelpunkt.

Der Moment ist gekommen. Behutsam nehme ich die abgekühlte Frucht zwischen Daumen und Zeigefinger und beiße mit Wollust hinein. Die dünne Haut kräuselt sich unter meinen Zähnen zusammen, das Innere zerberstet und stobt in alle Richtungen, besudelt zur einen Hälfte meine Mundhöhle und spritzt zur anderen quer über den Tisch. Derart intensiv habe ich den Geschmack einer Tomate noch nie erfahren. Im rohen Zustand genießt man eher die Bissfestigkeit, gekocht kenne ich sie gewöhnlich als würzigen Teppich, über dem sich andere Geschmäcker ausbreiten können. Meine zufällige Entdeckung im Spiel mit dem vermeintlich Unsinnigen lässt mich die bisherigen Essgewohnheiten infrage stellen. Mag sein, dass ich den Geschmack einer in sich gekochten und wieder abgekühlten Tomate in einer anderen Situation als nichts Besonderes empfinden würde. Andere Menschen werden ursprünglich den Verzehr von Kaviar, Austern oder Trüffel als herkömmlich, im Übrigen nicht besonders nahrhaft angesehen haben, bis jemand auf die Idee kam, sie als außergewöhnliche Beigabe auf den Tisch zu stellen.

Statt das Tomatengekleckere vom Tisch abzuwaschen, streiche ich mit meinem Finger ich wie ein kleines Kind darin herum, schmiere den Saft in die Poren des Holzes und überprüfe die Semantik zwischen den beiden Elementen.

Hätte ich die Küche genauso eingerichtet? Wahrscheinlich ist alles hier mehr oder weniger aus Zufall entstanden, hat sich im Laufe der Zeit eins zum anderen gefügt. Der Tisch steht in der Mitte des Raumes. Das macht Sinn, um jede Kante frei zu haben, an der man sich niederlassen kann. Doch die alte Dame hat in ihren letzten Jahren alleine hier gelebt. Warum hat sie den Tisch, der wahrscheinlich, solange sie es kannte, in der Mitte gestanden hat, nicht einfach an die Wand gerückt, um den Laufweg in die Nebenkammer zu begradigen oder mehr Stellplatz für andere Dinge zu schaffen? Gab es diese Dinge nicht, die ein Verrücken des Tisches notwendig machten, oder war es nicht ihre Sache, die hergebrachten Verhältnisse zu verändern? Alles sollte beim Alten bleiben, es sei denn, man wollte etwas Neues hinzufügen. Der Raum wirft so viele Fragen auf, die sich jemandem, der die Küche bloß nutzt, nicht stellen.

Herbert hat mir nie von derartigen Gedanken erzählt, obwohl er bereits mehrmals Wochen alleine hier verbracht hat. Er ist kein Mensch des Zweifelns, er nimmt die Dinge, wie sie sind.

Die Balkenlage an der Decke hat seit seiner Errichtung keine Korrektur erfahren. Dies ist ganz einfach an dem Ruß abzulesen, der sich überall gleichmäßig auf das Holz gelegt hat und eine derart dicke, gleichzeitig schützende Schicht bildet, dass man eine starke Flamme über Stunden hinweg dagegen halten müsste, um die Balken oder Bretter in Brand zu setzen. Auch auf meine Luftwege mag sich mittlerweile ein Rußfilm gelegt haben, das Atmen wird umso schwerer, je länger ich in der Küche verweile, da hilft es auch nicht, die Tür zwischendurch zum Lüften aufzureißen. Ich werde meinen Rückzug in die durch Menschenhand errichtete Höhle beenden müssen. Erfahrungen habe ich viele gemacht, sie werden sich mir zweifellos einprägen. Die Küche ist im gewissen Sinne ein Unort. Ich glaube, die Menschen müssen sich viel mehr den Unorten annehmen, ohne sie gleich niederreißen oder modifizieren zu wollen.

Ich laufe den Hügel hinauf durch das Dorf und atme frei durch. Die Abenddämmerung steht kurz bevor, an sämtlichen Hütten, die jetzt bewohnt sind, qualmen die Kamine. So habe ich die Siedlung noch nicht erlebt. Es ist, als wären all die Unterkünfte kleine, eigenständige Wesen. Die emporsteigenden Rauchsäulen neigen sich gleichförmig in eine Richtung. Es gibt keine Wirbel, alles ist gleichgerichtet, das Dorf lebt in seiner Einheit, ohne Chaos.

Gleich neben der kleinen Kapelle, deren Tür, solange ich mich hier aufhalte, stets geschlossen ist, steht ein Haus, das nahezu vollständig aus Steinen errichtet wurde. Lediglich die Dachgiebel haben die übliche Balkenlage. Dieses Haus wird einst einen anderen Zweck als die kleinbäuerlichen Hütten erfüllt haben. Vielleicht hat hier der Dorfpfarrer gewohnt, im Verhältnis zu den weniger als hundert Einwohnern, die in Spitzenzeiten hier gelebt haben mochten, zeugt die großzügig gebaute Unterkunft von enormem Wohlstand des Bewohners. Oder war dies einst eine Schule, in der der Lehrer selbst gelebt und im Unterrichtsraum übernachtet hat? Noch vor hundert Jahren war das in manchen Regionen auf dem Land nicht unüblich, man braucht beispielsweise nur Kafka zu befragen, „Das Schloss" zu lesen. Ich halte es auch nicht für abwegig, Pfarrer und Lehrer in Personalunion zu sehen, dann brauchte man nur noch einen Bürgermeister, und die Gemeindestruktur wäre komplett gewesen. Wahrscheinlich werde ich niemanden finden, der eine andere Sprache als italienisch spricht und redselig genug ist, um mir von der wahren Geschichte des Dorfes zu erzählen. So bleibt alles Spekulation.

Ich gehe nicht den üblichen Pfad zu meiner Hütte zurück, sondern wähle einen neuen Weg, der unmittelbar vor dem Schulhaus entlang führt. An der Vorderfront ist eine verhältnismäßig große ebenerdige Terrasse mit gleichförmigen Steinplatten belegt – vielleicht der einstige Schulhof –, die jetzt lieblich mit einer Sitzbank, einem runden Tisch und Blumenkübeln möbliert ist. Eine alte Frau ist dabei, Geranien, Hyazinthen und Osterglocken in die Kübel zu setzen. Zu Hause habe ich derartige Bepflanzungen von Balkonkästen und städtischen Zierbeeten immer als kitschig empfunden, jetzt empfinde ich die Blumen als liebliche Botschaft: Der Frühling ist auch hier oben angekommen.

Aus der offenstehenden Tür, die durch unzählige, an langen Schnüren aufgefädelte Flaschenkorken gegen Blicke ins Innere geschützt ist, schaut ein Kopf hervor. Der Vorhang mag im Sommer vor dem allzu zahlreichen Eindringen von Insekten dienen. Ich erkenne das Gesicht, das dort hervorlugt, es gehört zu dem Mann, den ich Tage zuvor mit seiner Frau, die ich jetzt auch wieder identifiziere, aus ihrem Škoda habe steigen sehen.

Der Mann grüßt mit einem fröhlich klingenden „Bongiorno“, jetzt schaut auch seine Frau auf und begrüßt mich ebenso, mit einer fast piepsigen, aber klar artikulierten Stimme. Würde ich nicht die Person sehen, so hätte ich ihre Stimme einem jungen Mädchen zugeordnet. Der Alte fragt mich etwas auf Italienisch, an meinem verzweifelten Gesichtsausdruck bemerken die beiden meine Unkenntnis dieser Sprache. Die Frau versucht es mit Schwyzerdütsch, sie will wissen, ob es mir in den Bergen gefällt, spontan antworte ich auf Französisch, dass ich den Aufenthalt genieße.

„Sie wohnen in der Hütte von Herbert!“ Der braungebrannte Herr weiß über meinen Aufenthaltsort Bescheid, obwohl ich ihn nach seiner Ankunft bis jetzt nicht ein weiteres Mal zu Gesicht bekommen habe. „Es ist gut, so früh hier zu sein.“

„Ja, es ist etwas ganz Besonderes.“

„Manche Häuser stehen zu lange leer“, fährt er fort, „das tut ihnen nicht gut. Man muss ständig etwas reparieren, sonst werden die Schäden zu groß. Es sind schon einige Häuser in sich zusammengefallen, weil sich niemand gekümmert hat.“

„Der Mann spricht nicht von den Häusern, Renzo“, mischt sich die Frau ein, „er meint bestimmt die Natur.“ Sie wendet sich an mich: „Wenn man früh hier ist, erlebt man die schönsten Veränderungen der Landschaft.“

„Ja, das habe ich auch so erlebt. Am Anfang war alles Stillstand, doch nach und nach blüht die Gegend auf.“

„Möchten Sie vielleicht etwas mit uns trinken? Wir müssen die Türen schließen, bevor es zu kalt wird, kommen Sie doch in die Stube.“

Ich kann mich der freundlichen Einladung nicht entziehen, wenn ich ehrlich bin, will ich es auch nicht. Seit ich aus Frankreich weggegangen bin, habe ich keine unmittelbare menschliche Nähe mehr gespürt. Alle anderen zwischenzeitlichen Begegnungen waren nur kleine zwangsläufige Berührungspunkte, während mich das Paar freimütig, so, wie ich zufällig daherkomme, aufnimmt. Der Alte hält mir den Vorhang auf, ich trete in die Stube ein, bleibe vornean stehen und sehe mich um. Gleich darauf folgt mir seine Frau, und während sie in die Küche geht, schließt ihr Mann die Tür und zieht einen weiteren Vorhang aus festem Stoff vor den Eingang. Die Stube ist, wie ich es nicht anders erwartet habe, für hiesige Verhältnisse komfortabel. Sie besteht aus zwei miteinander verbundenen Räumen, auf der einen Seite der Wohnraum mit einem langen Tisch, den ich in seiner Art noch aus alten Landkneipen kenne, gesäumt von zwei Sitzbänken auf der Längsseite und jeweils zwei Stühlen an den Köpfen. Am Ende des Raumes steht ein Kanonenofen, rechts und links daneben zwei Ohrensessel mit grünem Samtbezug. An der gegenüberliegenden Seite ist, mit einfachen Mitteln, eine kleine Küchenzeile eingerichtet, eine Arbeitsplatte, die von einer bis zur anderen Wandseite reicht, liegt auf offenen Unterschränken, die mit karierten Stoffen verhangen sind. Darüber hängen zahlreiche Küchengeräte an der Wand. Auf einem langen Regalbrett oberhalb stehen aufgereiht verschiedene Blechdosen und Töpfe. Die Frau wäscht an einem Porzellanspülstein den Dreck der Blumenerde von ihren Händen. Sie benötigt dazu keinen Krug oder Kanister, das Wasser fließt aus einem Wasserhahn. Hinter der Küche öffnet sich der Durchgang zu einem weiteren kleinen Raum, auf der parallel dazu liegenden Wohnstubenseite führt eine Treppe nach oben. Welch ein Luxus. Der Lehrer, der einst in diesem Haus gewohnt haben mag, konnte den Einsiedlern eine Welt vermitteln, die ihnen unendlichen Wohlstand suggeriert haben mochte. Wer nimmt schon gerne die Lehre eines Menschen an, der auf der gleichen Ebene lebt wie die Belehrten. Dieser Palast war in seiner Ausstattung und der zusätzlichen Nähe zur Kirche wohl geeignet, die Menschen von den Mythen ihres entbehrungsreichen und zwanghaften Lebens geistig zu befreien.

Bevor wir uns hinsetzen, wird mir ein Schnaps gereicht, der sehr hochprozentig im Rachen brennt. Erst im Nachgeschmack entdecke ich das auf irgendeinem Obst basierende Aroma, das vermutlich von Zwetschgen oder Birnen stammt. Ich darf in einem der Sessel Platz nehmen, die Frau stellt ein Sortiment mit herzhaften Kräckern auf einen kleinen, nierenförmigen Beistelltisch und setzt sich in den anderen Sessel, der Mann holt aus dem Hinterraum eine Flasche Rotwein, entnimmt dem Buffetschrank zwei Weingläser und fragt: „Möchtest du auch, Marta?“ Die bejaht. Der Mann, den die Frau eben mit Renzo angesprochen hat, nimmt ein weiteres Glas hinzu, schiebt einen der Stühle herbei und setzt sich zu uns. Der erste Moment ist dem Schweigen gewidmet, in dem mir Zeit bleibt, auf Details zu achten. Der Kanonenofen an meiner Seite strahlt eine ungeheure wohlige Wärme aus, wie ich sie seit meiner Ankunft nicht gekannt habe. Die Balkendecke ist ähnlich schwarz wie in Herberts Hütte, hat aber bei weitem nicht die dicken Rußablagerungen. Auf einem doppelbödigen Hängeregal steht obenauf ein Radio, darunter liegen quer gestapelt mehrere Bücher, deren Titel oder Autoren ich nicht identifizieren kann.

„Sind Sie zu ersten Mal hier?“ erkundigt sich Marta.

„Nein, ich war schon einmal hier, zusammen mit Herbert, aber nur für ein paar Tage im Sommer.“

„Ja, im Sommer ist es in den Tälern meistens viel zu heiß.“ Marta seufzt. „Man ist dann froh, hier zu sein.“

„Haben Sie das Haus denn schon lange?“

„Seit dreizehn Jahren“, sagt Renzo stolz.

„Vierzehn", korrigiert Marta ihren Mann.

„Dreizehn", er hält kurz inne, „oder vierzehn. Aber wir kommen schon viel länger hinauf. Vorher hatten wir ein anderes Haus in dem wir, sooft es ging, gewohnt haben. Nur ging das früher nicht so häufig, weil ich noch gearbeitet habe."

„Sie haben hier Ihre zweite Heimat gefunden."

Marta nimmt die Schale mit den Kräckern und hält sie mir hin. „Nehmen Sie!"

„Meine Frau stammt aus diesem Dorf. Es ist ihre wahre Heimat. Sie ist hier geboren. In den ersten Jahren bleibt man noch im Dorf, irgendwann verlagert sich der Lebensmittelpunkt von selbst ins Tal, aus dem ich stamme."

„Und wo haben Sie sich kennengelernt – entschuldigen Sie meine Neugierde, war es hier oben oder unten im Tal?"

„Renzo hat das nicht ganz richtig formuliert. Das gilt vielleicht für die letzten vierzig Jahre, davor sind die meisten der Kinder hier oben geblieben und haben hier ihre Arbeit gelernt. Ich hatte das Glück, in die höhere Schule gehen zu dürfen, als Einzige von uns Geschwistern. Ich wollte das erst nicht, ich wollte hier oben bleiben und habe bitterlich geweint, doch mein Vater meinte, einer aus der Familie müsse ins Tal gehen. Dort habe ich bei Verwandten gewohnt und konnte nur am Wochenende nach Hause kommen. Lorenzo war damals der frechste Junge in meiner Klasse, das hat sich später aber gelegt."

Marta lacht mit ihrer hellen Tonlage und nickt ihrem Mann zu, der nur süffisant hinzufügt: „Ganz so schlimm ist es auch nicht gekommen: Ich bin immer noch frech genug geblieben. Nur um Marta zu erobern, musste ich mich zwischendurch ein wenig verstellen und den gut gesitteten Burschen mimen. Wir kennen uns seit wir zwölf sind, und seit zweiundfünfzig Jahren sind wir verheiratet. Da gewöhnt man sich genauso an die Flegeleien des anderen, wie an dessen Charme."

Ich spüre, wie ich zwischen meinem Lebensstil und der Art, wie man hier oben als echter Bewohner lebt, hänge, als sitze ich zwischen zwei Stühlen. Ich hatte immer gedacht, wenn man hier hochkommt, müsse man das alte Leben imitieren und das vorhandene wie ein Denkmal bewahren. Jetzt sitze ich in einem samtbezogenen Ohrensessel und blicke auf ein anderes Bild. Das ältere Paar ist auf schlüssige Art seinen geradlinigen Weg aus den Ursprüngen in eine relative Moderne gegangen. Es hat nicht versucht, die Aspekte ihres Lebens aus dem Tal zwanghaft nach oben zu bringen und es dem Bergdorf überzustülpen, sie sind aber auch nicht im Stillstand einer falschen Nostalgie erstarrt. Das Paar, das sich, wenn es miteinander spricht, liebevoll Marta und Renzo nennt, hat auf genügsame Weise den Geist weiterentwickelt, der, so scheint es mir, schon immer hier geherrscht hat.

„Und hat es Sie nie weiter von dieser Gegend weg gezogen?"

„Nein, ich hatte meine Arbeit, und meine Frau hat sich um die Kinder gekümmert. Sie hat genug darunter gelitten, ständig im Tal herumzuhängen, da wollte sie nicht noch weiter weg."

„Gelitten ist übertrieben, Renzo."

„Zumindest hattest du immer Sehnsucht danach, wieder in die Berge zu gehen. Hier liegen deine Kindheitserinnerungen, die man nicht mit Luxus und Reisen in andere Regionen aufwiegen kann."

„Und doch habe ich die Reisen an das Meer genossen."

„Das vermissen wir jetzt nicht mehr. Wir sind zufrieden, wenn wir hier oben sind. Wenn wir einmal im Jahr eins unserer Kinder besuchen, dann ist das genug Strapaze."

„Wohnen Ihre Kinder so weit weg?"

„Ja, zumindest zwei von den dreien. Unser Ältester lebt in Rom, er arbeitet dort beim Film, als Assistent des Produzenten, die Tochter lebt in Pisa und leitet dort Studien zur Stadtgeschichte, nur unser Jüngster ist zu Hause geblieben. Er hat mittlerweile eine eigene Schreinerei."

„Hier, dieses Tischchen hat er gemacht." Marta hebt die Schale mit den Knabbereien hoch und deutet stolz auf die aufwendige Intarsienarbeit, die in die Tischplatte eingelassen ist.

Renzo gießt Wein nach. „Müssen Sie am Haus von Herbert arbeiten?“ lenkt er das Gespräch auf unsere erste Unterhaltung zurück. „Der Winter verursacht Bewegungen, die man im Sommer nicht vermutet, da sollte man im Frühling alles gründlich kontrollieren.“

„Ich habe mit meinem Freund nicht darüber gesprochen, aber ich werde nachsehen, ob etwas zu tun ist.“

Marta steht auf und öffnet die obere Ofentür. Statt in ein Feuer zu schauen, sehe ich nur Ziegelsteine, die in dieser separaten Kammer liegen. Sie zieht die Steine mit einem Feuerhaken hervor und lässt sie in eine Art metallene Kohlenschütte gleiten, deren Henkel sie packt und damit die Treppe hinaufgeht.

„Es ist noch sehr kalt“, kommentiert Renzo ihr Handeln, „da ist es nötig, die Betten vorzuwärmen. Wir verwöhnen uns gerne hier oben.“

„Dann werde ich jetzt auch wieder gehen.“

„Nein, nein, bleiben Sie nur. Trinken Sie noch einen Schluck Wein. Die Wärme hält noch lange vor, oder müssen Sie in Ihrem Haus noch heizen?“

„Nein, das ist nicht mehr nötig, ich habe heute bereits genug eingeheizt.“

Im Laufe des Abends leeren wir noch eine zweite Flasche Wein. Redselig erzähle ich von meiner Reise, die mich hierher geführt hat, berichte ausführlich von meinem Aufenthalt in Frankreich und spüre, wie die Alten meine Geschichten regelrecht aufsaugen. Meine wahre Herkunft, auf die die beiden durch meine Freundschaft zu Herbert von selbst schließen können, klammere ich aus den Erzählungen genauso wie den Grund meiner Reise aus. Marta und Renzo begnügen sich mit der Geschichte, so wie ich sie ihnen erzähle, sie nicken nur, wenn ihnen bestimmte Erfahrungen, wie ich sie gemacht habe, auch aus ihrem Leben vertraut erscheinen und wirken fasziniert von der Berichterstattung über bestimmte Figuren, die mir auf meiner Reise prägende Details ihres Lebens anvertraut haben.

14.

Es ist eine absolute Scheiße.

Was mache ich hier? Ich bin nicht da, wo ich sein sollte. Mir fehlt mein Zuhause, meinetwegen irgendein Zuhause, ein anderes als meine alte Heimat, wenigstens etwas Bleibendes. Hier werde ich nicht bleiben, das ist klar, das habe ich von vornherein gewusst. Alleine schon dieses Wissen lässt mich nicht an das wachsen, was hier ist. Ich zerrinne zwischen meinen eigenen Fingern. Werde ich nie mehr mit meinem Bruder und seiner Familie an den Badesee gehen?

Schreiben macht bald auch keinen Sinn mehr. Meine Impulse habe ich immer aus dem fetten Leben gezogen, was also soll mir die magere Luft hier oben auf Dauer bringen?

Draußen und drinnen unterscheiden sich kaum voneinander. Für meinen Körper mag es entscheidend sein, ob ich bei Eiseskälte vor meinem Feuer sitze oder mich in Decken gehüllt in das Auftauchen einer warmen Frau hineinträume, doch das Drinnen hat nichts von der künstlichen Welt wie in meiner alten Heimat. Egal wo ich mich hier aufhalte, alles ist echt, nichts ist Lüge. Doch wie kann man ohne Lüge leben? Ich bin nicht geeignet zu ausgeschmücktem Selbstbetrug, ich stoße immer wieder auf mich, dann falle ich in mich hinein, speie mich wieder aus und lande auf beiden Beinen, die genauestens spüren, auf welchem Boden sie stehen. Ich brauche also ein anonymes Umfeld, das mir ständig etwas vormacht, so wie es die urbane Wirklichkeit tagein tagaus tut. Selbst wenn ich mich über die Heucheleien lustig mache, die ständig auf mich einströmen, so merke ich jetzt, wie sehr ich sie benötige.

Udez hat sich immer gegen die Angewohnheit, Computer ab einem bestimmten Alter wegzuwerfen und durch ein neues, modernes Gerät zu ersetzen, gewehrt. Das mag viele Gründe gehabt haben, nicht zuletzt sein technisches Verständnis und seinen Basteltrieb. Er hat das einmal so begründet: „So wie die Weltraumfähre ISS auch nicht ständig durch eine modernere Raumstation ersetzt wird, sondern man immer mehr Module anbaut, so sollte man auch bei Computern vorgehen. Ist es nicht schön, wie sich die ISS als ein immer skurriler werdendes Gebilde ansehen lässt? Warum also sollte ein Computer bloß wie ein primitives, aufklappbares Kunststoffbrett aussehen, das genauso aalglatt und geschniegelt aussieht wie die schnöseligen Geschäftsleute, die demonstrativ damit herumlaufen. Stell dir dagegen einen einfachen, zu allen Seiten verkabelten Laptop vor, kleine Kästchen, die seitlich angeschraubt sind, der Monitor um einen weiteren Miniaturbildschirm ergänzt, auf den man die Bearbeitungs- und Symbolleisten schieben würde. Kapierst du? Ein Netzwerk soll auch wie ein Netz aus Werkereien anzusehen sein. Ich will ja nicht verlangen, dass all die zusätzlichen Elemente über den Schreibtisch verteilt werden sollen, sie könnten genauso gut an der Wand hängen oder der Decke kleben. Was die Hersteller dagegen veranstalten, um eine weitere Nutzung der alten Geräte zu verhindern, grenzt regelrecht an ein Überholverbot für Computer. Ich sage dir, bald wird man die alten Systeme genauso vermissen, wie man heutzutage beim Hören von Musik das Knistern der alten Schallplatten vermisst und diesen unvergleichlichen Sound, der damit einhergeht."

Ich konnte so gut nachvollziehen, was Udez meinte. Er wollte sich nicht alle ein bis zwei Jahre den neuen Ergüssen der Systemprogammierer ausliefern. Er ist selbst eine kreative Seele, die eigenständig entscheiden will, was über Bord geworfen und was in das Mutterschiff hineingezogen werden soll. Wenn er so gekonnt hätte, wie er wollte, stelle ich mir sein Arbeitszimmer wie ein Spinnennetz aus unzähligen Computerelementen vor, das er bespielt, wie ein Dirigent sein Orchester.

Ich selbst bin ein Modul, einst durch unzählige Drähte mit seiner Umgebung verkabelt, von dem sich nach und nach alle Außenkomponenten ablösen. Übrig bleibt am Ende nur noch ein Fragment, das keinen Ansprüchen mehr genügt und gerade mal die Fähigkeit hat, irgendwie zu überleben.

Was für ein Mist hat mich bloß aus meinem Heimatland vertrieben.

In fast ganz Europa haben sich extrem rechte Strömungen etabliert, Fremdenfeindlichkeit ist wieder Hoffähig geworden, Pressefreiheit ist nicht mehr als höchstes Gut angesehen, Menschen, die nicht zum Bildungsbürgertum gehören, darf man ungesühnt als Minderwertig bezeichnen, und aus dem Wort „Rasse" hat man wieder einen kantigen Begriff geformt, mit dem man ungehindert Politik betreiben kann. Da durften wir doch froh sein, in einem der größten, überdies zentral gelegenen europäischen Länder die Linke als Gegengewicht etablieren zu können. Wenn ich mir ausmale, was die rechtspopulistischen Parteien alles hätten anrichten können, wenn sie sich auf europäischer Ebene solidarisiert hätten. Selbst wenn sie in keinem Land eine Mehrheit erreicht hätten, wäre der Druck auf die demokratischen Parteien immer stärker geworden, die sich schon vorher dem Einfluss dieser Idiotien nicht entziehen konnten. Was manche Leute noch als potentielle Gefahr gesehen haben, sahen wir Freunde schon als konkrete Bedrohung.

Ich habe mich weit nach links herausgelehnt, um gegen die Rechten meine Stimme zu erheben, und musste schließlich beobachten, wie auch die Linke immer mehr dem Totalitarismus verfiel.

Statt mich wieder neu zu positionieren, habe ich mich bedrängen lassen, ließ mich an ein Gängelband legen wie ein Hund sich an die Leine. Befreit habe ich mich bei Weitem nicht, ich bin ausgebüchst, nichts weiter, ein Straßenköter bin ich geworden, der von den Almosen und Hinterlassenschaften anderer leben muss. Ich gehöre nicht hier hin, hier ist nicht meine Hütte, ich werde nicht einmal über den nächsten Winter bleiben. Wäre ich wenigstens in meiner Bude in Zürich, dann hätte ich zumindest eine Basis, von der aus ich mich neu beurteilen könnte.

Der Blick in das Tal ist kaum noch auszuhalten. All die schönen Berge, ihre skurrilen Formationen, die malerischen Dörfer, die sich in Mulden betten oder an kleinen Erhebungen kleben, sagen mir rein gar nichts mehr. Ich bin ein einsamer Wasserfall, der in der Kälte der Nutzlosigkeit erstarrt ist.

Meine Güte, wie kommt es nur, dass ich plötzlich alles so negativ sehe? Gestern habe ich noch als aufgeschlossener Mensch bei dem alten Ehepaar gesessen, voller gegenseitiger Neugierde, und jetzt soll alles nicht mehr wahr sein. Wo liegt denn jetzt die wahrhafte Einschätzung? Hier oder dort, oder wie immer irgendwo dazwischen?

Den Spruch „An allem ist was Wahres dran" kann ich bald schon nicht mehr hören. Es muss doch eine Wahrheit geben, die die anderen Wahrheiten ausschließt. Wie sehr wünschte ich mir jetzt einen Vater, den ich um Rat fragen könnte.

Alles ist wahr! Nichts fingiert. Hier ist niemand anderes, dem ich das alles zuschreiben kann, kein Protagonist in einer schön ausgemalten Geschichte. Ich bin es selbst, der den ganzen Kladderadatsch durchlebt. Keine realitätsnahe Illusion, kein Irrsinn. Ich begreife mich als der, der ich bin, ohne einen Deut dazuerfunden zu haben. Eine ernste Situation, aussteigen aus der Geschichte ausgeschlossen. Ich habe keine Wahl.

Wie komme ich nur dazu, die Anmut dieser Landschaft herabzuwürdigen? Sie hat doch nicht die verkitschte Ansicht einer Reisebroschüre, sie ist steil, schroff, bedrohlich und unwirtlich, darin liegt ihre Schönheit, sie lebt ohne Gejodel und Trachtengehabe. Albtraum statt Alphorn – von Ersterem kann man sich befreien, wenn man der Realität ins Auge schaut, das andere wird man nicht mehr los. Also sei glücklich, Bas, lass dich nicht runterziehen, lass dich nicht irritieren. Niemand hat von dir verlangt, dass du die Welt retten sollst. Es gibt keinen Grund, nicht stolz auf den Weg zu sein, den du gegangen bist. Du bist Bas – ich bin Bas. Der Name ist nicht immer nur Rufen, der Name ist auch Schweigen. Ich bin, ich bin, ich bin.

15.

Das war ein schlechter Tag gestern, ein absoluter Tiefpunkt. So etwas sollte nicht noch einmal vorkommen. Zweifel sind immer angebracht, doch sie dürfen nicht in Depressionen ausarten. Wer zweifelt, der sollte lächeln.

Der neue Tag soll mich wieder rausreißen, ich werde daran arbeiten müssen, denn von der gestrigen Stimmung hängt noch einiges nach.

Meine Realität hat sich umgekehrt – wer weiß seit wann –, ich bin ein Kopfüber, eine Fledermaus, ich gehöre nicht mehr zu den Menschen, ich fliege aus, wenn sie zur Ruhe kommen, ich bin die Gegenübung zur Gewissheit.

Meinen Krug auf den Brunnenrand gestellt, wasche ich mein Gesicht. Um den Nacken zu kühlen, beuge mich über den Trog, da höre ich Schritte hinter mir. In gekrümmter Haltung drehe mich nach hinten, die Ellbogen in Kopfhöhe nach außen gerichtet. Flatsch. Ich höre bloß, wie der Krug in den Brunnen fällt und auf dem Boden des Troges aufstößt. Ein greiser Mann, den ich vorher noch nie gesehen habe, geht hinter mir vorbei und schaut mich argwöhnisch an. Scherben bringen Glück, sagt man, doch wenn der Krug zu Bruch gegangen ist, dann muss man sich etwas Neues einfallen lassen. Wasser in einem Eimer zu holen mag gewisse Vorteile haben, die die Einbußen eines fehlenden Kruges aber nicht aufwiegen. Ich habe Glück, der Krug ist ganz geblieben, das Wasser hat die Kräfte abgefedert. Ich fülle ihn mit frischem Quellwasser, während die Nässe von der Oberfläche langsam abperlt. Der Weg zur Hütte bringt Ernüchterung. Das Wasser hört nicht zu tropfen auf, das Gefäß muss einen Sprung davongetragen haben und verliert tropfenweise seine Flüssigkeit. In diesem Zustand kann man mit dem Behältnis noch Wasser holen, es aber nicht darin aufbewahren.

Ich bin noch nicht an der Hütte angelangt, da spricht mich ein Dorfbewohner an: „Es gibt keinen Grund für dich zu bleiben."

Was soll das? Will der mir etwa drohen? Warum sollte er etwas gegen meine Anwesenheit einzuwenden haben? Sein Tonfall klang ganz unaufgeregt. Er mag sich ungeschickt ausgedrückt haben, seinem Akzent nach spricht er nicht oft meine Sprache. Wir sind uns bereits zwei-, dreimal über den Weg gelaufen, außer einem freundlichen „Bongiorno“ gab es keinen verbalen Austausch. Und jetzt diese klaren Worte, die alles im Unklaren lassen.

Mein Frühstück besteht aus Vollkornbrot und einem letzten Stück Käse, dazu reines mineralisches Wasser. Als Nächstes ist der Toilettengang an der Reihe. Ich habe gerade die Kellertür geöffnet, da gestikuliert ein weiterer Bewohner in meine Richtung. Er steht in einiger Entfernung, mir erschließt sich nicht viel. Ich schaue genau hin. Erneut hebt er seine Unterarme, hält die Handrücken nach vorne und stößt flatterig die Finger nach außen, etwa so, wie man Krümel von einem Tisch wischt. Ich deute es, als wollte er sagen: „Husch, husch, weg, weg!“

Was wollen all die Leute von mir? Die Dorfgemeinschaft wird sich gegen mich verschworen haben. Ich bin Außenseiter unter Außenseitern oder habe mich mit den falschen Leuten solidarisiert, weil ich zu allen gleich freundlich war. Hat der Lastwagenfahrer die Weinflasche nicht gefunden, die ich ihm als Revanche für die Mitnahme in die Stadt auf die Ladefläche gelegt habe? Dann hält man mich für undankbar. Ich kenne die hiesigen Gepflogenheiten nicht, weiß nicht, was man von mir erwartet.

Das Toilettenpapier geht zur Neige, ich hätte mehr gebraucht, für den Rest werde ich die Hand gebrauchen und sie gleich anschließend mit reichlich Seife waschen gehen. Was ist das für ein seltsamer Tag! Der Krug bricht, das Toilettenpapier geht aus, und die Menschen machen seltsame Anstalten. Nach der depressiven Phase gestern scheint heute das Unglück von außen auf mich einzuströmen. Ich werde auf mich aufpassen müssen und alles, was ich angehe, sehr behutsam machen.

Einhändig schließe ich meinen Hosenknopf, nehme das Seifenstück in die befleckte Hand, dann gehe ich nach draußen, schließe die Tür mit der rechten Hand, die linke mit der Seife vor mich hin haltend.

Marta kommt auf mich zu. Ich strahle sie freudig an, wenngleich leicht gezwungen, denn ich würde mir lieber zunächst die Finger waschen, um frei und offen für die freundschaftliche Begegnung sein zu können. Ich spüre sofort, wie auch Marta sich ihr Lächeln abringt. Dann spricht sie mit ihrer hinreißend hellen Stimme, die gegenüber der ersten Begegnung nichts an ihrer Sanftmütigkeit eingebüßt hat und enorm beruhigend auf mich wirkt: „Es kommen Leute hoch, die haben ein Interesse daran, Sie hier wegzuholen."

„Hier weg." Ich wollte die kurze Antwort als Frage betonen, doch sie kommt wie ein Echo über meine Lippen.

Marta geht weiter, dreht sich noch einmal um und meint, sie könne mir nicht mehr sagen.

Ich wasche meine Hände ausgiebig am Brunnen, dann schaue ich auf die Wasseroberfläche und sehe im Dunkeln mein verschwommenes Spiegelbild.

Es ist niemand unter den Menschen, die mir heute begegnet sind, der etwas gegen mich hat. Im Gegenteil gilt mir ihre Solidarität. Sie haben mich alle auf ihre zurückhaltende Art nur vor etwas Schlimmem, das auf mich zukommen wird, gewarnt. Marta ist dabei noch relativ konkret geworden, nur ist unklar geblieben, was die Aussage „sie könne mir nicht mehr sagen" bedeutet. Weiß sie nicht mehr, oder traut sie sich nicht, mehr zu sagen?

Ich habe mir in meinem ganzen Leben noch nie so viele Fragen gestellt wie in der Zeit, in der ich hier oben bin. Woher sind die alle informiert? Und was sind das für Leute, die mich holen wollen? Agenten aus meiner Heimat, meiner Häscher verlängerter Arm im angeblich neutralen Land oder nur die Fremdenpolizei, die meine Anwesenheit ohne Aufenthaltsgenehmigung nicht länger dulden will? Ich habe mir noch keine Gedanken darüber gemacht, dass die Administration bis hier oben reichen würde. Die Berge sind ein freies Land, habe ich immer gedacht, man bräuchte sich vor niemandem zu rechtfertigen. Was wäre, wenn ich mich ganz schnell ordnungsgemäß anmelden würde, unter der Rubrik: „vorübergehender Aufenthalt zu Studienzwecken". Eine fehlende Anmeldung würde man anmahnen, vielleicht müsste ich ein Bußgeld bezahlen. Nein, das kann unmöglich der Grund sein, die Alte sprach eindeutig von „mich wegholen". Man sollte sich nicht dem Prozess stellen, wenn man nicht die Fakten kennt. Ich sollte weggehen, bevor sie aufkreuzen.

In der Schlafkammer lege ich alle meine Sachen zusammen, die ich hierher mitgebracht habe, und verstaue sie in meine Reisetasche, mit Ausnahme der lebensnotwendigen Ausstattungen, die ich beabsichtige so nahe es geht am Körper zu tragen. Ein Rucksack, den Herbert für seine Wanderungen in die Berge benutzt, soll mir dazu dienen.

All meine Aufzeichnungen der letzten Wochen lade ich auf den Datenstick und lasse ihn, so wie damals in das Futter meines Sakkos, diesmal in die Füllung meiner Jacke verschwinden.

Wer um alles in der Welt hat mich angeschwärzt? War ich nicht gesellig genug oder bereits zu gesellig, mein Auftreten zu dominant für einen Fremden? Es könnte jemand von hier oben im Tal einfach über mich geplappert haben, ein übereifriger Vollzugsbeamter könnte Nachforschungen über meine Identität angestellt haben, und der ins Stocken geratenen Fahndung nach mir hätte sich plötzlich eine neue Fährte eröffnet. Und immer noch ist alles Zweifel. Ich nehme mich viel zu wichtig. Man wird das Interesse an mir verloren haben. Doch wenn alles so belanglos ist, warum warnt mich die Dorfbevölkerung so eindringlich?

Ich suche ein wenig Zerstreuung. Auf die neue Situation, in Kürze wegzugehen, muss ich mich erst einstellen. Ich werde am besten in Biasca den Zug nehmen. Es wird eine Bahn geben, die durch den St. Gotthard in den Norden des Landes führt. Ich werde nach Zürich reisen, nachsehen, ob ich unbehelligt in meiner Wohnung unterschlüpfen kann.

Von einem Standpunkt wenige Schritte oberhalb des Dorfes aus kann man an diesem klaren Tag weit runter in das Tal, sogar bis zum Stausee hinabsehen. Ich werde dich vermissen. In meiner Hassliebe zu dir überwiegt eindeutig die zweite Silbe. Ich habe hier mein Fieber überstanden, den Entbehrungen getrotzt, die wildesten Träume erfahren, Einsamkeit durchlebt und eine neue Geselligkeit gespürt.

Wie ein Spielzeugauto schlängelt sich weit unten ein dunkler Wagen an dem Ufer des Sees entlang. Jetzt erkenne ich, es ist ein Auto der Carabinieri. Meine Güte, das kann für mich sein. Man will mich holen. Jetzt schon. So schnell habe ich nicht damit gerechnet. Zu sehr war ich auf Müßiggang eingestellt. Die Mühlen im Tal drehen schneller.

Geschwind laufe ich über den Asphalt in das Dorf zurück, beim ersten Auftritt auf den unebenen Pfad, der zu den Hütten führt, knickt mein Fuß leicht um, zum Glück kann ich mein Körpergewicht rechtzeitig auf den anderen Fuß verlagern und dadurch eine Zerrung oder gar Schlimmeres vermeiden.

Ich nehme den noch leeren Rucksack in die Hand. Was muss ich mitnehmen? Die Reisetasche werde ich aufgeben müssen. Wenn man tatsächlich ernsthaft nach mir fahndet, wird man sie an sich nehmen, das soll mir jetzt einerlei sein. Den Laptop schiebe ich in meiner Not unter die Matratze. Ein intelligentes Versteck will mir auf die Schnelle nicht einfallen. Andererseits wird man vielleicht gerade in den intelligenten Verstecken suchen – wenn die Italo-Schweizer sich ohnehin nicht alleine mit der Tasche zufriedengeben und die primitivsten Verstecke darunter missachten.

In Windeseile verstaue ich eine Wasserflasche, wärmende Kleidung, ein kleines Handtuch, Brot, eine Tüte mit Haferflocken und einen Rest, den ich von dem Trockenfleisch bewahrt habe, in den Rucksack. In die Außentasche gehört natürlich ein Taschenmesser, Schreibstifte, Notizblock und ... war es das? Mir fällt nicht mehr viel ein ... doch, ich Idiot, ich sollte den Schlafsack mitnehmen, er könnte mir beim Überleben helfen. Da liegt noch „La Naussée“ von Sartre. Die mittlerweile speckige Oberfläche des Buchrückens glänzt im seitlich einfallenden Sonnenlicht. Warum habe ich das Buch nur mit in die Schweiz genommen. In der Bibliothek von Lyon wird es mittlerweile als „überfällig“ registriert sein. Es hatte vor meinem Verschwinden aus Lyon allerlei Möglichkeiten gegeben, am einfachsten wäre gewesen, ich hätte das ungelesene Exemplar zurückgegeben und mir das Buch neu gekauft. Vordergründig gesehen war es eine

Schusseligkeit, die Sache nicht korrekt abzuwickeln, doch die heimliche Wahrheit, die ich mir bisher nicht eingestanden habe, lautet: Ich wollte nicht ganz störungsfrei verschwinden.

Jetzt würde ich mich am liebsten davonmachen, ohne ein einziges Merkmal meines Aufenthaltes zu hinterlassen. Das Buch hat mich spüren lassen, dass ich überhaupt in Lyon war, jetzt wird auch das zurückbleiben.

Nun nichts wie weg, noch schnell die wärmende Jacke überstreifen, sie werden gerade im angrenzend gelegenen Dorf die Häuserenge passieren, die Brücke überqueren und danach den letzten Anstieg hochfahren.

Ich bin weg, schaue mich noch einmal um. Mist, ich habe die Tür offenstehen lassen, es bleibt keine Zeit, zurückzulaufen, egal, man wird denken, ich sei mal kurz um die Ecke und käme gleich wieder. Sie werden vielleicht einige Zeit vor der Hütte auf mich warten. Das schafft weiteren Vorsprung. Ich brauche diese Distanz, um auf Wege zu gelangen, die mit dem Auto nicht mehr zu befahren sind. Herbert gegenüber werde ich mich später für die offengebliebene Tür rechtfertigen müssen. Ich hab gute Gründe.

16.

Es ist wunderschön hier. Das Seitental liegt zwischen zwei parallel zueinander verlaufenden Bergketten. Der Südhang ist karg bewachsen, zwischen dem Geröll läuft ab und zu ein Murmeltier, doch wenn diese Tiere verharren, kann man sie nicht von den Steinen unterscheiden. Ab und zu erklingt ein schriller Pfeifton, mit denen ein einzelner Aufpasser die anderen Tiere warnt. Das ist der Unterschied zu dem, was ich heute erlebt habe: Viele waren die Aufpasser, ich war der einzige Gewarnte. Das soziale System hat genau wie bei den Murmeltieren gegriffen. Dem Kommunikationsminimalismus zum Trotz gab es doch eine Solidargemeinschaft.

Es gibt genug Gründe, um sich beschissen zu fühlen, bedrängt und betrogen, doch ein Mensch, der tagelange Gemütsschwankungen eines in der Kargheit über der Welt stehenden Daseins durchlebt hat, lässt sich von äußeren Widrigkeiten nicht mehr so schnell ins Wanken bringen.

In der tiefsten Mulde des Tales hat sich ein kleiner Wald angesiedelt, in dessen Mitte sich ein Bach schlängelt. Ein kleiner Wanderpfad bestimmt meinen Weg. Fast hätte ich vergessen, wie sehr ich in meiner Heimat klares, fließendes Wasser vermisst habe, das hier oben so selbstverständlich und nicht wegzudenken ist. Macht das Leben in dem Moloch Stadt, die sich selbst zu reinigen nicht in der Lage ist, überhaupt einen Sinn? Wie kann ein Mensch überleben, ohne zwischendurch sein Innerstes mit klarem Wasser durchzuspülen? Hier oben ist das alles unbegreiflich.

Ich habe absolut keinen Plan, wohin mich mein weiterer Weg führt. Eine der verstreuten Hütten könnte mir, solange sie unbewohnt bleibt, als Unterschlupf dienen. Manche Hütten sind sichtlich mit viel Geld restauriert worden. Es würde mich nicht wundern, wenn genau diese Unterkünfte am seltensten bewohnt sind und zwar nur dann, wenn sie für teures Geld an Feriengäste vermietet werden. Das könnte meine Chance sein. Ich würde hier meinen Unterschlupf finden, ausharren und für eine Weile wie ein Einsiedler leben. Das Wäldchen nach Nahrung zu durchsuchen dürfte um diese Jahreszeit nicht von reichlich Erfolg gekrönt sein, ob es mir gelänge, Tiere zu jagen, ist mehr als fraglich. Die einzige Alternative wäre, wenn ich, ähnlich wie in Herberts Hütte, eine Vorratskammer entdecken würde.

In ein Haus zu gelangen wäre die erste Hürde, abgesehen von der Hemmung, überhaupt irgendwo einzubrechen. Je einsamer die Hütten liegen, umso aufwendiger sind sie verrammelt. Ich frage mich, wie lange es dauern würde, bis ich ein stabiles Vorhängeschloss mit einem Stein geknackt bekäme.

Ich steige über den Bach. Er hat sich rechts und links um ein niedergegangenes Felsenkonglomerat in schmale Läufe verzweigt, was mir die Chance bietet, trockenen Fußes auf die andere Seite zu gelangen und dort einen Nebenpfad ausfindig zu machen, den selbst die üblichen Bergspaziergänger nicht frequentieren. Ich muss Vorsicht walten lassen, mich auf Abstand halten, bis ich meine Situation begriffen habe und die tatsächliche Gefahrenlage einschätzen kann. Vor allem muss ich aber gelassen bleiben, darf mich nicht in einen Wahn hineinsteigern, in dem ich bereits kleine, unwichtige Details als Bedrohung ansehe.

Hinter einem Felsvorsprung stürzt ein Wasserfall auf eine Felsenplatte, gräbt sich tief in den Stein ein und fließt dann, unzählige Wirbel bildend, durch in weichen Rundungen und Unterhöhlungen ausgenagte Gesteinsklüfte, die das Wasser selbst hineingefressen hat. Ich lasse es mir nicht nehmen, so nah wie möglich an den Fall heranzutreten, doch näher als zwanzig Meter kommt man nicht heran, ohne durch das enorme Spritzwasser vollkommen durchnässt zu werden. Die Wucht, mit der das Wasser niedergeht, ist absolut faszinierend, obwohl der Fall für hiesige Verhältnisse relativ klein ist. Ich kann nicht anders, als minutenlang an dem niederfallenden Nass emporzuschauen und mich nassregnen zu lassen. Selbst wenn es seit Tagen keinen Niederschlag mehr gegeben hat, wird das Wasser unablässig zu Tal fallen und andeuten, dass oberhalb des menschlichen Blickwinkels mehr stattfindet, als man aus bloßer Anschauung vermuten mag. In Trockenzeiten reduzieren sich die letzten Wasserreservoire nicht nur auf die niederen Pfützen, sondern auch auf die höchsten Gipfel.

Meinem Weg weiter folgend dröhnt das Wasserrauschen immer noch in den Ohren. Erst als die Betäubung langsam nachlässt, erkenne ich, dass die Stille seine ganz eigenen Geräusche hat.

Die Ruine einer einsamen Hütte bringt mich auf eine weitere Idee: Ich könnte mir meinen Unterschlupf selbst bauen, ganz archaisch agieren und die zerfallenen Ressourcen der Vergangenheit als Starthilfe nutzen. Im Gehen lassen sich schnell neue Pläne schmieden, doch wenn ich solchen Ideen folgen würde, stieße ich wahrscheinlich eher als vermutet an meine Grenzen. Es bringt nichts, nach naheliegenden Lösungen zu suchen, ich muss fortkommen, erst an einem sicheren Punkt ankommen. Unter den auf ein erzwungenes Minimum reduzierten Idealen muss ich mich stets auf meine gelebten Erfahrungen und Instinkte berufen und darf mich nicht in Phantasien eines Überlebenskünstlers verlieren.

Mein Kopf ist in Wahrnehmung und Analyse verfangen, meine Beine tragen mich immer weiter bergauf. Eine Felsformation staut den herabfließenden Bach zu riesigen Becken auf, die bei anderen Temperaturen zum Baden einladen würden. Man könnte an den tiefsten Stellen sogar kopfüber in die Becken springen und sich an flach in das Wasser gleitenden Stellen zwischendurch sonnen. Gedankenausflüchte in eine andere Zeit lenken von dem sturen Blick nach vorne ab.

Weiter oberhalb strömt das Wasser unter den Felsen hindurch, ich kann es noch hören, obwohl es längst nicht mehr zu sehen ist. Hinauf über das gigantische Geröll erleichtern mir ganz unterschiedlich ausgeformte Stufen den Aufstieg, mal sind es dicke Gesteine, an denen ich mich hochhangeln kann, mal ist es ein umgefallener Baum, der eine Stiege bildet, dann breiten sich Kiesfelder aus, die in serpentinenartigen Verläufen neue Höhen überwinden. Ich fühle mich körperlich wohl und ausgeruht, die Anstrengungen sind keine unerträglichen Strapazen, im Gegenteil genieße ich die Erfolge meines Fortkommens. Schließlich gelange ich auf eine wiesenbewachsene Anhöhe, die erreicht zu haben mich im ersten Moment erfreut, im zweiten ernüchtert, weil ein Wanderweg quer über die Ebene verläuft. Ich habe mein Fortkommen über die robuste Landschaft ausgerechnet wieder auf den Hauptweg gelenkt. Der Pfad führt über eine Holzbrücke hinweg, die den Bachlauf überwindet. Aus dem Blickwinkel meines bisherigen Weges stehe ich auf einer Anhöhe, tatsächlich befindet sich der Flecken in einer weiteren Mulde zwischen Bergen, die höher und weitläufiger anwachsen, als ich es bisher einsehen konnte.

Ich mache eine crste Rast, setze mich auf einen kubischen Felsblock und trinke Wasser. Einige Meter hinter dem Bach liegt im Hang eine Sennhütte mit mehreren teils provisorisch aus Wellblechen oder Folientunneln errichteten Stallungen. Der Kamin der Hütte raucht, Tiere kann ich dagegen nicht sehen.

17.

Der Sennhirt ist ein junger Mann im studentischen Alter. Vor seiner Hütte stehend mustert er mich eindringlich, als ich auf ihn zukomme.

„We haven't start yet", wehrt er meine vermutete Frage nach Käse ab. Tatsächlich hing an dem Zugang zum Hof ein ausgeblichenes Pappschild mit den Aufschriften „Formaggio" und „Cheese".

„There are no animals here", stelle ich fest.

„No, but they will arrive the next days. Do you want to have some milk?"

Ich schaue leicht irritiert.

„We brought milk from the valley, but we've got enough."

„Okay, why not."

Der Junge geht in das Haus und kehrt kurz darauf mit einem großen Milchglas zurück, reicht es mir und setzt sich auf die Treppenstufe. „Where do you come from?"

„Germany." Ich hätte alles Mögliche sagen können, doch in dieser Einöde scheint mir die Herkunft egal. Ob ich zugeben würde, ein einst bekannter Schriftsteller zu sein oder meinen Knastaufenthalt preisgäbe, weder das eine noch das andere spielte hier eine Rolle.

„Dänn chömer ja au Dütsch rede mitenand."

„Oh ja, ich wusste nicht ..." Ich hatte zwar den Schweizer Akzent aus seinem Englisch heraus gehört, war aber von einem Italo-Schweizer ausgegangen, von denen die wenigsten meine Muttersprache verstehen. Was er allerdings unter „Deutsch" versteht, verlangt mir allerhöchste Konzentration ab.

„Ich chume us Basel und mache es paar Mönet die Alp."

„Und was ist mit den Tieren?"

„Sötted die Wuche cho, s'hangt vom Wätter ab."

„Es ist doch schon seit Tagen stabil, sie werden bestimmt bald aufgetrieben."

„Nei, sie wärded nöd ufetriebe, bis dahi isch's viel z wiit. Mer bringt sie mit em Heli da ane. Gaht aber nur, wenns weder im Tal no da obe Näbel het."

„Heli?"

„Helikopter!"

„Verstehe. Wie viele Tiere werden denn kommen."

„Mal luege, viellicht hundert, oder hundertzwänzg."

„So viele? Ein Hubschrauber kann doch höchstens zwei, drei Kühe auf einmal schleppen, das wird ja Tage dauern."

„Kei Chüe, es chömed Geisse. Für Chüe wärs viel z'früe. Da müesst s' Gras viel höcher sii. Und bi hundert Vecher ständ innert ere Wuche kein Halm mehr."

In diesem Moment erscheint hinter dem Burschen eine ebenso junge Frau, die ein auffallend hübsches Gesicht hat und tiefschwarzes langes Haar, das zu einem Zopf zusammengebunden ist.

„Grüezisie", sie reicht mir über den Kopf des anderen hinweg ihre Hand, „ich bi d' Chiara. Sorry wäg de Milch. Nächscht Wuche hämer früschi Geissemilch und de erscht Ziger."

„Ah ja, ich bi de Dario." Jetzt reicht mir auch der Senn die Hand.

„Bas."

„Bisch uf em Wäg zu de Usflugshütte?"

„Nein, ich hab noch kein konkretes Ziel."

„Mir warted uf eusi Geisse", erklärt Chiara.

„Hani ihm scho gseit. Underdesse richted mer eus ii, bached Brot, hacked Holz und läsed, solang mer no Ziit händ."

„Wenn d' Tier emal da sind, denn hämer Arbet rund um d' Uhr. Sobald d' Sunne ufgaht, müemer füettere, mälche, eus um d' Gitzi kümmere, chäse, d' Tier zämetriibe, sie wieder mälche und so wiiter."

Chiara zählt alle Punkte rhythmisch auf, will mir die Anstrengung, die auf sie zukommt, anschaulich machen, doch ihr Gesichtsausdruck bleibt gelassen.

„Ihr füttert die Tiere?"

„Ja, i de erschte paar Wuche chömeds Pellets und Heu über als Zuesatznahrig, solang, bis s' Gras voll im Saft isch. Wemer sie sofort uf d' Alp lah würded, wär z schnäll z viell wäg gfrässe, und mängi Fläcke würded sich nöd guet devo erhole."

„Und d' Tier würded Durchfall übercho" ergänzt Dario, „will die schnäll Umstellig vom Winterfueter ufs eiwissriiche Gras nöd guet verträglich isch."

„Wettsch chli Brot ha?" fragt Chiara.

„Ich habe zu essen dabei."

„Ich fräg nu, willi hüt Morge Brot bache ha. Es isch allwäg no warm, und mir händ grad wele ässe."

„Na ja, ein wenig würde ich probieren."

Dario steht auf und legt die Hand auf meine Schulter. „Chomm ine, solang d' Tier no nöd da sind, hämer Ziit für Gescht. Normalerwiis chunnt um die Ziit gwöhnlich niemert dahi. Wenn im Summer denn d' Rucksackturischte verbichömed, gönds üs uf de Geischt, als ob mir Museumsfüerer wäred, wo nüüt bessers ztue hetted als ihri Frage z beantworte."

„Aber in der Stadt gucken einen solche Leute nicht mit dem Hintern an", kann ich Darios Aussage bestätigen, denn ich kenn aus meiner eigenen Jugenderfahrung die Reaktion der Konservativen gegenüber Menschen, die nicht in ihr Weltbild passen. „Die sagen höchstens, man solle sich die Haare schneiden und ordentliche Klamotten anziehen."

Wir laufen durch einen kleinen Raum, in dem sich allerhand Geräte befinden. Fellbürsten, Klauenzangen, Scheren, Schnüre, Gummischürzen und vieles mehr hängt an der Wand, in Regalen stapeln sich Werkzeuge, auf dem Boden stehen Gummistiefel und blank polierte Blecheimer, dann gelangen wir in die Küche, eine gemütliche Stube mit Ausblick auf das Tal, aus dem ich her gekommen bin.

„Laggaffe", ist der kurze Kommentar von Dario, der genau weiß, wovon ich spreche, und er nimmt ein dickes Buch und die darauf liegende Brille vom Tisch und verschwindet.

„Wenn d' Gitzi nöd wäred, hettemers eifacher", sagt Chiara, während sie das Brot aus der Backform stürzt.

„Habt ihr so viel Arbeit damit?"

„Sie werded da vo de Müetere trännt und müend äxtra gfueteret werde."

„Und was soll das bringen? Wäre doch besser, die Geißlein würden direkt bei den Müttern trinken."

„Mer cha d' Milchgab dedur besser kontrolliere. Es git Muetergeisse wo viel Milch händ, mängisch zviel, anderi degäge z wenig. Wenn mer die Chline mit de Fläsche schöppeled, wachsed alli öppe glich. Mängisch chunnts vor, dass Gitzi au da gebore wärded. Je nach dem müemer die trächtige Tier absondere und hälfe gebähre. Dänn därfed die Junge no ei Wuche bi de Müetere bliibe, i dere Ziit müemer bsunders uf d' Fueterig achte."

„Verdient ihr wenigstens viel Geld damit?"

„I de Stadt würed mer meh verdiene. Aber mir händ weder Luscht zum Taxi fahre, no wämer challnere. Immerhin git mer da obe käs Gäld uus. Schlussändli hät mer also de gliich Reingwünn, allerdings viel meh Büez."

„Büez? Was bedeutet das?"

„Plackerei", erklärt Chiara in gestochen scharfem Hochdeutsch, und mich wundert, wie schnell sie das Wort übersetzen konnte.

„Es wird aber seinen Grund haben, warum ihr das hier oben macht."

„Da hesch kän Chef hinder dir." Chiara stellt ein Brett mit den körnigen dunklen Scheiben des frisch geschnittenen Brotes auf den Tisch, die noch ein wenig Wärme abstrahlen und unendlich aromatisch duften. „Mir mached d' Alp, als wärs eusi – abgseh devo liebed mer die abgschiedeni Natur."

„Im Herbscht freued mer eus natürli wieder ufs Läbe i de Stadt."

Dario erscheint in der Küchentür und knöpft sich die Hose zu. „Das Hin und Här isch e glugni Mischig."

„Aber au ganz schön krass", relativiert Chiara.

Dario wirft sein Buch auf den Tisch.

„Chasches nid neumed andersch anelege! Gsehsch doch, dassi grad am Tische bi“, herrscht Chiara ihn an.

Er nimmt das Buch wieder weg, ich lese den Titel. Musils „Mann ohne Eigenschaften“. Chiara stellt mit Kräutern dekorierten Quark auf den Tisch, schaut mich an und verdreht ob der Schludrigkeit ihres Freundes verzweifelt die Augen.

„Und was macht ihr, wenn ihr in der Stadt seid?“ frage ich und beiße genussvoll in die mit Kräuterquark beschmierte Brotscheibe.

„Studiere ... na ja, theoretisch. Ich ha mich für Psychologie iigschribe und d’ Chiara für Jura. Im Gägesatz zu ihre bin ich aber nöd wiit cho, viellicht schmeiss ich’s ganz, aber ich ha kei Ahnig, was ich suscht sett mache. S’ Fach intressiert mi scho, aber es wird viel zviel theoretisiert. Als ob mer Psychologie ahand vo Methode chönnt analysiere. Und wehe, mer hett en eigni Meinig. Wer sich nöd dem System underordnet, de chunnt nöd dure.“

„Ich hab keine Ahnung, kenne mich mit Wissenschaften kaum aus.“

„D’ Chiara isch ehrgiiziger. Sie bereitet sich für ihres zweit Staatsexame vor.“

„Schaffst du das bei all der Arbeit hier?“

„Mini Underlage und Büecher hani mitgnoh, öbi aber am Abig no gnueg Chraft ha zum läse isch fraglich. Mal luege, notfalls schiebi d’ Prüefig es halbs Jahr use. Denn muesi halt im Winter lerne.“

„Chasch der vorstelle, was das für e Schlepperei gsi isch. Mir händ nöd nur all die Klamotte, wo mer die nächschte paar Mönet bruched uegschleppt, sondern au no die Büecher. D’ Tier chömed bequem mit Chartermaschine und mir müend alles sälber schleppe. Du gsehsch aso, uf welere Stufe en Älpler staht. D’ Tier sind d’ Herre und mir d’ Chnächte.“

„Immerhin, en Chnächt wo Musil liest!“ spottet Chiara.

„Immerhin? Isch das nöd en wunderbare Widerspruch, wie vor zweihundert Jahr zmitzt i de Einödi z läbe und den Mann ohne Eigenschaften z läse?“ In Darios fragendem Ausruf steckt mehr Begeisterung als Ungewissheit.

„Ich muss zugeben, ich habe das Buch noch nicht gelesen, aus einem solch kargen Umfeld wie hier ist es aber mit Bestimmtheit nicht entstanden."

„Das glaubi au nöd. Im Gägeteil, de Maa ohni Eigeschafte schwankt zwüsched so vielne Ereignisse hin und her, dass er sälber Müeh het, sich z definiere. Das find ich ja ebe grad's Reizvolli. Jede Fremd, wo da obe uftaucht, git mir grad sofort en Name: de Älpler. Mer glaubt, mich zwüsched die schinbar stupidi Büez vomene Puur i de Abgschideheit iiordne z chöne. Aber ich bi weder blöd no us Mangel a Kommunikation naiv oder dumm. Im Gägeteil, all die Gedanke won ich han, händ da ihre Platz zum sich unändlich us z breite. Ich ha zwar kei Ahnig, wo das no hifüert und ob mer mich, wenni im Herbscht wieder hei gang, no ernscht nimmt, aber das macht nüüt. Ich mues mis Läbe nöd rächtfertige."

Ich bin ein wenig neidisch auf Darios Lebenseinstellung, die sicherlich auch der Unbekümmertheit seiner jungen Jahre zuzuschreiben ist. Statt Herberts Hütte aufzusuchen, in der ich relativ unabgelenkt schreiben kann, hätte ich mir vielleicht besser eine andere Aufgabe gesucht, eine Arbeit, die dem Tag eine Pflichterfüllung abverlangt, meinen Gedanken dagegen zwangloses Umherschweifen ermöglicht.

„Ich ha mer vorgnoh, während de Alpziit de ganz erscht Band z läse. Tuusig Siite, das chönnt machbar sii, sofern ich nöd bim läse ischlafe."

„Das würd mi wundere. Die meischt Ziit lisisch ja uf em Hüüsli."

„Das langet nöd. Da schaffi höchschtens zwei Siite."

„Chasch Kafi mahle?"

Chiara reicht mir eine Kaffeemühle, die ich mir zwischen die Beine klemme und unter beständigem Drehen die Bohnen zermalme, die nach dem frischen Brot jetzt ihr zusätzliches Aroma verbreiten.

„Was machsch denn du so, wenn 'd nöd i de Berge wanderisch?"

„Ich schreibe."

„So richtig? Schriftsteller un so?"

„Was meinst du mit und so?"

„He ja, was weiß ich. Zum Bischpiil Liedertext, oder Dialög für Fernsehserie."

„Nein, ohne und so."

„Hesch scho Büecher usebracht?"

„Ja."

„Das intressiert mi. Häsch sicher e Internetsiite."

„Zurzeit nicht. Die wird gerade überarbeitet."

„Schad, da hetti gern mal inegluegeт."

„Habt ihr denn eine Internetverbindung hier oben?"

„Obe i de Berghütte gits Internet. Wenn mer mit em Chef guet uus chunnt, chamers bruuche."

„Bis ehrlich, Dario!" fordert Chiara ihren Freund auf und stellt den aufgebrühten Kaffee auf den Tisch.

„Aso guet, wirsches dänk sowieso nöd wiiterverzelle. Es git e bschtimmti Stell im Huus, vo det uus chamer sich i dene ihri Domäne ilogge. Die händ sicher e Flatrate, ich schade also niemertem und bschtell mir mit Sicherheit nüt vomene Versandhuus uf dere ihren Name.

„Aber du hast doch bestimmt eine eigene E-Mail-Adresse, zumindest zu Hause. Wenn du sie mir aufschreibst, werde ich dir beizeiten mal etwas von meinen Texten zusenden."

Dario kramt im Durcheinander einer Schublade nach einem Stift und schreibt auf die Rückseite eines Etiketts „D@rio.ch". Die Idee gefällt mir, würde auch zu mir passen „B@s". Ich falte das Papier zusammen und lese „Kolostrum" vom Etikett ab, daneben die Abbildung eines Schaf- und eines Ziegenkopfes.

Chiara gießt den Kaffee in die Tassen und setzt sich zu uns. „Du wettsch aso meh als nu grad i d' Usflugshütte und wieder zrugg?"

„Ich würde da allenfalls Station machen, bevor ich weiterziehe."

„Das isch viell z tüür. Zudem würded die denn gern gseh, wennd würsch konsumiere, und sigs nur, dassd es Bier oder en Wii am Abig trinksch. Und bevords merksch, hesch es Heidegäld anegleit. Die müend d' Hütte zwar irgendwie finanziere, aber für min Gschmack schlönds zviel Gäld us de Restauration. Wennd wottsch, chasch für ei Nacht da bliibe. Mer händ zwar keis Luxusbett oder es eigets Zimmer für dich, aber du chasch di uf de Couch usbreite."

Dario bekräftig die Offerte seiner Freundin: „Ich würd zugunschte vo dinere Gsellschaft au uf min abendliche Soll Musil verzichte. De Maa ohni Eigeschafte het so lang uf mich gwartet, da chani ihn au no en wiitere Tag ufschiebe."

Ich nehme das Angebot wie ein Geschenk an, das nicht gelegener hätte kommen können. Im Gegensatz zu meiner möglichen Übernachtung in der öffentlichen Berghütte bin ich hier inkognito. Die beiden wollen nichts über meinen offiziellen Status wissen, sie sind einzig an meiner Geselligkeit und dem Austausch von Gedanken interessiert. Der Idealfall wäre, wenn ich in dieser Hütte bleiben könnte, so lange untertauchen, bis mich niemand mehr in dieser Gegend vermutet, doch ich will nichts überstrapazieren. Selbst wenn ich eine Zeitlang als außenstehende Projektionsfigur eine Bereicherung für die beiden wäre, wäre ich nach kurzer Zeit ein störendes Element ihrer Vision von einer zweisamen Zurückgezogenheit unter Ziegen. Ich werde erst gar nicht in Versuchung geraten, jedwede Wünsche auch nur anzudeuten. Die Nacht soll mir Stärke bringen, in aller Ruhe über meinen weiteren Weg nachzudenken, wozu mir durch die hastige Flucht keine Gelegenheit gegeben war.

Den Nachmittag verbringe ich damit, Holz zu hacken, einen kleineren Teil davon in der Hausküche, den größeren in der Milchküche zu stapeln. Zur Herstellung von Käse wird die Milch noch ganz archaisch in einem großen Kübelkessel über dem offenen Feuer erhitzt, mit Labferment zum Gerinnen gebracht, mit Netzen abgeseiht und in hölzernen Formen zu einer festen Masse verdichtet. Chiara erklärt mir alles so ausführlich, wie sie es für nötig hält, und putzt in der Zeit akribisch sämtliches Geschirr, das für die Käsezubereitung benutzt wird. Ich hätte mir die Herstellung gerne einmal aktiv angesehen, doch augenblicklich kann ich mir die Abläufe nur anhand der bereitstehenden Utensilien ausmalen.

Dario bereitet im Haus einen Nudelauflauf vor und beschäftigt sich vermutlich mit dem Mann, der vor lauter Attributen nicht weiß, wie er sich definieren soll.

Während wir nach getaner Arbeit das Abendmahl zu uns nehmen, erläutert Dario, welche Kräuter er zum Verfeinern des Auflaufs verwendet hat und schwärmt von all den Gewürzen, die man hier im Laufe des Sommers als Wildwuchs finden kann.

„Wie oft habt ihr schon eine Alm gemacht?“

„Ich bi s’ letscht Jahr scho da obe gsii, aber ohni d’ Chiara. En Fründ und ich händ zäme die Alp gmacht, aber ein Monet vor Schluss het er entnervt ufgäh. Das isch ebe nüüt für Romantiker wo sich kei härti Arbet gwöhnt sind.“

„Und zum mit em Dario über Wuche uf ängem Ruum zämezläbe, mue mer scho ganz speziell sii und viel Geduld ha.“ Chiara lacht auf. „So wie ich.“

„Was ich uszhalte han, da devo redt wieder keine“, versucht sich Dario rauszureden, dem man anmerkt, dass er um seine Marotten weiß. „Wenn min Fründ chli meh aapackt hett, dänn hett er vor Müedigkeit kei Ziit zum Studiere gha“, fügt er selbstironisch hinzu.

„Zumindest hätte er ein anspruchvolles Buch als gedankliche Ausflucht mitbringen sollen“, treibe ich die Ironie auf die Spitze.

„Ja genau, ich gseh, du verschtahsch mich.“

„Ich ha schomal uf ere Chuealp mitgmacht“, Chiara lenkt das Gespräch auf eine vernünftige Ebene zurück, „mit eme alte Maa, wo scho sit Jahrzähnte devo läbt, vier Mönet für anderi d’ Chüe z hüete und z chäse. Dadebi hani meh als gnueg Erfahrige gmacht.“

„Ging das denn gut? Ein alter Mann und ein junges Mädchen, das stelle ich mir schwierig vor.“

„Mir händ eus guet verstande und d’ Arbet isch riibigslos glaufe, solang wie ich mich ihm undergordnet han. Won ich nach de Ischaffigsziit agfange han Verbesserigsvorschläg z mache wie mer d’ Abläuf hetted chöne optimiere, isches zu Striitereie cho, wo d’ Stimmig nachhaltig trüebt händ. Erscht won ich vorziitig e Üterentzündig binere Chue erchannt han, isch er wieder chli lockerer worde. Er hett zwar nöd wele zuegäh, dass ich ufmerksamer gsi bin als er, wil er het in siner gwohnte Art immer nu gjammeret: ‚D' Chue git immer weniger Milch, mer müend luege, dass sie a bessere Stelle frisst', aber schlussändlich het er mit sinere Anerkännig nüme chöne hinder em Berg bliibe." Als Chiara die Worte des alten Bergbauern nachspricht, verzieht sie gekonnt ihren Mund und lässt ihre Augen derart nach vorne stechen, dass ich mir das Gesicht des Senn bildlich vorstellen kann.

Der Abend vor dem Küchenofen zieht sich in die Länge. Angeheitert durch mehrere Flaschen Bier, klönen wir locker über alle möglichen und unmöglichen Dinge und lachen viel. Vor allem Chiara hat ein außerordentliches Talent, Figuren nachzuahmen, die ihr in der Universität über den Weg gelaufen sind, und macht sich darüber lustig, dass all die Karikaturen in Zukunft die Judikative des Landes in ihren Händen halten wird und über Recht und Unrecht bestimmen wird.

Am nächsten Morgen sitze ich neben der Hütte und schaue in das Tal hinab. Ich bin glücklich, mache mir weder Gedanken über das, was auf mich zukommt, noch über das Gewesene. Ich bin angekommen und kann dennoch nicht bleiben. Selbst wenn ich das Bleiben erzwänge, würde das Glücksgefühl von selbst versiechen. Es ist nur eine Momentaufnahme.

Dario und Chiara schlafen noch. Bald wird auch für sie die Zeit anbrechen, in der sie zu dieser Stunde schon die ersten Arbeitsgänge des Tages hinter sich gebracht haben.

Ich höre einen Hubschrauber, die Schläge der Rotoren, wenn sie die Luft durchstoßen. Es könnte der Tag sein, an dem die Ziegen gebracht werden. Über mehrere Sekunden verfolge ich das Geräusch ohne die Quelle oder die genaue Richtung, aus der sie schallt, orten zu können. Dann plötzlich sehe ich den Hubschrauber in gerader Linie über dem Tal, er nährt sich, dreht aber schließlich nach rechts ab und verschwindet hinter einer Bergkette.

„Scheiße“. Dario taucht mit freiem Oberkörper im Hauseingang auf und reckt sich. Sein Ausruf hallt kurz nach und wird von der Weite geschluckt, ohne ein echtes Echo zu erzeugen. „Ich han en ganz en schöne Kater. Bisch du dä, mit dem ich geschter gsoffe han?“ Ich sehe ihn an, ohne mein Miene zu verziehen.

„D’ Chiara macht grad en Kafi, denah gahts eus besser, oder hesch du öppe kän Brummschädel?“

„Ehrlich gesagt, nein.“

„Han ich denn so viel meh gsoffe weder du, oder vertreisch du öppe meh als ich.“

„Keine Ahnung, ich kenne ja nicht deine Gewohnheiten. Aber du hättest vielleicht nicht den Wein zwischendurch trinken sollen.“

„Wieso zwüschedure? Am Schluss! Nachher hani keis Bier meh aglanget. Wa chan ich defür, wenn d’ Chiara nöd e ganzi Fläsche mag? Ich ha de Rescht doch nöd eifach so chöne stahlah, hüt wär er garantiert gruusig gsi.“

„Wenn man guten Wein hat, dann kann man gerne auch an drei Tagen davon trinken und den Rest notfalls immer noch zum Kochen verwenden.“

„Guet, guete Wii wird au chli tüürer sii. Schicksch mer mal ä Fläsche wennd wieder dihei bisch.“

„Die Herren, es Kafi?“ Chiara erlöst uns von dem Dialog, bevor er endgültig ins Niveaulose abgleitet. „Mach dir nüt us em Dario, de het immer schnäll en Kater. Wenn d’ Geisse chömed, verschwindet d’ Fläsche sowieso.“

„Hey, hey, hey.“

„Ämel chunnt er denn i mini Obhuet.

Nach einem für Dario ernüchternden Frühstück stellt er eine unerwartete Frage: „Bliibsch no e Nacht?“

„Nein, ich glaube, es ist besser, wenn ich weiter ziehe. Ihr könnt mir nur einen Gefallen tun. Wenn euch jemand nach mir fragt, tut einfach so, als hättet ihr mich nicht gesehen.“

Chiara, die gerade begonnen hat, das Geschirr zu spülen, dreht sich zu mir um und schaut mich mitfühlend an. „Ich ha so öppis gschpüürt. Chömmer irgendöppis Guets für dich tue?"

„Das habt ihr schon getan. Mehr kann man nicht hinzufügen."

„Du chasch jederziit zruggchoo. Ich gib der au mini Adrässe z Basel. Für später."

„Ach entschuldige, beinahe hätte ich es vergessen, ich habe mir heute Morgen einen Pullover ausgeliehen." Ich knöpfe meine Jacke auf. „Er lag über dem Sofa, gehört bestimmt dir, Dario."

Dario hindert mich, den Pullover auszuziehen, indem er seine Hand gegen meine Brust drückt. Dann sagt er: „Bhalt en aa. Er isch vo de Chiara, irgendwie isch er au vo üs beidne, lahn en aa, es isch chalt i de Bärge. So nimmsch üs wenigschtens mit, wenigschtens symbolisch, mir müend ja dabliibe. Falls mer üs irgendwänn wieder mal gseh sötted, chasch en üs ja zrugg gäh und eus mit dem Pulli alli Erläbnis schänke, wot drin gha hesch."

Nur zehn Minuten entfernt liegt die Sennhütte wie ein kleines Spielzeug in der Talmulde. Chiara hat mir trotz heftigen Widerspruchs ein Brot in den Rucksack gesteckt und einen Ziegenkäse. „Das isch letschtjährige", hat sie gesagt, „muesch nu die schwarz Schimmelrinde abschniide, die isch konservierend, drunder isch de Chäs sehr würzig, aber guet zässe. Es chliises Stückli langet um jedes Ässe z hebe." Danach hat sie mich in den Arm genommen und mir einen Kuss auf die Wange gegeben. Gleich danach hat mich Dario kräftig gedrückt, ohne loszulassen, mich „Kollega" genannt und mir zugeraunt: „Mir hebed zäme."

Ich fand den Abschied recht merkwürdig. Sie kennen weder meine Beweggründe noch was mich treibt, sie wissen nicht, wie gut ich mich verstellen kann, und doch haben sie ein enormes Vertrauen mir gegenüber gezeigt und mich als einer der ihren angesehen. Das, was sie mir zugesteckt haben, bedeutet mir viel, auch wenn die Wahrscheinlichkeit, dass wir uns noch einmal begegnen, eher gering ist. Der Pullover wärmt.

Ich bin noch nicht viel weiter gekommen, da sehe ich einen Hubschrauber, der eine riesige Lastenkiste auf den Berg trägt. Jetzt wird also der Alltag beginnen, auf den die beiden gewartet, den sie ersehnt haben und vor dem ihnen auch ein wenig graute.

Die Bergsteigerhütte, an dessen Fassade eine Schweizer Flagge gehisst wurde, lasse ich rechts liegen und gehe direkt auf eine Klippe zu.

18.

Dario hätte mir statt dem Pullover besser seine Schuhe überlassen. Schweiß läuft über meine Brust, mein Rücken ist ohnehin mit einem Nässefilm benetzt. Sich deshalb mitten in der Felsenwand den Pullover auszuziehen, wäre jedoch schwachsinnig. Das Epizentrum meines Körpers ist irgendwo in der Bauchgegend, es ist eine Art Nullpunkt, um den herum sich ein miteinander funktionierendes System aufbaut. Die Kleidungsstücke bilden die äußeren Schalen. Diese Schalen machen nur Sinn, wenn sie sich wie die Haut gleichmäßig um das Zentrum verteilen.

Auf dem Höhepunkt meiner Erfolge kam mir die Welt wie eine Pfütze vor, in der ich manchen Wirbel verursacht habe. Jetzt bin ich ein in einen Ozean geworfener Kieselstein, der schalenförmige Wellen verursacht, die in der Endlosigkeit völlig bedeutungslos sind. Und dennoch bin ich.

Was ich bisher an Klettertouren durchgemacht habe, ist Kinderkram gegen die Lage, in der ich mich jetzt befinde. So oft in meinem Leben habe ich behauptet, es gäbe kein Zurück mehr, jetzt beweist sich, was das tatsächlich heißt. Nach oben kann man sich ziehen, wenn die Hände Pack an finden, nach unten zieht nur die Schwerkraft, die man kaum selbst dosieren, die sich aber in Sekundenschnelle potenzieren kann. Die Absätze und Vorsprünge, mit denen sich der Berg als überwindbar empfiehlt, könnte mein Auge im Rückwärtsgang ohnehin niemals erspähen. Es gibt also nur eine Richtung: hinauf.

Zu Hause habe ich beim Kauf von Schuhen immer auf ihre Robustheit geachtet, versucht, jeden modischen Schnickschnack zu umgehen, einen Schuh, den man zu jedem Anlass tragen kann – außer zu Ministerialratsempfängen. Der zeitlose Chic zeichnet sich dadurch aus, dass selbst eine leicht abgenutzte Unterseite und ein abgeschabtes Oberleder keine echten Beeinträchtigungen sind. Diese Einschätzungen beziehen sich allerdings nur auf den Aufenthalt in seichtem Gelände, jetzt ist ein anderer Vergleich gefordert: In Belang einer Eignung zum Zwecke von Kletterpartien sind die Treter kaum besser als irgendwelche Tanzschuhe. Die Sohle ist kaum griffig, der Spann relativ unflexibel, und der Schaft sitzt nicht fest genug am Fußgelenk. Fehlte nur, dass ich jetzt zu allem Überfluss noch mein Sakko tragen würde. Ich mag dieses Kleidungsstück sehr und wollte es auf jeden Fall bei mir halten, in der Eile meiner Flucht habe ich es an einem Nagel in Herberts Hütte hängen lassen, in der Seitentasche die Uhr meines Großvaters. Zeit spielt keine Rolle mehr, momentan auch keine Nostalgie, doch ich hätte die Uhr als Kompass verwenden können, so wie ich es einmal als Kind gelernt habe: Die zwölf auf die Sonne gerichtet, ist am Vormittag der Süden zwischen dem Zeiger und der zwölf, am Nachmittag zwischen der zwölf und dem Zeiger. Mit einem Sakko hier hoch zu klettern hätte der Sache noch die Krone aufgesetzt, die Uhr hingegen hätte mir vielleicht noch einmal geholfen. So oder so, wenn ich das hier schaffe, könnte ich mich für das Guinness-Buch der Rekorde anmelden, als mutigster Bergsteiger, oder auch als beklopptester. Es gibt irgendwo auch einen Wettbewerb, in dem die schusseligsten Todesfälle gekürt werden. Der käme im anderen Fall für mich in Frage.

Ich bin irgendwo im Nirgendwo angelangt. Wenn ich nach unten sehe, kann ich nicht viel mehr erblicken als beim Blick nach oben. Am

Anfang hat mir noch der Rückblick auf die Alm oder die Bergsteigerhütte einen Anhaltspunkt gegeben, nun sind sämtliche zivilisatorische Elemente aus meinem Blickwinkel verloren, während sich ein Punkt, an dem ich ankommen könnte, noch nicht abgezeichnet hat. Es war schon immer eine große Schwäche von mir, dass, wenn ich die Augen nach vorne gerichtet, den Rundumblick auf das Jetzt verloren habe. Immer auf der Flucht nach vorne. Genau diesen Satz habe ich schon mehr als einmal gedacht, aus vielen ähnlichen Lagen heraus, auch wenn das Dilemma immer ein anderes war. Selbst wenn sich die Worte ändern, die Merkmale tun es nicht. Verlegenheiten erzeugen Ausflüchte. Jetzt ist es mein Körper, den ich in diesen Felsen verlegt habe.

Meine Handflächen sind inzwischen aufgeschürft, doch die Wunden schmerzen nicht, allenfalls ein wenig die Kälte, wenn ich wieder in eine Spalte greife, um meine Füße sicher über eine glatte Oberfläche tänzeln zu lassen. Sich an größeren Vorsprüngen kurz hinzusetzten und tief durchzuatmen scheint auch nichts zu bringen. Wenn ich so langsam und behutsam steige, wie es die Vorsicht gebietet, dann braucht mein Körper keine gesonderten Pausen. Das ist so wie bei einem Saxophonisten, der im Spielen gleichzeitig durch den Mund bläst und durch die Nase den Atem holt. Dieser Vergleich mag, was die Muskelkraft angeht, treffend sein, mit dem Atmen verhält es sich anders. Zum ersten Mal spüre ich wirklich, was dünne Höhenluft bedeutet, wenn man Sauerstoff nötig hat: Wenn man bei einem Winterlauf eisige Luft einatmet, dann hat man das Gefühl, die Atemwege würden brennen, hier oben ist es eher, als würden sie langsam verglimmen. Es gibt nur eine Möglichkeit, den Erstickungsgefühlen zu entkommen: Noch langsamer voran, aber nach wie vor keine Pause machen.

Meine Selbstwahrnehmung ist schwankend. Mal zerrt es an mir, mal schmerzt es, mal fühle ich nichts außer meinen Wünschen, den nächsten Punkt zu erreichen.

Endlich kann ich den höchsten Punkt des Berges in Reichweite erkennen. Das motiviert, doch es sollte mich nicht zum Leichtsinn verführen. Jeder Schritt muss gleich gut überdacht sein, egal ob es der erste oder der letzte ist. Auf das normale Leben kann man das nicht übertragen. Da darf man zwischendurch schon mal nachlässig sein und sich nachher korrigieren. Selbst verpasste Chancen lassen sich ab und zu nachholen. Der Berg ist dagegen unerbittlich.

Einer von Udez Sprüchen lautet: „Lieber eine weiche Frau als ein harter Berg." Wenn der wüsste. Selbst wenn ich mich jetzt in eine flauschige Phantasie hineinretten würde, könnte ich der Realität damit nicht im Geringsten entfliehen.

Die letzten Meter werden gängiger, die Höhe fällt nicht wie eine Klippe ab, sondern wölbt sich allmählich in die Horizontale.

Das „Geschafft" relativiert sich im selben Moment, als ich die Ebene erreiche. Gleich darüber erhebt sich der Berg mindestens in der gleichen Höhe, wie ich ihn bisher schon gemeistert habe. Jetzt muss gehaushaltet werden. Zunächst gilt es, Kraft zu tanken, doch lange ausharren bedeutet, den Tag zu vergeuden. Ich muss den Berg noch heute überwinden. Das mag absolut utopisch sein, aber ich kenne keine andere Alternative.

Für einen Bergsteiger wäre das eine ergötzliche Jause, bei dieser Aussicht auf weite schneebedeckte Gipfel, mit einer Mahlzeit aus Äpfeln, Käse, Chiaras Vollkornbrot und Dauerwurst, dazu ein wirklich kleines Stück Ziegenkäse, ein Jährling. Ich hingegen spüre vor allem eine Einsamkeit, als hätte ich mein ganzes bisheriges Leben hinter mir zurückgelassen und würde am Ende nur noch die letzten verbliebenen Reste verspeisen: eine Einsamkeit, die mir nichts zurückgibt.

Warum um alles in der Welt bin ich nicht bei Dario und Chiara geblieben. Das Angebot, noch eine Nacht zu bleiben, hätten sie sicherlich ohne Weiteres auf unbestimmte Zeit verlängert. Wenn Wanderer vorbeigekommen wären, hätte ich mich in einem der provisorischen Ställe bei den Ziegen aufgehalten, die Fütterung der

Zicklein übernommen, abends hätte ich dann die Milchküche sauber gemacht, ich hätte Feuerholz für die gesamte Saison gehackt und mich mit der Couch als Schlafplatz mehr als zufrieden gegeben. Dieses blöde Weiter und Weiter hat mir tatsächlich zu mancher Errungenschaft meines Lebens verholfen, selbst wenn hinter jedem Sieg auch ein Verhängnis lauerte, doch jetzt scheine ich tatsächlich in eine Sackgasse gelaufen zu sein.

Genug, jetzt keine ausschweifenden Gedanken, ich muss weiter. Die Wasserflasche fülle ich an einem kleinen Rinnsal auf. In den Bergen kann man auf vielfältige Weise ums Leben kommen, verdurstet ist, soweit ich weiß, dort noch nie jemand. Das ist immerhin ein Vorteil, der auch mir zugutekommt. Haushalten sollte ich auch mit meinen Gedanken. Nicht jede Betrachtung ist zulässig, ich sollte mich auf die positiven Aspekte konzentrieren.

Wenn ich ankomme, wo immer das sein wird, dann sollte ich sämtliche Details dieser Extremsituation aufschreiben. So etwas lässt sich nicht leicht erfinden. Solchem Erlebnis als reine Fiktion würde etwas Entscheidendes fehlen. Vielleicht würden die Kritiker behaupten, es sei gut beschrieben, doch tatsächlich fehlte dem der wahrhaftige Aspekt. So ohne Weiteres kann man vielleicht nicht herauslesen, ob eine Geschichte erfunden oder erlebt ist, doch würde mir jemand zwei Schilderungen einer Extremsituation vorlegen und ich wüsste, eine davon ist echt, die andere erfunden, ich glaube, jetzt würde ich die wahre Darstellung erkennen

Von der milden Frühlingsluft ist kaum noch etwas zu spüren. Ach, ich wollte doch positiv denken: Also, den Pullover von Chiara unter meiner Jacke zu tragen, tut unendlich gut, und da die Pause jetzt schon einige Minuten hinter mir liegt, habe ich schon mehr als die Hälfte bis zum höchsten Punkt geschafft.

19.

Die Hand nach vorne. Zugreifen. Es ist ein festes Felsenstück, das ich zu packen bekomme, kein brüchiger Stein. Gut so. Nun die nächste Stellung. Die Faust stemmt gegen die Innenseite einer senkrechten Spalte. Anspannen, aber nicht verkrampfen. Jetzt sind die Füße dran. Der rechte Fuß steht gerade, aber wackelig auf einer Spitze, der andere steckt schräg in einer Furche. Hände und Füße bilden jeweils über Kreuz ein Gegenlager. Es ist insgesamt eine stabile Situation, aus der ich mich jedoch wieder lösen muss. Wo kann ich einen Fuß als Nächstes aufsetzen? Da ist eine Fläche mit wenig Neigung. Von alleine könnte man sich nicht darauf halten, dafür ist sie zu klein, der Fuß würde abrutschen. Um mir aber ein wenig Gegenlager zu bieten, genügt die kleine Oberfläche. Ich muss diagonal denken. Wenn ich den rechten Fuß auf die glatte Fläche aufsetze und mit der linken Hand an einen neuen Vorsprung greife, müssen die anderen Extremitäten die Position festhalten und für diesen Moment den fehlenden Halt ausgleichen.

Ich beneide die Vögel, die mit Aufwinden an ihr Ziel kommen und sich nicht so jämmerlich an eine Wand klammern müssen. Ich gehöre nicht hierhin. Wenn ich wenigstens wüsste, warum ich diesen Weg eingeschlagen habe. Ich hätte so viele Optionen gehabt, stattdessen habe ich mich von spontanen Entscheidungen treiben lassen, auf meine Instinkte vertraut, die mich zum ersten Mal ernsthaft genarrt haben. Es ist schon aberwitzig: Ich habe die größtmögliche geistige Freiheit erlangt und bin physisch derart gebunden, dass ich sie nicht ausleben kann.

Noch einmal der Blick nach unten und dann ... Unglaublich, ich habe es tatsächlich geschafft. Auch die zweite Hälfte ist bewältigt, wenn man überhaupt von einer Hälfte sprechen kann. Ich wage erst gar nicht den Blick nach vorne. Immerhin ist meine Position jetzt eine vollkommen neue. Ich kann wieder das Tal sehen, in dem sich die einzelnen Dörfer versprenkeln, weiter hinten glitzert sogar das Wasser des Stausees. Mein Gott, Bas, du bist verdammt weit gekommen, einen Weg, den du dir nie zugetraut hättest, mein Gott.

Was hat das zu bedeuten? Ich habe nie in Kategorien eines Gottes gedacht und deshalb bewusst auf derlei Floskeln verzichtet. Plötzlich bricht dieser Ausdruck aus mir heraus, als hätte ich die Auseinandersetzung zeitlebens nur unterdrückt.

So weit ich auch blicken kann, die Route, über die ich hierhin gelangt bin, bleibt hinter den möglichen Blickwinkeln verborgen. Es ist, als gäbe es nur einen Ausgangspunkt und diesen Ankunftsort, aber keinen Weg dazwischen, so wie es das Leben und den Tod gibt, aber keinen Übergang. Jetzt stehe ich auf einem Plateau, nahe dem Gipfel, vollkommen alleine, vollkommen irreal und spüre nur das Unbegrenzte. Ich bin nicht relativ weit gekommen, ich bin nicht relativ alleine, ich stehe nicht in Relation zu anderen Geschehnissen an diesem Ort, alles, was ich bin, und alles was mich umgibt, ist absolut.

Mein weiterer Weg verspricht keine große Erleichterung, aber eine enorme Umstellung meiner Kräfte. Noch lange nicht habe ich den Berggrat erreicht. Zunächst muss ich das weitläufige, leicht ansteigende Schneefeld, das sich ohne Anhaltspunkt auf ein Ende vor mir streckt, überwinden. Ehe ich das Feld betrete, darf ich mir eine längere Pause gönnen, das habe ich mir verdient, wenn Verdienste hier überhaupt gelten. Erneut esse ich von Chiaras Brot und dem Ziegenkäse, leere meine Flasche. Das Wasser läuft eiskalt durch meine Kehle. Ich habe keinen Schal, aber ein Handtuch, das mir als solcher dienen kann. Es tut gut, meine Muskeln zu entspannen. Der Wind, der hier oben weht, ist nicht so kalt, wie ich es erwartet hätte, und bringt mich dennoch zum Frösteln. Ich schnalle meinen Schlafsack ab und schlüpfe hinein, winkle meine Beine an und schiebe den Oberkörper gegen die Knie, dann lasse ich mich zur Seite fallen. Langsam gibt mein Körper die Wärme frei, die sich in der Kletterpartie aufgeladen hat, und bildet einen Puffer zwischen mir und der Außenwelt. Jetzt einmal kurz träumen können, der bitteren Realität zeigen, was eine Harke ist.

Ein Sekundenschlaf löst den Wunsch eines bewussten Traumes ab, dann denke ich, statt wie gewohnt an das Leben, ans Überleben. Noch ein wenig bleibe ich liegen und verhandle mit mir über die nächsten beiden Optionen: entweder sehr bald aufstehen oder versuchen, unterbrochen durch mehrere kleine Mahlzeiten, bis zum nächsten Tag zu schlafen.

Das wohldosierte Essen sollte nicht hinten anstehen, doch der Tag ist noch zu jung zum Bleiben.

Die Luft wird dicker, aus dem Tal zieht Nebel, dicht wie Schleim, immer weiter nach oben, dünne Schleierwolken tun ihr Übriges, um die Weitsicht einzuschränken. Bald reduziert sich das Blickfeld auf das nahe Umfeld, das sich nur noch durch zwei Elemente definiert: das Schneefeld und den Berggipfel.

Es rächt sich erneut, kein geeignetes Schuhwerk zu haben. Die Zungen sind weder gefalzt noch mit den festen Laschen vernäht. Sobald ich tiefer als fünf Zentimeter in den Schnee sinke, drückt er unerbittlich in die Falte, bildet unter der Bewegung meiner Füße kleine Eisklumpen, die wohldosiert Feuchtigkeit an meine Socken abgeben. Hätte ich wenigstens den Eindruck, weiterzukommen, dann könnte mich das über den Schmerz hinwegtrösten, doch es mangelt an Anhaltspunkten. Der Gipfel, der sich als kahler, steiler Felsen aus dem Schnee bohrt, ist viel zu weit weg, um eine Ahnung über das Fortkommen zu vermitteln, ansonsten ist alles, was ich sehen kann, eine weite, strukturlose Fläche. Wenn sich jetzt auch noch der Gipfel in Nebel hüllt, bleibt der Anstieg des Geländes der einzige Anhaltspunkt, der mich vom Laufen im Kreis abhält. Dabei ist nicht einmal sicher, wie lange ich noch in der Lage bin, einen Anstieg zu erkennen. Vielleicht narrt mich mein Gleichgewichtsorgan. Nicht nur die äußeren Anhaltspunkte sind verloren, auch die inneren. Ich befinde mich in einem endlosen Raum, in einer absoluten Leere; mein Körper ist nicht mehr Ich selbst, sondern die Welt um mich herum, während ich auf meine Empfindungen beschränkt bin. So müsste der Tod aussehen, so definieren ihn viele Religionen. Doch das ist alles noch Theorie, solange ich den Schnee um meine Füße spüre und ein Rest-Blickfeld habe.

Jeder einzelne Zentimeter Vorankommen kostet seine Mühe. Die feste Schneemasse lässt sich nicht so einfach zerstäuben, ich muss für jeden Schritt das jeweilige Bein weit anheben. Die Lücken zwischen meinen Fußstapfen sind mittlerweile kleiner als die Fußabdrücke selbst.

Habe ich nicht Tage zuvor daran gedacht, wie wenig ich auf Augenhöhe zu mir stehe?! Jetzt stehe ich horizontal zu meinem Ich, zu all dem, was mich ausmacht, auch wenn ich fast nur noch meine körperliche Hülle bin, die um seine Existenz kämpft, ums Überleben nur des Erhaltungstriebes seines Organismus wegen. Außer der paar Gedanken, die mir noch geblieben sind, bin ich von innen leer, bin wie ein Mann ohne Eigenschaften.

Endlich eine erste Wölbung. Die Fläche neigt sich leicht nach unten, die Erleichterung ist gering. Jeder einzelne Schritt ist ein Blutegel, der die letzten Kräfte aus meinen Körper saugt. Das Gelände steigt wieder an. Die Motivation, nach oben zu gehen, ist ein wenig größer, weil ich an das Ende dieser Herausforderung und eine automatisch anschließende Entlastung glaube. „Ein wenig“ bedeutet jetzt „viel“, genau gesagt „alles“, und „glauben“ unterscheidet sich nicht von „wissen“. Ein auf das Existenzielle reduziertes Leben bedarf keines großen, ausgefeilten Wortschatzes. Und selbst meine eigenen Konturen verlieren sich. Wie oft habe ich mich mit den Seinsfragen auseinandergesetzt. Eine Theorie beweist sich jetzt auf grausame Art: Ich bin nicht Materie, ich bin nur Bewegung.

Eine kleine Senke stört mein Schrittmaß, auf Bedächtigkeit eingespielt, reagiere ich nicht schnell genug und falle hin, lande weich und raffe mich sofort wieder auf. Die Natur hat mich in seine weichen Arme genommen und mir andeutungsweise den Tod geboten. Nein, du kannst mich so noch nicht haben noch stelle ich mich – aufrecht.

Die Finger haben den Punkt des Fröstelns überschritten, obwohl ich die Hände in den jeweils anderen Ärmel gesteckt habe, sie brennen nur noch. Die Zehen spüre ich kaum, ich hoffe, das ist kein schlechtes Zeichen.

Es war gar nicht so schlecht, kurz von den Beinen zu kommen. Schnee kann den Körper auch schützen, nur darf man weder einschlafen noch aufgeben. Wütend versuche ich, schneller zu gehen, die Beschleunigung ist kaum spürbar, im Gegensatz zur Kräftezehrung, die mir dieser Ausbruch abverlangt. Am Ende falle ich nochmals hin und bleibe diesmal liegen.

Schlaf würde mir jetzt Kraft geben, wenn die Kälte nicht zusetzte. Wenn ich mich mit meinem Schlafsack unter die Schneedecke graben würde, hätte ich eine Chance. Eine Saat, die unter dem Schnee liegt, ist geschützter als der Samen, der offen der Witterung ausgesetzt ist und schimmelt, modert oder erfriert.

Ich greife in meinen Rucksack, taste nach den Dingen, die ich mitgeschleppt habe, erwische die Tüte mit den Haferflocken und ziehe sie hervor. Mit zitternden Fingern reiße ich die Verpackung auf. Ein Teil des Inhalts stobt auseinander und verstreut sich in den Schnee. Mir ist zu kalt, um sie wieder aufzulesen. Meine rosarot durchblutete Hand schiebe ich in die Tüte, ziehe sie wieder hervor und nehme die Flocken mit der Zunge aus der Handfläche in den Mund. Langsam zergeht das Quetschgetreide, mit Spucke ummantelt, in der Mundhöhle. Ich nehme noch mehr, bis mir vor Trockenheit die Spucke wegbleibt, dann beiße ich in den Schnee, lasse ihn im Rachen schmelzen und weiche damit die Flocken auf. Das ist gut, ich mache weiter.

Wie gerne läg ich jetzt in den Armen von Kristin. Ich liebe sie nicht, nicht so, wie man jemanden liebt, dem man sein gesamtes Leben anvertrauen möchte, aber sie ist mir mehr als alles andere eine Heimat, eine schützende Höhle, in die ich mich zurückziehen könnte. Wir hätten heiraten sollen, so wie es andere machen, die kaum einen Gedanken daran verschwenden, ob das wirklich zu ihrem individuellen Lebensentwurf passt. Nach dem traditionellen Muster einer Ehe zu leben, das passt genauso wenig zu Kristin wie zu mir, aber wir hätten unsere eigene Form des Zusammenlebens entfalten können. Für sie wäre das allemal besser gewesen als auf ihren untreuen Freund zu hoffen, der nicht wirklich zu ihr steht. Und ich hätte einen zuverlässigen Pol gehabt. Wir hätten zwar nie mehr zu unserer Leidenschaft gefunden, die wir am Anfang der Beziehung gespürt hatten, doch wir hätten uns wie Geschwister aufeinander verlassen können. Wenn sie sich dann in jemanden verliebt hätte, wäre das kein Problem gewesen, sie hätte ihre Freiheit behalten. Was mich betrifft, ich hätte mich danach nicht mehr verliebt, das wird ohnehin nicht mehr vorkommen, zumindest nicht dauerhaft.

„Du denkst, ich soll das Leben hassen, nur weil nicht alle Blütenträume aufgehen." Dieser Aphorismus stammt von Goethe. Goethe hat seinen Werther auf einen Berg tragen lassen, der nicht im Geringsten an die Höhe heranreicht, die ich jetzt erklommen habe. Der Gedanke an seinen Ausspruch lässt mich die Glut spüren, die ich in mir trage. Ich muss wieder auf die richtigen Dinge stoßen, damit sich daraus ein Feuer entfachen kann. Ich muss aufstehen und weitergehen.

Am liebsten würde ich wieder zurückgehen, noch mal anfangen, meinen Spuren im Schnee folgen, den gleichen Felsen herabsteigen, ich würde nicht anhalten, bis ich in dem tiefgelegenen Tal angekommen bin, dann würde ich immer weiter laufen, bis ich schließlich in Florenz lande, wo ich auf Florence warte, wenn sie selbst es nicht bereits ist, die mich dort seit Tagen erwartet.

Kristin, meine Heimat, Florence meine Hoffnung, Chiara, deren Pullover mich wärmt, warum denke ich in meiner tiefsten Not ausgerechnet an Frauen, statt an meine engen Freunde? Es hat nichts mit der sexuellen Nähe zu tun, nach der ich mich sehne, aber vielleicht ist es der Schutz der Mutter, die ihr Baby in den Armen hält, nach dem ich begehre, weil es um die existenziellsten Aspekte meines Lebens überhaupt geht.

Das also könnte mein Schicksal bedeuten: Unten, an den niederen Flüssen geboren zu sein, in ein geschütztes Nest gelegt, und jetzt, so weit oben, nahe dem Himmel, alleine, wie auf einem Präsentierteller mich dem Tod zu empfehlen.

Aus den Armen der Mutter gerissen zu werden oder sich selbst zu reißen, heißt, selbstverantwortlich zu sein, heißt, sterben zu müssen. Ich werde jetzt aufstehen, ich werde nicht bleiben, ich will mein Ende noch hinauszögern. Behutsam ziehe ich die Beine an meinen Körper heran, drehe mich auf die Knie, setzte den Po auf die Fersen und erhebe mich langsam.

Tue ich das wirklich? Ist das wirklich mein Körper, der sich wieder aufrecht stellt, oder geschieht alles nur in meiner Vorstellung? Mein Organismus hat sich bereits aufgegeben, ich lebe nur noch in der Gedankenwelt und täusche mir den letzten Rest Existenz nur vor. Nein, ich stehe wahrhaftig, es ist mein Leib, der sich aufrichtet, es sind meine Arme, die den Rucksack umbinden und meine eigenen Beine, die sich in Gang setzen. Ich bin.

20.

Sämtliche Haferflocken, außer die im Schnee verlorenen, liegen jetzt lose in meiner Jackentasche. Ab und zu greife ich mit der Hand hinein und ziehe die Flocken mit den Lippen in den Mund. Bei jedem fünften Mal schiebe ich eine Portion Schnee hinterher. Mein Rhythmus der Reanimation. Die leere Tüte habe ich in den Rucksack verstaut. Der kleine Frevel, die Tüte einfach wegzuwerfen, wäre niemandem aufgefallen und wäre in dem weitläufigen Terrain auch nicht von Bedeutung, doch kleine Dinge gewinnen wieder an Bedeutung. Ich lebe, ich habe die Kraft, eigenständige Gedanken zu schöpfen, die sich autonom zu meinem Körper verhalten, und ich komme voran.

Die Nacht ist wie ein isländischer Frühsommer. Zwar sehe ich keine Lichtquelle des Mondes, doch auch nach dem Untergang der Sonne ist es nie ganz dunkel geworden. Welches Hell hier in dem Schnee reflektiert, begreife ich nicht.

Die verschiedenen Sinne eines Lebewesens formen ein umso klareres Bild, je besser sie zusammenarbeiten. Diese These gilt nur, wenn man Täuschungen außen vor lässt.

Noch nie im Leben bin ich mir so klein vorgekommen. Zwar habe ich oft daran gedacht, welch winziges Etwas ich auf dieser Welt ausmache, aber wirklich gespürt habe ich das in der Dichte meiner Umgebung niemals, nicht annähernd so wie jetzt. Ich wage zu begreifen, woher der Gottesgedanke kommt. Ich spüre den Drang, mir vorzustellen, dass es einen Schöpfer gibt, der dies alles erschaffen hat. Es gibt ja zwei unterschiedliche Gottesvorstellungen: Die eine sagt, er sei der Schöpfer aller Existenten, die andere, er ist es, der allgegenwärtig die Geschicke lenkt. In der Stadt dominiert die zweite These, hier hingegen fühle ich mich mit der ersten alleine gelassen. Es muss auch ein Dazwischen geben, eine Symbiose aus Schöpfer und Lenker.

Eine meiner Theorien, die ich in jungen Jahren abgefasst habe, lautet: Gott ist eine mathematische Null, eine Ziffer ohne eigenen Wert, die weder auf der positiven noch auf der negativen Skala steht, und doch dreht sich alles um sie. In dieser eigenartigen Stille, in dieser endlosen Weite, in der nicht einmal der Wind Gelegenheit hat, physische Klänge zu erzeugen, kommt ein weiterer Gedanke hinzu: Gott ist ein Zwischenton, ein Klang, der nicht vorhanden ist, den man aber durch die Überschneidung von zwei Geräuschen herauszuhören glaubt.

Die einzigen Geräusche, die ich vernehme, sind durch mich selbst verursacht: Das Grummeln der Schneeschicht, wenn ich mich gegen sie stemme, und der Puls meines Herzschlages, der von innen gegen meine Membran schlägt. Das sind zwei verschiedene Klänge, die zu überschneiden ich nicht in der Lage bin.

Bin ich die einzige Wirklichkeit, und alles andere ist Einbildung? Das wäre zu testen: Ich denke mich weg. Erstaunlich, das gelingt. Ich höre nicht vorhandene Töne, und ich sehe die gewaltige Schöpferkraft ohne selbst zu sein.

Verloren. Ich glaube immer noch so wenig an einen Gott, wie ich es zu Hause getan habe, und so wenig ich an einen Gott je geglaubt habe, so sehr sehne ich jetzt einen herbei. Sollten es die Praktiken der Kirchen sein, die mir meinen Gott verdorben haben? Man darf sich nicht als einen Gott wägen, wie käme ich auch auf die Idee. Aber es ist gesellschaftlich legitim, sich göttlich zu fühlen. Nichts von dem bietet sich mir an. Alles gleitet an mir ab. Ich spüre Kräfte, aber es sind weder meine eigenen Kräfte noch die eines äußeren Seins. Was wirklich ist, kapiere ich nicht im Geringsten. Dabei galt ich in den Tälern noch als gebildeter Mensch einer aufgeklärten Gesellschaft. Es ist wie weggefegt. Alles, was der Mensch bislang begriffen hat, kann man in einem einzigen Wort festhalten: „Und“. Weiter ist er bisher noch nicht gekommen.

Meine Augen haben keine Übung darin, Neigungen von weitläufigen Landschaften richtig einzuschätzen, das muss ich nun erfahren, doch mein Gleichgewichtsorgan arbeitet nach dem Kampf gegen den Schwindel während der Kletterpartie wieder zuverlässig. Zwischendurch die Augen schließen ist hilfreich.

Da, wo das Gefälle am stärksten ist, bilden sich erste Wasserläufe. Sie suchen den schnellsten Weg in das Tal, der mitunter auch in einen Wasserfall münden könnte. Es ist also zu gefährlich, blindlings dem Wasser zu folgen, wenn es sich zu mehr als Rinnsalen vereint. Sich zu sehr an dem Gipfel zu orientieren, ist auch keine Option, er würde keine Richtung erkennen lassen. Ich muss den Mittelweg finden, mich gleichermaßen an den festen wie beweglichen Elementen orientieren, mich möglichst auf kleinen Graten bewegen, um die Übersicht zu behalten, soweit es das Zwielicht zulässt. Vollkommen egal, wie schnell ich vorankomme, wenn ich nur in Bewegung bleibe.

Es ist kaum zu glauben. Direkt unter meinen Füßen befindet sich fester Boden. Das habe ich nicht vorausgesehen. Das Gebiet könnte im Windschatten eines Felsens vom Schneefall verschont geblieben sein, doch das ist es nicht. Ein aufragendes Gestein ist weit und breit nicht zu sehen. Ich wage kaum, der Feststellung zu trauen, doch scheinbar bin ich, ohne es gemerkt zu haben, in tiefere Gefilde gelangt, in denen der Schnee der Frühlingsluft nicht standhalten kann. Ein flach abfallendes Geröllfeld und ein diffuses Licht, das der nun als fahle Scheibe zu erkennende Mond durch den Hochnebel streut, sichern mir mein Fortkommen.

Wenn ich die letzten Stunden beschreiben müsste, würde ich nicht einen einzigen Satz zustande bringen. Es ist, als wäre nichts gewesen, außer „Schreiten im Schnee". Bis auf das kleine Blickfeld von wenigen Metern habe ich keine Umgebung wahrgenommen, mich, frei von Anhaltspunkten, in einem nahezu luftleeren Raum aufgehalten und nichts von dem begriffen, was in dieser Zeit geschehen ist. Ich habe nur fortgelebt, und auch dafür gibt es nur einen einzigen Beweis: das Ankommen an einem neuen Ort.

21.

Alles ist Zukunft. Das, was hinter mir liegt, gehört bloß dem Prozess der Heranreifung für diesen Augenblick an, an dem jetzt alles beginnt, was nie dagewesen ist.

Die Geburt hat mich nicht erschlafft, die Euphorie ist zu groß. Ich habe das Nichts durchschritten und begegne jetzt so vielem, das ich unbeschwert annehmen kann.

Die Landschaft bildet milde Wellen aus. Es sind weniger Furchen, die das Gebirge durchschneiden, als konkave Dellen mit einer Plüschdecke aus Moos und Gräsern überdeckt, die die feinen Grate der Felsen abrunden. Ein Bergsee füllt im stählernen Blau eine Mulde. Das klare Wasser auf blankem Felsen sollte eher weißlich strahlen, nur fehlt es am Licht, das in die Tiefe dringen und die Klarheit wie mikroskopische Kristalle reflektieren könnte. Ich bin das Insekt, das aus seinem Kokon geschlüpft auf seine Nahrungsgründe zutreibt.

Irgendwo oben auf dem Berg liegt mein Haustürschlüssel. Ich hatte ihn zuletzt in meiner Hosentasche aufbewahrt, dort befindet er sich nicht mehr. Er wird beim ersten Sturz in den Schnee herausgefallen sein. Wenn man ihn in viertausend Jahren nach einer enormen Gletscherschmelze wiederfindet, wird man ihn ins Tal bringen und in eine Ausstellungsvitrine als Relikt aus der Urzeit legen, aber sie werden nicht erfahren, dass er schon jetzt das Relikt aus einer anderen Zeit ist.

Bis zur Waldgrenze will ich es noch schaffen, dann ist endgültig eine Pause fällig.

Die erste Almhütte liegt vollkommen brach. Für die Nordseite der Alpen ist es noch zu früh, das Vieh aufzutreiben, und ohne Lift werden auch die Wanderer, die es zu Fuß bis hier oben schaffen, spärlich bleiben. Solange der Sommer sich nicht vollkommen ausgebreitet hat, wird diese wunderbare Natur verschont bleiben. Ich bin noch nie in dieser Gegend gewesen und erlaube mir dennoch derartige Urteile. Bloße Mutmaßungen gehören zu einem Abwägungsprozess, der sich auf Erfahrungen stützt, mit vorläufigen Urteilen dagegen lerne ich schneller zu begreifen.

Auf der Rückseite dieser Klause steht geschützt zwischen Haus und Stallung eine Bank, lang genug, um mich auf ihr auszustrecken. Ich schlüpfe in meinen Schlafsack und schließe die Augen. Kaum fassbare Bilder laufen wie ein Filmstreifen vor meinen Pupillen entlang. Ich sehe in die Vergangenheit, die Ziegenalm von Dario und Chiara, die Hütte von Herbert, das Karussell in Biasca, die Schornsteine hinter Turin und die strotzenden Flüsse von Lyon, doch sämtliche Kulisse bleibt frei von Menschen. Wo sind sie alle geblieben? Sind all die Begegnungen meiner jüngsten Vergangenheit dazu geeignet, sie aus dem Gedächtnis zu löschen? Das darf nicht sein. Mein Urteil lautet anders, als die Bilder, die ich nicht beeinflussen kann, es mir vormachen wollen. Es ist ein Kampf, der mich aufwühlt und mich zwingt, wieder aufzustehen und weiterzulaufen.

Ich bin. Ich kann nicht mehr erkennen, was hinter mir liegt, ich habe das Nichts durchschritten. Sein heißt nicht nur, sich zu mehren, genauso wichtig ist es auch, abzugeben, von sich zu stoßen. Die Anstrengung, die ich durchmachen muss, hat nicht nur den Zweck, ein Ziel zu erreichen oder mir etwas aneignen zu wollen. Sich zu erschöpfen dient einem Selbstzweck, es ist ein Reinigungsprozess. Ich bin, aber ich bin nicht mehr der, der auf der anderen Seite des Berges losgegangen ist.

Es ist nicht mehr die Landschaft, an der ich meine Wegführung ablese, jetzt leiten mich dünne Linien aus Schotter, die sich zu ausgetretenen Pfaden heranbilden.

Diese menschenleeren Bilder vor meinem inneren Auge könnten die Reminiszenz an den Übergang sein, an den Marsch durch die menschenleere, unmenschliche Landschaft. Ich habe weder Wander- noch Kletterschuhe an meinen strapazierten Füßen, trage statt einer Thermojacke meine gewöhnliche Stadtjoppe, darunter einen Pullover aus Chiara-Wolle und bin damit eine ungeplante und ebenso unwirkliche Reise angetreten. Wie also könnte ich weiterleben, als sei alles normal, als würde die Welt so existieren wie davor?

Der Weg gabelt sich, ich meide die Strecke, die auf den Wald zuführt, möchte, solange es eben geht, nicht von irgendetwas aufgesogen werden und mir dieses kleine Gefühl der Freiheit gegenüber alten Bindungen noch erhalten. Bald entpuppt sich die Wahl meiner Route als Entscheidung, den menschlichen Siedlungen noch lange fernzubleiben, es geht wieder ein wenig bergauf, dann erneut bergab, ohne insgesamt an Höhe zu gewinnen oder zu verlieren, vorbei an einsamen, allesamt brachliegenden Almhütten. Nichts in diesem Gebiet deutet derzeit auf eine menschliche Regsamkeit hin, es sei denn, ein Eremit hätte mein Kommen rechtzeitig bemerkt und würde sich verborgen halten, bis ich vorübergezogen bin.

Ich habe Angst davor, anzukommen. Bisher hat mich jeder Übergang zu Menschen und an Orte geführt, auf die ich mich eingelassen, die ich liebgewonnen habe, und dennoch waren die Tage an diesen Stätten von Anfang an gezählt. Ich will jetzt nicht mehr ankommen, ehe ich nicht zu Hause bin, sei es mein altes oder ein neues Zuhause, an dem ich den Rest meines Lebens verbringen werde, in das ich mich vollkommen und endgültig fallen lassen kann.

Ich bin gewandert und habe geruht, zur Einnahme meines Essens habe ich mir ausreichend Rast gegönnt und habe kurze Schlafphasen eingelegt, doch es erstaunt, dass die Sonne schon wieder sehr tief steht. Ich habe nicht gespürt, wie schnell der Tag an mir vorübergegangen ist und das, ohne den Menschen näherzukommen. Ich bin noch nicht am Ende meiner Kräfte, und doch sollte ich mich nicht auf eine weitere Nacht unter freiem Himmel einstellen. Ich werde mir noch etwas Zeit geben, ehe ich mich darauf einlasse, den Häusern näherzukommen, mich als Gast dem nächsten Tal zu empfehlen.

Es ist verdammt schnell dunkel geworden nur einen Tagesmarsch von den nachthellen Schneegipfeln entfernt. Irrlichter geben mir verworrene Anhaltspunkte, eine Orientierung ist nahezu unmöglich geworden, obwohl es hier Millionen Mal mehr Anhaltspunkte geben könnte als in der Nacht zuvor. Der Boden ist mit Wiese bedeckt, fettes Gras zeugt von einem in tieferen Gefilden gelegenen, humusreichen Gebiet. Vor mir tut sich plötzlich ein Graben auf, ich trete näher heran, will sehen, ob ich ihn überwinden kann, doch je mehr ich vorangehe, umso weiter entfernt sich der Graben von mir. Die Furche entpuppt sich als optische Täuschung, ein Schattenspiel, das ich mit meinem Voranschreiten durchbreche. Es riecht nach Buchenrauch. Ich mag den Geruch, er erinnert mich an Urlaubsreisen nach Skandinavien, an die Fischer, die ihr Fanggut zur Konservierung hier in Blechtonnen, da in gemauerten Kammern geräuchert haben. Magisch zieht mich der Geruch an, ich habe wieder eine Richtung.

Untenherum vollkommen durchnässt, stehe ich vor einem bäuerlichen Haus. Angezogen durch das Licht, habe ich nicht mehr auf den Weg geachtet, den ich ohnehin nur erahnen konnte, doch am Ende wurde ich unvorsichtig und stand plötzlich erst bis zum Knöchel, beim Versuch, dem zu entkommen, schließlich bis zu den Knien im Sumpf, schließlich bin ich bei meinen Befreiungsversuchen auch noch hingefallen. Meine Hose trieft vor Nässe, die Schuhe stehen voll Wasser. Das macht mein Vorhaben, in einer Pension unterzukommen, nicht gerade leichter. Eine alte Dame, die Übernachtung mit Frühstück anböte, würde mich wahrscheinlich davonjagen. Dennoch ergreife ich den Augenblick und gehe auf das einsam dastehende bäuerliche Haus zu. Ein wenig zögere ich noch, schaue mir das Anwesen an, als hätte ich seit Monaten keine menschliche Behausung mehr gesehen. Aus dem Kamin zieht ein weißer Rauch, der das Licht einer Außenlaterne reflektiert.

Die Haustür ist sehr niedrig, ich müsste mich bücken, wenn ich eintreten wollte, eine Klingel hat das Haus nicht, wohl aber eine alte mechanische Schelle, die man durch das Drehen an einer Art Flügelschraube betätigen kann. Am Mauerwerk ist auf einem handmodellierten Türschild die Aufschrift „Ranicky“ zu lesen. Ein bemerkenswerter Name.

Zunächst bleibt mein bemerkbar Machen ohne Wirkung, ich könnte mich noch umentscheiden, dann höre ich Schritte. Es ist ein merkwürdiger Moment. Eine Nacht zuvor war ich auf einsamer Wanderschaft dem Tode so nah, abgehoben von jeder realen Welt, und nun kommt mir ein leibhaftiger Mensch entgegen, den ich bislang weder sehen noch irgendwie einschätzen kann. Dieser Moment wird nur Sekunden dauern, und doch hat er etwas Unsterbliches.

„Entschuldigen Sie mein Auftauchen zu solch einer späten Zeit, könnten Sie mir vielleicht sagen, wie weit es noch bis zum nächsten Dorf ist und ob ich dort eine Unterkunft finde?“ Meine eigene Muttersprache kommt mir fremd vor. Nach all den Irrwegen der letzten Monate zwischen unterschiedlichen Sprachen und Dialekten kommen die Worte dennoch gestochen scharf über meine Lippen.

„Ja also ...“, die Frau, der ich gegenüberstehe, zögert, Sekunden vergehen, begleitet durch Stimmen aus dem Hintergrund, die zweifellos aus einem Fernseher quellen. „Das ist nicht so einfach.“

Würde die Frau jetzt sagen, es gäbe weder ein Dorf in der Nähe noch eine Pension und ich solle mich überhaupt davon machen, dann hätte ich klare Verhältnisse, doch ihre Zauderei verunsichert mich. Aus der Not heraus frage ich nach einer Scheune, mit der ich mich genauso zufrieden gäbe, und projiziere mich schon in ein Bett aus Stroh, derweil der Schlamm an meiner über einen Balken aufgehängten Hose trocknet und ich den Dreck am nächsten Morgen ausklopfen würde.

„Kommen Sie erst einmal herein."

Das Angebot der Frau überrascht, doch ich lasse mich kein zweites Mal auffordern, bleibe aber, statt ihr in die Stube zu folgen, im Flur stehen, weil ich dicke lehmige Fußspuren hinterlasse und das Nass aus meinen Klamotten auf den Boden trieft.

„Oje, sind Sie etwa in die Sumpfwiese geraten? Wo im Himmel kommen Sie nur her?"

Ich fasse die Frage als rhetorisch auf, könnte den „Himmel" zwar nahezu bestätigen, lasse sie aber unbeantwortet. Aus dem Zimmer hinter der rechts gelegenen Tür schallt die hölzern verzerrte Stimme eines Nachrichtenmoderators.

„Warten Sie einen Moment." Die Frau verschwindet über eine Treppe am Ende des Flures, stattdessen taucht ein Mann aus einem weiteren Raum auf. „Sie sehen aber mitgenommen aus. Haben wohl die Jahreszeit überschätzt."

„Guten Tag, ja, Sie haben recht, ich war nicht gut vorbereitet."

Ich höre, wie die Frau die Treppe herabsteigt. Sie kommt mit einer Decke in der Hand zurück und sagt mit dem Ausdruck einer Arzthelferin kurz vor der Behandlung, ich solle mich jetzt erst einmal unten herum frei machen. Artig tue ich das, was sie anordnet, ziehe Schuhe, Socken und Hose aus und wickle mir die Decke um die Hüfte. Ihr Mann verfolgt, im Türrahmen stehend, kommentarlos das Geschehen, erst als ich fertig bin, geht er auf die gegenüberliegende Tür zu, öffnet sie einladend und bittet mich hineinzugehen und in einem Sessel Platz zu nehmen.

Die Nachrichten melden gerade den Tod eines mir unbekannten Schauspielers und zeigen Ausschnitte aus seinem Schaffenswerk. Die

Frau steckt ihren Kopf durch die Tür und sagt, sie würde mir erst mal eine heiße Rinderbrühe bereiten. „Oder sind Sie Vegetarier?"

„Nein, nein, aber machen Sie sich keine Mühe."

„Wenn Sie Vegetarier wären, würden wir ihnen stattdessen einen Schnaps anbieten", kommentiert der Mann trocken, „ein reiner Obstbrand, es sei denn, es hätte sich ein Wurm darin verirrt."

Das Wort „verirrt" löst in meinem Zustand, in einer mir unbekannten Gegend, ohne Hosen, die Beine in eine Decke gehüllt, in einem fremden Sessel sitzend, merkwürdige Assoziationen bei mir aus. Aberwitz.

Die Wärme der Stube und der Suppe bewirken, statt neue Energien heraufzubeschwören, eine vollkommene Erschlaffung meiner Glieder, was meinen Gastgebern nicht verborgen bleibt. Ohne irgendeinen Argwohn gegen mich zu hegen, bieten sie mir eine Übernachtungsmöglichkeit in ihrem Haus an. Sie haben meinen Rucksack und meine Hose als Pfand, kein großer Wert im Vergleich zu dem Vertrauen, das sie mir blind entgegenbringen. Als ich hinter Frau Ranicky die Treppe hinaufsteige, fühlen sich meine Glieder wie ein ungeschmiertes Getriebe an. Ohne die Hilfe des Geländers würde ich wohl nie heraufkommen. Zu meiner Pein muss ich dann noch eine weitere Treppe hinaufsteigen, die wesentlich steiler ist und in eine Dachkammer führt. Die Schwielen unter meinen Fußsohlen sind kleine Luftpolster, die die Härte der Stufen abfedern.

„Leider haben wir hier nicht geheizt, aber ich werde Ihnen noch eine weitere Decke bringen."

Ich lasse mich wie ein nasser Sack auf die Matratze fallen und blicke wie ein kleines Kind, das die Gutenachtgeschichte der Mutter erwartet, durch den Raum. Die Ausstattung ist minimalistisch, es steht eine Kommode in einer Nische und ein großer Koffer an der Seite, einen Hinweis auf eine Person, die die Mansarde einst bewohnt hat, finde ich nicht. Das schwere Knarren der Treppenstufen, die zu mir hinaufführen, macht mich gespannt, es erscheint Herr Ranicky mit einem kleinen Heizöfchen.

Das Schieben des Steckers in die Buchse löst einen kleinen Knall aus, und die Glühbirne, die unter einem geschwungenen Glasschirm baumelt, erlischt. „Mutter, die Sicherung!“ ruft Herr Ranicky, Sekunden später geht das Licht wieder an, er schaltet an dem Gerät herum, die Sicherung springt erneut heraus, fast im selben Moment geht das Licht wieder an. „Wenn der erste Stromschub erst mal durchgelaufen ist, dann hält die Sicherung“, erklärt Herr Ranicky, „das haben wir früher schon öfter praktiziert.“

Ein nicht unbedenkliches Unterfangen, denke ich, aber es ist nicht angebracht, die Sache zu kommentieren.

„Wir sollten wirklich bald eine neue Elektroinstallation verlegen“, kommentiert die Frau, als sie mit einem dicken Plumeau in der Mansarde erscheint. Zwei Minuten später lässt man mich alleine. Ich spüre, wie sich die Luft langsam erwärmt, die Wände hingegen strahlen nach wie vor Kälte ab.

Als ich den Raum als ausreichend für meine Bedürfnisse temperiert empfinde, beuge ich mich über den Boden, ziehe mit dem Willen, auch diese Nacht überleben zu wollen, den Stecker des Heizofens aus der Buchse und lasse mich mit letzter Kraft in das Bett zurückfallen.

IV.
Leerlauf und Erregung
Agitato – Largo

1.

Als ich aufwache, tun mir sämtliche Knochen weh. Es ist noch Nacht, ich müsste dringend auf die Toilette, aber wie soll das gehen? Ich weiß nur von dem Bad, das sich unten am Ende des Flures befindet, habe es durch die offene Tür gesehen, als die Hausherrin meine dreckige Hose weggebracht hat, doch mit einem derartigen Muskelkater werde ich die Stufen allenfalls geräuschvoll hinunterfallen können. Die Gastfreundschaft durch eine solche Unternehmung zu strapazieren, wäre zutiefst unhöflich, ich versuche also, mir meinen Drang zu verkneifen. Entbehrungen durchzumachen, darauf bin ich inzwischen trainiert, einem Übermaß zu begegnen, und sei es auch nur dem Übermaß an Harndruck, ist eine ähnlich geartete und dennoch eine ganz eigene Herausforderung.

Aus weiter Ferne ist irgendein Klopfen zu hören, dann noch einmal, das Geräusch kommt immer näher, ich schlage die Augen auf. Sonnenlicht strömt durch mein Fenster. Wer weiß, wie lange ich nach meinem nächtlichen Erwachen noch geschlafen habe. Die Zeit dazwischen ist verloren, im Gegensatz zu meiner Bergüberquerung, von der mir jede Sekunde erhalten geblieben ist. Meine Unterhose fühlt sich nicht nass an, die Selbstdisziplinierung scheint obsiegt zu haben. Die Tür zu dem Zimmer, in dem ich unter einem aufgeblähten Deckbett liege, öffnet sich einen Spalt, die Scharniere quietschen, als wären sie seit langem nicht mehr geölt worden. Ich ringe mir in meinem schläfrigen Zustand ein „Ja" ab, da blickt die Gastgeberin in das Zimmer und fragt, ob ich frühstücken möchte. Vollkommen schlapp kriege ich kein Wort heraus und kann ein Klappern mit den Augenlidern nicht unterdrücken.

„Sie sind sicher noch müde, ich werde Ihnen etwas raufbringen."

Mein Blick streift einmal durch das Zimmer, ich möchte gewahr werden, wo ich mich befinde. Der Raum wirkt anders als am Abend, ich begreife nicht, woran das liegt. Neben dem Bett steht mein Rucksack. Ich bin mir sicher, ihn gestern nicht mit hoch gebracht zu haben. Erneut fallen meine Augen zu.

Noch eine Nacht zuvor war ich in einer anderen Welt, mitten in den Alpen, in einer Traumwelt, mitten in einem Albtraum, und nun liege ich unter einem weichen Plumeau aus Gänsedaunen. Kann das alles real sein? Es ist real, solch krasse Gegensätze kommen vor, doch sie sind nie wirklich begreifbar.

Als ich wieder aufwache, steht ein kleiner Beistelltisch neben meinem Bett, darauf eine Tasse Kaffee, ein schmuckes Porzellanset aus Milchkännchen und Zuckerdose und zwei Brotscheiben, die eine mit Salami, die andere mit Schnittkäse belegt, sowie drei Radieschen. Es ist kaum zu fassen. Ich bin ein Glückskind. Seit ich aus meiner Heimat geflohen bin, bin ich immer wieder auf Menschen gestoßen, die sich meiner auf verschiedene Art und Weise angenommen haben, manchmal, indem sie mir eine Herberge boten, ein andermal, indem sie sich mir anvertraut haben. Ich kenne das auch anders: Wenn man als Einzelgänger auftaucht, wird man leicht auch zum Opfer, nicht nur für Menschen, die Böses im Schilde führen, auch für diejenigen, die sich selbst wichtiger nehmen als die Ehrfurcht anderen gegenüber.

Mein Körper fühlt sich allerdings nicht nach dem eines Glückspilzes an. Ich kann nicht warten, bis die Schmerzen nachlassen, das könnte Tage dauern, ich muss der Qual die Stirn bieten und wieder aktiv werden. Der Kaffee ist kalt. Hunger habe ich keinen, aus Höflichkeit beiße ich dennoch in das Käsebrot. Der Käse ist so würzig, wie man es in den Bergen erhoffen darf. Noch während meines Frühstücks stehe ich auf, gehe durch den Raum und sehe aus dem Fenster. Meine Beine fühlen sich wie Pudding an, in den Knien steckt Götterspeise, die Waden ziehen, als hätte sie jemand wie einen Expander auseinandergezogen und dann mit Stahlschienen fixiert.

Ich bin nur ein Schriftsteller, ein Arbeiter im Sitzen, von unsportlicher Natur, kaum geeignet für eine Alpenüberquerung, und dennoch habe ich es getan. Jetzt wird mir erst bewusst, wie großartig diese Erfahrung ist, die mir kein anderes Erlebnis hätte beibringen können. Weil ich immer noch ohne Hose bin, binde ich mir erneut die Wolldecke um die Hüften und quäle mich die Treppe herunter. Unten aufgetaucht, läuft mir der Hausherr über den Weg, schaut auf meinen merkwürdigen Aufzug und bietet mir an, zunächst eine seiner Hosen anzuziehen, da meine eigene Hose noch nicht vollständig getrocknet sei. Fünf Minuten später trete ich aus dem Bad und trage eine weitgeschnittene Breitcordhose, die ich am Bund festhalten muss, da sie mir sonst über den Po rutschen würde, ganz abgesehen davon, dass mir die Hosenbeine gerade einmal bis oberhalb des Knöchels reichen. Auch der Mann scheint mit dem Sitz des Beinkleides nicht ganz zufrieden zu sein und besorgt mir passende Hosenträger. So stehe ich schließlich im Aufzug eines Straßengauklers in der Küche und ernte zu allem Überfluss noch das spontane Lachen der Dame des Hauses, als sie gerade von draußen hereinkommt.

„Es sieht wirklich ein wenig komisch aus", entschuldigt sie sich, „aber so können Sie sich wenigstens frei bewegen. Ihre Hose ist gewaschen, sie hängt im Badezimmer auf der Leine."

„Ja, ich habe sie gesehen, das ist wirklich sehr freundlich."

„Ich werde sie über die Ofenstange hängen, dann ist sie bald trocken. Haben sie etwas gegessen?"

„Ja, aber ich muss noch das Tablett herunter bringen."

„Lassen Sie nur, das hat Zeit."

Während weniger Sekunden stehen wir zu dritt schweigsam in der Küche. Herr Ranicky wirkt deutlich älter als seine Frau, ich schätze den Altersunterschied auf zehn bis fünfzehn Jahre.

„Heute kann ich Ihnen einmal die Gegend zeigen. Sie werden gestern Abend ja nicht allzu viel davon gesehen haben. Am Tag stampft man auch nicht so schnell in die Sumpfwiesen, die wirklich ihren Reiz haben, wenn man die Wege, die hindurchführen, nicht verlässt – vorausgesetzt, man erkennt, wo sie lang führen."

„Ich fürchte, ich kann Ihr Angebot noch nicht annehmen, so verlockend es klingt, doch mich plagt ein enormer Muskelkater. Ich habe mir auf meiner Wanderschaft wohl etwas zu viel zugemutet."

„Sie sind über den Berg gekommen", bringt die Frau die Sache auf den Punkt.

Unsicher, ob sie tatsächlich den gleichen Berg meint, gebe ihr recht.

„Na dann würde ich sagen, erholen Sie sich erst einmal, bis Sie wiederhergestellt sind, oder was meinst du, Mutter, die Kammer oben ist ohnehin frei."

„Es ist absolut kein Problem. Bleiben Sie."

„Ich kann aber auch in eine Herberge gehen und Sie später, wenn es mir wieder besser geht, besuchen."

„Wenn es Ihnen bei uns gefällt, dürfen Sie gerne bleiben."

„So habe ich es nicht gemeint, natürlich gefällt es mir hier, doch ich will Ihnen nicht zur Last fallen."

„Um ehrlich zu sein, wir freuen uns, wenn Besuch da ist. Wir haben nicht sehr viele Freunde in der Nähe, und Sie sind ein sympathischer Gast."

Die Küche ist so wie vor hundert Jahren eingerichtet. Zentraler Punkt ist ein alter, weiß emaillierter Herd. Um die große, blank geputzte gusseiserne Herdplatte läuft eine Stange, über die meine Hose zum Trocknen hängt, dahinter sind in den im Jugendstil verzierten Umlauf einer emaillierten Rückwand mehrere Suppenkellen aufgehängt. Seitlich das Ofens steht ein breiter, hölzerner Schaukelstuhl, auf dessen Polster ein Schaffell liegt, gleich daneben befindet sich ein zweiteiliger Küchenschrank, der nach dem gleichen System wie der Schrank bei Dario und Chiara, jedoch viel zierlicher und schmuckvoller aufgebaut ist. Besonders auffällig finde ich die Raumdecke, dessen einzelne, länglich verlaufende, akkurat verputzte Wölbungen mit einer Balkenlage aus Eichenholz gestützt sind. Der schlichte Holztisch vor dem Fenster ist mit Trockenblumen dekoriert. Überhaupt finde ich es recht auffällig, wie sauber und akkurat die Küche trotz des hohen Alters hergerichtet ist, mit Sinn für liebevolle Details.

Ich stehe gerade bei einer weiteren Tasse, diesmal heißen Kaffees alleine in der Küche, als ich einen Kleinbus beobachte, der vor dem

Haus anhält. Die Tür wird geöffnet, und heraus springt ein kräftig gebauter Bursche im reifen jugendlichen Alter, der in fast kindischer Manier dem wegfahrenden Busfahrer hinterher winkt. Als er auf das Haus zukommt, erkenne ich das Down-Syndrom des Jungen, ich will nicht sagen, unter dem er leidet, denn sein Lachen sagt etwas ganz anderes aus. Geräuschvoll tritt er in den Flur, dann schlägt er die Küchentür auf und schaut mich perplex an. „Ich bin der Peter, aber wer bist du denn?"

„Ich bin Bas."

„Bas? Das ist aber ein lustiger Name."

„Eigentlich heiße ich Sebastian, aber ich mag den Namen nicht."

„Gut, dann sage ich Bas zu dir. Weißt du denn, Bas, was es heute zu essen gibt?"

„Nein, ich habe keine Ahnung. Wir sollten vielleicht deine Mutter fragen."

„Mein Papa muss aber kochen."

„Na dann sollten wir ihn fragen. Ich weiß aber nicht, wo er sich im Moment aufhält."

„Wo er sich aufhält?"

„Ja, wo er sich befindet."

„Befindet."

„Wo er ist."

„Ist bestimmt im Stall, die Hühner füttern. Hast du auch Hunger, Bas?"

„Ich habe spät gefrühstückt, aber jetzt, da du fragst, hätte ich schon Appetit."

„Dann frage ich den Papa, ob er auch für dich kocht", und schwupps, ist der nette Bursche wieder aus der Küche verschwunden.

Es ist tatsächlich Papa, der gekocht hat: Kartoffeln mit Grünkohl und Bratwurst, eine deftige Speise, die zu dem ganzen Umfeld passt. Peter scheint es ebenso wie mir zu schmecken, doch ich bin schnell satt, während er noch die letzten Kartoffeln in den Grünkohltopf wirft, beides miteinander zerquetscht und alles zusammen wegputzt.

Durch die Ruhe, die mich umgibt, und den ausgiebigen Schlaf, kann ich mich wieder einigermaßen sortieren. Ich komme zu mir selbst und empfinde das, was jetzt geschieht, als Realität – eine Realität, die sich allerdings in der Hülle einer anderen Wirklichkeit aufhält. Wie eine Nuss in ihrer Schale. Wenn ich eine Nuss in der Hand halte, dann muss ich die Schale knacken, um an den Kern heranzukommen. Ich halte mich jedoch in dem Kern auf und spüre nur das Bedürfnis, nach außen zu dringen, das große Unbekannte, das sich um mein Leben herum abspielt, kennenzulernen.

Ist es wirklich so, dass sich alle Realitäten einander bedingen, oder können sich Wahrheiten gegenseitig widersprechen? Bei den irdischen Fakten kann man sich ohne weiteres eine subjektive Meinung darüber bilden, was als ausschließliche Wirklichkeit einzustufen ist, doch wo liegt die Wahrheit zwischen sich gegenseitig widersprechendem Physischen und Metaphysischen, zwischen Irdischem und Göttlichem?

Ich war immer ein Denker gewesen, der sein Leben bewusst gestaltet und gesteuert hat, und jetzt bin ich in eine Situation hineingeraten, auf die ich so wenig Einfluss habe. Deshalb fühle ich mich wie in eine harte Schale eingeschlossen, die, solange sie sich noch im Wachstum befand, weich und formbar war.

Ich komme zu keinem Schluss, was ich als Wirklichkeit einstufen soll: meine inneren Gemütszustände oder die Welt um mich herum. Da würden mir jetzt auch weder eine Analyse noch ein Urteil weiterhelfen, wenn man nicht den Begriff der Wahrheit selbst in Frage stellt. Wenn wir Wahrheiten als ausschließlich subjektiv ansehen, dann macht der Widerspruch wenigstens Sinn. Wirklichkeiten sind vergänglich. Ich empfinde mich selbst ja schon als vorläufig, wie mögen mich dann erst andere sehen. Und ich erlebe Tatsachen, die morgen schon keine mehr sind.

Peter Ranicky läuft über den Hof und schreibt eine Acht, indem er mal links herum, mal rechts herum kurvt.

„Herr Berthold hat seinen Schlüssel verloren.“

Peter Ranicky hat es gelernt, sich alleine zu beschäftigen. Freunde kommen nicht zu dem Hof am Ende der Straße.

Angeregt durch den Verlust meines Haustürschlüssels in den Bergen, beginne ich eine Reihe von Kurzgeschichten um einen verlorenen Schlüssel zu schreiben. Frau Ranicky hat mir einen Schreibblock gegeben, damit habe ich mich in die Mansarde zurückgezogen.

Seit langem habe ich, abgesehen von Ideen und Skizzen, die ich unterwegs notiere, nur noch auf meinem Computer geschrieben. Ich habe mir das der Zeitersparnis wegen angewöhnt. Jetzt wieder ein leeres Blatt vor mir liegen zu haben, hat durchaus etwas Nostalgisches.

Von draußen höre ich ein Brüllen und ein Kreischen. Peter Ranicky verjagt einen Habicht, der sich im Tiefflug von hinten an die Hühner heranmachen wollte.

Herr Berthold mietet eine neue Wohnung an, weil er den Schlüssel zu seiner bisherigen Wohnung verloren hat. Das wird meine erste Geschichte sein. Es gibt einige Widersprüche auszuräumen. Er bewahrt in der alten Wohnung ja noch sein Hab und Gut auf. Ich werde spielerisch damit umgehen. Der Leser soll, auf die äußere Realität vertrauend, zur inneren Wahrheit geführt werden.

Peter Ranicky sitzt in seinem Baumhaus und späht nach dem Habicht.

Herr Berthold sitzt seit Tagen bei Eiseskälte auf einer Parkbank. Die Spaziergänger fragen ihn, warum er nicht nach Hause geht, er antwortet, er warte auf die Schneeschmelze, weil er seinen Schlüssel beim Schlittenfahren verloren hat. Zunächst soll die Geschichte nach einer absurden Handlung des verrückten Herrn Berthold aussehen, doch nach und nach stellen sich die Reaktionen der Vorbeigehenden hinter der Maske des scheinbar Normalen als viel absurder heraus.

2.

Ich lese „Vals“ auf einem Schild. Der Ortsname kommt mir irgendwie bekannt vor. Mein Rücken lehnt gegen einen schlecht gepolsterten Sitz eines alten taubenblauen Simca. Neugierig betrachte ich von der Beifahrerseite aus die Umgebung und bin wegen der unkonventionelle Fahrweise von Herrn Ranicky ein wenig angespannt, der ohne innere Logik mal schnell fährt, dann wieder in eine senile Fahrweise umschlägt und dabei mehr als nötig die Gänge per Lenkradschaltung wechselt. Vals ist in dieser neuen Welt der erste Name, den ich lese, der meinen geographischen Aufenthalt identifiziert.

Ich bin einmal durch einen holländischen Ort gekommen, der genauso hieß wie dieses Städtchen, soweit ich mich erinnere, wurde er mit zwei „a“ geschrieben. Dieser Ort hatte sich bei mir eingeprägt, weil er in Holland unmittelbar an der Grenze liegt und mich die Zöllner auf meiner Rückreise nach Deutschland anhielten, um mich zunächst detailliert über meinen Aufenthalt in dem Land auszufragen und anschließend, auf der Suche nach Drogen, einer Gepäck- und Leibesvisitation zu unterziehen. Als junger Langhaariger, dessen Auto kein lokales Kennzeichen hatte und der in einem kleinen Kaff über die Grenze trat, war ich wohl prädestiniert für eine Verdächtigung, da halfen auch meine eindringlichen Beteuerungen, ich wäre lediglich zum Zwecke der Kunstausstellung eines Schweizer Künstlers in Maastricht gewesen, nicht weiter. Besonders sauer war ich über die scheinheilige Freundlichkeit, mit der sie das despektierliche Prozedere vollzogen, mich schließlich aber missmutig entließen, weil sie nichts gefunden hatten. Seit dieser Erfahrung ist meine Einstellung gegenüber den angeblich so toleranten Holländern eine andere. Vaals oder Vals, das soll mir jetzt egal sein, schließlich bin ich momentan dabei, neu auf die Welt zu kommen, da soll es auch keine

Rolle spielen, ob Herr Ranicky neben seinen polnischen womöglich auch irgendwelche Holländer in seiner Ahnenreihe hat.

Vals liegt in einem engen Tal und erinnert alleine schon daher mehr an die Südschweiz als an die eher lieblichen Regionen rund um Zürich oder Bern.

Wir steuern auf einen imposanten Komplex zu, der sich von den übrigen Gebäudeformen ein wenig abhebt. Das hätte ich hier nicht erwartet: Der moderne Bau knüpft, konsequent kubisch aufgebaut, an den Bauhaus-Stil an, dem ich schon mancherorts begegnet bin, doch noch nie in einer derartigen Abgeschiedenheit. Bauhaus ist so schlicht gestaltet und hebt sich seltsamerweise dennoch stets von der Architektur seines Umfeldes ab. Bisher bin ich noch nicht ganz dahinter gestiegen, wieso das in dieser eisernen Konsequenz immer funktioniert. Aus dem quer in der Landschaft liegenden Block sind an verschiedenen Positionen quadratische Fenster und Durchbrüche ausgeschnitten, mal winzig klein, mal so riesig, als wollten sie dem Gebäude seinen Platz streitig machen.

Frau Ranicky, die mit Peter auf der Rückbank hockt, erläutert voller Eifer, der Baumeister habe sich zum Ziel gesetzt, die umliegende Natur architektonisch zu interpretieren. Es gibt viele Architekten, die so etwas von sich behaupten, vermutlich jeder zweite, doch den meisten von ihnen fehlt das Feingespür für den Unterschied zwischen „interpretieren“ und „nachahmen“. Diesem Gebäude werden nach meinem spontanen Eindruck selbst Skeptiker das Besondere nicht absprechen können. Nach den Erfahrungen in den Bergen, die immer noch tief in mir sitzen, spüre ich überdies eine Ästhetik, die ich kaum zu beschreiben wage: Ich schwanke zwischen Faszination und Ablehnung, umso mehr reizt es mich, hineinzugehen.

Der Eintritt ist üppig, ich lasse es mir dennoch nicht nehmen, Familie Ranicky einzuladen, nachdem ich sie endlich davon überzeugen kann, bei all meinen Bekümmernissen am wenigsten unter Geldmangel zu leiden. Es war Frau Ranickys Idee, hierher zu kommen, damit ich meinen nachhaltigen Muskelkater lindern, wenn nicht gar auszumerzen kann. Das Gebäude beherbergt eine Therme, mit Quellen, die meinem Organismus wohltun würden. Es ist kaum zu begreifen, warum sie mir so viel Gutes antun, einzig zum Problem einer fehlenden Badehose hatten sie keine häusliche Lösung parat. Es wäre kaum hilfreich gewesen, mir eine von Herrn Ranicky oder seinem Sohn auszuleihen, also werde ich mir hier das notwendige Utensil kaufen müssen.

Von Felsen und Wasser könnte ich für eine ganze Weile erst einmal genug haben, auch wenn die hier vorherrschende Wärme diese Stoffe relativiert, doch die Art, wie diese Elemente sich zueinander stellen, bildet einen neuen Kontext, den man gerne annimmt. In den Bergen habe ich Bereiche gesehen, in denen sich der Felsen schieferartig geschichtet hat, hier hat man diesen Eindruck auf die Spitze getrieben und graue, ziegelförmige Steine, die die stützenden Mauerwerke bilden, wohlgeordnet aufeinander gelegt. Lange Gänge, enge Durchlässe, die von Raum zu Raum führen, von Becken zu Becken oder aus kleinen Ecken in einen großen Saal münden, in dem der einzelne Mensch wie ein verlorenes Wesen steht, erinnern mich an alte römische Thermen, durch deren Fragmente ich bereits mehrfach gelaufen bin und mir dabei die Wonnen der Vorfahren in diesen Anlagen vorgestellt habe. Schlichte Wasser- und Lichtspiele machen meinen Aufenthalt zu einem zusätzlichen Erlebnis, das mich bei all den Eindrücken keineswegs überstrapaziert. Stundenlang treibe ich von einem Thermalbecken in das nächste, schwimme nach draußen oder ruhe mich auf einer der Liegen aus. Unabhängig von meiner Gastfamilie pendle ich spontan von Raum zu Raum, nur ab und zu laufen wir uns gegenseitig über den Weg. Ob Römer in Trier, ob Türke in Budapest, Karl der Große in Aachen, ich bin ihnen gleich, als Europäer der zweitausend Jahre andauernden Neuzeit. Platsch.

Die Therme ist nicht sehr belebt, mag es an der aus touristischer Sichtweise Zwischensaison liegen oder an der Mittagszeit, zu der die Kurgäste an die Tische gerufen sind. Ich genieße es, manchmal ganz alleine in einem Becken zu treiben, auf dem Rücken liegend mich durch den Auftrieb des warmen Wassers unendlich leicht zu fühlen. Der Zustand täuscht ein Gefühl von Freiheit vor. Ich lasse mich manchmal gerne täuschen, denn ich bin nicht wirklich frei. Abgesehen von meinen Lebensumständen hat mich die durchlebte Extremsituation mehr als vermutet geprägt. Es ist, als hätte ich in den Stunden der Bergüberquerung in diesem Nichts so viele Wahrnehmungen aufgesogen wie sonst in einem ganzen Jahr, und ich meine nur die essentiellen Eindrücke, die zunächst das Unterbewusstsein einnehmen, ehe sie über verschiedenste Wege ins Bewusstsein drängen und, einmal ans Tageslicht getreten, nicht unbedingt leicht zu nehmen sind.

Peter taucht in einem Durchgang auf. Als er mich erblickt, nimmt er Anlauf und springt mit einer Arschbombe ins Becken. Es ist vorbei mit der Besinnlichkeit, ich muss mich wieder in die Bauchlage bringen, um nicht das in hohen Wellen schwappende Wasser zu schlucken.

Beim Abtrocknen hülle ich das riesige Handtuch um meinen Körper und lasse den Kopf darunter verschwinden. Ich rubble mit dem Frottee durch meine Haare, dann schaue ich aus dem Handtuch hervor genau in einen Spiegel und muss bei diesem Anblick lachen. Ich bin noch da! Da ist jemand, an dem ich sehr hänge, dabei hätte ich ihn beinahe aufgegeben.

Die Familie Ranicky hat sich zum Ziel gesetzt, mich so lange bei sich zu behalten, bis sich mein Körper wieder regeneriert hat. Es mag sein, dass sie darin auch einen eigenen Vorteil erkennen, denn spätestens nach einigen Andeutungen von Frau Ranicky habe ich den Eindruck, sie leben zurückgezogener, als ihnen recht ist. Weit weg vom nächsten Ort am Ende der Straße können sie zwar gewisse Freiheiten ausleben, doch ihr Bewegungsradius ist durch natürliche Umstände wiederum eingeschränkt. Ihr Sohn wird wohl immer ein Kind bleiben und sie werden immer die Behüter dieses Kindes sein müssen, es sei denn, sie würden ihn in eine betreute Einrichtung abgeben, in der er sein Erwachsenwerden gestalten kann. Ich bin ein Stück Außenwelt, das in ihr Haus kommt und etwas von den entgangenen Erlebnissen kompensiert. Ich finde es absolut legitim, wenn sie gleichzeitig an ihr Wohl denken, während sie mir etwas Gutes tun. Mir liegt es natürlich absolut fern, mich auf dieser Einsicht auszuruhen. Ich möchte aktiv an der Begegnung mitwirken. Eine gute Gelegenheit bietet sich, als ich mir gerade zwischen meinen Schriften einmal die Beine vertreten will, mir Frau Ranicky auf dem Flur begegnet und in der Hand einen gefrorenen Fleischklumpen hält.

Heute Abend gibt's dann Lamm, ich hoffe, Sie haben nichts dagegen."

„Nein, gerne. Ab und zu bereite ich auch Lamm zu. Ich habe da mein Spezialrezept, komme aber nicht oft dazu, es mir zuzubereiten, vor allem, weil es sich für eine einzelne Person nicht lohnt."

„Dann sollten Sie mir das Rezept aber mal verraten. Wir machen oft Lamm, aus eigener Schlachtung."

„Sie haben eine eigene Schafzucht?"

„Zucht wäre übertrieben gesagt, wir haben drei Muttertiere und zwischen drei und fünf Lämmer pro Jahr. Das reicht aus, um unseren Eigenbedarf abzudecken und nähere Bekannte zu versorgen. Wenn wir mehr hätten, dürften wir keine Hausschlachtung mehr machen, die ist traditionell noch erlaubt, soweit man nur den Eigenbedarf deckt."

„Und Sie können die eigenen Tiere essen?"

„Warum nicht? Wir wissen wenigstens, dass wir gutes Fleisch haben, weder durch schlechtes Futter noch durch Medikamente oder Hormone verseucht, und die Tiere sind artgerecht aufgewachsen."

„Da mag was dran sein, aber ein Tier zu töten, das man selbst aufgezogen hat ...!? Ist wohl alles eine Frage des Bewusstseins. Als Städter empfindet man eine krosse Bratwurst schmackhafter als Fleisch, dem man die Herkunft ansieht. Aber wenn man sich einmal klar macht, was alles in so einer Wurst drinstecken kann ... ich mag es mir kaum ausmalen."

„Das Verrückte ist, wie man sich an gewisse künstliche Geschmäcker gewöhnen kann und Natürliches dagegen als komisch empfindet. Ich glaube jedenfalls nicht an die These, Geschmack wäre vor allem organisch bestimmt. Geschmack ist anerzogen, durch Lebensgewohnheiten und suggerierende Werbung. Wie kommt es denn, dass die meisten Menschen beispielsweise beim Bier eher die regionale Sorte bevorzugen, ausgewählt nach der Gegend, aus der sie entweder stammen oder mit der sie sich über andere Dinge identifizieren."

„Ja, ich denke auch, dass man sich durch äußere Einflusse auf Geschmäcker konditionieren lässt."

„Wir sind zwar mal als bedingungslose Idealisten hier herauf gekommen, aber mittlerweile hat sich nicht unsere Überzeugung, aber der Fanatismus ein wenig gelegt. Sind Sie nicht auch der Ansicht, dass die Ernährung den ganzen Menschen prägt, also nicht nur den Organismus und den Stoffwechsel, sondern auch den Geist?"

„Das kann ich mir nicht anders vorstellen. Die Frage ist nur, *welchen* Anteil die Ernährung auf den Verstand hat."

„Ich habe mich oft mit dem Thema auseinandergesetzt. Unser Sohn hat nun mal eingeschränkte geistige Voraussetzungen. Wir haben uns intensiv um ihn bemüht, dazu gehört auch, auf eine gute, ausgewogene Ernährung zu achten. Die Ärzte hatten ihm als kleines Kind schon seine Intelligenzfähigkeit, die er bestenfalls erreichen würde, vorausgesagt. Sie haben dafür ihre Skalen, die ich an sich schon als nichtssagend betrachte, doch im Laufe der Jahre haben sie ihre Annahmen über Peter ständig nach oben korrigiert. Im Nachhinein könnte man sagen, sie hätten ihn einfach nur falsch eingeschätzt, seine Anlagen wären doch größer gewesen als zunächst vermutet. Ich jedenfalls glaube nur bedingt an Vorprägungen. Auch Behinderte können unter idealen Umständen Fähigkeiten entwickeln, die ihnen niemand zugetraut hat – am wenigsten die, die ihr Wissen nur aus Lehrbüchern ziehen. Wir haben jedenfalls alles getan, auch wenn es uns niemand anerkennen wird."

„Außer Sie selbst."

„Ja, natürlich, das ist das Wichtigste, aber man braucht auch Anerkennung von außen, selbst wenn es um die eigenen Belange geht."

„Das kann ich gut nachvollziehen. Ich jedenfalls finde das, was Sie hier leben, bewundernswert, und das meine ich so ehrlich, wie ich es sage."

„Danke."

„Ich möchte Ihnen etwas vorschlagen. Statt Ihnen mein Lammrezept bloß aufzuschreiben, könnte ich es für Sie kochen."

„Das würden Sie tun?"

„Warum nicht? Wenn ich nichts bei Ihnen durcheinander bringe."

„Na gut. Aber ein bisschen werde ich Ihnen doch helfen müssen, damit Sie nicht nach allen Utensilien und Zutaten suchen müssen. Abgesehen davon kann ich Ihnen dann über die Schultern gucken."

„Einverstanden."

Es ist ein ersprießliches Gefühl, nach langer Zeit wieder mal in einer Küche zu stehen und ein richtiges Mahl für mehrere Personen zu kochen. Ich lege die Lammkeule in das heiße Fett des gusseisernen Bräters, lasse sie kurz von zwei Seiten anbraten, träufle dann etwas Balsamessig darüber und schließe den Deckel. Das war es erst mal für die nächsten zwei bis drei Stunden. In dieser Zeit kann das Fleisch unter minimaler Hitze allmählich durchziehen. Es bleibt also genügend Zeit, um Gemüse zu schälen und mich im Kräutergärtchen umzusehen.

Peter habe ich den ganzen Nachmittag über nicht gesehen, obwohl das schöne Wetter zum draußen Spielen einlädt. Als ich seine Mutter nach seinem Verbleib frage, erklärt sie mir, das Baden in der Therme würde ihn immer vollkommen erschlaffen, er schliefe dann einige Stunden, bis er wieder hergestellt sei.

Ausreichend fit für einen Spaziergang fühle ich mich noch nicht, doch einige Schritte entferne ich mich von dem Haus und gehe in die Richtung, aus der ich gekommen bin. Eine schönere Aussicht kann man sich kaum vorstellen. Nach Norden hin blickt man auf ein Bergmassiv mit schneebedeckten Gipfeln, in die andere Richtung sieht man gen Tal, in dessen Richtung die Häuser immer mehr beieinander stehen, bis sie sich zu einer Ortschaft verdichten. Hier ist ein Platz, der zum Bleiben einlädt, doch ich würde hier nicht bestehen können.

Aus dem reichhaltigen Angebot des Kräutergartens pflücke ich Zitronenmelisse, ein paar Blättchen Salbei, Basilikum und einen Zweig Rosmarin. Bei dieser Auswahl brauche ich, abgesehen von Salz und Pfeffer, auf keine anderen Trockengewürze zurückzugreifen. Ein wenig Fenchel, Staudensellerie und viele Möhren bilden das Gemüsebett, das ich in dem Bräter rund um das Fleisch anordne, mit der Absicht, es nur kurz zu dünsten, damit es knackig bleibt. Jetzt fehlt noch ein wenig Süße. Frau Ranicky stellt mir Ahornsirup oder Apfelkraut zur Auswahl, das aus der gleichen Fabrik stammt, in der die Familie ihren Saft pressen lässt.

Während die Kartoffeln vor sich hin kochen und das Gemüse einen Hauch Fleischaroma aufsaugt, treten gleichzeitig von allen Seiten Personen in den Flur. Herr Ranicky, der gerade seine Zeitung gelesen hat, kommt aus dem Wohnzimmer, eine Freundin von Frau Ranicky, die zum Essen erwartet wird, tritt von der Haustür, die tagsüber nie verschlossen ist, in den Gang, und Peter, der gerade die Treppen hinunter geschlurft ist, läuft mit Freudengekrächze auf sie zu und springt ihr um den Hals. Frau Ranicky beobachtet das Spektakel von der Küchentür aus, und ich stehe gleich hinter ihr und trockne meine Hände an einem Küchentuch.

Das gemeinsame Abendessen hat etwas durchaus Feierliches. Mir ist es peinlich, als Fremdling ausgerechnet jetzt für das Essen verantwortlich zu sein, über das, egal wie es den anderen munden wird, ich voraussehbar zumindest aus Höflichkeit nur Lob ernten werde.

Das Fleisch ist soweit durchgekocht, dass es fast vom Knochen fällt, das ist gewollt, aber demjenigen, der es gerne bissfest hat, schwer zu erklären. Frau Ranickys Freundin, Anneli, eine große, dünne Frau lobt in höchsten Tönen die Zartheit des Fleisches und die übereinanderfließenden Aromen des Fleisch-Gemüse-Topfes, Peter schaut eher skeptisch drein, Herr Ranicky sagt gar nichts, und

Frau Ranicky entschuldigt ihren Sohn, der sich nur schwer an Neuerungen gewöhne. Schließlich sind es aber die beiden männlichen Hausbewohner, die Nachschlag nehmen. Peter quetscht schließlich in alter Manier die restlichen Kartoffeln unter die Soße und schaufelt unter dem skeptischen Blick der Mutter und dem Gegenkommentar des Vaters: „Lass ihn doch, in dem Alter hat man eben Hunger", alles, was geblieben ist, in sich rein.

Ich beobachte das Schauspiel mit innerer Genugtuung und überlege, was ich bei der nächsten Gelegenheit, so sie sich mir bietet, kochen könnte.

Peter hilft seinem Vater beim Spülen, damit Anneli und Frau Ranicky Zeit für sich haben. Ich stehe ein wenig dazwischen, in der Küche helfen darf ich nicht, weil ich ja schon gekocht habe, bei den Damen, komme ich mir wie das fünfte Rad am Wagen vor, doch sie fordern mich eindrücklich auf, bei ihnen zu bleiben. So folge ich ihrem regen Austausch von Neuigkeiten. Anneli erzählt von unterschiedlichen Personen, die Frau Ranicky gut zu kennen scheint. Sie gibt in enthusiastischen Beschreibungen die ganze Bandbreite von Trennungen langjähriger Partnerschaften, neuen Beziehungen, beruflichen Erfolgen und Niederlagen der letzten Zeit zum Besten, spricht in geheimnisvollen Tonfall von Künstlern, die in einer neu formierten Gruppe an einem politischen Projekt arbeiten, und berichtet über den Mitarbeiter einer Stadtzeitung, der einen eigenen Verlag gründen will. Es bleibt ihr keine Zeit, die Ausführungen zu diesen Zeitgenossen zu vertiefen, da tritt Herr Ranicky ins Zimmer, in der Hand eine Schnapsflasche, hinter ihm sein Sohn, neckisch lachend. „So, die Küche ist gemacht", sagt der Vater, „jetzt können wir zum Ritual schreiten."

„Du wirst mich wohl niemals drum rum kommen lassen", antwortet Annelie mit schelmischem Blick, als Frau Ranicky wie nebenbei freundschaftlich deren Hände greift, sie kurz anhebt und sagt: „Dann werde ich wohl die Gläser holen müssen."

Die Sitzordnung sortiert sich neu. Peter hockt sich mit angewinkelten Beinen in einen dem Raum abgewandten Sessel, dessen grobgewebter Stoffbezug mit speckigen Lehnen Zeuge seines Alters ist und vertieft sich in ein Spiel seines Game Boys, Herr Ranicky nimmt in einem Liegesessel Platz und stopft sich eine Pfeife, Anneli und ich setzen uns an die jeweiligen Enden einer Couch, und Frau Ranicky begnügt sich mit einem gepolsterten Stuhl. Im Gegensatz zur Küche wirkt das Interieur hier recht zusammengewürfelt. Jedes Möbelstück hat seinen eigenen Stil und seine eigene Geschichte, hier kommt auf engstem Raum alles zusammen.

„Sie sind also über den Berg gekommen."

Wieso ist Anneli über eine Tatsache informiert, die selbst bei meinen Gastgebern nicht eindeutig ausgesprochen wurde? Ich mutmaße, sie hat angerufen, um ihren Besuch anzukündigen, und Frau Ranicky hat ihr dann gesagt, dass zurzeit ein Fremder hier wohnen würde, der über den Berg gekommen sei. Viel anders kann es nicht gelaufen sein.

Ich will nicht meine ganze Geschichte ausbreiten, erst recht nicht vor einem Menschen, den ich kaum drei Stunden kenne. Wenn überhaupt, hätte das Ehepaar Ranicky als Erstes Anrecht, von meiner Überquerung zu erfahren, doch ich kann der konkreten Frage, die vielleicht nichts anderes als die Einleitung zu einem Gespräch bedeuten soll, nicht ganz ausweichen und antworte bloß mit „Ja."

„Es herrschen eben merkwürdige Zustände, die die Menschen sogar über die Berge zwingen."

Ich bin vollkommen baff. Mein Schicksal ist noch nicht in Worte gefasst worden, da schickt sie schon eine Analyse hinterher. Das hat fast etwas Arrogantes, aber auch etwas Faszinierendes. Selbst wenn man anhand bestimmter Fakten schlussfolgert, was mir in den letzten Tagen widerfahren ist, wie kommt sie nur darauf, dass dieses Schicksal in einem großen Zusammenhang steht, der auch andere Menschen betrifft?

„Es sind nicht die Zustände", gebe ich zu bedenken, „es sind immer nur einzelne Menschen, die zu etwas zwingen." Es ist eine spontane Antwort, die ich unreflektiert zum Besten gebe, doch egal was ich sage, das Wichtige ist, mich jetzt nicht von den redseligen Ausführungen einer mir unbekannten Person überrollen zu lassen, doch im gleichen Augenblick merke ich, wie ich sie damit prüfe. Wenn sie jetzt das Thema wechselt, dann waren ihre Worte nur Phrasen ohne tiefere Überzeugung und ich wäre davon befreit, in den Mittelpunkt des Gespräches zu geraten. Doch mehr, als es sich im ersten Moment vermuten ließ, scheint sie sich mit den politischen Verhältnissen befasst zu haben, und das beruhigt mich dann doch mehr als die Aussicht, von mir ablenken zu können.

„Die Menschen reagieren so vielseitig, zahlreiche Individualisten treffen Entscheidungen und stoßen heftig aufeinander, die Gesellschaft entzückt in ihren ersprießlich polymeren Erscheinungsformen, doch an jedem Ende entscheidet immerzu, als wäre nichts zuvor gewesen, die dumme Einheitsmasse“, sagt Anneli in einem Tenor, der Wut und Resignation nicht besser in sich vereinen könnte.

„Es ist immer die Frage, wer sich aus der Masse erhebt“, kontert Frau Ranicky die abstrakte These ihrer Freundin. „Wenn es die Richtigen sind, die das Wort ergreifen, dann bleibt auch die Masse nicht dumm. Na gut“, lenkt sie ein, „vielleicht doch dumm, aber nicht blöd. Du kannst nicht von allen Menschen erwarten, dass sie in allen Lebensbereichen vollkommen eigenständig Entscheidungen treffen.“

„Die Masse ist immer dumm, weil sie sich einem Führer anschließt.“

„Wenn sie sich für den richtigen Führer entschieden hat, dann ist sie immerhin intelligent genug, eine gute Wahl getroffen zu haben.“

„Die richtige Wahl zu treffen bedeutet vielleicht klug zu sein, für Intelligenz braucht es mehr.“

„Vielleicht mögen die Damen den Streit jetzt mal beenden, versucht Herr Ranicky zu schlichten, „das führt erstens zu nichts, zweitens habt ihr doch im Grunde dieselbe Einstellung.“

„Wir streiten nicht“, entgegnet Anneli, „wir bilden Argumente.“

„Ach, ihr bildet“, stellt er mit äußerst ironischem Tonfall fest. „Na dann braucht ihr bestimmt noch etwas Öl, damit ihr euch nicht festfahrt“, nimmt den Obstbrand und gießt die Schnapsgläser voll.

Die kurze Stille, die die Intervention von Herrn Ranicky erzwingt, drängt mich dazu, meine Passivität aufzugeben. Die angesprochenen Argumente im Raum stehen und unter alkoholträchtiger Geselligkeit ersticken zu lassen, wäre mir unerträglich. „Was ist, wenn die falschen Leute die bessere Rhetorik haben ...“

Die Damen schauen mich verwundet an und ignorieren plötzlich die Schnapsgläser, die Herr Ranicky ihnen reicht.

„... dann stellt sich die Mehrheit auf ihre Seite“, führt Anneli meinen Gedanken fort.

„Sie dürfen die Dynamik nicht vergessen. Wenn aus einer Bewegung ein Selbstläufer entsteht, dann ist diese kaum mehr aufzuhalten. Die Masse kann beides: klug oder dumm entscheiden. Doch sie verhält sich selten kritisch. Sie folgt den Argumenten, die öffentlich gesagt wurden, obwohl sie potentiell klug genug wäre, über die Eloquenz hinaus zu denken.“

„Sie haben recht“, gibt Frau Ranicky zu, „die Masse ist nicht dumm, aber faul ...“

„... und bedient sich keines Menüs, das etwas Besonderes verspricht, sondern einem Mahl, das ihnen vorgekaut wurde.“

„Ja das ist ähnlich wie bei den Computerprogrammen“, sagt Anneli, „da geht es mir auch immer vollkommen auf den Kiki, was mir die Programmierer alles unterjubeln.“

„Unter-Jubeln ist ein sehr schönes Wort, eine wunderbare Metapher, um das Verhältnis zwischen Macht und Masse zu beschreiben“, antworte ich.

„Das gefällt mir, was Sie da sagen.“

Es sind sehr persönliche Worte, die Anneli an mich richtet. Das berührt mich, so als hätte sie gesagt: „Du gefällst mir“. Es wäre Balsam auf meiner Seele, wenn mir jemand so etwas sagen würde. Es muss nicht diese fremde Frau sein, und doch gerade weil sie mir fremd ist, haben ihre vertraulichen Worte eine stärkere Wirkung.

Körperlich geschwächt, innerlich voller Sehnsucht danach, aufgehoben zu werden, passe ich wohl nicht in das Bild desjenigen, den man einst als anerkannten Schriftsteller erst umjubelt und ihm dann wegen seiner politischen Stimme nachgesetzt hat.

„Sagen Sie, aus welcher Gegend kommen Sie eigentlich ..." Herr Ranicky zieht einmal an seiner Pfeife, „Sie sind doch Deutscher?!" und pustet den Qualm in kleinen Ringen in die Luft.

Schade, mir wäre lieber gewesen, er hätte sich nicht eingemischt und Anneli wäre stattdessen näher auf mich eingegangen. So werde ich zum Mittelpunkt der gesamten Runde sehr verschiedenartiger Personen und suche eine schnelle Antwort: „Ja, ich bin durch meine Geburt Deutscher. Aber ich denke über jegliche Nationalitäten hinaus."

„Da brauchen Sie sich keine Sorgen zu machen", besänftigt Frau Ranicky, „das tun wir auch."

„Sie werden Ihre Gründe gehabt haben, warum Sie weggegangen sind", sagt Herr Ranicky mit väterlich sonorer Stimme. Der Pfeifenraucher belässt es überraschend bei der Aussage und schaut gelassen vor sich hin, als wäre dadurch genug gesagt, doch ich spüre regelrecht, dass man gerne meine ganze Geschichte hören würde. Ich gehe nicht darauf ein.

Die Luft reichert sich zunehmend mit Tabakrauch an. Der Nebel dämpft die beinahe ins Philosophische aufkeimende Exkursion, und der Abend beginnt in vielerlei Hinsicht zu zerfließen.

Als ich im Bett liege, höre ich noch lange das Gekicher der beiden Frauen von unten dringen, die offensichtlich mehr Gemeinsamkeiten haben als ihre gesellschaftspolitischen Ansichten und alten Bekannten.

3.

Anneli sitzt mir gegenüber, mit dem Rücken gegen die Fahrtrichtung, und seziert mich mir ihren Blicken. Sie ist eine grazile Sirene, ich konnte mich ihr nicht entziehen, das ist die eine Wahrheit – die andere: Sie ist nur das Medium, das ich nutze, um meinem alten Leben wieder ein Stück näherzukommen. Ich will nicht sagen, dass ich keinen Geschmack an diesem lieblich anmutenden, nostalgisch verklärten Leben der Ranickys oder dem von Dario und Chiara finden könnte, doch ein solches Umfeld ist eben nicht meine Welt. Ich bin woanders hineingeboren, anders aufgewachsen und würde es als unecht empfinden, über die Übergangsphase der letzten Monate hinaus aus meinem gewohnten Leben auszusteigen. Ich habe mich in dem Haus den Ranickys sehr wohl gefühlt, der liebe Peter hatte sich schon fast an mich gewöhnt, doch dieses Nest war nicht für mich gemacht. Was Anneli betrifft, sie mag für mich keine begehrenswerte Person sein, aber sie hat etwas in mir aufgewühlt, gegen das ich mich die ganze Zeit über gewehrt habe: konkret zu werden.

Ich bin noch nicht so weit, die Welt als Philosoph von oben zu betrachten, erst recht bin ich nicht der weise Mann, der mehr Antworten gibt als Fragen stellt. Diese grazile, urbane Frau hat mich an diese Realität herangeführt. Sie steht mitten in einem Leben, vor dem ich vor über einem Jahr geflohen bin, während sie ihrerseits ahnt, in mir jemanden gefunden zu haben, der den politischen Karren mit antreibt, den sie zusammen mit ihren Freunden nicht dem Stillstand überlassen will. Soweit mein erstes Urteil, von dem ich nicht weiß, wann es wieder umgestoßen wird. Tatsächlich habe ich keine konkrete Ahnung, wo mich Anneli hinführen wird.

Der Zug rollt auf ihre Heimat Luzern zu, eine Stadt, die sich rühmt, von manchem Schriftsteller besucht und beschrieben worden zu sein, Autoren, die in dem Idyll mutmaßlich kaum auf der Suche nach der Wahrheit waren, die ich seit Wochen entbehren muss. Anneli hat während ihres Besuches bei ihrer Freundin stets neugierig auf mich reagiert, sie wollte wissen, welche Biographie hinter meiner

Person steckt und hat schließlich so lange insistiert, bis ich ihr von dem Versuch der Machthaber meiner Heimat berichtet habe, mich für ihre Politik einzuspannen, von all der Bedrängung, der ich unterlegen war, und meiner letztendlichen Flucht. Als wäre sie erleichtert gewesen, nicht bloß auf ein kleines Licht gestoßen zu sein, hat sie mir seitdem von ihrer Heimat vorgeschwärmt, in der sich ihre Freunde als Widerständler gegen den Niedergang der Demokratie in Europa formieren. Es wäre endlich an der Zeit, dass die Schweiz Courage zeigt, statt sich politisch unbefleckt zu geben, während sie unter der Oberfläche jedes schmutzige Weltgeschehen finanziell abdeckt.

Bei den Ranickys hatte ich am Tag nach dem Besuch in der Therme einen Pfropfen im Ohr. Anfänglich dachte ich noch an eine psychosomatische Störung: Die Ruhe nach den Anstrengungen der Tage zuvor könnte meine Wahrnehmungen gedämpft haben. Eine Blockade für die Sinneswahrnehmungen von allem, was von außen auf mich einströmt, hätte sich als kleiner Schutzwall aufgebaut und im Gehörgang manifestiert haben können. Am nächsten Tag bin ich dennoch mit zusammengezwirbeltem Klopapier meinen Gehörgängen auf den Grund gegangen und habe aus der einen Seite reichlich Schmalz hervorgeholt, selbige Substanz auf der entgegengesetzten Seite, jedoch ungeschickt in die Tiefe gedrückt, bis ich schließlich einseitig nur noch dumpf hören konnte. Zunächst war ich davon ausgegangen, der Pfropfen würde sich schon von selbst lösen, es bräuchte nur etwas Geduld, was sollte mich eine leichte Taubheit auf einem Ohr auch groß stören. Das ging aber nur gut, solange ich der Stille ausgesetzt war. Als dann Herr Ranicky mit mir sprach, während gleichzeitig auf der anderen Seite eine Tür von einem Windstoß bewegt knarrte, konnte ich ihn kaum verstehen und entfernte mich rasch mit der Begründung, einen kleinen Spaziergang machen zu wollen. Statt dem Problem entflohen zu sein, überkam mich draußen das Gefühl, die Taubheit hätte sich auf alle meine Sinne ausgeweitet. Meine durch das Klettern noch schroffen Finger fühlten sich fremd an, ich blickte wie durch einen Tunnel auf die Landschaft und konnte aus all den Aromen, die mich umgaben, immer nur einen einzigen Geruch erfassen – den allerdings unglaublich intensiv. So beschränkt sich das alles anfühlte, auf irgendeine Art flößte mir dieser eingeengte Sinnesreiz auch ein gewisses Vertrauen ein. Ich hatte mich von der Außenwelt abgegrenzt, während in mir ein neues Feuer erwachte, dessen winzige Glut mich zuvor noch am Leben erhalten hatte.

In das Haus zurückgekehrt, wurde die Beschränkung wieder zur lästigen Pein. Am Abend half mir Frau Ranicky, mich von dem Pfropfen zu befreien. Ich musste mich seitlich über die Badewanne beugen, während sie mir mit einem elektrischen Mundduschgerät warmes Wasser ins Ohr spritzte. Zunächst dachte ich, der Wasserstrahl würde mir das Trommelfell durchstoßen, doch nach wenigen Augenblicken hatte sich der unangenehme Stöpsel gelöst, und mit einem Mal konnte ich nicht nur auf diesem Ohr die feinsten Töne meiner Umgebung identifizieren, auch die übrigen Sinneswahrnehmungen bekamen wieder ihr normales Maß.

Vielleicht hätte ich Annelis Offerte nicht nachgegeben, hätte mich Frau Ranicky nicht in ihrem gesamten Tun unendlich gestärkt. Es war auf einmal, als würde ich aus dem behüteten Haus meiner eigenen Familie kraftstrotzend in eine Welt entlassen, die es für mich zu erobern gilt. Ich war geschwächt bei ihnen aufgetaucht, sie hatten mir ein Heim geboten, mich physisch gestärkt und seelisch wiederbelebt, da war es für Anneli ein leichtes Spiel, meine Zügel loszureißen.

Nach einer Irrfahrt mit einem Überlandbus sind wir an einem kleinen Bahnhof in einem touristischen Bergstädtchen angekommen und dort in einen Panoramazug gestiegen, der sich „Glacier Express“ nennt und mehr für Urlauber, die aus einer sicheren Kabine einmalige Naturschauspiele entdecken wollen, eingerichtet ist als für regionale Pendler. Tatsächlich sind wir dann an steil abfallenden Bergen, Gletschern und Wasserfällen entlanggefahren, haben Tunnel durchquert und sind über hohe Brücken geglitten, die mich im Spannungsfeld zwischen meiner Höhenangst und einer Faszination zum Erstarren brachten. So nah wir an die Natur herankamen, hinter der Glasscheibe des Zugabteils wirkte alles so unecht. Man brauchte nur die Augen zuzumachen, und schon war man in einem anderen Film, öffnete man sie nach einer Weile, hatte sich die Landschaft von selbst geändert.

In Chur, einer Stadt, die sich nach meinem spontanen Eindruck recht unsensibel in ihrem Tal breitgemacht hat, sind wir dann in den Schnellzug Richtung Basel gestiegen, Übergangsmöglichkeit nach Deutschland und Frankreich, Zwischenaufenthalt in Luzern.

„Wie hast du Frau Ranicky kennengelernt?"

„Wir haben zusammen Kunstgeschichte studiert, in Zürich, kennst du Zürich?"

„Ja, ein wenig", gebe ich bescheiden zu.

„Wir sind über eine Gemeinsamkeit zueinander gekommen: Wir wollten beide Kunst studieren. Letztlich fehlte uns aber die künstlerische Reife, um an der Kunstakademie unterzukommen."

„Jetzt gerate ich etwas durcheinander: Kunst konntet ihr damals nicht belegen, stattdessen Kunstgeschichte, nur die nicht an der Kunstakademie?! Ja, gehört die Kunstgeschichte denn nicht inhaltlich zur Kunst?"

„Keineswegs! Kunstgeschichte ordnet man der Heimatkunde zu. Scheint auf den ersten Blick recht merkwürdig. Doch wenn man es genau betrachtet, besteht diese Aufteilung zurecht, denn es geht ja um die historische und nicht um die kreative Entwicklung von Erkenntnissen – nur das war uns damals noch nicht bewusst. Wir beide hatten jedenfalls in unserem Abitur gute Noten in Sprachen, Geographie und so weiter gehabt und sind deswegen nach dem Scheitern vor den Toren der heiligen Kunstakademie auf den anderen Zweig verwiesen worden. Nebenbei haben wir natürlich weiterhin versucht, unsere Kunst an die Öffentlichkeit zu bringen. Clarissa hatte ich zunächst nur als Studienkollegin kennengelernt, bis wir zusammen mit anderen in einer kleinen Produzentengalerie ausgestellt haben. Da haben wir festgestellt, wie viele Gemeinsamkeiten es zwischen uns gab. Trotz der Ablehnung an der Akademie hatten wir unabhängig voneinander das Gefühl, künstlerisch auf einem guten Weg zu sein. Unsere Arbeiten hatten sich in ihrer Gegensätzlichkeit ergänzt, doch weit sind wir damit dennoch nicht gekommen."

„Und wie haben sich die Arbeiten unterschieden?"

„Clarissa hat vor allem mit Naturstoffen gearbeitet, Steine geschichtet, Gräser eingewebt und dergleichen, ich habe mehr mit Kunststoffen gearbeitet, in dem Glauben, das wäre moderner. Formell gesehen waren wir aber nicht weit voneinander entfernt. Dann hat sie Theo kennengelernt. Er war nicht so abgehoben wie viele Burschen aus unserem Freundeskreis, ein handfester Typ, der älter und reifer war. Die Aussicht, mit ihm einen kleinen Hof mitten in der unbelasteten Natur kaufen zu können, hat Clarissa dann endgültig an das neue Ziel gebunden. Ich habe dagegen mein Studium durchgezogen und dann eine gerade erst eingerichtete Stelle am Kunstmuseum ergattert. Da arbeite ich heute noch und muss jetzt die Kunst von anderen, die es geschafft haben, aufhängen."

„Es wundert mich, dass dich das nicht verbittert."

„Na ja, es gibt Momente, da denke ich besser nicht zu viel drüber nach, aber insgesamt bin ich doch froh, nicht in den Klauen des Kunstbetriebes zu stecken. Da treiben sich viel zu viele selbstgefällige Typen rum. Abgesehen davon ist nicht alles gut, was gerade en vogue ist. Da geraten manche Künstler auf einer Welle ans Licht der Öffentlichkeit und fallen, nachdem der Trend wieder verebbt ist, hinten über. Wenn sie dabei Glück haben, landen sie nur auf hartem Boden, haben sie Pech, stürzen sie ab, ins Unendliche. Das weiß natürlich kaum jemand. An die Öffentlichkeit gelangen ja nur die Erfolgsstorys."

Anneli schaut, während sie den letzten Satz spricht, aus dem Fenster. Ich stelle mir vor, dass sie jetzt über das Scheitern nachdenkt, das Misslingen einer Künstlerkarriere, das Zerfließen der Träume eines Künstlerdaseins. Was sie selbst einst durchlebt hat, mag sie jetzt aus der Distanz an anderen beobachten. Ob sie daran erstarkt oder es an ihr zehrt, darüber wage ich nach den wenigen Tagen, seit ich sie kenne, nicht zu spekulieren.

„Manchmal fühle ich mich in meiner Rolle als Teil des Kuratoriums dem Künstler sogar überlegen. Er ist, wenn er nicht mindestens zu den international Gefeierten gehört, oftmals ein Getriebener des Systems. Es stellt sich also die Frage, ob ich in meiner Position nicht viel freier bin."

„Freiheit steht natürlich auch in Relation zu den Erwartungen, die man hat."

„Und was ist mit deiner Freiheit? Hast du jetzt mehr Freiheit als vorher?"

„Die Frage ist nicht leicht zu beantworten. Ich habe vieles aufgeben müssen und vieles gewonnen."

„Aber du warst es nicht, der seine Unabhängigkeit aufgegeben hat, sondern man hat sie dir genommen?"

„Ich habe immerhin noch die Freiheit gehabt, wegzugehen. Das ist schon viel. Im absoluten Totalitarismus wäre mir das verwehrt gewesen. Vielleicht hätte der Staat gerne darüber bestimmt, ob man mich in seinem Territorium einsperrt oder endgültig hinauswirft. Doch für Leute wie mich haben die keine eigenen Gesetze gemacht. Stattdessen haben sie ganz eigene Methoden, die ich gar nicht alle kennenlernen wollte. Deshalb bin ich gegangen."

Der Zug fährt in einen Tunnel ein. Automatisch flackern die Lichter in den Abteilen auf, doch die Beleuchtung bleibt diffus. Ich lasse mich von den äußeren Veränderungen nicht von meinen Ausführungen abhalten. „Dem Volk stehen die Grenzen offen, doch die meisten wüssten, wenn sie weggehen wollten, wahrscheinlich nicht mal wohin. Es gibt kein zweites Deutschland mehr, das freier als das andere wäre, kein kulturell einiges Europa und kein hoffnungsschürendes Amerika. Wer würde dir heute noch die Arme aufhalten? Auf die Menschen, die zu flüchten verstehen, kann der Staat sogar verzichten, denn es sind allenfalls die freien Intellektuellen, die davonlaufen, nicht aber die Wirtschaftsmagnaten, die sich in einem geschickt agierenden Totalitarismus sogar gut aufgehoben fühlen. Das ist das verfluchte Gesicht der neuen Linken: Sie stützen im freiheitlichen Sinne die Wirtschaft und propagieren gleichzeitig getrost die Gleichmacherei des Volkes. Dass dadurch die Individualisten unterdrückt werden, stört die meisten nicht einmal. So schließt sich der Kreis zwischen Linksfanatismus, Rechtsextremismus und Radikalliberalismus. All diese Extremgesinnungen nehmen die Bevölkerung in ihre Zange."

„Du bist ganz schön wütend. Das wird meinen Freunden gefallen."

Der Zug fährt wieder aus dem Tunnel heraus. Das Tageslicht blendet. Während sich die Pupillen nur langsam an das Hell gewöhnen, öffnet sich der Blick auf einen sich in die Weite erstreckenden See, der sich hinter Landvorsprüngen in verschiedene Richtungen fortsetzt.

Nein, ich bin nicht wütend. Was mich äußerlich so erregt, lasse ich innerlich nicht an mich ran. Das mag mehrere Gründe haben, allem voran tobt in mir ein Kampf, den ich mit mir selbst auszutragen habe. Was soll's, ich lasse Anneli in dem Glauben.

„Arbeitest du auch in Luzern, oder hast du deine Stelle woanders?"

„Nein, nein, Kunstmuseum Luzern. Ich lebe und arbeite mitten in der Stadt. So sagt man das doch, leben und arbeiten, als ob das zwei verschiedene Dinge wären."

„Das ist mir noch nie derart aufgefallen, aber du hast recht."

„Na ja, für diejenigen, die einer unbefriedigenden Maloche nachgehen, mögen das tatsächlich zwei Paar Schuhe sein. Aber was mich betrifft ... es geht. Ich bin Co-Kuratorin."

„Klingt merkwürdig, Koku-Ratorin", ich lache auf, „ist aber sicherlich eine interessante Aufgabe."

„Interessant", Anneli spricht das Wort so, als würde sie es nicht besonders schätzen. „Das Museum wird von der Stadt nicht sonderlich hoch gehalten, sehen wir einmal davon ab, dass sich der Ausstellungsraum in der obersten Etage befindet."

„Ein Museum auf der Etage? Es gibt nicht einmal ein eigenes Gebäude?"

„That's it. Das Haus nennt sich Kultur- und Kongresszentrum. Du kannst dir vorstellen, was dabei tatsächlich im Vordergrund steht."

„Der Kommerz."

„So ist es. Und wer zu uns will, der muss sich gezielt nach oben durchschlagen, vorbei an Auditorien, Business- und Clubräumen. Deshalb bleibt die obere Etage der elitären Gesellschaft vorbehalten, die sich ohnehin für Kunst interessiert oder sich zumindest gerne mit ihr umgibt. Manche Menschen sehen unsere Etage als Spielfeld zur Auslebung empirischer Reflexionen, ob sie uns zugeneigt sind oder gerade deswegen anfeinden, in meiner Rolle fühle ich mich aber vielmehr als Dienerin zur Befriedigung der Bedürfnisse nach Andersartigkeit einer gelangweilten Gesellschaftsschicht."

„Das ist ein hartes Urteil."

„Wenn man hart urteilt, findet man sich besser zurecht. Sonst wüsste ich nicht, ob ich meine Rolle aushalten könnte. Doch, auch wenn du es mir jetzt nicht mehr abnimmst, im Grunde bin ich recht zufrieden mit meinem Job. Nicht selten genieße ich auch, dass wir räumlich und symbolhaft so abgehoben dastehen – bis ich wieder die Lebendigkeit der ebenen Erde vermisse, von der Straße aus eine Tür öffnen und frei und unbefangen ohne Anspruch an Intellektualität Kunst erleben zu können."

„Ja, ich kenne das. Man hebt Dinge in die Höhe, indem man sie auf einen Sockel stellt, ein eigenständiges Leben will man ihnen aber nicht mehr zubilligen. Mir persönlich wäre das beinahe auch so ergangen. Aber ich wollte mich nicht mit dem, was ich bisher erreicht habe, auf ein Podest stellen lassen, ich wollte weitermachen, neues Terrain erobern. Denkmäler stehen immer für vergangene Epochen. Und was man für tot erklärt, das kann sich gegen keine Fehlinterpretation mehr wehren."

„Hat man dich kalt gestellt?"

„So in etwa."

„Wer bist du denn eigentlich, welche Rolle hast du gespielt? Ich weiß außer den paar Andeutungen, die du gemacht hast, gar nichts von dir."

„Ich habe keine große Bedeutung gehabt, aber die Politik wollte mich vor ihren Karren spannen, statt mir meine Freiheit zu lassen. Wenn sich die Denker der Politik unterordnen sollen, statt dass Politik sich von deren Geistesgut ernährt, dann stimmt der Staat nicht mehr, dann verliert er seine Fruchtbarkeit. Davor bin ich davongelaufen."

„Du hast gewissermaßen Glück. Als Person kann man davonlaufen, unser Museum kann das nicht. Wir stehen ständig unter dem Damokles-Schwert, in unserer Sonderstellung zu verkrusten. Jede Stadt, die was auf sich hält, muss ihr Kunstmuseum haben, aber wer glaubt denn noch daran, dass wir Kristallisationspunkt sein können und sollen?"

„Kann es denn noch gelingen, über Kunst die Sensibilität unserer Zeit anzusprechen? Kaum jemand geht in Ausstellungen, dagegen hat jeder einen selbstverständlichen Zugang zu den neuen Medien. Wäre das nicht ein neuer Weg, an die Empfänglichkeit der Menschen heranzukommen?"

„Sollen das die Rezeptoren unserer heutigen Zeit sein? Selbstgefällig im Sessel zu sitzen und den Wohlstand der Überflussgesellschaft über Bildschirme zu genießen?"

„Natürlich nicht, das wollte ich bestimmt nicht behaupten. Abgesehen davon: Ich empfinde Überfluss nicht als Wohlstand. Wer zu viel gefressen hat und deswegen schlecht verdaut, der fühlt sich nicht wohl."

„Überfluss führt jedenfalls zu Gegenhandlungen. So war das doch schon in den dreißiger Jahren, als die Dada-Künstler auftauchten."

„Stammt der Dadaismus tatsächlich erst aus den Dreißigern?"

„Nicht Dadaismus. So 'n Begriff würde suggerieren, es handele sich um einen bestimmten Kunststil. Dada ist unbestimmt. Sämtliche Einordnung, die man später unternommen hat, ist vollkommener Quatsch. Dada ist ebenso wenig ein Stil, wie er zeitlich zugeordnet werden kann. Er lebt ja immer noch, hat auch schon vor den Dreißigern existiert, nur war er vorher nicht so populär."

„Und er beschränkt sich nicht auf die bildende Kunst alleine."

„So ist es. Dada ist mehr Lebensgefühl als Stil. Deswegen finde ich es ja so bescheuert wie widersprüchlich, ihn in einer Museumsecke abzustellen. Dada lebt nur, wenn auch Blut durch ihn fließt."

„Beschäftigst du dich denn in deiner Arbeit mit Dada?

„Nicht wirklich."

„Nicht wirklich heißt nein?!"

„Wenn ich nein sagen will, dann sage ich nein, wenn ich nicht wirklich sage, dann meine ich es auch so."

„Und wie meinst du es?"

„Ich habe meine Diplomarbeit über die Züricher Konkrete geschrieben. Sowohl deren Künstler als auch deren Arbeiten hatten Überschneidungen zu dem, was man Dada nennt, aber die Bewegung hatte einen eigenen Schwerpunkt."

„Schade. Ich war schon oft in Zürich, aber von einer Züricher Konkrete habe ich noch nie gehört. Was steckt denn dahinter?"

„Das war eine Kunst, die sich nicht an etwas angelehnt hat. Die Idee war, Dinge aus sich selbst zu schöpfen. Die Kunst sollte nicht die Abstraktion von etwas bereits Vorhandenem sein. Stell dir vor, du würdest wahllos irgendeine Melodie summen. Das wäre ja nicht die Transformation der schönen Landschaft, die du draußen siehst, oder die Versinnbildlichung unseres Gesprächs, sondern nur eine Musik, die aus sich selbst lebt. Du hättest mit der Melodie etwas geschaffen, was bisher noch niemand gehört hat, was er nicht mit etwas anderem in Verbindung bringen muss. Selbst der Summende kennt die Melodie vorher nicht, und doch kann jeder hörende Mensch sie wahrnehmen."

„Aber die Melodie stammt doch aus einem bestimmten Gefühl, das durch meine Eindrücke entsteht."

„Na klar hat sie ihre Ursprünge. Doch sie stellt weder die Landschaft noch unsere Unterhaltung noch sonst etwas dar. Die Konkrete gedeiht genau nach diesem Prinzip: Sie hat eine Herkunft, aber sie spricht eine eigene, neue Sprache."

Ich lehne mich zurück und versuche mich in meine innere Melodie, die aus sich selbst entspringt, zu versetzen. Es dauert nur Sekunden, da reißt mich Annelis Stimme wieder aus der Versenkung.

„Wenn man in Zürich Kunstgeschichte studiert, wird man natürlich zwangsläufig mit der Züricher Konkrete konfrontiert. Ich bin jedenfalls daran hängen geblieben, weil ich es spannend fand, mich über die Kunstwerke hinaus mit der Idee auseinanderzusetzen, die man auch auf das Leben außerhalb der Kunst übertragen kann. Weil das Museum von Luzern Werke von Künstlern der Züricher Moderne beherbergt, habe ich sofort nach meinem Studium die Anstellung bekommen. Im Endeffekt ist es aber auch nicht anders gekommen, als wir eben besprochen haben. Wir sind nicht der Kunst, die diese Ideen weiterlebt, auf der Spur, sondern holen nur hierher, was sich bereits etabliert hat."

„Das klingt nicht sehr erbaulich. Wie kannst du es in diesen Fängen aushalten?"

„Wegdenken."

„Wegdenken?"

„Ja klar. Mich in eine andere Welt denken. Meinst du, einem Fabrikarbeiter geht es anders? Der denkt doch auch nicht tagein, tagaus an das, was er gerade macht. Dabei ist die Tätigkeit, die ich machen muss, ja nicht die schlechteste. Nur meine Träume finden eben woanders statt."

„Ich kann das sehr gut nachvollziehen, arbeite selbst ja auch nicht anders. Ich glaube, die meisten Menschen leben in einer illusionären Welt."

„Die Gedanken sind frei und nutzen ihren Spielraum."

Der Zug verlangsamt seine Geschwindigkeit. Wir fahren über mehrere Weichen, es ruckelt, quietscht, der Waggon schwankt leicht hin und her, dann nimmt der Zug wieder ein wenig an Fahrt auf. Anneli, die die halbe Strecke über mit angewinkelten Beinen auf ihrem Platz gesessen hat, zieht sich ihre Schuhe an. Das Gespräch war intensiv, es wäre so bestimmt nicht verlaufen, wenn wir nicht alleine in dem Abteil gesessen hätten. Gespannt auf das, was mich in der Stadt erwartet, schaue ich verlegen auf meine Schuhe. Das Leder ist durch die Nässe, die es in den Bergen aufgesaugt hat, derb geworden. Die Sohle des rechten Schuhs hat sich nach dem Trocknen vorne leicht abgelöst, ein Kiesel steckt festgekeilt dazwischen. Solange er nicht gegen den Zeh drückt, kann er meinetwegen als kleines heimliches Mitbringsel aus den Bergen bleiben.

Ich habe mich vollkommen auf Anneli verlassen, sie hat mich mit ihrem Enthusiasmus eingefangen, doch jetzt kommen mir Bedenken, ob sie weiterhin so inspirierend auf mich wirken wird, wenn sie in ihrem Alltag ankommt. Wieder werde ich mir eine neue Bleibe suchen müssen. Anneli hat noch nicht davon gesprochen, wo ich unterkommen kann. Aus dem Fenster blicke ich auf Stahlrippen und Drahtfasern, die sich in wirren Strängen zu einem engen Gewebe verdichten. Mir ist nicht klar, worauf ich mich jetzt einlassen werde, erst recht nicht, welchen Schritt ich als Nächstes gehen würde, wenn sich Luzern als zu unkonkret entpuppt.

4.

Anneli hat keine ungewöhnliche Wohnung, aber eine schöne Aussicht über den Stadtkern und den Fluss, kurz bevor er in dem See mündet. Die Einrichtung folgt einem minimalistischen Stil, dessen Vorbild sie in ihrem Beruf gefunden haben mag. Man merkt, dass sie alleine lebt, die Dinge haben ihren festen Platz und werden nicht von jemand anderem verschoben.

„Möchtest du dich frisch machen?“

Ich lehne ab, möchte in der schützenden Hülle meines eigenen Schweißes bleiben, mit der ich das Haus der Ranickys verlassen habe.

„Wie du willst, aber ich werde mich umziehen. Du kannst es dir in der Zeit bequem machen. Wenn du etwas trinken möchtest, steht alles in der Küche.“

Kochecke, Ess- und Wohnbereich befinden sich alle in einem großen, rechteckigen Raum. Die Küche ist in schlichtem Grau gehalten, die wenigen großdimensionierten Türen der Küchenschränke haben keine Griffe, durch leichten Druck wird ein Federmechanismus ausgelöst, der sie aufspringen lässt. Da ich außer Cola nur alkoholische Getränke finde, nehme ich ein Glas Leitungswasser und setze mich auf das überdimensionale, kubische Ledersofa. Was ist Anneli nur für ein Mensch? Sie wirkte, als ich sie zum ersten Mal sah, in Aussehen und Wesen sehr natürlich auf mich, passte gut zu den Ranickys, die sich für ein eher archaisches Leben entschieden haben und deren Haus mehr von Zufall und Notwendigkeit als durch bewusste Stilbildung charakterisiert war.

Auf dem Weg vom Bahnhof zu Annelis Wohnung ist mir die Aufgeräumtheit und Sauberkeit in der Stadt aufgefallen, die man den Schweizern gemeinhin nachsagt. Dazu kam mir die Gegend für städtische Verhältnisse sehr ruhig vor. Zwar gibt es breite, laute Straßen mit einer hohen Verkehrsdichte, doch wenige Schritte weiter findet man sich in recht leisen Winkeln wieder, in denen selbst das Kindergeschrei eines Spielplatzes wie eine feine Partitur vor einer Komposition Andante ertönt.

Anneli erscheint aus einem kleinen Korridor, der, zusätzlich zu dem Eingangsbereich, der den Wohnungszugang mit dem Wohnraum verbindet, separat zu den Nebenräumen führt. Dahinter befindet sich das Bad und mindestens ein weiteres Zimmer, zwischen denen Anneli ein paarmal hin und her huscht, ehe sie in einem bemerkenswerten Outfit erscheint. Sie trägt ein schieferfarbenes Kleid, das hochgeschnitten, am Körper eng anliegend sich nach unten verbreitert und in großen Faltenwürfen oberhalb der Knie in einem nach außen tiefer fallenden Schwung endet. Darunter sticht eine grünliche Strumpfhose ins Auge, schließlich schlüpft sie in steingraue, fast ins

Violette nuancierende spitz zulaufende Plateauschuhe. In den Bergen wirkte ihr kurzer Haarschnitt zu der robusten Kleidung, die sie trug, einfach nur praktisch. Jetzt passt die durchgängig gestylte Aufmachung auf andere Weise zueinander.

Zum Überqueren des Flusses gehen wir eine überdachte Holzbrücke, die in beachtlicher Länge die Ufer miteinander verbindet. Das durchgängige Satteldach ist durch dreieckige Tafeln gegliedert, die mit farbigen, teils gut erkennbaren, aber auch vielen bereits verwitterten Malereien die Aufmerksamkeit der Passanten erregen. Die harten Schuhsohlen von Anneli klackern auf den Planken, unter denen das Wasser dem See entgegenplätschert. Auf den Gemälden steht jeweils ein vierzeiliger Vers geschrieben, doch wir gehen zu schnell, um auch nur eine Zeile zu Ende lesen zu können.

„Bemerkenswert. Ich habe noch nie eine so gut erhaltene Holzbrücke in dieser Länge gesehen. Hast du eine Ahnung, aus welcher Zeit sie stammt?"

„Aus dem 14. Jahrhundert", lautet die prompte Antwort. „Aber das Erlebnis wäre dir beinahe entgangen. Vor nicht allzu langer Zeit, irgendwann Anfang der Neunziger, hat die Brücke gebrannt, dabei ist ein Großteil des Bilderzyklus vernichtet worden. Zum Glück hat man vieles gerettet und einiges wiederhergestellt."

„Zyklus bedeutet, die Bilder erzählen eine zusammenhängende Geschichte."

„Nicht nach dem Maßstab guter Literatur. Aber es gibt einen Grundtenor, um den die Bilder kreisen, der lautet, seelisches und irdisches Glück stehen in dieser Stadt sehr nahe beieinander."

„Ein Wunschdenken!"

„Seinerzeit hatte man natürlich konkrete Vorstellungen über die entsprechenden Aspekte: Da stand der Katholizismus für das Seelische und die Wehrbereitschaft für das Irdische. Das Besondere ist, dass man die beiden Gesichtspunkte in den Bildnissen nicht miteinander abwechselt, sondern miteinander verknüpft. Normalerweise stellt man Staat und Kirche als Gegenüber dar, statt sie als Einheit zu sehen, so wie sich in vielen Städten, das wirst du vielleicht auf deinen Reisen beobachtet haben, Rathaus und Gotteshaus gegenüberstehen. Auf den Tafeln hat man beides ineinandergewoben."

Ich frage mich, was mir seelisches Glück bedeutet und wo ich mein irdisches finden werde. In den Bergen bin ich den Mythen des Seins begegnet, in den Tälern hat sich meine Wehrbereitschaft als sehr begrenzt entpuppt. Nach diesen Erfahrungen scheinen mir das Seelische und das Irdische sehr weit voneinander entfernt. Noch ehe wir das andere Ufer erreichen, passieren wir einen achteckigen Turm, den man schon weit vor der Brücke erblicken konnte.

„Gehört der Turm zu der Brücke?"

„Eher umgekehrt, die Brücke ist an den Turm gebaut worden. Er nennt sich Wasserturm, in Wahrheit war er aber vor allem ein Verteidigungsturm und ist dann später als Verlies, Folterkammer und schließlich als Schatzkammer genutzt worden."

„Du bist ja gut informiert. Hast wohl mal Stadtführungen gemacht!"

„Das nicht, aber als sogenannte Museumspädagogin wird ein Grundwissen über die Stadtgeschichte erwartet."

Als wir in eine Kneipe hineinkommen, spielt gerade der eindringliche Gitarrenlauf von „21st Century Schizoid Men", den die Progressiv-Rockband King Crimson bereits Ende der Sechziger eingespielt hat. Das Lied ist wie alle anderen Stücke der Band nie ein Hit geworden und dennoch aus der Musikgeschichte nicht mehr wegzudenken. Der Wechsel von der lieblich historischen Brücke in diese reale Rockkneipe hat tatsächlich etwas Schizoid-Alltägliches. Anneli geht zielgerichtet auf einen Kerl zu, der beim Bier an einem der Tische sitzt und von seinem Äußeren eher zu mir als zu meiner durchgestylten Begleiterin passt. Sie begrüßen sich mit Wangenkuss, Anneli sagt: „Setz dich" zu mir und verschwindet in Richtung der Toiletten. Ich befolge ihre Offerte, setzte mich zu dem Burschen, der mir über den Tisch die Hand reicht. „Luca."

„Bas."

„Hat dich Ann von ihrer Reise mitgebracht?“ Die Frage klingt so, als würde Anneli regelmäßig irgendwelche Menschen aufgabeln und in dieser Kneipe absetzen.

„Wir sind uns in den Bergen begegnet, und da ich Luzern immer schon mal sehen wollte, bin ich einfach mitgekommen.“

„Trinkst du n Bier?“

Ich zögere, willige dann ein. Ein Kellner, der mit schwarzem Hemd und weißer Schürze nach meinem Eindruck für diese Kneipe overdressed ist, huscht an unserem Tisch vorbei.

„Wirst du lange bleiben?“ fragt Luca.

„Ich weiß noch nicht, ich werde es sehen.“

Es gab nur einen Ausschlag, durch den ich in die Stadt gekommen bin. Anneli hat mich überredet, weil ich hier Gleichgesinnten begegnen sollte. Doch statt irgendeine Andeutung zu machen, zeige ich mich dem Fremden gegenüber zunächst als Tourist. Es entsteht eine Lücke des Schweigens. Aus den Lautsprecherboxen erklingt „Starless“, ein eher weiches Lied der gleichen Gruppe wie vorhin, da kommt, wie eine Erlösung, Anneli, die mir in dieser Stadt einzig vertraute Person, obwohl ich auch sie erst weniger als drei Tage kenne, und mit ihr der Kellner, der nach unseren Wünschen fragt.

„Bring mir einen Kaffee“, sagt Anneli, der Kellner hat sich beinahe schon weggedreht, da ruft Luca ihm „Und noch zwei Bier!“ hinterher.

„Sofort“, antwortet der bis dahin schweigsame Angestellte, schaut sich noch mal um, Anneli direkt in die Augen. Man muss nur die passende Aufmachung haben, um entsprechend bedient zu werden, denke ich, und vielleicht auch Frau sein ... und lange Beine haben.

„Habt ihr euch schon bekannt gemacht? Bas, aus Deutschland ...“

„Ja, ich weiß“, unterbricht sie Luca.

„Ich denke, er wird euch helfen können.“

Es ist ein wenig merkwürdig, wie Anneli über mich verfügt. Wir hätten uns erst untereinander austauschen sollen, stattdessen fungiert sie als Mittlerin, die manchmal als Botschafterin über die Vorgänge in der Stadt zu ihrer Freundin in die Einöde hinausfährt, sich ansonsten mit ihren eigenen Ansichten zurückhält. So ist zumindest mein temporärer Eindruck. Ich bin irgendwo hineingeraten und weiß nicht, ob ich mich wohlfühlen werde. Zu wenig selbstbestimmt könnte ich jetzt etwas brauchen, an dem ich mich festhalte, und merke, dass Anneli nicht diejenige ist, an die ich mich gerne klammern würde.

Die Kneipentür öffnet sich, und nach einem ersten kurzen Windstoß tritt ein ungleiches Paar ein. Er, ein kleiner, hagerer Typ mit kantigem Gesicht, hält eine Frau an der Hand, nicht größer als er und die dennoch ein mehrfaches an Gewicht mitbringen mag. Satte Hüften, stämmige Schenkel, ausreichend Bauch und deftige Brüste lassen mutmaßen, dass er es liebt, sich in Fleisch zu vergraben. Ich vermute dahinter das Ausleben eines frühkindlichen Defizits nach mütterlicher Wärme gepaart mit animalischen sexuellen Fantasien. Mir fehlt dagegen eine Idee, welchen Mangel sie mit ihrer Neigung zum Leptosomen kompensieren könnte. Mir mangelt es jedenfalls nicht an Voreingenommenheiten. Vielleicht hat ihre gegenseitige Zuneigung nicht mit deren Äußerlichkeit zu tun. Ich bin noch nicht bei den Menschen angekommen, nicht emotional, wie will ich sie da einschätzen können.

Auf einem kleinen Platz in der Fußgängerzone spielt eine Gauklergruppe zur Freude der Touristen Straßentheater, während die Einheimischen daran zu erkennen sind, dass sie unbeeindruckt vorbeigehen. Während wir zu dritt durch die Gassen laufen, telefoniert Anneli mit verschiedenen Personen, denen sie mitteilt, wo wir als Nächstes hingehen werden, und schickt SMS-Nachrichten an diejenigen, die sie nicht erreichen kann.

In der Pizzeria, in der wir unser Abendbrot zu uns nehmen, stößt eine weitere Person zu uns, ein langer, schlaksiger Typ, deutlich jünger als wir. Sein halblanges, hellblondes Haar ist zu einem Seitenscheitel gekämmt und hat einen auffällig strengen Schnitt. Er begrüßt mich ähnlich nüchtern wie Luca, stellt sich als Noah vor und bestellt eine „Quattro Stagioni“.

Das folgende Gespräch geht nicht viel weiter über die Diskussion hinaus, wer in der Stadt die beste Pizza backt. Erst als wir das Lokal verlassen, spricht mich Noah an: „Es ist absolut wichtig, dass wir uns konkret formieren. In Nordafrika und anderen arabischen Staaten gehen die Menschen auf die Straße, um den politischen Umschwung zu erzwingen, während sich in Europa das Volk lieber aus dem Weg geht. Die meisten Leute glauben, die Studentenunruhen in den Sechzigern hätten nichts gebracht, dabei haben sie seinerzeit den Boden für mehr Demokratie geebnet. An dieser Schnittstelle bewegen sich heute die arabischen Staaten. Wenn man in Europa seinerzeit drangeblieben wäre, statt den Terroristen das Feld zu überlassen, dann hätten es die Altkonservativen kaum noch geschafft, langfristig an die Macht zu kommen. Selbst die populistischen Willkürpolitiker aus Italien oder, in abgeschwächter Form, aus Frankreich, hätten sich dann nicht durchsetzen können."

„Grundsätzlich ist etwas dran an deinen Überlegungen", lenke ich ein, „aber eine langfristige Trendwende werden nach meiner Ansicht selbst die günstigsten Konstellationen nicht hervorrufen können. Ich glaube, das Volk wird immer launisch zwischen Konservatismus und Linksliberalismus pendeln, genauso wie es unablässig zwischen eigenem Wohlstand und sozialem Gewissen schwankt. Und gegen ein Abdriften in die Extreme, die ja immer erneut an Boden gewinnt, muss man stets ankämpfen."

„Unser Kampf endet da, wo sich ein unwiderrufbarer Trend in der Demokratie manifestiert."

Schlagworte, denke ich und bin geneigt, die einfältigen Äußerungen des Burschen mit seiner Jugend zu entschuldigen. Von unwiderrufbarer Demokratie zu sprechen, halte ich für mehr als naiv, auch wenn es sich um eine Vision handelt. Verzweifelt suche ich nach Argumenten, um den sehr gefestigten Ansichten meines Gesprächspartners zu begegnen, ohne ihm im Ganzen widersprechen zu wollen. Während ich darüber nachdenke, spricht er unablässig weiter, bis ich kaum noch auf seine Worte achte. Es ist mir alles zu viel auf einmal. Ich würde lieber erst einmal ankommen, mich selbst zurechtfinden, bevor ich mich, nach den Wochen in der kargen Wirklichkeit, auf intellektuelle Diskurse einlasse.

Zwischenzeitlich hinken wir auf dem Weg durch Gassen und über Plätze ein ganzes Stück hinter Anneli und Luca her, und der Abstand hätte sich vielleicht noch vergrößert, wären wir nicht an einem bestimmten Haus angekommen. Hinter einem Eingang, der wie eine Haustür aussieht, führt uns unter freiem Himmel eine Treppe zwischen den Häuserschluchten zirka zwei Etagen höher zu einem Hinterhaus. Durch eine Stahltür treten wir in den langen Gang einer alten Fabriketage, deren Räume durch gläserne Verschläge abgetrennt sind. Eine junge, nur mit einem T-Shirt und einer fleckigen Hose bekleidete Frau kommt uns entgegen und sagt: „Janis ist nicht da. Der ist heute Mittag kurz aufgetaucht, hat gesagt, heute sei nicht sein Tag und ist dann wieder verschwunden."

„Das ist schade", antwortet Anneli mehr an uns als an sie gerichtet. Während die anderen stehen bleiben, geht sie noch ein Stück weiter, winkt mich dann zu sich heran und zeigt durch eine der Glasscheiben in das Künstleratelier, das sich dahinter befindet. In dem weitläufigen, durch Dachluken erhellten Raum sind große Leinwände aufgespannt, die großflächig und farbenreich bearbeitet wurden, Genaues kann ich jedoch durch die Spiegelungen der Glasabtrennung nicht erkennen. „Hier arbeitet Janis. Er ist echt gut, du solltest ihn auf jeden Fall kennenlernen. Er wird in den nächsten Tagen bestimmt wieder auftauchen."

Ich bin mir nicht sicher, ob ich in den nächsten Tagen noch hier sein werde.

Froh, am Abend endlich wieder in Annelis Wohnung zu sein, gieße ich mir als Erstes wieder ein Glas Leitungswasser ein. Kurz bevor wir uns von ihren Freunden getrennt haben, hat sie mir endlich angeboten, dass ich bei ihr übernachten kann. Ich habe das erwartet, gleichzeitig aber auch befürchtet. Stattdessen auf eine schmuddelige Matratze in einer runtergekommenen Wohnung einer ihrer Freunde abgeschoben zu werden, wäre vielleicht eine bessere Alternative gewesen. Dann hätte man weniger von mir erwartet. Während ich meinen Schlafsack und ein paar Wechselkleidungsstücke im Wohnzimmer ausbreite, entledigt sie sich ihres modischen Ausgehlooks, erscheint mit einem Bademantel bekleidet und bereitet in der Küchenzeile einen Obstteller zu.

„Wenn du mit mir schlafen willst, ich bin nicht dagegen, aber du darfst dir nichts davon versprechen." Anneli sagt das so beiläufig über die Küchentheke hinweg, als wollte sie mir ein sachliches Angebot machen. Ich spüre, dass sie sich, im Falle meiner Ablehnung, dadurch schützt.

„Ich möchte dir nicht vor den Kopf stoßen, du bist keineswegs unattraktiv, aber ich bleibe meiner Freundin treu, die in meiner Heimat lebt, das habe ich mir versprochen."

„Das ist schon okay, du brauchst dich nicht zu rechtfertigen. Ich mag es nur nicht, wenn sich zwischen uns eine Spannung aus unausgesprochenen Erwartungen auftut."

Ich hätte einfach nur ja sagen müssen und meine Freude gehabt, die Attraktivität von Anneli kann ich tatsächlich nicht leugnen, doch solange ich auf der Suche nach meiner Zukunft bin, will ich puristisch leben und bilde mir Kristin als diejenige ein, der ich treu bleiben möchte. Ich bin ein fahrender Ritter von trauriger Gestalt, und Kristin ist meine Dulcinea.

Anneli zündet Kerzen an und setzt sich in den Sessel, der gegenüber der Couch steht, auf die ich mich fallen lasse. Gemeinsam trinken wir Wein. Jetzt noch seichte Musik zu hören, würde in das Klischee passen, doch Anneli hat wahrscheinlich keine gesteigerte Beziehung zur Musik. In einem der kubischen Regale steht eine moderne Mini-Kompaktanlage, daneben liegen vielleicht ein Dutzend CDs, das ist nicht viel, doch vielleicht hat sie an anderer Stelle eine größere Auswahl an Musik. Bei den heutigen Möglichkeiten, Daten zu speichern, sind CDs ohnehin Auslaufmodelle. Vielleicht kommt sie ganz einfach nicht auf die Idee, dass Musik bei der Fülle, die auf mich einströmt, und der Leere, mit der ich dem Neuen gegenübertrete, passen könnte. So klingt wieder das Lied „Starless“, das wir vorhin in der Kneipe gehört haben, in meinen Ohren nach.

Es war ganz einfach, die Fronten unserer Beziehung zu klären, drüber zu sprechen, wie nahe wir uns körperlich kommen könnten und was wir nicht wollen, dennoch kann die Sache nicht ganz spannungsfrei an uns vorbeiziehen. Der Rausch, der mit dem Leeren der Weinflasche eintritt, hilft in dieser sternenlosen Nacht darüber hinweg.

5.

Ich schäle mich aus meinem Schlafsack. Die breite Couch war sehr bequem, weich und lang genug, um sich vollkommen auf ihr auszustrecken. Geblieben ist nicht das Gefühl, auf einem Sitzmöbel geschlafen zu haben, im Gegenteil bin ich tief abgetaucht, spüre, dass ich geträumt habe, auch wenn mir die Traumhandlung nicht mehr bewusst ist. Was darin vorkam, hat sich an einem von hier weit entfernten Ort abgespielt und nichts mit den gestrigen Erlebnissen gemein.

Wie ein Akteur in einer abgedroschenen Filmszene habe ich das Weggehen meiner Gastgeberin verschlafen und finde einen Zettel auf dem Küchentisch. „Wollte dich nicht wecken – mach dir Kaffee – frühstücke von dem, was du findest. Wenn du Lust hast, geht einkaufen.“ Unter dem Zettel liegen fünfzig Franken und ein Wohnungsschlüssel.

Ich habe leichte Kopfschmerzen, kann mir nicht vorstellen, dass das am Wein liegt, vielleicht an dem Luftdruck, da ich mich ja seit Wochen nicht mehr in solch tiefen Gefilden aufgehalten habe, oder ganz simpel an dem Bier vom Nachmittag davor, das sich nicht gut mit anderen Getränken verträgt.

Als befände ich mich in meiner alten Wohnung, trinke ich aus einem großen Becher meinen Kaffee und schaue aus dem Fenster. Rein bildlich gesehen könnte es mir hier gefallen, die Stadt ist nett, hat ihre Gegensätze, fein hergerichtete Blumenrabatten genauso wie ihre Rockkneipen, die Wohnung hat eine schöne Lage, und man kann, anders als in meiner alten Heimat, schnell hinaus in die Natur fahren.

In der Stadt treffe ich auf Luca, der mich zum Bier einlädt. Statt ihm das Angebot direkt auszuschlagen, teile ich ihm meine Absicht, einzukaufen, mit und frage ihn, wo ich am besten frische Ware finden kann.

„Wenn du dich beeilst, zwei Straßen weiter ist ein Wochenmarkt, aber nur bis zwölf."

Ich habe keine Ahnung, wie spät es ist, doch der Zeitdruck ist eine gute Entschuldigung, das gemeinsame Bier auf unbestimmte Zeit zu verschieben. Mit reichlich Gemüse, frischen Nudeln, Oliven und Fischfilet, das mir als in dieser Region beliebter „Egli" angepriesen wurde, kehre ich in die Wohnung zurück.

Zum Glück hat mir ein Gemüsehändler eine Holzkiste überlassen, denn hier ist es üblich, zum Markt seine eigenen Taschen mitzubringen. Ich war wirklich spät dran, denn während ich mich noch nach den passenden Lebensmitteln und Spezialitäten der Region umsah, luden die meisten Händler schon ihre Ware ein, verschenkten bald verderbliche Ware an sichtlich arme Menschen, die auf das Ende des Marktes wie Aasgeier auf das Verschwinden der Raubtiere gewartet haben, und die Stadtreinigung säuberte sogleich mit Besen, Kehrautos und Spritzwasser den Platz. Ja ja, die akkuraten Schweizer.

Anneli hat mir nicht gesagt, wann sie wiederkommen würde, da ich ihr aber für ihre Rückkehr ein warmes Essen anbieten möchte, entscheide ich mich für einen Auflauf, den ich komplett vorbereiten kann und dann nur noch warm zu machen brauche. Ob Egli-Fisch tatsächlich zu Nudeln passt, entzieht sich meiner Kenntnis, aber frische Produkte kann man fast allesamt kombinieren, es kommt nur auf die feine Würze an, mit der man die Elemente aneinander bindet.

Für die unbestimmte Zeit, die mir bis zu Annelis Rückkehr bleibt, habe ich mir eine deutschsprachige Tageszeitung gekauft – zum ersten Mal seit einer halben Ewigkeit. Es deutet nichts darauf hin, dass sich in der Weltpolitik etwas Entscheidendes geändert hat. Im nahen Osten gab es wieder Bombenanschläge mit Verletzten, aber, außer dem Attentäter selbst, keinen Toten, die koreanischen Staaten reden wieder miteinander, die Durchfahrt durch den Gotthard-Tunnel will man endgültig für Lastwagen verbieten, der Schweizer Waldpreis geht an einen in Einsiedeln von Mönchen gepflegten Klosterwald, und ein Gericht in Bern untersucht die Straffähigkeit eines Anschlages auf ein muslimisches Emblem an einer Gebäudewand, das ohne Sondergenehmigung dort nicht hätte hängen dürfen. Über meine Heimat erfahre ich nichts, abgesehen von der Europa-Wetterkarte, Nebel im Nordosten und Süden, klarer Himmel wird nur für den Westen meines Heimatlandes vorausgesagt, vorausgesetzt, dass ich überhaupt noch eine Heimat habe. Doch was ist in den arabischen Staaten los, von denen Noah gesprochen hat? Warum finde ich hier keinen Hinweis?

Ich überlege, ob Brokkoli und Möhren zu Fisch und Nudeln passen, ob man das Ganze mit Gruyère überbacken kann, und wenn diese Kombination auch nur irgendwie gelingt, ob es auch Annelis Geschmack entspricht. Ich greife zu Curry und Knoblauch, die ich reichlich benutze, um sich eventuell widersprechende Geschmacksnuancen abzumildern. Meine Vorsätze einer feinen Würze kann ich nicht mehr erfüllen.

Es ist schon spät, als Anneli zurückkehrt. Sie lächelt mich kurz an, als sie zur Tür hereinkommt, wirkt aber recht unentspannt. Ich versuche sie zu besänftigen. „Habe etwas gekocht", doch sie antwortet mehr gezwungen als erfreut. „Das ist ja toll."

„Wann willst du denn essen? Ich habe alles vorbereitet, brauche es nur warm zu machen, dauert etwa zehn Minuten."

„Das passt, dann kann ich mich noch kurz frisch machen."

Als sie wenig später an den gedeckten Tisch kommt, gesteht sie mir, sie müsse morgen verreisen. Das habe sie erst heute erfahren. Das Museum plant eine Ausstellung zur „Op art", und zu diesem

Anlass müsse sie nach Stuttgart reisen, weil das dort ansässige Museum bereit wäre, bestimmte Werke aus seinem Bestand auszuleihen.

„Op art habe ich noch nie gehört." Ich stelle die dampfende Auflaufform auf den Tisch.

„Na das, was du mir da gerade hinstellst, ist Op art ", sagt sie jetzt viel entspannter. „Aber ganz im Ernst, Op steht für optisch – optische Kunst. Hmm, das duftet ja gut. Sollen wir einen Rotwein dazu trinken?"

Ich denke an meine Kopfschmerzen von heute Morgen, willige dennoch ein.

„Die Op art entstammt aus dem experimentellen Umgang mit der konstruktivistischen Kunst, mit Haupteinflüssen aus russischem Konstruktivismus, aber auch dem Bauhaus. Die Verwandtschaft zu meinem Fachgebiet ist recht groß, zwar nicht, was die Grundidee betrifft, aber in Bezug auf die daraus entstandenen Werke. Deshalb schickt man wohlkalkuliert mich mit meinem Spezialwissen nach Stuttgart." Anneli steckt ein größeres Fischstück in den Mund und dreht es ständig um den Gaumen, während sie weiterspricht. „Es gibt auch einige Künstler, die waren Vertreter sowohl der Züricher Konkrete als auch der Op art."

„Schön und gut, jetzt habe ich zwar einen abstrakten Begriff, kann ich aber immer noch nichts Rechtes unter der Kunstgattung vorstellen."

„Ist ja auch schwer zu beschreiben, wenn man keine Abbildungen dazu hat. Ich bin nicht darin geübt, Kunst mit wenigen Begriffen darzulegen, müsste mal meine Kunstbände durchstöbern, viel über diese Richtung werde ich wahrscheinlich nicht finden. Aber lass es mich mal so in Worte kleiden: Hier geht es vor allem um Licht und Farbe, statt um konkrete Formen. Ein zweidimensionales Bild hat ja an sich keine Formen, es täuscht allenfalls Formen vor. Und doch erschafft man eine materielle Bindung, indem man die Farbe auf die Leinwand aufträgt. Aus diesem Kreativprozess entstehen dann Eindrücke bis hin zu optischen Täuschungen. Manche Leute glauben sogar, Op art wäre nur die Kunst der optischen Täuschungen, so wie bei Vasarely, in Wirklichkeit steckt viel mehr dahinter."

„Jetzt begreife ich langsam. Vasarely ist ein bekannter Künstler, ich wusste nur nicht den Namen der Stilrichtung, die man ihm zuordnet."

„Es geht noch viel weiter: Im Gegensatz zur Verwendung von gegenständlicher Farbe, die ja alleine schon durch den Pinselauftrag dreidimensional ist, steht das Arbeiten mit der Farbe des Lichtes. Licht existiert auch ohne Materie und ist dennoch in der Lage, Formen zu imitieren. Denk nur an die Laserkanonen, mit denen man heutzutage gestalterisch experimentiert. Man nennt das Ganze immaterielle Bewegung."

„Bewegung ohne Materie ist nichts als Energie", zitiere ich meinen alten Physiklehrer. „Wie also kann man mit reiner Energie bildende Kunst machen?"

„Natürlich hast du recht: Im luftleeren Raum erkennt man keine Lichtstrahlen. Sonst könnten wir das Weltall nachts nie dunkel sehen. Doch die Luftmoleküle, in denen wir uns bewegen, reichen als Materie aus, die Lichtstrahlen erkennbar machen. Lichtenergie alleine ist unsichtbar und dennoch ein elementares Medium."

„Ich glaube, wir stehen da in keinem Widerspruch. Sämtliche Energie tritt in Erscheinung, sobald sie auf Materie trifft, so wie die Leidenschaft, die, ähnlich wie Licht, eine energetische Erscheinung ist."

Durch die Absicht, mein Wissen über die Kunst ein wenig zu erweitern und von dem zu erfahren, mit dem sich Anneli derzeit beschäftigt, ist unser Gespräch von selbst auf ein Thema zugesteuert, das mich persönlich tief berührt, und plötzlich gelange ich zu einer Feststellung, die mich in dem Moment, in dem ich sie ausspreche, selbst verwundert: „Damit gerät die Op art in die Nähe des Existenzialismus. Der Mensch selbst ist ja auch nichts anderes als eine energetische Erscheinung, ein Bewusstsein, das auf Materie gestoßen ist."

„Siehst du das so?"

„Das ist nicht meine allumfassende Erklärung, aber ein wichtiger Aspekt unter mehreren Gesichtspunkten. Ich bin kein Philosoph, der Thesen aufstellt, ich wühle vielmehr in den Thesen anderer und mache mir meine eigenen Gedanken, ohne zu einem allgemeingültigen Schluss zu kommen oder irgendetwas manifestieren zu wollen."

„Das klingt aber wenig verbindlich."

„Es gibt nur eine Sache, die verbindlich ist. Das ist die Lüge. Die Lüge ist die konkrete Verneinung der Wahrheit. Was wir als Wahrheit ansehen, ist dagegen immer nur Theorie."

„Gehört diese Aussage auch zu deinen unvollendeten Gedanken?"

„Ja."

„Beschäftigst dich wohl oft mit dem Existenzialismus."

„Oft? Keine Ahnung, aber immer wieder. Meistens, ohne es beabsichtigt zu haben. Durch die Dinge, mit denen ich mich beschäftige, gerate ich, ob ich will oder nicht, immer wieder an die Frage, warum ich bin und was es zu bedeuten hat, einmal nicht mehr zu sein."

„Also du Unvollendeter. Ich werde heute Abend zeitig ins Bett gehen, weil ich früh aufstehen muss. Du hast noch den Haustürschlüssel, kannst dich frei bewegen. Du solltest aber das Seeufer meiden. Da gibt es Paläste und Japaner. Selbst ohne ihr asiatisches Gesicht würde man sie an den Kameras erkennen, mit denen sie alles fotografieren, was irgendwie landestypisch aussieht. Wenn du eine Party machen willst, dann räume nachher wieder auf."

Ich schaue Anneli schelmisch an, doch der Hinweis scheint ernst gemeint zu sein. Dann geht sie an die Garderobe, nimmt ein Kärtchen aus ihrem Blazer, den sie bei ihrer Rückkehr von der Arbeit anhatte, und reicht es mir herüber. „Da steht der Name einer Galerie drauf. Der Inhaber wird sich über dich freuen, auch wenn er bis jetzt noch nichts davon weiß. Er hat viel Ähnlichkeit mit dir, wirkt manchmal genauso eigenartig – entschuldige bitte. Aber ihr werdet sicherlich viele Gemeinsamkeiten finden, die euch in euren Bestrebungen weiterhelfen."

Langsam kommt mir die Sache mehr als merkwürdig vor. Anneli kennt mich kaum, weiß wenig über meine Geschichte, doch aus all den Andeutungen zieht sie ein Bild zusammen, mit dem sie mich zu begreifen glaubt. Dann kommt mir der Gedanke, sie würde mich doch schon länger als bekannten Schriftsteller kennen, dies nur verschweigen, aus Rücksicht, Respekt oder Kalkül. Doch was sollte das für einen Sinn machen? Ich glaube nicht daran. Vielleicht hat sie mit ihrer Einschätzung ja recht, ist mit einem ungeheuren Scharfsinn bedacht, oder ihr Instinkt verleiht ihr eine gewisse Menschenkenntnis. Wahrscheinlicher ist, dass sie zu sehr in eine Richtung denkt und dabei manche Nebenschauplätze vergisst. Das ist kein Thema, das wir heute Abend ausdiskutieren können, deswegen belasse ich es zunächst dabei, schweige und leere mit ihr den Rest der Weinflasche.

Der nächste Tag bringt viele Parallelen zum vorherigen. Ich habe es zwar noch mitbekommen, als Anneli aufgestanden ist, bin aber wieder eingeschlafen, weil ich mich, angeregt von unserem Tischgespräch, die halbe Nacht mit den Fragen von Wahrnehmung und Sinnestäuschung auseinandergesetzt habe. Beim Morgenkaffee habe ich wie üblich aus dem Fenster gesehen, anschließend die Küche sauber gemacht, bin aus dem Haus gegangen und stromere seitdem durch die Gassen und entlang des Flussufers.

Kurz vor Mittag treffe ich niemanden in der Galerie an. Spätestens ab zwölf wäre Levin, der Inhaber, immer da, hat Anneli gesagt, es bleiben noch knapp zehn Minuten, damit sie recht behält. Statt die Wartezeit ungenutzt verstreichen zu lassen, gehe ich in ein italienisches Restaurant und esse eine Minestrone. Obwohl ich weniger als zehn Franken hierlassen werde, bedient mich der Kellner freundlich, als hätte ich ein Menü mit mehreren Gängen bestellt. Das nenne ich Berufsethos.

Gegen halb eins sehe ich das Licht, das hinter den Scheiben der Galerie von dem zwischenzeitlichen Eintreffen des Galeriebesitzers zeugt, doch als ich eintrete, sehe ich nur eine sichtlich ärmliche Frau mit südländischem Teint, die den Boden wischt.

„Hallo, ich wollte Levin sprechen. Ist der da?“

„Im Hinterzimmer.“

Da die Frau keine Anstalten macht, ihn zu rufen oder zu sagen, was ich zu tun habe, gehe ich auf Zehenspitzen über den feuchten Boden vorbei an in Noppenfolie verpackten Leinwänden, die hintereinander gestapelt gegen die Wand lehnen. Zwischen den Stapeln befindet sich eine Tür. Ich will gerade anklopfen, da sehe ich, dass sie nur angelehnt ist. Vorsichtig drücke ich sie auf und sehe einen Mann mit rundem Gesicht, langen tiefschwarzen Haaren, die zu einem Pferdeschwanz zusammengebunden sind, vor einem Computer sitzen. Für den Bruchteil einer Sekunde sieht er auf, dann richtet er seinen Blick wieder auf den Monitor und fragt: „Kann ich Ihnen helfen?“

„Hallo, guten Tag, ich bin ein Bekannter von Anneli.“

„Ah, Ann, freut mich.“ Er zögert noch einen Moment, und als ob er erst den Entschluss dazu hat fassen müssen, sieht er mich nun endlich richtig an, steht auf und streckt mir die Hand entgegen. „Ich heiße Levin. Habe ich Sie denn schon einmal bei ihr gesehen?“ Als ich seine Hand greife, schaut er schon wieder auf seinen Bildschirm.

„Nein, wir kennen uns noch nicht sehr lange, und ich bin erst seit kurzem hier in der Stadt.“

„Und was macht Ann, kommt sie auch noch?“

„Nein, sie musste verreisen, fürs Museum, aber sie hat gesagt, ich sollte mal hierher kommen.“

„Ach Anneli. Hat mir wieder jemanden geschickt. Möchten Sie einen Kaffee, Cappuccino, Espresso? Ich habe gerade eine neue Maschine angeschafft, mit der kann man alles auf Knopfdruck machen. Ist doch eine merkwürdige Zeit, in der man per Taste nach Belieben von allem, was das Leben zu bieten hat, auswählen kann.“

„Da gebe ich recht.“ Unsicher ob ein „Du“ oder ein „Sie“ angebracht sei, vermeide ich die direkte Ansprache. „Ein Leben auf Knopfdruck, das nennen manche Fortschritt. Aber danke, ich habe eben erst Kaffee getrunken.“

„Ja ... wie kann ich Ihnen denn weiterhelfen?“

„Um ehrlich zu sein, ich habe keine Ahnung. Anneli ... also Ann hat gesagt, wir sollten uns kennenlernen ... der Rest würde sich von selbst ergeben." Den Nachsatz habe ich selbst angefügt, um die Sachlage logischer erscheinen zu lassen. Die Situation ist wirklich sehr abstrus, denn weder Levin noch ich wissen etwas mit ihr anzufangen.

„Ann ist ein Mensch, der andere zusammenbringt. Was wären wir ohne sie." Ich merke, wie auch Levin darum ringt, dem Aufeinandertreffen etwas Positives zu entlocken.

Ich versuche, die Situation ins Banale zu lenken. „Wird hier gerade eine Ausstellung vorbereitet?"

„Ja. Wir fangen heute Nachmittag damit an, aufzuhängen. In zwei Tagen ist die Eröffnung. Würde mich freuen, wenn du dann auch kommst. Hat dir Ann denn keine Einladung gegeben?"

„Nein, aber sicherlich liegt irgendwo in ihrer Wohnung eine herum. Bestimmt hatte sie vor, selbst zu kommen und mich mitzubringen, doch sie musste überraschend weg, ihr blieb nicht die Zeit, mir von der Ausstellung zu erzählen."

„Wohnst du zurzeit bei ihr?"

„Ja, vorübergehend."

„Dann werden wir uns sicher sehen. Und wenn du vorher zufällig vorbeikommst, willst du sicher doch mal einen Kaffee trinken, oder Cappuccino ..."

„... oder einen Espresso. Danke, ich werde darauf zurückkommen. Ach übrigens, ich heiße Bas."

„Hey Bas, freut mich echt."

„Okay, dann bis demnächst."

Ein perfekter Dialog, denke ich ironisch, ohne Inhalt, den muss ich mir merken, wenn ich einmal über eine abwegige Begegnung zwei einander fremder Menschen schreiben will.

Anneli hat wohl nicht den richtigen Zeitpunkt erwischt, wahrscheinlich hat mich nur aus Not hierher geschickt, um mich nicht ganz ohne Aufgabe in der Stadt zurückzulassen. Mit diesem Gang bin ich jedenfalls ins Leere gelaufen, andererseits beschreibt er sehr gut den Zustand, in dem ich mich derzeit befinde: Leerlauf.

Als würde mich eine neue Kraft antreiben, irre ich nicht mehr umher, sondern laufe schnurstracks auf den Bahnhof zu, gehe in das Gebäude und sehe die Fahrpläne durch. Stündlich, zu manchen Zeiten sogar halbstündlich, fahren hier Züge ab, die Zürich erreichen.

6.

Die Stadt hat sich nicht sichtlich verändert. Zum ersten Mal seit langem bin ich in einer mir vertrauten Gegend. Ich genieße unendlich den Gang durch die Frühlingssonne, vorbei an den herrschaftlichen Häusern einer Großstadt. Früher habe ich immer ein Taxi genommen, jetzt gehe ich den langem Marsch die Straße hinauf, die zu dem Haus führt, in dem sich meine kleine Wohnung, meine Dependance befindet.

Zum ersten Mal komme ich ohne Gepäckstück an. Es fühlt sich gut an, nicht mehr als meinen eigenen Körper tragen zu müssen. Mein gesamter Organismus sucht die absolute innere Ausgewogenheit, statt seine Kräfte auf äußere Lasten zu konzentrieren. Mit einem Mal bin ich frei und ohne feste Absicht an einem Ort, an dem mich niemand wähnt. Ich habe mehr als die Last meiner Reisetasche hinter mir gelassen.

Dummerweise fehlt mir der Schlüssel sowohl zur Haustür, als auch der zu meiner Wohnung. Ich bin also auf den Hausmeister angewiesen, der auf der zweiten Etage wohnt. Doch was ist, wenn man ihn darauf angesetzt hat, zu beobachten, ob ich hier auftauche? Ich kenne ihn als korrekten Mann, der nicht viel mit Politik zu tun haben will, aber wenn man ihm irgendwelche fadenscheinigen Argumente vorgaukelt, könnte er sich verpflichtet fühlen, Auskunft über mich zu erteilen. Ich werde mit ihm reden müssen, sagen, dass mich der Kampf für das Proletariat in eine missliche Situation gebracht hat. Das wird wirken, er ist ein alter Arbeiter, für den der Staat ein Gegenüber ist. Dass das Volk der Staat sei, ist für ihn eine These, die nichts mit der Realität zu tun hat, da hat er auch keinen Diskussionsbedarf gesehen. Ich habe ihm mehrere von meinen Büchern geschenkt, er wird auf meiner Seite sein. Ich drücke den Klingelknopf.

Es surrt an der Haustür. Die Gegensprechanlage, die einer der Mieter von dem Eigentümer verlangt hat, ist immer noch nicht angebracht. Ich drücke gegen die schwere Eichentür. Im Hausflur herrscht der alte Geruch aus immerfeuchtem Mauerwerk, der aus dem Keller dringt, und dem Bohnerwachs, mit dem der Fliesenboden seit eh und je behandelt wird. Die Treppe knarrt mit jedem Schritt. Es ist alles so vertraut, als hätte das Haus die Zeitenwende überdauert, die mich so sehr verändert hat.

„Der Herr Sebastian. Dass Sie noch einmal bei uns auftauchen." Die alte Frau des Hausmeisters schaut mir freudestrahlend entgegen, noch ehe ich auf dem Treppenabsatz angekommen bin. Sie hat mich schon immer mit meinem Vornamen angesprochen, wenngleich sie ansonsten das förmliche Sie benutzt.

„Guten Tag. Geht es Ihnen gut?" erkundige ich mich.

„Ja, sehr gut. Ich war im letzten Sommer krank, aber jetzt bin ich wieder ganz genesen. Mein Arzt hat gesagt, wenn ich weiter so lebe und regelmäßig spazieren gehe, hätte ich beste Chancen, sehr alt zu werden."

„Und Ihr Mann?"

„Der ist gerade in Kur."

„War er auch krank?"

„Nein, wo denken Sie hin. Er hat sich die Erholungstage selbst verordnet. Ist auch keine richtige Kur", flüstert sie, „er ist für eine Woche zu unserer Tochter und den Enkelkindern aufs Land gefahren. Seit er in Rente ist, können wir viel mehr unternehmen."

„Das ist gut, das sollten Sie wirklich ausnutzen. Es gibt zu viele Menschen, die in der Rente nichts mit sich anzufangen wissen."

„Da braucht man sich bei uns wirklich keine Sorgen zu machen." Sie lacht. „Und Sie wollen in Ihre Wohnung?"

„Ja. Nur ist mir ein Missgeschick passiert. Ich habe keinen Schlüssel dabei."

„Und auch keine Tasche, wie ich sehe. Ist sie denn geklaut worden?"

„Nein, das gerade nicht, aber ich habe sie auf einer Zwischenstation zurückgelassen, weil ich nicht wusste, dass ich schon jetzt hierher komme." Ich glaube, das Argument wird sich der alten Dame nicht ganz erschließen, doch die Idee, den Schlüssel als in dieser Tasche aufbewahrt anzusehen, halte ich für eine logischere Begründung, statt wahrheitsgemäß zuzugeben, ihn bei einer Bergüberquerung im Schnee verloren zu haben.

„Machen Sie sich keine Sorgen, wir bewahren hier doch die Ersatzschlüssel für alle Wohnungen auf, ich werde Ihnen den von ihrer Wohnung einfach überlassen, solange Sie hierbleiben." Offensichtlich hat sie dies als den eigentlichen Grund, warum ich bei ihr geklingelt habe, nicht verstanden und glaubt, von selbst auf die Idee gekommen zu sein, aber das macht nichts. So ist es mir umso lieber.

Die Wohnung strahlt das aus, was sie ist: unbelebt. Jedes Mal, wenn ich hier aufgetaucht bin, hat es zwei Tage gedauert, bis ich mit der Bude warm geworden bin, selten mehr, nie weniger. Im kleinen Badezimmer riecht es muffig, die gesamte Wohnung könnte einen Luftaustausch gut vertragen. Als alle Fenster offen stehen, bläst ein starker Wind durch die Wohnung, den ich unten in der Straße nicht als so heftig gespürt habe. Ich hole den kleinen Wäscheständer aus dem Bad, stelle ihn in die Mitte des Zimmers und werfe die Bettdecke zum Lüften darüber. In der kleinen improvisierten Kochecke hängt Pfefferminze von der Dachschräge, die ich seinerzeit als frisches Kraut zum Trocknen aufgehängt habe. Jetzt sind sämtliche Säfte aus der Pflanze gewichen. Die Blätter zerbröseln zwischen meinen Fingern. Der Wasserkessel hat Kalk angesetzt, umso länger dauert es, bis das Wasser auf der Gasplatte ins Wallen gerät. Während dieser Minuten zergeht die Zeit in melancholische Gefühlswallungen. Früher war Zürich für mich immer ein Fluchtpunkt in der Fremde, meine Odyssee der letzten Wochen hat einen anderen

Blickwinkel heraufbeschworen. In diesem Raum steckt Vertrautheit und Zuverlässigkeit, er ist Teil meiner Geschichte, der ich noch nie so nahe war wie in diesem Augenblick.

Während ich meinen Pfefferminztee schlürfe, denke ich über den Zustand der Wohnung nach, als ich sie zum ersten Mal betreten habe. Außer dem dicken Spülstein gab es nichts, was zu einer Küche gehört. Der Boden war mit PVC belegt, und es herrschte ein Mief, der kaum auszuhalten war. Ansonsten befand sich die Bude in einem guten, gepflegten Zustand. Das Dekor der Tapete an der Giebelseite war schlicht, und die mit Kalklehm verputzten Wandschrägen waren zum Glück nicht beklebt. Die Absicht, einmal eine neutrale Tapete über der alten anzubringen, habe ich bis heute nicht verwirklicht. Im Gegenteil habe ich mich an das Relikt aus der Zeit vor meiner ersten Ankunft an diesem Ort gewöhnt. Der PVC-Boden war schnell entfernt. Zu meinem Vorteil hatte man ihn nur ausgelegt und nicht verklebt. Zum Vorschein kam ein Dielenboden, der einst rötlich angestrichen worden war, die Farbe hatte sich aber nur noch wie eine Lasur in den weicheren Holzfasern gehalten. Der Hausmeister hat mir zwei tischhohe Regale und eine Arbeitsplatte aus dem Baumarkt hergefahren und mit nach oben geschleppt. Zusammen mit der handlichen, zweiflammigen Kochplatte in einer emaillierten Mulde, die man mit einem Deckel schließen kann, und der in Musikerkreisen vielsagenden Prägung des Herstellers „Zappas“ – ein Fundstück vom Flohmarkt –, war meine Küche bereits komplett. Irgendwann später habe ich die Sprungfederauflage aus dem Bett durch ein Lattenrost ersetzt. Der kleine, mintgrün angestrichene Kleiderschrank und der wirklich stilvolle Schreibtisch, der wahrscheinlich seit jeher vor dem Gaubenfenster gestanden hat, ergänzten das Mobiliar zu einem perfekten Arrangement, das meine Bedürfnisse an diesem Ort vollkommen abdeckte. Ich bin manches Mal hierhergekommen, nicht nur weil ich einen Ortswechsel und mit ihm neue Inspirationen brauchte, sondern weil mir die Schlichtheit des Raumes die Ruhe zurückgab, die ich inmitten der zahlreichen Anforderungen zu Hause verloren hatte. Hier konnte ich mich manches Mal nur auf das

Schreiben konzentrieren, ohne Telefonanrufe, ohne Interviewanfragen oder der Bitte, einer Veranstaltung zu humanitären Zwecken beizuwohnen, und auch der zwischenzeitliche Abstand zu meinen Freunden, das kann ich nicht leugnen, hat sich manchmal als wohltuend entpuppt. So konnten wir das dynamische Miteinander immer wieder erneuern, statt ständig in ein und derselben Suppe zu schwimmen.

Ich war nie jemand, der gerne gebadet hat. Einem feuchtkaltem Wintertag mit ausgekühlten Füßen und Verspannungen in der Schulter in ein heißes Becken zu entkommen, hat zwar seine Reize, doch das anschließende Erheben aus der Wanne, nachdem der Kreislauf in dem warmen Nass nach tief unten gesackt ist, habe ich immer als eine Tortur empfunden, die mir die vorherigen Genüsse stets vergrault hat. Die tiefe Dachschräge im Bad meiner Züricher Nebenwohnung lässt den Einbau einer Dusche nicht zu. Da auch die Badewanne lediglich zum Sitzen geeignet ist, habe ich das Möbel zu einer Sitzdusche umfunktioniert. Es genügte ein neuer Duschkopf mit passender Wandaufhängung. Selbst der Schlauch der Brause war lang genug, um ihn nicht erneuern zu müssen.

Ich glaube, ich werde nicht lange hierbleiben. In Luzern wohnen und zum Duschen nach Zürich fahren klingt absurd, die Logik steckt in den tausend Details, die man dazwischen erlebt. Aus der Brause prusten abwechselnd Wasser- und Luftschübe. Geruch und Farbe des ersten Schwalls zeugen von dem langen Stillstand in den Leitungen, dann fließt wieder unablässig sauberes Wasser aus den Düsen des Duschkopfes.

Der Muff weicht spürbar sowohl aus der Wohnung als auch von meinem Körper. Leider muss ich wieder in meine alte Kleidung schlüpfen. Ich werde den Klamottenwechsel auf meine Rückkehr nach Luzern verschieben müssen. Frau Ranicky habe ich die frisch gewaschene Wäsche zu verdanken, die in meiner Tasche liegt. Sie hat nicht viel über mich wissen wollen, aber sie hat ein ungeheures Gespür für meine Bedürfnisse gehabt. Ich hätte nach meiner Bergüberquerung an keinem besseren Ort ankommen können.

Zwei Straßen weiter bestelle ich Couscous mit Kichererbsen und frischer Minze, dazu eine Schale mit sauer eingelegtem rohem Fisch. Die Nordafrikaner, die den Imbiss betreiben, richten ihre Aufmerksamkeit nicht wie gewohnt auf die Kunden, sondern auf den Fernseher, der im Hintergrund läuft. Der Ton ist relativ leise geschaltet, doch man kann deutlich die Atmosphäre heraushören, die bei der Demonstration von Tausenden von Menschen herrscht. Aus der selbstbewusst auftretenden Masse flackern nur kleine Aggressionen hervor, uniformierte Menschen, die die Polizei oder das Militär vertreten, sind nur am Rande wahrzunehmen. Wenn ich die arabische Schrift entziffern könnte, wäre wahrscheinlich zu entschlüsseln, um welches Land es sich handelt. Ich habe nicht einmal herausgefunden, welcher Nation der Imbissbesitzer entstammt, es könnte genauso gut ein Marokkaner wie Algerier oder Syrer sein, nur glaube ich, dass sich ungeachtet des Abstammungslandes des Betreibers hier Kunden aus allen möglichen arabischen Herkünften versammeln. Die Gesichter der Menschen, die Kleidung, die sie tragen, der Baustil der Kulisse und nicht zuletzt die gedämpfte ockerstichige Farbe der Fernsehbilder lassen mich mutmaßen, dass das Geschehen, wenn nicht in Nordafrika, so zumindest in einem vorderasiatischen Staat stattfindet.

7.

Anneli findet nichts Ungewöhnliches an meinem plötzlichen Auftauchen aus dem Nichts. Sie ist, wie sich nach der ersten Begrüßung herausstellt, auch gerade erst heimgekehrt und hat meinen Aufenthalt während der letzten anderthalb Tage an einem anderen Ort noch nicht bemerkt. Die Faust, die ich in meiner Jackentasche verberge, umschließt die beiden neuen Schlüssel zu meiner Bude in Zürich. Der Schlüsselmacher hatte mich erstaunt angesehen und gefragt, wo ich denn dieses alte Stück aufgetrieben hätte. Der Wohnungsschlüssel von oben war kein Problem, der war in weniger als einer Minute nachgemacht, doch zu der Haustür musste er erst in seinem Altbestand nach einem passenden Rohling suchen, den er als alteingesessener Handwerker dann auch in einem Archivschrank mit setzkastenartigen Schubfächern gefunden hatte.

„War deine Mission erfolgreich?“ frage ich Anneli.

„Erfolgreich ja, aber anstrengend. Die Museumsleitung hat sich aufgeführt, als wäre eine freiwillige Rückgabe der Kunstwerke durch uns nicht garantiert. Die Museen leben weltweit vom ständigen Austausch ihrer Werke. Es gibt zwar immer Probleme, was die versicherungstechnische Absicherung oder zeitlichen Wünsche betrifft, aber ein solches Misstrauen ist mir noch nie begegnet. Entweder hat man die Argumente nur vorgetäuscht und es steckt etwas anderes dahinter ...“

„Was sollte das sein?“

„Meine Mutmaßung, der Museumsleitung ist vielleicht aufgefallen, dass die Werke möglicherweise unrechtmäßig in ihrem Besitz sein könnten.“

„Gibt es Anzeichen dafür?“

„Zumindest Gerüchte.“

„... oder es gibt eine gesellschaftspolitische Motivation. Solch ein Verhalten fügt sich in das Bild von dem, was gerade in dem Land passiert. Ich will nicht gerade sagen, in Deutschland würde ein totalitäres System herrschen, damit würde ich den Menschen Unrecht tun, die in anderen Staaten unter ärgeren Umständen leben müssen, aber die Beschränkung von Demokratie und Meinungsfreiheit bedingt unwillkürlich manche Abschottung nach außen.“

„Aber was soll das mit der Kunst zu tun haben?“

„Wenn man vorhat, radikale Wege zu gehen, dann droht immer die Gefahr, von außen angegriffen zu werden, deswegen versucht man, die eigenen Ressourcen im Lande zu halten. Ich glaube ja nicht an ein Kalkül der Museumsleitung, aber ich denke, deren Verhalten hat viel mit der Stimmung im Lande zu tun, der man sich unterwerfen muss, wenn man nicht bereit ist, sich gegen sie aufzulehnen.“

„Eine gewagte Theorie, zumindest in Bezug auf die Bilder. Immerhin haben wir letztendlich doch die Verträge unterschrieben. Im Herbst werden wir die Ausstellung eröffnen können, auch wenn als Nächstes noch Verhandlungen mit Lyon geführt werden müssen."

„Lyon?"

„Ja, Lyon. Warum fragst du?"

„Ach nichts. Ich bin einmal in Lyon gewesen, kenne dort Leute."

„Vielleicht ergibt sich die Gelegenheit, einmal gemeinsam dorthin zu fahren. Ich werde jetzt viel zu unseren Partnern unterwegs sein, weil ich die Details über die Werke recherchieren und den Katalog vorbereiten muss, da steht auch Lyon mindestens drei-, viermal auf der Agenda."

„Gehst du heute zu der Ausstellung?"

„Welche Aus..., ach ja, Levin, das ist heute. Natürlich. Gut, dass du mich daran erinnerst. Später wäre es mir wahrscheinlich schon noch aufgefallen, aber so habe ich wenigstens noch Zeit, mich ein wenig zu sortieren."

„Soll ich uns vorher noch was kochen?"

„Ach lass uns nur eine Kleinigkeit essen, meist gehen wir mit einer Gruppe nach der Vernissage noch in ein Restaurant."

Das Haus ist proppenvoll. Vor lauter Menschen kann man die Kunstwerke nicht betrachten. Anneli hatte das kalkuliert, deswegen sind wir schon eine Viertelstunde vor der anvisierten Öffnung der Türen aufgetaucht, die eine Stunde vor den Ansprachen angekündigt war. Nachdem sie sich nur kurz umgesehen hatte, die Bilder kannte sie offensichtlich schon und war mehr an der Art der Aufhängung interessiert, nutze sie die Zeit vor Eintreffen der offiziellen Gäste, um Levin in Beschlag zu nehmen.

Erst während ein Kunstsachverständiger mit aufwendigen Umschreibungen seine Rede hält, trudelte die Mehrheit der Gäste ein und bringt eine Unruhe in das Geschehen, der der Redner mit allerlei Fachbegriffen und verschachtelten Sätzen begegnet. Ich hoffe nur,

Anneli heute Nacht nicht nach Hause tragen zu müssen, in ihrem hautengen Kleid und den hochhackigen Pumps kommt sie mir nicht sehr stabil in Gang und Körperhaltung vor. Ein falscher Stoß eines anderen Gastes, und sie kann eine Bänderzerrung davontragen.

Die Freunde von Anneli, die ich bisher kennengelernt habe, sind alle da. Als mich Noah sieht, nimmt er mich sofort in seine Fänge.

„In Afrika nähert man sich zunehmend demokratischen Bräuchen an, und in Europa entfernen wir uns immer mehr davon."

„Aber es wird ein langer schwieriger Weg, ehe sie dahin kommen, wo wir uns schon befinden". Am liebsten würde ich das Gespräch sofort wieder beenden, habe im Moment wirklich keine Lust auf politische Diskurse, doch gegen Noahs gerichtete Energie komme ich nicht an.

„Ich hoffe, sie werden nie dahin kommen. Nicht dahin, wo wir sind. Erstens haben sie ihre eigene Kultur und müssen die Demokratie von innen heraus entwickeln, statt sich an anderen zu orientieren, zweitens müssen sie sich gegen extremistische Strömungen und Unterwanderungen abschirmen, denn dafür sind sie anfälliger als die europäischen Staaten. Du erfährst alleine schon am eigenen Leib, wohin Verblendungen führen können und welchen Einfluss die Geldaristokratie behält."

Meint er mich persönlich, wenn er von dem spricht, was ich am eigenen Leib spüre, oder ist die Formulierung rhetorisch gemeint? Anneli wird nicht viel Gelegenheit gehabt haben, mit ihren Freunden über mich zu sprechen, allenfalls die Tatsache, mich mit ihnen bekannt gemacht zu haben, könnte auf eine Gemeinsamkeit der Anschauungen hinweisen. Was ich zurzeit am eigenen Leib erfahre, ist, mit Menschen in Kontakt zu kommen, denen ich mich vorsichtiger angenähert hätte, wenn ich selbst das Ruder in der Hand hielte. Ich glaube an die Liebenswürdigkeit der Freunde, doch ich werde wachsam sein müssen.

„Was glaubst du, wie diese Staaten mit ihren eingespielten Machenschaften, dem ständigen Agieren unter der Hand, der verbreiteten Korruption überhaupt handeln können!" fährt Noah, ohne auf eine Reaktion von mir zu spekulieren, fort. „Die müssen sich selbst neu erfinden, ohne die imperialistischen Staaten als Vorbild zu haben."

„Ich gebe dir recht, man kann die westliche Welt nicht kopieren, wenn man eigene Traditionen hat. Doch einzelne Aspekte, in denen Westeuropa erprobt ist, muss man auch woanders als Leitlinien der Demokratie übernehmen."

„Korruption unterbinden, das ist klar, das muss sofort geschehen. Aber nicht alles, was außerhalb der Gesetze läuft, ist korrupt. Eine neue Demokratie kann nicht einfach davon ausgehen, dass das Volk vollkommen konform der neuen Staatsraison folgt. Die werden schon ihr Gespür haben, wie sie es machen sollten, vorausgesetzt, wir stülpen ihnen nicht wieder unsere Lebensart über, erzwungen durch Finanzspritzen und militärische Intervention."

„Bist du der Meinung, Europa solle sich gänzlich raushalten?"

Noah kräuselt die Stirn. Der Gesichtsausdruck passt ganz und gar nicht zu seinem jungen Habitus. „Wir müssen doch vor unserer eigenen Haustür kehren. Unsere demokratischen Errungenschaften gehen nach und nach den Bach herunter, und dem Volk wird mit Konsumgütern das Maul gestopft, alles billig in China eingekauft. Besonders wir Schweizer sollten uns fragen, ob wir in der Welt überhaupt noch eine Rolle spielen. Wir sind in der Lage, überall auf dieser Erde eine Revolution zu entfachen, außer in unserem eigenen Land. Selbst wenn ein Aufstand gelänge, es würde doch niemand hinsehen. Wir Schweizer sind Gold in einer Zeit, in der es den Menschen an Brot mangelt. Wer auf dieser Welt glaubt denn noch an ein ethisches Bewusstsein der Schweiz. Unsere Doppelmoral ist ein Defekt im dynamischen Verdauungsapparat des Weltgefüges. Wenn wir das erkennen, dann können wir die Menschen auch dazu bewegen, auf die Straße zu gehen."

„Worüber sollen sie sich deiner Meinung nach entrüsten? Europa entwickelt zwar eine zunehmend merkwürdige Arroganz, gegen die sich Aufzulehnen es genügend Argumente gäbe, doch die persönliche, verstehst du, die ganz private Betroffenheit hält sich sehr in

Grenzen. Es gibt ja keine geschlossene Gruppe, die der Staat unterdrückt."

„Genau da müssen wir sie packen." Noah überschlägt sich beinahe in seiner Stimme. „Je vielfältiger die Argumente sind, je umfassender die Leute gegen das Regime angehen, desto mehr kann sich der Protest verbreiten."

„Na, bist du wieder dabei, die Menschen zu missionieren?" Eine gegenüber Noah mehr als einen Kopf kleinere, selbstbewusst auftretende Frau unterbricht das Gespräch, reicht Noah die Hand und wendet sich dann mir zu. „Hey, ich bin Elena. Ich sehe, du hast schon einen Gesprächspartner gefunden. Wundere dich nicht, dass ich dich so unverhohlen anspreche. Ann hat gerade von dir erzählt. Magst du nachher mitgehen? Ich denke, in einer halben Stunde werden wir uns aufmachen, damit wir noch was Anständiges zu essen kriegen."

„Ja, na klar. Ich komme gerne mit." Wenn Noah meine spontane Antwort richtig gedeutet hätte, könnte er sich durchaus beleidigt fühlen. Doch neben meinem Drang, dem Gespräch zu entkommen, habe ich mich gleichzeitig an die Ankündigung von Anneli erinnert, anschließend mit mehreren Freunden essen gehen zu wollen.

„Noah, du bist auch dabei?"

Noah reagiert nicht. Die Unterbrechung hat ihn aus dem Konzept gebracht, doch Elena scheint das nicht groß zu stören, sie hat es auf mich abgesehen.

„Und, gefallen dir die Bilder?"

„Sie sind sehr anspruchsvoll. Aber man braucht doch mehr Abstand, um sie richtig zu betrachten."

„Ja, das ist das Problem unserer Galerie. Die Räume sind viel zu klein für unsere Ansprüche."

„Vielleicht solltest du sagen, dass du die Frau von Levin, dem Galeriebesitzer, bist", tadelt sie Noah.

„Ach ja. Also ich bin Elena, die Frau des Galeristen, und ich denke, unsere Galerie ist zu klein für diese Bilder." Mit leicht ironischem

Unterton akzentuiert sie jede Endung ihrer Aufzählung, öffnet zuletzt ihre Hände und deutet einen Knicks an.

„Das könnte aber auch ein Problem für mögliche Kunden sein, die eventuell auch nicht alle über große Wohnräume verfügen, um einen entsprechenden Blickwinkel mit ausreichendem Abstand herzustellen“, sage ich.

„Damit hast du ein grundsätzliches Problem angesprochen. Stellen wir kleine Bilder aus, dann werden wir nicht ernst genug genommen, die großen können sich nur wenige leisten, abgesehen von den mangelnden Möglichkeiten, sie auch zu Hause aufhängen zu können.“

„Am Geld kann es nun wirklich nicht liegen“, meint Noah. „Schau dir doch an, was die Leute für Autos ausgeben. Und nach zehn, zwölf Jahren sind die nichts mehr wert. Wenn jede Familie nur ein einziges großes und dazu ein paar kleine Kunstwerke kaufen würde, statt sich irgendwelche Kunstdrucke oder andere Imitate in den Raum zu hängen, dann könnten nicht nur die Künstler von ihrer Arbeit leben, sondern auch die Galerien. Was ist denn mit Janis! Wenn man nach den Zeitungsmeldungen geht, könnte man glauben, er sei ein gesetzter Künstler, in Wirklichkeit muss er nebenbei Heizöl ausfahren, um zu überleben.“

„Immerhin bleibt er dabei in seinem Metier, schließlich malt er ja auch in Öl“, ironisiert Elena.

„Das ist zynisch“, erwidert Noah.

„Ist es nicht. Das ist die Selbstironie, mit der auch Janis sich selbst beschreibt.“

Als sich die Räume ein wenig lichten, beobachte ich jemanden, der sich, sich einer Frau dartuend, kritisch über die Bilder hermacht. Er spricht über die Stärken und Schwächen, in seinen Urteilen schwingt kein Zweifel mit.

Auf dem Weg gen Restaurant hakt sich Anneli liebevoll bei mir ein. Von außen mögen wir wie ein Paar wirken, tatsächlich stütze ich sie rein physisch beim Gang über das Kopfsteinpflaster. Ich genieße dennoch ihre Nähe.

Auf der ersten Etage steht eine einzige lange Tafel, die irgendjemand aus der Gruppe reserviert hat. Während alle in die Speisekarte blicken, neigt Anneli den Kopf zu meinem, hakt sich erneut bei mir ein und flüstert mir ins Ohr, wer sich alles um den Tisch versammelt hat: „Gleich neben dir sitzt Elena, die hast du ja bereits kennengelernt, eine sehr agile Frau, mit der du bestimmt noch enger in Kontakt kommen wirst, ihr Mann ist der Galerist, Levin, der wird aber erst später dazukommen, wenn seine letzten Besucher gegangen sind. Daneben sitzt der dicke Werner, und der mit den Rastalocken ist Simon. Die beiden tauchen seit Neuestem immer wieder auf, sind aber nicht so eng mit uns. Noah, kennst du Noah?"

Ich schaue Anneli zweifelnd an, sie entgegnet mit einem vielsagenden Schmunzeln: „Ich brauche nichts hinzuzufügen, bleib locker Bas, und der am Kopfende ist Janis."

„Ach, das ist Janis. Ich habe so oft von ihm gehört, dass ich beinahe an ein Phantom geglaubt hätte. Der war ja eben auch in der Galerie, jetzt weiß ich endlich, welches Gesicht zu dem Namen gehört."

Dieser Janis war derjenige, der mit der anderen Frau, die auch am Tisch sitzt, so auffallend kompetent auftretend über die Bilder gesprochen hat. Eine bemerkenswerte Erscheinung, ohne dass ich wirklich sagen könnte, was mich an ihm beeindruckt.

„Er hat reichlich Lebenserfahrung, musste sich schon früh selbstständig durchschlagen, die Eltern sind abgestürzt, bei dem, was er bisher erreicht hat, kann man nur Achtung vor ihm haben."

„Sind die Eltern psychisch krank, alkohol- oder drogenabhängig?"

„Nein, in den Bergen abgestürzt."

„Au, scheiße." Der Ausruf nimmt nur zur Hälfte Bezug auf das Unglück, zum anderen Teil auf meine sehr peinliche Frage. Sie konnte nur von jemandem kommen, der aus dem Flachland stammt. „Abstürzen" hat bei mir immer nur eine Bedeutung gehabt. Für Leute, die ihr Leben nicht mehr in den Griff bekommen, gibt es hier in den Bergen wahrscheinlich einen ganz eigenen Begriff.

„Gegenüber, gleich neben Janis, sitzt Finni, Finni Stahlhart nenne ich sie manchmal, weil man sich an ihr die Zähne ausbeißen kann, aber sie ist eine extrem verlässliche Frau. Neben ihr Urs, von dem man nicht viel mehr weiß, als dass er mit Finni verheiratet ist. Er spricht kaum mit jemandem, taucht quasi nur als ihre Begleitung auf. Dann Leonie, meine Arbeitskollegin, sehr nett, würde aber nie ohne mich zu den Leuten stoßen. Alessia, die mit der braunen Walkjacke, könnte mit Finni ganz alleine eine Revolution entfachen, wenn die beiden stärker aufeinander eingehen würden. Da wo Finni verbissen reagiert, kann sie mit einem Male eine ganz besondere Ruhe und Überlegenheit an den Tag legen."

Alessia heiß also diejenige, mit der Janis durch die Galerie gelaufen ist. Ihre Erscheinung hat etwas Ansprechendes, sie strahlt eine ungeheure Ausgewogenheit aus, auch bei ihr kann ich nicht festmachen, woran das liegt. Irgendetwas erinnert mich bei ihr an Kristin, nichts Offensichtliches, vielleicht nur die Art, wie sie bestimmte Gesten in das Gespräch mit ihrem Nachbarn einfließen lässt.

„Derjenige, der dir gegenüber sitzt, heißt Cornel, ich weiß gar nicht, mit wem er von den Leuten hier befreundet ist, daneben Isabelle, eine ... wie soll ich's ausdrücken ... Ästhetin im Wesen. Josef und Daniela, die sich gegenüber sitzen, sind seit kurzem ein Paar, zurzeit ist deshalb nicht viel mit ihnen anzufangen, sind nur auf sich konzentriert, das wird sich aber wieder legen – hoffe ich zumindest. Und hinten sitzt Luca, der ist eigentlich immer dabei, wenn irgendetwas passiert."

Wir essen, wir trinken, die Tischrunde ereifert sich in wilden Gesprächen. Die Dialogpartner versammeln sich meist um einen Wortführer, nur die beiden frisch Verliebten unterhalten sich am anderen Tischende ganz ruhig miteinander, wodurch Luca, der noch hinter ihnen am Kopf sitzt, isoliert vor seinem ich weiß nicht wievielten Bier harrt.

„Sag mal“, wende ich mich an Annelie, nachdem ich der geselligen Runde minutenlang zugesehen habe, „ist der ausstellende Künstler nicht dabei?“

„Nein. Der kommt aus Bern und hat nichts mit den Leuten vor Ort zu tun. Levin hat ihn in seine Galerie geholt, doch ein inniger Kontakt ist nicht zustande gekommen. Der Künstler wollte nicht einmal der Aufhängung seiner Bilder beiwohnen. Möglich, dass er zwischendurch die Hängung kontrolliert hat, heute Abend war er jedenfalls nur kurz da und ist noch vor uns wieder aus der Vernissage abgehauen. So ist das manchmal, wenn anerkannte Künstler in die Provinz kommen.“

„Provinz ist aber ein bisschen übertrieben.“

„Für Leute, die in Bern, Zürich, Genf und Basel ausstellen und nach Mailand und München schielen, ist das hier Hinterland. Eine feine Aufmachung für Touristen und das Herauskehren jedes Aufenthaltes irgendeiner Prominenz bereitet noch lange kein Pflaster für eine starke Szene.“

Endlich kommt auch Levin in die Runde und setzt sich neben Anneli. „Da waren zwei Herren, die wollten absolut nicht nach Hause gehen“, erklärt er. „Die haben erst, als fast alle Besucher weg waren, angefangen, die Bilder eingängig zu betrachten. Sie machten den Eindruck, als wären sie entweder vom Fach oder potenzielle Käufer. Dann haben sie noch endlos beieinander gestanden und sich über irgendwelche soziologischen Themen unterhalten. Bei solchen Leuten weiß man nie, ob sie der Kunst gegenüber aufgeschlossen sind oder die Galerien nur als Kulisse für ihre Selbstdarstellung brauchen“, kommentiert er missmutig.

„Na jetzt bist du ja endlich hier“, beruhigt ihn Anneli.

„Ich habe dir einen Fischteller vorbereiten lassen“, sagt Elena, die durch Anneli und mich von ihrem Mann getrennt sitzt. „Der Koch wollte Feierabend machen, ich hoffe, du hast da Lust drauf.“

„Gute Idee“, ruft er halb ihr, halb dem Kellner zu, der gerade an den Tisch kommt, „und dazu bitte einen trockenen Weißen.“

„Jetzt ist es aber langsam mal Zeit für ein Gedicht", sagt Alessia in die Runde, und alle Versammelten schauen wie gesteuert auf Josef. Der reagiert ganz eingeschüchtert, aber als sich Daniela, die während ihres Gespräches zu ihm vorgebeugt und seine Hände gehalten hat, nach hinten lehnt, greift er in seine Westentasche und zieht ein kleines graues Buch hervor. Er blättert ein wenig in den Seiten herum, dann verzieht sich seine Miene zu einem seriösen Ausdruck, und er liest: „Ich bin im Rausch so schwer wie ein Wattebausch im Wattenmeer." Die Runde jubelt und klatscht, für meine Begriffe stark übertrieben, in die Hände. Eine Methode, mit der man die Stimmung nach oben peitscht. Josef blättert weiter: „Besser man ist sich einig, dass man kontroverse Ansichten hat, als darüber zu streiten, ob man einer Meinung ist."

„Genau", ruft Cornel, und Noah kontert: „Da sollte man noch einmal drüber diskutieren."

„Ja ja, diskutiere nur", meint Finni und wendet sich an Josef: „Hast du noch was?"

„Moment", unterbricht Elena, „erst die Tantiemen." Sie nimmt die Servietten aus einer geflochtenen Schale, die mitten auf dem Tisch steht, und reicht das Körbchen herum. Von jedem klimpern Münzen in die Kollekte, die zu Josef weitergereicht wird. Der bedankt sich mit einem weiteren Aphorismus: „Besser, man sollte Schlafende ziehen lassen als Wache schieben. – Der Tod ist und bleibt unsterblich." Dann blickt er Daniela in die Augen und sagt: „Für dich habe ich noch eine Kastanie im Feuer."

„Yeah", ruft Janis, erneuter Beifall, und die Tantiemenschale wird ein zweites Mal in die Runde gereicht, so dass auch ich jetzt die Gelegenheit habe, etwas hineinzuwerfen.

Der Kellner, ein wenig über die Ausgelassenheit erstaunt, bringt Levin seinen Fischteller und sagt, es wäre noch Suppe übrig, die würde er jetzt kostenlos ausgeben, damit der Topf gespült werden könne, ob wir Lust darauf hätten.. Es bleibt keine Gelegenheit zu antworten, da rezitiert Josef, diesmal aus seinem Gedächtnis: „Die Sippe schwappt die Suppe – im Napf pappt noch ne Rippe." Bei jedem „P“, das er dabei ausspricht, klappen seine trockenen Lippen derart zusammen, als hätte er die Aussprache zu diesem Spruch gesondert geübt, und als der Kellner in die Küche entschwunden ist, schiebt er im rhythmischen Staccato nach: „Der Kellner pafft ne Kippe – die Daumenkuppe in der Suppe.“

Eine Küchengehilfin kommt an den Tisch und verteilt Suppenteller und Löffel, gleich dahinter folgt ihr der Kellner mit einem riesigen Topf, aus dem die Suppenkelle ragt. Manche mustern ihn genauestens, insbesondere die Position eines Daumens, und können sich ein Schmunzeln nicht verkneifen. Der Kellner bemerkt, dass irgendetwas im Busch ist, schielt ein wenig durch die Runde, doch niemand lässt sich etwas anmerken.

Als alle dabei sind, die Suppe zu löffeln, versucht Werner die Stimmung, die unter den Schlürfgeräuschen abzuflachen droht, wieder zu heben und posaunt: „Hoffentlich ist da keine Fliege drin!“ Einige lächeln wohlwollend, manche reagieren gar nicht, nur Luca grient in seine Faust, vielleicht weil er in seinem Rausch das volle Spektrum der Metapher vor seinen Augen sieht.

Josef blättert erneut in seinem Büchlein, dann legt er ein ernstes Gesicht auf und spricht ganz langsam: „Es ist ein Irrtum, dass es sich bei der Tse-Tse um zwei Fliegen handelt. Günstig jedoch, wenn man sie mit einer Klatsche schlägt“, und erhält dafür sowohl einen Schlussapplaus als auch die mit zahlreichen Münzen gefüllte Schale.

8.

Die Gruppe ist zu einer Versammlung in das Haus von Werner eingeladen. Anneli hat mir erklärt, er wäre erst seit kurzem dabei, würde sich aber besonders engagieren und dabei manches an sich ziehen wollen. Wir sind die Ersten, die bei ihm auftauchen, doch gleich nachdem wir in seine Wohnung gekommen sind, verabschiedet sich Anneli mit der Begründung, sie müsse noch kurz zur Bank, Geld abheben und ein paar andere Dinge erledigen.

Die Wohnung von Werner hat nichts Ungewöhnliches. Sie ist aufgeräumt, mit einfachen Möbeln eingerichtet und alltäglichem Zierrat dekoriert, doch dann führt er mich eine Halbtreppe hinauf in eine bemerkenswerte Kammer, die sich in einem Seitentrakt befindet. Am Kopfende des Raumes, der sich in seiner oberen Hälfte unter einer Dachschräge erstreckt, steht ein Wandregal, vollgestopft mit Büchern, angefangen von alten Bänden mit dunklen Lederrücken bis hin zu dicken Einbänden philosophischer Schriften von Konfuzius bis Kierkegaard, Kassetten mit Gesamtausgaben von Poe, Tucholsky, Kafka und Brecht. Besonders auffällig ist die kiloschwere Lexikareihe in edlem Goldschnitt. Der zwischen vielen historischen Buchrücken eingeordnete Stapel mit Kunststoffumschlägen entpuppt sich als Sammlung mit Musik-DVDs.

Unter einem der Dachschrägenfenster steht ein altes, abgeschabtes Ledersofa, zwei weitere knallrote Ledersessel entstammen dagegen der Moderne. Werner sammelt anscheinend Schreibmaschinen, einige davon mögen sich in den alten lederbeschlagenen Koffern befinden, daneben stehen schier ästhetische Wunderwerke der Mechanik, die aus großväterlichen Zeiten stammen mögen, andere im fünfziger-Jahre-Design in grünlichgrauen oder hellbraunen Pastelltönen, die vor allem durch ihre stark abgerundeten Formen ins Auge fallen. Nicht zuletzt gehört auch eine modernere Schreibmaschine mit Kunststoffabdeckung zu der Sammlung, die als eine der letzten vor der endgültigen Verdrängung durch den Computer produziert worden sein mag. Werner ist offensichtlich trotz der vielen historischen Gegenstände, die das Zimmer ausstatten, darunter ein alter Globus, eine angerostete Art-Deco-Tischlampe und Familienbilder in antiken Holzrahmen, nicht in der Vergangenheit hängen geblieben, denn auf dem Schreibtisch, der unter einem Giebelfenster steht, befinden sich eine Computertastatur und ein Flachbildschirm.

„Bist du Musikfan?“ Werner sieht mich erwartungsvoll an.

„Ich höre manchmal gerne Musik, aber ich kenne mich nicht besonders aus. Ab und zu gibt mir jemand einen Tipp, doch selbst finde ich selten heraus, was es Neues nach meinem Geschmack gibt.

Meistens höre ich die Musik nur nebenbei, bei Hausarbeiten oder wenn ich schreibe."

„Du schreibst auch? Dann haben wir ja etwas gemeinsam. Hast du schon veröffentlicht?"

„Ja, hab ich."

„Ich würde gerne mal was davon lesen, unter welchem Namen schreibst du denn? Bas ist ja wohl nur dein Vorname."

„Da sollten wir aus gegebenem Anlass vielleicht später drüber reden. Hast du denn schon veröffentlicht?"

„Ja, zwei kleine Bücher. Bislang mit relativ mäßigem Erfolg, aber ich versuche gerade, den Verlag zu einem größeren Werk zu überreden, das ich in der ersten Rohfassung vor kurzem abgeschlossen habe. Es ist nicht so einfach, Fuß zu fassen, wenn nicht gleich das erste Buch ein Renner wird."

„Du solltest dranbleiben, wenn du von deiner Arbeit überzeugt bist. Das soll natürlich nicht heißen, da stehen zu bleiben, wo du mit deinem Geschriebenen zufrieden bist. Mit seiner Arbeit muss man sich immer wieder von Neuem in Frage stellen. Nur so kann man sich Stück um Stück verbessern."

„Da gebe ich dir recht. Aber man läuft auch Gefahr, vor lauter Selbstzweifel am Ende nicht mehr zu wissen, was gut ist und was nicht."

„Du solltest dich immer wieder mit deinen Freunden besprechen. Sonst kann das tatsächlich passieren, dass du dich entweder für genial hältst oder für einen Versager oder ständig zwischen beidem hin und her schwankst. Lege anderen deine Manuskripte vor, oder auch nur Auszüge davon. Deren Kritiken brauchen für dich nicht bindend zu sein, aber du kannst dich selbst prüfen, indem du ihnen zuhörst. Aber du wolltest vorhin über die Musik sprechen."

„Na ja, die Musik, die ist mir schon wichtig. Aber wenn ich schreibe, höre ich nie Musik. Sie lenkt mich zu sehr ab. Das ist anders, wenn ich entspanne, dann höre ich sehr bewusst und konzentriert auf die Töne."

„Konzentriert hören, während man entspannt – ist das kein Widerspruch?"

„Nein, keineswegs. Es werden ja ganz eigene Sinne angesprochen, ob man selbst kreativ ist oder die Kreationen anderer aufsaugt."

„Und welche Musikrichtung hörst du?"

„Ich bin nicht auf eine Richtung fixiert, ich kann alles hören, ob Klassik oder Rock, Jazz oder Weltmusik." Werner läuft mit seinem fülligen Körper wie ein Archivverwalter zwischen den Regalen auf und ab, zieht die ein oder andere CD heraus, steckt sie aber zurück, noch ehe ich das Cover gesehen habe, dann öffnet er einen Schrank, in dem sich eine unglaubliche Anzahl Vinylplatten befindet, zieht die „Let it be"-LP der Beatles hervor, steckt aber auch diese wieder zurück und öffnet eine kleine Schublade eines anderen Schrankes. „Das sind ohnehin alles sehr grobe Begriffe, die kaum etwas aussagen. Ich kann dir auch nicht beschreiben, welche Aspekte die Musik für mich haben muss, sie muss nur eigen sein, etwas Besonderes, meinetwegen darf sie auch Extravagantes herausstellen. Manche Leute denken, ich würde nur komplizierte Kompositionen hören, doch das ist nicht die ganze Wahrheit. Es gibt auch sehr einfach strukturierte Werke, die eine unglaubliche Ausstrahlung auf mich haben. Meine größte Leidenschaft finde ich in der sogenannten klassischen Moderne, dazu gehören Komponisten wie John Cage, Karlheinz Stockhausen, Philipp Glass, Alvin Lucier, Minimalisten wie Steve Reich oder Iannis Xenakis, ich liebe auch Experimentalmusiker wie Fred Frith oder Holger Czukay.

Manche der Namen habe ich noch nie gehört, andere sind mir sehr vertraut und mitunter sogar Gesprächsthema zwischen mir und meinen Freunden gewesen. Werner drückt mir einige CDs in die Hand. Neugierig beäuge ich die durchweg spannend gestalteten Cover, ehe ich bemerke, dass es sich um selbstgebrannte Zusammenstellungen handelt. Ich frage mich, ob die Musik das hält, was die Titel, die Werner für diese Kompilationen erfunden hat, versprechen: „elektrische Widersetzungen", „kontrapunktierte Gratwanderung", „Spiegeltäuschung" oder „Das Überdauern des Ich-Bewusstseins" sind sehr vielversprechende Überschriften, die die normale Konsumgesellschaft vermutlich auf Anhieb abschrecken würden.

Es klingelt. Werner entreißt mir wieder die CDs und verstaut sie in dem Schubladenschrank. „Wenn du möchtest, kann ich dir die gerne kopieren, dann hast du Gelegenheit, sie dir in Ruhe anzuhören, sonst bringt das sowieso nichts."

Werner hat also schon beschlossen, was mir was bringt und was nicht. Das sind ja schöne Aussichten für die auf uns zukommende Diskussion.

Noah und Alessia kommen in die Kammer und wählen beide den jeweiligen Sessel als Sitzgelegenheit, gleich darauf klingelt es wieder, und Anneli erscheint. „Ich habe unten die Tür aufstehen lassen, weil ich Jannis um die Ecke hab kommen sehen", sagt sie anstelle einer Begrüßung. „Soll ich Kaffee machen?"

„Ich zeige dir, wo alles steht", willigt Werner ein.

„Ich werde es schon finden", wiegelt Anneli ab, „Küchen sind meist nicht besonders kompliziert sortiert."

„Bei mir ist alles kompliziert", entgegnet Werner selbstironisch, „aber ich muss sowieso mitkommen, um kalte Getränke aus dem Keller zu holen."

Kurz später erscheint Jannis, der bereits ein Tablett mit Gläsern hält, das man ihm unten in die Hand gedrückt hat. Er setzt sich auf das Sofa, in das er so tief versinkt, dass ihm beinahe das Tablett aus der Hand fällt. So gerade noch kann er das Gleichgewicht austarieren.

Mit Werner und Anneli kommen dann schließlich Alessia und Simon in die Runde. Als sich alle hingesetzt haben, entsteht zunächst ein ernster Moment des Schweigens.

Vor dem Fenster flattern aufgescheuchte Tauben hoch. Die Flügelschläge durchbrechen als wilde Trommelwirbel die Stille, die mit zunehmender Weite, in die ich den Vögeln durch das Fenster hinterher sehen kann, verklingen.

9.

„Ich schlage vor, wir agieren mit kleinen Nadelstichen“, argumentiert Alessia, „dadurch könnten wir die Menschen aufwühlen und der Lethargie die Stirn bieten.“

„Was soll das bringen? Das Ziel lautet, aus dem Untergrund heraus zu arbeiten. Wenn wir mit kleinen Aktionen was erreichen wollen, dann funktioniert das nur mit vielen Leuten, die wir über Phones und Internet mobilisieren. Wie also willst du das anstellen und gleichzeitig anonym bleiben?“

Ich empfinde Werners Stellungnahme als recht kühn – nicht das, was er sagt, sondern seine Wortergreifung ganz zu Anfang. Er hat erst seit kurzem Kontakt zu der Gruppe, so wie mir Anneli berichtet hat, und gleich versucht er, sich stark einzubringen und die Bewegung an sich zu ziehen. Nach ihrer Ansicht ist das auch der Grund, weswegen wir uns heute bei ihm treffen. Niemand bremst ihn aus, doch man geht auch wenig auf ihn ein, außer Noah, der anscheinend auf jede Dialektik reagiert.

„Es gibt zahlreiche Wege, sich über neue Medien zu verbreiten, ohne gleich aufgedeckt zu werden. Was glaubst du, wie die heimlichen Nachrichten aus den Krisengebieten an die Öffentlichkeit kommen?“

„Europa ist stark strukturiert. Die elektronischen Medien sind alles andere als anonym. Wer sie benutzt, der kann sich genauso gut in den Park stellen und seine Thesen ausrufen.“

„Wenn wir anonym bleiben wollen, dann finden wir auch einen Weg, ohne auf moderne Medien verzichten zu müssen.“

„Wir sollten uns zunächst darüber im Klaren werden, wie wir uns der Öffentlichkeit präsentieren“, unterbricht Finni den Dialog zwischen Werner und Noah. „Weder ist es unsere Absicht, einzelne Aktionen zu starten und uns dann wieder zu zerstreuen, noch wollen wir uns auf eine öffentliche Plattform stellen. Ich will dauerhaft agieren, ohne absehbares Ende. Deshalb sollen unsere Aktionen von der

Öffentlichkeit identifiziert werden, nicht aber unsere Zelle, von der alles ausgeht."

„Und was hat das mit der Nutzung oder dem Verzicht auf die elektronischen Medien zu tun?" will Werner wissen.

„Ich will Phantom bleiben und nicht die geringste Spur hinterlassen, die unseren Widersachern irgendwann als Puzzleteil dienen könnte. Seinerzeit ist man bei Bombenanschlägen der RAF in Deutschland sogar über einen Wecker, der in einem Kaufhaus gekauft wurde, den Urhebern auf die Schliche gekommen. Wie sollen wir also mit den neuen Medien agieren, da doch die Geheimdienste ausgerechnet darauf ein besonderes Auge gerichtet haben und Leitungen und Netze jetzt schon ständig überwachen?"

„Wir müssen sauberer als der Geheimdienst agieren", versucht es Noah ein letztes Mal.

„Deshalb ist es ja auch wichtig, unser Tun so überschaubar wie möglich zu halten", sagt Finni, indem sie sich den anderen zuwendet, damit Noah nicht wieder das Wort ergreift, „aber nur überschaubar für diejenigen, die in unser Vorgehen eingeweiht sind."

„Wie soll das funktionieren?" Jetzt tastet sich auch Simon, der ebenso wie Werner ein Neuling ist, an die Diskussion heran.

„Indem wir unlogisch vorgehen." Ich wollte mich ganz aus dem Gespräch heraushalten, die Runde beobachten und die Leute einschätzen lernen, doch die Frage hat mich an einem Punkt getroffen, mit dem ich mich seit Jahren intensiv auseinandergesetzt habe. Alle schauen mich fragend an. „Wer jemandem auf die Schliche kommen will, der sucht nach einem System, nach der Sprache, die für die Persönlichkeit spricht. Wenn es uns gelingt, viele Sprachen zu sprechen, wird man uns anhand von Indizien kaum identifizieren können.

„In der Schweiz werden viele Sprachen gesprochen, viel mehr als nur die vier offiziellen. Selbst das versucht man jetzt schon einzudämmen", sagt Simon und schließt eine kurze Redewendung in einem Schwyzer Dialekt hinten an, die deutsche und italienische Betonungen hat, von der ich aber dennoch nichts verstehe.

„Ich meinte nicht unbedingt die gesprochenen Sprachen“, erläutere ich. „Wir sollten grundsätzlich eindeutige Merkmale vermeiden, die auf uns hinweisen könnten. Darüber hinaus ist es vielleicht gar keine so schlechte Idee, auch auf die zahlreichen Dialekte zurückzugreifen, vorausgesetzt, dass wir uns untereinander verstehen.“

„Merkmale hin oder her. Alleine werden wir nicht viel bewirken können. Wir brauchen Verbindung zu der unzufriedenen Masse.“ Janis sagt das in seiner trockenen Art und mit einem Gesichtsausdruck, als würde sich die ganze Unzufriedenheit auf ihn vereinigen.

Alessia, die bisher ganz gelassen in ihrem Sessel gesessen hat, richtet sich auf und hebt die Arme vor sich, die Handflächen nach unten gehalten, als wolle sie die Diskussion beruhigen. „Eins nach dem anderen. Wir haben ein Konzept, das nur die interne Gruppe betrifft. Wenn wir uns verbreiten wollen, dann muss erst noch ein zusätzliches Konzept erstellt werden, das haben wir zurzeit noch nicht, was nicht bedeutet, dass wir es nicht später einmal realisieren werden. Wir dürfen nur nicht Gefahr laufen, gleichzeitig ein bisschen von dem einen und ein bisschen von dem anderen zu machen. Das, was wir angehen, muss bis zu Ende durchdacht und mit allen Variationen, zu denen uns die Handlung zwingt, bedacht sein.

„Und was wollt ihr in Angriff nehmen?“ fragt Janis sichtlich aufgeregt. „Sind doch keine Terroristen, die Anschläge verüben.“

„Ich habe ein großes Vorbild. Das sind die Geschwister Scholl und ihre Freunde“, beruhigt ihn Alessia. „Ich will damit nicht sagen, wir sollten genauso agieren, doch ihr Stil, die Konsequenz, mir der sie sich nicht von ihren Zielen abbringen ließen, und der Wille zur Friedfertigkeit sind die Maxime, von denen auch ich mich nicht löse.“

„Hast doch selbst mal gesagt, Angriffe gegen Einrichtungen nicht ausschließen zu wollen“, entgegnet Janis.

„Als Begleiterscheinung vielleicht, wenn man es nicht umgehen kann. Aber ich will doch kein Feuer legen, zumindest nicht im tatsächlichen Sinn des Wortes. Wenn unerwartet während einer Messe hinter dem Papst ein Plakat entrollt würde, hätte das doch mehr

Wirkung als ein umgesägter Strommast. Das Volk, das wir erreichen wollen, muss spüren, dass wir in gewissem Sinne intelligent sind und Witz haben, statt blindlings und verbittert aufzutreten. Mein Slogan heißt Courage statt Rage."

„Was soll auf dem Plakat hinter dem Papst stehen?" will Simon wissen.

„Das war doch nur ein Allegorie: Stell dir vor, der Papst, als Galionsfigur, spricht, und keiner achtet auf seine Worte, weil hinter ihm unerwartet eine andere Botschaft steht. Das ist die Metapher. Wir stören, aber zerstören nicht."

Die Dialoge sind vollkommen konzeptlos. Ich suche nach einer Linie, die auf konkrete Ergebnisse zuläuft, schließlich will man am Ende nicht mit dem Gefühl auseinandergehen, viele kluge Worte gehört zu haben, die aber ohne weitere Wirkung bleiben. Völlig überraschend wendet sich Werner an mich und unterbricht nicht nur meine Gedanken, sondern beendet auch die wechselseitigen Dialoge, in denen die jeweiligen Partner ihre Fronten klären.

„Was meinst du dazu? Du kommst doch von einer ganz neutralen Warte."

Ich sehe mich nicht als einen neutralen Beobachter. Dafür ist meine eigene Geschichte viel zu ausgeprägt. Würde ich jetzt ausweichend antworten, widerspräche das meiner eigenen Intention. Aber was tun? Ich bin in eine Rolle hineingeschlüpft, die nur bedingt etwas mit meiner Gefühlswelt zu tun hat. Ich fühle mich, als hielte ich mich selbst am ausgestreckten Arm, ich habe Kontakt zu mir und komme mir doch nicht nahe.

Bei aller Distanz, meiner angestrebten Diplomatie zum Trotz, komme ich nicht drum herum, Partei zu ergreifen, und antworte kurz und knapp: „Ich finde das, was Alessia sagt, einleuchtend."

Alessia ist in meinen Augen sehr rational, ihr traue ich zu, der Bewegung eine Richtung zu geben, die weder in eine Sackgasse noch auf ein Chaos zuläuft. Niemand antwortet, ich atme tief durch, fragende Blicke durchbohren mich, deshalb spreche ich weiter. „Man sollte bei einem Weg bleiben, wenn der auf einer vernünftigen Grundlage basiert. Sonst könnte man sich allzu leicht verzetteln und seine Agitationen wirkungslos verpuffen lassen. Friedfertig und mit Witz vorzugehen halte ich für ein gutes Konzept, selbst wenn es nach außen zunächst nach Happening und Spontanagitation aussieht. Wenn man mit fortwährenden Aktionen nachlegt, dann bleibt auch ein langfristiger, ernstzunehmender Effekt nicht aus. Habt ihr euch nicht dafür zusammengetan?"

„Genau. So ist doch alles entstanden."

Mir ist peinlich, dass mich ausgerechnet Anneli, die mich in die Gruppe gebracht hat, bestärkt. Es könnte so aussehen, als wäre sie, egal was ich sage, auf meiner Seite. Sie stellt die Wasserflasche, mit der sie gerade in mehrere Gläser nachgeschenkt hat, auf den Boden, steht fast mitten im Raum und dreht sich deshalb, während sie spricht, mehrmals zu allen Seiten.

„Wir haben uns als Künstler zusammengerauft, als wahre Intellektuelle und nicht als Wutbürger oder fadenscheinige Prominenz. Das ist gut, dass Bas das einmal so betont hat. Ich finde es enorm wichtig, wenn Leute von außen kommen und das Wesen der Gruppe erkennen, statt gleich neue Ideen hereinzubringen." Den letzten Halbsatz verstehe ich als Seitenhieb gegenüber Werner.

Finni unternimmt den Versuch, das fruchtlose Hin und Her zu beenden: „Es nutzt jetzt rein gar nichts, endlose Grundsatzdebatten zu diskutieren. Wir haben uns unter bestimmten Maßgaben zusammengerauft, und dabei muss es jetzt auch bleiben. Ich will jetzt lieber darüber sprechen, wie wir konkret vorgehen wollen." Sie will weitersprechen, wird aber durch ein Klingeln unterbrochen. Werner läuft zur Haustür, und alle warten gespannt auf denjenigen, der jetzt die Treppen hochkommt. Wir hören die Schritte, sie überschneiden sich ungerichtet und könnten von mehr als zwei Personen stammen. Schließlich erscheinen Urs und Josef hinter Werner, in ihren Händen Sofapolster aus dem Wohnzimmer haltend, da die Sitzmöglichkeiten ausgeschöpft sind.

„Wenn die anderen nichts dagegen haben, versuche ich für euch einmal zusammenzufassen, worauf wir uns geeinigt haben", richtet

Finni das Wort an die Hinzugekommenen. „Wir haben zwar nicht darüber abgestimmt, aber ich gehe einmal von einem Konsens aus. Wir wollen einen Inner Circle bilden, der fest umrissen und eng miteinander verknüpft ist. So können wir eine interne Methode entwickeln, die für einen Außenstehenden nicht zu erkennen ist."

„Das geht zwar leicht über das hinaus, was wir gesagt haben, klingt aber trotzdem sehr schlüssig", bestärkt sie Alessia.

„Aber wie sollen unsere Aktionen denn nachhaltig wirken, wenn man nicht die gleiche Herkunft erkennt?!" stellt es Noah wieder in Frage.

„Wir müssen unterscheiden zwischen unseren Zielen, die tatsächlich – und da gebe ich dir recht – nach außen ablesbar sein müssen, und der Vorgehensweise, die uns dahin führt."

„Das habe ich jetzt absolut nicht verstanden", unterbricht Janis Alessia, die noch einmal ansetzt, um die Struktur zu erläutern.

„Unsere Gruppe muss nach einer Ordnung arbeiten, die nur diejenigen erkennen, die dazugehören. Ordnung im scheinbaren Chaos. Aber die Aktionen, die aus dem undurchschaubaren Geflecht entstehen, müssen dagegen eindeutig erkennbar werden."

„Manchmal wünschte ich, du würdest dich einfacher ausdrücken", kritisiert Janis, „man könnte dich wenigstens auf Anhieb verstehen."

„Mag sein, dass du recht hast", verteidigt sich Alessia, „aber ich spreche nun mal so, wie ich auch denke. Oder änderst du deinen Malstil ins naive, um eine für alle Betrachter verständliche Sprache zu finden?"

„Und was wollt ihr jetzt unternehmen?" Die Frage von Urs klingt anlässlich der vorangegangenen Diskussion simpel, aber sie trifft genau den Kern, um den sich das Treffen drehen sollte.

„Darüber wollten wir gerade sprechen", behauptet Finni, und Noah wirft noch schnell ein: „Es geht aber nicht um Einzelaktionen, sondern um konzertierte Maßnahmen.

„... als Beginn einer Revolte", versucht Janis das Gesagte zu konkretisieren.

„Bestimmt will ich keine Revolte starten." Alessia springt auf, doch statt sich Janis zuzuwenden, dreht sie sich in die Runde: „Das wäre blinder Aufruhr. Wenn überhaupt, dann geht es uns um Revolution. Aber Revolution ist eine große Bewegung, wir könnten allenfalls ein kleiner Partikel sein, der daran mitwirkt."

„Back jetzt keine kleinen Brötchen. Wenn wir nicht zu Großem bereit sind, können wir die Sache auch gleich lassen." Janis sucht den Blick von Alessia, die aber schaut über ihn hinweg ins Leere.

„Worauf willst du denn deine Revolution aufbauen? Erkennst du etwa eine Strömung in der Bevölkerung, die hinter dir steht? Ich will jedenfalls keine Elite-Revolte entfachen, ich muss die Menschen schon mitnehmen, und dazu muss ich sie aufrütteln. Das ist alles, worum es momentan geht. Mit Gewaltaktionen kann ich einschüchtern, die Bevölkerung im besten Falle polarisieren. Druck durch Gewalt aufzubauen bedeutet, jemanden zu etwas zu zwingen. Das wäre eine Autorität, die ich ablehne."

„Ihr solltet jemanden an der Quelle haben, der euch mit Insiderinformationen füttert." Urs mag recht haben, es gibt noch unzählige Aspekte, die eine Rolle spielen könnten, aber er spürt nicht, wie er mit diesem Einwurf die Diskussion wieder in die Breite dehnt, deshalb schalte ich mich wieder ein: „Wäre es nicht sinnvoll, erst einmal einen Schwerpunkt zu benennen, auf den man sich konzentriert? Oder habt ihr das schon gemacht, ich bin ja zum ersten Mal dabei."

„Ich auch", meint Werner, „also zumindest was das Treffen mit der gesamten Gruppe angeht."

Zum ersten Mal meldet sich jetzt auch Josef zu Wort: „Ich habe so eine Idee, weiß aber nicht recht, wie wir daraus etwas umsetzen könnten." Er wirkt fast schüchtern in dem Kreis der sich ereifernden Aktionisten.

„Egal", ermutigt ihn Finni, „es wurde so viel gesagt, was soll jetzt noch falsch sein?"

„Das Stichwort lautet Obst."

Ein Raunen geht durch die Runde. Mit faulem Obst zu werfen spricht gegen die Vorgaben, die sich die Gruppe gerade gesetzt hat, aber was kann Josef anderes meinen?

„Seit Wochen schauen wir auf die Ereignisse in Nordafrika. Aber wer erinnert sich noch daran, wie das alles begonnen hat? Die Initialzündung hat ein junger Akademiker ausgelöst, den man in seinem Beruf nicht arbeiten ließ und der, um überleben zu können, einen Verkaufsstand für Obst beantragt hat, den man ihm aber verweigerte. Daraufhin hat er sich öffentlich selbst verbrannt. Andere mögen das Feuer als Symbol ihrer Freiheitsbewegung nehmen, warum wählen wir nicht den absurden Weg und nehmen das Obst."

Werner lacht laut auf, Janis schüttelt den Kopf, und Anneli rekapituliert entzückt: „Obsttag."

Es entsteht eine kurze Pause, dann ruft enthusiastisch Finni in die Runde: „Wir werden den Jahrestag dieses Suizids zum Obsttag erklären!"

„Na toll, Obsttag", sagt Janis herabwürdigend. „Bin hier, um eine Kampftruppe zu formieren, und heraus kommt nicht Besseres als Apfelkompott."

„Wir wollen Wirkung erzielen, nicht mit unbesonnenem Kampf, sondern mit Absurditäten", hält Finni dagegen. „Es ist gar keine schlechte Idee, uns zunächst auf einem vermeintlich harmlosen Terrain zu bewegen. Auch wenn das zunächst zu keinem konkreten Ergebnis führt, so könnten wir doch zumindest eine Methode ausprobieren. Wie wäre es, wenn wir Obst in Massen an allen Ständen der Stadt aufkaufen?"

„Und das willst du dann alles auffressen", will Janis wissen.

Alessia entgegnet: „Nein, wir können es verschenken. Was glaubst du, was das für eine Wirkung haben wird: Plötzlich kaufen irgendwelche Leute alles Obst in der Stadt auf, als wären sie Aktienspekulanten, dann beweisen sie, es nicht zu ihrem eigenen Wohl getan zu haben."

„Ja, das würde auffallen", stellt Noah fest. „Die Araber werfen Schuhe, um ihre Missachtung gegenüber den Diktatoren zu zeigen, wir bringen Obst in Bewegung, um unsere Achtung gegenüber der Demokratiebewegung zu bezeugen. Im Nachhinein müssen wir natürlich darüber aufklären, was das Ganze zu bedeuten hat. Wir könnten eine anonyme Erklärung an die Zeitungen senden."

„Wenn wir das Obst verteilen, dann werden sich die Leute an unsere Gesichter erinnern", gibt Urs zu bedenken.

„Obst verteilen. Was für ein Schwachsinn." Janis ist sichtlich verärgert. Es hält ihn nicht mehr auf seinem Sitz. Ich habe den Eindruck, er würde jetzt am liebsten irgendwo reinschlagen. Stampfenden Schrittes geht er auf das Fenster zu, dreht sich um und ruft; „Langsam habe ich den Eindruck, es geht euch nur darum, aufzufallen, irgendwie, scheißegal womit. Wollt ihr etwa mit Obst Revolution machen?"

Sein Auftritt wirkt absurd, seine kleine Statur will nicht recht zu der Dominanz passen, mit der er seine Verzweiflung über die Idee darzubieten sucht.

„Leute müssen spüren, was wir losreißen, es muss wehtun, sonst macht's keinen Sinn!"

„Sieh es als Anfang", besänftigt ihn Finni.

„Ist doch an Harmlosigkeit nicht zu überbieten: Vorsicht, da kommen die Leute mit dem Obst – oh da hab ich aber Angst mit meiner Bananenallergie."

„Jetzt mach aber mal nen Punkt." Noah springt auf und zeigt drohend mit dem Finger auf Janis. Für einen Moment verfallen beide in eine Art Kaninchenstarre, ein abstruses Standbild, das jemand, der die Vorgeschichte nicht kennt, als Figur eines Theatertanzes deuten könnte."

„Wollt ihr euren Tanztee nicht mal langsam beenden", kommt es mir spontan über die Lippen. Im selben Moment, in dem ich mich höre, bedauere ich den Kommentar.

„Lass mal", lenkt Finni ein, „auf gewisse Weise kann ich Janis ja verstehen. Wir brauchen einen Ausgangspunkt, selbst wenn der zunächst recht harmlos erscheint. Aber damit könnten wir uns selbst erproben und sehen, wie die Bevölkerung und die Medien reagieren und letztendlich auch, wie fähig wir als Gruppe sind. Wer mit Wut agiert, der verliert zu schnell die Kontrolle über sein Handeln. Das kann man einmal machen, uns geht es aber darum, eine dauerhafte Bewegung ins Leben zu rufen.

„Wenn wir einen Namen für unsere Bewegung suchen, dann könnten wir uns ja Obsttag nennen", schlägt Simon vor, als hätte es den Disput nicht gegeben. Ich frage mich, ob er so ignorant ist oder einfach nur klug den Wind aus den Segeln zu nehmen versucht.

„Klingt irgendwie blöd", findet Werner.

Alessia ist ganz anderer Meinung: „Das finde ich nicht. Wir wollen ja nicht andere kopieren und kämpferische Titel suchen. Obsttag klingt eigen, das gebe ich zu, aber wenn daraus eine Bewegung entsteht, die über unseren kleinen Horizont, bis zu dem wir jetzt noch denken, hinauswächst, dann kann man auch anderen vermitteln, welch entscheidender Ausgangspunkt in dem Namen steckt."

„Losungswort ‚Obsttag einlegen' heißt also ab sofort, eine neue Aktion wird gestartet?" will Werner wissen.

„Obsttag, das klingt bescheuert und genial zugleich", stellt Noah kopfschüttelnd fest.

„Kann doch nicht wahr sein! Ich höre nur Obst. Hey, ich habe Obst verteilt, jetzt bin ich ein Revoluzzer! Wollt ihr mich verarschen?" Jetzt ist es Werner, der sich gegen den Tenor zur Wehr setzt.

„Lass doch mal das Obst beiseite", antwortet Alessia, „und ersetze das Wort durch Aktien. Stell dir vor, wir würden stattdessen alle Stromaktien des lokalen Anbieters aufkaufen. Revolte mit Energieaktien. Das klingt sicherlich auch in deinen Ohren viel besser. Obst wird tatsächlich nicht viel bringen, das glaube ich auch, doch wenn wir damit unser Prinzip erproben, wäre das doch ein guter Anfang. Immerhin ist Obst im Gegensatz zu Aktien erschwinglich."

„Müssen dann aber zumindest den Roelli zuschweißen. Der liefert sonst innerhalb von zwei Stunden alles nach." Jetzt lässt sich Janis endlich auf die Diskussion ein. Ich kapiere zwar nicht, was der „Roelli" ist, aber ich begreife, dass Janis handfeste Aktionen braucht, um sich zumindest einigermaßen mit der Sache anfreunden zu können.

„Da sagst du was", bestätigt Werner. Der Roelli hat wahrscheinlich Lagerbestände in seinem Kühlhaus, dafür müsste ich meine gesamte Plattensammlung verkaufen und könnte mir von dem Erlös nicht einen Bruchteil leisten. Also wenn wir den nicht zuschweißen, können wir ohnehin alles vergessen.

Noah schaut in die Runde: „Ist das Zuschweißen von Lagerhäusern noch gewaltfrei?"

„Der Roelli hat keine Nachtwächter. Wenn man sorgfältig präpariert da auftaucht, dürfte nichts gegen die Aktion sprechen. Aber das muss sauber vonstattengehen", bestätigt Alessia den Vorschlag. „Und unsere Aktion muss abgeschlossen sein, bevor man morgens versucht, das Lager aufzuschließen."

„Ich könnte Janis helfen", meldet sich Urs. „Ich habe mal schweißen gelernt, ich hefte dir jede Tür in zehn Sekunden so zu, dass du zwei Stunden brauchst, um sie wieder zu öffnen."

„Zwei Stunden sind zu kurz", entgegnet Noah.

„Na gut, gib mir dreißig Sekunden pro Tür. Man muss dann allerdings damit rechnen, dass die Tür anschließend nie mehr zu gebrauchen sein wird."

„Sollten das Obst weglassen und stattdessen nur Tore zuschweißen", ereifert sich Janis plötzlich ganz euphorisch.

Nach und nach merke ich, wie sich jeder auf seine Weise hinter die Aktion stellt. Dem einen ist die Gewaltfreiheit gewahrt, der andere spürt die Fantasie, mit der die Performance umgesetzt werden kann, und schließlich fehlt auch nicht die handfeste Agitation.

Und plötzlich macht sich Aufbruchsstimmung breit.

„Gehen wir zusammen nach Hause?" will Finni von Urs wissen, doch der wehrt ab und sagt, er wollte noch Äpfel kaufen und käme dann gleich nach. Es war einfach nur dahingesagt, doch dann schaut er sich um und sieht in zum Teil erschrockene, zum Teil auch lachende Gesichter.

Ich hatte gedacht, nach diesem merkwürdigen Vorgeplänkel einer Selbstfindung würden wir jetzt endlich zur Sache kommen, stattdessen löst sich die Zusammenkunft offensichtlich selbstzufrieden auf.

Ich versuche das als merkwürdige Mentalität der Schweizer zu werten, meinetwegen auch nur der Nordschweizer, und nehme es so hin – am lang ausgestreckten Arm.

Anneli will nach Hause.

„Ich werde nachkommen, brauche noch etwas Zeit für mich.“

Planlos laufe ich in Richtung eines Stadtrand-Viertels, das nicht so eng wie die Innenstadt besiedelt ist. Ich wünschte mich jetzt noch einmal in die Berghütte von Herbert, wo Thesen geboren werden, statt sie hier vor Menschen verteidigen zu müssen. Ich wollte es mir nicht so recht eingestehen, aber seit ich ernsthaft meiner schreibenden Tätigkeit nachgehe, habe ich mich von meinen Mitstreitern weg mehr und mehr zum Einzelgänger entwickelt, zum Koch einer geistigen Suppe, der sich nicht gerne zu den Gästen an den Tisch setzt, die sie auszulöffeln haben.

Die Straße einer Neubausiedlung schlängelt sich in Serpentinen nach oben. Ich kürze den Weg über steile Treppenstufen, die gradlinig bergauf führen, ab. Die Stiegen haben nicht mein Schrittmaß, das macht den Aufstieg noch anstrengender. Da die Häuser streng entlang der kurvenreichen Straße gebaut sind, kann man von dem Fußweg aus in die Gärten sehen, die allesamt wie nach Katalogen gestaltet scheinen. Die Bepflanzung ist wenig typisch für die Umgebung, sie spiegelt eher in Gartenbaumärkten angebotene Importware und Gewächshauszüchtungen. Teiche, Swimmingpools, Schaukeln, Trampoline und diverses mobiles Spielgerät vermitteln eine Stimmung von heiler Welt, eingezäunt mit Maschendraht. Was würden die Menschen hier machen, wenn eine Revolution losbricht?

Ich sehne mich nach Ordnung und nach Einsamkeit. Jede dieser Sehnsüchte für sich drückt normalerweise schon aus, dass man mit der Welt, in der man lebt, überfordert ist. Doch das kann es nicht sein. Ich bin innerlich stark, finde mich gut zurecht, weiß, worauf ich mich einlassen möchte und worauf nicht, der Boden, auf dem ich mich bewege, ist mir ein fester Untergrund.

Egal, wo ich gelebt habe, selbst während meiner kalkuliert temporären Aufenthalte in Lyon oder über Biasca, niemals und nirgendwo habe ich ein geregeltes, vorhersehbares Leben ersehnt. Was also soll das jetzt? Wenn es nicht der Raum ist, der mich zu wenig befriedigt, dann mag es klassischerweise die Zeit sein, die mich nicht annimmt. Lebe ich neben der Zeit, neben meinem eigenen Rhythmus? Das mag es sein. Die Zeit ist das Einzige, was sich ständig öffnet, doch subjektiv gesehen scheint sie sich mir verschlossen zu haben. Hat Zeit eine eigene Statik?

Mitten im Gruppentaumel hatte mich Alessia an einem der letzten Tage für einen kurzen unauffälligen Moment zur Seite genommen und mir gestanden, sie könne im „Kampf gegen den drohenden Totalitarismus" nicht ganz ausschließen, den Tod von Menschen in Kauf zu nehmen. „Die innere Wut und der Gedanke, dass es nicht um mich persönlich geht, sondern um die Zukunft der Menschenrechte, können sich im Extremfall über die Vernunft stellen. Vielleicht bin ich dadurch eine so hartnäckige Pazifistin geworden, weil ich Angst vor meinen eigenen Reflexen habe."

Meine Reaktion fiel nüchtern aus. Ich habe nur mit dem Kopf genickt, aber nicht geantwortet, doch ich wusste, wovon sie spricht, vielleicht mehr als sie es vermutet hat.

Als ich als junger Mann den Kriegsdienst verweigert hatte, musste man noch eine „Gewissensprüfung" vor einem Komitee ablegen. Das Verfahren war eine Farce, denn jeder halbwegs kluge Kopf wusste sich auf seine Begründung vorzubereiten. Es war üblich, während der Befragung eine Gegebenheit zu konstruieren, bei der der Prüfling mit seiner Argumentation in die Enge gerät, etwa eine Situation, in der es um eine direkte Bedrohung der Freundin oder Familie ginge. Und wenn man dann eine Waffe in der Hand hätte ... Die Antwort musste stets lauten, man würde oder könnte dennoch niemals schießen. Von dieser These durfte man sich nicht abbringen lassen, selbst wenn die Beweisführung folgewidrig wurde. Zur Not musste man sich eben etwas dümmer stellen, als man wirklich war.

Auf die Diskussion, dass Pazifismus eine Verstandesentscheidung ist und keine Frage von Affekten in Grenzsituationen, dass die Voraussetzung, ob man eine Waffe in der Hand habe oder nicht, vor allem eine politische Entscheidung ist, darauf durfte man sich nicht einlassen.

Als unsere kleine separate Unterredung den anderen aufgefallen war, hat Alessia mir schnell noch eine Einladung ausgesprochen. Sie wollte einmal alleine mit mir sein und Dinge erörtern, die nicht „gruppenfähig" sind – was immer sie damit meinte. Ich weiß nicht, ob ich noch darauf eingehen werde, ungeachtet ihrer Ausstrahlung, die wirklich etwas Faszinierendes hat. Es sind nicht bestimmte einzelne Merkmale, die das Besondere an ihr ausmachen, sondern eher das Zusammenwirken mehrerer Eigenschaften. Sie hat kein herausragendes äußeres Merkmal, weder im Positiven noch im Negativen. Sie mag überdurchschnittlich intelligent, aber nicht begnadet sein. Ihre Mimik würde ich als zurückhaltend einstufen, auffälliger dagegen ist ihre Körperbewegung, ihr leicht wippender Gang, ihre aufrechte Haltung, selbst wenn sie sich durch enges Gestühl hindurch quetschend an einen Cafétisch setzen will, vor allem aber hat sie eine seichte Stimme, wie eine Seifenblase, die nicht sehr kraftvoll ist, sich aber schillernd entfalten kann und ebenso schnell zu zerplatzen droht. Jeder, der es darauf anlegte oder selbstgefällig über sie hinweg ginge, kann Alessia übertönen, doch die Feinheit ihrer Stimme hat eine ganz eigene Durchsetzungskraft, vor allem kann sie länger nachhallen als manch lauter Ruf.

Ich halte Alessia für scharfsinnig, die Unterhaltung zwischen uns beiden ergäbe sicherlich einen fruchtbaren Austausch, aber ich zweifle, ob ich in die Rolle hineinschlüpfen soll, die sich mir zunehmend eröffnet, oder mich besser auf Distanz halte und weiterhin als Randfigur definiere.

Die Stadt liegt so ruhig da, wer könnte beim Anblick an der Harmonie zweifeln, die das Leben erfüllt. Es wäre absurd, hier eine Bombe platzen zu lassen. Die Stadt würde in eine perplexe Starre fallen, aber nicht aufgewühlt werden. Meine Güte, sind das jetzt die Gedanken eines Unwissenden oder mehr die eines außenstehenden, neutralen Beobachters? Ich werde mich meiner wirren Gedanken entziehen, zurücklaufen, mit Anneli noch einen Wein trinken und dann schlafen gehen. Es gibt Momente, da ist selbst der größte Revolutionär ein kleiner dummer Mann mit unbedeutenden menschlichen Bedürfnissen.

Die alte Holzbrücke knarrt unter meinen Füßen. Heute ist es ganz besonders still, man hört die kleinen Wellenschläge, die der flach über dem Wasser gleitende Wind verursacht. Weiter hinten lehnt eine Figur über der Balustrade und schaut in das Wasser. Als ich näherkomme, höre ich sie ächzen. Ich zögere, nähere mich nur ganz langsam und horche, wie das wortlose Klagen gleichbleibend anhält.

„Kann ich Ihnen helfen?"

Der Mensch, der einen langen dunklen Mantel trägt, neigt den Kopf ein wenig zu mir, und ich schaue in ein altes, faltiges Gesicht. „Das Wasser", die Stimme klingt zittrig, „es treibt unaufhörlich."

„Gleich dahinten mündet es in den See und kommt zur Ruhe." Ich hätte nichts zu sagen brauchen oder mehr auf seine Feststellung eingehen können, doch intuitiv sage ich das, weil es ihn beruhigen könnte. Dabei wirkt er eh schon ganz ruhig, abgesehen von den unregelmäßigen Atemzügen, mit denen er hörbar angestrengt Luft in sich hineinzieht und sie unter pfeifenden und stöhnenden Geräuschen wieder herauslässt. Seine Mimik bleibt entspannt, als würde ihm die körperliche Pein nichts anhaben können. Manchmal setzen einige Atemzüge sogar aus, doch auch das scheint ihn nicht zu beunruhigen. Medizinisch bin ich absolut unbedarft, normalerweise würde ich jetzt einen Arzt holen, der mich mit den Worten: „Das kann im Alter so sein", von meiner Last befreite, doch alleine, im Schatten der Brücke, weit von den Ufern entfernt, entscheide ich mich, bei ihm zu bleiben.

„Es treibt fort, was sich im Fluss befindet", röchelt er, „weiter, immer weiter."

Seine Worte erinnern mich an mein eigenes Schaffen, mit dem ich einst „weiter, immer weiter“ wollte, bis ich aus der Not heraus dazu gekommen bin, innezuhalten, nicht als dauerhafter Zustand, aber als zwischenzeitliche Positur, aus der ich selbst über mich lernen kann.

„Ist das Ihr Hut, der da treibt?“ frage ich und zeige auf den dunklen Fleck, der auf dem Wasser schwimmt. „Machen Sie sich keine Sorgen, er treibt auf das Ufer zu und wird gleich an den Steinen stranden. Ich werde Ihnen Ihren Hut wiederholen.“

Der Mann tritt einen Schritt zurück. Mir fallen seine spitz zulaufenden, hochglanzpolierten Lederschuhe ins Auge. „Draußen ist es dunkel“, er klopft mit geballter Faust gegen seine Brust, „hier drinnen ist es rot“, dann lässt er sich nach vorne fallen, stützt sich auf die Balustrade und flüstert: „Jetzt mündet das Wasser in den See.“

Ich freue mich, dass er auf meine vorherigen Worte eingeht, da sackt er in sich zusammen. Ich greife von hinten unter seine Arme und verhindere damit seinen Fall auf den Boden, bei dem er sich womöglich noch eine Verletzung zuzieht. Jetzt ist es an der Zeit, doch einen Arzt herbeizuholen. Ich rufe einen Menschen, der an der Uferstraße entlang geht, doch aus dieser Entfernung hört er mich entweder nicht oder er kann den Ruf nicht orten, begreift nicht, dass er an ihn gerichtet ist. Ich möchte den Alten nicht loslassen, ihn keine Sekunde lang alleine zurücklassen und hoffe auf die Schritte, die hörbar auf die Brücke gesetzt werden.

Als uns das nahende Paar in der hilflosen Pose erblickt, kommt es sofort auf uns zugelaufen. „Was ist passiert?“ höre ich den Mann sagen.

„Einen Arzt“, mehr Worte bringe ich nicht über die Lippen, doch sie reichen aus, da sehe ich schon die Frau telefonieren.

Der Notarzt, der sich in seiner reflektierenden Weste und den weißen Einmalhandschuhen im flackernden Blaulicht wie ein Fremdkörper in den gedämpften dunklen Farben der einbrechenden Nacht über den Alten beugt, sagt das alles entscheidende Wort, das keine Interpretation zulässt: „Exitus."

Das Pärchen hält sich auf Distanz tröstend in den Armen, ich lehne mit dem Rücken gegen das Geländer, und die Sanitäter tun irgendwas, was nach Routine aussieht. Der Arzt kommt auf mich zu und sagt, es kämen gleich noch die Gendarmen, die würden ein kleines Protokoll aufnehmen, dann könnte das Dossier abgeschlossen werden. Mittlerweile haben sich ein paar weitere Passanten der Stelle genähert, an der der alte Mann eine Leere hinterlassen wird, und schauen, wo es nichts zu sehen gibt. Im Schatten der Geschäftigkeit verlasse ich die Brücke. Ich werde nicht viel zu Protokoll geben können, aber man wird verlangen, dass ich mich ausweise. Ohne Angaben von Personalien kann kein Formular ausgefüllt werden.

Anneli wundert sich nicht schlecht, als ich ihr plötzlich in der Wohnung gegenüberstehe.

„Wo kommst du jetzt her, du siehst so verändert aus."

„Ein Mann hat sein Dossier vollendet."

Sie kann nicht begreifen, was ich da gerade vor mich hinfasle, doch statt noch einmal nachzuhaken, schaut sie auf das Objekt, das ich in der Hand halte. „Und wo hast du diesen nassen Hut her?"

„Den habe ich gefunden. Vielleicht werde ich ihn demnächst öfter mal tragen."

Ich habe noch nie im Leben einen Hut getragen, aber warum sollte ich mich nicht auf einen Imagewechsel einlassen.

10.

Zürich. Meine heimliche Dependance. „Herr Berthold und die absurde Realität" sind wieder zum Leben erweckt worden, ohne Computer oder die Schreibmaschine, die als Relikt vergangener Tage in der Zimmerecke stehen. Mit einem gut schreibenden Stift und einem Papierblock bin ich vollkommen zufrieden. Ich brauche keine Geräte, ich brauche Illusionen, die Phantastereien und Tatsachenbeschreibungen ihren freien Lauf lassen. Herr Berthold gewinnt zunehmend an Kontur. Zunächst war er nur eine Erscheinung, jetzt wird er Persönlichkeit.

Bisher hat niemand von meinem Doppelleben erfahren, selbst Anneli nicht, bei der ich nach wie vor wohne. Mein mehrmaliges Angebot, mir eine Pension zu suchen, hat sie stets mit dem Hinweis auf ihre ständigen Dienstreisen und Überstunden, in der die Wohnung sonst brach liegen würde, abgelehnt – eine Schande, bei der hohen Miete.

Es gibt Tage, da leben wir aneinander vorbei. Entgegen meiner ursprünglichen Gewohnheiten schlafe ich oft bis in den Vormittag, weil ich abends zuvor meine Spaziergänge unternehme, so nenne ich jedenfalls meine Irrungen durch die Stadt, in die ich mehr hineingezogen wurde, als sie meine freiwillige Wahl gewesen ist. Gewöhnlich findet mein Herumstreunen sein Ziel in der Rockkneipe, in der ich beim Bier der feinen Stimme von David Byron aus den frühen Zeiten von Uriah Heep zuhöre, in denen sie in der Euphorie ihres ersten Erfolges „Look at yourself" und „Salisbury" aufgenommen haben, oder den Intonationen der Mitglieder von Genesis, wenn sie sich auf „Nursery Crime" und „Selling England by the pound" gegenseitig die Töne zuschieben und dadurch mehrere kompositorische Schleifen durchfahren, die die Popmusik seit jeher umgangen ist. Ich habe diese Bands erst kennengelernt, als Genesis nach dem Ausscheiden von Gabriel und Hackett auf die Populärschiene einfach strukturierter Songs gesetzt haben und Uriah Heep spätestens nach dem Alkoholtod ihres Sängers nur noch ein Abklatsch ihrer selbst waren. Umso eindringlicher habe ich damals das Verlorengegangene in mich aufgesogen und jetzt, nach langen Jahren, hier in meinem Exil, diese Musik wiederentdeckt, die mich wie eine Analogie zum nostalgischen Rückblick auf mein vorheriges Leben an die Wand malt.

Meist treffe ich Luca, den Einzelgänger, der in dem Ambiente der Kultkneipe geistig die heile Welt seiner Jugend durchlebt, während er die Gegenwart mit Bier betäubt. Ab zu kommen Janis oder Noah vorbei, dann bleibt es auch bei mir nicht nur bei zwei, drei Bieren und auch nicht der Sprachlosigkeit, in die ich mich gewöhnlich hülle. Im Rausch ist schon manches unbedachte Wort gefallen, manches Verborgene aufgedeckt worden. Auch wenn ich nicht der Mensch bin, der betrunken dummes Zeug von sich gibt, so habe ich doch in diesen Zuständen schon manche Wahrheiten gesagt, die ich lieber für mich behalten hätte und die wahrscheinlich ein falsches Bild von mir formen, weil niemand die wahren Bezüge zu meinem Leben nachvollziehen kann. Wenn ich dann trunken, auf dem Weg zu Annelis Wohnung, die Holzbrücke betrete und an der Stelle vorbeigehe, an der ein Mann in meinen Armen sein angefülltes Leben beendet hat, ist mir meine Erbärmlichkeit jedes Mal peinlich, und doch wiederholt sich die Szenerie immer wieder. Mein Stolz sinkt darnieder. Ich verliere nach und nach den Kontakt zu dem Menschen in mir, der sein Leben immer selbst gesteuert hat, deshalb brauche ich zwischendurch Zürich, um nicht gänzlich den einzubüßen, für den ich mich halte. Als ich mit dem systematischen Schreiben begonnen hatte, glaubte ich noch an die Kühnheit, die meine kreativen Prozesse beherrschte. Erst später habe ich begriffen, wie sehr die Stärke meiner Figuren von den winzigen Punkten meines Lebens genährt wurde, in denen ich gescheitert bin. Doch soll dieser Niedergang, den ich derzeit durchmache, wirklich etwas Großes hervorbringen?

Die Sohle meines rechten Schuhs hat sich in den letzten Tagen weiter geöffnet. Der Kiesel, der sich einst darin verfangen hat, ist längst verloren. Bei jedem Schritt schlappt die Sohle gegen das Oberleder. Es wäre an der Zeit, mir neues Schuhwerk zu kaufen, doch bei allem, was ich aus meinem alten Leben bisher aufgegeben habe, möchte ich dieses derblederne Symbol meiner Bergüberschreitung gerne behalten. Vielleicht findet sich ein Schuster, der mir die Sohle, während ich in Socken auf einem Bänkchen warten kann, fachgerecht anleimt.

Die Sonne strahlt durch das milchig gealterte Glas der Bahnhofshalle. Ich habe mir zur Angewohnheit gemacht, den Weg zu meiner

Wohnung immer zu Fuß zu gehen. Das bringt Kondition, die ich zu anderen Zeiten wieder verplempere. Zürich nehme ich dadurch anders wahr. Die meisten Leute, die von außerhalb kommen, bringen ausreichend Geld mit und erkaufen sich ein gewisses Fluidum, das die Stadt in Bewegung hält. Ich habe es seinerzeit nicht anders getan. Ich habe das Nest, in dem ich mich zwischendurch niederlasse, nicht gebaut, nicht erschaffen oder erwachen lassen, sondern einfach nur bezahlt. Doch seit ich nicht mehr das Taxi nehme, hinfahre und in Anspruch nehme, was mir gehört, sondern mich ihr mit schlappenden Galoschen wie ein Käfer im Schutz des urbanen Geästs annähre, kann ich erst wahrnehmen, was unter den breit aufgestellten Füßen des Wohlstands stattfindet.

Vor einem mit grauem Zement verputzten Haus werde ich von einer Frau aufgehalten, die ein bläuliches, kittelartiges Kleid trägt, ihre langen, blondbraunen Haare nach oben gesteckt hat und ausgetretene rosafarbene Pantoffeln trägt. „Gehen Sie jetzt nicht weiter." Mit striktem Tonfall werde ich an meinem Fortgang gehindert. „Aufgrund des Vogels!"

Es ist eine der unerwarteten Situationen im Leben, wie man sie nicht selbst erfinden würde, weil sie so unspektakulär wie gleichnislos sind. Mein erster Gedanke, diesmal sofort einen Krankenwagen herbeizurufen, statt den weiteren Verlauf abzuwarten, ist nicht weniger absurd als die Komik, die dieser Szenerie anhaftet. Ich versuche mich mit dem Angebot: „Ich kann auch auf der anderen Straßenseite weitergehen" herauszuwinden, was auf keinen Grad mehr Gegenliebe stößt.

„Um Gottes willen, tun Sie mir den Gefallen und bleiben Sie nur ruhig stehen." Ich fühle mich wie ein Gefreiter beim Kommiss, der einen sinnlosen Befehl um des bloßen Gehorsams willen erhält. Dann zeigt sie auf ein offenstehendes Fenster, aus dem ein merkwürdiges Rufen hallt: „Yüüp, yüüp."

Ich versuche etwas zu sagen, doch die Frau hält ihre offenen Hände vor mein Gesicht, den Blick von mir abgewandt.

„Der Vogel?" flüstere ich.

„Ja, es ist unseres Kanarienvogels wegen", versucht sie sich, ebenfalls im Flüsterton, gewählt zu erklären, „er ist entflogen, und wir versuchen, ihn wieder in die Wohnung hineinzulocken."

Wieder ertönt das „Yüüp, yüüp", und ich sehe einen dicklichen Mann, dem dieses Rufen zuzuschreiben ist. Dessen raue, aber helle Stimme passt nicht recht zu seiner kräftigen äußeren Erscheinung, was ihn keineswegs irgendwie zu verunsichern scheint; na ja, er hat sich sein Leben lang an diesen Widerspruch gewöhnt.

„Wird er denn kommen? Ich kann ihn nicht sehen."

„Dort drüben im Baum. Sehen Sie, er schaut herüber", wispert die Frau.

Ich kann nichts entdecken, antworte dennoch: „Ach ja, ich glaube, er guckt tatsächlich hierher."

In diesem Moment donnert ein Bus die Straße herunter. Jetzt ist alles verloren. Das Beben wird den Vogel endgültig aufschrecken und verscheuchen. Ich bin schon längst der Anteilnahme an dem Ereignis verfallen und spüre die Trauer der Ungewissheit, ob die Familie jemals wieder zu ihrem geliebtem Haustier kommen wird, da sehe ich ein heftiges Flattern des grün-gelben Tierchens in dem durch das Fahrzeug aufgewirbelten Luftsog. Eingeschüchtert durch die ihm unbekannte Welt saust der Vogel mit letzter Kraft seinem schützenden Käfig entgegen.

Das sind die glücklichsten Momente eines Lebens, wenn man eine alte Ordnung wiederhergestellt sieht.

Weiter oberhalb der Straße sitzen zwei aufgetakelte Damen auf einer Parkbank und lassen die Beine baumeln. Mir kommt es vor, als haben sie nichts Kleidendes, stattdessen nur Schmückendes an ihrem Körper, und sehe schon die Nierenbeckenentzündung und andere Erkältungskrankheiten, die sie durch die zu knapp bemessene Hülle um diese frühe Jahreszeit mit Sicherheit davontragen werden. Je näher ich an sie herankomme, umso jünger werden sie nach meiner Einschätzung. Schon ganz nahe gerückt, entpuppen sie sich letztlich als nicht älter als sechzehn. Ihre Wangen haben noch die Rundungen eines Kindes und ihre Haut, die selbst die aufwendige Schminke nicht übertünchen kann, eine milchige Glätte. Sie schauen mich mit dem Blick an, der aussagen will: „So einer käme für uns nie in Frage, selbst wenn der nur halb so alt wäre." Das Augenspiel der beiden mit einer Arroganz meiner Überlegenheit zu erwidern, wird nichts nützen. Man muss ihnen ihre Naivität lassen, denn es wird nur wenige Jahre dauern, dann vergeht von selbst, viel zu früh, die Illusion, der Welt die Arschbacke zeigen und sie gleichzeitig für sich einnehmen zu können.

Ein Mann streicht ein Garagentor. Vorher war es braun, jetzt erhält es ein mittleres Blau. Dieses Blau ist eindeutig eine Fehlfarbe innerhalb der Fassade. Ich überlege, welche Farbe besser passen könnte, und komme zu dem Schluss, was immer man auswählte, es würde keine Tönung geben, die den Stilbruch des in den Haussockel eingelassenen Blechtores relativierte. Die alte Architektur ist eben nicht für Garagen konzipiert. Für die wenigen Fuhrwerke gab es seinerzeit Hinterhöfe, und für den Personentransport die Straßenbahn.

Dem Hausmeister geht es schlecht. Die ersten Tage bei seinen Kindern hatte er noch genossen, dann wurde er plötzlich schwach und hat sich kurzerhand entschlossen, wieder nach Hause zurückzukehren. Dort stellte der Arzt Herzrhythmusstörungen fest. Seine Frau ist durch den Kummer, so glückselig und zufrieden sie mir vor einigen Tagen noch begegnet war, vollkommen fahrig geworden, redet manchmal wirr und vergisst Dinge wie den Putzeimer, den sie, gefüllt mit frischer Seifenlauge, samt dem Schrubber unten im Eingang hat stehen lassen, während sie in ihrer Wohnung einen Mittagsschlaf hält, aus dem ich sie reiße, um nachzufragen, ob ich für sie vom Einkaufen etwas mitbringen soll.

Ich werde ihren Mann besuchen gehen, so wie es üblich ist unter Freunden und Nachbarn im ganz normalen Leben.

In meiner Wohnung entdecke ich eine tote Maus. Man sagt, wenn die Mäuse in die Häuser kommen, wird es bald kälter werden. Ich habe mich schon auf die Frühlingstemperaturen eingestellt, die sich jetzt auch nördlich der Alpen ausbreiten. Östliche Winde aus Sibirien könnten Aufschub einfordern.

In der Imbissstube sauge ich die Stimmung der nordafrikanischen Immigranten auf, die von Tag zu Tag euphorischer daherkommt. Langsam öffnen sich die zwischenzeitlich gegenüber Europäern verschlossenen Menschen, sie wirken sichtlich heiter und wollen auch andere daran teilhaben lassen. Ich genieße die Augenblicke und fange gleichzeitig in gelassener Stimmung die Informationen ein, über die sie auf dem Weg der Demokratisierung ihrer Heimat, oder wie immer sie das Ursprungsland ihrer Vorfahren definieren, plaudern. Es ist ein Gewinn, in einer Stadt, in der ich eigentlich nicht bin, von mittelbar Betroffenen über die politischen Veränderungen in ihren Ländern hören oder mehr noch spüren zu können und dabei mehr Wahrhaftigkeiten zu erfahren, als es die offiziellen Meldungen der Nachrichten je vermitteln könnten.

Ich hatte nie geahnt, wie sehr diese Menschen die Demokratisierung herbeisehnten. Ihre bisherige Zurückhaltung habe ich als stillschweigendes Arrangement mit den Zuständen interpretiert, unter denen sich denkbar besser leben lässt als unter der Versklavung der vorangehenden Kolonialzeit.

Auf dem Weg zum Krankenhaus finde ich ein ... wie soll ich sagen ... früher wurde es „Handy“ genannt, später auch „Smart-Phone“ oder dergleichen, ich würde eher sagen, ein elektronikgesteuertes Multifunktionsgerät und untersuche es wie ein Vogel, der statt einem erwarteten Wurm ein ihm völlig unbekanntes Insekt aus dem Boden gepickt hat. Das Gerät käme dem Vorhaben, im Untergrund zu arbeiten, gelegen. Bis man eine Agitation, die von diesem Gerät ausgeht, feststellt, ihm nachspioniert und es schließlich ortet, könnte viel Zeit vergangen sein, in der wir es zu vielerlei Zwecken gebraucht hätten, auf Kosten eines, im Sinne der Anklage, Unschuldigen.

Es passt alles irgendwie zusammen: Ein Mensch, der seinen Freunden die wahren Lebensumstände verheimlicht, abends säuft, tagsüber in der Gegend herumlungert und einen verlorenen Gegenstand seinem wahren Besitzer vorenthält. Ich bin ganz schön heruntergekommen, steuere nicht wirklich mehr mein Leben, verhalte mich nur noch reflexartig, als hätte ich keinen eigenen Verstand, dabei tobt in mir ein Geist, der das alles durchschauen kann, aber nicht einzugreifen in der Lage ist.

Neben dem Krankenbett des Hausmeisters steht eine riesige Obstschale.

Es ist abwegig, mit Obst eine Revolution gestalten zu wollen. Jeder Mensch greift zum Obst, mal mehr, mal weniger, was wollen wir als kleine Gruppe mit unseren bescheidenen Mitteln ausrichten können? Die Aktion wird gnadenlos untergehen, sie wird nie und nimmer als symbolisch wahrgenommen werden. Man bräuchte den gesamten Erlös eines meiner Bücher, um den Betrag zu erzielen, den man zum Kauf des Obstes einer ganzen Stadt aufbringen muss. Wie kommt es nur, dass wir uns im Gruppentaumel darauf eingelassen haben? Wahrscheinlich hatte Janis, der mit seiner alleinstehenden Meinung in die Ecke gedrängt wurde, recht. Ohne eine breite Masse von Mitstreitern werden wir gar nichts ausrichten können.

Der Hausmeister spricht über die Zeit. Die Krankheit ist deutlich ein Einschnitt in seinem Leben, in dem er sich jetzt nicht mehr als mittendrin stehend definiert, sondern sich ab sofort den Alten zugehörig fühlt. Ich kann nicht ganz nachvollziehen, warum er diesen klaren Trennungsstrich zieht. Sobald die Ärzte ihn wiederhergestellt haben, könnte er mit ungetrübten Sinnen weitermachen, stattdessen hat er eine neue Kategorie gefunden, in der er sich erst noch zurechtfinden muss. Dauernd spricht er von Hilfsmitteln, die einen durch Gebrechlichkeiten eingeschränkten Alltag erleichtern oder von den Hilfsorganisationen, die ihm und seiner Frau das Verbleiben in der eigenen Wohnung ermöglichen würden, ohne die Kinder in die Pflicht nehmen zu müssen. Die Medizin könnte seinen Organismus auf ein gewohntes Normalmaß bringen, doch die Anamnese war für ihn ein Einschnitt, der unwiederbringlich eine neue Phase ankündigt. Ich kann ihn verstehen, aber möchte das nicht akzeptieren. Warum sagt er nicht einfach: „Ab morgen ist Rock'n'Roll bis ich umfalle"?

Die Maus entfaltet Verwesungsgeruch. Ich hätte sie, statt sie in den Mülleimer zu werfen, direkt nach unten in die Tonne bringen oder einfach auf das Dach werfen sollen. Sie ist klein genug, um mit dem nächsten Regenguss durch das Fallrohr der Dachrinne weggespült zu werden. Der Wohnung muss wieder mehr Leben eingehaucht werden, wenn das nicht gelingt, wäre es besser, sie ganz aufzugeben. Ich bin noch nicht so weit, mich mit Vergehendem zu umgeben. Vielleicht ist es nötig, neue Farbe aufzutragen, den Teint aufzufrischen und meine flüggen Gedanken wieder einzufangen.

Von den „Clowns", nach denen ich eins meiner Bücher benannt habe, repräsentierte ein jeder eine andere Rolle. Ihnen gemeinsam war nur, dass sie die Komik des Lebens verkörperten. Tatsächlich sind sie als Personen nie in dem Roman aufgetaucht. Ich habe sie mir lediglich als abstrakte Beobachter der Szenerie vorgestellt, als ein „Neben", mit dem ich mich mehr identifiziert habe als mit den Protagonisten dieser Geschichte selbst. Jetzt bin ich so sehr in meiner eigenen realen Geschichte gefangen, dass es kaum etwas gibt, was ich mir mehr wünschte, als einmal von außen auf mich blicken zu können. Eine Nebenfigur, die ich mir erfinde, wäre besser in der Lage, über mich zu urteilen und mich vor einem Scheitern zu bewahren. Diese imaginären Clowns haben den außerordentlichen Erzählstil des Romans erschaffen und letztlich, mehr als die Handlung selbst, den Erfolg bewirkt. Verglichen mit mir, kann ich in meiner momentanen Außerordentlichkeit noch kein wie immer geartetes Gelingen erahnen.

Kann ich mir überhaupt noch trauen, oder muss ich mich meinem Schicksal beugen?

Ich projiziere viel von mir auf Herrn Berthold, das ist gut so, doch ich identifiziere mich zu wenig mit ihm. Das soll sich verbessern. Herr Berthold muss wahrhaftiger werden, dann kann auch mein Misstrauen vergehen. Es wäre gut, mir äußere Strukturen zu schaffen, ich sollte mir einen neuen Laptop kaufen, in diese Wohnung stellen und regelmäßig zwischen dem revolutionär angedeuteten Lotterleben in Luzern und dem konkreten in Zürich hin und her pendeln.

11.

Die Mülltonnen der Stadt sind in den letzten Jahren auf das Doppelte ihres Fassungsvermögens angewachsen. Dadurch konnte die Stadt die Abfuhr von seinerzeit zweimal auf heute einmal pro Woche beschränken. Auch logistisch hat sich dadurch einiges verändert, vor allem bei den Abläufen, wenn die Müllmänner durch die Straßen ziehen. Als ich damals die Züricher Wohnung als Ausweichstelle zur Schaffung neuer Perspektiven angemietet hatte, sprangen die Müllmänner noch leichtfüßig von ihren Trittstufen, schnappten sich handliche Tonnen und leerten sie, die Arme hoch in die Lüfte schwingend, in die Schüttung, ehe die Rotorpresse das Gut laut knirschend zermalmte und in den Ladebauch hinein verdichtete.

Um ungehindert in die Wohnung zu gelangen, warte ich auf der anderen Straßenseite, bis die Arbeiter, dem Müllwagen vorweg eilend, die schweren Tonnen an den Straßenrand gerollt haben und das Fahrzeug den Standpunkt der bereitgestellten Behälter erreicht, verfolge, wie die Männer die Tonnen in den Lifter einhängen, der sie per Knopfdruck automatisch in die Höhe hievt, kopfüber zweimal rüttelt und wieder absenkt.

Endlich wähne ich den Weg zu meiner Wohnung frei, überquere die Straße, da stellt sich mir ein Junge in den Weg. Der Dreikäsehoch fragt, ob er ein Foto von mir machen dürfe, hält mir seine Kamera entgegen und starrt mich mit seinem linken Auge an, während er das rechte zukneift. Der Kleine macht einen frechen Eindruck, der sich, weil ich nicht gleich antworte, unmittelbar auch verbal bestätigt: „Was is jetz, darf ich oder nich?"

Ich ringe nach Worten. Von einem Erwachsenen würde ich eine größere Manierlichkeit einfordern, doch dieser kleine Racker ist noch zu unbedarft, um die Wirkung seines Auftretens nüchtern einschätzen zu können. Auf der Suche nach einer diplomatischen, aber kindgerechten Ablehnung merke ich, wie wenig ich die Sprache beherrsche, mit der man Kindern aufrichtig begegnen kann.

„Was willst du denn mit dem Foto anfangen?"

„Ins Internet stellen", lautet seine präzis knappe Antwort.

„Und zu welchem Zweck?"

Für einen kurzen Moment öffnet der Bursche jetzt auch sein anderes Auge, mustert mich und kneift es gleich darauf wieder zu. „Warum Zweck?" entgegnet er verständnislos.

„Na du wirst doch eine bestimmte Absicht haben."

„Ich hab doch schon gesagt, das Foto soll ins Internet. Oder kennst du noch kein Internet?"

Ich muss schmunzeln und glaube, der Junge versteht diese stumme Entgegnung. „Hast du das denn schon öfter gemacht?"

„Was jetz, Fotos oder Internet?"

„Ja beides: fremde Menschen aufgenommen und dann ihre Bilder veröffentlicht."

„Na klar. Hab schon sechzig Typen aus dem Viertel aufenommen und reingestellt. Du bist die einundsechzig."

„Ah, jetzt begreife ich. Du willst ein Portrait der Menschen dieser Gegend machen. Und ich bin auch so ein ...", ich zögere, „so ein Typ. Schreibst du auch etwas dazu?"

„Kann noch nich so gut schreiben", ist seine ehrliche Antwort, „aber ich will nich nur ein Portrait machen, sollen hundert Bilder werden oder tausend."

„Und ich soll die Nummer einundsechzig sein?!"

Statt zu antworten, nickt der Junge kräftig, in der Erwartung, der Durchsetzung seiner Absicht nähergekommen zu sein.

Ich will ihn nicht gänzlich enttäuschen. „Na gut, aber ich habe eine andere Idee: Du fotografierst mich einfach von hinten. Immer nur Gesichter zeigen ist doch auf die Dauer langweilig. So bekommst du wenigstens etwas Besonderes in deiner Sammlung." Mit diesem Einfall scheine ich den Jungen überrumpelt zu haben. Jetzt bin ich derjenige, der das Spiel lenkt, und um den Kleinen nicht noch auf andere Gedanken zu bringen, drehe ich mich einfach um und stelle mich rückseitig in Positur. Ich höre das Klicken der Kamera, das ein Öffnen und Schließen der Blende alter analoger Kameras imitiert, drehe mich wieder zurück und sehe, wie verlegen ich den vorher so selbstsicher gewähnten Knirps gemacht habe. Die Situation ist mir peinlich, es ist, als wäre ich der Wegelagerer, der einem harmlosen Jungen etwas abverlangt hätte.

Endlich wieder in der Wohnung, bleibt dieses kleine Zwischenspiel nicht ohne Einfluss auf meine weiteren Aufzeichnungen um Herrn Berthold. Es stellt sich mir die Frage, ob die reale Welt in einfachen Bildern dargestellt nicht mehr Illusionen erzeugt als all die trügerischen Gespinste meiner Romane.

Herr Berthold begegnet einem Mann, der sich für den Schöpfer hält, weil er den Auftrag bekommen hat, Schlamm aus einer Grube zu schöpfen, und in seiner ganzen Verblendung nicht begreifen kann, dass es, zumindest was sein Schaffen betrifft, mehrere Schöpfer geben kann. Zunächst versucht er noch, sich auf eine Diskussion einzulassen, doch bald schon erfasst Herr Berthold, wie wenig er diesen einfältigen Menschen zu bekehren in der Lage ist, und geht wieder nach Hause. Der Irrtum, dem dieser Mann unterliegt, könnte trotz seiner Absurdität um sich greifen und mit zunehmender Rhetorik weite Bahnen ziehen. Sind aus derartigen Irrtümern und dem Bedürfnis einer Sinnfindung nicht auch die Religionen entstanden?

Ich überschreibe einzelne Wortteile mit Großbuchstaben: „VerBLENDUNG“, „IRRungEN“, „SINNfindung“.

Es ist nicht nur die Sprache selbst, der Wortlaut, der die Botschaft eines Romans vermittelt, es sind auch formale Aspekte, die dem Leser wichtige Eindrücke darlegen. Wenn ich also einige Wortteile hervorhebe, dann stelle ich Verknüpfungen her, die sonst vieler anderer Worte bedürfen.

Was wirklich aus den Texten werden soll, bleibt dahingestellt. Ich folge keiner Strategie, so wie ich sie gleich zu Anfang all meiner Romanmanuskripte im Sinn hatte. Auf meiner Vergangenheit kann ich kaum mehr etwas aufbauen und ich will es auch nicht, in meiner Gegenwart ist alles offen, ein Scheitern einbezogen.

Das Foto ist das erste Bild, das seit meinem Weggehen von zu Hause aufgenommen wurde, zumindest soweit ich es bemerkt habe. Dabei spielt es keine Rolle, ob es mich von hinten oder von vorne zeigt. Soll das bedeuten, es gibt mich wieder, endlich angekommen?

12.

Früh am Morgen tauche ich am verabredeten uferseitigen Teil des Kapellplatzes auf. Es ist unglaublich, was sich da bereits abspielt. Die Szenerie hat etwas Unwirkliches, unwirklich ist auch die Vorstellung, dass ich ein Teil dieser Aktion sein soll. Tatsächlich habe ich nicht viel damit zu tun. Weder stammt die Idee von mir noch habe ich einen Baustein zu ihrer Ausgestaltung beigetragen. Ich bin nur zufällig in diesen revolutionswilligen Organismus geraten. Mit meiner Art, wie ich die mir wichtigen Dinge anfasse, mit meinen Methoden eines verbissenen Einzelgängers hat das nicht viel zu tun, und dennoch bin ich in diesem Moment fasziniert, sogar ein wenig stolz, nicht ganz bloß ein Außenstehender zur sein.

Der erste Pendlerzug von Zürich nach Luzern war nicht stark frequentiert, wahrscheinlich fahren morgens mehr Leute in die entgegengesetzte Richtung, so saß ich fast alleine in dem Großraumabteil. Von der Landschaft war in der Dunkelheit nicht viel zu sehen, nur die Lichter der Städte und des Mondes tauchten als Reflexionen auf den spiegelglatten Oberflächen der Seen auf.

Ein großer Teil des Platzes ist mit mehreren Folienbahnen ausgelegt, an den jeweiligen Ecken mit Obstkisten beschwert, damit sie ein aufkommender Windzug nicht auseinanderreißen kann. Am Rand steht ein weißer Peugeot-Kastenwagen. Levin steht an der offenen Fahrertür und unterhält sich angeregt mit einer mir unbekannten

Person, die anderen aus der Gruppe packen kistenweise Obst aus dem Laderaum und legen es Stück für Stück auf die Plane. Ich bin kaum näher getreten, da zieht mich Janis schon am Ärmel. „Komm, pack mit an, wir haben nicht viel Zeit."

Es ist ein unglaubliches, chaotisch wirkendes Gewusel, nicht undurchdacht, aber ohne festgelegten Plan. Das simple Ziel lautet, eine Frucht lückenlos neben die andere zu legen und dadurch ein überdimensionales Gemälde zu formen, das noch vor Sonnenaufgang vollendet sein soll. Ehe man auf das Außergewöhnliche unserer Aktion aufmerksam wird, und noch bevor die Roelli-Brüder am anderen Ende der Innenstadt perplex vor ihren zugeschweißten Toren stehen, wollen wir längst verschwunden sein.

„Ist Anneli nicht hier?" frage ich Janis und lege einen Halbkreis aus Orangen.

„Nein", antwortet Noah, der hinter mir gerade ein Bündel Bananen auseinanderrupft und sie dann jeweils um eine meiner Orangen drapiert. „Die schreibt eine Glosse zu unserer Aktion. Sie hat die schwierige Aufgabe, die Bravour aus Kunst, Politik und Anonymität herauszuarbeiten und zusammenfließen zu lassen."

„Ich verstehe aber nicht, warum sie nicht, erst nachdem sie das alles hier miterlebt hat, den Artikel schreibt."

„Sie hat gesagt, sie braucht einerseits die Zeitgleichheit, andererseits ihre Ruhe, um was Vernünftiges zustande zu bringen", erläutert Noah, während Janis nüchtern kommentiert: „So sind sie halt, die Kunstkritiker, zeitlich gesehen immer auf dem aktuellen Stand, tatsächlich aber fern vom wahren Geschehen."

„Immerhin hat Levin angekündigt, es würden mehrere Fotografen kommen, allesamt in der Kunstwelt anerkannte Leute, die zum Teil gute Beziehungen zur Presse haben. Bisher ist aber nur einer aufgetaucht. Als er erfuhr, dass er keine der aktiven Personen aufnehmen darf, hat er sich wieder verdrückt, um, wie er es sagte, einen Kaffee trinken zu gehen, bis die Installation zu einer bildwirksamen Größe herangewachsen ist. Wenn du mich fragst, ich bezweifle, dass er noch mal zurückkommt."

13.

Wir hätten uns einen Leitartikel auf der Titelseite erwünscht, wer würde nicht darauf hoffen, spekuliert haben wir, etwas realistischer betrachtet, auf einen Artikel auf der Politikseite, stattdessen ist der plötzliche Ausverkauf von Obst an manchen Verkaufsstellen der Stadt als Randnotiz im Wirtschaftsteil gelandet.

Das Happening war außergewöhnlich, hatte neben den politischen Hintergründen, die wir anhand von Annelis Texten anonym ins Internet gestellt haben, durchaus auch zeitgemäße künstlerische Aspekte und war insgesamt vor allem überraschend – vielleicht zu überraschend für die Medienwelt, die immer schon vorzeitig unter der Hand informiert, wenn nicht sogar geschmiert sein will.

Die Enttäuschung in der Gruppe ist riesig. Ich kann das Gefühl nicht teilen. Bereits als wir loslegten, habe ich nicht an einen durchschlagenden Erfolg geglaubt und war dementsprechend von der Befähigung überrascht, mit der wir tatsächlich zunächst einen Ausverkauf der Früchte an manchen Stellen erwirkt haben, und wie wir es dann noch geschafft haben, daraus etwas erfrischend Kreatives zu formen. Die anderen lassen sich aber von meiner Interpretation der Aktion als große Leistung nicht überzeugen, bis Noah im Kulturteil der Zeitung auf den Kommentar eines bekannten Feuilletonisten stößt, der sich mit den politischen Hintergründen des Happenings positiv auseinandersetzt und das Kennwort „Obsttag“ im Zusammenhang mit der nordafrikanischen Demokratiebewegung explizit erwähnt. Das heitert die launischen Gemüter wieder ein wenig auf und erzeugt eine Atmosphäre von Aufbruch zu einer neuen Aktion. Die Stimmung steht für mich im Widerspruch zum Ausgangspunkt dieser Operation. Ging es nicht mehr um ein beispielhaftes Ausloten der Gruppenfähigkeit als darum, eine großartige Anerkennung zu erfahren? Vielleicht war es naiv zu glauben, jeder Akteur bräuchte nicht für sich den Beifall, die dem Ego schmeichelnden Ovationen.

Wieder fühle ich mich fremd, ach, was heißt wieder. Abermals bin ich da, wo ich mich nicht wiederfinde, und dieses Gefühl nimmt eine stets neue Gestalt an. Heute lautet meine Überschrift: „Ich habe vollends die Orientierung verloren." Ich fühle mich in die Gruppe hineingedrängt, Anneli hat es so gewollt, es hat sich nicht aus meinem Leben ergeben. Es war falsch gewesen, nach Luzern zu kommen. Wenn ich die Stadt als Zwischenstation gesehen hätte, so wie Lyon, wo mein nächstes Ziel schon vor meiner Ankunft ins Auge gefasst war, dann könnte ich jetzt vielleicht auch die Leichtigkeit entfalten, die ich seinerzeit dort unerwartet gefunden hatte.

Ich hatte schon einmal überlegt, aus meiner Geschichte auszusteigen, damals, als ich noch am Anfang meiner Odyssee stand. Doch davon bin ich weiter entfernt als je zuvor. Es ist ja nicht die Haupthandlung, die mich festhält, es ist auch nicht mein Bewusstsein, die Selbstreflexion auf alles Geschehene und Geschehende, das könnte ja auch auf Sinnestäuschungen beruhen, es sind vielmehr all die kleinen unerwähnten Nebensächlichkeiten, die mir passieren, ohne dass ich einen Einfluss darauf ausüben kann. Ich finde ja nicht statt, weil ich das alles erlebe, sondern weil sich im Erlebten widerspiegelt, was unerkannt geschieht, was zwischen den Zeilen steht.

So wenig ich meinen eigenen Kontext finde, so entgeht mir auch ein Bewusstsein für das, was derzeit politisch die Welt bewegt. An meinem letzten Abend in Zürich wollte ich trunken im Hochgefühl neu entstandener Romanseiten den Tag mit der momentan herrschenden arabischen Euphorie krönen, doch als ich das Lokal betrat, herrschte Ramadan. Das Gesicht der Moderatorin, die den gesamten Fernsehbildschirm einnahm, wirkte wie eine zweidimensionale Maske, aus deren Augenhöhlen zwei ausdruckslose, mit reichlich Lidschatten ummalte Punkte hervorlugten. Dann wurde ein Beitrag eingespielt, in dem ein Uniformierter einem Jungen die Hand schüttelte und auf die Schulter klopfte. Der Junge reagierte mit leuchtenden Augen und geschwellter Brust, vor der er unbewegt eine Kalaschnikow hielt. Ebenso stolz trat das noch viel jüngere Mädchen auf, vor dem ein

Soldat seinen Helm abzog, um den von ihr überreichten Blumenstrauß in Empfang zu nehmen. Das dritte Bild, zu dem unvermittelt übergeblendet wurde, zeigte einen jungen Mann, seine Arme auf ein Pult gelehnt, der mit traurigem Blick zu jemandem sprach, der von der Kamera nicht erfasst wurde. Während des Berichtes war stets am unteren Bildschirmrand ein Balken mit arabischen Schriftzeichen eingeblendet, an denen man wahrscheinlich das Gesprochene ablesen konnte, dann erschien plötzlich für einen eindrücklichen Moment eine Buchstabenfolge, die auch für mich zu identifizierten war: „I've been lying all the time."

Ich beobachte akribisch jede der anwesenden Personen. Es sind nicht alle gekommen, Noah, dessen ideologische Denkweise mir manchmal zu fern der Realität erscheint, ist der Zuverlässigste von allen. Er ist immer dabei, erscheint eher zu früh als zu spät zu den Verabredungen und ist immer gut vorbereitet und konzentriert bei der Sache. Andere schleppen dagegen manche Lasten mit sich, Probleme, die sie bei der Arbeit nicht loslassen, den Kater nach einer durchzechten Nacht, oder schwankende Launen, aus denen Urteile entstehen, auf die man sich bei dem nächsten Treffen schon nicht mehr verlassen kann. Für mich ist Noah ein Sympathieträger, und ich würde ihn verteidigen, wenn er einmal in die Ecke gedrängt würde, selbst wenn er eine Meinung vertritt, mit der ich nicht gänzlich konform gehe. Er ist ein Typ, den ich als „echt" bezeichnen würde, davon gibt es nur wenige.

Der Gedanke bringt mich auf Rüdiger. Ich leide an der Trennung von ihm, die sich durch die äußeren Zwänge schon vor meinem Weggehen abgezeichnet hat. Mit der Suche nach Kontakten zu echten Typen kompensiere ich den Verlust einer gelebten Beziehung zu meinen Freunden, der hoffentlich nicht endgültig sein wird. Ich will ja zurückkehren, manchmal denke ich sogar daran, es bald zu tun, ungeachtet der politischen Umstände und der Repressalien, die ich zu befürchten habe. Ohnehin würde ich gerne zu allen Orten, auch zu denen meiner jüngeren Vergangenheit, zurückkehren, nach Lyon, zu Florence und ihren Freunden, den alten Journalisten noch einmal aufsuchen, die Türen von Herberts Hütte schließen und noch einmal über die weitläufigen Berge schauen oder auf einen Kaffee die Ranickys besuchen.

Die sehr engagierte Finni ist genauso dabei wie Janis und Alessia, Josef, in dem ich mehr den Poeten der Aphorismen als einen Widerstandskämpfer sehe, und seine Freundin Daniela, die ich bis heute nicht einschätzen kann, nicht zuletzt Werner, der sich seine Selbstverständlichkeit als Mitglied der Gruppe sichtlich mühsam erarbeitet. Anneli hat sich durch mich entschuldigen lassen, weil sie unterwegs nach Lyon ist. Obwohl sie mich gerne an ihrer Seite gehabt hätte, habe ich die Mitreise auf ein nächstes Mal verschoben, ich wollte die anderen beim „Obsttag“ nicht im Stich lassen und hätte mich ohnehin in Gegenwart des Volontärs, der sie begleitet, fehl am Platze gefühlt. Abgesehen davon weiß ich nicht, ob ich überhaupt in Begleitung einer anderen Person nach Lyon gehen will. Florence würde Anneli als meine neue Partnerin ansehen, das täte mir in der Seele weh, obwohl ich gegen Florence keinerlei Absichten hege und sie wahrscheinlich auch nicht gegen mich.

In der Runde befindet sich ein neues Gesicht. Die Frau hatte nach Alessias Angaben früher schon Kontakte zu ihr, Janis und Levin, und sie war diejenige, die einen der entscheidenden Impulse zur Gründung einer politischen Bewegung gegeben hat. So richtig passt diese Aussage nicht in das Bild von ihr. Sie bleibt die ganze Zeit über sehr zurückhaltend, sagt nicht ein Wort, und ihre Mimik verrät nicht einen Deut Enthusiasmus.

Ich spüre, wie sich langsam eine Unruhe des Aufbruchs bei einigen bemerkbar macht, noch ehe etwas Neues geschieht. Meiner Meinung nach stehen wir jetzt vor einer entscheidenden Situation. Wir haben unsere Erfahrungen mit der Aktion gemacht und können uns dadurch ein Stück besser definieren. Wenn wir uns jetzt nicht zusammenraufen und nach vorne blicken, dann wird diese Basis verpuffen und muss wieder vollkommen neu gegründet werden. Warum also jetzt auseinander gehen?

Ausgerechnet Alessia ist eine der treibenden Kräfte, die mit ihren Gedanken schon woanders zu sein scheint. Ich interveniere und erfahre erst jetzt den Grund der aufkommenden Unruhe. Die meisten der Anwesenden wollen ein besonderes Kunstevent besuchen, das gleich beginnen soll. Schon jetzt sei man spät, und es wäre ein Fauxpas, erst nach Beginn aufzutauchen.

„Bei aller Achtung vor der Kunst, so können wir jetzt nicht auseinander gehen", engagiere ich mich. „Zumindest müssen wir ein neues Treffen verabreden, das nicht auf die lange Bank geschoben werden darf." Ich glaube, ich bin noch nie so resolut aufgetreten, doch ich hasse es, wenn meine Energien, die ich in eine Sache setze, wirkungslos verpuffen, da spielt es auch keine Rolle, ob das meine ganz eigene Sache ist oder ich mich zum Mitmachen habe überreden lassen.

„Du hast recht", stimmt mir Alessia zu, „lass uns heute Abend gleich nach der Veranstaltung zusammenkommen, sagen wir um elf Uhr."

Die anderen stimmen, wenngleich mit wenig Begeisterung, so doch einsichtig zu. Ein Ort wird nicht sofort gefunden, da schlage ich die Wohnung von Anneli vor und ziehe die Bewegung mehr an mich, als ich je beabsichtigt hatte.

Um pünktlich in den Kunstverein zu kommen, nehmen wir Taxen. Ich steige bewusst auf die Rückbank zu der Frau, die ich bisher noch nicht kannte. Da ich jetzt mehr in die Mitte gerückt bin, will ich wissen, mit wem ich es zu tun habe, und spreche sie an. „Hallo, wir haben uns noch nicht kennengelernt, ich heiße Bas." Ich reiche ihr die Hand und weiß, dass die Situation jetzt wie eine billige Anmache aussieht.

„Isabelle, hallo. Ich bin eine Freundin von Alessia und Anneli. Janis kenne ich auch schon lange."

„Du lebst hier in Luzern."

„Ja und nein ... eine dumme Antwort, ich weiß. Ich komme aus dieser Stadt, bin sogar hier geboren, doch die letzte Zeit habe ich mehr in Belgien als hier verbracht. Mein Freund kommt aus Belgien, und wir probieren gerade aus, ob es auszuhalten ist, wenn wir zusammen wohnen und ich gleichzeitig als seine Assistentin arbeite."

„Und als was arbeitet dein Freund?"

„Das ist schwer zu beschreiben. Er ist gelernter Komponist, doch damit alleine kommt man nicht weit."

„Das kann ich mir vorstellen. Es gibt wahrscheinlich nur wenige, die als Komponist ihren Unterhalt verdienen können. Mehr oder weniger wird sich das nicht von anderen Kunstsparten unterscheiden."

„Ich glaube, eher weniger. Aber er hatte noch Glück. Er hat in Brüssel studiert, einen guten Abschluss gemacht und gleich eine Dozentenstelle in Maastricht bekommen."

„Und jetzt ist er nach Belgien zurückgekehrt und macht etwas anderes?"

„Er hat die ganze Zeit über in Belgien gewohnt, ist dort aber zwischen die Fronten geraten."

„Innerhalb Belgiens?!"

„Es gibt Leute, die sprechen schon jetzt davon, dass Belgien als Staat nur noch auf dem Papier besteht."

Ich erinnere mich an das, was der alte Journalist in Lyon kurz erwähnt hat. „Habe davon gehört. Es geht um den Streit zwischen Flamen und Wallonen, um mehr oder weniger Autonomie."

„Es geht um viel mehr, als man erahnt. Natürlich wollen die reichen Flamen den Wohlstand für sich in Anspruch nehmen, statt sich solidarisch mit den Wallonen zu zeigen, die ihrerseits zu Zeiten der Industrialisierung die Flamen mit durchgebracht haben. Aber es geht auch um Territorialkämpfe. Brüssel ist zu zwei Dritteln frankophon, doch die Flandern wollen die Hauptstadt für sich beanspruchen, weil sie inmitten einer flämischen Provinz liegt, ähnlich wie zwei Vororte, denen es genauso geht. Serge, also mein Freund, schien damit nichts am Hut zu haben. Er hat sich in einer belgischen Gemeinde nicht weit von Maastricht niedergelassen. Dort leben Flamen wie Wallonen, und die flämische Sprache war genauso lebendig wie die französische. Dann zogen aber immer mehr Flamen und auch Holländer in die traditionell wallonische Gemeinde, bis die plötzlich die Mehrheit stellten und begannen, alles Frankophone auszumerzen. Zuerst hat man Flämisch als offizielle Behördensprache ausgerufen und das amtliche Französisch sogar verboten, dann hat man Häuser nur noch an Flamen verkauft und Baugenehmigungen ausschließlich an ebendiese Bevölkerungsteile erteilt, schließlich wurden alle französischsprachigen Schulen und Kindergärten geschlossen."

„In der Börsensprache nennt man so etwas kalte Übernahme."

„Davon kann man kaum reden, denn es gab auch heiße Gefechte bis hin zu Messerstechereien. Serge ist irgendwann davor geflüchtet, absurd, wenn man dagegen sieht, wie Europa sich um ein stetiges Zusammenwachsen bemüht, und ausgerechnet zwischen den für ein einiges Europa symbolträchtigen Städten Brüssel und Maastricht passiert ungestraft so etwas."

„Das ist tatsächlich ein starkes Stück. Das hätte ich so nie vermutet. Andererseits traue ich der Mehrheit jedes Volkes eine solche Mentalität zu."

„Das erfahre ich zurzeit anders. Wir leben jetzt wieder in der echten Wallonie, Seite an Seite mit Flamen, Holländern, Deutschen und vielen anderen Nationalitäten in einer frankophonen Gemeinde im Dreiländereck von Deutschland, Belgien und den Niederlanden. Wenn man es genau nimmt, wohnen wir inmitten von fünf Ländern, denn unsere belgischen Nachbargemeinden sind flämisch-, deutschsprachig und frankophon. Mir jedenfalls gefällt diese Ecke. Die Wallonen scheinen eine ganz eigene Mentalität zu haben. Leben und leben lassen lautet ihr Motto, man nimmt nicht alles so preußisch genau, bis hin ins Private, mit allen Vor- und Nachteilen."

„Und was macht Serge jetzt? Arbeitet er immer noch in Maastricht?"

„Nein. Diese ganze Sache hat ihn so aufgewühlt, dass er etwas anderes, Nicht-Institutionelles machen wollte. Er arbeitet jetzt interdisziplinär als Freiberufler für Theater und Musiktheater und pendelt zwischen Heerlen, einer holländischen Kleinstadt, Lüttich und Aachen. Als Komponist macht er Fortbildungen in Sprachrhythmik für Studenten und professionelle Schauspieler und steht den Intendanten zur Seite, die, um mehr Volk ins Theater zu locken, immer mehr Musicals in ihr Programm aufnehmen müssen."

„Das klingt sehr spannend ..." Das Taxi hält an. Wir springen aus dem Wagen und eilen einem großen Gebäude entgegen. „... ich meine das nicht als Floskel, ich bin wirklich sehr neugierig, ihn einmal kennenzulernen", rufe ich Isabelle hinterher, die mir vorweg eilt.

„Da wirst du nicht lange warten müssen. Serge wird jetzt sein neues Programm uraufführen."

„Ach, das ist seine Performance, zu der wir gehen!" Jetzt erst wird mir klar, warum es für einige so wichtig war, unsere Zusammenkunft zu unterbrechen.

Isabelle hält mir die Tür auf und hakt sich unter, als wir die Treppen hinaufgehen.

Der Saal hat sich mit mannigfaltigen Personen gefüllt, alte und junge Menschen haben sich versammelt, manche haben sich in Abendgarderobe gezwängt, andere sind leger gekleidet. In der Mitte des Raumes steht eine Gruppe von sieben im schlichten Schwarz gekleideten Personen im Kreis und starrt konzentriert vor sich hin. Von mehreren Seiten flackern Blitzlichter auf, die auf das Zeichen einer Person, von der ich nur den Arm sehen kann, erlöschen. Gleich darauf wird auch die Raumbeleuchtung ausgeschaltet, und wir stehen im nahezu absoluten Dunkel, das erst allmählich einige Silhouetten der Zuschauer erkennen lässt, die durch Raunen und Geplapper weiterhin auf sich aufmerksam machen. Erst vereinzelte „Schscht"-Rufe bringen die letzen Achtlosen zur Ruhe, in der ein plötzlich grelles Licht die Akteure anleuchtet.

Der Erste der Performer ruft: „Ich kapituliere", sogleich antwortete der neben ihm stehende: „Ich rekapituliere: Er kapituliert" und deutet mit einem Kopfnicken auf den, der zuerst das Wort ergriffen hat, dann spricht der Dritte: **„Ich!** Kapituliere" und tippt mit den Fingern auf seine Brust. Es geht weiter in der Runde: „Ich rekapituliere: Er kapituliert, und er kapituliert." Die vierte Person deutet mit einer Kopfbewegung auf die erste und dritte Person. „Wer kapituliert?“ fragt der Fünfte. „Er und er!“ antwortet der Sechste, da meldet sich der Siebte zu Wort und sagt: „Ich kapituliere.“ Jetzt ist die Runde wieder bei der ersten Person angekommen, der die Reihe mit: „Ich rekapituliere: Er kapituliert“, also mit dem Zitat fortsetzt, mit dem vorher der zweite auf seine Initial-Äußerung reagiert hat. Mehrmals drehen sich die Aussagen im Kreis, ehe ich begreife, dass die jeweils siebte Person den gleichbleibenden Dialog immer wieder von Neuem beginnt und sich die jeweiligen Aussagen der Aktiven dadurch in jeder Runde um einen Platz nach hinten verschiebt. So kommt es, dass alle einmal ihre Rolle wechseln, doch es entsteht kein Widerspruch, da jeder auf das vorher Gesagte eingeht. Die Personen stehen somit für keinen eigenen, individuellen Charakter, so wie ich es zu Beginn der Aufführung vermutet hatte, sondern sind nur jeweils ein austauschbareres Teil der Reihe zwischen dem ersten Initial-Ausspruch und den daraus resultierenden Reaktionen. Unendlich dreht sich die Sprache im Kreis, bis der Inhalt der Aussprüche hinter der Rhythmik der akzentuiert gesprochenen Wörter verloren geht und eine Klangfarbe mit Schwerpunkt auf den Silben „ka-pi-tul“ entsteht. Die Worte kreisen immer schneller, man hat den Eindruck, die Performer würden sich immer besser aufeinander einspielen, dann kommt es zu ersten Wortüberlagerungen, die sich zunehmend übereinander schieben. Es ist, als würde ich eine in ihrer Art nie gehörte Musik vernehmen, die ich mit keiner Erfahrung vergleichen kann und die mich dennoch, oder gerade deswegen, vollkommen einnimmt. Ich kann kaum nachzuvollziehen, nach welchem jeweiligen Muster sich das rhythmische Spiel fortsetzt. Da gibt es sternenförmige Dialoge von gegenüberstehenden Akteuren, doch im gleichen Moment, in dem ich eine Ordnung zu erkennen glaube, dreht es sich wieder in eine andere Richtung. In einem anderen Moment erkenne ich eine logische Reihe, bis mein gewohntes Empfinden durch das Auslassen einer Person aus dieser Reihe wieder gestört wird. Doch auch diese Störung erfährt im weiteren Verlauf ein System, indem die ausgelassene Person wieder in die Reihe zurückkehrt und stattdessen eine andere Person herausfällt.

Das Konzept, man mag es Partitur nennen, basiert mit Sicherheit auf einem ausgefeilten mathematischen Konstrukt, doch eines wird selbst der Schöpfer des Werkes vorher nicht kalkuliert haben: Zwischen all den Dialogen, den Klängen und Rhythmen ergeben sich Zwischentöne, die nicht gesprochen werden und wahrscheinlich auch nicht messbar sind, weil sie erst im Ohr jedes Zuhörers entstehen.

So wenig ich die Logik der Abläufe nachvollziehen kann, so sehr stärkt sich mein rhythmisches wie auch melodisches Gefühl für die intellektuell schwer nachvollziehbare Folgerichtigkeit. Das betrachte ich als Musik auf höchstem Niveau: wenn die Geistigkeit hinter dem Gefühl verschwindet.

Die Inszenierung gipfelt in ein Tohuwabohu, das nur kurz anhält, denn das staccatoartige Rhythmische zeichnet sich bald wieder deutlich ab. Es ist für mich unbegreiflich, wie diszipliniert jeder der Darsteller bei seiner Rolle bleibt, sich nicht einmal verhaspelt und sich nicht durch die Mutation der Sprache im Klang irritieren lässt und selbst die kleinen Körperbewegungen beibehält, die zu der jeweiligen Aussage gehören. Die Performance endet, indem nacheinander jeder „Ich kapituliere“ sagt und glaubhaft erschöpft in sich zusammensinkt. Als dann alle am Boden kauernd hocken, richten sie sich noch einmal kurz auf und lallen gemeinsam: „Ich kapituliere.“

Die Scheinwerfer erlöschen, im Dunkeln entsteht eine Atempause, dann dröhnt ein Applaus durch die Halle und droht den Nachklang der Inszenierung zu zerstören. Als die Deckenbeleuchtung aufflackert, haben sich die Künstler bereits unter das Publikum gemischt. Es gibt niemanden, der den Applaus sichtlich entgegennimmt, keinen, der sich vor den Ovationen verbeugt.

„Das gehört mit zur Inszenierung“, höre ich Isabelle sagen, die auch den anderen den ungewohnten Abgang erklären muss, „Serge wollte, dass sie nicht endet.“

„Es ist wie in der Revolution“, kommentiert Noah. „Sie läuft aus und endet doch nie“, doch niemand geht auf seine Worte ein.

„Ihr müsst das ja wochenlang geübt haben, das ist ja an Perfektion nicht zu überbieten“, lobt Alessia die Aufführung.

„Ich bin selbst fasziniert“, erklärt Isabelle, „obwohl ich lange an der Vorbereitung mitgearbeitet habe. Ich hatte gedacht, so etwas sei nur als Computer-Simulation möglich, aber Serge hat tatsächlich perfekte Spieler gefunden, die das auch live umsetzen konnten.“

„Sind das denn Musiker oder Schauspieler?“ will ich wissen.

„Die meisten arbeiten in beiden Metiers, soweit ich informiert bin, ist nur einer ausschließlich Schauspieler und ein anderer Chorsänger.“

„Und wie wird das alles finanziert?“ interessiert sich Janis.

„Für die Aufführung gibt es Tantiemen, die reichen aber bei Weitem nicht aus. Die Reisekosten und Honorare während der Proben musste Serge alleine aufbringen. Er hat dafür sogar sein Auto verkauft. Ich glaube, er würde alles für eine Sache opfern, von der er überzeugt ist. Ich ängstige mich ein wenig davor und hoffe, dass wir über weitere Auftritte und eine DVD mit dieser und anderen Kompositionen zumindest das investierte Geld einspielen.“

Nach und nach trudeln alle ein. Selbst Werner, der nicht mit zu der Performance gegangen ist, taucht wieder auf, dazu kommen auch diejenigen, die vorhin nicht dabei waren. Luca und Janis schleppen einen Kasten Bier in die Wohnung, Noah und Finni tragen Plastiktüten mit alkoholfreien Getränken und Knabbereien. Ich hatte gesagt, ich wüsste nicht, ob Anneli genug im Haus hätte, sie sollten doch zu trinken mitbringen, doch damit habe ich nicht gerechnet. Ob meine Einladung in ihre Wohnung Anneli recht sein wird? Vielleicht entsteht jetzt eine dieser Feten, für die sie mir die Maßgabe, nachher wieder alles aufzuräumen, diktiert hat. Dabei war meine Einladung zutiefst seriöser Natur. Sie kommen tatsächlich alle, darunter auch Isabelle, in Begleitung des virtuosen Serge, wundersamerweise auch Leonie, die schüchterne Mitarbeiterin von Anneli, die vielleicht nur ohne ihre Kollegin gekommen ist, weil das Treffen in deren Wohnung stattfindet.

„Wir haben also einen erfolgreichen Obsttag abgelegt“, beginnt Janis den Reigen, „jetzt kommt es darauf an, dass wir effizient weiterarbeiten, damit das nicht wie eine happeningartige Einzelaktion aussieht.“

„Sollten wir nicht die Bevölkerung über den Sinn informieren?“ will Daniela wissen.

„Das haben wir doch schon getan. Der Bekennerbrief an die Zeitung hat doch gefruchtet.“

„Gefruchtet ist ein gutes Stichwort zum Obsttag.“

Serge lacht lautlos zu dieser Bemerkung. Nicht alle haben den Artikel gelesen, deswegen wird die Zeitung herumgereicht, während andere in der Zwischenzeit Getränke verteilen.

„Was ist, wenn wir mehr europäisch arbeiten“, schlägt Noah mitten in der Unruhe um die Getränkeausgabe vor.

„Hör auf“, giftet Finni ihn lautstark an, dann wird sie etwas moderater im Tonfall, bleibt aber innerlich gereizt. „Entschuldige, du bist ein netter Kerl, aber bleib doch mal bei der Sache, statt immer neue Visionen in die Runde zu werfen. Wir sind gerade mal ein Dutzend Leute und wollen uns auf eine Kernarbeit beschränken.“

„Die aber Wirkung haben muss“, wirft Werner energisch dazwischen.

„Natürlich muss sie Wirkung haben. Deshalb dürfen wir uns auch nicht verzetteln.“

„Es geht ja nicht darum, die Gruppe auseinanderzureißen“, versucht Janis zu vermitteln, „aber es spricht auch nichts dagegen, wenn wir zu anderen Gruppen Kontakt aufnehmen und uns koordinieren.“

Wie aus dem Nichts heraus spricht Levin auf einmal etwas aus, das mich, seit ich die Gruppe kenne, beunruhigt, doch bis jetzt habe ich nicht begriffen, was es war. „Weiß hier eigentlich jemand, gegen was und wen wir konkret kämpfen? Es ist ja sehr schön, für die Demokratie einzustehen, doch woran mangelt es denn der Demokratie im Konkreten?"

„Das weißt du nicht?" entgegnet Janis vorwurfsvoll.

„Das habe ich nicht gesagt. Es gibt tausend Gesichtspunkte, an denen es in unserer Gesellschaft hapert. Wenn wir die genau untersuchen, schälen sich vielleicht hundert Kernthemen heraus, aus denen wir uns auf die zehn wichtigsten konzentrieren können. Aber überlegt doch mal: Was machen wir? Wir kämpfen gegen eine unkonkrete Macht an, gegen diffuse Phänomene, ohne ein substantielles Feindbild zu haben. Wir wissen ja nicht einmal, ob wir gegen den Rechtsextremismus oder den Linksextremismus vorgehen."

Die Anwesenden sind perplex, niemand traut sich, dafür oder dagegen zu sprechen, nur Alessia erwidert: „Wenn wir für die Wahrung der Menschenrechte kämpfen, dann ist es doch egal, aus welcher Richtung die Extremisten kommen."

„Prinzipiell hast du recht, praktisch gesehen müssten wir dann aber an mehreren Fronten kämpfen. Das kann doch gar nicht gelingen", unterstützt jetzt Elena die Bedenken ihres Mannes.

Finni wendet sich an Levin: „Hast du eine konkrete Sache im Kopf?"

„Einen Gedanken, ja", antwortet der, „der aber nur stellvertretend für andere Ideen stehen kann: Wenn wir hinter die Kulissen der Situation in Libyen schauen, dann wird doch eindeutig, wie sehr die selbsternannten demokratischsten Länder der Welt, zu denen wir uns ohne mit der Wimper zu zucken zählen, in das totalitäre System verstrickt sind. Die Politiker treten plötzlich alle auf die Podien und entrüsten sich über die Gewalt, mit der man dort das eigene Volk bekämpft. Und wer hat zuvor das Gewaltmonopol gestützt? Es sind dieselben Ratten, die jetzt in Scharen das Schiff verlassen, die Mitarbeiter der Wirtschaftsunternehmen, allen voran die Chemiekonzerne, die zum eigenen Profit die Diktatur gestützt und sich einen Dreck um die Bevölkerung gekümmert haben. Ja wollt ihr denn anlässlich dieser Ereignisse bei euren symbolträchtigen Aktionen bleiben, die zu nichts nütze sind, außer um nachher sagen zu können: ‚Ich war dagegen.‘ Ich sage es noch mal, wir müssen konkret werden!“

„Also wenden wir uns ab sofort gegen BASF, Merck und Konsorten“, resümiert Werner.

„Bloß keine Anschläge“, warnt Noah.

„Nicht als primäres Ziel“, relativiert Janis, „aber ganz ausschließen würde ich zunächst einmal gar nichts.“

Ich mache mir eine Flasche Bier auf. Wer weiß, wo das Ganze hinführt. Mir wird wieder klar, dass ich mit meinem Herzen nicht wirklich in die Gruppe gehöre und gehe zunächst lieber auf Distanz, um die Entwicklung abzuwarten und später zu urteilen, ob und wie weit ich mich noch einbringe. Ein schauerlicher Gedanke, dass Bier den Abstand zwischen mir und dieser Realität sein soll. Ich trinke dennoch. Dann schließe ich die Augen und höre den Stimmen zu, kann nicht mehr unterscheiden, welche Person was sagt. Es ist verwirrend, wenn man die einzelnen Statements keiner Person mehr zuordnen kann. Das hält von einem eigenen Urteil ab.

Ist das nicht genau die Verwirrung, mit der sich die Gruppe nach außen tarnen sollte? So wollte ich es haben, als ich davon sprach, uns unidentifizierbar zu gebärden. Um ehrlich zu sein, war das Rüdigers Idee, als er vom Tausch unserer Gedanken gesprochen hat.

Eine Stimme reißt mich aus meiner aufkommenden Melancholie: „Dir hat meine Performance gefallen?“

Ich blicke auf, sehe Serge und bin wieder in der Realität gelandet. Bevor ich reagiere, lege ich mir meine Antwort zurecht. „Am Anfang hat mich deine Performance an den Dialog klassischer Theaterinszenierungen erinnert. Er ist so trocken und unenthusiastisch rübergekommen, ich musste unwillkürlich an ‚Warten auf Godot‘ denken.“

„Du bist der Erste, mit dem ich spreche, der die Performance mit einem konkreten Theaterstück vergleicht.“

„Na ja, zumindest zu Beginn hatte ich den Eindruck ...“

„Nein, ich finde das gut, lass dir das nicht ausreden.“

„Nachher wurde es immer musikalischer.“

„Es soll effektiv ja mehreres gleichzeitig sein, Sprache und Klang, Theater und Musik." Serge hat einen merkwürdigen Akzent, der sich von dem der Franzosen stark unterscheidet, ein wenig klingt auch das Flämische in seinen Betonungen an, mit dem ich, aus welchen Gründen auch immer, den Wellengang des Meeres assoziiere.

„Belgien scheint ja ein sehr kreatives Land zu sein."

Serge lacht. „Was den Erfindergeist betrifft, Gesetze zu umgehen, da gebe ich dir effektiv recht. Bei uns wird, wie sagt man das in Deutsch, ‚Klüngel' großgeschrieben. Aber die künstlerische Kreativität wird nicht besonders gefördert. Im Gegenteil: Viele denken, Kreativität wäre Bastelei, die nur dem Zeitvertreib dient. Wer sich von der Schöpferkraft dennoch nicht abbringen lässt, der hat in Belgien effektiv gute Chancen, sich durchzusetzen, ob das in der Kunst ist oder bezüglich der Fähigkeit, andere Dinge zu entwickeln."

„Da kann ich dir aus eigener Anschauung recht geben, dazu muss man nicht in Belgien aufgewachsen sein." Ich öffne die nächsten Bierflaschen, reiche Serge eine und proste ihm zu. „Wer nicht kreativ ist, entwickelt keine Urteilsfähigkeit, und wer nicht urteilsfähig ist, ist leicht manipulierbar, wer manipulierbar ist, findet bald seine Meister, die ihn als Spielball benutzen." Das klingt wie ein Spruch aus meinem Repertoire, doch über diesen Satz hinaus bringe ich nichts Gescheites mehr hervor. Der Alkohol ist etwas, was mich alles andere als kreativ macht.

Ich höre jemanden sagen: „Ich will jetzt einkaufen gehen."

Ausgerechnet jetzt? denke ich. Es ist doch genug mitgebracht worden. Dann merke ich aufgrund der Bemerkung von Josef, dass dieser Satz nur ein Zitat war. „Solch eine Aussage müsste einem Liberalen wie die Glöckchen des Weihnachtsmannes in den Ohren klingeln. Jetzt und zu jeder Zeit die Freiheit zu haben, auf alle Produkte, die der Weltmarkt zur Verfügung stellt, zurückgreifen zu können, das ist doch genau die treibende Kraft, die für die Unterdrückung vieler Völker verantwortlich ist."

Ich will mir meinen Rausch nicht eingestehen und werfe völlig zusammenhanglos ein: „... und was ist mit eurem Kunstprojekt? Anneli hat mir gesagt, ihr würdet an politisch motivierten Kunstprojekten arbeiten."

„Warum soll ein kleiner Anschlag keine Kunstform sein? Noch nie was von Feuerkunst gehört?"

Ich fasse diese Aussage von Elena als Provokation auf. „Oh doch, aber im Sinne der Kunst, nicht im Sinne von Gewalt. Ein Landsmann von euch, Roman Signer, hat solche Kunststücke hervorgebracht." Ich merke selbst, dass ich neben der Spur laufe. Mit meinem Wissen prahlend, will ich mich dagegen aufbäumen, doch auch das verpufft. Ich bin wie gelähmt. Ich bin kaltblütig – mir selbst gegenüber. Ich kann mich selbst kneifen und spüre den Schmerz nicht, erwache auch nicht aus einem bösen Traum.

Ich will aus dieser Teufelsspirale herauskommen und besinne mich auf Momente in meinem Leben, in denen ich mich besonders wahrgenommen habe. Ich denke an meine lebensfern exponierte Situation auf dem Gletscher, doch ich bin so weit davon entfernt wie von einer fiktiven Geschichte.

Isabelle reicht ein Tablett herum. Ich nehme mir eins der Mokkatässchen und rühre zwei Löffel Zucker in den schwarzen Sud. Das Koffein sorgt dafür, dass ich nicht weiter in die Enge der einsilbigen Wahrnehmung treibe, doch er bringt eine neue Unordnung in mein Hirn und meinen Magen.

Ich würde mich am liebsten zum Schlafen hinlegen, doch erstens bin ich immer noch der Gastgeber, und zweitens besiedeln unaufhörlich diskutierende Menschen mein Schlafsofa. Mir bleibt nur, das weitere Geschehen aus der Distanz zu beobachten.

Die Gruppe driftet allmählich auseinander, so viel begreife ich. Die einen wollen mehr auf die radikale Schiene setzen, die anderen wollen durch moderate Satiren die Zustände entlarven. Es mag der aufkommenden Müdigkeit zu zollen sein, dass die Kontroversen zu keinem handfesten Streit geraten. Erneut verliere ich den Zusammenhang, sehe nur, wie Einzelne die Wohnung verlassen und andere sich an die letzten Bierflaschen und schließlich auch an Annelis Spirituosen heranmachen.

14.

Was ist nur aus mir geworden? Ich bin immer ein Kämpfer mit Worten gewesen, jetzt habe ich meine Waffen mit Drogen unschädlich gemacht. Liegt es an meiner Beziehung zu den anderen, die Mitstreiter in der Sache, aber keine wirklichen Freunde sind, liegt es an meiner Heimatlosigkeit, die mich einsam im Herzen macht, oder bin ich mit den Ansprüchen, die mich weniger von außen als aus mir heraus bedrängen, ins Leere gelaufen? Ich bin blass.

Ich erwache in den weißen Laken von Annelis Bett und bin nicht alleine. Was ist nur gewesen? Die Waden vor meiner Brust dürften zu einer Frau gehören, ihr Kopf, der an meinem Fußende liegt, ist unter der Bettdecke verborgen. Auf dem Fußboden liegt eine weitere Person. Ich stelle meine Füße auf den Boden. Es ist Josef, der da unten liegt und sich in eine Wolldecke hineingedreht hat.

Annelis Schlafzimmerschrank hat einen Spiegel in der Tür. Das fahle Gesicht eines Toten mit tiefen Rändern unter den Augen schaut mich an und lässt mich auch nicht los, während ich ein paar Mal kurz wegschaue. Auf meinem gewohnten Nachtlager im Wohnzimmer liegen Isabelle und Serge ineinander verschlungen.

Mit einer heißen Dusche versuche ich als Erstes, in die Realität dieses neuen Tages zurückzukehren, da öffnet sich die Badezimmertür, und Leonie kommt hinein. Erst im zweiten Augenblick nimmt sie mich wahr, entschuldigt sich und verlässt den Raum sofort. War sie es, die mit mir in demselben Bett geschlafen hat? Ausgerechnet die schüchterne Leonie.

Egal, wie primitiv ich manchmal nach außen wirken mag, ich genieße, nicht den Intellektuellen heraushängen lassen zu müssen. Man kennt hier nicht meine Vorgeschichte, also sind auch die Erwartungen an mich nicht hochgeschraubt. Doch mit der Sauferei arbeite ich an meinem Niedergang. „Besser ein Niedergang, als ein vor sich hindümpeln", sage ich vor mich hin. Doch das können nicht die einzigen Alternativen sein. Ich bin zu lebendig, um unterzugehen. Dann muss ich eben meine Position wechseln.

Wenn ich es mir eingestehe, so waren es nie meine Stärken, die mich im Leben weitergebracht haben, sondern meine Schwächen. Man hat mich von Kindesbeinen an nie sonderlich gut ausgerüstet. Weder Elternhaus noch die Schule wollten aus mir mehr als einen Durchschnittsmenschen machen, der sich mit den bestehenden Verhältnissen arrangiert und damit glücklich wird. Doch in mir tobte eine Unruhe, die ein Ventil suchte, das mir das normale Leben nicht bot. Ich musste schließlich immer erst scheitern, ehe ich das erreicht hatte, was meine Seele streicheln konnte. Erst wenn ich mich aus den Konventionen herausgewunden hatte und es so aussah, als würde ich an mir versagen, entstanden meine größten Erfolge. Im Scheitern gewinnen, das ist meine Passion.

Ohne mich weiter um irgendetwas zu kümmern, verlasse ich die Wohnung.

Am Bahnhof kaufe ich mir eine Brezel und einen Coffee to go. Die Zugansage am Bahnsteig verlautet, dass wegen eines technischen Defekts bis zum Abend keine Züge Richtung Zürich fahren würden. Es bleibt mir also verwehrt, jetzt wegzulaufen. Doch wo kann ich mich finden? Mein Alkoholkonsum hat sich in den letzten Tagen verselbstständigt. Das muss ein Ende haben – ein radikales, vorher geht nichts.

Beim Verlassen des Bahnhofes schnappe ich das Fragment eines Gespräches auf: „... von wegen technischer Defekt. Überall in der Schweiz hat es Anschläge auf die Bahnstrecken gegeben, bei Lausanne ist sogar ein Waggon ...", eine desorientierte japanische Reisegruppe drängt sich zwischen den Dialogpartnern und mir hindurch. Es gibt also noch andere aktive Gruppen, die viel größer und effektiver arbeiten. Ob deren Aktionen mehr Sinn machen, sei zu überprüfen. Auf dem Bahnhofsvorplatz steht einsam ein Gestell, ein Zeitungshalter, der zu einem Kiosk gehört und etwa zwanzig Meter entfernt ist. Die Schlagzeile der Neuen Züricher behandelt ein bevorstehendes Ministertreffen in Genf.

Mir wird bewusst, wie wenig die Tagespolitik eine Rolle für mich spielt, während ich für mich selbst kaum mehr über einen Tag hinaus denken, geschweige denn planen kann. Ich bin konzeptlos, meine Welt ist keine Kugel, die man je nach Betrachtung, je nach Befinden als dreidimensionalen Körper, als zweidimensionale endlose Oberfläche oder als eindimensionalen Fixpunkt ansehen kann. Meine Welt ist vielleicht ein Ring, der ebenfalls bloß eine einzige endlose Oberfläche aber im Gegensatz zu einer Kugel auch eine definierte Richtung hat, nein, auch dieses Bild reicht für mich nicht aus. Ein achtförmiger Doppelring würde die Verhältnisse besser definieren: Mal bewege ich mich auf der einen Schleife, mal auf der anderen, und das trifft die Sache immer noch nicht, meine Welt ist noch vertrackter, sie hat noch mehr Schleifen, sie ist eine Brezel, mit mehreren Schleifen, mit verschiedenen Knotenpunkten, an denen ich ständig hängen bleibe und dann in eine neue Schleife hineinstolpere, doch nach wie vor ist sie eine ununterbrochene Ebene, auf der ich mich bewege. Der wesentliche Unterschied einer Brezel gegenüber einer Kugel ist, dass die Brezel keinen Mittelpunkt hat, weder als Körper noch als Oberfläche. Also bin auch ich eine Brezel, die sich auf der Erdbrezel fortbewegt, alle Menschen sind Brezeln, sonst könnten sie sich nicht vereinigen, wären sie Kugeln, dann würden sie sich mit der gleichen Dynamik voneinander abstoßen, mit der sie aufeinander zukommen. Wenn man eine Seite einer Kugel gesehen hat, dann kann man die andere Hälfte schlussfolgern, die Brezel dagegen wahrt das Geheimnis seiner abgewandten Seite.

Ich treffe Janis. Er überredet mich, mit in sein Atelier zu kommen. Die Fabriketage, auf der er arbeitet, ist ungemütlich kalt. Seine Bilder wirken, als habe er gegen die Kälte angearbeitet. Die Farben sind mit grobem Werkzeug aufgetragen, nur die Struktur jedes einzelnen Haares des derben Pinselstriches selbst hat etwas Filigranes. Nach meinem ersten Eindruck hat Janis ein ausgesprochenes Gefühl für Farbkonstellationen. Die Bilder sind nicht bunt und haben doch ein reichhaltiges Spektrum, und selbst da, wo er flächig aufgetragen hat, entstehen plastische Tiefenwirkungen. Die Formen sind abstrakt, ohne die Herkunft der Abstraktionen zu verraten. Wenn ich Anneli richtig interpretiere, könnte man die Bilder der „Op art“ zuordnen. Das Museum sollte überlegen, ob man nicht diesen lokalen Künstler in die geplante Ausstellung mit aufnimmt. Es wäre eine Chance für ihn, an ein großes Publikum heranzukommen, und eine Gelegenheit für das Museum, der Ausstellung eine lebendige Aktualität mit lokalem Bezug einzuhauchen.

Janis misstraut meinem Lob, mit dem ich seinen Arbeiten huldige. Mir fallen nicht mehr Worte ein als: „Das sage ich nicht als Freund, ich meine es aufrichtig und kritisch.“ Damit gibt er sich zufrieden. Es könnte meine neue Passion werden, statt lange Romane und endlose Epen schreiben, mich in Zukunft mehr auf kurze, kernige Aussagen zu reduzieren.

„Weißt du, dass ich schon mal im Knast war?“ fragt Janis überraschend.

„Nee! Hat mir noch niemand erzählt.“ Ich könnte ihm jetzt auch meinen Gefängnisaufenthalt gestehen, das würde Vertrauen schaffen, aber warum sollte ich? Wenn man etwas erzählt bekommt, dann löst das reflexartig das Verlangen aus, mit ähnlichen Erlebnissen zu antworten, doch ich habe mir schon vor langem angewöhnt, auf Schilderungen anderer mit offenen Augen und geschlossenem Mund zu reagieren.

„Ich habe mein Atelier niedergebrannt. Da staunst du. War der Schlusspunkt einer langen Vorgeschichte. Hab mich am Anfang mit meinen Zeichnungen und Lithos auf den Flohmarkt gestellt. Wollte nicht meine Arbeiten verramschen, aber die Galerien verkaufen nur schleppend. Kann ja kein Mensch davon leben. War ja erst auch ganz nett, konnte mich mit meinen Käufern direkt auseinandersetzen. Dann tauchten plötzlich die Japaner, Italos und das ganze Touristen-Gesocks auf und gaben mir richtig gutes Geld. War ja auch angemessen, schließlich kostet eine Zeichnung mehr als nur Rötelkreide und Papier. Aber die Idioten wollten meine Arbeiten nicht als Kunstwerke mitnehmen, sondern als Souvenirs. Stell dir das vor: Ich sollte meine Seele zugunsten von Reisemitbringseln verkaufen. Und dann wieder so ein Japse, der mein Bild in der Hand hielt, und dann seine Frau lächelnd mit dem Kopf nickend, da hab ich zu viel bekommen. Hab ihm das Bild entrissen, ist dann auch zerrissen, dann hab ich alles zusammengepackt, ins Atelier geschleppt und verbrannt. Wär vielleicht noch ne gute Kunstperformance gewesen, wollte mir schon ne Videokamera holen, um alles aufzunehmen, da ist das Feuer schon auf das Gebäude übergeschlagen. Gendarmen haben mich noch vor Ort einkassiert, der Hauseigentümer mich auf Schadenersatz verklagt, und die Galerie hat mich nicht mehr vertreten wollen. Das war's. Wenn ich in Zukunft noch eine Chance als anerkannter Künstler haben will, dann muss ich mich schon vom Pilatus stürzen."

Auf dem Rückweg nehme mir fest vor, mit Anneli über die Aufnahme von Janis in die Ausstellung zu reden, auch wenn ich mich als Kunstlaie mit dem Vorschlag möglicherweise in die Nesseln setze. Vielleicht ist der Begriff „Op art" enger umrissen, als ich es mir vorstelle, was für mich weniger gegen die Berücksichtigung von Janis Werken als gegen die Selbstbeschränkung durch althergebrachte Definitionen spricht. Aber einen Menschen, der seine Arbeit derart ernst nimmt, sollte man nicht links liegen lassen.

Als ich in die Wohnung zurückkehre, steht Anneli vor mir. Über ihre Schulter hinweg kann ich die nahezu aufgeräumte Wohnung überblicken. Zum Glück haben sich die Freunde darin verlässlich gezeigt, obwohl mir lieber gewesen wäre, man hätte der Wohnung das Gelage nicht im Geringsten angesehen. Der Kasten mit den leeren Bierflaschen, der neben dem Eingang steht, ist ein kleiner Anhaltspunkt auf die größere Gesellschaft, die hier gehaust hat.

„Wollen wir etwas essen gehen?“ schlägt Anneli vor. „Ich habe seit dem Frühstück nichts mehr zu mir genommen.“

Ich bin unendlich müde, doch wenn ich, ohne meinen Weg selbst wählen zu müssen, Anneli einfach nur begleite, dann brauche ich nur meinen Körper zu tragen und kann meinen Kopf auf Sparflamme setzen.

Wir gehen durch Gassen, die ich bisher noch nicht kannte. Die Fassaden sind hier nicht für Touristen geschönt, ein gleichförmiges Brummen irgendwelcher Lüftungsanlagen verfängt sich in den Ecken, ich fühle mich an die Hinterhöfe meiner Heimatstadt erinnert, doch die Laternen sind auf nostalgisch gemacht. Eine Hauswand ist durch wenige, unregelmäßig angelegte Fenster durchbrochen, hinter denen man die Beine von Menschen sieht, die sich von Rolltreppen auf eine andere Etage bringen lassen. Dann gehen wir über eine Brücke, die ich bisher nur von weitem gesehen habe. Es ist ebenfalls eine überdachte Holzbrücke mit Bildertafeln im Giebel, deren Abbildungen ich wegen der Dämmerung nur schemenhaft erkennen kann. Als wir an der Mitte der Überquerung angekommen sind, ist mir endgültig klar, dass sich diese Gemälde ausschließlich mit dem Tod auseinandersetzen. Ich blicke auf den Fluss. „Was ist das?“

„Das ist das Nadelwehr“, antwortet Anneli auf meine entsetzt ausgerufene Frage.

„Nein, das meine ich nicht. Warum fließt der Fluss in eine andere Richtung?“

„Was heißt in eine andere Richtung.“

„Das kann doch nicht sein, er ist doch immer ..., der Hut ist doch auch ...“

„Kannst du mir mal erklären, was du da redest?“

„Na von der anderen Brücke sah es immer so aus, als würde der Fluss in den See fließen.“

„Du willst mir doch jetzt nicht sagen, du wärst immer nur über die eine Brücke gelaufen?“

„Scheinbar ist es doch so.“

„Scheinbar!"

„Aber das Wasser, die Wellen ..."

„Kann ja sein, dass sich, angetrieben durch den Wind, leichte Wellen an der Oberfläche in die Gegenrichtung des Flusslaufes bewegen, möglicherweise gibt es auch leichte Gegenströmungen zur eigentlichen Bewegung, schließlich nötigt das Wehr das Wasser zu manchen Kapriolen, aber mir will immer noch nicht in den Kopf, wie man die prinzipielle Strömung übersehen kann."

„Wer weiß schon, ob das, was wir glauben zu sehen, auch wahr ist. Vielleicht lebst du schon zu lange hier, um die Wirklichkeit zu erkennen. Die gesamte Stadt ist spiegelverkehrt. Was aussieht, als würde es abfließen, das mündet hier und wer hier landet, der verflüchtigt sich. Anneli, ich muss dir gestehen, ich bin hier nie richtig angekommen. Der Sterbende hat gesagt, jetzt mündet das Wasser in den See."

„Welcher Sterbende?"

Ich gehe nicht auf die Frage ein. Der Alte, der sein Leben in meinem Arm beendet hat, war bisher mein Geheimnis, und dabei soll es auch bleiben.

„Was wir als Wahrheit wähnen, sind bloß subjektive Erfahrungen, Vorurteile und Weismachungen, aber noch lange nicht die Wirklichkeit. Wir haben doch vom Licht gesprochen, das sich ohne Materie, auf die es stößt, nicht zu erkennen gibt, und dennoch vorhanden ist. Wenn eine Lichtgestalt seinen Körper verlässt, dann ist das noch lange nicht das Ende ihrer Existenz, aber sie ist frei wie nie zuvor und kann dadurch ganz unbefangen die Seinszusammenhänge begreifen."

„Ach, weißt du, Bas, ich begreife im Moment gar nichts von dem, was du da faselst. Du bist scheinbar vollkommen perplex, weil du erst jetzt gesehen hast, dass die Reuss aus dem See fließt und nicht hinein."

Das China-Restaurant befindet sich in einem für hiesige Verhältnisse unterbewohnten Viertel. Die asiatischen Touristen würden sich nie hierhin verlaufen, aber sie sind ja auch nicht wie deutsche Urlauber geartet, die selbst in den entlegensten Gebieten nach Currywurst und Schnitzel Ausschau halten. Das künstliche Ambiente, das sich in seiner Ausstattung in sämtlichen China-Restaurants in Mitteleuropa wiederholt, wirkt angesichts meiner Gefühlswelt surrealistisch auf mich.

Wir wählen beide Fisch. Anneli mit Bambussprossen, ich süßsauer.

„War deine Reise nach Lyon erfolgreich?"

„Ja, zufriedenstellend, aber tue mir einen Gefallen, und lass uns nicht über meine Arbeit reden. Erzähle etwas von dir."

Wahrscheinlich ist meine Abneigung, von mir zu erzählen, noch größer als die von Anneli zu ihrer Arbeit, doch ich gebe es nicht zu. Ich öffne mein Jackett und deute mit der Hand gegen meine Brust. „Der Pullover stammt von Chiara. Er ist unglaublich warm."

„Willst du ihn nicht ausziehen? Hier ist doch gut geheizt."

„Nein, ich habe einfach Lust, mich einzukuscheln, egal wie warm es ist."

„Chiara ist deine Freundin?"

„Nein, eine Bekannte, die mir den Pullover spontan überlassen hat."

„Ich habe immer das Gefühl gehabt, wenn du den Pullover anziehst, dann geht es dir schlecht."

„Das hast du beobachtet? Ich wundere mich. Habe ich ihn wirklich so oft angezogen?"

„Ging es dir denn so oft schlecht?"

„Keine Ahnung. Ich habe diesen Zusammenhang nie bewusst gesehen. Aber mir geht es grundsätzlich gut bei euch. Ich verbringe die Zeit gerne bei dir."

„Du bist aber heimatlos. Getrennt von deiner Familie, der Frau, die du liebst, den Orten, an denen du als Kind gespielt hast, nicht zuletzt von deinen Gewohnheiten."

„Anneli, ich muss dir etwas sagen: Ich weiß nicht wirklich, ob ich diese Frau liebe, und auch die anderen Punkte, die du genannt hast, sind nicht so. Andererseits hast du prinzipiell recht. Ich bin heimatlos."

„*Willst* du nicht zurückkehren ... oder *kannst* du nicht?"

„Wenn ich das wüsste. Ich denke schon seit Tagen darüber nach, aber ich werde meine Entscheidung erst treffen, wenn ich mir zu hundert Prozent sicher bin ... minus ein Mikron Zweifel, den man immer hat. Bis es soweit ist, werde ich die Gruppe unterstützen, das habe ich mir fest vorgenommen."

„Pass nur auf. Was sich jetzt als Gruppe definiert, kann morgen schon in ganz andere Teile zerfallen. Du darfst dich nicht aus bloßer Rücksichtnahme selbst verlieren."

„Das versuche ich."

„Dafür fährst du nach Zürich?"

„Was weißt du von Zürich?"

„Du hast selbst davon gesprochen, die Stadt zu kennen, und wirfst deine Fahrkarten in meinen Müll. Keine Angst, ich spioniere dir nicht hinterher, habe das nur zufällig entdeckt. – Na gut, Bas, da wir gerade dabei sind, ehrlich zu sein, möchte ich dir etwas sagen. Ich habe vom ersten Moment an daran gedacht, mit dir zusammen zu sein. Ich bin immer als souveräne Einzelgängerin aufgetreten, ich habe damit kein Problem, aber ich bin nicht so cool, wie alle denken. Ich sehne mich manchmal nach einem Partner, und als ich dich bei den Ranickys gesehen habe, war mein erster Gedanke: Der könnte es sein."

„Du hast mich also nicht wegen deiner Freunde, sondern wegen dir nach Luzern gelockt."

„Ich habe keine Ahnung, was mein wahres Motiv war, aber ich habe tatsächlich an dich, unabhängig von meiner Neigung, als einen geglaubt, der der Widerstandsgruppe wichtige Impulse vermitteln kann."

„Ohne etwas über mich zu wissen."

„Du glaubst gar nicht, wie aufgewühlt Lili war, als sie von dir erzählt hat. ‚Der kommt über den Berg', hat sie gesagt."

„Ich hatte im Kopf, sie heißt Clarissa. Keine Ahnung, wieso, irgendwer wird ihren Namen einmal erwähnt haben."

„Du hast recht, sie heißt Clarissa, aber ich nenne sie Lili, habe sie schon immer so genannt, auch wenn das keinen Sinn macht. Clarissa nenne ich sie allenfalls Fremden gegenüber, dieser Name klingt mir aber zu künstlich, wie ein Konstrukt aus zwei unterschiedlichen Namen. Aber zurück zu dem, was sie gesagt hat. ‚So wie der aussieht, in Zeiten wie diesen, da gibt es nur einen Grund, in unserem Land herumzuirren.' Sie war höchst bewegt."

„Mir gegenüber hat sie sich nichts anmerken lassen."

„Lili ist eine toughe Frau. Ich beobachte es mit äußerstem Argwohn, wie ihre Talente in dieser Einöde untergehen. Ich war jedenfalls sehr skeptisch, doch als ich dich gesehen hatte, wusste ich sofort, dass sie recht hatte. Und dann habe ich deine Augen in dem traurigen Gesicht gesehen und bin auf die Idee gekommen, ich könnte mich in dich verlieben."

„Wie meinst du das, auf die Idee gekommen?"

„Na ja, ich kannte dich nicht, aber ich kenne mich genug, um eine Idee zu haben. Meistens verliebt man sich doch in eine Idee statt in eine Person. Spielt es da eine Rolle, wie lange man jemanden kennt? Versteh mich bitte nicht falsch. Das ist jetzt kein Antrag. Ich mag dich, aber ich weiß, dass du nicht hierher gehörst ... Und ich habe Sehnsüchte, die nicht zu dir passen. Wir können also weiterhin ganz normal miteinander umgehen."

„Normalerweise sagt man an dieser Stelle: Lass uns Freunde bleiben."

Meine satirische Bemerkung kommt bei Anneli genau so an, wie ich sie gemeint habe, und nötigt sie zu einem lauten Lachen. Angesichts des aufrichtigen Gespräches klingt die abgedroschene Phrase wie eine Persiflage auf alles, was wir bisher gespielt haben. Mein Lachen ist weniger laut, aber mir schießen unwillkürlich Tränen in die Augen. Die Gäste an den Nebentischen schauen nach und nach verschämt zu uns herüber, es entsteht eine groteske Atmosphäre in dem gekünstelt seriösen Ambiente. Ein Kellner naht heran, die Gäste schauen betroffen zu ihm herüber, das wirkt wie Öl auf das Feuer unserer exaltierten Amüsiertheit. Verunsichert traut sich der China-

Mann weder an unseren Tisch noch an den der sich verkrampfenden anderen Gäste. Er geht wieder an die Küchenausgabe zurück, dann streckt er erneut den Kopf in den Gastraum und versucht, sich mit seinem gekünstelten Lächeln der Situation anzunähern. Das wirkt wie die Freigabe für die anderen Gäste, sich jetzt auch gehen lassen zu dürfen.

Wenig später gehen Anneli und ich zu ihrer Wohnung zurück.

„In das Restaurant werde ich so schnell nicht mehr gehen", sage ich, „da treiben sich ja ganz schön alberne Gäste herum." Die Bemerkung löst ein erneutes Lachen Annelis aus. „Ist das dort immer so?"

Als gute Freunde erreichen wir Arm in Arm die Wohnung.

15.

„Hey Bas, bist du ausgeschlafen?" Anneli beugt sich über mein Nachtlager. Ich richte mich auf, blicke aus dem Fenster, dem Licht nach zu urteilen ist der Tag dabei, den Morgen hinter sich zu lassen.

„Musst du heute nicht arbeiten gehen?"

„Ich habe mich krank gemeldet."

„Der Fisch von gestern?"

„Der Fisch? Was meinst du?"

„Na, beim Chinesen."

„Ach der Chinese." Sie lacht kurz auf. „Nein, der Fisch war okay, ich fühle mich gut, aber wir haben Besseres vor."

„Haben wir?"

„Wäre gut, wenn du dabei bist."

Ich schaue Anneli zweifelnd an. Sie hat nicht den Blick, mit dem sie sich über mich lustig machen würde.

„Was ist es?"

„Gruppentreffen."

„Oh nein, nicht schon wieder." ich lasse mich zurückfallen. „Ich kann diese endlosen Diskussionen nicht mehr aushalten. Die ganze Bewegung ist so schwammig."

„Komm, steh auf. Heute wird es konkret."

„Ich hoffe, du hast recht. Habe ich noch Zeit zum Duschen?"

„Kein Problem. Ich mache in der Zeit Frühstück. Wir sollten gestärkt in die Runde gehen."

Alessia wohnt in einem kleinen Haus in der Peripherie oberhalb des Stadtkerns. Wir haben den Bus genommen und müssen die letzten Straßen zu Fuß ablaufen. „Nicht schlecht", sagt Anneli.

„Was?"

Sie tippt auf ein altes blaues Auto. „Das hier ist von Janis, und vorhin sind wir an Levins Auto vorbeigekommen. Sie haben in Entfernung geparkt, um die Anonymität um Alessia nicht zu durchbrechen."

„Verstehe. Kommen denn alle?"

„Nur der Inner Circle."

„Und warum gehe ich dann mit? Etwa als deine Begleitung?"

„Ist dir immer noch nicht klar, dass du dazugehörst? Der Inner Circle ist ja nicht von der Länge der Zugehörigkeit abhängig, sondern von der Rolle, die die einzelnen Personen spielen."

Überrascht sage ich nichts dazu. Was habe ich nur beizutragen? Ich fühle mich bei meiner Ehre gepackt. Wenn ich tatsächlich zum Kern der Gruppe gehöre, dann müssen auch meine Ansichten deutlicher ihren Charakter prägen. Ich werde dominanter auftreten, dann wird sich von selbst abzeichnen, welche Rolle ich tatsächlich spiele und ob ich überhaupt dabei bleibe.

„Hey Bas!" Ungemein beschwingt werde ich begrüßt, als habe man mir meine sittliche Entgleisung beim letzten Treffen verziehen. Oder die menschliche Schwäche, die an die Oberfläche meines sonst so selbstbewusst wirkenden Gebarens getreten ist, hat sie beeindruckt – wenn sie meinen Zustand überhaupt wahrgenommen haben.

„Es geht heute darum, unser Tun fest zu umreißen.“ Alessia tritt so strikt auf, wie ich sie vorher noch nie erlebt habe. „Wenn ich heute sage, dann meine ich nicht irgendeinen in der Reihe vieler anderer Tage. Für das, was wir heute nicht tun, wird der Zug ein für allemal abgefahren sein. Ich fange mit den Fakten an: Übermorgen findet in Genf ein Treffen der Finanz- und Wirtschaftsminister vieler europäischer Länder statt. Die Menschen werden das in Zeiten der maroden Innenpolitik und zweifelhaften Außen- und Verteidigungsstrategien nicht als besonders bedeutsam ansehen. Ich bin aber der Meinung, sämtliche Politik wird von der Wirtschaft dominiert. Finni, Janis und ich schlagen deshalb vor, eine große Aktion zu starten, die erhebliche Auswirkungen haben soll.“

„Es wird natürlich die üblichen Proteste geben“, setzt Janis die Ansprache fort, „sie sind zwar in unserem Sinne, aber wir wollen sie durch eine eigene Sache toppen. Wir ...“

„Was versteht ihr unter eigene Sache?“ unterbricht Josef.

„Soll nicht aussehen, als wären wir Ableger von Attac, Campact oder lokalen, genehmigten Gegendemonstrationen. Ich will mehr reißen, als bloß vorhersehbare Konfrontationen auf abgemachten Plätzen“, sagt Janis.

Alessia lässt Janis keine Zeit, die Sache auf seine Weise zu erklären. Ich merke unzweifelhaft, dass sie die weitere Entwicklung dominieren möchte.

„Was wir im Konkreten vorhaben, das haben wir noch nicht ausdiskutiert. Bevor Janis und ich aneinandergeraten, wollen wir lieber in diesem Kreis zu einer Lösung kommen, bei der alle an einem Strang ziehen.“

Bei all den moderaten Worten ist eine unterschwellige Aggressivität zu spüren, die auszubrechen ich unbedingt verhindern will.

„Das klingt nach einem Konflikt, der unsere inneren Widersprüche nicht auslöschen wird.“ Ich wende mich Janis zu. „Also sag jetzt ohne Umschweife, welche Idee du hast, dann können wir von vornherein abstecken, ob es ein gemeinsames Streben gibt.“

„Ausgerechnet du fragst danach? Kennst uns erst seit kurzem und willst jetzt das Heft in die Hand nehmen."

„Ich bin hier, weil ich mich der Sache verpflichtet fühle und als neu Hinzugekommener vielleicht einen Blickwinkel habe, der euch fehlt."

„Was zeichnet dich denn aus?" will Werner wissen, der mich in seiner Position als ebenfalls später Hinzugekommener möglicherweise als Konkurrenten betrachtet.

„Nichts zeichnet mich aus. Ihr müsst mich schon so nehmen, wie ich bin. Schließlich war ich es nicht, der sich der Gruppe aufgedrängt hat. Nur wenn ich dabei bin, dann ganz, und wenn nicht ganz, dann bin ich lieber draußen."

„Wir müssen uns aber sicher sein, dass wir uns auf dich verlassen können. Dafür brauchen wir deine Geschichte als Nachweis deiner Ehrwürdigkeit."

Langsam gehen mir die künstlich heraufbeschworenen Angriffe von Werner auf die Nerven. Glaubt der etwa, mit plakativen Seitenhieben gegen andere seine eigenen Befähigungen besser herausstellen zu können? Innerlich wütend, aber äußerlich gefasst entgegne ich ihm: „Ich habe keine Geschichte. Ich bin nicht mehr als das, was ihr vor euch seht."

„Jetzt ist aber Schluss mit euren Befindlichkeiten", unterbricht Finni den Dialog.

„Hier hat noch niemand einen Nachweis hinterlegen müssen. Ich will mich auf keine Seite schlagen, schlimm genug, dass überhaupt Gegnerschaften entstehen, aber ich gebe Bas recht. Janis, du solltest jetzt ohne Ausflüchte sagen, worauf du abzielst."

„Ganz einfach. Das Zustandekommen der Konferenz will ich behindern. Nicht weniger. Noch lieber würde ich sie ganz verhindern, dazu müssten wir an die Minister herankommen, das wird nicht gelingen. Aber ihre Beamte und Zuarbeiter sind nicht so gut abgeschirmt wie die Politiker selbst. Habt doch von den Anschlägen der letzten Tage auf die Bahn gehört. Die waren aber nur symbolisch motiviert. Das ist mir einfach zu wenig."

„Ich verübe keine Anschläge, die Menschen gefährden können“, stellt Noah entschieden klar.

„Sei doch nicht so fantasielos! Passt mal auf: Was wäre, wenn ein Koffer mit wichtigen Unterlagen fehlte. Oder wenn ganz viele Konferenzteilnehmer von Durchfall geplagt würden?“

„Das ist doch vollkommen illusorisch. Wenn das so einfach wäre, dann gäbe es doch viel mehr derlei Aktionen.“

„Davon bin ich nicht überzeugt.“ Für mich überraschend stützt Elena die Theorie von Janis. „Den meisten Aufbegehrenden geht es doch entweder um symbolische Aktionen oder um bloße Randale, mit denen die Agitatoren ihre Aggressionen loswerden. Wir dagegen haben uns vorgenommen, effizient, aber intelligent vorzugehen. Ich glaube, das haben die wenigsten vor.“

Levin schließt sich an: „Wie willst du von hier aus beurteilen, was illusorisch ist und was nicht? Wenn wir nicht vor Ort sind, dann können wir auch nicht herausfinden, wo der Schwachpunkt liegt, in den wir hineinstechen können.“

„Könnt ihr euch noch an den Anschlag auf die holländische Königsfamilie vor einigen Jahren erinnern?“

Alle schauen Werner fragend an.

„Keine Ahnung“, raunt es durch den Raum.

„Doch, so blass: Es gab einen Vorfall, von dem bis heute niemand weiß, ob das ein Unfall oder versuchtes Attentat war“, meint Noah.

„Ich erzähle es noch mal für alle: Da ist ein alter Mann mit seinem Auto einfach durch die jubelnde Menge auf den Konvoi zugerast. Er hat den Bus, in dem die Monarchen saßen, zwar um einige Meter verfehlt, aber er hat die volle Aufmerksamkeit auf sich gezogen ...“

„Und letztlich außer ein paar Fernsehmeldungen nichts erreicht“, stellt Josef fest.

„Na warte mal. Du solltest mich schon ausreden lassen, wenn du etwas kapieren willst“, fährt Werner ihn an. „Während also alle Augen auf den vermeintlichen Anschlag gerichtet waren, hätten die wahren Akteure, wenn es welche gegeben hätte, nahezu ungehindert in dessen Schatten agieren können."

Noah lässt diese These nicht gelten. „Glaub doch, dass die Leibwächter um die Honoratioren in dem Moment besonders auf der Hut waren."

„Was glaubst du, was die gedacht hätten, wenn im selben Augenblick eine Horde Polizisten zu ihnen gelaufen gekommen wären", erklärt Werner.

„Woher soll ich das wissen?"

„Versuch es dir vorzustellen, Noah. Was hättest du als Leibwächter gedacht?"

„Na ja, dass die herbeilaufenden Polizisten den Bus zusätzlich abschirmen würden."

„Genau. Darauf will ich hinaus. Niemand denkt in einem solchen Moment daran, hinter den Uniformen könnten sich die wahren Terroristen verbergen. Das nennt man Ausnutzen des Chaos."

„Es schmeckt mir absolut nicht, uns mit Terroristen zu vergleichen", wendet Alessia ein.

„Das will ich auch gar nicht. Ich wollte nur ein mögliches Prinzip aufzeigen. Wir wirbeln etwas an einer Stelle auf oder nutzen den Wirbel, der durch andere verursacht wird, und agieren im Schatten dieses Durcheinanders. Ich will ja nicht wirklich an die Minister ran, das habe ich ja eben gesagt, aber wenn wir eine andere Lücke finden ..."

Janis schüttelt den Kopf: „Macht absolut keinen Sinn, sich von vornherein selbst zu beschränken. Käme ich durch Zufall in die Situation, auf einen Verantwortlichen zugreifen zu können, würde ich vor nichts halt machen."

„Das spricht gegen unseren Konsens. Damit unterminierst du unsere Aktionen", weist ihn Anneli in die Schranken.

„Hört doch auf mit eurer Strategieeinigkeit. Wir haben ein Ziel. Davon dürfen wir nicht abweichen."

Janis wird immer bissiger. Ich kenne ihn anders und habe das Gefühl, die Schwankungen seiner persönlichen Bedrängnis sind wieder an einen Tiefpunkt gelangt. Er kann seinen Frust nicht in die Richtung kanalisieren, in die sie gehört. Übelnehmen kann ich ihm sein Auftreten nicht. Seine Schwäche, die Art, wie ihn das Leben in die Defensive gedrängt hat, ist auch mir sehr vertraut. So stehe ich ihm näher, als er es vermutet.

„Wenn wir mit Gewalt vorgehen, stehen wir keinen Deut hinter denen zurück, die wir kritisieren“, sagt Alessia.

„Das ist doch Unsinn. Weißt du, wie viele Menschen täglich durch unsere freiheitliche Wirtschaftspolitik ums Leben kommen? Ist dir dann dein Prinzip von Gewaltlosigkeit immer noch wichtiger?“

An dieser Äußerung erkenne ich jetzt auch ein anders Gesicht von Elena, die ich immer für moderat gehalten habe.

Anneli entgegnet ihr entschieden: „Du kannst doch Unrecht nicht aneinander messen. Gewalt wird doch nicht dadurch besser, weil man weniger Leid verursacht, als es die anderen tun.“

Ich schaue Janis an, der mir einmal seine heimliche Verliebtheit in Alessia gestanden hat, sich aber nicht von ihr verstanden fühlt, weder was seine Gefühle noch was seine agitatorischen Ansichten betrifft. Ich spüre seinen Groll. Er richtet sich nicht alleine gegen das System, sondern gegen sein eigenes Schicksal. Als ich ihn in seinem Atelier besucht habe, hat er sich recht abfällig über das strenge konservative Elternhaus ausgelassen. Der Tod seiner Eltern, von dem ich schon vorher durch Anneli wusste, ist dabei unerwähnt geblieben. Ich glaube, dieser ganze Druck, der sich niemals lösen konnte, ruft die revolutionären Ideen in ihm hervor und richtet sich nun gegen ein anderes, ein greifbares Ziel. Aus dieser Perspektive betrachtet, hat er im gewissen Sinne sogar recht: Einen Minister zur Rechenschaft zu ziehen ist einfacher als mit seinen Eltern abzuschließen.

Es wäre jetzt an der Zeit, versöhnliche Worte zu finden, doch Finni lässt nicht los und drückt das aus, was ich bewusst nicht sagen wollte: „Was du Widerstand nennst, ist in Wahrheit nur das Ausleben deines Hasses. So funktioniert das nicht, Janis. Hass ist blind, ihn rauszulassen ist dumm.“

„So kannst du Janis nicht runtermachen“, springt Werner in die Bresche, „ich kann ihn schon verstehen.“

Finni lässt es nicht dabei. „Ich kann ihn auch verstehen, aber das ändert doch nichts an der Sache. Für euch wird die Revolte zunehmend zum Selbstzweck. Merkt ihr denn nicht, dass ihr euch darin nicht von euren Gegnern unterscheidet?“

Ich versuche auf einem anderen Weg aus dem inneren Konflikt herauszukommen. „Wenn wir sagen, wir wollen intelligent sein, heißt das doch nicht bloß, intelligenter als die anderen zu sein, sondern intelligent nach den eigenen höchsten Ansprüchen. Mit Klugheiten kann man Schlachten gewinnen, aber keinen Sieg davontragen.“

„Du bist ein Klugscheißer“, fährt mich Werner erneut an. „Tu doch mal Butter bei die Fische und mach einen vernünftigen Vorschlag!“

„Immer mal langsam. Zunächst müssen wir uns mit unseren Ideen einander annähern. Wir sind kein Haufen Einzelkämpfer, wir brauchen die Dynamik einer Gemeinsamkeit. Oder geht es euch nur um den Schlagabtausch, einen Machtkampf um der Macht willen? Mir jedenfalls geht es um die Verantwortung für eine Sache, die ich Demokratie nenne.“

„Willst du dich hier als Anführer herausbilden?“

„Quatsch, ich bin bereit, meine Hände ruhen zu lassen, sobald ich merke, dass jemand anderes die Kraft hat, das zu tragen.“

„Leute, hört doch auf mit den Vorhaltungen. Wollen wir zusammen was machen, oder sollen wir die Sache einfach beenden?“ Alessia versucht in ihrer verlässlichen Art und Weise, die Streitereien zu schlichten.

„Ich finde den Gedanken, ein Durcheinander heraufzubeschwören und in dessen Rücken eine Agitation zu unternehmen, nicht mal so schlecht. Die Strategie können wir auch unter dem Tenor des Gewaltverzichts weiterverfolgen. Uns in die Nähe des Geschehens zu begeben, in der wir Angriffspunkte herausfinden, ist auch ein guter Gedanke. Selbst wenn wir jetzt nichts ausrichten können, könnten wir für das nächste Mal daraus lernen“, sagt Levin und holt die Auseinandersetzung auf die sachliche Ebene zurück.

„Zusätzlich habe ich noch einen Gedanken, wenn ich ihn äußern darf." Ich nehme mir vor, es bei diesem letzten Versuch, mich in die Gruppe einzubringen, zu belassen. Wenn das zu nichts führt, dann werde ich mich ab sofort aus allem raushalten.

Werner fühlt sich von mir angesprochen und lenkt ein: „Ich hab doch nichts gegen dich persönlich. Es geht mit nur um die Sache."

„Mein Gedanke wird in der Sache zunächst auch nicht konkreter, ich hoffe, er kann uns dennoch weiterhelfen, vor allem, um die inneren Konflikte, die ich sogar für legitim halte, in den Griff zu bekommen: Ein alter Freund von mir hat mal den Vorschlag gemacht, dass wir untereinander unsere Gedanken tauschen."

„Wir tauschen doch schon die ganze Zeit unsere Gedanken aus", sagt Finni ungläubig.

„Es geht nicht um Austausch, sondern um Tausch. Hören wir doch für eine begrenzte Zeit einmal auf, nur unseren eigenen Illusionen zu folgen. Jedes Individuum hat seinen eigenen Wirklichkeitsbegriff, der unterscheidet sich sogar bei Menschen, die über Jahre hinweg eng miteinander verbunden sind. Doch was ist, wenn wir diese Logik konterkarieren und uns, zumindest zeitweise, wie ein Schauspieler in eine andere Rolle begeben. Wir folgen dann nicht mehr den althergebrachten Handlungsmustern, sondern machen uns den Gedanken des Nächsten zu eigen. Was zunächst nach Entfremdung vom eigenen Ich aussieht, trägt letztendlich aber zur Persönlichkeitserweiterung bei, weil man das zu Tuende an der eigenen Erfahrung misst, statt nur an der vielgeübten Selbstüberzeugung."

„Ich kapiere absolut nicht, was das bringen soll."

„Das kann ich dir sagen: Es gibt Anschauungen in unserer Gruppe, die meinen eigenen Ideen sehr nahe kommen, andere Auffassungen sind mir dagegen recht fremd. Ich will aber weder die Gruppe zersplittern lassen noch bloß einer einzigen Richtung folgen, der sich alle unterordnen müssen. Gerade die Vielfalt ist es doch, die uns weiterbringt."

„Wenn wir allen Meinungen Rechnung tragen, dann wird im Endeffekt doch nur eine Kompromisssoße entstehen."

„Nicht nach dem Prinzip des Gedankentausches. Dabei wird das, was jeden Einzelnen von uns antreibt, auf gewisse Weise lebendig gehalten.“

„Das klingt plausibel und doch recht theoretisch“, meint Levin. „Wie soll das funktionieren?“

„Ich versuche mal ein Beispiel zu benennen. Wir halten Janis Anschauungen grundsätzlich für richtig, befürchten aber, dass sein Vorgehen von eigenen Frustrationen geprägt ist und sich in Gewalt umwandeln wird. Würde sich jetzt Alessia seine Ideologie zu eigen machen, dann würde sich die Wut verlieren, aber seine Dynamik bliebe erhalten. Jeder von uns hat doch seine Zwänge. Das heißt doch nicht, dass man sich ihnen untertan machen muss. Wir sollten sie vielmehr zur Grundlage nehmen und den Vorteil des gegenseitigen Vertrauens nutzen, statt uns gegenseitig in die Enge zu drücken.“

16.

Einmal noch wollte ich nach Zürich, obwohl keine Zeit mehr bleibt. Möglicherweise werde ich nie mehr hierher kommen, zuletzt auch den Ort verlieren, der mir als zweite Heimat ans Herz gewachsen ist. Abschied nehmen – das ist ansonsten nicht meine Art. Am Bahnhof nehme ich ein Taxi, doch fünfhundert Meter bevor wir das Haus, in dem sich meine Bude befindet, erreichen, veranlasse ich den Fahrer zum Anhalten. Als der mich durch seinen Rückspiegel anschaut, traue ich meinen Augen nicht: Das ist doch derselbe dicke Taxifahrer, der mich einst von meiner Wohnung zum Empfang des Staatssekretärs gefahren hat! Ich bezahle, steige aus, und als ich mich zum davonbrausenden Fahrzeug umblicke, stelle ich fest: Es war doch ein anderer Chauffeur – höchstwahrscheinlich. Ich biege in die links abführende Seitenstraße, durch die ich noch nie gegangen bin. Wenn dies keine Stichstraße ist, die in einer Sackgasse endet, müsste ich auf diesem Weg zu dem arabischen Imbiss gelangen.

Was ist das nur für eine schwammige Revolution, die wir starten wollen. Verglichen mit der arabischen Revolution sind wir bloß Zeitgenossen, die ihre Langeweile aus Übersättigung mit moralischen Handlungen füllen wollen.

Den Imbiss habe ich zuletzt als Kristallisationspunkt all der Aspekte erlebt, die zu einer Umwälzung gehören. Dort versammelten sich Menschen, die scheinbar unsichtbar ihr bürgerliches Leben fristeten, ihre Gesichter hatten Erstaunen, Wut, Erleichterung und Neugierde auf die weitere Entwicklung nicht verbergen können, es war eine innere Aufregung zu spüren und die Spannung, in das Geschehen aktiv eingreifen zu wollen. Es wurde meist nicht viel gesprochen, die weltlichen Bewandtnisse brauchten keine ausgefeilte Rhetorik. Die Araber haben stark ausgeprägte Gesetze: die einen sind ungeschrieben, die anderen folgen den islamischen Regeln, es braucht also keiner großen Denkarbeit, ehe man die Hand zur Tat erhebt. So ist zumindest mein Eindruck, der nicht mehr ist, als die Ansicht eines Außenstehenden, der die Natur dieser Menschen im Grunde nicht kennt. Hier köchelte etwas, in einem offenen Topf, im Gegensatz zu den kleinen, rhetorisch geprägten, ansonsten aber substanzarmen Debatten, die wir heimlich in den verborgenen Kämmerchen in Luzern geführt haben.

Der Imbiss ist zum Bersten gefüllt. Ich scheue davor zurück, mich hineinzudrängen, lehne mich stattdessen mit dem Rücken gegen die zementverputzte Fassade seitlich der kleinen, mit „Kebab“ und „Couscous“ beschrifteten Schaufensterscheibe.

„Sie hören, und doch hören sie nicht. Die Tauben und Stummen sind schlimmer als das Vieh.“

„Die du als taub und stumm wähnst, das sind Schlafende. Im Schlaf aber gehen die Seelen zu Gott. Deshalb haben Träume eine höhere Bedeutung als die Ideen eines wachen Menschen.“

„Die Früchte reifen nicht in der Schlafphase. An den Früchten erst erkennst du Gottes Hand, denn sie sind die Vollendung.“

„Du kannst die Frucht reifen sehen, doch wenn sie nicht gepflückt wird, dann kannst du sie auch faulen sehen. Die Güter dieser Welt sind allzu vergänglich und nur dazu gemacht, das Leben auf der Erde voranzutreiben. Das Leben selbst ist nur eine Brücke ins Jenseits."

„Vergiss das Diesseits nicht. Du musst wach sein, um über eine Brücke zu gehen. Wenn du nicht ganz bei Sinnen bist, dann wirst du noch, ganz ohne es zu merken, deine Verträge mit den Frevlern machen, nur weil sie dir versprechen, es dir an nichts fehlen zu lassen."

„Wenn ich zu Hause sitzen bleibe, dann kann ich der Zusammenarbeit mit den Frevlern nicht aus dem Wege gehen, doch wenn ich draußen umherirre, dann werde ich zu Aufruhr gereizt."

„Wovor denn hast du mehr Angst? Vor Frevlern oder vor Aufruhr?"

„Um einen kühlen Kopf zu wahren, bleibe ich besser nahe dem Haus, denn draußen herrscht Hitze, der man sich nicht allzu lange aussetzen darf."

„Wer daheim sitzt und die Hitze scheut, wird wenig lachen und viel weinen. Das ist der Lohn für ihr Nichtstun."

Ich überquere die Straße.

„Schmach", höre ich jemanden sagen. „Schmach", antwortet energisch die andere Stimme. Den Gehweg herab schreitend streift mein flüchtiger Blick den Eingang des Imbisses, in dem zwei Menschen im Kaftan, ein Alter und ein Junger, sichtlich engagiert miteinander debattieren. Aus den Gesten kann man vieles ablesen, doch ihre Worte kann ich nicht mehr hören. Ich gehe zurück zum Bahnhof. Mein Aufenthalt hier in Zürich hat, wenn ich die Wege nicht mitrechne, weniger als zehn Minuten gedauert. Warum sollte ein längerer Aufenthalt einen qualitativ besseren Abschied ausmachen als den, den ich soeben erlebt habe. Meine Wohnung aufzusuchen war nicht nötig. Statt mir ein „Lebewohl" zuzuraunen, ignoriert mich diese Stadt, als sei ich nie da gewesen. Egal. Sollte Zürich mich je noch einmal empfangen, dann werde ich ohnehin als ein anderer kommen.

17.

Der breitkrempige Hut hindert mich daran, meinen Kopf anzulehnen.

„Ich stehe starr und blicke ins Endlose. Vorhin glaubte ich noch so viel zu erkennen, mein Blick schärft sich, doch statt immer mehr Details auszumachen, verschwimmen alle Ansichten, bis sie sich endgültig ins Nichts auflösen. Ich muss alle Kraft aufwenden, mich zu drehen, einer neuen Ausrichtung zuzuwenden, doch wohin ich auch schaue, ich sehe nichts als Wüste. Hat es jemals etwas anderes gegeben als diese Ödnis um mich herum?" Ich schlage mein Notizbuch zu.

Ich trage den Hut eines Menschen, den ich erst in der Stunde seines Todes kennengelernt habe. Ich bin nicht im Geringsten in seine Rolle geschlüpft, denn ich habe ja nichts aus seinem Leben erfahren, dem ich folgen könnte, außer, dass er sein Dasein zuletzt als Fluss empfunden hat, der jetzt in einen See gemündet ist. Ein Menschenleben ist erloschen, doch der Hut überdauert die Zeit, er hat nur seinen Träger gewechselt. Das erinnert mich an diesen merkwürdigen Mann im Zug von Lyon gen Süden, der sich im gewissen Sinne als eine Person sieht, die das Leben Camus fortsetzt, gar vollendet. Ob ich nun in die Rolle eines Vorbildes, eines Freundes oder in die eines mir Unbekannten schlüpfe, ich bleibe, ob großartiger oder miserabler Akteur, immer nur ich selbst.

Mein Einwurf hat alle Gruppenmitglieder, ob moderat oder radikal, zum Schweigen gebracht. Ich bin froh, dass die Streitereien nur ein kurzes, vielleicht notwendiges Aufbäumen waren, und glaube an die Gemeinsamkeiten, zu denen wir schließlich wieder zurückgefunden und aus denen wir ein konkretes Vorhaben entwickelt haben.

Rüdigers Gedanke, der vielleicht nichts mehr als eine fixe Idee war, ist langsam und verborgen in mir gereift. Durch Selbsterfahrungen, Begegnungen und viele Zufälle habe ich daraus einen neuen Demokratiebegriff geformt, dem die Gruppe schließlich ihren Beifall bezeugt hat, dem sie aber nicht folgen wollte. Individuen bleiben selbstsüchtig, Gedankentauscher wird es wohl niemals wirklich geben. Eine Gruppe wird sich letztendlich immer auf seine Anführer berufen.

Ach, Rüdiger, was haben wir ersprießliche Argumente erzeugt. Wir waren gut, richtig gut, aber es waren immer nur Worte, die unsere Begegnungen hervorgebracht haben. Ehe es zu gemeinsamen Agitationen gekommen ist, die endlich aus all unseren Ideologien hervorbrechen konnten, haben wir uns aus den Augen verloren. So musste es sein.

Auf meinem Zugticket steht Lyon als Endstation. Das sieht schicksalhaft aus, doch nichts wird fremdbestimmt: Ich halte mein Leben selbst in der Hand. Der Zug donnert Richtung Basel, stets ein wenig bergab. In Olten werde ich in die Linie Basel-Lyon umsteigen müssen, mein wahres Ziel lautet Genf, genauso wie das der anderen aus unserer Gruppe, die alle mit ihren Autos unterwegs sind. Es herrscht dichter Nebel, der ist den warmen Frühlingstemperaturen zuzuschreiben, denn dies ist die Zeit, in der sich die Seen in die Luft erheben. Von der Landschaft kann ich kaum etwas sehen. Auf meinen Reisen habe ich seit jeher die Bahn dem Auto vorgezogen. Vor wenigen Wochen habe ich von dem Schicksal Albert Camus gelesen. Er ist bei einem Autounfall ums Leben gekommen, hatte das Zugticket in der Tasche, sich aber zur Reise auf der Straße überreden lassen. Camus hat mich begeistert, sein Schicksal will ich nicht teilen. Ich habe keine grundsätzliche Angst vor Autofahrten – nur manchmal, fahrerabhängig, doch in den monotonen Bahnfahrten finde ich eine spezielle Art von Ruhe, die mir das Leben sonst nicht gibt.

Ob all die Erlebnisse der letzten Monate in einem Zusammenhang stehen? Es könnte so wirken, als sei alles im Fluss, nur weiß ich noch nicht, worin er münden wird. Mir erscheint das Gewesene mehr als Stückwerk aus aneinandergereihten Fragmenten, das durch nichts anderes als meinen Leib, der dies alles durchleben musste, verbunden wird.

Der Blick nach vorne ist noch konfuser. Ich könnte mir einbilden, ich würde meine Vergangenheit beherrschen, alles eine Frage der Behauptung, die Zukunft ist dagegen ein Despot, dem man gnadenlos unterliegt. Jetzt kommt es darauf an, wie ich damit umgehe. Ich habe meine Gewohnheiten, es sind manchmal nur kleine Dinge, die dem Leben seine eigene Brillanz geben, doch was nutzen Gewohnheiten, wenn sich die äußeren Umstände substanziell verändern? Es liegt ein elementarer Unterschied darin, ob man sich selbst kopiert oder nur wiederholt. Wahr ist, ich kann nicht frei über mich verfügen. Ich stehe unter Zwängen, unter Druck, und habe zugleich meine Eigenarten, die mich im selben Maße an den Freiheiten hindern, wie sie andere eröffnen.

Ob die Gruppe mich verstanden hat? Ich bin ja kein Lenker gewesen, so wie Alessia, Finni oder Janis, sondern nur Ideengeber. Ich kann nicht sagen, das sei wenig. Mit meinen Ideen gebe ich euch meine Gedanken, mit meinen Gedanken meine Seele. Ich jedenfalls begreife immer weniger von dem, was jetzt stattfindet. Es gibt keine Tür, die da hinausführt. Doch eines bleibt sicher: Dadurch, dass wir die Welt nie ganz begreifen, entsteht unser individualistischer Stil.

Kurz vor Olten teilt die Zugstrecke die Landschaft. Rechter Hand kann man jetzt weit ins Land sehen, linker Hand ist immer noch dichter Nebel.

Zu Hause habe ich zuletzt diese unerträgliche Bedrängung gefühlt. Die hässliche Fratze, die mir der neue Staat gezeigt hat, hat mich entwurzelt. Seitdem bin ich frei, eine Freiheit, die ich nicht wirklich genießen kann, in der ich aber die Kraft zurückgewonnen habe, mit der ich jetzt zurückschlagen könnte. Meine Wohnung hat zwei Winter ohne mich durchgemacht, aber sie war schon klamm, bevor ich sie verlassen habe. Lyon hat mir dagegen eingeheizt – nicht nur bis zum Auftauchen der Feuerwehr. Die Berge haben mich wieder heruntergekühlt, zuletzt bis ans Lebensbedrohliche, doch dann habe ich mich akklimatisiert. Nun fühle ich mich, als könnte ich frei über alle klimatischen Extreme verfügen, nur assimiliert werde ich mich sobald nicht haben.

Seit ich im Taxi gesessen habe und mich der dicke Fahrer zum Empfang des Staatssekretärs chauffiert hat, ist in mir Stück um Stück das Gefühl herangereift, mein Körper würde, mit all dem, was er durchlebt, nicht zu mir gehören. Die Minister-Audienz, die Gerichtsverhandlung ohne Richter, meine Inhaftierung, das orientierungslose Herumstreunen durch die Stadt, in der mir mein Zuhause abhandengekommen ist, die Begegnungen in Lyon, die Gratwanderung bis hin an die Grenzen meiner Physis, mein Hin- und Herpendeln zwischen Zürich und Luzern, das war nicht ich, der das alles durchlebt hat.

Wo fängt denn mein Ich-Selbst an? An meiner Haut? Weiter Außen, schon an meiner Aura? Gehört überhaupt der Körper zu meinem Selbst? Er besteht aus Substanzen, die es schon vor mir gegeben hat. Eine physische Gemengelage und biochemische Prozesse haben einen Körper erschaffen, einen Leib, den ich in Besitz genommen habe. Auch mein Geist, so wie ich ihn wahrnehme, hat sich erst durch diesen Prozess herangebildet.

Würde ich in einem leeren Raum erwachen, einem Raum, der keine erfahrbaren Grenzen hat, und würde ich, soweit ich auch schaute, nichts sehen können, außer mich selbst, dann könnte ich meinen Körper nicht als Teil von mir ansehen. Er wäre mit nichts zu vergleichen, denn es gäbe nichts anderes. Doch ich brauche Vergleiche, um zu begreifen, ich brauche ein Gegenüber. Im endlos leeren Raum würde ich meinen Leib als Außen annehmen. Er wäre meine Umwelt, in der ich mich aufhielte. Das Ich-Selbst würde sich dagegen auf meinen Geist beschränken, und die bewussten Gedanken wären der Vermittler zwischen dieser Innen- und jener Außenwelt. Ich würde zusehen, wie sich meine Hände und Finger bewegten, wenn sie nach einem Gegenstand griffen. Und wäre dieser Gegenstand ein glühendes Stück Kohle, dann würde ich Schmerz empfinden, als Reflex auf diesen Prozess, der da außen geschieht, und ich würde schreien, doch der Schrei wäre nicht Ich-Selbst, er wäre eine vorherbestimmte Reaktion, die zwar mit meinen Gefühlen korrespondiert, aber nichts mit meiner Spezifik zu tun hätte.

Mein Körper ist meine Außenwelt. Qualitativ ist er nichts anderes als die anderen – wahrhaft, mein Körper *ist* ein Teil die anderen. Es ist also nicht sonderlich bedeutsam, was er durchmacht, was er erleidet. Ich bin frei. Ich bin ein Bewusstsein, das sich in (m)einem Körper ausbreitet, ich bin ein Gefühl, ich kann mich vom Physischen abkapseln.

„Olten Hauptbahnhof. Sie haben die Möglichkeit eines Anschlusses zum Zug nach Lyon über Bern, Lausanne, Genf auf Gleis vier."

Mir war nicht bewusst, welche vielklingenden Städtenamen an der Strecke liegen. Es drängt sich eine ungeheure Anzahl von Menschen auf dem Bahnsteig. Bahnbedienstete versuchen, der Lage Herr zu werden, sie machen nicht den Eindruck, ein Konzept gegen das Chaos zu haben, doch vielleicht ist das undurchsichtige Spiel mit der Unordnung ihr System. Ich halte mich zurück. Sollen sie doch alle den Wettlauf auf die Sitzplätze starten. Ich habe keine Lust auf Gewühl und werde zur Not bis Bern auch auf dem Gang stehen bleiben. Doch vielleicht wird gleich ein menschenleerer Zug vorfahren, und alle Reisenden finden selbstverständlich ihren Platz. Die Ansage der Bahnsteiglautsprecher belehrt mich eines Besseren: „Aufgrund des dichten Nebels konnten die Flughäfen in Bern und Genf nicht angesteuert werden", verlautet die krächzende Stimme aus dem trichterförmigen Lautsprecher. „Da die meisten Flieger nach Zürich und Basel ausgewichen sind, ist mit einem erhöhten Fahrgastaufkommen Richtung Süden zu rechnen. Es werden zusätzliche Sonderzüge eingerichtet. Die Fahrgäste, die ohne Termindruck reisen, werden gebeten, sich in die Wartehalle zu begeben. Der Sonderzug fährt ab ... u... steig... mit ... Rücksich... f... neh...“ Die letzte Ansage geht in dem dröhnenden Motorengeräusch und den kreischenden Bremsen des einfahrenden Zuges unter. Egal, ich habe mich schon dazu entschlossen, wie gebeten in die Wartehalle zu gehen und nachher in aller Ruhe mit der geduldigen Restmenge den Sonderzug zu nehmen.

Die Menschen, die auf die Zugtüren zudrängen, stehen denen, die den Bahnsteig verlassen wollen, im Weg. Der Druck, der auf die Waggons ausgeübt wird, stellt sich als stärker heraus. Ich habe keine Chance dagegen anzugehen oder einfach auf der Stelle zu bleiben, bis ich den Rückzug antreten kann. Das Streben verwandelt die dichte Masse in eine stete Vorwärtsbewegung. Es hat keinen Sinn; um nicht erdrückt zu werden oder gar zu Fall zu kommen, gehe ich unter kleinen Schritten mit der Strömung, schließlich muss ich meinen Fuß auf das Trittbrett stellen. Gibt es Trittbrettfahrer wider Willen? Ich stehe gerade im Vorraum der Abteile, da drängt sich von außen ein Bahnsteigschaffner vor die Tür und hindert alle weiteren nach einem schnellen Fortkommen Strebenden daran, zuzusteigen. Gleich darauf schließt automatisch die Tür. Die Luft ist stickig. Die Fahrgäste, die am Einsteigen gehindert wurden, blicken paralysiert durch die Scheiben in die Waggons und lassen sich nur langsam auf Sicherheitsabstand von den Gleisen wegdrängen. Es dauert mir viel zu lange, bis die Reisenden in die Gänge quellen und sich auf die Abteile verteilen, deshalb nehme ich die Treppe, die in die obere Etage des doppelstöckigen Zuges führt.

Mit einem kräftigen Ruckeln setzt sich der Zug in Bewegung, kommt aber sogleich wieder zum Stehen. Die Türen öffnen sich automatisch. Das ist wie bei einer Vorratsdose, in die nicht der ganze Inhalt hineinpasst. Wenn man die Dose ein paarmal rüttelt, dann verdichtet sich die Schüttung, und man kann den Rest einfüllen. Die meisten Menschen haben sich schon auf den nächsten Zug eingestellt, doch spontan springen viele von ihnen durch die geöffneten Eingänge hinein, ehe sich die Türen endgültig schließen und der Zug abfährt.

Menschen. Menschen überall.

All die auf der Erde verstreuten Individuen, deren Leben auch nichts weiter ist als ein Flipperball, der mal hier anstößt, mal dort, dabei seine Punkte zählt, all die Menschen finden doch erst ihre Ruhe, wenn sie aus dem Spiel sind.

Das Beste wird sein, wenn ich mich auf den Treppenstufen niederlasse. Oben nach einem freien Sitzplatz zu suchen wird ebenso wenig Sinn machen wie in der unteren Etage, abgesehen davon befindet sich dort die erste Klasse, zu der ich keine gültige Fahrkarte besitze.

Es macht den Eindruck, als müsste sich der Zug unter dem hohen Gewicht Richtung Bern quälen.

Ein Schaffner erscheint und verlautbart, es sei nicht gestattet, sich in den Eingangsbereichen aufzuhalten, man solle doch in den Abteilen zusammenrücken oder sich zumindest in den Gängen verteilen. Ich erhebe mich und will gerade die Stufen hinuntersteigen, da kommt er mir entgegen und hält mich davon ab. „Unten ist es überfüllt, gehen Sie bitte nach oben."

„Aber ich habe keine Karte für die erste Klasse!"

„Darauf können wir jetzt keine Rücksicht nehmen. Gehen Sie nur."

Ich nehme meine kleine Reisetasche, die ich mir kurz zuvor in Luzern gekauft habe, in die ich das sämtliche Hab und Gut meiner Reise verstauen konnte – reduziert um die Gegenstände, die ich in Herberts Hütte zurücklassen musste, und den Schlafsack, den ich wahrscheinlich bei den Ranickys liegen gelassen habe.

Der Fußboden auf der oberen Etage ist mit Kunstteppich ausgelegt. Die Zwischentür in den Gang öffnet sich automatisch. Auch hier stehen einige Menschen in schwarzen Anzügen auf dem Gang. Ich schaue über den Korridor schräg in eins der Abteile. Es scheint doch noch ausreichend Platz zu geben, die Information, auch die erste Klasse nutzen zu können, scheint sich noch nicht herumgesprochen zu haben, dennoch wollen mich die Männer nicht vorbeilassen.

„Ich will Sie nicht verdrängen, ich möchte nur hier durch", versuche ich mir den Weg frei zu reden, doch die Herren im feinen Zwirn bleiben stur.

„Hier können Sie nicht durchgehen, nehmen Sie den Weg durch die unteren Gänge!"

Langsam werde ich sauer: „Was glauben Sie eigentlich, was da unten los ist? Versuchen Sie doch mal, da durchzukommen. Abgesehen davon hat mich der Schaffner nach oben geschickt."

„Was ist denn hier los?" Eine magere, aber dominante Stimme beendet den Disput, noch ehe er in Fahrt kommt.

„Es ist nichts, Herr Minister", sagt einer der Schwarzröcke, „es will nur jemand hier durchlaufen."

„Na, dann lassen Sie ihn doch. Sie sehen ja, was hier los ist." Jetzt erst zeigt sich der Kopf hinter dem Rücken des Wächters, der zu der Stimme gehört. Es ist ein auf den ersten Blick sympathisches Gesicht eines älteren Herren, den ich niemals von selbst erkannt hätte, weil die Bilder seines Konterfeis, die in den Zeitungen und auf Plakaten auftauchen, durchweg retuschiert sind. Doch nachdem er von einem seiner Bewacher mit dem Titel angesprochen wurde, erkenne ich schließlich den Finanzminister meines Heimatlandes wieder.

Der Staatsvertreter mustert mich eingängig wie ein Vater seinen Sohn, nachdem er ihn lange nicht gesehen hat, dann sagt er jovial zu seinen Mitarbeitern: „Sieht so ein Rebell aus? Er macht doch einen sympathischen Eindruck", dann wendet er sich an mich und fragt: „Oder haben Sie irgendwelche Waffen dabei?"

„Nein, ich habe keine Waffen dabei", gebe ich kleinlaut zu.

„Na, sehen Sie", triumphiert der Minister, ohne einen Beweis für meine Aussage zu haben, „dann kommen Sie mal mit. Sie können Ihre Tasche ja abgeben."

Der Erste der Schwarzgekleideten reißt mir die Tasche aus der Hand und lässt mich passieren, der Zweite greift dann doch um meine Hüften und tastet meinen Körper ab, was der Minister ohne weiteren Kommentar gewähren lässt. Dann leitet mich der Minister in sein Abteil und bietet mir einen Platz an. „Sehen Sie, es wäre doch eine Verschwendung, wenn ich ganz alleine in einem Abteil säße, während Sie irgendwo im Gedränge stehen müssten. Wo kommen Sie denn her?"

„Aus Luzern."

„Luzern. Eine schöne Stadt. Haben Sie dort Urlaub gemacht?"

„Ich habe Freunde besucht."

Die Abteiltür öffnet sich. Der Leibwächter reicht meine Tasche herein und sagt trocken: „Sauber."

„Sie müssen meine Leute entschuldigen. Sie tun das, was man von ihnen verlangt, darauf sind sie geschult, vor allem aber darauf, nicht davon abzuweichen. In Wahrheit liebe ich es nicht, so vollkommen abgeschirmt zu sein, aber was soll man machen. Glauben Sie mir, wie bedeutend es für mich ist, mit dem einfachen Volk in Kontakt zu kommen. Wenn wir nicht erfahren, was die Menschen bewegt, dann wissen wir ja nicht, welche Politik wir machen sollen. Dabei ist es der Grundsatz unserer Partei, das Ohr am Volk zu haben."

Ich habe keine Gelegenheit zu Wort zu kommen und bin dankbar dafür. Was sollte ich auch sagen: „Es kommt mir sehr gelegen, Sie hier zu treffen, ich wollte Sie sowieso gerade davon abhalten, an der Konferenz teilzunehmen?" Das wäre so lächerlich, er würde wahrscheinlich nicht mal den Aberwitz bei der Sache verstehen.

„Sicherlich haben Sie noch keinen besonderen Kontakt in die Politik gehabt", fährt er fort, „doch ich versichere Ihnen, wir sind genauso Menschen wie alle anderen. Manchmal denkt die Bevölkerung jedoch, wir würden uns in unserer Macht sonnen, dabei ist die Realität eine ganz andere. Wir haben eine enorme Verantwortung zu tragen, das ist kein Zuckerschlecken. Unsere Erfolge können wir nicht genießen, denn schon gleich müssen wir uns den nächsten Herausforderungen widmen. Und das Volk jammert immer nur. Mit seinen Forderungen tönt es groß herum, mit der Arbeit lässt es uns alleine."

Es ist kaum zu glauben. Wenn ich in Genf den anderen von dieser Begegnung erzähle, werden sie mich für verrückt erklären und denken, ich würde mich jetzt endgültig wichtigmachen wollen. Doch sie müssen mir glauben. Solch eine Geschichte kann man nicht erfinden.

Als hätte der Minister meine Worte gehört, benutzt er plötzlich die Vokabeln, die ich gerade gedacht habe: „Sie glauben ja gar nicht, wie wichtig sich die Leute nehmen und was man alles von uns erwartet. Wenn wir allen Begehren, die man an uns richtet, nachgäben, dann würde uns das in den wirtschaftlichen und moralischen Bankrott treiben. Deswegen müssen wir uns manchmal abschotten und mit Methoden vorgehen, die bei manchen unbeliebt sind. Wer das nicht einsieht, dem müssen wir eben harte Bandagen anlegen."

„Aber was passiert, wenn Sie deshalb nicht wiedergewählt werden?"

„Ach wissen Sie, das wäre mir persönlich egal. Ich brauche die Politik nicht, ich habe für mich ausgesorgt und würde auch ohne dies meine Freude haben. Doch bis dahin will ich alles geben, damit wir unsere Sache durchsetzen können. Dazu muss man eben dem Volk gegenüber seine Autorität zeigen. Sonst wird man wankelmütig."

„Willy Brandt hat einmal gesagt: Wir wollen mehr Demokratie wagen. Für mich war das einer der wichtigsten politischen Sätze in der bundesdeutschen Geschichte."

„Sie haben sicherlich recht. Aber das ist Nostalgie. Die heutige Zeit verlangt eine andere Politik. Da sind Sie doch auch meiner Meinung."

„Verzeihen Sie, dass ich widerspreche, aber Sie wollten meine ehrlichen Ansichten hören ..."

„Sagen Sie nur, sagen Sie frei weg, was Sie denken", unterbricht mich der Minister, und ich höre schon jetzt heraus, dass er mich nicht ernst nehmen wird. Ich werde es mir dennoch nicht verkneifen, couragiert auszusprechen, was mir auf dem Herzen liegt. Hat er mir nicht sogar Narrenfreiheit signalisiert?

„Ich denke, diese Aussage Brandts hatte eine größere Bedeutung, als nur der Selbstgefälligkeit der Deutschen in den Nachkriegsjahren die Stirn zu bieten. Für mich war es ein Kernsatz, der in die Zukunft wies."

„Hat der denn zu irgendwas geführt?!“ Plötzlich tut der Minister entrüstet, als hätte ich die mir gesetzte Toleranzgrenze doch noch überschritten. „Was ist denn aus diesem Brandt geworden?! Er hat sich mit dieser Politik gerade mal ein paar Jahre halten können.“

„Er ist unter Druck gesetzt worden, weil selbst viele Leute in den eigenen Reihen noch nicht so weit waren. Ökonomische Bestrebungen und strategische Interessen wurden letztlich auch in seiner Partei darüber gestellt. Es gab zu wenige Leute, die mutig genug für den neuen Aufbruch waren.“

„Sie überschätzen die Situation, mein Freund. Ich will nicht sagen, das seien Spinnereien gewesen, doch die Wirklichkeit steht auf anderen Füßen.“

„Auf tönernen! Ich sehe die neue Realität jetzt schon wanken, weil ihr Fundament bröckelt. Die Erkenntnisse, die im Laufe der Zeit vergessen werden, haben dagegen noch lange nicht ihre Wahrhaftigkeit verloren.“ Jetzt merke ich, wie ich in Rage gerate und damit die Bodyguards wieder aufs Tapet rufen könnte. Das soll mir jetzt auch noch egal sein. Ich will endlich nicht mehr den Schwanz einziehen.

„Sie sind ein wahrer Idealist“, versucht es der Minister auf die besänftigende Art. „Davon gibt es nicht viele. Das erweckt eine rechte Lust, mich öfter mit Ihnen zu unterhalten. Ich habe eine Schwäche für Menschen, die zu ihrer Überzeugung stehen, selbst wenn sie nicht die meine ist. Sagen Sie, was halten Sie davon, mich, wenn ich zurückkehre, in meinem Ministerium zu besuchen? Wir geben manchmal kleinere Empfänge, das wäre eine gute Gelegenheit, vertiefende Unterhaltungen zu führen. Einer meiner Mitarbeiter sitzt direkt im nächsten Abteil, lassen Sie sich von ihm eine Adresse geben, an die wenden sie sich und nehmen Bezug auf unser Gespräch. Dann kann man Sie in meine Gästeliste aufnehmen. Ach, Sie haben sich mir ja noch gar nicht vorgestellt!“

Wenn man es genau nimmt, hat sich der Minister auch bei mir noch nicht vorgestellt. Doch so ist das bei den Feudalherren. Sie erwarten, dass man sie kennt und sich ihnen bei einer Begegnung unterwürfig mit seinem Namen vorstellt.

„Ich heiße Bas", antworte ich ausweichend, ohne lügen zu müssen.

„Es freut mich sehr, Herr Bas, dass Sie mir Gesellschaft leisten. Bei diesem Wetter kommt man ja nicht in den Genuss, aus dem Fenster sehen zu können, und eine ..."

Ein fürchterlich lautes Rumpeln unterbricht die Geschwätzigkeit des Staatmannes, dann beginnt der ganze Waggon hin und her zu wackeln. Mir bleibt keine Gelegenheit, meinen Körper zu kontrollieren, er wird vollkommen durchgeschüttelt. Ohne Idee, was sich jetzt abspielt, halte ich mich erschrocken an meinem Sitz fest und schaue zu dem Minister herüber, der die Störung äußerlich gefasst aufnimmt. Ich schaue aus dem Fenster. Das wenige, das man sehen kann, verändert sich nicht. Der Zug neigt sich zur Seite, ich kann, ohne mich vorzubeugen, den Bahndamm sehen. Wir verlieren nur langsam an Fahrt, ich rechne jeden Moment damit, mitsamt dem Gehäuse, das uns umgibt, umzukippen.

Als der Zug nur noch langsam vorwärts rumpelt, atme ich tief durch. Ohne es zu merken, hatte ich die Luft angehalten.

„Ja, was ist das denn", höre ich den Politiker schreien. Obwohl er immer noch in seinem Sitz hockt, kommt mir sein Zetern vor, als wäre er weit entfernt von mir. Endlich kommt der Zug zum Stehen, da wird auch schon mit einem gewaltigen Ruck die Abteiltür geöffnet, und die beiden Wachmänner überzeugen sich von der Unversehrtheit ihres Arbeitgebers.

„Es ist nichts passiert", ruft der und fügt recht barsch an, „sehen Sie schon nach, was passiert ist!"

Der eine läuft den Gang entlang, der andere zerrt mich unsanft aus dem Abteil, schleppt mich ein paar Meter weiter, bevor er von mir lässt und dem Ersten folgt. Ich eile die paar Schritte zurück, öffne wieder die Abteiltür und greife nach meiner Tasche. Der Minister sitzt immer noch starr in seinem Polster und blickt mich erstaunt an, als hätte er mich zuvor noch nie gesehen.

Ein Schaffner kommt herbeigeeilt und meldet, es habe einen Zwischenfall gegeben, es sei aber niemand ernsthaft verletzt worden. Dann geht er in die gleiche Richtung, in die sich die Wachmänner entfernt haben. Ich folge ihm. Auf der unteren Etage kommen ihm aufgebrachte Fahrgäste entgegengeeilt. Der Schaffner wehrt sie mit den Worten: „Es ist nichts" ab und drängt sie wieder in die Gänge entlang der Abteile zurück. Um sich endgültig Autorität zu verschaffen, ruft er laut: „Aus Sicherheitsgründen wird zurzeit niemand aus dem Zug gelassen!" hinterher. Seine Stimmbänder sind überfordert, die letzten Worte kann er nur noch heiser hervorbringen.

Die Leibwächter lassen sich von der Maßgabe nicht beirren. Sie bestehen darauf, das Umfeld zu beobachten, was ihnen der Schaffner angesichts ihrer Position als „Ausnahmeregelung" zubilligt. Ich verfolge, wie der Bahnbeamte mit einem Spezialschlüssel die Außentür öffnet, sich dann wieder entfernt, um die Unruhe unter den Fahrgästen mit strikten Anweisungen herunterzukühlen. Ich folge den Leibwächtern im Schatten ihrer breiten Schultern nach draußen und sehe auf dem Trittbrett stehend zu, wie sie an den Waggons entlanggehen und daruntersehen. Automatisch schlägt fast geräuschlos die Tür hinter mir zu. Fllap. Ich bin ausgeschlossen. Alleine und unbeobachtet nutze ich den Moment, springe von der Stufe und gehe, meine kleine Tasche in der Hand, mit meinem ausgelatschten Schuhwerk in die Dunkelheit hinein, dorthin, wo der Nebel immer dichter wird und sich die Geräusche der Druckluftbremsen und die Zurufe der Sicherheitsbeamten allmählich verlieren. Um mich herum, selbst in nächster Nähe, ist schließlich nichts mehr zu sehen, doch ich erkenne mich jetzt ganz deutlich.

Kleine Partitur „Re-Kapitulation“, Schematische Zusammenfassung

Performer (Zahl) Phrase (Buchstabe)

1 A	2 B	3 C	4 D	5 E	6 F
7 G=A	1 B	2 C	3 D	4 D	5 F
6 …	7	1	2	3	4
5	6	7	1	2	3
4	5	6	7	1	2
3	4	5	6	7	1
2	3	4	5	6	7
…					

3 C	6 F	2 B	5 E	1 A	4 D	7 G

4 D	1 A	5 E	2 B	6 F	3 C
6 F	2 B	5 E	1 A	4 D	
1 A	5 E	2 B	6 F		
2 B	5 E	1 A			
5 E	2 B	1 A			
2 B	5 E	1 A			

2 B	6 F	3 C	…
1 A	4 D	7 G=A	…
3 C	7 G=A	4 D	…

7 G=A	3 C	6 F	…
4 D	1 A	5 E	…

6 F	2 B[1]	5 E
5 E	2 B[1]	6 F
6 F	2 B[1]	5 E
…		

1 A	2 B	3 C	4 D	5 E	6 F	7 G

A = Ich kapituliere   B = Ich rekapituliere. Er kapituliert   C = Ich! Kapituliere
D = Ich rekapituliere: Er kapituliert und er kapituliert
E = Wer kapituliert   F = Er und er!   G = Ich kapituliere   B^1 = Ich rekapituliere

Prinzip und Geschwindigkeiten

Fortsetzung im Kreis
mit jeweils einer Verlagerung pro Runde

Schneller bis hin zu Wortüberlagerungen, in denen sich einzelne Betonungen herauskristallisieren
(Manipulation toleriert)

Alle

Langsame Reduktion
bis zur Triole

Drehende
Triolen

Verlagerung zur neuen Triole (um 2) nach links

Verlagerung zur neuen Triole (um 1) nach rechts

Weiterhin Verlagerung der Triolen nach links, dann rechts

Nach dieser Logik begegnet sich die Triole bei 6, 2 und 5
diese Triole bleibt mal von links, dann von rechts gesehen
das bedeutet jeweils eine Dopplung von 5 und 6
Längere Fortsetzung der Triole
mit Lautstärkenvariationen

Beschleunigung bis zur absolut undurchschaubaren
Überlagerung

Einige Menschen haben direkt oder indirekt zum Gelingen des Buches beigetragen. Für die Anregungen, kleinen Tipps und die Unterstützung meiner Arbeit möchte ich ihnen von Herzen danken.

Ein besonderer Dank gilt an dieser Stelle Madeleine für die klanghafte Übersetzung ins Schwyzerdütsch.